八千里路云和月

驻外记者随想曲

BAQIANLILU YUNHEYUE

ZHUWAIJIZHE SUIXIANGQU

陈启民 ◎ 著

新华出版社

图书在版编目（CIP）数据

八千里路云和月 : 驻外记者随想曲 / 陈启民著.
--北京 : 新华出版社, 2022.10
ISBN 978-7-5166-6271-7

Ⅰ.①八… Ⅱ.①陈… Ⅲ.①新闻报道 – 作品集 – 中国 – 当代
Ⅳ.①I253

中国版本图书馆CIP数据核字(2022)第070741号

八千里路云和月——驻外记者随想曲

作　者：陈启民

责任编辑：庆春雁　　　　　　　　封面设计：刘宝龙

出版发行：新华出版社
地　　址：北京石景山区京原路8号　　　邮　编：100040
网　　址：http://www.xinhuapub.com
经　　销：新华书店、新华出版社天猫旗舰店、京东旗舰店及各大网店
购书热线：010 – 63077122　　　中国新闻书店购书热线：010 – 63072012

照　排：六合方圆
印　刷：天津格美印务有限公司

成品尺寸：170mm×240mm　　　　字　数：430千字
印　张：29.25　　　　　　　　　　彩　插：4页
版　次：2022年10月第一版　　　印　次：2022年10月第一次印刷

书　号：ISBN 978-7-5166-6271-7
定　价：86.00元

写在前面

  本书选录的是我写于不同时期的不同体裁和不同题材的部分文章，粗线条地扫描了一个有 40 年新闻生涯，60 年笔耕历史的老记者的足迹和背影。

  我从一个贫农儿子成长为新华社高级编辑、高级记者，无论个人付出多少努力，归根结底要感恩党和人民的培养。所以，我将此书视为对一路扶持我成长的新华社的感恩录。

  收入本书的作品多数是过去公开发表过的，散见于中央和省市报刊。星移斗转，沧海桑田，能收集起来的文章不多，除个别文字上的修订，基本保持原貌；另有一些是未发表过的半成品，有的连半成品也算不上，因为工作忙，无暇顾及，在纸箱里一压就是几十年。

  退休后也忙，甚至比上班时更忙。应聘任教、应邀译书、参与社会公益事务、写文章写小说，还是没有时间坐下来翻故纸堆。直到 75 岁，才下定决心，沉下心来完成"未竟事业"。

  因为有幸在党的培养下成为驻外记者，到过不少地方，见过不少山川名胜、文化古迹和艺术殿堂，加上一生喜欢舞文弄墨，尤其是长期养成的记者习惯，总想把自己所见、所闻、所思、所想与读者分享，所以把以往的见闻变成文字就成了我的最后愿望。于是，我把已经泛黄了的旧稿从破旧纸箱中翻出来，回到当年走过、见过、思索过的地方，成为普希金所说的"亲切的回忆"。我便将这些"亲切的回忆"谱成一长串随想曲，一路哼唱，从莫斯科到圣彼得堡，从约翰内斯堡到内罗毕，从阿拉木图到撒马尔罕，从巴黎到罗马，从纽约到温哥华……

有一部分是我退休后在厦门大学人文学院任教时，面向学生的新闻经验谈。本以为课堂上讲过也就过去了，没想到一位学英语转新闻的研究生课后特意写信给我，说"听君一席话胜读十年书"，我的话点燃了他要做驻外记者的理想之光，下决心要当驻外记者。功夫不负有心人，他果然进新华社先当了几年国内记者，然后当上了驻外记者。这让我非常感慨：前辈人的一点经验之谈有时会对后辈人产生决定命运的影响。仅此一例，我这一辈子驻外记者就算没白当。

至于写国际随笔、国际时评和采访记之类的文章，本来就是我的本职工作，40年间写了应该不止千篇，但大多是应时之作，早已失去新闻价值，只剩一点历史价值，自觉没有保存价值，所以我既没有存档，也没有刻意收集，只随意上网找到几篇收进书里，表明自己的新闻人身份而已，并不因为它们写得怎么好，也算不上我的代表作。

我在业余时间翻译过十几部苏俄文史类著作，为此中国译协还给了我一顶"资深翻译家"的帽子。成就谈不上，经验有一点，所以2018年应母校黑龙江大学俄语学院之邀，在第九届全国高校俄语翻译理论与翻译教学研讨会上作了主旨演讲。对我而言，也是作为俄语学子向母校汇报的一次机会。

人到老年，功名利禄无所萦怀，唯一萦怀的是以某种方式为自己的一生画个自认为圆满的句号，无愧人生，无愧我心。而对于一介书生，除了留点文字，着实也没有什么其他更好的选择。不妥之处，敬祈方家批评指正。

陈启民 谨识

2021年7月于香河大爱书院养生公馆，时年80岁。

目　录

CONTENTS

第一编　采访与游记

第二编　国际随笔

第三编　记者与编辑

第四编　人物·翻译

陪同郭超人社长访问西欧期间参观丁肇中实验基地（1996）。自左至右郭超人、丁肇中、陈启民（丁肇中，1936 年生，著名华人物理学家、诺贝尔物理学奖获得者）

采访博茨瓦纳总统马西雷（1987）。坐沙发者为马西雷总统（右）和作者（左）

作者采访肯尼亚总统莫伊（1996）

作者采访塞舌尔总统詹姆斯·米歇尔（1997）

作者采访哈萨克斯坦总统纳扎尔巴耶夫（2001）

作者采访哈萨克斯坦总理（2019年任总统）托卡耶夫（2001）。图中左二为新华社记者张言、右二为作者

采访吉尔吉斯斯坦总统阿卡耶夫（2000）

中国驻中亚媒体记者集体采访土库曼斯坦总统尼亚佐夫（1998）。左二为
尼亚佐夫总统、左三为作者

第一编

采访与游记

初到红场

今天是 1969 年 11 月 3 日，再过 4 天就是十月革命节了。来莫斯科已经 1 个月零 3 天，因为忙于工作交接、拜码头，竟没顾得上到红场看看，尤其没去瞻仰列宁遗容，总觉得像是欠着一笔良心债，对不起世界无产阶级革命领袖，也对不起自己。从儿时起，莫斯科—红场—列宁墓就是我心中的麦加，神秘、神圣、崇高、向往。

尽管每天心里都盘算什么时候能到红场转转，但嘴上总是说"不急，不急"。可即将离任回国的老张急，因为他觉得这么长时间也没带上不会开车的我去一趟红场，拜谒一下列宁墓，是他的失职。

今天是星期六，正好是列宁墓开放日，老张说赶紧帮我把该看的报刊看完，该发的稿子发掉，然后去红场。"今天再不去，下周我一走，恐怕一时半会儿不会有人陪你去看列宁墓，"他说。我还是言不由衷："没关系，来日方长，几年时间总能找到机会。""机会当然不会

作者初到红场（1969 年 10 月）

没有，但跟我一起去的机会不会再有，"老张说。老张的真诚让我感动。

10点钟老张开车带我向红场出发。

11月的莫斯科已经进入寒冬，老天爷整天阴沉着脸，没个笑容，阴冷多雪是莫斯科冬天的常态。这不，今天从凌晨就开始飘雪花，这会儿已经是雪片漫天飞舞了。雪片落在马路上，来不及停留，就被前赴后继的汽车碾压成水和土的混合物，泥泞的路面开始打滑。

红场初雪

分社有两辆轿车，但都不是什么上档次的车，一辆"伏尔加"，一辆"莫斯科人"，都是苏制大路货。不过苏联人认为"伏尔加"比"莫斯科人"要高一档。"莫斯科人"跑起来速度还行，就是变速杆不够灵活，挂四挡的时候动作稍慢一点或者车速稍快一点，都会碰到倒挡，发出嘎嘎的响声，很刺耳。这还不说，一般轿车的变速杆都在司机右手下方，而"莫斯科人"的变速杆却在方向盘后面，换挡总觉得不方便。因为今天是外出游玩，道路又泥泞，老张舍不得开"伏尔加"，选择了"莫斯科人"。"莫斯科人"个小体轻，走在泥滑的路上时不时就"摇头摆尾"，我便紧张得手心直冒汗。

老张倒没事人似的，安慰道："小陈，不用紧张，系好安全带。这还没到难走的时候，再过一个月你看看，冰天雪地，那路面才叫滑呐。""哼，不紧张，"我故意刺他，"你这摇头摆尾的，让我怎么不紧张？""摇头摆尾照例开，这才叫技术！也就是我这个老司机吧，换别人早吓麻爪啦！""吹吧，你。不过也是，若是没经验的新手，肯定慌神。""开车打滑就怕慌，"老张认真起来，"尤其不能踩油门！这点你可千万要记住。一踩油门，那就不是打滑的问题，而是失控的问题，不知一头扎向哪里，有时还会原地打转，只要旁边有车，非出事不可。"

说着，到了"故姆"附近的停车场。放下车后，两人往红场方向走。上次陪老张采购也是在这儿停的车，但因是从西门进的"故姆"，竟没到红场看上一眼。

鹅毛雪片还在飞舞，旋转着落在我们的头上和身上。不过两人穿着呢大衣，系着毛围巾，并不觉得冷。只是脚上的硬底皮鞋走在融雪的人行道上有点打滑，不敢大步流星地快走。这时我才明白，为什么苏联女人在雪地上走路总是行色匆匆，步子迈得很小，频率却很快。

红场北端因为两旁有高墙，形成一个风口，所以风比别处大。我觉得耳朵被冻得有点发疼，便竖起大衣领子。抬头往前一看，已经有上百米的长队从列宁墓前延伸过来，并且不断有人加入瞻仰者的行列。他们头上顶着雪花，身上披着雪花，脚下踏着雪地，仿佛站在书店里，看书的看书，看报的看报。没有人说话，甚至没有人咳嗽一声。我跟着老张静悄悄地排在队伍后面。但很快就有人一个接一个地排在我们后面。

老张说周六列宁墓开放的时间是中午 1 点到 2 点。快到开放时间时，一位身穿灰色军大衣的警官开始整顿秩序，主要是告诉大家不能带照相机和包裹之类进入列宁墓，如果有，要赶紧放到寄存处去。不料，警官走到老张和我面前，行了一个非正式举手礼，问："请问你们是朝鲜人还是越南人？"老张答："都不是，我们是中国记者。""噢，对不起！欢迎中国同志，请随我来，"他示意我们跟他走。我还以为苏联人要找什么麻烦，心里有点发毛，但看老张若无其事的样子，也就没问什么。

列宁墓

原来，警官是带我们到列宁墓入口处加入外国人行列。瞻仰列宁遗容，外国人优先。这让我感到意外。享受优先待遇固然高兴，但断没想到苏联警察会对中国人这么友好，尤其没想到他竟会称"中国同志"。"嘿，苏联警察还是蛮讲礼貌的嘛，"我对老张小声说。"你别忘了，两年前在这里把中国留学生打得鼻青脸肿的就是他们，"老张附在我的耳边说，"当年老丁的相机也是被他们曝光和砸坏的。"听老张这么说，我立刻警觉起来，"哦，不能对他们抱幻想，"我警告自己。

我学着老张的样子，脱下帽子，进入赭红色花岗岩和大理石建造的列宁墓，顺着石阶往下走，敬仰之情油然而生。想到马上就能见到世界无产阶级的伟大革命导师的遗容，这是何等幸运和荣耀啊！一个从穷乡僻壤走出来的农家孩子，先到北京，再到莫斯科，还能见到从小到大无比崇敬的世界巨人列宁——虽然是躺在陵墓中的巨人，这本身就像是一个童话，而我竟是这童话的主人公。

　　沿着黑色大理石台阶逐级而下，进入列宁的永久寝宫。他面色安详地仰卧在水晶棺内，身下铺着鲜红的布尔什维克党旗和苏联国旗。黄色上衣笔直挺阔，胸前还佩戴着一枚红旗勋章。双手和面部在特制的灯光照耀下，显得皮肤好像还有弹性。脸部看起来有点苍白，但凸凹分明的轮廓让我看了第一眼就想起《列宁在十月》里那栩栩如生的形象，尤其那宽阔的苏格拉底式前额，不知容纳了多少智慧和超越时空的思想。

　　在列宁遗体前，人流移动可以十分缓慢，但不得驻足停留。我边移动脚步，边行鞠躬礼。在躬身施礼的一瞬间，心里似乎涌出一股感动的激流，未等分清是激情还是誓言，便转瞬即逝了。

　　拜谒完列宁墓，我跟在老张身后走出地面，第一眼看到的当然是红场。这时雪已经停了，视野很清晰，红场很开阔，周围的景物也很壮观。但仔细一打量，好像比想象中的红场要小得多，比天安门广场就更小。一问老张，面积才9万平方米，而天安门广场是44万平方米，红场才是天安门广场的五分之一。不过，看上去倒并不显小。光顾着往远处看，脚下一滑，我打了个趔趄，差点摔个屁股蹲儿。"哎，小心点，这地面是大块鹅卵石铺的，下雪后很滑，"老张说。"可不是怎么的，跟哈尔滨秋林公司前的南岗大街和道里中央大街一样。苏联人干吗喜欢用鹅卵石铺路呢？"我在哈尔滨念的大学，对这种路面很熟悉，也很讨厌，因为冬天走着打滑，夏天走着蹩脚。老张对我的发问没有作答，估计他也说不清楚。

　　看完列宁墓，我第一关心的是斯大林墓碑。我们很快在列宁墓后，红墙前，找到了斯大林的灰色大理石墓碑和半身石雕像。老张说，开头只有一块灰色大理石石板平铺在墓穴上，石板就成了墓碑。石雕像是后来立到石板上的。墓碑上刻着："ИОСИФ ВИССАРИОНОВИЧ СТАЛИН 1879—1953"（约瑟夫·维萨里奥诺维奇·斯大林 1879—1953）。墓碑上还放着一束鲜花。老张说，苏联老百姓对斯大林的态度很谨慎，献花的人不多，但每天都有。我想，历史终会还斯大林一个公道吧。随后，我们还看到了其他苏联领导人，如斯维尔德洛夫、伏龙芝、捷尔任斯基、加里宁、日丹诺夫等人的墓碑和半身雕像。

老张指着红墙说，红墙上每个名牌后面都是有特殊历史贡献的名人骨灰盒，列宁的妻子克鲁普斯卡娅、作家高尔基、第一位苏联宇航员加加林等。我顺着老张手指的方向看了看，但没走过去。此刻我的注意力已被红场南面光鲜夺目的一群洋葱头似的圆顶大教堂所吸引。

我们横穿红场，沿"故姆"往南走，来到瓦西里·勃拉仁内大教堂。老张说通常都称它为瓦西里升天大教堂，其实原来叫圣母升天大教堂。因为东正教传教士瓦西里在这里苦修终生，后人把它改为现在的名字。

时值教堂关门维修，不得其门而入。虽然游人不少，但没有导游，我只能听老张的介绍。

红场周围有不少典型的东正教建筑。但最有吸引力的当数这座瓦西里升天大教堂。仔细观看，它是一个由9座相连的8边形塔楼巧妙组合在一起的建筑群，中心塔楼最高，据说有47米，至少相当于10层楼房高了。主塔被周围8个高度不同，色彩和条纹各异的小型塔楼簇拥着，错落有致，浑然天成。这还不算，更令人叹为观止的是与9座塔楼相匹配的9个洋葱头式塔冠。"洋葱头"外表分别是由蓝白、黄绿、青红等多种双色彩搭配的弧形条纹，不仅光鲜亮丽，而且极富动感。

老张说，据说教堂的8个塔楼圆顶分别代表一位圣人，而中间最高的圆顶则代表至高无上的上帝。我想，《圣经》说耶稣有12位使徒，即12位圣人，包括犹大。那么这9个"葱头"应该不是耶稣和12使徒，那是谁呢？难道东正教的《圣经》与基督教不一样吗？想是想，但没好意思向老张发问。

瓦西里大教堂设计的独具匠心还在于，从任何方向看都一样，没有正面、侧面之分。但从高空俯瞰，它却是个呈正"十"字形的平面体。这样美妙绝伦、风格独特的建筑不仅令全世界的观赏者倾倒，而且让沙皇伊凡雷帝痴迷得心理变态。为了让世界上不会出现第二座相同甚至相似的建筑，他居然下令弄瞎了建筑师的双眼。我听说过为美人决斗的俄国贵族，那是为了维护尊严。为一座美丽的教堂挖人双眼为的是什么呢？就为了独享一种美感？

瓦西里·波拉任内大教堂

教堂前有一座爱国志士米宁和波扎尔斯基纪念碑。让我感到莫名其妙的是教堂右前方的那座土筑高台。老张说这是老百姓俗称的"断头台",是沙皇时代宣布和执行死刑的地方。宣读在台上,执行在台下。但我不解的是,为什么要在神圣的教堂前面杀人呢?难道也是出于沙皇的爱好?

广场对面那座红砖仿古建筑是历史博物馆。老张说,博物馆跑不了,但看起来费时间,今天就不看了。要看就看看无名烈士墓吧。我欣然同意。从瓦西里升天大教堂前往无名烈士墓方向,要经过斯巴斯基钟塔宫门门前广场。克里姆林宫的宫门有好几个,但只有面向红场的这个才是正门。正门平时不开放,只有在克里姆林宫里办公的苏联领导人才能从这里进出。出入这座大门的汽车最低也是"海鸥"级以上的苏制高级轿车(虽然据说装的是"奔驰"600号发动机),经过红场时,速度很快,不知是显示车主人的威风,还是害怕遭遇不测。

　　我站在红场中间向斯巴斯基钟塔望去，发现它是红场一带的最高建筑。老张说克里姆林宫宫墙上总共有 18 座塔楼（实为 20 座），但这一座最为壮观也最为著名，因为它上面有享誉世界的荷兰自鸣钟。装有巨大表盘和指针的自鸣钟不仅能准确地报时，还能奏出悠扬的音乐。那是《国际歌》的一节旋律，音准虽然不够理想，但音色优美悦耳，我听出那是"这是最后的斗争"一句的旋律。多年后我再到红场时，自鸣钟的旋律已经从《国际歌》变成了俄罗斯国歌。

红场无名烈士墓

　　无名烈士墓位于红场西北侧的亚历山德罗夫花园。首先映入眼帘的是火焰——俄文原意是"永久之火"，中国人习惯叫"长明火"或"长明灯"。火焰是从一个金色五星形火炬中心喷射出来的，昼夜不息，直到永远。火炬后面是深红色花岗岩烈士墓碑，碑板上镂刻着"你的名字无人知晓，你的功勋永垂不朽"的字样。两句俄文读起来是合辙押韵的，类似中文的上下联。另一侧则是青铜浇铸的一面铺开的军旗及放在军旗上面同样是青铜浇铸的一项钢盔。

无名烈士墓右边沿克里姆林宫墙矗立着一排石碑，石碑下存放着从列宁格勒（现称彼得格勒）、斯大林格勒（现称伏尔加格勒）、塞瓦斯托波尔、敖德萨等 12 座卫国战争英雄城收集来的泥土。每块石碑上都镌刻着英雄城的名字和模压的金星勋章图案。

回身再看越燃越旺的"长明火"和站在"长明火"两旁的克里姆林宫卫戍部队值岗战士那庄严的身姿和严肃的表情，我心里不由得一阵感动，那是一种神圣感。尤其当那行醒目的石刻大字"Никто не забыт Ничто не забыто"（谁都不会被忘记 什么都不会被忘记）再次闯入眼帘时，我心想："一个不忘先烈，崇拜英雄的民族才是一个精神强大的民族，也是一个永远值得尊敬的民族。"

这时参观的人群突然一阵清风似的骚动起来。原来斯巴斯基钟楼传来的整点钟声告诉人们，列宁墓的换岗仪式开始了。观光者纷纷跑过去看"表演"。

列宁墓换岗仪式

但见 3 人一组的卫兵从斯巴斯基大门方向迈着正步缓缓走来，他们身穿灰色军大衣，头戴嵌着红星的灰色卷毛羊皮帽，腰束黄色皮带，左手托着直立的长枪，长枪上亮晶晶闪光的刺刀直指蓝天，右臂节奏鲜明地在胸前摆动。他们表情凝重，目不斜视，甚至眼睛都不眨一下，一步一拍地尽显军人雄姿。

快到列宁墓前时，他们突然变换走姿，从正步走改为双腿 90 度大跨步。大跨步看起来相当夸张，但并不影响他们的身体平衡，个个镇定自若，稳如泰山。可见他们多么训练有素。平伸出去的腿同直立的腿呈 90 度角，同地面正好平行。由于腿抬得很高，脚上油光锃亮的黑色长筒皮靴就显得格外抢眼。

我注意到，在列宁墓入口值岗的卫兵只有两位，但前来换岗的却是 3 位。仔细观察，真正换岗的是 2 对 2，下岗的卫兵依然是 3 人。这时我才明白，其中 1 人是领岗的，来时走在前，回时走在后。老张说："你观察得可真够细的，这么多年我看了多少次，从来没注意到有个领岗的。看来你是块当记者的料——善于观察。""这算什么，"我说，"不过是好奇而已。""好奇就对了，"老张接着话茬说，"一本美国的新闻理论书上说，好奇心是记者成功的秘诀。""是吗？"我好奇地问，"那我得把这本书找来看看。"

（本文节选稿载于 1981 年 5 月 10 日《羊城晚报》）

克里姆林宫巡礼

克里姆林宫城

克里姆林宫——红墙高塔，庭院深深，一个永远色彩神秘、雾里看花的地方。它——古罗斯城堡，莫斯科的心脏，俄罗斯的大脑——既承载着俄罗斯的光荣与梦想，又记录着宫阙帏幕后的阴谋与血腥。难怪一位苏联朋友说，克里姆林宫27.5万平方米的土地，每一平方米都藏着一个千古之谜。

20世纪70年代，笔者作为新华社常驻苏联记者，在莫斯科生活和工作了6年，按理说对克里姆林宫应该了如指掌才是，其实不然。原因是那个年代克里姆林宫很少对公众开放，加上总觉得来日方长，以后再说。就这样，明日复明日，一拖就是6年，直至离任回国前才总算抽出一天时间，圆了"探秘"克里姆林宫的梦。

俄文 Кремль（克里姆林）原本是"堡垒"或"城堡"的意思，并无"宫阙"之义。莫斯科克里姆林（Московский Кремль）最初就是莫斯科城堡的意思。后来因为逐渐变成了大公、君主和沙皇的府邸，并陆续增建了几座宫殿（Дворец），就成了宫城，于是便改称克里姆林宫（Кремлевские дворцы）。

克里姆林宫城位于莫斯科特维尔中央行政区，涅格林纳河与莫斯科河交汇处的保罗维茨丘陵地，所以地势比周围要高一些，大体是一个占地面积275平方公里的不等边三角地带，周围筑有刷了红漆的砖墙，所以称作红墙。

红墙周长2235米，高5~19米，厚3.5~6米。墙顶一律砌成伦巴第风格的燕尾形齿状垛口。宫墙内屹立着庄严的教堂，辉煌的宫殿，遍地林木葱郁，花红草绿……宫墙外，南面是莫斯科河，东南是红场和圣瓦西里大教堂，西北是亚历山德罗夫花园与无名烈士墓。

克里姆林宫城基本上由三角广场、中心（教堂）广场和东区行政中心三部分组成。其中教堂广场被认为是整个克里姆林宫城的历史中心。

撑起这个中心的是三座大教堂：圣母升天大教堂（Успенский собор），建于1327年；天使长大教堂（Архангельский собор），建于1333年；天使报喜大教堂（Благовещенский собор），建于1484—1489年间。

环绕教堂广场的还有圣约翰钟楼教堂（Церковь св. Иоанна с колокольней），建于1329年；基督变容修道院教堂（Церковь Преображенского монастыря），亦称圣弥额尔教堂，建于1330年。

所有这些教堂构成了世界上独一无二的中世纪教堂建筑群。

由意大利著名建筑师设计建造的圣母升天大教堂，是举行沙皇加冕仪式和选举牧首与大主教的地方，当然是神圣不可侵犯的。但1812年拿破仑侵占莫斯科后，居然傲慢地将大教堂当作自己的马厩。这还不算，最后失败撤退时，他竟然下令炸毁整个克里姆林城堡。怎奈天意难违，一阵大雨浇灭了起爆装置，使克里姆林城堡免遭灭顶之灾。

教堂广场（三角广场）

天使报喜大教堂位于教堂广场南侧，保罗维茨山岗边缘。它是克里姆林宫城内最古老和最富丽堂皇的建筑之一。它建于全罗斯君主伊凡三世在位时期，在俄罗斯建筑史上具有特殊意义，因为这期间几乎所有的新建筑都是由意大利建筑师设计的，唯独天使报喜大教堂的设计出自俄罗斯建筑师之手。天使报喜大教堂是皇室专用教堂，王子们的私人祈祷所。他们在这里接受洗礼、祈祷和忏悔，也在这里举行结婚典礼。从1340年到18世纪，这座大教堂还曾是多位莫斯科公国王子和王妃的墓地。

据说国家金库就设在这座教堂的地下室里。

天使长大教堂，是王公加冕和早期沙皇的陵墓，也是主教、牧首上任和死后安葬的地方。他们的墓碑次序井然地安放在白色石板拱门下。

此外，值得一提还有牧首宫（Патриарший дворец）和十二使徒教堂（Церковь 12 апостолов）。

牧首宫位于圣母升天大教堂的北侧，为17世纪大主教尼康所建，紧挨着十二使徒教堂。十二使徒教堂建于 1682 年，是克里姆林宫总教主的府邸，其中藏有许多精美艺术品，现在作为克里姆林宫博物馆之一对外开放。当然，还有多棱宫（Грановитая палата）、女皇金厅（Королевский зал）、小礼拜堂（Часовня）、圣母法衣存放教堂（Церковь Ватикана Кремля）、特雷姆宫（Теремной дворец）、武器馆（Арсенал）、军械库（Оружейная палата）和伊凡大帝钟楼（Колокольня Ивана Великого）等，可谓群星灿烂、各具特色。

值得一提的是高达 81 米的伊凡大帝钟楼，因为它是克里姆林宫城内的最高建筑。它建于 16 世纪初叶，原为 3 层，1600 年增加到 5 层，冠以金顶。从第 3 层往上逐渐变窄，呈叠状八面棱体形，每个棱面的拱形窗口都有一座小型钟。沿塔楼拾级而上可直达塔顶，从塔顶俯瞰莫斯科全城，可一览无余。

克里姆林宫"炮王"　作者夫妇在"炮王"下留影

1532—1543 年在伊凡大帝钟楼的北侧又建起一座 4 层高的立方体钟楼。1624 年夏又筑起一座白石塔——菲拉特列特钟楼，如今底层已辟作博物馆。紧挨着伊凡大帝钟楼的是钟王——世界最大的古钟，高 6 米，重

200 吨，1735 年铸造。不远处有一尊大炮，1586 年铸造，是世界上最大的古炮，故俗称"炮王"。不过无论炮王还是钟王从古至今一声不曾响过。

克里姆林宫北角是古兵工厂，现为兵器陈列馆；西角是武器宫，现为武器博物馆。建于 1487—1491 年的多棱宫是克里姆林宫城内最古老的宫殿之一，也是最具特色的宫廷建筑，沙皇的宝座就在这里。

大克里姆林宫是克里姆林宫城内仅次于教堂广场建筑群的主体建筑，坐落在城堡西南部，建于 1839—1849 年。从外表看，大克里姆林宫像是三层建筑，其实只有上下两层，一层向前突出，构成一个大露台。正面大厅全用大理石、孔雀石装饰而成，厅内陈列着青铜器和瓷器以及 19 世纪的家具。大厅正面有 18 根圆柱，柱顶有浮雕。主楼正面中部的上方是四方形的观礼台，它是宫殿的突起部分，上面有盾形装饰，刻有双头鹰浮雕。后来换成苏联国徽。鹰的上方是莫斯科、圣彼得堡、喀山、阿斯特拉罕的市徽及波兰和塔夫利达的国徽。

苏联解体前，大厅正中曾立有一座列宁塑像。二层有环形露台，正中是饰有各种花纹图案的阁楼，阁楼上有高出主建筑物的紫铜圆顶，圆顶上有供节日升国旗的旗杆。金碧辉煌的格奥尔基大厅、弗拉基米尔大厅和叶卡捷琳娜大厅都在二楼。

苏联时期，克里姆林宫城内增建了几座白色大楼，其中一座曾是斯大林的官邸。

苏联解体前，大克里姆林宫是苏联政府、苏共中央和社会团体举行重要会议的场所。

1959—1961 年建造的克里姆林宫大会堂，是一座大理石和玻璃结构的现代化建筑，有 800 套房间，其中以有 6000 个座位的大会堂和 2500 个座位的宴会厅最为宏伟。国家重要文娱活动经常在这里举行，从而有"苏联第二大剧院"之称。笔者在莫斯科工作期间，曾到大会堂采访苏共 24 大的开幕式和闭幕式，参加苏联国庆宴会，还看过芭蕾舞《天鹅湖》和《罗密欧与朱丽叶》。

据史料记载，克里姆林建筑群始建于 1156 年。最初只是在保罗维茨山岗上建造的一座木质结构小城堡，到 1367 年才在木城堡原址上筑起几座白石教堂，但都没有保存下来，不过却奠定了教堂广场的基本雏形。从 15 世纪末到 16 世纪初，古罗斯的一些公国统一后，莫斯科成为首都，莫斯科大公伊凡三世下令建造了"符合全罗斯国君身份"的府邸，在老教堂原址上建造了新教堂，并陆续沿宫墙三边建造了 5 座城门和 21 座高低不一、错落有致，形态各异却风格一致的塔楼，依次是：

（1）库塔菲娅塔（Кутафья башня），建于 1516 年，高 13.5 米，一座无顶冠状塔楼。

（2）圣三一塔（Троицкая башня），建于 1495 年，高 80 米，是克里姆林宫城最高的塔楼。塔楼下的特罗伊茨克城门，是沙皇和军队的凯旋门，是目前游客进出克里姆林宫城的主要通道。

（3）军械库（多棱）中塔 [Средняя Арсенальная（Гранёная）башня]，建于 1493—1495 年，高 38.9 米。塔楼位于橘黄色军械库的正后方，塔楼下有战胜拿破仑的纪念碑，墙外则是亚历山德罗夫花园。

在军械库大厅的展品中，最引人注目的要数莫诺马赫王冠，它是克里姆林宫收藏的最古老但分量最轻的王冠，用于沙皇加冕仪式。王冠重 698 克，周围镶嵌着红宝石、绿宝石、珍珠等，里子是黑貂毛做的。这顶王冠位居俄罗斯 9 大王冠之首 [其余 8 顶王冠分别是喀山王冠、大王冠、莫诺马赫王冠、阿尔塔巴斯王冠、彼得大帝王冠、钻石王冠、钻石皇冠（安娜·伊万诺夫娜皇后）和凯瑟琳王冠]。

这里还有独特的双座沙皇宝座、权杖、礼服和武器等文物。

（4）武器库（索巴金）角楼 [Угловая Арсенальная（Собакина）башня]，建于 1491 年，高 70.4 米，位于宫墙拐角处，背靠军械库。

（5）尼古拉塔（Никольская башня），建于 1491 年，高 70.4 米，朝向红场。据说厚墙壁中有个秘密水井，在遭受敌人围困时功莫大焉。

（6）参议院塔（Сенатская башня），建于 1491 年，高 34.3 米，正对列宁墓，塔顶直接建在城墙上，是宫城最古老的塔楼。

（7）斯帕斯基（芙罗拉）塔 [Спасская（Фроловская）башня]，亦

称救世主塔楼，因塔上悬挂救世主圣像而得名，俄文"斯帕斯基"是从救世主一词派生出来的。它是莫斯科的标志性建筑，建于 1491 年，高 71 米。面向红场的斯帕斯基城门是国家总统、政要和外国贵宾出入克里姆林宫的主要通道。

圣像当然是神圣的，所以凡进出大门的男人都要在救世主圣像前虔诚地脱帽致敬。但也有不守规矩的，比如拿破仑。传说 1812 年法国军队占领莫斯科后，拿破仑乘车进入克里姆林宫的斯帕斯基大门时，突然一阵风刮掉了他头上的三角形翘檐帽，因为他无视救世主圣像。这当然是个不祥之兆。但事情并未就此结束：法国人试图窃取装饰斯摩棱斯基救世主圣像的镶金圣袍，不料正准备登梯子上塔楼盗取圣袍的时候，靠在城墙上的梯子突然滑倒。法国人大概明白这是天意，圣袍动不得，只好放弃。

塔楼上安装第一台报时钟的时间是 1491 年，距今已经 500 多年。但第一台报时钟不能演奏音乐。1624 年俄罗斯工匠重新安装了一台报时钟，设计新颖漂亮，表盘上显示日月星辰，令人叹为观止。虽不能演奏音乐旋律，但可以机械报时。可惜 17 世纪末报废了，只好换新的。1851 年按照沙皇彼得大帝的旨意，从荷兰购买了一座超级自鸣钟。这座结构复杂、体积庞大的自鸣钟在斯帕斯基塔楼上足足占据了三层楼的高度。大钟每 15 分钟报时一次，每次都响起空谷回音般悠扬的钟声。这便是我们至今一直能看到的荷兰自鸣钟。因为 4 个朝向的 4 个表盘通过电子设备与国家天文台的校时钟连接在一起，所以它是俄罗斯最准的报时钟。每天回荡在红场上空的"克里姆林宫钟声"，其旋律在苏联解体前是国际歌的一句，在苏联解体后改为俄罗斯国歌的一句。

其实，宫墙周围的 20 座塔楼上都有一座大钟，只不过不是报时钟，还有其他各种小型装饰钟 30 多座。

（8）沙皇塔（Царская башня），建于 1680 年，高 16.7 米，是宫城最小的塔楼。俄国第一位沙皇伊凡雷帝曾从这里观看红场，后来便在这里建造一座塔楼，先是木制的，后改为砖石结构，命名为沙皇塔。

（9）报警钟塔（Набатная башня），建于 1495 年，高 38 米，因悬

挂大钟而得名。哨兵在钟塔上观察城外动向，如发现敌情，就会敲钟鸣警。不过听说塔上的大钟早已被拆除。

（10）康斯坦丁 - 叶莲娜塔 [Константино-Еленинская（Тимофеевская）башня]，建于 1490 年，高 36.8 米，是由意大利建筑师设计的，名字来自康斯坦丁 - 叶莲娜教堂。塔下有一个城门，是市民与士兵进出克里姆林宫城的关卡。

（11）彼得罗夫塔 [Петровская（Угрешская）башня]，建于 1480 年，高 27.15 米，在莫斯科河塔楼的左边。早期曾被毁，1783 年重建。1812 年再次被拿破仑侵略军摧毁，1818 年修复。

（12）第二无名塔（Вторая Безымянная башня），建于 1480 年，高 30.2 米。塔顶呈八角形，上有一个风向标。塔身内有两层，上层为封闭拱顶，下层是柱形拱顶。

（13）第一无名塔（Первая Безымянная башня），建于 1480 年，高 34.15 米，是一座四面体金字塔，塔内分上、下两层，上层是封闭拱顶，下层是十字拱顶。

（14）泰尼茨基塔（Тайницкая башня），建于 1485 年，高 38.4 米，是宫城最古老的塔楼之一，又名地下隧道塔。

（15）报喜塔（Благовещенская башня），建于 1466—1467 年，高 32.45 米。相传，古代在这个塔里保存着报喜圣像。1731 年在塔楼附近修建了天使报喜大教堂。

（16）沃多夫兹沃德塔 [Водовзводная（Свиблова）башня]，建于 1488 年，高 61.25 米，位于宫墙拐角处，是个供水塔。由机器从塔底的井里提水到塔顶的储水池，然后将水分配给各个宫殿。后来，这个机器被拆运到圣彼得堡，作为喷泉装置使用。供水塔里，还有地下秘密通道通往涅格林纳河。

（17）保罗维茨塔 [Боровицкая（Предтеченская）башня]，建于 1490 年，高 54 米，历经几次重建与修葺，1860 年形成现在的格局。塔楼下是克里姆林宫最古老的出入口，工作人员由此出入。

（18）武器库（马厩）塔 [Оружейная（Конюшенная）башня]，建于 1493 年—1495 年，高 38.9 米。

（19）卫戍司令塔 [Комендантская（Колымажная）башня]，建于 1495 年，高 41.25 米，19 世纪因毗邻城堡卫戍司令部而得名。塔身共三层，每层都有圆形拱门。

（20）别克列米舍夫（莫斯科河）塔 [Беклемишевская（Москворецкая）башня]，建于 1487—1488 年，高 62.2 米，由意大利建筑师设计建造。塔楼位于宫城东南角，因紧邻贵族别克列米舍夫的花园而得名。原来别克列米舍夫花园及塔楼是关押被贬谪的王公贵族的地方。因地处莫斯科河与涅格林纳护城河的交汇处，军事地位十分重要，又是在克里姆林宫城的最前沿，所以，1707 年为抵抗瑞典人，彼得大帝决定在塔底建造堡垒，以放置更多的重武器。但堡垒在 1812 年拿破仑入侵时被摧毁，后修复，改称莫斯科河塔。宫墙内就是总统直升机停机坪。

除上述 20 座塔楼外，本来还有一座塔楼叫城徽塔（Гербовая башня），建于 1630 年，高 45 米。但早在 1807 年就被拆除，再未重建。所以这个第 21 塔楼的旧址上只有照片，没有实物。

当年这座塔楼之所以被称为城徽塔，是因为塔楼墙壁上刻画有城徽图案，所以从 18 世纪末起便有了城徽塔之称。城徽塔原来位于科雷马什（Колымажные ворота）城门之上，后来在 19 世纪建造的大克里姆林宫就在这个塔楼原来的位置上。这个城门建于 15 世纪末，当时为了"前沿国君"伊凡三世的安全，加筑了两道砖墙，一道朝西，另一道朝南面对莫斯科河。西墙开了两个拱形门洞，一个作人行通道，另一个作车行通道。这座城门以及后来在 17 世纪 30 年代建于城门上面的塔楼之所以被称作科雷马什城门，是因为不远处有个科雷马什马厩馆。

从 1801 年起，宫城主事瓦鲁耶夫主张对城堡进行清理和整顿，下令拆除一些无用的古旧残破建筑，其中就包括斯列滕斯基大教堂（Сретенский собор）和鲍里斯·戈东诺夫宫殿建筑群。1807 年，伊凡三世的"前沿国君"防护墙和城徽塔楼等建筑也被一并拆除，结果形成一片巨大的空旷之地，直到 1840 年开始建造大克里姆林宫。

1935 年在斯帕斯基塔、尼古拉塔、圣三一塔、保罗维茨塔和沃多夫兹沃德塔 5 座塔楼的尖端安装了大小不等的红宝石五角星，这就是名闻遐迩的"克里姆林红星"。最初的星标是铜制的，因经不住长年风霜雨雪的侵蚀，便改为镶嵌昂贵的红宝石，并在红星底部安装了轴承，可以随风转动而不会折断。每个红星都装了 12 个亮度达 5000 瓦的泛光灯，闪闪红星，照亮夜空。

自古以来就有说不尽的传说和神话伴随着克里姆林宫，其中最著名的是关于克里姆林宫秘密地下通道和地下城的传说。据说在神奇的修道院地下隐藏着许多地下室、地下通道、地下长廊和内部教堂，后来统统被地下水淹没。还有一种传说：从前克里姆林宫城的每座塔楼都有秘密地下通道，内连皇宫王室，外有出口，形成纵横交错的地下通道网。据说 1960 年开始建造大克里姆林宫时，建筑工人在挖掘地基时曾发现 3 条建于 16 世纪的地下通道，其宽度足以通过马车。

还有一个秘密也与克里姆林宫地下城有关。几百年来历史学家和考古学家一直为约翰四世图书馆的神秘失踪而深感困惑。事情是这样：俄罗斯君主约翰四世从其祖母索菲亚·帕列奥罗格大公夫人（Sophia Paleolog）手里继承了一座有 800 册珍贵藏书和手稿的皇家图书馆，之所以弥足珍贵除了图书和手稿本身的历史价值和文献价值外，还因为这个图书馆及其全部收藏是作为索菲亚·帕列奥罗格夫人年轻出嫁时的嫁妆而传承下来的，所以对约翰四世具有特殊意义和特殊价值。但不知什么时候，800 册藏书全部不翼而飞。研究人员认为，图书馆可能在"黑暗时期"（指伊凡雷帝杀子后的 10 年）被一把大火化为灰烬了，但许多人坚信图书馆还完好无损地被藏匿在克里姆林宫城的某个地下室里。

克里姆林宫虽然是苏俄国家元首的驻地，但它首先是俄罗斯历史和东正教文化崇高而辉煌的象征。

（写于 1975 年）

访列宁故居

列宁故居博物馆　位于莫斯科东南 40 公里的高尔克村

在我抵达莫斯科后的第二个星期日，即 1969 年 10 月 12 日，即将离任回国的老张说："小陈，今天没什么稿子可发，我带你去列宁故居吧。"

"好啊！开'莫斯科人'？"

"不，得开'伏尔加'，跑长途'莫斯科人'靠不住，暖气也不灵。"

说完，我们俩穿好衣服，提上照相机，驱车出发。

列宁故居位于莫斯科州列宁区，莫斯科市东南 40 多公里的高尔克村，俄文全称翻译成中文是"列宁故居高尔克"国家历史庄园博物馆，占地面积约 9500 公顷，即 95 平方公里，比中国现存的最大皇家园林承德避暑山庄大一倍还要多。

但吸引人的不是"跨越世纪的庄园"，而是列宁故居博物馆。庄园的魅力来自大自然，故居的魅力来自对领袖的景仰。对老张来说，高尔克村是一个熟悉的郊游点，对我而言，是心中的麦加。

我的确是怀着神圣感前往高尔克村的，以至于一路的森林、雪景和各种各样的几何形俄罗斯木屋都没能拨动我的好奇心。如果说这时我对斯大林的迷信开始有所动摇的话，那么对列宁的崇拜依然如故，尤其当我得知，高尔克村不仅是列宁度过他传奇一生最后岁月的地方，更是他撰写《无产阶级革命和叛徒考茨基》《伟大的创举》和《共产主义运动中的"左派"幼稚病》等辉煌篇章的地方，我已经对崇拜和迷信的区别彻底失去了感觉。

我明白自己目前连马列主义候补信徒的资格都够不上，但我怀揣着为共产主义奋斗终生的理想，渴望找到精神家园。自从上周在列宁墓里见到革命导师——虽然是长眠在地宫中的革命导师，见到无名烈士墓前的"圣火"，我仿佛瞬间得到"神启"一样，我将让自己的生命得到升华——加入中国共产党。

浮想联翩中，听老张说"到了"。

果然是一处非同凡响的所在。穿过挂满雪霜的"林荫路"，白雪覆盖的"草坪"，迎面便是一幢米黄色的主体建筑，两侧各有一栋配楼，跟北京四合院正房与厢房的布局很接近。主楼和配楼虽然都是两层，但因主楼造型别致，且正面屋顶呈等边三角形，所以明显比配楼高出一头，也就凸显了主人的地位。主楼正面三角形屋顶下的 6 根圆形立柱和侧面的圆筒式造型，都显示出俄罗斯新古典主义的建筑风格。

因为是初冬，所有的色彩都掩盖在冰雪之下。但不难想象盛夏的美景：淙淙的小河，静静的湖水，绿草如茵、蝶舞鸟鸣、花香四溢，据说光苹果树就有 500 棵，樱桃树 300 多株。

见到来了一辆挂黄牌的汽车，故居博物馆管理处主任想必一看便知是来了外国记者，所以亲自迎了出来。这是一位年近50的妇女，看上去就是个颇有修养的知识分子，头上盘着发髻，穿着典雅得体。当然，跟这个年龄的大多数俄罗斯妇女一样，体态发福，乳房挺得高高的，像是两座小山。

听说是中国记者，她显得格外热情和高兴。她毫不避讳地说：

"如今来这里参观的人已经不多了，外国人几乎没有，来的都是中国人，只有中国人还记着列宁。"话中透着无可奈何和几分感伤。

见我挺年轻，她习惯性地问："您在我们这里留学吗？"

没等我开口，老张替我回答："不，他是我们的记者。"

"嚄喝，这么年轻就当记者啦！"

我心想，快30岁的人了，还说年轻？苏联人看中国人总是年轻10岁以上。

进入衣帽间，我们俩脱掉大衣和帽子。一位看似解说员的姑娘问主任要不要她解说。

"不用，我亲自为中国同志解说。"

我们跟随主任的脚步，边参观边听她解说。我还拿出笔和本，边听边记。照相机派不上用场，因为馆内禁止拍照。

高尔克庄园原是沙皇赐给贵族加弗里拉·斯巴希捷里的封地。后来，几易其主。先是庄园主阿·杜拉索娃建造了大房子——主楼，后是庄园主皮萨列夫建造了南、北厢房——配楼，形成现在的建筑格局。十月革命前，新庄园主吉娜伊达·莫罗佐娃邀请当时著名建筑师舍赫杰尔，按照新古典主义风格扩建了主体建筑，内部增加了古希腊神话的浮雕装饰，还修建了马厩、水塔、亭台等。

十月革命后，庄园被收归国有，南配楼被改造为疗养院。1918年9月25日，列宁遇刺后遵医嘱到这里来养伤，此后常到这里度假。从1923年5月起，列宁在这里居住和工作，直到1924年1月21日去世。

列宁和夫人克鲁普斯卡娅、妹妹玛丽亚·乌里扬诺娃夏天来时住主楼，秋、冬季则住北侧楼。1924年1月21日，54岁的列宁在主楼卧室与世长辞。

后来这里被辟为列宁故居博物馆，从 1949 年 1 月起正式对外开放。

我们随主任兼解说员依次参观了列宁的客厅、办公室、卧室和书房，看到了不少珍贵遗物。

贵为贵族庄园和领袖故居，客厅的朴实无华远远超出我的想象。除了简单的桌椅和陈设，真的乏善可陈。据说，列宁去世的第二天，遗体就停放在这间客厅里。

办公室的简陋令我想起刘禹锡的《陋室铭》。只有那架古董级爱立信牌方盒子电话机或许能表明主人的身份与众不同。卧室里只有一张普通木板床，唯一的摆设是地板上铺的那张友人赠送的狼皮。卫生间里连普通淋浴设施都没有，如果不是那个能让人联想到具有中国青花瓷特色的洗手盆，与农家厕所毫无二致。

作者在列宁故居列宁雕像前留影

书房是唯一能显示主人身份的地方，但不是书橱——书橱平常得不能再平常，而是多达 3000 册的书籍。3000 册书并不够用，列宁还要三天两头让秘书从莫斯科图书馆替他借书。他的最后几部名著就是在这里诞生的。

列宁故居中能算作珍贵遗物的应该就是小船、雪橇和汽车了。小船显然是让列宁在康复过程中到湖上泛舟的，但他从来没有享用过。冬天他喜欢乘雪橇出去打猎，但也只是偶一为之罢了。唯一有点故事的是那辆劳斯莱斯老爷车。主任说是 1922 年从英国购买的，为了安全起见，把后轮改装成橡胶履带式"坦克轮"，便于冬季在冰雪路面上行驶，不过速度只有 20 迈左右，列宁很喜欢乘这辆车出行。

列宁故居的藏品有 6000 件之多。但参观者能看到的可能还不到百分之一。

参观完故居内部，主任兼讲解员带两位中国客人来到户外，陪他们沿列宁的足迹感受历史的脉搏。在故居前的"林荫路"旁有块石碑，上面写着"1918—1923 列宁在高尔克居住时曾在这条小路上散步"。还有一块石碑上刻着"1924 年 1 月 23 日弗·伊·列宁的灵柩沿着这条小路被抬走"的字样。解说员指着小路说，列宁去世后，他的遗体就是沿这条小径被抬到附近火车站运往莫斯科的。

令人动容的是院内那组《为领袖送葬》的花岗岩雕塑群，是雕塑家梅尔库洛夫的倾心倾力之作。8 位抬灵者仿佛肩负千斤重担，寸步难行的姿态，悲痛欲绝、难舍难分的表情，让我潸然泪下，并深深印在心里。

（写于 2013 年）

雅斯纳亚·波良纳
——高尚灵魂的栖息地

列夫·托尔斯泰故居博物馆

一座普通庄园跟一位伟大作家的名字联系在一起，就成了世界文化圣地。

这个庄园就是雅斯纳亚·波良纳（Ясная Поляна）——俄文原意是"阳光明媚的林中园地"，延伸一下，恐怕就是我们中国人想象中的"世外桃源"了。生活在"世外桃源"的人，当然非仙即圣。果然，它是诞生和培育俄罗斯圣人、伟大作家列夫·托尔斯泰（1828—1910）的地方。

出于对圣人的崇拜和对作家的热爱，托尔斯泰故居是我多年魂牵梦绕的地方。不单因为我翻译过他那难啃的日记，他夫人和女儿的珍贵回忆录，更因为他的《战争与和平》《安娜·卡列尼娜》和《复活》以及他的"道德自我完善"和深刻的哲学思考，给了我太多的人生感悟和精神坐标。

作为俄罗斯语言文学的学生和熏陶者，我从学生时代就对这位 19 世纪俄罗斯百科全书式的人物、"俄国革命的一面镜子"（列宁语）高山仰止，心向往之。可惜，在我常驻莫斯科的 6 年时间里，竟没有机会到他的墓前献上一瓣心香。原因很简单，雅斯纳亚·波良纳距莫斯科 195 公里，超出了驻莫斯科外国记者被允许的活动半径，没有采访机会。苏联解体后，终于等来了访问托尔斯泰故居的机会，不过身份不再是驻外记者，而是已然退休的自由旅游者。

雅斯纳亚·波良纳在莫斯科以南的图拉州，乘车大约需要 3 个小时。2003 年应朋友邀请，我终于圆了到托尔斯泰故居"朝圣"的梦。

雅斯纳亚·波良纳享有俄罗斯国家纪念馆和自然保护区地位。但乍看上去，与其说它是一座古老的贵族庄园，莫如说是一片草木葱茏的天然林园，没有城堡围墙，没有亭台楼阁，没有华丽的豪宅，甚至没有一条柏油或者砖石铺成的路，只有一条 18 世纪留下来的土路和一条林荫小道。多亏有一个还算醒目的门脸，否则会被当成普普通通的农家大院。

俄罗斯俗语说，房屋从门槛开始，庄园从大门开始。大门两侧是古旧的圆形石塔，类似中国深宅大院守门人的岗亭。那还是作家的祖父建造的。多年来，岗亭一直是守门人躲风避雨的地方。本来入口处是安装了大铁门的，但作家托尔斯泰不喜欢让一扇铁门将他与农民朋友隔开，便下令拆除了。

岗亭左边有间小石屋，是园丁的住所。托尔斯泰在长篇小说《战争与和平》中提到过这座小石屋。

一条由两排挺拔的白桦树交织着的树冠遮挡太阳的林荫路，沿着斜坡笔直向上，伸向黄绿相间的秋色深处。左边一泓池水泛着微涟，水中倒影婆娑。两排白桦树把我们引进一处树林，映入眼帘的是五光十色，赤橙黄绿青蓝紫，宛如一幅秋色风景油画。远处背景上矗立着高大的橡树、松树和桦树。一片空地上，是参天大树掩映下的托尔斯泰故居——一幢白墙蓝顶的两层小楼，白色的墙壁，白色的栅栏，白色的门庭，白色的台阶。墙边的栅栏上有马匹雕像，表明托尔斯泰一家都喜欢骑马。庄园至今还保留着马厩，并饲养着 24 匹各种名马。

走进门庭，周围站满了书柜。墙上挂着一个皮包，是当年取信件、报纸用的。玻璃橱柜里陈列着几杆猎枪，狩猎是托尔斯泰青年时代养成的一大爱好。在一楼著名的"穹顶屋"里保存着作家的手稿和书信。

二楼有一间宽敞明亮的大厅，曾经是莫斯科文学艺术家的"文化沙龙"。托尔斯泰在这里接待过屠格涅夫、契诃夫、高尔基等。托尔斯泰用过的钢琴还立在原处。大厅墙壁上挂着两幅托尔斯泰肖像画，分别是俄罗斯油画大师克拉姆斯科依和列宾的作品。与其并列的还有托尔斯泰夫人的画像。对面墙上是几位祖先的画像。

二楼藏书室里存有 14 种文字的各类图书 23000 册，其中有屠格涅夫、罗曼·罗兰、高尔基等人亲笔签名的赠书。托尔斯泰一生博览群书，精通法语、德语、英语，还可以阅读意大利文、阿拉伯文、古希腊文、古犹太文与荷兰文等多种文字。

底层有一间由储藏室改造的书房，算是托尔斯泰家最安静的地方，也是列夫·托尔斯泰潜心写作的地方。墙上挂着他与农民一起劳动时使用的镰刀、绳索，还有他常穿在身上的肥大宽松的农民罩衫。这样的房子和这身打扮的房主人，在 19 世纪的俄国充其量也就是个没见过世面的土财主吧——我想。但我知道，这正是托尔斯泰的精神追求。在道德"自我完善"的精神苦旅中，他内心的风雷激荡是常人难以理解和想象的。然而，就在这个低矮的储藏室书房里，不仅诞生了《童年》《少年》和《青年》，而且诞生了《战争与和平》《安娜·卡列尼娜》和《复活》等不朽名著。

与整个庄园的开阔和幽深相比，这幢小楼显得有点不够般配。本来正面有一座很大的主楼，也叫"贵族楼"，左右两侧是配楼。但当年在高加索军中服役的列夫·托尔斯泰委托管家把主楼卖给了一个商人，而商人将整座楼房整体拆迁到邻村。所以，后来的列夫·托尔斯泰一家只能住右配楼。右配楼也就成了名副其实的托尔斯泰故居。如今故居前增加了一座托尔斯泰半身雕像。

这么一栋小楼对有 8 个孩子的托尔斯泰一家，当然显得相当局促和拥挤。房内的装修和陈设都很平常，既没有贵族之家的华丽，也显不出大文豪的书香门第。然而，就在这座配楼里托尔斯泰度过了人生的大部分时间，并写出了令世界倾倒的鸿篇巨制。

1828 年托尔斯泰生于雅斯纳亚·波良纳庄园。正是这块人杰地灵的风水宝地让他创作出世界级的文学巨著，在他生前就确立了俄罗斯文学泰斗和领军人物的地位。托尔斯泰的巨大声誉和崇高品格不仅赢得贵族的尊敬，而且受到普通农民的敬重。在那个充满动荡和暴力的时代，贵族和地主的财产被抢劫，房屋庄园被烧毁几成常态的情况下，却没有人动雅斯纳亚·波良纳的哪怕一根钉子，虽然托尔斯泰已经去世多年。相反，正是那些心中燃烧着对地主复仇火焰的农民，自愿承担起捍卫托尔斯泰庄园的责任，将"不请自来的"打砸抢者拒之门外。

谈起雅斯纳亚·波良纳的历史，距今少说也有 350 年了，1652 年就有关于它的记载。那时它是一块跑马占荒的飞地，周围筑有御敌的围墙和护栏。主人是一名叫斯捷潘·卡尔采夫的军官。他的后人将这片土地分为 5 部分，直到 1760 年。遗憾的是，究竟是他们之中的谁修建了庄园和林荫道，早已无据可考。有据可查的是列夫·托尔斯泰的外曾祖父谢尔盖·费奥多罗维奇·沃尔康斯基公爵（1715—1784）于 1763 年购买了这座庄园。

庄园的改造始于公爵的一儿子、列夫·托尔斯泰的外祖父尼古拉·谢尔盖耶维奇·沃尔康斯基（1753—1821）。他也是一名有公爵封号的军人，官至陆军上将。1799 年退休后定居庄园，并开始对其进行大规模改造。主楼和两个侧翼的配楼就是这时开始建造的。设计为两层楼房的主楼很大，内有 32 个房间，正面是圆柱和阳台。列夫·托尔斯泰就诞生在这栋房子里。可惜，尼古拉·谢尔盖耶维奇只建了两翼的配楼和主楼的一层就与世长辞了，所以收尾工作是由列夫·托尔斯泰的父亲完成的。此外，庄园里还建造了一个大型景观公园和许多附属设施，以及从大门直通主楼和配楼的白桦林荫道。

这条夹在两排白桦树之间的林荫道非同小可。从它上面走过的不仅有王公贵族、作家艺术家，甚至还有皇帝。沙皇亚历山大一世在一次外出旅行中，特意到雅斯纳亚·波良纳看望尼古拉·谢尔盖耶维奇·沃尔康斯基公爵。

尼古拉·谢尔盖耶维奇的夫人是叶卡捷琳娜·德米特里耶夫娜·特鲁别茨卡娅公主。他们有两个女儿：芭芭拉和玛丽娅。芭芭拉出生后不久就夭折了，而玛丽娅似乎注定要做伟大作家列夫·托尔斯泰的母亲。

不幸的是，尼古拉·谢尔盖耶维奇中年丧妻，只好把年幼的女儿玛丽娅托付给她的舅舅特鲁别茨基王子家抚养。但视女儿为掌上明珠的尼古拉·谢尔盖耶维奇离开女儿就像丢了魂一样。所以一旦情况允许，他就辞去了公职，带着女儿玛丽娅住进雅斯纳亚·波良纳，并把所有的余年都献给了女儿。女儿是他的生命之火，希望之光。他给了玛丽娅最良好的家庭教育。玛丽娅不仅学历史，学物理，学数学，学地理，而且学会了4门外语。

1821年尼古拉·谢尔盖耶维奇·沃尔康斯基公爵去世。对于一直在父亲羽翼下长大的玛丽娅来说，这打击实在太大了，30岁的她还待字闺中。这个年龄的女孩对寻常百姓家已经是"超级剩女"，何况是侯门贵族。亲戚们自然为她的婚姻急得像热锅上的蚂蚁。终于有人成功地介绍了尼古拉·伊里奇·托尔斯泰伯爵。1822年他们结婚后住在雅斯纳亚·波良纳。别看丈夫贵为伯爵，但按中国风俗，他可是倒插门的入赘女婿。因此，有材料介绍说，雅斯纳亚·波良纳庄园是列夫·托尔斯泰母亲的陪嫁，这说法应该也不算错。从玛丽娅出嫁时起，这座庄园就从沃尔康斯基改姓托尔斯泰了。

他们先后生了5个子女：尼古拉、谢尔盖、德米特里、列夫和玛丽娅。而那个排行老四，小名叫"列夫"（狮子）的男孩就是后来名闻遐迩的俄罗斯文学泰斗列夫·尼古拉耶维奇·托尔斯泰，那个为世界文化宝库增添了《战争与和平》《安娜·卡列尼娜》和《复活》等瑰宝的伟大作家。

长篇小说《战争与和平》让托尔斯享誉世界。为了创作这部小说，他奋笔疾书了 2000 多个日日夜夜，边写边修改，数易其稿，终于完成了一部彪炳青史的历史长卷。随后，他又奉献出两部不朽的著作：《安娜·卡列尼娜》和《复活》。仅《复活》的开头就反复写了 7 次。可见，作家付出的不仅是智慧和灵感，还有艰辛和责任感。

列夫·托尔斯泰对俄罗斯和世界文学宝库所做的贡献之大无法估量。他的著作被翻译成世界上几乎所有的语言，出版册数当以千万计。这些作品过去被搬上银幕，现在被搬上银幕，将来还会继续被搬上银幕。列夫·托尔斯泰及其作品早已成为俄罗斯和世界文学研究的必修课。俄罗斯有理由为拥有一位世界最伟大的经典作家而骄傲和自豪。

1910 年深秋，列夫·托尔斯泰在利佩茨克州的阿斯塔波沃车站病逝。他本来是要去新切尔卡斯克看望他的外甥女，但途中得了感冒并转为肺炎。他被安置在车站站长家养病，怎奈一位 82 岁高龄的老人已经经受不起病痛的折磨，没坚持多久，他的心脏就停止了跳动。一代伟人与世长辞。

按照列夫·托尔斯泰的遗嘱，他的遗体被埋葬在雅斯纳亚·波良纳一条干河沟旁，那个儿时寻找"小绿棒"的地方。"小绿棒"是 12 岁的大哥尼古拉讲给 6 岁弟弟廖瓦（列夫）及其伙伴们的故事。故事说，他有个秘密，写在"小绿棒"上，埋在林间空地的干河沟旁。如果能找到它，人间一切不平和苦难都将结束，人人都将过上幸福快乐的生活，就像"蚂蚁兄弟"那样，齐心协力，和睦相处。廖瓦和小伙伴们信以为真，经常到林中沟壑寻找，但始终未能找到。

关于"蚂蚁兄弟"，需要解释几句。当时俄国流行一种儿童游戏叫"穆拉威亚兄弟会"，因为"穆拉威亚"和"蚂蚁"在俄语中是同根词，发音和书写都一致，所以廖瓦兄弟及其伙伴干脆用"蚂蚁兄弟"代替"穆拉威亚兄弟会"，听起来形象直观而且有趣。

但"小绿棒"一直深藏在列夫的心里，并影响了他的一生。已是成名作家的他回忆道："记忆中最早，最亲切也是最重要的"童年记忆是，"我那时真的相信有那么一根小绿棒，上面写着怎样才能消灭人间的种种罪恶，如何为人类造福；我现在也仍然相信有一种为人类造福的真理，它一定会被发现"。直到晚年他还将"小绿棒"的故事讲给别人听，甚至以"小绿棒"为篇名著文阐述人生的意义，追寻"人人平等，爱所有人并为他们服务"的世界。弥留之际，他留下遗嘱，希望将他葬在雅斯纳亚·波良纳那个藏有"小绿棒"的地方——那里有他一生都在寻索和破解的秘密。他在遗嘱中说："不搞任何安葬仪式，只需一口木棺，如果有人愿意，就请他把棺材运到或搬到老禁猎树林的干河沟对面，那个埋藏'小绿棒'的地方去。"

托尔斯泰墓——最简朴的墓葬，最高尚的灵魂

我们今天看到的托尔斯泰墓，恐怕是世界上最简陋、最朴实，只能显示与大地母亲融为一体的伟人墓了。没有陵园，没有墓碑，没有名牌，甚至没有十字架。沟壑已经填平，一座上下周围都被萋萋芳草覆盖得严

严实实的长方形坟冢，静静地躺在一棵老树前。如果不是高出周围草坪半米的话，谁也不会知道这里长眠着一位享誉世界的伟大作家。正是最平凡的陵墓，让我们看到了最伟大的灵魂。可以说，这是我参观托尔斯泰故居最受震撼，也最受感动的地方。站在托尔斯泰墓前，你真的会觉得人生一世，草木一秋，功名利禄，万贯家财，皆为粪土。一抔黄土，一个不朽的灵魂，让你明白什么是伟大，什么是渺小，你的灵魂在忏悔中得到净化。

我想，大凡伟大的作家都拒绝死后"哀荣"。果戈理如此（他本人的遗嘱是根本不立墓碑），托尔斯泰如此，曹雪芹亦如此。这不是谦卑，而是信仰。再隆重的葬礼，再豪华的陵墓，都不能把平凡变成伟大。

列夫·尼古拉耶维奇的全部童年都是在雅斯纳亚·波良纳度过的。不幸的是，在他小妹妹玛丽娅出生半年后，年仅39岁的母亲玛丽娅·尼古拉耶夫娜就病逝了，而廖瓦本人当时也只有 岁半。所以他对母亲事实上没有什么明晰的印象。在他心目中，母亲只是精神偶像，爱神的化身。他对母亲的全部印象和感情都来自亲人们的叙述和母亲的日记。

失去母亲的5兄妹由表姑叶尔戈斯卡娅照料。她虽然不能取代他们的生母，但为了让孩子们能享受到母爱，她做了力所能及的一切。不幸的是，他们的父亲、唯一监护人尼古拉·伊里奇·托尔斯泰也于1837年意外去世。5兄妹彻底变成了无父无母的孤儿。他们的姑妈奥斯丁·萨肯伯爵夫人不得不担起监护人的责任，并与叶尔戈斯卡娅共同肩负起孩子们的抚养责任。几年后伯爵夫人也去世了，孩子们只好去喀山投奔另一位姑姑尤什科娃。后者成了他们的新监护人。

孩子们逐渐长大，并相继进入喀山大学。1847年，19岁的列夫·尼古拉耶维奇回到雅斯纳亚·波良纳，继承分给他的这份祖传遗产。

在这里，列夫·尼古拉耶维奇开始"寻找自我"。他想对庄园的职能做些改变，试图办教育。他真的为农奴子弟开办了一所学校，而他自己离开庄园，先去了莫斯科，后去了圣彼得堡，开始写短篇小说。

1851年春天大哥尼古拉从高加索到雅斯纳亚·波良纳看望弟弟。他谈了许多关于军队的事情，并绘声绘色地描述了俄罗斯南方的自然风貌。有一天兄弟俩在林荫路上散步，尼古拉建议弟弟不妨考虑参军。尼古拉走后，列夫对大哥的建议做了认真思考，然后收拾行囊，前往皮亚季戈尔斯克。快到秋天时，他在梯弗里斯（第比利斯）通过了士官生考试，并在第4炮兵营入伍。在高加索军中服役的两年中，他并未放弃自己的文学梦，继续写短篇小说向《现代人》杂志投稿。

克里米亚战争期间，列夫·托尔斯泰在塞瓦斯托波尔保卫战中出生入死，屡建奇功，而且成为一名相当不错的炮兵营指挥官。为此，列夫·托尔斯泰伯爵被授予4级圣安娜勋章和其他奖章。也是在这里，他写了第一篇关于塞瓦斯托波尔战役的短篇小说，并获得成功，甚至获得沙皇亚历山大二世的嘉许和好评。

服役期间列夫·托尔斯泰遇到的最大问题是囊中羞涩。为了得到"孔方兄"的支持，他做了一个让自己悔恨一生的决定：卖掉了他出生的房子——那座有32个房间的主楼。他委托管家把房子卖给了一位姓格罗霍夫的商人，而买家把房子整体搬迁到多尔戈耶村。列夫·托尔斯泰认为这是他一生中所犯的最不可饶恕的错误，每忆及此，都痛悔不已。

后来雅斯纳亚·波良纳庄园被辟为博物馆，在原来主楼的地方放置了一块石碑，上面刻着："这里曾矗立列·尼·托尔斯泰出生的房子。"看到没有了房子的石碑和石碑上的话，别说作家本人生前伤感，连我这个参观者也觉得这是个太大的遗憾。

不过，列夫·托尔斯泰在这里栽了一棵树，如今已是参天大树。每当有人问起他在哪里出生时，他都不无尴尬地指着树顶说："喏，就在那里，在树冠那个位置。那是妈妈的房间，也是我出生的地方，生在皮沙发上。"43年后，他到多尔戈耶村去参观自己的老房子，老作家的心里立刻刮起感情的风暴，深情地回忆童年的他和哥哥妹妹一起在各个房间里窜来窜去疯跑的情景。

1855年底，列夫·托尔斯泰随指挥机关到达彼得堡，利用业余时间写完了另两篇关于塞瓦斯托波尔战役的短篇小说，并获巨大成功。可以说，从这时起托尔斯泰完成了作家的华丽转身。

1856 年，列夫·尼古拉耶维奇以陆军中尉身份退役，并开始游历彼得堡和欧洲，会见了众多文化艺术界名流。1862 年，34 岁的列夫·托尔斯泰和 18 岁的索菲亚·安德烈耶夫娜·贝尔斯小姐（1844—1919）结婚。他们总共生了 13 个孩子，其中 5 名幼年夭折。他们的家庭生活远非一帆风顺（这一点我在翻译《托尔斯泰夫人日记》时，已经深深体会到了），但列夫·托尔斯泰以极大的爱心和宽容，维持婚姻达 48 年之久。

列夫·托尔斯泰无疑在文学创作上花费了太多的时间。他撰写了 170 多部作品，但生前得以出版的只有 78 种，其余的都保存在个人档案里，直到作者死后才受到广泛关注。在雅斯纳亚·波良纳，列夫·托尔斯泰一家住在右配楼，在这里作家度过了漫长岁月，撰写了大量著作。所以，右配楼也就成了名副其实的"托尔斯泰故居"，也即 150 多年来人们见到的"托尔斯泰故居"。

雅斯纳亚·波良纳庄园是独一无二的。伟大的俄罗斯作家列夫·托尔斯泰生于斯，长于斯，成家于斯，写作于斯，死后葬于斯。这是他唯一的挚爱家园，托氏家族香火传承之地。只有在这里才能"沉入"托尔斯泰及其作品的世界，感知圣人的伟大灵魂。

有关雅斯纳亚·波良纳的历史最早可以追溯到 1652 年。自 18 世纪中叶，庄园就属于托尔斯泰母系祖先沃尔康斯基公爵。经过整个 18 世纪和 19 世纪，这里创造了独具一格的庄园景观：公园、花园、林荫路、池塘、百花争艳的花房……当然还有房屋建筑，其中包括一栋大型庄主住宅楼和两栋配楼。当然，以今天的眼光看过去，剩下的两栋配楼已经普通得不能再普通了。但伟大作家住过半个世纪的房子里的全部内饰和藏书都保持在 1910 年的老样子，一直原封未动。

老树新枝，草木葱茏，花厅柳巷，曲径通幽，池水微澜，蓝天白云——这就是雅斯纳亚·波良纳，一个不断激发列夫·托尔斯泰创作灵感的神奇世界。

命运在整个 20 世纪都在眷顾托尔斯泰家族的古老庄园，即使走过国内战争，庄园也幸运地没有受到破坏。在1917年的暴力风潮中，是当地农民保护了它。在作家去世11年后即1921年，由于小女儿亚历山德拉·利沃夫娜的努力，雅斯纳亚·波良纳博物馆正式开放。列夫·托尔斯泰的后人都参与了博物馆的建设。1941年，当德国法西斯的魔影开始笼罩雅斯纳亚·波良纳上空时，时任博物馆馆长的作家孙女索菲亚·安德烈耶夫娜·托尔斯泰娅-叶谢尼娜将博物馆的绝大多数藏品转移到托姆斯克。

1994年，随着列夫·托尔斯泰的第5代曾孙弗拉基米尔·伊里奇·托尔斯泰接任故居博物馆馆长，托尔斯泰庄园进入新的发展阶段。从这时起，沃尔康斯基家族和托尔斯泰家族的后裔开始重返家园，这个古老的贵族庄园也重新回到了历史和传统的源头。2012年叶卡捷琳娜·亚历山德罗夫娜·托尔斯泰娅继任馆长，让众多托尔斯泰家族（包括沃尔康斯基家族）的子子孙孙认祖归宗。

记得2003年我重访托尔斯泰故居时，碰见一个近百人的旅游团乘坐两辆旅游大巴来到雅斯纳亚·波良纳。我以为他们是像我一样的普通旅游者，一问才知道，他们是来自欧美各国的托尔斯泰家族后人，相约一道回俄罗斯认祖归宗的。除少数年长者相互说俄语外，大多数中青年都操外语，英、法、德、西、意、瑞等各种语言都有。可见，托尔斯泰的后人们已经遍布欧美各地。他们多数人从教或经商，至于有没有当作家的，至少我没找到相关信息。

如今托尔斯泰故居已经变成大型博物馆建筑群，公认的世界文化中心之一。托尔斯泰博物馆已经扩展为一个有若干个分馆的完整网络。但中心还是庄园——那个托尔斯泰熟悉和喜爱的庄园，那个有果园、养蜂场和养马场的"活着的"庄园。雅斯纳亚·波良纳以其独特的美不仅保留着真实的原貌，而且保持着托尔斯泰的时代精神。

写于2003年

从克里姆林宫到红场观礼台

列宁墓　重大节日领导人登列宁墓检阅

1971年3月是我到莫斯科后的第17个月份。我已经习惯了工作就是生活。

每想到自己从光屁股拔草的穷孩子成长为一名新闻战士，心里就充满了对党的感恩之情，觉得除了拼命干好工作，无以回报。所以，我就像上满了发条的座钟指针那样周而复始，日复一日地沿着既定轨道奔跑，不知疲倦，不计报酬，放下家国烦恼，忘却对妻儿的思念，甚至连人的生理本能也开始麻木了。总之，工作就是幸福，累并快乐着。

但我没料到，更累的活儿还在后面。

1971年4月30日到4月9日苏共举行第24次全国代表大会。这是举世瞩目的大事，更是新闻界关注的头等大事。而对于我们新华社记者来说，很可能是任内遇到的驻在国头等大事，苏共24大将制定什么样的对华政策，苏联国内政局的演变趋势，经济和社会发展走向等，都是国内迫切关心的问题，也是记者要给出答案的问题。

而答案只能由我们两个人来提供。老王是有多年驻外经验的老记者，而我只是一个只有17个月经验的新记者。

老王也是个工作狂，但毕竟人过中年，已经感到力不从心。大量的日常动态报道，自然应该由尚属年富力强的我来包揽：大会所有报告、讲话、发言的内容摘要，从单独消息到综合报道，从每日综述到重点述评。老王则发挥经验丰富的优势，重点盯住电视直播，观察台上、台下领导人的动向，阅读大会报告和文件，综合分析和归纳，撰写有一定深度的内参稿。

11天大会，11个连滚带爬的日日夜夜。虽然卧室就在二楼，但每天屁滚尿流地忙到凌晨，困得连眼皮都睁不开，累得连上楼都犯懒，干脆就在办公室的沙发上和衣而卧，睡上三四个小时，早饭后开始新的一天。

除了勃列日涅夫的总结报告、柯西金的政府工作报告，每天都有苏共中央政治局委员、政府各部部长、各加盟共和国党政头目和工农兵知各界代表的发言。仅仅收集和整理信息并编发参考报道这一项，工作量就足够大，何况还要编发政治、经济、外交、军事报道。

用老王的话说，完成这么大的工作量，"一个人得掰成八瓣"。我们正是把自己掰成八瓣来拼命的。

不过，我还是很兴奋，因为终于有机会第一次坐进克里姆林宫大会堂的外国记者席，出席苏共24大开幕式和闭幕式。然而，坐进外国记者席后，又大失所望，因为外国记者席在大会堂三楼最高最远的地方，不借助望远镜根本看不清台上的面孔，还不如在家看电视直播更清楚。

但这毕竟是我平生第一次走进克里姆林宫大会堂，兴奋而好奇。台上的面孔看不清，但大会堂的辉煌壮丽还是看得清的。

克里姆林宫大会堂是 1961 年赫鲁晓夫执政时期建成的，工期 16 个月。大会堂是在老武器馆拆除后的旧址上建造的，座位数量 6000 个，有宴会厅和地下层。

苏共 24 大巩固了勃列日涅夫的领导地位，也加深了我对他的了解。从外表上看，最引人注目的是他那两道又黑又浓的眉毛。一位罗马尼亚记者用两手比画着开玩笑说：列宁的胡子在颌下，斯大林的胡子在鼻子下，勃列日涅夫的"胡子"在眼睛上。

勃列日涅夫似乎也很在乎自己的形象：穿着比较讲究、得体，读讲话稿时注重语速、节奏和抑扬顿挫，有时还会故意卖弄范儿，例如在念"社会主义"一词时，不是按俄文读法把重音放在最后一个音节，而是按英文读法把重音放在第一个音节。这样，听发音是俄文，听重音是英文，有点新鲜，也有点滑稽。

他的精明在于不露锋芒。同斯大林相比，他不那么居高临下、咄咄逼人；同赫鲁晓夫相比，他不那么飞扬跋扈、自以为是。在"元老"面前他显得谦恭，在"后进"面前他显得自信。在强者面前他绝不显露野心，在弱者面前他尽量显示宽厚。给人的印象是，踌躇满志但并不野心勃勃，强者放心，弱者不惧，人缘似乎不错。至少这是他在苏共 24 大上给人的印象。

1971 年 5 月 9 日，莫斯科红场。

今年的胜利日既不逢五也不逢十，例行的平年庆典规模当然不会太大，军事检阅的规格也不会太高，而且赶上个又阴又冷的天气，天气预报说还可能有小雨或雨夹雪。虽然气温在 10 摄氏度左右，但给人的实际感觉跟寒冷的冬天没什么区别，尤其要一大早就得站到露天观礼台上，一直坚持到下午两三点钟，没有全套的防寒装备肯定挺不住。

阅兵仪式 10 点钟开始，但 8 点钟前外国客人就得到位。苏联各界群众代表来得更早，6 点钟就陆续入场了。我们到场时，外国记者观礼台上已经站满了人。

不一会儿，就看到阴沉的天空开始飘洒雪花。雪花在风中旋转着飘落在红场的鹅卵石地面上、列宁墓上、观礼台上，自然也飘落在观礼者们的身上。

人们不断把帽子上和大衣上的雪花拂落到观礼台的阶梯式木板上，经脚下一踩，就化成了雪水。被雪水浸湿的木板虽然没有结冰，但透进皮鞋底的都是寒气。多数人穿的都是夹皮鞋，寒气钻入脚心，很快就有了腿脚将被冻僵的感觉。人们顾不得体面，开始踩脚驱寒。

红场阅兵式　列宁墓两侧临时搭建观礼台

"踢踏舞"声惊动了苏联外交部新闻司的服务人员。显然也是事先有所准备，不知他从什么地方端来一个大托盘，托盘上放满了小酒杯，酒杯里装着橘红色的白兰地，大约100克的样子。人们纷纷伸手取杯，举到嘴边，一饮而尽。保加利亚记者没把自己当外人，干了一杯还想拿第二杯，被服务人员赶紧拦住，说"对不起，每人只能一杯，过一小时还会再来"。

雪停了。差一刻十点，列宁墓上开始骚动起来。少顷，勃列日涅夫（苏共中央总书记）、波德戈尔内（最高苏维埃主席团主席）、柯西金（部长会议主席）、苏斯洛夫（中央书记）、基里连科（中央书记）、佩尔谢（中央监察委员会主席）、波利扬斯基（部长会议第一副主席）、马祖罗夫（部长会议第一副主席）、谢列平（工会主席）、沃罗诺夫（俄罗斯联邦部长会议主席）、谢列斯特（乌克兰第一书记）、格里申（莫斯科市委第一书记）、谢尔比茨基（乌克兰部长会议主席）、库纳耶夫（哈萨克斯坦第一书记）、库拉科夫（中央书记兼农业部部长）以及政治局候补委员安德罗波夫（克格勃主席）、杰米契夫（中央书记）、马谢罗夫（白俄罗斯第一书记）、姆日阿瓦纳泽（格鲁吉亚第一书记）、拉希多夫（乌兹别克第一书记）、乌斯季诺夫（中央书记）等党政领导人依次登上列宁墓检阅台。

突然，观礼台上的"踢踏舞"声停了下来。一辆敞篷吉普车从北面国家历史博物馆方向驶来，停在列宁墓检阅台前。车上气宇轩昂、块头很大的一位将军面向检阅台行军礼，大声说"请接受检阅"。我问身边的罗马尼亚《火花报》记者车上是谁，他说是莫斯科卫戍司令。

这时我才注意到红场对面百货大楼"故姆"的高墙上挂着列宁画像和"光荣属于苏共"的巨幅标语。楼下从北往南排满了即将接受检阅的方队。方队基本都是由各军事院校的士官生组成的，大概是因为军事院校组织、训练起来比较方便的缘故吧。

受阅方队是在历史博物馆从北向南进入红场的，这样正好是从左向右走过列宁墓和两侧的观礼台，接受检阅。但受阅方队和兵器军车其实都是从红场南端的圣瓦西里教堂后面进入红场的。只不过是沿广场东侧和北侧转了半圈。

常言道，"内行看门道，外行看热闹"。此刻的我只能看热闹。当一队队炮车、坦克车、装甲战车和载着长短不同口径各异的导弹运输车在眼前隆隆驶过时，心里暗自惊叹，却分不清孰新孰旧、孰高孰低。在我眼里全都是第一次见到的东西，全都是新鲜武器。至于型号、性能，更是一无所知。

这时我才意识到做记者之难。记者的报道对象是无限的，记者的知识面也就必须是无限的。记者虽然不可能做到无所不知，但对亲眼看到的事物至少要有"客观描述"的本领。而要想能做到这一点，知识的积累和知识面的扩大就是每时每刻的必修课。

从克里姆林宫大会堂到红场观礼台，不能不说是一种幸运。而作为一名普通驻外记者，一切幸运都源于背后站着强大的祖国。

（写于 2013 年）

从《解放》到《这里的黎明静悄悄》

1973年莫斯科分社接到总社编辑部业务函，指示分社加强文化报道，重点关注军事题材的电影戏剧。

我在分社的工作分工之一就是文化报道。这个业务指示等于给了我多看一点军事题材电影的特权。

电影《解放》剧照

时值苏联纪念伟大卫国战争胜利30周年，莫斯科电影制片厂拍摄了一部大型系列纪实性电影史诗《解放》，真实地再现了苏联红军从库尔斯克大反攻到强渡第聂伯河，从解放基辅到收复白俄罗斯，从解放波兰到攻克柏林的战斗历程。

红军胜利归来

《解放》分 5 集，片名分别是《炮火弧线》《突破》《主攻方向》《柏林之战》《最后一击》，总长 8 小时。影片由著名作家奥斯卡尔·库尔干诺夫（Оскар Курганов）和尤里·邦达列夫（Юрий Бондарев）编剧，著名电影艺术家尤里·奥泽罗夫（Юрий Озеров）执导，著名演员米哈伊尔·乌里扬诺夫（Михаил Ульянов）主演，演员阵容空前强大。

电影从 1969 年就开拍了，耗时已近 4 年。为了拍摄这部电影史诗，据说动用了海陆空三军士兵 30000 名、坦克 10000 辆、飞机 1000 架。这是苏联电影史上时空跨度最大、囊括历史事件最多、场面最壮观、气势最恢宏、出场历史名人最多、耗资也最大的战争题材影片。

《解放》一登上银幕，就在苏联观众中引起强烈反响和历史共鸣，也引起国际社会的广泛关注。其实，任何人，只要对第二次世界大战历史有起码的尊重，是无论如何也绕不开斯大林、罗斯福、丘吉尔、希特勒、墨索里尼这些历史人物的，不管他们是天使还是魔鬼。

莫斯科各大影院场场爆满，一票难求。情急之下，我想起了自己的外国记者证。果然奏效，电影院对外国记者和外交官有特殊照顾。

没看过《解放》的人很难理解什么是电影史诗。坐在电影院里和血泊中的苏联人民同命运共呼吸，同红军将士一起走过艰苦卓绝的战斗历程，感受他们气贯长虹的英雄气概，我像被电击一样身心震撼。每看一集，我的脑海里都浮现出红场无名烈士墓上的碑文：

НИКТО НЕ ЗАБЫТ, НИЧТО НЕ ЗАБЫТО（谁都不会被忘记，什么都不会被忘记）

每看一集，我的耳畔都会响起《神圣的战争》那震天动地、铿锵有力的旋律：

起来，伟大的国家

起来，做殊死搏斗

……

这是人民的战争，神圣的战争

我把《解放》推荐给大使，说应该让使馆的同志们都看一看，多了解一点苏联卫国战争史，对当前的调研工作有好处。大使欣然同意。

当年驻外使馆几乎没有文化生活可言。每到周末懂外语、会开车的同志还好一点，可以找个借口出去到商店或公园转转。但这对一般年纪轻、级别低的外交人员还可以，让级别高点的外交官出去到处闲逛显然就不大合适。还有不懂外语也不会开车的工勤人员，他们只能待在家里打扑克"斗地主"，要么就是十个八个凑在一起看"样板戏"录像，边看边跟着摇头晃脑地唱，有的低声哼唱，有的扯脖子高喊，跑不跑调无所谓。

毫无疑问，让大家看看《解放》这样既没有"黄色"也没有"粉色"镜头的电影，不仅增长知识、活跃生活，对于搞调研工作的外交官来说，也多了一个了解驻在国情况的窗口。

大使很快吩咐办公室秘书租来《解放》。本来想5集分5次放映，可大家像在沙漠里遇到了甘泉，哪里等得及一口一口地喝啊，从早饭后看到晚饭前，一口气看了5集8小时，中间连去趟厕所都顾不得。好在星期天两顿饭。为了让不懂俄语的人都能听懂，由包括我在内的几名俄语好的年轻人充当同声传译。

看了一遍还不过瘾，从周一到周五，每晚一集，又连续放映了5个晚上。

《解放》给我留下深刻印象的不仅是苏联红军的群体英雄形象，而且是一个个鲜活的个体英雄形象，其中朱可夫元帅的形象最令人难忘。

这在很大程度上要归功于苏联人民演员米哈伊尔·乌里扬诺夫的成功形象塑造。他扮演的朱可夫形象得到了朱可夫本人的认可，从而他也成了不可替代的朱可夫特型演员。

多年后我重返莫斯科，再到红场，意外发现国家历史博物馆大楼前矗立着一座朱可夫元帅的青铜雕像。他一身戎装，左手紧握缰绳，右手微微抬起，骑着高大的战马，踏着德国法西斯的尸体，走向胜利。这座红场上唯一的青铜雕像无疑是英雄的苏联红军的化身，伟大卫国战争胜利的象征。望着1995年竖立的朱可夫雕像，我不能不想起电影《解放》，想起那个农民出身，当过学徒和皮匠，从骑兵到元帅的传奇式苏联民族英雄。

我在回国前为使馆和国内推荐的最后一部电影是《这里的黎明静悄悄》（《…А зори здесь тихие》）——一个诗情画意的片名。

1969年苏联《青春》（《Юность》）杂志发表了鲍里斯·瓦西里耶夫（Борис Васильев）的中篇小说《…А зори здесь тихие》，在读者中引起强烈共鸣，成为苏联卫国战争题材的畅销书。那时我刚到莫斯科，还顾不上看小说，虽然在大学时代我就喜欢看学校图书馆的《青春》杂志。

小说在1971年被改编成剧本在莫斯科的塔甘卡剧院上演。这家剧院是当年莫斯科最善打"擦边球"的剧院，所以也是西方记者经常光顾的地方。但既然是西方记者感兴趣的地方，我们中国记者就不便去了。何况，看戏要花钱买票，我们囊中羞涩，不去也罢。

不过这次不一样，这次是苏联记者请客。剧情并不复杂，描写的是5位美丽的清纯少女刚走出校门就投身卫国战争，在与德国法西斯的惨烈战斗中壮烈牺牲的感人故事。国破家亡，除了为祖国献出青春和美丽，她们别无选择。

电影《这里的黎明静悄悄》剧照

显然，这只是苏联伟大卫国战争中的一段小插曲，题材正统，内容健康。之所以在塔甘卡剧院上演费了点周折，据说是因为有两个表现女战士在河中洗澡的"跑光"镜头。

1971 年小说被电影艺术家斯坦尼斯拉夫·罗斯托茨基（Станислав Ростоцкий）搬上银幕，为的是纪念一位在枪林弹雨中舍生忘死把他背下战场的救命恩人，一位让他 30 年来一直魂牵梦绕不能释怀的女护士。

1942 年夏，参加过芬兰战争的瓦斯科夫准尉带领两个班的新兵——女高射机枪手，驻扎在一个靠近铁路交叉站的村子里。一天班长丽塔·奥夏妮娜（Рита Осянина）偷偷跑到附近森林里的河塘去洗澡。就在她一丝不挂地享受沐浴的快乐时，不意发现树林里隐藏着两个德国鬼子，像是以破坏铁路为目标的空降伞兵。她迅速穿上衣服跑回驻地向瓦斯科夫报告。瓦斯科夫听说鬼子只有两个，毅然决定带领 5 个女兵去把他们干掉。

进入森林准备伏击时他们才发现，敌人不是两个，而是 16 个。瓦斯科夫准尉带领 5 个年轻女战士与德军小分队展开殊死战斗。在实力悬殊的战斗中，女战士们一个接一个地牺牲：犹太姑娘索尼娅被德寇的匕首刺穿胸膛；农村姑娘丽莎在求援途中被沼泽吞没；在孤儿院长大的嘉利娅因初上战场在惊恐中中弹牺牲；边防军人的妻子、班长丽塔身负重伤，不愿拖累战友而开枪自尽；红军将领的女儿热尼娅为了掩护战友只身引开敌人，唱着"喀秋莎"，挺着胸膛倒在德寇的枪口下。

活下来的只有瓦斯科夫准尉。最后，一身疲惫的瓦斯科夫押着一串儿德军俘虏返回营地。他步履蹒跚，脸部几乎完全被泥浆和血污覆盖，只有两只眼睛喷射着复仇的火焰。

德国鬼子始终没能突破 5 名女战士守护的阵地——俄罗斯美丽的森林和土地。30 年过去了，湖畔森林一片寂静，这里的黎明静悄悄，静悄悄……

在牺牲的 5 名女战士中，只有班长丽塔·奥夏妮娜是有一个孩子的母亲，但她当边防军的丈夫早已在战场上先她而去。瓦斯科夫责无旁贷而又当之无愧地做了她儿子瓦夏的义父。

30 年后，在一个静悄悄的黎明，在那片寂静的森林，瓦夏和他的义父出现在奥夏妮娜及其战友的纪念碑前。墓碑上的名字是：Женя Комелькова（热尼娅·科梅尔科娃）、Рита Осянина（丽塔·奥夏妮娜）、Лиза Бричкина（丽莎·布里奇金娜）、Галя Четвертак（嘉利娅·切特维尔塔克）和 Соня Гурвич（索尼娅·古尔维奇）。

影片感人至深的地方是它的深刻悲剧性和巨大感染力。还没来得及走向生活的花季少女不得不走进战争；还没来得及绽放的花朵就被战争夺去了生命。诚然，她们为保卫祖国而献身，但战争是德国法西斯强加给她们的。她们本来可以恋爱，可以为人妻，可以为人母，可以享受女人可以享受的一切人间幸福。是谁夺走了这一切？

这正是这部小说和电影想要告诉观众的。

我以为，影片中最震撼人心的场景是描写红军将领的女儿热尼娅·科梅尔科娃壮烈牺牲的画面：为了把敌人的注意力从战友身上吸引到自己身上，她从容不迫地脱掉军装，脱掉内衣，跳进水里，仿佛一位乡村姑娘若无其事地自娱自乐。她游来游去，大声唱着"喀秋莎"，为的是吸引敌人的注意力。一头金色的长发披散在两肩，眼睛里闪着海蓝色的光，脸上没有一丝胆怯和恐惧，只有对敌人的蔑视和嘲笑。

那是天池沐浴的仙女，那是洁白如玉的胴体，那是出水芙蓉，活着的维纳斯。一个字——美，美不胜收，美得令人窒息。面对这样的镜头，我不禁想起古希腊先贤菲狄亚斯的话，大意是说世界上再没有比人体更美的东西，而女人身体是上帝最美的杰作。

就是这样一位清池浴女突然操起机关枪，向走过来的德国鬼子疯狂扫射，同时也倒在被自己的鲜血染红的湖水中。

鲁迅说，"悲剧是将人生有价值的东西毁灭给人看，喜剧是将那无价值的撕破给人看"。我想借用鲁迅的话说，悲剧是将美毁灭给人看。《这里的黎明静悄悄》的精神价值和艺术价值就在于把美毁灭给人看。

我永远不会忘记莫斯科电影厅里观众的抽泣声和哭泣声，有些女观众在散场时干脆放声大哭。她们一定想起了自己的父兄、丈夫、儿女、同学、朋友，还有闺密和伴娘。在使馆放映时，场内也是鸦雀无声，有人用手帕擦鼻子，有人用手指抹眼泪。我后来听说，这部影片在国内上映时，同样是观众如蚁，好评如潮。没有人知道是谁把这么好的电影介绍给中国观众的，但我知道。

《这里的黎明静悄悄》描写的只是苏联卫国战争波澜壮阔历史画卷中的一角，但它却成了经典之作。它在震撼人心、荡涤灵魂的同时，让人牢记昨天，珍惜今天，向往明天。

（写于 1976 年）

从"电影饥饿症"到"电影厌食症"

1973 年 7 月，莫斯科分社收到苏联文化部和外交部新闻司的联合邀请函，邀请一名新华社记者参加即将举行的第八届莫斯科国际电影节。

当时分社有 3 名记者，因为我分工主管文化报道，这个差事理所当然地落在我身上。

乍一听说要连续看两周的电影，而且荟萃了世界各国的优秀作品，简直就是一次"电影盛宴"，我心里乐开了花。无须讳言，那些年除 8 个样板戏和"两战"（《地道战》《地雷战》），就没看过别的电影。到苏联后虽然看过几场，但都是《白痴》《白夜》《安娜·卡列尼娜》之类 19 世纪俄罗斯古典文学作品改编的电影，当代题材的电影没看过，其他国家的电影就更没看过。可以说，无论在国内还是国外，我似乎都患上了"电影饥渴症"。

如今真是天上掉馅饼，两周内可以看大约 50 部参赛片和观摩片，而且不用花一个卢布，真正的免费"电影大餐"啊！至于这样的大餐好不好吃，吃后能不能消化，我竟连想都没想。

莫斯科国际电影节是当时与德国柏林电影节、意大利威尼斯电影节、法国戛纳电影节并列的世界四大艺术电影节之一。莫斯科国际电影节最早设于 1935 年，但直到 1959 年才举办第一届，嗣后每两年举行一次。后来听说，从 1999 年起改为一年一届，那是后话了。

能容纳 800 人的电影大厅座无虚席。时值盛夏，大厅内没有空调，只有吊扇。而电扇的旋转只能把汗泥味、狐臭味和各种香水味搅拌成空气混合体，起不到丝毫净化空气的作用。外国记者席虽然不像普通观众席那样坐得满满登登，但空气的窒闷却是一样的。

这时我才开始意识到电影大餐可能五味杂陈，未必都是美味。好不容易熬到上午场结束，我呲溜一路小跑钻出电影厅，如饥似渴地大口吞咽新鲜空气。

然而，"气味关"仅仅是开始，接下来要过的是"晕屏关"。一天连续看6~8小时电影，得到的不是视觉享受，而是视觉疲劳。闷热的夏天本来容易发困，但任务在身容不得你打瞌睡，甚至连精神溜号一下都不行。所以每遇两眼望着银幕发直发呆的时候，我就要用圆珠笔尖在大腿上扎一下，驱赶睡意和疲乏。

两天三天过后，就不是习惯气味、克服困顿的问题，而是对意志的考验了。殊不知，电影虽多，有意思的并不多，能让你越看越兴奋的电影更不多。记得一部记述在叙利亚沙漠里打井的黑白电影，从头至尾表现的就是沙漠和打井，几乎谈不上艺术和形象，偶尔一个少女裸浴的镜头似乎可以刺激一下麻木的神经，但这种刺激短暂得让人来不及兴奋就重新回到冗长乏味的对白中。所以，看这样的电影靠的已经不是兴趣，而是意志了。

意志来自责任感，也只能来自责任感。我知道，无论电影好坏，无论自己有没有兴趣，都必须看，认真看，并且要记住内容和情节，以便在当天晚上变成文字内参稿。

就这样，我在两周内观看了全部参赛片和大部分观摩片，加起来有35部之多。这是我有生以来第一次，也是唯一的一次在短时间内连续看这么多电影，超过以往30年所看电影的总和。

分社和使馆的同志听说我一口气看了世界各国几十部电影，羡慕得直流口水。只有我自己知道，这是多么难以承受的苦役。两周下来，体重下降5公斤，视力明显模糊，两个月后才恢复正常。

从此，别说电影，连电视都不想再看。"电影饥渴症"变成了"电影厌食症"。

获得本届电影节金奖的3部影片是《自由——这个甜蜜的字眼》（苏

联）、《俄克拉荷马》（美国）、《爱情》（保加利亚）。

《自由——这个甜蜜的字眼》是电影节评价最高的一部作品。根据主人公的姓名和穿着打扮来判断，故事应该发生在某个拉美国家。但你无须寻找故事发生的确切地点，因为这是艺术创作，不是新闻纪实。

电影主人公们在挖地道，为的是救出被关在监狱中的共产党参议员。事情似乎并不复杂，只要在监狱大门口旁边买一家小店铺就行。但必须学会店铺管理，不能让任何人看出平庸的店主和他漂亮的妻子是做政治生意的。他们要靠自己的双手挖掘数以吨计的泥土，并用水桶把泥土提上地面，再神不知鬼不觉地运出城外，丢到无人注意的地方。

主人公们已经习惯了"坐在火山上的生活"，时时刻刻处于危险之中。忽而一名狱卒突然觉得哪里可疑，对弗朗西斯科进行讹诈；忽而对居民进行突击搜查，而店主根本来不及掩藏一夜的"劳动成果"。所有这些意想不到的环节编织成一条惊心动魄的链条，把观众的神经绷得紧紧的，就像看一部惊险大片。

弗朗西斯科在执行党交给的任务。站在对立面的是极端革命派贝内迪克托——一个勇敢、坚强、准备不惜付出生命代价解救狱中同志的革命殉道者。然而，弗朗西斯科付出的代价也许更大，为了人民和国家，他宁肯牺牲个人的自由，拿起武器，把枪口对准万恶的敌人，一如贝内迪克托那样。

然而，对于贝内迪克托，革命只是一个甜蜜的字眼；对于弗朗西斯科，革命是工作，也是生活。

在大结局中，地道已经挖通，共产党参议员成功获救，弗朗西斯科和妻子玛丽娅终于告别了他们的人间地狱——店铺，走向新生活。

观众看到，男女主人公乘车来到海滨乡村，拥抱阔别已久的小女儿。一头黑发的小女孩怯生生地打量自己的父母，良久不能跨越横在他们之间的时空距离——他们分别得太久太久了。镜头一转，玛丽娅和弗朗西斯科睡在床上。他们是被难以名状的疲惫击倒在床上的，他们无论在肉体上还是精神上，都承受了比常人能够承受的多得太多太多。

名为《自由——这个甜蜜的字眼》的苏联影片，从头至尾充斥银幕的是枪击、呻吟和鲜血。不过，影片给我留下的印象确实比较深刻。

相反，同样获得金奖的保加利亚电影《爱情》并没有给我留下多少印象。但美国影片《俄克拉荷马》却令我难以释怀。

那是一部描写 20 世纪初发生在美国西部原印第安人居住区的三角恋爱故事。影片通过女主角 Laurey 和她的两个倾慕者牛仔 Curly 和农夫 Jud 之间爱恨情仇的描述，为观众奉献一幅把现实生活理想化的图景，一首颂扬浪漫爱情也容忍非理性暴力的人性赞歌。

银幕上有千军万马争夺土地的壮阔场面，更有从两小无猜到情窦初开，从偷吃禁果到激情四射的动人细节。难怪苏联报刊异口同声地赞叹《俄克拉荷马》是最美的爱情片。

让我最难忘怀的是那首名为《啊，多么美妙的早晨》的电影插曲，那回荡在被爱尔兰移民征服的西部山谷里的优美歌声。电影本来就是根据同名音乐剧改编的。自幼喜欢音乐的我对那些不朽的旋律早就情有独钟，所以，当牛仔 Curly 唱着"Oh，What a beautiful morning"（啊，多么美妙的早晨）向 Laurey 走来的时候，在我耳朵里回荡的全是空谷回音。几天后，那歌声还在我耳边回荡。

电影节的最大亮点是 Gina Lollobrigida（吉娜·罗洛布里吉达）的出现。

记不得那是电影节的哪一天，我正在加里宁大街人行道上往电影厅方向走。突然一列在警车引导下的车队簇拥着一辆"海鸥"牌大轿车从身旁呼啸而过，似乎在朝克里姆林宫方向驶去。车队行驶速度很快——大凡有警车开道的车队行驶得风驰电掣，一来显得威风，二来怕遭遇不测。不过因为没有其他车辆干扰，视野开阔，所以看得还是比较清楚。跟大街两侧的行人一样，我驻足观看了好一阵。

"海鸥"牌大轿车通常只有部长级官员和社会名流才能享用，当然"官二代"和"富二代"结婚时也有"租用"的。但乘坐敞篷"海鸥"招摇过市的，我还是头一次见到。敞篷"海鸥"布置得像一张大沙发床，一位公主或者女王似的大美人背对车头，面向车尾，半卧在"床"上，向街道两侧朝她鼓掌的行人频频招手。她头戴一顶大檐遮阳帽，遮住了小半个脸，但却露出浓妆艳抹的眼圈和红唇，还有身上华丽的服装。最吸引眼球的是硕大的胸部，半裸着，有如挤在深谷两侧的两座小山，又像两只浑圆的乳胶球，随着车身左右摆动。

"这是谁呢？"我心中自问。

"Боже мой，Джина Лоллобри́джида！"（"天哪，吉娜·罗洛布里吉达！"）站在身边的一位中年妇女惊叫道，并赶紧用手捂住自己的嘴巴，似乎意识到在街头大呼小叫的不雅。不过我还是记住了这个名字。虽然不知道那名字是谁，但从中年妇女的惊讶程度看，不是天使也是明星吧。

晚上回分社一查百科辞典才知道自己多么孤陋寡闻，居然连享誉世界的大牌明星都不知道，实在汗颜得无地自容。

吉娜·罗洛布里吉达果然拥有"袒胸女王"之雅号，也享有"世界最美女人"的盛誉，正如她在1956年主演的影片《世界最美女人》那样。她天生丽质，风姿迷人，性格开朗，豪放无羁。她是倾国倾城的意大利吉卜赛女郎，也是众星捧月的好莱坞影后。

吉娜·罗洛布里吉达，出身卑微，立身高贵，包揽了世界电影全部顶级奖项，也包揽了一名伟大演员所能荣获的所有意大利荣誉勋章。从《阿丽娜》到《所罗门和示巴女王》，她主演的电影数量之多，足够举办一次个人国际电影节。但倾倒亿万观众的迷人形象最数《芳芳郁金香》中的波希米亚女郎阿德丽娜和《巴黎圣母院》里的吉卜赛女郎艾斯米拉达，纯真、美丽、善良，"犹如昙花一现的幻影，犹如纯洁之美的精灵"（普希金：《我记得那美妙的一瞬》）。

（写于1999年）

莫斯科新圣母公墓
——俄罗斯名人"精神家园"

莫斯科新圣母公墓

　　年近老境，每每想起在莫斯科的岁月，一桩桩往事，一个个故人，过电影般历历在目，多少亲切的回忆浮上心头：红场、克里姆林宫、特列季亚科夫画廊、莫斯科大剧院、列宁故居、雅斯纳亚·波良纳、莫斯科地铁……还有，还有新圣母公墓。

　　之所以对莫斯科的新圣母公墓念兹在兹，不仅因为我在那里见到了从果戈理到奥斯特洛夫斯基几乎所有俄罗斯文化名人，也不仅因为我在

1971 年 11 月 13 日冒雨采访过赫鲁晓夫的葬礼，而是因为我在那里读到了俄罗斯的近现代史，了解了俄罗斯的文化艺术，尤其感受到俄罗斯雕塑艺术的魅力。

这不是普通意义上的公共墓地，而是对话时空，净化灵魂，感悟人生真谛，探索生命哲学的地方。居住在这片宁静土地上的人们是创造了俄罗斯历史的人，是被写进俄罗斯教科书的人。无论他们有过怎样的经历或遭遇，他们都是值得纪念和尊重的人。

新圣母公墓远近闻名的重要原因之一，是展现了多姿多彩的俄罗斯建筑和雕刻艺术。许多墓碑是真正的艺术品，是雕塑大师们的倾情之作。可以说，这里的每一个墓碑和壁龛都是俄罗斯文化遗产纪念碑。例如，修道院墙壁上有一块巨大的石板，上面刻着"马克西姆·高尔基"的名字，名牌下方有个壁龛，一般人理所当然地以为壁龛里安放的必是作家高尔基的骨灰盒。其实不然，原来，那名牌上的"马克西姆·高尔基"是一架多引擎飞机的名称。当初苏联为了纪念作家高尔基，把最早设计制造的一架多引擎飞机命名为"马克西姆·高尔基"，而这架飞机的飞行员在 1935 年 5 月 18 日的飞行事故中丧生，其骨灰盒藏于飞机名牌下的壁龛中。于是，这个壁龛便有了纪念苏联早期飞机制造和航空飞行的历史意义。老区主通道一座石碑上刻着作曲家亚历山大·斯克里亚宾的雕像，也是作为文化遗产而不是墓碑设立的。

正是由于新圣母公墓具有特殊的历史文化遗产意义，俄罗斯政府决定将于 2024 年举行新圣母修道院 500 周年庆典活动，为此普京总统于 2017 年 6 月 26 日专门签署了一项总统令。

新圣母修道院在自己领地上举行第一批安葬仪式是在 16 世纪，被安葬者只限于修女和王公贵族。第一个受到全民敬仰的墓葬者是 1812 年卫国战争的游击战士兼诗人丹尼斯·达维多夫。到 19 世纪中叶，商人和知识分子的墓碑开始出现在公墓中，而公墓本身逐渐以莫斯科知名学者墓地而著称。

公墓附属于 1525 年建立的新圣母修道院，但公墓的正式启用时间通常被认为是 1904 年，即大作家安东·契诃夫在这里下葬的那年。按教会传统，修道院没有殡葬服务，直到 20 世纪初才开始设有殡葬服务，而第一个享受这一服务的人是契诃夫。

十月革命前，埋葬在这里的基本还是修女和莫斯科普通居民。十月革命后，全俄中央执行委员会决定，只有"具有社会地位的人"才能"入住"，从此新圣母公墓被称作"名人公墓"。

莫斯科新圣母公墓是欧洲三大著名公墓之一（另两座公墓分别是维也纳中央公墓和巴黎拉雪兹神父公墓）。滚滚红尘中的这片净土，是俄罗斯各界精英的长眠之地。

公墓因新圣母修道院而得名。传说中，这个最神圣的名字源于"少女之地"，是古代鞑靼统治者挑选俄罗斯美女的地方。但"少女之地"与"新圣母修道院"的渊源究竟是什么，迄今还没见到过明确的解释。

新圣母公墓位于莫斯科哈莫夫尼基区，南朝哈莫夫尼基大街，东衔卢日涅茨大道，交通便捷。几经扩展后，公墓形成目前总面积 7.5 公顷的规模，安葬者大约 2.6 万人。整个公墓分 3 大区 11 小区。3 大区分别为老区（1~4小区）、新区（5~8 小区）和最新区（9~11 小区）。进入 21 世纪后，新圣母公墓已经饱和，再无扩展余地，于是便将昆采沃公墓和战争纪念公墓纳入新圣母公墓管辖范围。

老区面积于 1898 年扩展了 2 公顷，周围筑有砖墙和塔楼。后来公墓分区分块地种植了树木，有了横平竖直的甬道，于 1904 年正式开放。随着安东·契诃夫的入葬，穆哈托夫斯基小区的"樱桃园"应运而生，显然是借用作家的小说《樱桃园》之名吧。每逢春天樱花盛开，"樱桃园"便是公墓里最亮丽的风景。不过，"樱桃园"并非契诃夫的独享之地，著名戏剧家康斯坦丁·斯坦尼斯拉夫斯基和歌唱家费奥多尔·夏里亚宾都在这里相伴。

20 世纪 30 年代被拆迁的部分名人墓也被转移到这里，其中最著名的当数原来被埋葬在达尼洛夫修道院公墓的作家尼古拉·果戈理。1931 年他的遗骨、墓碑、东正教十字架和围栏等物被一并迁移到这里。

骨灰被迁到这里的还有诗人德米特里·韦涅维蒂诺夫、作家谢尔盖·阿克萨科夫、画家伊萨克·列维坦、特列季亚科夫两兄弟谢尔盖和帕维尔等。

新区是 1949 年修道院南侧墓地扩大一倍后的范围。1950—1956 年间周围筑起了围墙，开了一洞大门，并建造了办公场所。新区包括第 5~8 小区，其中第 5 小区有 44 排陵墓，第 6 小区有 40 排陵墓，第 7 小区和第 8 小区的陵墓分别有 44 排和 46 排。新区还设有骨灰存放处，截至 2018 年存放的骨灰盒约计 7000 个。

20 世纪 70 年代，由于赫鲁晓夫的墓地屡遭破坏，公墓曾一度实行售票制。莫斯科的中学生还自愿发起护墓行动，其中一批志愿者专门成立了保护作家尼古拉·奥斯特洛夫斯基陵墓的护墓队。

20 世纪 70 年代后期修道院西侧的公墓再次扩展，就是现在覆盖第 9~11 分区的公墓最新区。通常所说的新圣母公墓一般是指埋葬苏联精英人物的新区。1991 年新圣母修道院被定为俄罗斯文化遗产特别项目，1995 年修道院和公墓一并被定为国家级建筑古迹，2004 年被列入联合国教科文组织文化和自然遗产名录。如今莫斯科新圣母公墓是俄罗斯著名的免费参观旅游景点。

总体上说，"名人公墓"的主角一向是文学家、艺术家、科学家，而不是政治家。政治家，尤其首席政治家，他们的"神殿"应该在克里姆林宫红墙脚下。但苏联有一条潜规则，即失宠的领导人不能躺在宫墙下。所以，与前任斯大林，后任勃列日涅夫不同，身兼苏共中央第一书记和部长会议主席两大要职的赫鲁晓夫（1958—1964），却是苏联最高领导人中唯一的例外，被埋葬在"名人公墓"。

1971 年 9 月 13 日，我冒雨前往新圣母公墓，拍摄了唯一一位中国记者留下的赫鲁晓夫葬礼照片。在没有任何官方代表到场的秋雨中，我见到了躺在棺木中的死者，听到了赫鲁晓娃的哭声，还有他儿子谢尔盖充满悲情的悼词。葬礼现场人很少，花圈更少，只有墓穴和棺材。至于墓地的位置和造型，因为大雨滂沱，根本就没顾得上看。而黑白两色花岗岩墓碑是什么时候出现的，我就更不知道了，那是我阔别莫斯科多年以后的事。

当我 2001 年再次来到新圣母公墓时，赫鲁晓夫的墓碑已然成为公墓里最大的亮点之一。黑白对比鲜明，呈几何形交叉的大理石墓碑，以其极简主义风格和构图令人啧啧称赞。墓碑高 3 米，宽 2 米，酷似真人的黑色大理石头像，罩在垂直结构的大幅石雕里，左侧以白色为主，中间插入黑色，右侧以黑色为主，中间插入白色。总体上白黑各半，白中有黑，黑中有白，而不是非黑即白或非白即黑。

望着这亦白亦黑、黑白相间的墓碑，我的第一反应是设计简约但寓意深长。这样的雕塑作品只能是出自大艺术家的大手笔。果然，设计者是当时苏联红极一时的现代派雕塑家艾伦斯特·涅伊兹维斯特内。

新圣母公墓主通道

政治家中另一个重要人物当数俄罗斯联邦第一任总统鲍里斯·叶利钦（1931—2007）了。他的墓地在公墓中心地段第 6 分区的中央林荫道旁。他的墓碑其实就是一面迎风招展的俄罗斯国旗，由白、红、蓝三色大理石和马赛克雕塑而成。在石砖地面的右侧，立着一个东正教十字架，据说那是逝者本人的遗愿。

1992—1998 年任俄罗斯联邦部长会议主席的维克多·切尔诺梅尔金的夫妻同穴家庭墓地，看起来传统而温馨。他的继任者、克格勃出身的叶夫根尼·普里马科夫（1929—2015）的墓碑略显别致，而墓碑上的自励诗凸显了他的公仆形象："我的决心：老骥伏枥，抬头奋蹄，一息尚存，绝不倒地，鞠躬尽瘁，死而后已。"

一尊白色大理石全身雕像是俄国贵族出身的女革命家亚历山德拉·柯伦泰。柯伦泰是列宁的战友，苏维埃政府第一位女部长和第一位女外交家（历任苏联驻墨西哥、挪威和瑞典特命全权大使）。

在新圣母公墓各占一席之地的两位女性身份比较特殊，一位是苏共第一任总书记、部长会议主席斯大林的妻子阿利卢耶娃，一位是苏共最后一位总书记、总统戈尔巴乔夫的妻子赖莎·戈尔巴乔娃。

娜杰日达·阿利卢耶娃的墓碑孤独地矗立在一角，雪白的大理石头像被玻璃罩着，显得格外清纯。年仅 31 岁的阿里卢耶娃自杀身亡，从第一刻起就是世人热议的话题，至今令人唏嘘不已。那个关于曾在妻子墓前指责她"背叛"的"各族人民伟大领袖"经常在夜深人静时悄悄来到墓前伤心落泪的传说，似乎更像是呼唤他道德忏悔的诉求。

见到王明及其妻女的墓地也在这里，作为中国人，第一感觉是"德不配位"。王明虽是共产国际代表、中共早期领导人之一，但因缺乏自知之明，以"钦差大人"自居，成为中国革命的罪人。几十年在这里偏安一隅，忘了故国，丢了乡愁，终究是孤魂野鬼一个。

新圣母公墓里最引人注目、最有故事的人物首推俄罗斯伟大作家尼古拉·果戈理（1809—1852），而《死魂灵》作者成为"不死的灵魂"的故事更使果戈理陵墓充满了传奇和神秘的色彩。距公墓入口最近的是几位熟悉的作家墓地，其中最抢眼的要算是果戈理墓碑：黑色花岗岩圆柱上端立着果戈理的半身青铜雕像，齐耳的长发，飘逸的斗篷，凝神构思的表情……

需要说明的是，这样的墓碑是我在 20 世纪 70 年代见到的样子，原始墓和现在的仿原始墓都与之不同。关于果戈理陵墓的变迁，还得从头说起。

其实，写下《死魂灵》和《钦差大臣》这样不朽作品的伟大作家，生前根本不想让后人为他"树碑立传"，只想和大地融为一体。这不是伟大的谦虚，而是真诚的信仰。只消想一想另一位伟大作家列夫·托尔斯泰那没有墓碑的墓地，就不难明白果戈理为什么不需要墓葬。

但对俄罗斯和世界，果戈理是独一无二的，他的价值实在太不寻常，没有人会让他悄无声息、不留痕迹地长眠地下。果戈理自己似乎也明白民意难违，不得不在临终前嘱咐亲友退而求其次：只要一块不事雕琢的天然大石头和东正教金色十字架。

1852 年果戈理的遗体被葬在莫斯科河右岸著名的达尼洛夫修道院陵园时，他的墓地就是按照他的遗愿建造的：一大块表面粗糙的黑色石头和一个立在石头上的十字架。没有雕像，没有铭文，返璞归真，大美至简。不寻常的是璞玉似的黑色石头表面花纹，细看竟是一幅自然天成的图案，酷似被钉在十字架上的耶稣受难像，所以果戈理的墓石就有了"耶稣受难石"的称号。

20 世纪 30 年代初达尼洛夫修道院被废止，变成了"妇女解放博物馆"，果戈理墓也被拆除，1933 年果戈理的遗骨、墓石、十字架和围栏终于在新圣母公墓重新落户，即我在 70 年代所见的样子。然而，这样的墓碑显然是违背果戈理本人意志的。

2009 年适逢果戈理诞辰 200 周年，在举国隆重纪念之际，为了尊重果戈理的遗愿，墓地被恢复了达尼洛夫修道院陵园中的原样：石头和十字架。可惜，石头已不是"耶稣受难石"，十字架已不是 157 年前的那个十字架，名为"恢复"实为异地重建，除了原始墓中的遗骨，一切都是仿制品。

如果不是果戈理头骨的神秘失踪，迁坟的故事也就到此为止了。然而，神秘故事才刚刚开始。

据说，1931 年迁坟时，有关人员发现陵墓似乎被盗过，不仅棺木遭到破坏，而且死者居然在棺木中改变了"睡姿"，由入殓时的仰卧变成了俯卧。更离奇的是，作家的头骨不知去向。果戈理头骨被盗，当然是惊天动地的大事。于是，果戈理可能误遭活埋的传言也不胫而走，甚至有人绘声绘色地描述《死魂灵》作者如何在黑洞洞的棺材里痛苦挣扎。

可以肯定的是，果戈理的头骨确实被盗了。据说是一位姓巴赫鲁申的戏剧家，他是果戈理的铁杆粉丝、忠实崇拜者，得知果戈理墓要拆迁，不知用什么办法说服了守陵人，偷偷挖开墓穴，盗走了果戈理的头骨，藏在家中视为无价之宝。后来事情败露，他只好将果戈理头骨交还给果戈理的后人保管。而果戈理的亲属、海军军官亚诺斯基将果戈理头骨秘密带往意大利收藏。两年后即1933年，得知果戈理的遗骨将要重新埋葬在新圣母公墓，他委托一位意大利军官将果戈理头骨带给一位俄罗斯律师。而受托人乘坐的火车在克里米亚神秘失踪，他和他所携带的果戈理头骨也就一并从人间蒸发。所以，至今葬在新圣母公墓的果戈理遗骨中一直没有头骨，成了不折不扣的"无头案"。

天下无巧不成书——失踪的火车偏偏叫"果戈理号"，是一辆只挂了3节车厢的蒸汽机车，车上载着包括果戈理头骨携带者在内的104名旅客。列车进入波尔塔瓦的一个很长的隧道时，被白色烟雾吞没。满车乘客除两人侥幸跳车逃生外，全部遇难，列车也消失得无影无踪。"果戈理号"火车没有了，但"果戈理幽灵车"的神话出现了。

据说卫国战争期间德国法西斯炸毁了那座隧道，但有关"果戈理幽灵车"的传闻越来越多。有的说"果戈理号"火车是在隧道里遭遇天火被烧成灰烬了；有的说是途中遭遇不明飞行物袭击车毁人亡了；有的说火车进入了"多维空间"，在某个时候会像海市蜃楼一样显现和消失。每一个传说都引出更多的传说，每一个假设都引向更多的假设，而所有的传说和假设都把神秘引向更大的神秘，乃至2005年俄罗斯导演瓦列里·隆斯科伊干脆将演绎了70多年的老故事搬上了银幕，摄制一部悬疑剧电影《古典作家的颅头》（Голова классика）。

令人匪夷所思的是，直到2009年1月17日"果戈理幽灵车"还在乌克兰的波尔塔瓦市郊突然亮了一次相。据说目击者有好几位，其中包括当时正在追捕犯人的警察舒斯特和一名老铁路工人。舒斯特追踪逃犯跑进森林，意外发现一辆火车。眼看前面的逃犯蹿上火车，舒斯特正要冲上去，却被老工人一把拦住。原因是他一眼就看出那是"果戈理幽灵车"，而"幽灵车"果然转瞬消失得无影无踪。舒斯特警察得救了。嗣后他煞有介事地说，他亲眼看到车上有乘客，而几位中年妇女身上穿的正是20世纪30年代的碎花裙子。老工人则说，"果戈理号"1933年消失在附近的隧道里，他见过那列车的老照片，所以认识"果戈理幽灵车"。

无论如何，伟大的俄国作家果戈理的头骨不翼而飞且至今下落不明，实在是谜一样地令人好奇而又想入非非：撰写《死魂灵》的人必是"不死的魂灵"！

说来也奇，果戈理的学生和崇拜者、果戈理文学传统的忠实继承者、作家布尔加科夫生前曾说过宁愿作果戈理身边一块石头的话。作家死后，他的妻子千方百计想寻找一块能符合丈夫心愿的墓碑石，但遍寻不得。一筹莫展之际却无意中发现了被丢弃的，曾经立在达尼洛夫修道院陵园中果戈理墓地上的那块黑色大石头——"耶稣受难石"。于是，"耶稣受难石"成了布尔加科夫的墓碑，而布尔加科夫又是果戈理在新圣母公墓中的邻居。说巧合也罢，说奇迹也罢，除了"天意"二字实在找不出其他解释。

让果戈理稍感安慰的是，除了他的学生布尔加科夫，他还有一位非同凡响的邻居——19世纪末俄国伟大批判现实主义作家契诃夫。果戈理死时年仅46岁，而契诃夫只比他多活了1年。他的《变色龙》《套中人》等作品，都是俄国的文学瑰宝。

总的来说，新圣母公墓是作家和诗人的"神殿"。陪伴果戈理和契诃夫的还有踌躇满志的未来主义者、无产阶级诗人弗拉基米尔·马亚科夫斯基，新词创造者、"地球主席"维利米尔·赫列布尼科夫，在科学与诗歌的交汇处寻找灵感的象征主义者瓦列里·布留索夫，《彼得大帝》和《苦难的历程》的作者阿列克谢·托尔斯泰，《青年近卫军》的作者法捷耶夫，以及特瓦尔多夫斯基、阿赫玛杜琳娜、舒克申、列维坦、夏里亚宾、柳德米拉·兹金娜、谢罗夫、邦达尔丘克、叶夫斯季格涅耶夫、安德烈·沃兹涅先斯基、康斯坦丁·斯坦尼斯拉夫斯基、叶甫盖尼·瓦赫坦科夫、维雅切斯拉夫·吉洪诺夫、伟大的喜剧演员尤里·尼库林。

入住新圣母公墓就如同进了"封神榜"，非仙即圣，每个人都是一本书，每个人都在俄罗斯文化艺术史上占有一章。所以，在这个意义上，说新圣母公墓是立体的俄罗斯文化艺术史是毫不夸张的。事实上，绝大多数人到这里不是为了扫墓，而是为了读史——俄罗斯文化艺术史。

众神之中，还有两位作家是 20 世纪 50—60 年代的中国青年最熟悉和崇拜的，那就是法捷耶夫和奥斯特洛夫斯基。

法捷耶夫（1901—1956）不仅本人是一位杰出作家，而且是苏联作家的领军人物。他在学生时代就接近布尔什维克并参加革命活动，17 岁加入布尔什维克党，18 岁参加远东红军游击队，19 岁当上旅政委。他是唯一出席过苏共十大，见过列宁的作家。1915 年到 1926 年他根据自己参加远东游击队的经历，撰写了长篇小说《毁灭》。鲁迅先生给这部小说以高度评价，并亲自从日文和德文转译成中文，介绍给中国的热血青年。

1927 年就成为专业作家的法捷耶夫，在卫国战争期间担任《真理报》战地记者，发表一系列讴歌苏联人民反法西斯战争英雄事迹的通讯、特写，后收入 1944 年出版的通讯集《列宁格勒在被封锁的日子里》（列宁格勒即今圣彼得堡）。1945 年发表了反映克拉斯诺顿共青团地下组织反法西斯斗争的长篇小说《青年近卫军》并荣获 1946 年度斯大林文学奖。从 1939 年起，他先后出任苏联作协主席团成员、作协书记、作协总书记兼主席。他还是苏共中央委员会委员、最高苏维埃代表、世界和平理事会副主席，多次率团出席国际会议。1949 年他率领苏联文学艺术和科学代表团出席中华人民共和国开国大典，法捷耶夫的名字深深印在中国人民，尤其文学青年的脑海里。他的作品被收入中国文学教科书，他笔下的英雄人物成为中国青年的鼓舞者和学习榜样，尤其对我们当年学习俄语的年轻学生来说，《毁灭》和《青年近卫军》不仅是语言和文字课本，更是人生教科书。

法捷耶夫的头像在灰色花岗岩墓碑的顶端，他微扬着头，目光坚定地仰望前方。墓碑侧面是 5 名青年近卫军的浮雕像，勇敢、坚毅、不屈不挠、栩栩如生。

另一位值得多介绍几句的是在中国知名度最大的苏联作家尼古拉·奥斯特洛夫斯基。他的《钢铁是怎样炼成的》一书在中国可谓家喻户晓，人人耳熟能详，普及范围和影响力无与伦比。小说主人公保尔·柯察金是新中国几代人的楷模，尤其他那著名的墓志铭不仅是一代又一代青年的座右铭，而且是照亮他们前进的灯塔，帮助他们树立共产主义世界观、人生观、价值观的永恒指南。

奥斯特洛夫斯基的墓碑定格了作家临终前的最后一幕：3 段阶梯式墨绿色的大理石背景衬托下的作家浮雕像。他撑起饱受疾病折磨的躯体，半坐半卧地靠在床头上，一只手伏在书稿上，炯炯有神的两只眼睛凝视着前方。墓碑中间的鎏金刻字是他的手书签名，而在略宽的地面石板上放置着人们熟悉的布琼尼军帽和马刀。

站在奥斯特洛夫斯基墓前，我的耳朵里立即响起保尔的墓志铭，不是中文，而是俄文，因为在大学就模仿苏联女教授留下的录音带背得滚瓜烂熟的那段俄文原话，无论读起来还是听起来，都比中文更亲切、感人。但我相信，每个中国人站在这座墓前都会不由自主地默诵：

人最宝贵的是生命。生命对于每个人只有一次。人的一生应当这样度过：当他回首往事时，不会因为虚度年华而悔恨，也不会因为碌碌无为而羞愧；这样他在临死的时候就能够说："我的整个生命和全部精力，都已献给了世界上最壮丽的事业——为人类的解放而斗争。"

在音乐家中，我们能看到俄罗斯音乐史上 3 个闪光的名字：亚历山大·斯克里亚宾、谢尔盖·普罗科菲耶夫和德米特里·肖斯塔科维奇。在莫斯科的 6 年里，几乎每天夜里都是他们的音乐把我引入梦乡。

亚历山大·尼古拉耶维奇·斯克里亚宾（1871—1915）以俄罗斯音乐创新者和轻音乐开拓者而闻名遐迩，现代超人占星术先驱戴恩·鲁迪雅称他是"复兴西方新音乐的伟大先驱，未来的音乐家之父"。他的墓碑是一座四面体方尖碑，上部刻有圆形纪念章式的音乐家侧面像浮雕。整个墓碑的造型堪称"极简主义"的典范。

作为交响音乐创作大师和钢琴演奏大师，斯克里亚宾作品的特点是气势恢宏、旋律宽广、情感激昂并充满英雄气概。他的《第三交响曲》（《圣诗》）、《第四交响曲》（《狂喜之诗》）、《第五交响曲》（《普罗米修斯——火之诗》）都是不朽的传世之作。

斯克里亚宾出身贵族，但被抑郁症困扰一生。神秘主义不仅改变了他后期音乐作品的风格，甚至改变了他的精神世界。

著名作曲家和钢琴家谢尔盖·谢尔盖耶维奇·普罗科菲耶夫（1891—1953）的墓地上立着一座黑色大理石墓碑，碑上是他的生平介绍。普罗科菲耶夫一生创作了多部交响乐、歌剧和舞剧音乐，举行过数场器乐音乐会。普罗科菲耶夫是乌克兰顿巴斯矿区一位农艺师的儿子。他的成长和成功表明，一个人的天赋和才能未必总是和遗传基因联系在一起，而去国乡愁和归国激情却永远源自对祖国的眷恋。

见到普罗科菲耶夫的名字，耳边油然响起《罗密欧与朱丽叶》和《战争与和平》的优美旋律。在莫斯科，每当夜深人静，广播里就会传来女播音员温柔的声音："亲爱的朋友们，现在请听普罗科菲耶夫……"

20世纪世界最伟大的作曲家德米特里·德米特里耶维奇·肖斯塔科维奇（1906—1975）的墓碑是新圣母公墓里最简朴的墓碑之一：长方形的花岗岩石碑上，刻着他的姓名，姓名下是一节五线谱，表明墓主人的身份是音乐家。墓碑前是从不间断的鲜花。一切伟大人物的共同特点是拒绝生前死后的豪华。

墓碑下是一颗不死的灵魂。1943年在列宁格勒（今圣彼得堡）被围困了1000天后，是肖斯塔科维奇的《列宁格勒交响曲》像火山爆发一样，震荡着这座英雄城市，鼓舞人们战斗到底，直至胜利。

肖斯塔科维奇起伏跌宕的一生，足够写一部百万字大书。他是彼得堡音乐学院高才生，肖邦钢琴比赛获奖者；他热情讴歌十月革命，创作了《自由领》《纪念革命烈士的葬礼进行曲》《十月献礼：第二交响曲》；他以"消防员"志愿者身份投身卫国战争，并以歌颂卫国战争的《第七交响曲》享誉世界，战后又以《第八交响曲》誉满全球；他6次获得国家奖项，并于1960年加入苏共，还是连续多年的最高苏维埃代表；他是"苏联人民演员"和"社会主义劳动英雄"。

他一生创作的最后一部作品编号为147号，其中获奖作品就有30部，而15部交响曲使他成为20世纪当之无愧的交响乐大师。肖斯塔科维奇是与柴可夫斯基齐名的音乐巨人，在俄罗斯音乐史上，他们分别是19世纪和20世纪的两座高峰。

加琳娜·谢尔盖耶夫娜·乌兰诺娃是中国人十分熟悉的芭蕾舞艺术家，更是20世纪上半叶世界芭蕾舞台上最耀眼的明星。她的墓碑是她的写照：雕刻在灰色花岗岩上的芭蕾舞演员形象，雪白的舞服和优美的舞姿令人难忘。

莫斯科大马戏创始人，尤里·弗拉基米洛维奇·尼库林坐在一片松林中，眼睛看着卧在面前的忠实朋友——一只聪明的狗。据说他和他的狗同日而死，可见他们是两个生死相依的高贵灵魂。

尼库林是苏联的卓别林，他那滑稽幽默的表演带给人们的永远是欢乐的笑声。每次看他表演，我都在想，我们中国舞台应该多一些尼库林式的笑星。

毫无疑问，躺在新圣母公墓里的是俄罗斯民族的灵魂和骄傲，而墓碑与灵魂的完美结合是俄罗斯雕塑艺术不朽的丰碑。

（写于2017年）

阿芙乐尔巡洋舰

阿芙乐尔巡洋舰

当我还不知道世界上有梵蒂冈、麦加甚至延安宝塔时，我就听到并牢记一艘战舰的名字——阿芙乐尔号巡洋舰（Аврора），盖因那句"十月革命一声炮响给我们传来了马列主义"的醒世名言。在我的少小心灵中，没有什么比马列主义更重要的东西，而那炮声来自阿芙乐尔巡洋舰。历史老师说，陈独秀、李大钊、毛泽东都是被那炮声唤醒的，所以才有了中国共产党和中国革命。

后来看到苏联电影《列宁在十月》，不仅对十月革命有了感性认识，而且对那艘传奇般的舰艇心向往之。再后来，作为常驻莫斯科的新华社记者，自然忘不了心中的麦加——十月革命的圣地列宁格勒（现称圣彼得堡），并以朝圣者的心情登上涅瓦河中的阿芙乐尔巡洋舰，圆了孩提时的梦。

"阿芙乐尔"（亦译"奥罗拉""欧若拉"）在拉丁语中是"曙光"的意思，在罗马神话中是司晨的女神，所以被称作曙光女神。据说阿芙乐尔号的舰名是承继了 19 世纪沙俄时代一艘帆船的名字，而那艘帆船是以沙皇尼古拉一世的皇后侍女 Аврора Карловна Карамзина 的名字命名的。如此说来，巡洋舰的名字和曙光女神其实没有什么关系。

这艘长 124 米，宽 17 米，排水量为 6730 吨的舰艇，无论吨位和速度，都要算 20 世纪初世界一流大型军舰。但它之所以名闻遐迩，次要原因——它是世界上硕果仅存的古老蒸汽战舰之一，主要原因——它是 1917 年俄国二月革命和十月革命两次革命的见证者和参与者。

舰艇是 1900 年在圣彼得堡造船厂建成下水的，1902 年开始服役，1904 年就参加了日俄战争。在著名的对马战役中，尽管船长牺牲，船体遭到重创，但终于冲出敌舰包围圈，返回波罗的海。1914 年第一次世界大战爆发，阿芙乐尔号立即投入波罗的海战斗，身负重伤后于 1916 年被送往彼得格勒（即圣彼得堡）维修。

1917 年 2 月，阿芙乐尔号的水兵们一齐转向革命，控制了舰艇，并率先在波罗的海升起红旗。11 月 7 日它又接受布尔什维克军事革命委员会的指令，驶入涅瓦河，停泊在尼古拉耶夫大桥附近，于当晚 9 时 45 分向临时政府所在地冬宫发出进攻信号，随即革命卫队冲进冬宫，完成了十月革命的伟大壮举。

1941 年 6 月德国法西斯入侵苏联时，革命卫队从阿芙乐尔巡洋舰上拆卸了 9 门火炮，参与列宁格勒保卫战。因为舰体再度遭受重创，经维修后变成了舰艇博物馆。

如果你有机会进入舰艇参观，先要沿着陡峭阶梯进入舰首驾驶舱和船舱，你可以感受一下革命前水兵们的生活情况，看到在对马岛战役中阵亡的舰长的画像，还有许多文件和图片，记录着阿芙乐尔巡洋舰经历的 20 世纪所有重大事件的光荣历程。当然，还有来自世界各地各种各样的代表团、参观团向博物馆赠送的礼物。

不能漏过的是舰鼻下方的广播室，因为军事革命委员会的作战命令是通过这个广播室发布的，而列宁的"致俄罗斯公民"呼吁书也是从这里发布的，那是向全国和全世界宣告无产阶级革命胜利的号角。

（写于 2001 年）

俄罗斯艺术圣殿

——艾尔米塔什

艾尔米塔什国家博物馆　位于圣彼得堡涅瓦河畔

　　位于圣彼得堡涅瓦河畔的俄罗斯冬宫国家博物馆，以"艾尔米塔什"之名蜚声世界，与巴黎卢浮宫、伦敦大英博物馆和纽约大都会艺术博物馆齐名。但据此说世界"四大博物馆"，笔者实不敢苟同，不提北京故宫博物院，岂可谈"世界"？

　　艾尔米塔什一词源于法语 Hermit，乃"隐宫"之意。最初它也确实是作为叶卡捷琳娜二世女皇的私人宫阙而建造的。

　　艾尔米塔什国家博物馆是从 18 世纪到 19 世纪形成的一个巨大艺术建筑群，从彼得大帝的女儿伊丽莎白一世执政时（1741—1762）兴建冬宫开始，到 19 世纪 30 年代末，逐步完成了"6+1"的建筑格局。"6"是 6 宫，包括冬宫（Winter Palace，1754—1762）、小艾尔米塔什（Small Hermitage，1764—1767）、旧艾尔米塔什（Old Hermitage，1771—1787）、艾尔米塔什剧院（Hermitage Theatre，1783—1787）、新艾尔米塔什（New Hermitage，1839—1852）和缅希科夫宫（1710—1714），"1"是总参谋部大楼（1819—1829）。建筑群既有浓郁的巴洛克风格，又有古典主义的时尚元素，不愧为世界建筑艺术史上的一座辉煌纪念碑。

　　作为世界级艺术博物馆的艾尔米塔什，是永远与叶卡捷琳娜二世女皇的名字联系在一起的。她才是艾尔米塔什的真正创建者。

　　叶卡捷琳娜二世（亦译凯瑟琳二世，1762—1796 年在位）虽然是通过宫廷政变夺取王位的女皇，但却是俄国历史上罕见的有作为的皇帝，其业绩和声誉堪与彼得大帝媲美。尤其值得称道的，她还是一位酷爱艺术的收藏家。冬宫竣工后不久，初登王位的她就批准了建造大小艾尔米塔什艺术馆和艺术剧院的计划，并于 1764 年耗巨资从柏林购买了伦勃朗、鲁本斯等绘画大师的 250 幅作品，随后又陆续从欧洲购买了数千件艺术品，从而为艾尔米塔什博物馆的建立奠定了基础。与此同时，还建造了一栋巴洛克风格的两层小楼，作为女皇的"隐宫"。5 年后这栋小楼通过一个空中画廊与艺术馆衔接在一起，形成了通常所说的小冬宫（小艾尔米塔什）博物馆。

　　起初展出的主要是文艺复兴时期的佛兰芒和荷兰油画。随着艺术藏品的不断增加，小艾尔米塔什的容量远不能满足需要，遂于 1771—1787 年在涅瓦河畔建起了大艾尔米塔什宫。

　　18 世纪 60—80 年代博物馆不仅增加了列奥纳多·达·芬奇（Leonardo da Vinci）和拉斐尔（Raphael）等名家名画和欧洲装饰艺术作品，而且运来了皇村兵器库的全部兵器收藏。1812 年俄法战争结束后，拿破仑妻子约瑟芬·波哈奈的全部艺术收藏也被揽入冬宫。1852 年一座充分体现德国建筑师利奥·冯·克伦泽设计风格的新艺术馆建成，这座专门收藏名家名画的艺术馆被命名为新艾尔米塔什。

第一次世界大战期间冬宫被辟为医院驻地，1917 年俄国二月革命后又变成了临时政府所在地。同年 10 月临时政府成为布尔什维克的阶下囚，11 月冬宫被定为州立博物馆。苏联卫国战争初期为确保艺术收藏的安全，曾将 111.8 万件藏品运往大后方斯维尔德洛夫斯克（今叶卡捷琳堡）保存，其余藏品均被密封于博物馆地下室。第二次世界大战前由于私人收藏国有化和博物馆兼并整合，文物藏品进一步增多。战后又有大批珍贵艺术品从各加盟共和国纷至沓来，加上战争期间被转移到斯维尔德洛夫斯克的全部展品重回故里，艾尔米塔什博物馆的藏品达到空前丰富的水平。

从 1981 年起缅希科夫宫向游人开放。缅希科夫宫可以看作是介绍彼得大帝时代的文化和日常生活的主题展览馆。20 世纪 90 年代原存于艾尔米塔什剧院的部分藏品被转移到总参谋部大楼，而剧院被辟作"彼得大帝的冬宫"展览馆。进入 21 世纪，艾尔米塔什博物馆开了新大门后，罗蒙诺索夫瓷器厂博物馆的全部藏品也转移到这里。

建筑群总面积达 130 万平方米，展厅 353 个，藏品总量 270~300 万件，绘画、雕塑、版画、素描、出土文物、实用艺术品、金银器皿、服装、工艺品、钱币和奖牌等，无所不包。其中绘画作品 1.58 万幅，雕塑 1.2 万件，版画和素描 62 万幅，实用艺术品 26 万件，硬币和证章 100 万枚，古代家具、瓷器、金银制品、宝石与象牙工艺品等 22.4 万件。

在艾尔米塔什博物馆的全部馆藏中，占第一位的当数西欧绘画艺术。须知，叶卡捷琳娜二世最初的收藏就是从欧洲绘画开始的。仅 1.58 万绘画展品就占据了 353 个展厅中的 120 个。从史前文化到文艺复兴，从古老的拜占庭宗教画到现代的印象派、后印象派，应有尽有。伦勃朗、鲁本斯、拉斐尔、达·芬奇、提埃波罗、提香、塞尚、凡·高、戈雅、委拉士贵支、雷诺阿、高更、毕加索等一长串辉煌的名字，构成一部完整的西方美术史。当然，还有东方的埃及、印度和中国。

然而，真正在353个展厅中展出的东西，其实只占藏品总量的5%而已。

许多展厅令人印象深刻，如毕加索立体画展厅、意大利法国画家展厅、俄国历代服装展厅等。而伊丽莎白一世、叶卡捷琳娜一世、叶卡捷琳娜二世等女皇闺房的富丽堂皇程度，也令人大开眼界。

最引人注目的要算彼得大帝厅：大玻璃柜中的彼得大帝坐姿蜡像，栩栩如生，头发竟然是彼得大帝本人的真发。展厅内还陈列着彼得大帝生前穿过的服装、佩带过的勋章、使用过的武器以及他的画像等藏品。其中，一些机器和航海用具都是彼得大帝亲手制造的。

要想把130万平方米范围内的300万件文物艺术藏品都逐一看上一眼，据说需要27年。所以，我怀疑是否真的有人能有这样的眼福。即使沿着长达30公里的参观路线跑马观花地把所有展厅都看一遍，恐怕没有个把月时间也办不到。所以，笔者虽然先后到过艾尔米塔什3次，每次也不过只能看几个小时几个展厅，连一栋楼都看不完，所以每次都留下"管中窥豹"的遗憾。

即便如此，得到的艺术享受仍然是无与伦比的。辉煌的巴洛克式建筑和绚烂的室内装潢给人以强烈的视觉冲击，永远的伦勃朗、拉斐尔和达·芬奇留下的艺术瑰宝令人陶醉而又震撼。

从踏上冬宫约旦楼梯的第一步，就是满眼的华彩与绚丽。对了，之所以称作"约旦楼梯"，无疑因为约旦楼梯是世界公认的豪华楼梯之最。原本叫过"大使楼梯"，是外国使节朝拜叶卡捷琳娜二世女皇的专用楼梯。后来女皇没了，使节们也不来朝拜了，楼梯也改名换姓了。进入宏伟的大厅，仿佛瞬间穿越时光隧道，回到巨型孔雀石花瓶、古埃及石棺和古希腊安菲拉陶罐的时代，兀自站在欧洲最伟大的艺术丰碑之间：伦勃朗的《浪子归来》，达·芬奇的《麦当娜·利塔》和《麦当娜·贝努瓦特》，拉斐尔的《科涅斯塔比勒圣母》和《神圣家族》，卡拉瓦乔的《琵琶》，还有提香、穆里略、埃尔蒂安……以及从19世纪末到20世纪初法国顶级艺术家们的传世之作。

从建筑艺术角度看，最具吸引力的当数冬宫的室内设计和装潢。从绘画艺术角度看，最具吸引力的当数大艾尔米塔什和小艾尔米塔什两个博物馆。

冬宫是俄国的皇宫，也是举世闻名的古老博物馆。如同历史上许多著名宫殿一样，冬宫自建成以来也是历尽磨难。冬宫初建于1754—1762年，1837年被一场大火焚毁，1838—1839年重建。1917年俄国二月革命后，被资产阶级临时政府占据。同年十月革命后，成为布尔什维克的大本营，后来划归艾尔米塔什，并于1922年正式建立艾尔米塔什国家博物馆。冬宫变成国家博物馆的一部分。第二次世界大战期间再次遭到破坏，战后被精心修复。

冬宫共3层，长230米，宽140米，高22米，呈封闭式长方形，占地9万平方米，建筑面积超过4.6万平方米。冬宫的四面各具特色，但内部设计和装饰风格严格统一。四边形建筑围绕着内院，三个方向分别朝向皇宫广场、海军指挥部和涅瓦河，第四面和小艾尔米塔什连接在一起。对着冬宫广场的正面，中间稍微突出，有三道拱形铁门，入口处有阿特拉斯巨神群像。冬宫四周有两排柱廊，雄伟壮观。宫殿装饰华丽，许多大厅用孔雀石、碧玉、玛瑙等宝石装饰，仅孔雀大厅就用了2吨孔雀石，拼花地板用了9吨名贵木材。

冬宫一楼的主要展厅是古代艺术和考古文物。二楼展出的主要是16—18世纪的英国和法国绘画艺术，以及各个时代的室内装饰。但值得特别关注的是沙皇御座厅、亚历山德罗夫厅、大客厅、音乐厅以及玛丽亚·亚历山德罗夫娜女皇和末代沙皇一家的居室。三楼是东方古典艺术展厅。这里的中国展厅无疑是让中国访客最感亲切的地方，但藏品背后的故事却难免勾起中国人内心深处淡淡的忧伤。

先说玻璃橱柜中的那块丝绸残片吧。它本是一个中国小男孩衣服袖子的一部分，但在古代"丝绸之路"上，即使丝绸残片也能充当货币，可见中国丝绸的价值非凡。难能可贵的是，这块丝绸残片上记录着1300年前的有趣故事：一批丝路商人到中国贩运货物，走到北高加索，为了换取肉食，不得不拿出昂贵的丝绸碎片充当货币。

　　再说那件丝绸马鞍垫面和垫面上的凤鸟纹饰，是典型的楚国出土文物。而那面中国四山铜镜，即使仅剩一半，也能清晰地看出铜镜"山"字形的图案，无疑也是典型的"楚国制造"。凝视陈列柜中来自敦煌的绢画、经卷残片、栩栩如生的唐代菩萨像和多达 250 件的敦煌雕刻、绘画与实用艺术品，仿佛听到空谷回音般的千年浩叹。别人的骄傲，我们的耻辱。为什么敦煌艺术陈列室也叫奥登堡陈列室？因为所有藏品都是这位俄国皇家院士以"考察"的名义斩获的。不过，那幅用 35 件残片拼接修复起来的绢画，也像镜子一样照出了"文化败家子"的嘴脸。

　　不管怎么说，能在艾尔米塔什艺术圣殿看到"被掠夺和被遗弃的"中国艺术是一种幸运。据说，艾尔米塔什博物馆东方部计划开设 20 个展厅，专门展示中国殷商以来的甲骨文、绘画、丝绸、瓷器和雕塑等文物藏品。艾尔米塔什将成为俄中文化交流与合作的纽带。

　　让我们看看小艾尔米塔什博物馆。这栋建筑由西夫科夫过厅与冬宫连在一起，过厅平台上还保留着古罗马马赛克地砖、石棺和浮雕。这个过厅永远与苏联时代著名建筑师亚历山大·西夫科夫的名字联在一起，是他的整体设计把各个建筑物纳入统一的博物馆空间。

　　展馆大厅的窗户朝向涅瓦河，展厅的墙壁和天花板全部镀金并用水晶装饰。这里有著名的《巴赫奇萨赖泪泉》4 幅临摹画、马赛克画和"孔雀"钟。这座出自 18 世纪英国大师之手的青铜钟至今运转正常，每周三 19 点整都能准时听到它的"歌声"。在冬宫一侧的罗曼诺夫画廊里是瓷器、木雕、象牙和陶器等中世纪文物。画廊通向荷兰和佛兰芒绘画大厅。与罗曼诺夫画廊相对的是彼得罗夫斯基画廊，那里保存着 15—18 世纪的德国绘画和雕塑作品。

　　提到《巴赫奇萨赖泪泉》，就不能不谈到那个美丽的传说。话说巴赫奇萨赖原是克里米亚半岛上的一座古城，其名称来自波斯语的"花园宫"一词。后来出现的克里米亚汗国将巴赫奇萨赖定为首都，并建造了可汗宫。据说可汗克雷姆——吉列伊是个残暴的家伙，为了保住汗王的位置，杀死了所有的儿子。

在饱受恐惧与孤独之际，一个美艳女子闯进他的生活，可汗一见倾心。那女子叫吉利雅拉，乃是一名俘虏，虽得可汗宠幸，但难解内心愁苦，整天郁郁寡欢，很快美艳尽失，日渐憔悴，竟致一命呜呼。可汗吉列伊虽生性暴虐，却是个多情的种，为寄托痛失爱妾之苦，遂命人在山石中凿一眼水泉，并说："朕虽眼睛不曾流泪，但心天天在流血。人有灵魂，石有灵性。石头的眼泪就是朕的眼泪，让山石像朕心一样哭泣吧！"于是，终日"泪如泉涌"的巴赫奇萨赖泪泉就这样诞生了，时间是1764年。

这样感天动地的爱情故事自然是文人墨客梦笔生花的题材。俄国诗圣普希金从被流放期间的情人索菲娅·波托茨卡娅嘴里听到这个凄美故事后，激动不已，于1820年亲自造访了巴赫奇萨赖汗宫。巴赫奇萨赖汗宫建筑群固然宏伟，但其灵魂在于泪泉。泪泉是在一块长方形大理石上凿成的，大理石正面呈拱形，泉眼就在拱门上正中位置，下面有数个盛泉水的石头托盘。冷峻的石头和潺潺的泉水似乎在诉说着无尽的忧伤。正是这一切激发了诗圣的灵感，让他写下那首献给情人的抒情叙事诗《巴赫奇萨赖泪泉》：

爱情的喷泉，永生的喷泉！

我为你送来两朵玫瑰。

我爱你连绵不断的絮语，

还有富于诗意的眼泪……

1934年，《巴赫奇萨赖泪泉》被改编成芭蕾舞剧《泪泉》，并以俄罗斯和西方两个脚本活跃在世界舞台上。20世纪60年代和21世纪初中国中央芭蕾舞团曾多次上演过该剧并受到热烈欢迎。

沿红白相间的苏维埃楼梯拾级而上，便是大艾尔米塔什二楼展厅。这座楼梯是19世纪中叶在椭圆形大厅里建造的，如今这个厅里只剩下天花板上那盏令人赏心悦目的顶灯，灯罩上有罗马智慧女神米涅瓦和俄国少年的画像。至于这座楼梯的名字为什么叫"苏维埃"，至今是个谜，因为那时苏维埃政权还远未出现，而19世纪的俄国政府虽然设在这里，但叫国务委员会，不叫苏维埃。

艾尔米塔什国家博物馆　作者夫人在博物馆前留影

同辉煌的冬宫和小艾尔米塔什相比,大艾尔米塔什其实一点也不大。但有限的空间却装载着价值无限的珍贵藏品。正是在这里——涅瓦大街的联排艺术博物馆里,既有文艺复兴时代的艺术瑰宝弗拉·安杰利科和安东尼奥·罗塞利诺的壁画、桑德罗·波提切利的祭坛、彼得罗·佩鲁吉诺的"圣塞巴斯蒂安"、维罗内塞的"悼基督"和丁托列托的"圣乔治";达·芬奇的名画"麦当娜·贝努瓦"(Madonna Benoit)和"麦当娜·丽塔"(Madonna Litta);提香(Titian)的"达娜"(Danae)和"圣塞巴斯蒂安"(St. Sebastian);又有凡·高和高更的印象派作品、毕加索的侧面头像;大到希腊的大理石雕塑,印度的檀香木佛像,小到中世纪木制神龛圣母像、埃及法老戒指、带咒语的碧玉甲虫和皇后胭脂宝盒……

由于涅瓦大街沿岸已经找不到合适的位置,新艾尔米塔什大楼的正门只能朝向百万大街。大楼正面墙上具有强烈视觉冲击力的亚特兰蒂斯人花岗岩雕像是雕刻家特里贝涅夫的杰作。

19世纪德国建筑师利奥·冯·克伦泽(Leo von Klenze)的精心设计

使展台、墙壁、天花板和镶木地板协调得天衣无缝。这也是许多展厅都装饰着不同时代、不同风格的纪念章和马赛克壁画的原因。新艾尔米塔什一楼陈列着古代艺术标本。两侧有花岗岩石栏的白色大理石主楼梯通往楼上各个展厅。最古老的发现位于绚丽的 12 柱大厅：马赛克地板、古罗马临摹壁画、绿色花岗岩石柱……

在"花盆王"大厅中央，矗立着艾尔米塔什博物馆最大的宝石花盆——科雷万大花盆。俄语称其为花瓶，但在中国人看来，它是盆而不是瓶，因为其造型是一个巨大的椭圆形花盆坐在立柱上，很像一个放大了百万倍的冰激凌高脚杯，杯口直径长 4.5 米，宽 3 米，如果装满鲜花，只能说远看像花盆，近看像花坛，绝不似花瓶状。这个重 19 吨，高 2.5 米的"宝石花盆"是由俄国建筑师阿布拉姆·梅利尼科夫设计，阿尔泰边疆区科雷万工厂耗时 12 年，用一块巨大而完整的乌拉尔碧玉雕琢而成的，时间是 1843 年。为了把这个宝石花盆王运到圣彼得堡，先用 160 匹马拉的大车将它从阿尔泰运到乌拉尔，后用平底大驳船沿水路运抵圣彼得堡。设想把这么大、这么重的"花盆"搬进房间是不可能的。原来，是先给"花盆"选好了地址，置放后，再建大厅，所以，是先有花盆，后有展厅。这恐怕要算世界艺术史上独一无二的奇迹了。

展厅周围陈列着罗马帝国图拉真皇帝时代的大理石雕塑。在拱形木星展厅里，则是一尊来自多米提安皇帝乡间别墅的巨大雷神雕像。在满园雕像的古董小院，再现了罗马和希腊贵族的家居陈设。狄俄尼索斯厅也摆满了形态各异的大理石雕像。在几个古典风格的希腊展厅里，陈列着著名雕塑家菲迪亚斯、米隆、波利克特等人的雕塑复制品以及原创花瓶。

新艾尔米塔什二楼展示的全是无价之宝。伦勃朗大厅收藏着这位荷兰大师的 23 幅作品，其中包括"浪子回头"。在拉斐尔大厅有意大利陶瓷，拉斐尔学生们的作品，更有这位大师的传世之作木版油画"科涅斯塔比勒圣母"和"神圣家族"。

大楼中间是由三个带天窗的大厅组成的"透明画廊"，画廊墙壁上挂的是意大利艺术家的大幅油画，地板上摆的是德国艺术家设计的精美家具。在西班牙"透明"大厅里，展出的是西班牙著名艺术大师委拉斯贵兹（Velazquez）、弗朗西斯科·德·苏巴朗（Francisco de Zurbaran）、巴托洛梅·埃斯特万·牟利罗（Bartolomé Esteban Murillo）的不朽作品。

艾尔米塔什剧院是在彼得一世冬宫旧址上建造的。建筑师恢复了舞台下的部分地下室和一楼房间。从沿河大街方向可以看到冬宫里彼得一世的书房、餐厅和放有雪橇的庭院。剧院门厅内饰呈灰蓝色调，意在突出沉重枝形吊灯的华彩，烘托壁上徽章、灰泥线条和天花板画的多样性和协调性。在古典式圆形剧场里，有6排半圆形的长凳，约500个座位。这是歌剧和声乐表演的绝佳场所。

坐落在大学沿河街的缅什科夫宫是一座典型的巴洛克式建筑，也是圣彼得堡第一座石头建筑。亲手把叶卡捷琳娜捧上女皇宝座的缅什科夫元帅（Александр Данилович Меншиков）主政期间，这座位于大庄园中心的宫殿是皇家娱乐活动的主要场所。缅什科夫失势后，他的宫殿被废弃并毁坏得面目全非，以致20世纪的重建工程长达几十年，有些厅馆至今尚未修复。1981年重建工程移交给冬宫博物馆后才决定恢复18世30年代的原貌。

总参谋部大楼位于艾尔米塔什博物馆附近的宫殿广场上，建于1819—1829年间。宏伟的建筑，双重凯旋门，罗马战车雕塑，尽显帝国雄风。因为大楼曾是沙俄总参谋部所在地，所以总参谋部大楼的称呼一直沿袭至今。

建筑主体是由双重拱门连接起来的两栋楼房，总长度为580米。现在大楼的东翼是西部军区司令部驻地，东翼划归了艾尔米塔什博物馆。这样，总参谋部大楼也就成了艾尔米塔什国家博物馆建筑群的一部分。

总参谋部大楼的双重凯旋门是为纪念1812年卫国战争的胜利建造的。负责设计的建筑师卡洛·罗西（Carlo Rossi）决定用两个凯旋门把左右两翼的两栋楼房连接成一个整体，辅以精美的雕塑，可谓匠心独具。更有甚者，他还成功说服了尼古拉一世放弃在宫殿广场上竖立彼得一世雕像的计划，改为建造卫国战争胜利纪念碑。这就更加突出了卫国战争胜利的主题。

　　多年来总参谋部大楼承担的都是官方职能，如今按博物馆的统一规划，藏于冬宫的部分欧洲艺术品将陆续转移到这里。

　　艾尔米塔什艺术博物馆是1754年在叶卡捷琳娜二世的宫廷收藏基础上建立的，1852年对外开放。1922年冬宫博物馆与艾尔米塔什博物馆合为一体，统称艾尔米塔什国家博物馆。

冬宫博物馆（艾尔米塔什博物馆主体建筑）

　　艾尔米塔什国家博物馆分为8个部：原始文化部、古希腊罗马部、东方民族文化部、俄罗斯文化史部、钱币部、西欧艺术部、科学教育部和修复保管部。博物馆的专家、学者多达350人。

　　艾尔米塔什

　　——人类永远的艺术圣殿。

（写于2001年）

皇 村

——诗歌太阳升起的地方

皇村（普希金城）叶卡捷琳娜宫

当我踏着松软的白雪走进皇村时，耳边仿佛突然传来一个 15 岁少年清脆的朗诵声：

> 沉郁的夜幕垂落天穹，
>
> 星星眨着困倦的眼睛，
>
> 丛林和山谷万籁俱寂，
>
> 远方的森林薄雾冥冥；

溪水在橡树林里奔跑，

树叶传来晚风的鼾声，

恬静的明月宛如天鹅，

在白云间悠悠然飘过。

……

这是 1815 年少年普希金面对皇村贵族中学升学考试主考大人、俄罗斯诗坛掌门人杰尔查文朗诵自己的诗作——长篇抒情诗《皇村回忆》的场景。杰尔查文被惊呆了：震惊、激动、赏识、鼓励。他看到了正在俄罗斯诗坛冉冉升起的一轮朝阳。

这是我第二次来皇村，时值落雪的寒冬。上次来是春末夏初，自然是姹紫嫣红，草木葱茏，一片绿色。而这次是一片白色。绿色、白色，各美其美，但我更喜欢白色的纯净，喜欢白雪在阳光下泛出的清辉和清冽甘甜的气息。

皇村中学是普希金 1811—1817 年就读的贵族学校。

皇村位于圣彼得堡以南距市中心 24 公里的地方。皇村早已改名为普希金城，但多数人仍然习惯称它皇村。和位于圣彼得堡以西芬兰湾的夏宫一样，皇村原来也是一座瑞典贵族庄园——"萨丽庄园"，1708 年成为沙皇夏季避暑的地方。1717 年开始为彼得大帝皇后叶卡捷琳娜一世修建行宫，7 年后拥有 16 个房间的两层豪宅及花园竣工。为了突出这是皇家领地，1728 年将庄园改名为沙皇村，中文译名简化为皇村。1741 年彼得大帝之女伊丽莎白·彼得罗夫娜继位后，对皇村进行扩建。扩建后宫殿长达 306 米，外墙呈天蓝色，光鲜亮丽。造型丰富的雕塑和浮雕更为这座建筑增加了华彩和艺术魅力。在碧空下金光灿灿的 5 个葱头式尖顶教堂又给皇村的高贵平添了几分神圣。

叶卡捷琳娜宫和亚历山大宫都是这一时期的代表性建筑。

叶卡捷琳娜二世是位有艺术品位的女皇，按照她的旨意，几何形布局的花园被改造成欧式园林，林木草场、瀑布流水、亭台楼阁、曲径通幽，别是一番景象。扩大后的园区内增添了古典主义和巴洛克风格的建筑：

带玛瑙屋的冷水浴室、用于散步和观景的卡梅伦柱廊、空中花园、音乐厅、湖心岛屋以及俄土战争胜利纪念柱和纪念碑等，其中"音乐厅""琥珀厅"更是美轮美奂，令人叹为观止。

1788 年皇宫北侧竖起一座古典主义风格的 4 层建筑，通过宽大的拱廊与皇家教堂连为一体，这便是著名的皇村中学。少年诗人普希金在这里度过了 6 年时光。1796 年亚历山大宫落成，这座古典主义杰作是专门为叶卡捷琳娜的孙子、未来的沙皇亚历山大一世建造的。

19 世纪 20 年代，受欧洲浪漫主义文化思潮的影响，尼古拉一世又下令在园林内增加了一系列仿中世纪的建筑：哥特式尖塔、城堡、小教堂等，与周围茂密的丛林、开阔的草场融为一体，相得益彰。

1837 年皇村和圣彼得堡之间开通了俄国第一条铁路。十月革命后，末代沙皇尼古拉二世一家就是从这里被流放到西伯利亚的。1918 年皇村的建筑大多被用于儿童教育，所以曾更名为"儿童村"。1937 年为纪念亚历山大·普希金逝世 100 周年，儿童村被改名为普希金村，当然是因为普希金在这里读书并成名之故。

总的来看，皇村大体分为两部分：一部分由叶卡捷琳娜宫及其附属建筑和南部宽广的叶卡捷琳娜花园组成；另一部分由亚历山大宫及其背后的亚历山大公园组成。

叶卡捷琳娜公园占地总面积 107 公顷，由老花园（建于 1717—1720 年）和英式景观公园（建于 1760—1796 年）组成，中间隔着一座大池塘。现在呈现在人们面前的叶卡捷琳娜宫是 1717—1723 年改建的结果。从 1743 年到 1756 年，宫殿正面增加了被称为俄罗斯巴洛克风格的华丽雕塑，还有体现 18 世纪中期建筑特点的室内设计和装饰。西侧有座庭院，上面是半马戏院式圆顶，周围是铁栅栏，中间是镀金大门。

叶卡捷琳娜宫北面有座四层楼房，是普希金就读过的皇村中学校址，现为普希金纪念馆，与花园街的宫殿拱门相接。东南是卡梅隆画廊、冷水浴池、悬吊花园和坡道（1780—1794）。叶卡捷琳娜宫内最著名的大厅是琥珀厅，通体由琥珀和黄金装饰而成，炫目的辉煌。此外给人印象深刻的还有：艾尔米塔什（与圣彼得堡国家艺术博物馆同名，但此艾尔米塔什非彼艾尔米塔什）——一座两层楼高的八角形展厅，屋顶呈半圆球形，厅内有圆柱和华丽的装饰，从前是沙皇夏季避暑时会客的地方；海岸岩洞（建于 1749—1761 年）——海洋生物主题馆，白色的立柱，海蓝色的墙壁，珠光宝气的装饰，令人目不暇接；海军军部（建于 1773—1777 年）——一组用新型装饰砖建造的建筑，造型新颖别致，白色的挑檐，箭形的窗户，哥特式梯形塔，形态各异的小鸟，可谓匠心独具。

亚历山大公园占地面积 188 公顷，由新花园（建于 1740 年）和风景园（建于 1790 年）组成。风景园里有 3 座池塘和人造山丘，西部有库兹明卡河流过。

亚历山大宫（建于 1792—1796 年）还是叶卡捷琳娜二世女皇生前为他的孙子、未来的皇帝亚历山大·帕夫洛维奇建造的。皇奶奶崇尚古典主义建筑风格，所以亚历山大宫是一座典型的古典主义建筑。建筑不高，只有两层，但经过两侧成倍地扩建后，就显得很长。北面中门前由两排古罗马柱组成的柱廊蔚为壮观。宫殿旁有座不大的房子是沙皇尼古拉一世孩子们的游乐厅。

值得一提的是，这里曾有一家皇宫附属剧院——中国剧院（建于1778—1779 年），1941 年毁于战火，此后再没有重建。艾尔米塔什冬宫也有一个"中国剧院"，叶卡捷琳娜女皇的中国情结由此可见一斑。皇村的"中国剧院"没有了，但"中国村"还在，那本是由俄国建筑师设计建造的乡村别墅（建于 1782—1798 年），如今做了旅馆。

听说现在有座叫白塔的展馆是 2012 年重建的。它原是 1821—1827 年间建造的一座中世纪骑士城堡式建筑，周围还有城壕。还有为纪念第一次世界大战于 2014 年重建的"战史厅"。另有一些历史遗迹在重建或修复中。可惜，我恐怕没有机会邂逅这些重建或修复的展厅了。

皇村是美丽的。然而，如果不是俄罗斯的诗歌太阳从这里升起，皇村不会这样魅力四射。

普希金（1799—1837）生于莫斯科一个崇尚文化的贵族世家，自幼接受法国家庭教师的教育并深受俄罗斯乳母的语言影响，7岁就能出口成诗。12岁入学彼得堡贵族子弟学校——皇村中学。1814年写下《皇村回忆》，次年在初中升高中的升学考场上当众朗诵，受到主考官、俄国诗坛最高权威杰尔查文的赞赏和鼓励。从此，少年普希金诗如泉涌，一发不可收拾，接连发表《致诗友》《自由颂》《致恰达耶夫》……他的长诗《鲁斯兰与柳德米拉》冲破传统贵族文学语言的樊篱，大量运用民间词汇，一开俄罗斯文学语言民俗化的先河。

1820年5月，诗人因抨击专制制度被流放到南方，途中患病，前往高加索、克里米亚旅行疗养。其间与十二月党人过从甚密，写下《短剑》《高加索的俘虏》《茨冈》《强盗兄弟》《巴赫切萨拉伊泪泉》（亦译《巴赫切萨赖泪泉》）等诗作。后因得罪敖德萨新任总督，遭陷害被革职。1826年9月才经沙皇批准得以重返莫斯科。这期间他创作了历史诗剧《鲍里斯·戈东诺夫》、叙事诗《努林伯爵》，但又因长诗《加甫利里亚德》"亵渎上帝"而被传讯。

1830年9月与莫斯科美女冈察罗娃订婚，并完成长篇诗体小说《叶甫盖尼·奥涅金》和一系列不同题材和体裁的诗歌，进入创作高峰期。

1831年3月普希金与冈察罗娃结婚，定居彼得堡并任十等文官。由于受编写《普加乔夫起义史》的影响，开始创作中篇小说《上尉的女儿》，同时著有中篇小说《黑桃皇后》、长篇叙事诗《青铜骑士》、中篇小说《杜布罗夫斯基》以及《渔夫和金鱼的故事》等童话诗。

普希金婚后苦于上流社会的应酬，羞于沙皇授予的"宫廷侍卫"头衔，不齿于和上流贵族为伍，愤而于1837年1月27日与法国贵族逃亡者丹特士决斗。决斗中身负重伤，遂于29日辞世，年仅38岁。一代诗魂丢掉了性命，捍卫了荣誉。

皇村一直是诗人念兹在兹的精神家园。1825年他写了一篇怀念母校皇村中学的诗作，题为《10月19日》。诗人深情地写道："无论命运把我们抛向何方，无论幸福把我们向何处指引，对于我们：整个世界都是异乡，对于我们：母国——只有皇村。"普希金对皇村中学情有独钟的最好注解是被称之为"皇村组诗"的系列诗篇：《皇村回忆》（1814）、《回忆》（给普欣）（1815）、《致同学们》（1817）、《题普欣纪念册》（1817）、《皇村》（1819）、《10月19日》（1825）、《1827年10月19日》（1827）、《1828年10月19日》（1828）、《皇村回忆》（1829）、《皇村雕像》（1830）、《我记得早年的学校生活》（1830）、《皇村学校愈是频繁地……》（1831）、《回首往昔：我们青春的节庆……》（1836）。恐怕世界上找不出第二个诗人或作家把如此多的诗篇献给自己的母校。

皇村中学是沙皇亚历山大一世于1810年8月创办的6年制贵族子弟寄宿学校，招收对象是10~12岁的男生。第一届录取学生30名，普希金是其中之一。1918年皇村学校被关闭。

皇村中学

皇村中学是俄罗斯诗人的摇篮。这里不仅升起了"俄罗斯诗歌太阳"普希金，这里还是诞生诗人普欣、丘赫尔别凯、杰尔维格、伊利切夫斯基、古米廖夫、尼古拉·布宁的地方。象征派诗人安年斯基当过皇村中学的校长。皇村还是骑兵少尉、卓越诗人莱蒙托夫（1814—1841）服役的地方。

他因为写了那首著名的《诗人之死》而遭流放。几十年后还有一位古稀之年的职业外交官、诗人丘特切夫移居皇村并终老于此。著名女诗人阿赫玛托娃曾是皇村的长住居民。更有像曼德尔施塔姆、马科夫斯基等诸多诗人和文化名人造访过皇村。皇村对俄罗斯文化的贡献怎么评价都不会过高。

作为俄罗斯语言文学爱好者，作为诗人普希金的热爱者和崇拜者，皇村是我割不断的情节。我爱皇村，因为它是俄罗斯巴洛克建筑风格的历史纪念碑。我更爱皇村中学，因为它是"俄罗斯诗歌太阳"升起的地方。

（写于 1973 年）

夏 宫

——彼得大帝永久纪念碑

夏宫（彼得宫） 位于距圣彼得堡 30 公里的芬兰湾南岸

"最美不过彼得宫"——这话在俄罗斯家喻户晓。彼得宫的全称是圣
彼得堡彼得一世夏宫（Летний Дворец Петра I в Санкт-Петербурге），彼
得宫就是夏宫。如果谁想看地球上最辉煌的宫殿和御花园，就请他到圣

彼得堡看夏宫，看耀眼的辉煌，令人窒息的辉煌。

当年我在莫斯科当常驻记者时，苏联朋友就对我说："没到过夏宫就不能算到过圣彼得堡，夏宫是一定要去的。"可那个年代，去不去，上哪儿去，不取决于我们自己，6年中我只去过一次圣彼得堡，直到我离任回国，夏宫对于我还是天上的月亮——不，连月亮都算不上，天上的月亮够不着但看得见，而夏宫既够不着又看不见。直到1991年后，我才有了两次游览夏宫的机会，一次是因公出差，另一次是私人旅游。

夏宫位于距圣彼得堡30公里的芬兰湾南岸森林中，占地面积约414公顷，是1704—1712年间由瑞士设计师多梅尼克·特列吉尼（Domenico Trezzini）设计建造的，来自意大利、法国和德国等几乎所有西欧著名建筑师和雕塑家都参与了外墙和内饰的设计与施工。

300多年来夏宫的幸运在于，自彼得大帝驾崩至今，从未遭受过严重破坏，尽管不止一次进行过局部或整体维修。

时至今日，整个建筑群的布局和外观都保持原貌，诗情画意的寓言色调、瓷砖壁炉、荷兰彩绘瓷砖装饰的墙面、镶木地板、橡木衣柜、上下厨房的装修、绿厅的内饰等，都保持着300多年前的老样子，就连彼得一世办公室里那个造型别致的测风仪，也依然定格在彼得一世去世时的风向、风力和时间节点上，而二楼那个五屉柜原本就是他生前放置内衣和靴袜的地方。

夏宫是圣彼得堡最古老的建筑纪念碑，论资格，甚至比圣彼得堡本身还要老一些。它那巴洛克式的建筑艺术风格，全方位地体现了彼得一世的品位、兴趣和志向，所以，俄罗斯建筑专家认为，夏宫的建筑风格是具有彼得特色的巴洛克风格。

为了给自己建造离宫寻找一片远离尘嚣的净土，他看中了位于涅瓦河和埃里克河（今丰坦卡河）交汇处出海口附近的一座庄园——瑞典少校埃里希·科瑙的别墅，一栋带庭院和花园的小房子，周围环绕着森林、沼泽与河流。

彼得选中这个地方的主要原因是静谧的环境。当时正值彼得帕夫洛夫城堡施工，工地上的噪声搅得四邻不宁。老百姓尤可忍受，皇帝当然不能，何况彼得患有严重的神经官能症，纵然是九五之尊，但权力解决不了失眠之苦，连蚊子的嗡嗡声都让他饱受折磨，何况是建筑工地上的斧锯齐鸣。寻得这处庄园，就是找到了世外桃源。1704 年在瑞典军官小木屋被拆除的扬尘中，夏宫开始动工了。

为此，不仅集中了欧洲所有的精工巧匠，而且彼得大帝亲自上阵参与工程策划和设计。据说保留至今的设计图纸中就有十几幅是彼得一世亲手绘制的。1712 年夏宫仅仅完成了第一期工程，彼得大帝就迫不及待地住了进去，从此每年夏天他都到这里避暑。可惜，待到 1723 年夏宫主体工程完成时，他已经无缘享受了，两年后便与世长辞。

全部工程直到 1728 年才完成。那已经是叶卡捷琳娜二世时代。这位酷爱权力也酷爱艺术的女皇，不仅大兴土木建造了艾尔米塔什国家博物馆，而且聘请意大利建筑师对夏宫进行了全方位改造，把古典主义注入巴洛克风格，并大量购进欧洲艺术品和装饰品。经过十几年的改造和修缮，当 1755 年正式揭开神秘面纱时，熠熠生辉、金碧辉煌的夏宫已经是波罗地海岸边令凡尔赛宫黯然失色的御花园了。无与伦比的辉煌与壮观所展现的俄罗斯雄风，正是彼得大帝的梦想。他当初决定在这里建造豪华夏宫，除了寻梦世外桃源，更主要的原因是要为争夺波罗的海霸权竖一座纪念碑。

彼得一世去世后，夏宫作为沙皇离宫的地位一落千丈，很长一段时间只有宫廷仆人们守护着。彼得大帝的女儿伊丽莎白·彼得罗夫娜继位后，为纪念父皇，着手修复衰败的夏宫，将 19 世纪上半叶的沙皇府邸变成了当朝显贵们的"避暑山庄"。

在圣彼得堡建成 200 周年之际，夏宫举行了彼得一世时代纪念展，展出了从各个皇宫、冬宫博物馆和国家档案馆运来的肖像画和版画、旗帜、兵器、家具、工艺品、图书、素描画等，其中来自亚历山大·涅夫斯基修道院的彼得大帝御榻——一张尺寸超大的睡床，至今还在夏宫里展出。

十月革命后，夏宫被作为历史和建筑遗产保护起来，但尚未取得博物馆地位。1925 年夏宫被移交给俄罗斯国家博物馆。从 1934 年起，彼得一世夏宫才拥有独立的历史和艺术博物馆地位。

在卫国战争爆发后列宁格勒被围困的 900 天里，夏宫在隆隆炮声的震荡中受到一定程度的损坏，如屋顶被单片击伤，室内瓷砖、相框被震落，外墙墙皮和浮雕被震脱落等，但战后很快进行了局部修复，1947 年作为博物馆对游人开放。

20 世纪 60 年代夏宫进行过一次全面修葺。2004 年夏宫被定为俄罗斯国家博物馆的一个分馆后，又于 2015—2017 年进行了一次全面修缮，修缮后的夏宫基本恢复了 18 世纪初的御园面貌，尤其是对夏宫 7 个大厅的绘画修复，修复后的幽暗色调更接近原作。

夏宫花园路

夏宫分为上园和下园。夏宫在上园，是一组长 300 米的建筑群，两层楼每层都有 7 套住宅，但没有太大的房间。彼得的居室在一楼，叶卡捷琳娜的房间在二楼。这两位皇帝都有自己的卧室、更衣室和厨房——一楼的叫下厨房，二楼的叫上厨房。叶卡捷琳娜只有一间会客室，彼得则有两个。但二楼还设有舞厅、儿童室和著名的"绿厅"——绿色办公室至今保留着原貌，也曾是彼得的家庭收藏馆。

夏宫外地面全由大理石铺就，内部配有许多镜子和装饰物。楼梯和壁板都是橡木的。部分房间里有大尺度天鹅绒床，墙上是美丽的中国工艺美术饰品。可见，叶卡捷琳娜女皇还是中国艺术的崇拜者。

夏宫作为圣彼得堡最古老的建筑及其独具彼得特色的巴洛克风格，实在令人叹为观止。严谨的结构，比例明晰的高坡屋顶，众多的窗户和浮雕，都鲜明地体现了巴洛克艺术风格，也集中表现了大北战争胜利的图景。形如翼龙的流水槽，标识上下楼分界的 29 幅浮雕，取材古代神话，寓意大北战争——俄罗斯帝国与瑞典王国争夺波罗的海霸权的战争。守护在夏宫入口的是罗马智慧女神密涅瓦，周围是战利品和旗帜。正面墙上的所有雕饰都与海洋相关：希腊神话中半人半鱼的海神、海马、鳞状鱼尾……还有古代战神与英雄，象征战争的战船、象征和平的海豚。宫殿楼顶上装有一个人形风向标——古俄罗斯勇士格奥尔基·波别多诺谢茨的英雄形象。他的俄文姓名原本就是"胜利者"之意。

夏宫有"喷泉花园"的美称。它总共有 150 眼喷泉，2000 多个喷柱及两座梯形瀑布。其中耳熟能详的有金字塔喷泉、太阳喷泉、橡树喷泉、象棋山喷泉、亚当喷泉、夏娃喷泉。每个喷泉各有风采，有人物、有动物，个个造型惟妙惟肖，生动逼真，引人遐想。

夏宫正前方是被称作大瀑布的喷泉群。这里有 37 座镀金雕像，29 幅浅浮雕画，150 个小雕像，64 个喷泉及 2 座梯形瀑布。大瀑布喷泉群由上至下分多级台阶。据说萨姆松喷泉从地下直通波罗的海。喷泉群的中央矗立着高 3 米，重 5 吨的雕像：大力士参孙和狮子在搏斗，参孙用双手把狮子的上下颚掰开，泉水从狮子口冲天喷射而出，水柱高达 22 米。据说，这是俄罗斯对瑞典战争胜利的象征。喷泉群在蓝天白云下，闪耀着鎏金的光辉和流水的银光。金色的雕塑沐浴在水幕中，玉珠飞溅，光彩夺目。

夏宫花园是圣彼得堡的第一座花园（始建于 1704 年）：笔直的林荫大道，大树参天，灌木丛生，喷泉、珍禽笼、石砌花圃、豪华的人工石洞……当然还有艺术价值无与伦比的大理石雕像。

上花园是一座修剪得十分整齐的法式庭园，中央是涅普东喷泉。上花园的几十座大理石雕像都是按照彼得大帝的个人品位，从西欧订购的。当年普希金等文人墨客都是这里的常客。

下花园中心线是一条人工河，两侧是两条对称的林荫道，直达波罗的海海滨。沿着林荫道前行，途经一个充满野趣的小型湖泊，湖上有大群鸥鸟低吟浅唱。树木的倩影倒映在平静的水下，犹如清新淡雅的水彩画。湖水中间有座窗棂别致的小楼，让人联想起昆明湖中的水榭兰亭。林荫道尽头是大海——波罗的海。

俄罗斯虽然幅员辽阔，两面临海，但北面是冰天雪地的北冰洋，东面是鞭长莫及的太平洋，对于以欧洲为政治、经济和文化中心，以欧洲文明为文化底蕴的俄罗斯帝国来说，它的门户和窗口应该朝西，而不是朝东，虽然它的国家图腾是同时面向西东的双头鹰。不打开通往欧洲的门户和窗口，俄罗斯可能永远无法同欧洲列强平起平坐，更不用说称雄世界。这一点彼得大帝看得很清楚，所以他发动了对瑞典的战争，鏖战数年夺得波罗的海的霸主地位，攫取了战败国的大片土地和波罗的海出海口。一部电影《彼得大帝》记录并讴歌的正是彼得向西扩张和争霸的"千秋功业"。作为皇帝，彼得大帝不愧是具有远大战略眼光和文韬武略的一代枭雄，而夏宫就是这位枭雄皇帝的永久纪念碑。

写于 2017 年

格鲁吉亚散记

第比利斯俯瞰图

　　1971年5月，我们新华社常驻莫斯科记者得到苏联外交部新闻司的批准，允许我们单独采访高加索3国——阿塞拜疆、亚美尼亚和格鲁吉亚。

　　从春寒料峭、雨雪霏霏的莫斯科飞到第一站巴库，就像刚洗过冷水浴就钻进桑拿房，被太阳烤得火烧火燎，感觉肩膀后背的皮肤很快就要被烤焦似的。而弥漫着浓烈石油气味的凝固空气，似乎划一根火柴就能点燃。这时我才注意到，宾馆面对大海，海上是采掘石油的"蝌蚪虫"。原来，巴库是石油之都，也是"火炉之都"——5月的气温就在40摄氏度上下徘徊。

我们下榻的宾馆很漂亮，冷气也很足，但总不能老待在屋里不动吧。可一到外面，唰啦一下，汗水从头流到脚，衣服、裤子马上就被汗水浸湿，哪里还有心思逛街呢？只有等到晚上落日后再外出。可晚上也好不到哪去，虽然有点小风，但风是热风，依然汗流浃背，坚持个把小时，就得赶紧回宾馆餐厅喝免费的冷饮降温。所以，Щербет（冰镇的黄颜色果子露）这个词就在我脑子里扎了根。既然热得哪儿都去不了，什么都干不成，我们只在巴库逗留了两天，便赶紧逃离"火焰山"取道埃里温，直奔此行首选目标——格鲁吉亚首都第比利斯。

高加索山势起伏，高低落差很大，气象复杂多变，大抵属于那种"早穿棉，午穿纱，（晚上）抱着火盆吃西瓜"的气候。难怪格鲁吉亚朋友对我们说："到这里要记住两'不'：一不要相信天气预报，二不要忘记随身带雨伞。"

不过，还没到第比利斯，我们就在半空中领教了"气象多变"的厉害，至今想起来还惊魂未定。从埃里温到第比利斯，我们乘坐的是苏制安-24飞机，是只有40多个座位的小型客机。当时也只能乘这种客机，没有第二种。当飞机飞跃高加索山上空时，突然一种令人恐怖的失重感把我从睡意蒙眬中惊醒，只觉得飞机像断线风筝一样滴溜溜垂直往下坠，完全失去了控制。除后座一两个女人下意识地尖叫外，满飞机的乘客都惊得目瞪口呆。我根本来不及想发生了什么，只觉得有种绝望感顿时袭上心头：呼吸之间就可能机毁人亡、粉身碎骨。我屏住呼吸，紧闭双眼，等待悲剧的降临……

可能是太突然的缘故，地狱的大门还没来得及打开，飞机驾驶舱的小门打开了：头戴蓝色圆帽、身穿蓝色套裙的航空小姐走进座舱，镇定自若地莞尔一笑说："亲爱的乘客同志们，非常非常对不起，让你们受惊了。刚才是发生了大气旋流，气象学上叫气旋，飞机失去了控制。"她长吁一口气，说："好了，感谢上帝！一切都过去了。有谁碰伤或感觉不舒服吗？"我回头看了看，没有人应声，却有人在胸前一个劲画十字。看来，这对机组人员来说只是半路上遇到了旋风，而对第一次遭遇气旋的乘客来说，则是到鬼门关走了一遭。

两名穿中山装的中国人突然出现在第比利斯机场，就像两名穿西装的红发碧眼的洋人突然出现在山西大寨村——稀有动物。只听人们悄声议论："日本人？""不，朝鲜人！"前来迎接我们的格鲁吉亚国际旅行社翻译边走边说："不，是中国同志！"

"什么？契——纳！""契纳！"（格鲁吉亚语：中国）

一只手，另一只手，第三只手，第四只手……我一一握着这陌生但充满温度的手，两眼湿润起来。

到达第比利斯的当天晚上，我就信步走进附近一家理发店。店面不大，只有3名理发员。他们都在忙着，但没有排队坐等的顾客。在苏联，食品商店里排长队司空见惯，但理发店里极少有排队的现象。突然见到一个绅士模样的东方人走进来，自然都投来惊异的目光。靠门口的老理发师打量我一眼，操俄语说："晚上好，先生！请坐下稍等一分钟，就一分钟。"我说"不急"，心想，在国内等一个小时都是常事，何况才一分钟。

苏联人理发比较简单，不洗头、不刮脸、不吹风，先把棉花贴在梳子上，蘸点水梳头，将头发梳顺梳平，然后用电推子将长头发剪掉，推齐，再用剃刀刮刮边儿，得，齐活了！再认真，也用不了十分钟。当然，简单归简单，钱还是要付的。没想到，付款成了难题，我拿着钱的手被理发师一而再再而三地一次次推回来，说什么也不肯收，还说："我们店有个规矩，给中国同志理发不收费！"

没办法，我只好将钱收回，从背包里摸出一盒清凉油给他。那是我们当年随身常备的小礼品。不料他打开闻了闻，高兴得好像得了什么宝贝，大声喊："啊，老虎油！对，老虎油！"他这一喊，另两名理发员围过来不算，连他们的顾客也都围拢过来。还好，刚好够每人2盒。我抱歉地说："可惜带少了，权当留个纪念吧！"

苏联老百姓，尤其是老太太们，对中国的清凉油（俗称老虎油）可谓情有独钟，简直喜欢到迷信的程度，视其为灵丹妙药。不论头疼、腿疼、胃痛还是腹痛，哪儿疼抹哪儿，药到病除，非常灵验。大概由于苏联气候条件严酷，冬天太冷，所以老太太得关节炎的比较多，据说在膝盖处抹上一点老虎油就能立刻缓解疼痛。而夏天热时，在太阳穴或鼻孔抹上一点老虎油，就能立刻感觉神清气爽，解暑又解热，还能祛除汗泥味儿，实在是好。所以当年见到中国人，不管认识不认识，她们都会主动讨要"老虎油"。

第二天是星期日，我们乘车去看望一位华侨。上了公共汽车，第一件事自然是打票。我已经在自动售票机上撕下两张票，但乘务员发现我们是中国人，硬是从投币箱里把钱掏出来还给我们，还是那句话："我们这里有个规矩——中国同志乘车不要钱。"逗得满车乘客哈哈大笑。但留给我们的却是感动，感动这发自内心的兄弟情谊。

到了华侨的住所，发现换了主人，说那位华侨不久前搬走了。我们扑了个空。幸好他告诉我们华侨的新住址不太远，15分钟就能走到，我们便乐得徒步前往。半路上向一个烟酒售货亭的售货员问路。当售货员和站在旁边的一位老工人和一位青年司机听说我们是中国记者时，说什么也不放我们走，非要和我们坐在一起聊聊。老工人当即买了几瓶啤酒，售货员顺手拿出几包香烟，然后大家席地而坐，就像久别重逢的老朋友，边喝，边抽，边聊。老工人说："自打1956年朱德元帅访问第比利斯后，再也没见过中国同志。中国是个伟大国家，历史悠久。中国人是世界上最勤劳，最聪明的人。中国自古就有很多发明，现在强大了，将来肯定会更富强。"几个人如数家珍地历数他们喜爱到中国商品，语带遗憾地说："什么时候还能穿上中国的毛衣，用上中国的暖水瓶啊！"他们问这问那，对中国的一切都感兴趣。越谈话题越多，越聊谈兴越浓，不知不觉，一个半小时过去了，我们只好请求告辞。临别时他们争着抢着说："请一定转达格鲁吉亚工人对兄弟的中国人民的敬意！"今天，我终于有机会借《长江日报》的一角，转达他们的嘱托。

没到过格鲁吉亚的人，很难想象格鲁吉亚人对斯大林爱戴和怀念的程度。在第比利斯"伊维利亚"国际旅行社吃过午饭，稍事休息后，我们就信步走上大街。万万没想到，在苏共22大开过十几年后，斯大林仍然是每个机关、每个家庭的"荣誉成员"。不论大街小巷，行人都能透过玻璃窗看到斯大林肖像。在机关、商店、书店的墙上，在办公桌玻璃板下，甚至在出租汽车的方向盘上，都有各种各样的照片：年轻的，年老的，单独的，和列宁在一起的，在德黑兰会议上的，在雅尔塔会议上的。当然，最多最常见的还是那幅身穿大元帅服的半身油画像。

在以《虎皮武士》的作者、格鲁吉亚杰出诗人鲁斯塔维里的名字命名的第比利斯中央大街上，我们还看到一座建筑物上有成排的斯大林浮雕像。当地人说，格鲁吉亚每年庆祝十月革命节时，游行队伍都举着斯大林像。"格鲁吉亚共和国可能消失，但斯大林的名字永远不会消失！"——巧的是，这句格鲁吉亚人说于20世纪70年代初的话，竟被后来的历史所证实。

我们下榻的"伊维利亚"国际旅行社是座15层大楼，从上到下一抹银色。格鲁吉亚人一向以善于经商见长，经营管理方面的才能据说并不比犹太人逊色，虽然当时还没有电脑之类的控制设备，但清洁、舒适、方便，至少在苏联堪为一流。我和同事各住一间二等客房，没有电视，没有沙发，但有沐浴间和电话，镶木地板上铺着地毯，楼层里异常安静，从未见服务员在走廊里走来走去，至于三三两两扎堆聊天的事就更没有。只要客人在房间里，服务员从不来打扰。有事按一下电钮，她会马上应声而至。服务员很讲究仪表和礼貌，每逢见面必问"你好""早安""晚安"。不管客人什么时间休息，都不必担心服务员会不按门铃就进来打扫卫生。但每当客人去餐厅用餐或者外出回来，都会发现房间已经被打扫得干干净净、收拾得整整齐齐。床单、被套、面巾、浴巾，每日必换。就餐更方便，餐厅从早晨6点到后半夜2点一直开放，随时可以就餐。服务员总是笑容可掬，彬彬有礼。至少第一杯酒或第一杯饮料要由服务员斟上。他们从不主动索要小费，但如果客人愿意给，他们也一定笑纳。吃饭没有时间限制，只要客人有时间、有胃口，尽管放心吃、放心喝。出租汽车随叫随到，从不怠慢。

每当暮色降临，旅行社前就成了露天夜市，这是大出我之所料的。交易有明有暗。明的如卖服装、钢笔、烤羊肉串之类，暗的多半是年轻人找外国人兑换外币或者侨卷。按官方汇率，卢布要比美元贵上一倍，但实际上他们很愿意用3~5倍的卢布兑换美元，原因很简单，许多进口和紧俏商品只能在外汇商店才能买到。《圣经》在苏联是禁书，所以物以稀为贵，一本《圣经》在黑市上要价200卢布。倒卖走私汽车在莫斯科是违法的，但在第比利斯似乎平常得很，否则就没法解释为什么在这里会有各种各样外国型号的私人汽车。在第比利斯，不仅个人显得出手阔绰，整个国家也显得比其他共和国富裕。

记得当年《真理报》曾披露，格鲁吉亚领导层贪污腐化之风盛行，第一书记姆日纳瓦阿泽因此被革职查办。果然有一天我们乘坐出租车时，司机指着远处绿树掩映的地方说："那就是领导人的别墅区，我们把那儿叫'小美国'。"

第比利斯给我留下印象最深的是它的悠久文化传统。前面说过，唯一的一条繁华大街即中央大街就是以格鲁吉亚的屈原——鲁斯塔维里的名字命名的。鲁氏是格鲁吉亚12世纪的伟大诗人，也是格鲁吉亚文化的奠基人。他的长诗《虎皮武士》是世界文化宝库的珍品。格鲁吉亚人提起他，就像中国人提起屈原一样地骄傲。在中央大街的起点，鲁斯塔维里的全身石雕像飘然矗立，一副仙风道骨的圣人形象。从他开始，大街两侧每隔一段距离就有一尊历代文化名人的石雕像。

"一个尊重文化名人的民族才是一个有文化的民族，"我想。

富有东方情调的第比利斯，现代化的高楼大厦屈指可数，但具有鲜明民族特色的建筑却随处可见，形形色色的浮雕和雕塑比比皆是。对我形成强烈视觉冲击的是两座一模一样的汉白玉石雕骏马，分别立于一座石桥的两端。石马和真马一样大，前腿腾起，后退撑地，竖尾立鬃，那雄姿至今犹然在目。

格鲁吉亚最普及的工艺美术品当数铜版画，在第比利斯的每家商店都能见到。而在工艺美术专营店或旅游品商店里，铜版画多得令人眼花缭乱，大中小，方圆长，人鸟兽，无所不有。唯一一致的一点是都漆成古铜色。古色古香，挂在墙上，古朴典雅。此外其他陶瓷制品、草编麻编也相当不少。不过真正"畅销世界、享誉全球"的还是格鲁吉亚葡萄酒。

格鲁吉亚葡萄酒在苏联人心目中的地位就像茅台酒在中国人心目中的地位一样。在格鲁吉亚家家酿造葡萄酒，一如在瑞士家家会安装手表。每家都有一个大酒窖，通常都在地下室。一天外出参观回来，开车的司机顺便把我们拉到他家，带我们走进他家的地下酒窖，真让我们大开了眼界。他住的是平房，地下酒窖是自己挖的，少说也有 50 平方米吧。酒窖里琳琅满目，摆满了各种葡萄酒容器：玻璃的、陶瓷的、皮革的，大如海缸，小如量杯，让我们目不暇接。欣赏一圈后，主人拿过来 3 只大搪瓷碗，操起酒坛子就倒了满满 3 大碗，每人一大碗，必须一口气喝干。天哪，别说刚喝过酒不到一小时，单看这一大碗酒就足有 2 斤。

按理说，和苏联人打了这么多年交道，酒量还是有一些的。不论用杯还是用碗，一口闷的时候不算少。不过通常的酒杯酒碗所盛的酒量不会超过半斤，而现在是要 2 斤一口闷，着实觉得有点底气不足。可一位格鲁吉亚朋友将你请到自家酒窖里，大碗酒摆在面前，你怎么可以说"不"呢？我明白，他全部没有说出口的话，全部没有表露的感情，都在这碗酒里，"此处无声胜有声"。我深呼一口气，一仰脖，咕嘟咕嘟一口气喝了个底朝上。同行的老王也一口闷到底。司机高兴得张开双臂来了个熊抱。显然，他觉得这样才够朋友。临走，他从墙上摘下两只陶壶和一大皮囊葡萄酒（7 公斤）留给我们作纪念。可惜，因为走得匆忙，竟将这珍贵的礼物遗忘在酒店里，至今对这位格鲁吉亚朋友深感愧疚。

从那时起，格鲁吉亚葡萄酒世界第一的印象就在我脑海里扎了根，什么法国的拉菲，加拿大的冰酒，都不及格鲁吉亚葡萄酒那样甘甜、醇美、亲切。我怀念格鲁吉亚葡萄酒，更怀念格鲁吉亚酿酒人。

第比利斯的夜色美，人更美。如果说大多数俄罗斯妇女给人的印象是线条粗犷，那么格鲁吉亚大多数女人的线条细腻优雅。不论未婚还是已婚，身材都很苗条，甚至有点单薄。仅仅说她们眉清目秀显然是不够的。

事实上，她们每个人都天生丽质，两道眉毛又长又细又黑，圆圆的眼睛也是黑的，眼窝不像俄罗斯妇女那么深，但鼻梁比她们高，直且尖。由于她们的脸盘都不算大，那又黑又长又密的头发越发显得既多又密。

格鲁吉亚人的生活习惯充满东方情调。他们平时不大喜欢跳舞，女人都显得很文静。过去妇女外出要戴面纱，如今面纱是取消了，但仍不喜欢抛头露面。但男人的性格迥然不同，大都比较豪爽，讲究侠义，为朋友两肋插刀。这样的性格加上对中国人的特殊好感，让我充分感受到了他们的豁达豪放和侠肝义胆。

记得有一次我在莫斯科开车，半路上汽车抛了锚。正在一筹莫展之际，一辆出租车嘎的一声在路旁停下，司机下车连招呼都顾不上打，就里里外外为我检修车子。后来他钻到汽车底下，翻来覆去滚了足足有 20 分钟，终于替我修好了车。我望着他满身泥土和两手油污的样子，真不知该怎样感谢才好。可他却像老朋友似的接过我递给他的香烟，一边点燃，一边问"契纳（中国）"？"是的，"我回答。我连连向他道谢，并将一张 10 卢布（官方比价相当于 20 美元）的钞票塞给他，略表酬谢。可他却抬高嗓门说："你这是干什么呐，我是格鲁吉亚人啊！"我的天，"我是格鲁吉亚人"，这意思分明是说，"咱们是谁和谁，好兄弟呀，拿钱不是太见外了吗？"

"我是格鲁吉亚人！"——这句简单得不能再简单，朴实得不能再朴实的话，包含了多少深情厚谊啊！每当我想起这句话，每当我耳边响起这声音，我都会情不自禁地感到喉咙发紧，眼睛湿润。

星期六傍晚，我们上街散步。一位手提皮包的中年人主动上前和我们打招呼。他原是格鲁吉亚科学院的工作人员，后调到第比利斯郊外一座中学当教师。老婆孩子都住在城里，而他通常只在周末回家一次。他刚进城，还没回家，却无论如何要带我们逛逛第比利斯的"北京大街"。我只知道莫斯科有家像模像样的"北京饭店"和一个有名无实的"中国城"，却从未听说在遥远到格鲁吉亚首都有条"北京大街"，自然很想看看。

"北京大街"只是一个街名，并没有"老北京炸酱面"之类的中国字。

这位中学教师把我们领进一家专卖特制奶油饼的餐馆，说这是格鲁吉亚特色小吃"拉瓦什"，不可不尝。面对这么热情好客的格鲁吉亚朋友，实在觉得却之不恭，谢绝的话说不出口，只好"恭敬不如从命"。待到服务员将"拉瓦什"端到桌上，我发现形状很像山东的发面锅盔，只不过加了大量奶油，变成了奶油锅盔，吃起来果然软乎乎、香喷喷，就是对我们来说油腻了点儿。吃毕，他付了5个卢布的饭费（约合12元人民币）。按规矩，他做东，跟他争着付费是不礼貌的。

饭桌上，我们谈得很多，也很投机。令我惊讶的是，这位中学教师对中国的外交形势似乎了如指掌，连美国乒乓球队访华时一餐吃了多少道菜，他都能数得出来。他说他的最大愿望就是苏中关系能尽快得到改善，苏中人民友谊能尽快得到恢复。他有点动情地说："但愿在我有生之年还能重温20世纪50年代初的那种友好和欢乐！"我安慰他说："我们和您共同期盼这一天早日到来。"似乎有说不完的话，不知不觉，两个小时过去了，时针已指向9点。可想而知，妻子和女儿不知多么焦急地在等待他回家。

到了该告别的时候，我从衣袋上摘下自己的英雄牌钢笔，又从皮包里掏出一对漂亮的绒鸟和一个相当精致的指甲刀给他。我发现他真的很动容，接礼物的双手在微微颤动，但显然在努力克制自己，微笑着说："每次回家晚点，老婆孩子都会数落我。今天肯定不会了，因为我给她们带回了最珍贵的礼物！"

他依依不舍地登上公交车，我们依依不舍地目送他离去……

格鲁吉亚是个山国，地处黑海之滨，南部与土耳其、亚美尼亚接壤，东邻阿塞拜疆，北边是苏联俄罗斯联邦共和国的3个自治州。土地面积为9万多平方公里，人口500万，基本居民为格鲁吉亚人，大约占总人口的百分之七十，其次是亚美尼亚人、俄罗斯人、阿塞拜疆人等。

首都第比利斯濒临库拉河，是铁路交通枢纽站，也是格鲁吉亚军用公路的终点。它还是外高加索仅次于巴库的工业中心。第比利斯是个文化发达的城市，目前有11座大学，10家剧院，16座博物馆。这座城市历史悠久，保存着许多建筑艺术古迹：纳利卡尔要塞废墟、13世纪的麦杰希城堡和教堂、公元5—6世纪的安奇斯哈特斯克教堂、17世纪的钟楼、6世纪的西昂斯基教堂和一些按古典主义风格建筑的教会学校校舍等。

格鲁吉亚在历史上外患频仍，不断遭受波斯人、阿拉伯人、土耳其人、蒙古鞑靼人的侵扰和奴役。因此，格鲁吉亚人民有长期抵抗外敌的斗争历史和革命传统，有不屈不挠的民族精神。格鲁吉亚人有强烈的民族自尊心和自豪感，这一点给我的印象十分突出。

一个明显的例证就是格鲁吉亚特别注意文物保护工作。哪怕是一面土墙、一条壕沟，只要是古代文化遗址，那就一定严加保护，打扫得干干净净，并且必然有一块木牌，甚至铜牌，注明古迹的基本要素，即使距现在只有一二百年历史的重要遗址，也受到严格保护，而且多半被辟为旅游点。

旅行社的一位女青年导游，曾领我们参观过一座古城堡遗址和一座古代钟楼。事实上，前者只是一个长满青草的大坑，后者只是一座残缺不全的青砖圆塔。但是，面对眼前的大坑，导游能口若悬河地为我们一口气讲上40分钟，让你仿佛看到的不是大坑，而是一座岿然屹立的古城，甚至看到了身穿甲胄的武士。而站在断墙残垣之前，她能绘声绘色地让你听到从远古传来的钟声。问题不单单在于她"业务熟练""服务态度好"，而在于透过这种熟练和服务所流露出的对祖国历史和文化的热爱和自豪感。

到了第比利斯，不能不到哥里。哥里在第比利斯西北76公里处。城市不大，但远近闻名。哥里之所以闻名遐迩，完全因为一个人，这个人就是斯大林。1897年斯大林出生在这里，并在这里度过了他的童年和少年。如今，他出生的小屋已经变成纪念馆，而哥里也成了人们景仰的地方。

团团乱云在旷野上低回，翻滚。"伏尔加"载着我们在高速公路上风驰电掣地飞跑。哥里位于利亚赫瓦河和库拉河汇流处，前身是中世纪的一座城堡，叫哥里斯奇赫，距今有1300多年的历史。这里有一座规模相当大的纺织联合企业，还有木材加工厂、食品加工厂和酿酒厂。

正东张西望间，只听"嘎"的一声，"伏尔加"停下了。原来已经到了哥里市政厅广场，看看表，11 点 3 刻，所以导游建议先吃饭、后参观。在坐等饭菜的时候，外面下起雨来，且越下越大。但吃过饭，雨也就停了。我们便到广场上散步。

市政大厅就在饭店旁边，但楼门是锁着的，因为今天是星期日。我们便信步走到大玻璃窗前往里观望，第一眼就看见门厅内正面墙上挂着斯大林的巨幅画像，就是那幅我们十分熟悉的身穿大元帅服的彩色画像。回身往大楼对面一看，闯入眼帘的是比画像不知大多少倍的石雕像，赫然矗立在座基上。我心里想，这里果然与其他地方不同，这幅肖像在莫斯科早已消失，在我们路过的巴库和埃里温等城市也没见到。这座雕像应该是 2240 万平方公里的苏联领土上的唯一吧。雕像底座大约有 2 米高，雕像本身的高度大约 4 米。遗憾的是，因为天阴得黑沉沉的，没能拍下一张清晰的照片。我站在雕像前，仔细端详半晌，只见他头部微仰，两眼凝视前方，唇上的胡髭显示出格鲁吉亚男人特有的刚毅和倔强。他身穿一件旧式普通军大衣，衣襟敞开着，右下角被风掀起，右脚迈在前面，那神态要么是风尘仆仆外出视察，要么是远方归来探视家乡。

高高白杨树上的叶子在雨后清冷的风中瑟缩着。大片大片的草坪被大雨冲刷得格外清新葱茏。方的、圆的、大的、小的，不同形状的花坛上长满了五颜六色的鲜花，花瓣上的雨水还在大滴大滴地滚落，宛如晶莹的泪珠。穿过草坪和花坛间的红色沙土甬道，我们来到斯大林纪念馆门前。

在进入米黄色三角形门面的斯大林纪念馆前，我们首先来到斯大林童年的住所，即小朱加施维里（斯大林的乳名）出生的地方。这是一间低矮陈旧的小屋，它和纪念馆只有一墙之隔。它之所以独立在外，完全是为了保留它的本来面目。事实上，小屋已成为纪念馆不可分割的一部分。

踏上一块厚厚的，裂了缝的石阶，推开破旧的板门，我们跨进了幽暗的小屋。按规定，陪同人员不得入内，只能在门外等候。陋室宽不过三步，长不过六步，四面泥抹的土墙撑着低矮的屋顶，靠门的短墙上挂着几幅小照：童年的朱加施维里、他的鞋匠父亲和农奴女儿出身的母亲。照片下靠墙有一张小方桌，一把旧木椅。小桌和木椅之间放着一张旧得发黑的光板儿大床，透过木床的裂缝，可以看到下面的土地。这便是朱加施维里用过的床。小屋的另一半是光秃秃的墙壁，光秃秃的土地。我从这最平凡的土屋想到它最不平凡的主人时，挤在门口的3位格鲁吉亚妇女，把刚刚采撷的，还在滴着雨珠的几枝淡黄色鲜花，虔敬地放在床头。这时我发现，几分钟工夫，门口已经围满了人。导游附耳对我说，"满城风传来了中国代表团"。纪念馆馆长也来了，这位大约50岁的女馆长今天本该休息，听说来了"中国代表团"，赶紧从家里赶来接待贵宾。

纪念馆是座整洁漂亮的两层楼房，但进门后发现是个不分楼层的大厅，两边是服务人员的工作室。大厅中间有一道阶梯通往二楼。二楼是介绍斯大林生平事迹的展厅，展厅的建筑规模相当可观，棕黄色的镶木地板油光可鉴。但我上楼后的第一印象是冷冷清清、空空荡荡。里面展出的图片和实物所占面积和大厅很不相称，和所介绍的人物更不相称。女馆长似乎看出了我的疑惑，不无遗憾地说："从前不是这样的。"

据她介绍，这座纪念馆是格鲁吉亚文化部1957年决定建造的。开头只有3个展厅，后来扩大到5个。前3个厅展出的图片、文件和实物，是介绍斯大林生平的，第4展厅陈放的是斯大林70寿辰时各国赠送的礼品。据说当时的礼品都是一整列一整列火车运来的。不过在这里能见到的可就是"九牛一毛"，少得可怜了。其中来自中国的礼品只有五六件：一幅绣像，一对瓷瓶，一面锦旗和一副对联。锦旗上写的是"向世界革命导师斯大林同志致敬"。那字体一看就是郭老的手笔。第5展厅比较小，因而显得拥挤。一面墙上是巨幅斯大林遗容照片，对面墙前依次陈放着苏联各加盟共和国国旗和苏联国旗。

从头至尾女馆长亲自为我们解说。当然，没有解说，我们对斯大林的生平事迹也非常熟悉。告别时她似问非问地说："中国同志多年没来了，非常非常欢迎你们再来！"

走出纪念馆，我被眼前的景色惊呆了：如血的残阳映照在棕黄色的沙地上，宛如天火的回光。没想到，两个小时的参观结束后，外面已经风流云散、雨过天晴。我们怀着怅然若失的心情坐进汽车，向那些频频挥手的哥里人抱拳长别。再见了，哥里！再见了，格鲁吉亚！

（原载《长江日报》：《斯大林故乡散记》，作者晨曦，略有改动）

从第比利斯到哥里

"格鲁吉亚母亲"石雕像　她骑着战马，左手托着右腕，右手执剑，挥向德国法西斯
作者在雕像前留影

　　不知为什么，每当提起高加索，我都会情不自禁地想起歌德笔下美丽
的海伦。是她把衣衫化作彩云，将浮士德载向悠远的天际。于是，我的
遐思也好像驾着彩云飞向遥远的外高加索，见到在高耸入云的峭岩上被
宙斯的铁链紧锁着的普罗米修斯。为了盗天火给人类，他遭受痛苦的折磨。
但他的心是不死的，纵然被秃鹫啄食千万次，它也要千万次地重生。

与歌德笔下的海伦相识，源于翻译《歌德与浮士德》。而翻译《歌德与浮士德》，源于沈昌文同志的信任和委托。这就不能不先说几句题外话。

1986年沈昌文同志出任生活·读书·新知三联书店总经理兼《读书》杂志主编。新官上任三把火，想出一套有三联特色的，既不是阳春白雪，也不是下里巴人的翻译丛书，其中包括一本俄文小书《歌德与浮士德》。他拿这本小书找到我，说文字比较艰涩难啃，希望我来啃。本来我刚着手翻译《陀思妥耶夫斯基传》，并且已经爬了将近3万字的格子，有点犹豫。但他说："你的事不急，我的事急。你的事先放一放，把我的事先干完后，再干你的事不迟。"三联书店的掌门人这么说，哪还有我讨价还价的余地，只能"恭敬不如从命"。没想到我把这本书啃完交卷后，新华社派我去非洲当常驻记者，"陀传"的翻译就此夭折，再也没工夫问津了。

第一次到哥里采访还是1971年，那是斯大林的声望跌至低谷的时期。我和新华社莫斯科分社首席记者王××一道，访问外高加索三国：阿塞拜疆、亚美尼亚和格鲁吉亚。从热得火烧火燎，空气中充满石油味的巴库，经过建筑风格和色彩都很单调的埃里温，再到笼罩在文化气氛中的山城第比利斯，看到久违了的斯大林大元帅画像，遇到在克格勃眼皮底下表现热情友好的格鲁吉亚人，竟顿然生出几分"错将他乡当故乡"的幻觉来。

不过对我来说，初见第比利斯的似曾相识感，其实来自高加索神话。从少年时代起，高加索对我就是一个谜，何况还是斯大林的故乡。

记得最初读《希腊神话》，知道有位为人类盗取天火的普罗米修斯被宙斯锁在高加索悬崖上，还让秃鹫每日啄食他的心肝，痛苦折磨3000年，直至赫拉克勒斯解救了他。神被幽禁的山，能是普通的山吗？

后来读雪莱的诗剧《解放了的普罗米修斯》，知道普罗米修斯是反对专制与暴政，为自由和正义而斗争的勇士，同时也对高加索山产生神圣的向往。

再后来，读普希金的成名之作——长诗《高加索的俘虏》：

我想起高加索，

想起那伯式突高峰，阴沉而又庄严，

像巨人，五个峰峦俯瞰着村落和农田，

哦，我的新的帕拉斯山！

我怎能忘记那嶙峋俊俏的山顶，

那淙鸣的泉水，荒芜的平原，

那炎热的荒漠和处处的盛景……

出面接待我们的是自称当地记协的工作人员，一个人，汽车是老式"伏尔加"。

他自报姓名叫哈普恰乌利。

哈普恰乌利看起来不到 40 岁，中等身材，微胖，精明且"外交"，一张口就知道是个和外国人打惯了交道的老手。

"非常欢迎中国同志到格鲁吉亚做客，"哈普恰乌利礼貌地握手，说："好久没见到中国同志了。从现在起，我就是你们的导游兼服务员，有任何需要，请随时和我联系。" 说着，掏出两张名片分别递给老王和我。

他很健谈，喜欢开玩笑，知道政治和外交话题的敏感度，所以只说些与敏感话题无关的笑话或男人间的粗话，调节一路上的气氛。

进城时见路口有座巨大的大理石界碑，上书"Тбилиси"字样。我问："哈普恰乌利同志，"主人一口一个"同志"，客人当然不好意思称"先生"，何况"同志"在俄语中只不过是个习惯称呼，早已失去了它的原意。"请问'第比利斯'一词在格鲁吉亚文中的意思是什么？"

"噢，问得太好了！" 哈普恰乌利开始眉飞色舞起来，"这背后可是个美丽而古老的传说呢。传说古代有个叫瓦赫坦哥的国王，喜欢打猎，并有一只凶猛的猎鹰。有一天骑上骏马，背上弓箭，托着猎鹰外出打猎。猎鹰发现空中有只浑身长着五彩羽毛的大鸟，便飞扑过去。不料那大鸟也非等闲之辈，竟毫不示弱地和猎鹰搏斗起来。猎鹰和大鸟追逐一路格斗一路，直至消失在密林深处。国王策马追到密林深处，发现一座热气蒸腾的温泉湖，湖面上漂浮着已经同归于尽的猎鹰和大鸟。国王对失去心爱的猎鹰痛心不已，对失去五彩斑斓的大鸟不仅十分惋惜而且充满敬畏。他突然感悟到，是神鸟和猎鹰把他引到这如梦如幻的温泉湖边。为了纪念大鸟和猎鹰，他决定在这里修建一座城堡，这便是第比利斯——'温泉城堡'的来历。"

每一座城市都有一个美丽的传说。讲得迷人，听得入迷。我和老王鼓掌以示谢意。哈普恰乌利得意地笑出声来，高兴得摇头晃脑像个孩子，似乎有机会向外国人显示一下博学，很有成就感。他又指着公路两侧，补充道："你们看，如今第比利斯分新城和旧城两部分。旧城傍水，新城依山。山水辉映，是不是很漂亮！"

是，是很漂亮！

为了不让客人感到冷淡和寂寞，他一边开车，一边讲笑话和黄段子，逗得我们开怀大笑、前仰后合。

他的司机兼导游的角色扮演得不错。热情但不失分寸，友好但保持距离。什么话题都可以说，唯独不谈政治和国家关系等敏感话题。他虽然开着一辆"伏尔加"牌公务汽车，但车内没有空调，又闷又热，没过一刻钟，我们就已经大汗淋漓。打开车窗，呼呼的热风烫得脸上发烧，更受不了。哈普恰乌利决定停车，让客人下车散散汗，也让汽车散散热。

"'伏尔加'不是有空调吗？"我问。

"空调是有，但只制热不制冷，'苏联质量世界第一'——您是知道的，"哈普恰乌利做了个鬼脸。说完，挥手示意让我跟他一起进路边的商铺买矿泉水。

在他掏钱付款的时候，我瞥见他的钱夹里夹着一张身穿大元帅服的斯大林半身照片，就是 20 世纪五六十年代几乎每个中国人都熟悉的那个苏联最高统帅的英雄形象。

"噢，您还保存有这张照片？"

"是啊，这张照片几乎每个格鲁吉亚男人都有，毕竟他是我们民族的骄傲！"

如果个别人收藏他的照片，那不足为奇，如果人人都收藏他的照片，那就是奇迹。这时我才明白，格鲁吉亚人崇拜斯大林，跟影迷追星可不是一回事。

大约过了 20 分钟，汽车嘎的一声停下。

"二位要不要方便一下？"哈普恰乌利回头问。

我心想，这家伙真是个好导游，粗中有细，喝了一肚子矿泉水，正憋得内急，立即回答"要"。

3 人从公共厕所里出来后，哈普恰乌利对我说：

"我家就住在旁边，想请你们喝一碗家酿葡萄酒，行吗？"

我回头看看老王，老王点头。

"好啊！但不能耽搁时间太长，"我答。

"耽误不了多少时间，喝一碗就走。"

哈普恰乌利在前，老王和我跟随其后。走进一个院门，拐弯后从一座平房的后门径直走下地下酒窖。这是他家的酒窖，上面就是他的住宅。他故意绕过家门，想来是没有领两位客人进家门的意思。他是克格勃，知道界限在哪里。

酒窖里灯光幽暗，有股潮气味儿，但面积不小，少说也有四五十平方米，里面摆满了圆形木桶和大大小小的坛坛罐罐。他说，那里面装的都是葡萄酒。这让我有点吃惊：

"好家伙，这么大的酒窖！"

"酒窖和葡萄酒是格鲁吉亚人的最爱！差不多家家如此。不进格鲁吉亚的家庭酒窖，就不能算到过格鲁吉亚！"哈普恰乌利说。

我知道格鲁吉亚葡萄酒在苏联首屈一指，却不知道酿葡萄酒是每个格鲁吉亚人的看家本领。哈普恰乌利不无骄傲地说，格鲁吉亚是世界葡萄酒的发源地。1965 年苏联专家曾对格鲁吉亚出土的 10 粒葡萄籽进行过考古研究，发现那是距今 7000~8000 年前人工栽培的葡萄品种，是人类历史上最古老的葡萄品种。由此得出结论，格鲁吉亚是世界上最早酿制葡萄酒的地方。

他还说，格鲁吉亚人喝葡萄酒的历史可能只有中国人喝茶的历史能与之比肩。当今世界，举国家家自酿葡萄酒的只有格鲁吉亚。所以，格鲁吉亚的酒文化和中国的茶文化一样源远流长。

这话让两位中国记者听起来很是受用。喜欢喝酒的老王来了兴致，对我说："他说的不算吹牛，苏联人确实认为格鲁吉亚葡萄酒是全世界最好的，他们只认格鲁吉亚葡萄酒，不认法国红酒，就像中国人只认茅台，不认伏特加一样。"

说话间，哈普恰乌利已经端过来一坛子葡萄酒，打开密封后，倒了满满3大碗。那可是相当于中国头号大碗的陶瓷碗，不是酒杯，也没有酒杯。这让我看上去有点眼晕。

"怪不得这家伙说喝一碗就走，"我想，"果真是碗，还是大碗。"在苏联喝大杯酒是常事，喝大碗酒还是头一回。俄罗斯人也好，格鲁吉亚人也好，"不喝不是男子汉，一醉方休是朋友"。所以，只要把酒摆在你面前，不喝是绝对不行的。

老王和哈普恰乌利同时端起酒碗，一口气喝干。这让我看到了格鲁吉亚人的豪爽，也领教了老王的酒量。

而我却在端着碗犯难，不知一口气能否喝下，可两只空碗已经举到我眼前，不容我再犹豫下去，便深呼一口气，摆出一副豁出去的样子，咕嘟咕嘟喝了个底朝上。

"好样的！" 哈普恰乌利伸出大拇指。他提议每人再来一碗，老王和我都摇头，他也没勉强，他知道不能让客人醉倒在他家的酒窖里。他对两位中国客人这么赏面子，已经感到很满意。

他从桌上拿起一种像是点心的东西，让客人品尝。

"这是什么？"我好奇地问。

"这叫丘尔奇赫拉，"哈普恰乌利答道，"是格鲁吉亚的特色小吃。制作方法是把核桃仁用细线串起来，外面挂上浆——用蜂蜜和面粉熬制的蜜饯——然后吊起来晾干，当点心吃。香甜可口，你们一定要尝尝。"

我们每人拿一块放进嘴里，果然不错，啧啧称赞："好吃，好吃！"

随后，哈普恰乌利开车送我们到事先预订的旅馆。

在旅馆吃过晚饭后，夜幕降临，华灯初上，我和老王走出宾馆到街头散步。

山城的夜景别有一番韵味。街道不宽，房舍楼宇依山势起伏，层层叠叠，一级高过一级，楼上有楼，路上有路。尤其在夜晚华灯绽放时，错落有致的灯光从脚下沿着山坡阶梯式爬上远处的山顶，消失在茫茫星海中。那景象让我油然想起郭沫若的抒情诗《天上的街市》：

远远的街灯明了，好像是闪着无数的明星；

天上的明星现了，好像是点着无数的街灯。

……

漫无目的地沿街徜徉，欣赏灯光和星光交相辉映下的古老建筑、屋檐下的浮雕、阳台上的铁艺护栏，当是一种惬意的享受。

白天骄阳似火，挥汗如雨，街上几乎见不到人。只有到了晚上，微风拂煦，人们纷纷走出家门，散步乘凉。老年人喜欢坐在广场上纳凉，青年男女喜欢在街心公园散步，小孩子则喜欢在喷泉下戏水。但正如哈普恰乌利所说，没有夜生活。商店打烊，没有夜市，迪斯科舞厅之类还没有出现。

转了大约半个小时，略感疲倦，二人返回宾馆，洗漱上床。多亏这家宾馆有空调，否则真不知在将近35摄氏度的气温下，如何能入睡。

第二天我起得比较早，走出阳台，第一眼就望见了东南方向素罗拉克山上的"格鲁吉亚母亲"巨石雕像：她右手执剑，左手托着右腕，象征着反法西斯战争的胜利。那是第二次世界大战后第比利斯的地标性建筑。与之遥相呼应的是屹立在库拉河北岸，骑着高头大马的瓦赫坦哥国王青铜铸像。

9点多钟老王起床后，决定不要哈普恰乌利陪同，自己上街自由逛逛。

到了闹市区，我发现第比利斯并不像哈普恰乌利说的那样是"农村"。相反，眼前见到的一切都表明，这是座很有文化底蕴的城市，和巴库、埃里温不在一个层面上。

首先，不论建筑物大小，都很有民族特色和文化品位，雕塑很多，在鲁斯塔维利大街上能够看到所有格鲁吉亚文化名人的塑像，其中最醒目的当然是格鲁吉亚的"孔子"——被引为民族骄傲的伟大诗人，著名史诗《虎皮骑士》的作者鲁斯塔维利。这个名字在中国早已广为人知。

其次，沿街出售传统工艺美术品的店铺很多，尤其铜版画的工艺水平相当高超。街头作画卖画的人也很多，既有传统油画，又有现代水粉画，很难设想在一个没有艺术水准和审美高度的城市，能见到这样的场面。

人们的穿着打扮比较传统，虽然是盛夏，妇女们穿的都是民族风格的长裙，即使女孩子也没有穿莫斯科流行的超短裙的，更见不到穿得花枝招展的女人。这反映了一个民族的文化品位和审美情调。

人人喜欢读书，无论路旁长椅上还是公共汽车站上，都几乎见不到闲坐不看书的人。当然，不知道几十年后手机闯进他们的生活时是否还会这样。

我们信步走进一家路旁工艺品店挑选铜版画。一位面目清秀的小伙子好奇地问："你们是中国人吗？"得到肯定的答复后，他显得很激动，说好多年没见到中国人了，也听不到关于中国的真实消息。他说他一定要请我们吃格鲁吉亚的特色小吃。

小伙子或因割不断的中国情结，或因不懂政治利害，或因原本就大不怕地不怕，不容分说，执意拉着我的胳膊往餐馆走，老王也只好跟着。

走到一家不起眼的半地下室餐馆。他说别看这家餐馆门面不起眼，它做的"拉瓦什"可是第比利斯的一绝。我们都是头一次听说"拉瓦什"，完全没有概念，但既然小伙子这样鼎力推荐，一定是值得尝尝的。

小伙子点了"拉瓦什"，还点了羊肉串。我知道，格鲁吉亚的羊肉串可是一绝。主要是羊肉好，又鲜又嫩，炭火烧烤，调料也特别入味。人家的羊肉串可不像中国的那么小气，个个有"狮子头"那么大，吃着可口、解馋。

在坐等"拉瓦什"和羊肉串时，小伙子自我介绍说，他叫朱加什维利，与斯大林同名，是哥里市的中学教师。乖乖！又是与斯大林同名，又是与斯大林同乡，这让中国人太感到亲切啦！我们明天就要去哥里参观斯大林博物馆的。

"拉瓦什"端上来了，而且是两种形状。一种是圆形的，另一种是椭圆形的，两端突出状如把柄。仔细一看就知道是用黄油、奶酪、鸡蛋和面后在火窑里烤制的发面馈饼，很像新疆少数民族烤制的馕，但口感比馕要暄软细腻，味道更香。

几分钟后羊肉串也上来了。果如所料，外焦里嫩，咬一口满嘴流油，真叫一个"香"字了得。

我们边吃边赞不绝口。一方面是"拉瓦什"和羊肉串确实令我们大饱口福，另一方面也是出于对主人的尊重和感谢。试想，假如朱加什维利只身走在北京的大街上，能碰上这么好客的主人请他吃北京烤鸭么？

第3天，哈普恰乌利开车陪同我们去哥里参观。

哥里市在第比利斯西北76公里处，1个小时的车程。哥里是什达—卡特利州的首府，人口约14万。城市不大，但干净、平静，没有什么明显特色，所以，斯大林故居博物馆不仅是哥里的地标式建筑，而且是哥里的城市名片。大凡来哥里的人几乎都是冲着斯大林故居博物馆来的。难怪格鲁吉亚人说："格鲁吉亚可能消失，但斯大林的名字永远不会消失。"

我们下榻的旅馆毗邻哥里市政楼，路过门口时，透过明亮的大玻璃窗，一眼就能看到对面墙上身穿大元帅服的斯大林半身画像。这可是在斯大林灵柩被搬出列宁墓之后的哥里市政府啊！再一看，几乎所有机关、书店、商店和居民住宅里都有这张尺寸不同的照片，更不用说男人的钱夹里。看来，格鲁吉亚虽然属于苏联，但莫斯科的禁令腿短得似乎走不到哥里。

我们一路走到斯大林大街，斯大林故居博物馆就在这条大街上。这是1956年后全苏联境内唯一一条以斯大林名字命名的大街了。与此相反，苏共20大前几乎全苏所有的城市和乡村，只要有两条街道，就有一条叫斯大林街，另一条，不言自明，叫列宁街。如今所有的斯大林街道都销声匿迹了，除了哥里。

来到斯大林街，第一个闯入视线的就是斯大林广场的斯大林全身雕像。这也是苏联境内硕果仅存的斯大林雕像。

广场背后，是一座大院，院里是斯大林博物馆。

建立斯大林博物馆的最初动议，可以追溯到那个想起来就让人心惊肉跳的 1937 年。那一年斯大林的母亲去世了，斯大林故居纪念馆诞生了。不过，最初的纪念馆十分简陋，仅限于斯大林出生的那个小屋子。

可里斯大林故居博物馆

10 年后即 1949 年，适逢斯大林 70 华诞，著名建筑设计师阿奇尔·库尔迪亚尼受命设计一个具有格鲁吉亚特色的斯大林博物馆。工程于 1949 年开始，1955 年竣工，这时斯大林已经去世快两年了。

1957 年建成的博物馆由展览楼和斯大林故居（他出生的小屋）组成。

踏上一块厚厚的石头台阶，推开一扇破旧的板门，我们跨进了阴暗的小屋。屋子宽不过 3 步，长不过 6 步，四面土墙撑着低矮的屋顶，靠门的短墙上挂着几幅小照：童年的朱加什维利、他的鞋匠父亲和农奴女儿出身的母亲。照片下方是一张小桌子和一把旧木椅。在木桌和木椅之间放着一张陈旧得发黑的光板木床，从床板的裂缝中可以看到下面光秃秃的黑土地面。这床就是朱加什维利小时候住过的床。

一切都普通得再不能普通，简陋得再不能简陋。只有床板上放着的

斯大林雕像　作者在斯大林故居博物馆前留影

几束散发着泥土香的小花儿，才能提醒人们这不是一间普通的陋舍。很难相信一代伟人出生在这样的地方。

3位格鲁吉亚中年妇女把她们刚刚采来还滴着雨水的一束淡黄色野花从背后塞进我的手里。我回头看着她们殷切的目光，虔诚地把花束放在床头。我的心里突然一阵感动，她们本来是要自己献花的，但她们把这份情感让给了我。我顿时意识到我们一大失误——到这里来是应该带鲜花的。

就在这几分钟内，门口围拢了十多个人，多半是女孩子。其中一个胆大点的问："日本人？""不，"我答，"中国人。""契——那！"她们异口同声地惊呼起来，并纷纷伸出热情的手。这时哈普恰乌利附在我的耳边说："满城风闻来了中国代表团！"这让我真正意识到，格鲁吉亚不是苏联，哥里不是莫斯科。

从小屋出来，进入展览楼即博物馆。博物馆是座两层楼房，房顶右侧有座东方风格的小塔，据说是博物馆的标志。至于为什么用塔来作标志，我竟然忘了问。一楼是个空庭，除了几根立柱，就是墙脚下堆放的杂物。踏上通往二楼的楼梯，脚下木板吱吱嘎嘎地响，给人的第一印象是年久失修，"破败"了。估计已经长时间无人问津，很可能这天是临时为中国的两人"代表团"专门开放的。

二楼挺大，展厅有好几个，但展品很少，所以显得有点空旷。参观者第一眼看到的通常是表现青年斯大林从事革命活动的图片，例如，斯大林在哥里城堡前的留影。年轻的讲解员通过一些实物向我们介绍了斯大林的生平事迹。展品中让我记忆深刻的只有两件东西：一个是坦克模型，另一个是斯大林的石膏面模。讲解员说，那个坦克模型本来是军工厂工人赠送给朱可夫元帅的，但他割爱转赠给了斯大林。再一个印象深刻的亮点就是斯大林70寿诞献礼展厅的中国礼品：一对景德镇瓷瓶，一幅斯大林和列宁在拉兹列夫湖畔会见的湘绣像，一面较大的红缎锦旗，上书"向世界革命导师斯大林同志致敬"。总共不过五六件。

解说员一边介绍展品一边解释说，原来的展品至少是现在的一百倍，"因为博物馆要维修，所以都撤掉了，十分遗憾"，"但请相信，格鲁吉亚人民对中国人民的友好情谊是十分珍惜的"。除了点头表示赞同，我们还能说什么呢？

参观结束时，博物馆女馆长操着带有格鲁吉亚口音的俄语请我们在贵宾留言簿上签名，并说："非常高兴，15年没见到中国同志了！真诚地欢迎你们再来，请转达向北京的问候！"在官方陪同人员面前，她能说出这番话，不仅需要真诚，更需要勇气。

第4天，哈普恰乌利开车拉我们登上据哥里大约25公里的萨姆策—加瓦赫特山谷。这是计划之外的临时安排。我对哈普恰乌利透露过，因为读希腊神话和雪莱、普希金的诗歌，对高加索山一直心驰神往。老王也觉得到了高加索不看一眼高加索山是一大遗憾。

哈普恰乌利建议去波尔若米看看，不是疗养胜地波尔若米，而是山上的矿泉水波尔若米。

他说："你们一定要尝尝山上的波尔若米天然矿泉水！"这个矿泉水的名字我很熟悉，因为在莫斯科就能买到。但从瓶嘴里出来的矿泉水和从山泉里出来的矿泉水，那差别可不是一星半点。

萨姆策—加瓦赫特虽然是山间谷地，但毕竟是在山上，虽然海拔不到1000米，但地处两道山脊之间，风比较大，空气也凉爽了许多；居高临下，视野开阔，那种置身大山怀抱，立于天地之间的感觉，颇有点出神入化的意思。我问哈普恰乌利："锁着普罗米修斯的悬崖在哪儿？普希金说的伯式突峰又在哪儿？"他笑着说："您的问题已经超出我的知识范围，虽然周围同事都说我是饱学之士，"他伸伸舌头，做了个鬼脸，"不过我知道高加索山脉从西北的黑海向东南伸展，绵延1200多公里直达里海，天知道普罗米修斯被锁在哪里？我还知道厄尔布鲁士山峰海拔5462米，是高加索的最高峰，也是苏联第一峰。至于伯式突峰，唉，也许就是远处的那个？"他指了指。"你还别说，这小子知道的还真不少，"老王随口用中文说。

走着走着，矿泉到了。从泉眼里喷流而出，小溪似的流下山坡，跌入山涧。哈普恰乌利从背包里取出两个矿泉水空瓶，到泉眼出口直接灌满，给我和老王一人一瓶。"尝尝，尝尝，这可是苏联最好也是最贵的矿泉水！"我们先尝了两口，接着咕嘟咕嘟一口气喝光。"这才叫甘泉哪！"老王赞不绝口。"一个字——爽，三个字——爽歪歪！"我说。这是我刚从国内报刊上看到的新词儿，心里想起"清冽甘甜、沁人心脾"八个字。

哈普恰乌利也为自己灌了一瓶，边喝边解释说，这种矿泉水属硫酸钠水，含大量二氧化碳和60多种矿物质，从地下10公里深处释放出来的。他还说，波尔若米矿泉水对多种疾病有疗效，如对结肠炎、慢性胃炎、胰腺炎、肝病和胆道疾病等都有显著疗效，对增强免疫力大有益处。

这让我想起了文学泰斗列夫·托尔斯泰。我在翻译他的自传和日记时，知道他曾在高加索疗养过，靠喝矿泉水治疗胃病。我不记得他说的是不是在波尔若米疗养院，喝的是不是波尔若米矿泉水，但潜意识中我觉得应该就是这里。

哈普恰乌利说，我们在这里喝到的是冷泉，在波尔若米市还有热泉，水温大约在40摄氏度，所以到那里泡温泉浴的人很多。我问波尔若米到底是什么意思？他回答说：是地名也是泉水名。格鲁吉亚古文波尔若米是"城堡"＋"战争"的意思，最初的波尔若米村就是藏在山谷里以躲避敌人的攻击。"哦"，我想，"如此说来，波尔若米就是御敌的城堡之意了，引申为'固若金汤'似乎也可以。"不能不承认，哈普恰乌利作为导游还是蛮够格的。

看着淙淙流淌的泉水，禁不住蹲下身来用双手捧了两捧送进嘴里，然后又洗了把脸，坐上车缓缓下山。

纵然世事多变，对斯大林的评价众说纷纭，但我的哥里情节似乎无法割断，总想什么时候有机会再去看看，虽然心里明白，这样的机会可能是零。不料，心想事成这句老话往往就在你放弃念头时闪现。

没想到，29年后的2000年夏天，机会突然从天而降。我乘陪同总社领导出访的机会，从土库曼斯坦首都阿什哈巴德只身取道巴库，飞往第比利斯。虽然有领导默许，但毕竟有点出师无名，哥里之行只能是闪电式的。所以，到达第比利斯的当天早晨，我就匆匆打的径直赶赴哥里。

这已经是独立后的格鲁吉亚了，斯大林博物馆大为改观。

在博物馆前面的大理石广场上，迎接"朝圣者"的斯大林全身雕像已经从1971年以前那个身穿普通军大衣的形象变为身穿制服的形象：左手插在裤袋里，右手扶在石柱上，右脚在前，左脚在后，重心在左脚上。没有戴帽子的头部微微向下倾斜，似乎在思考着什么。

凭着我的驻外记者证，我被允许免费入场。其实参观票价很便宜，也就合15元人民币。

博物馆明显重新修葺过。入口处陈旧的门板已经被华丽的门楣和门板所取代，两侧嵌着格、俄、英等不同文字的名牌。

展览布局比1971年正规得多，也完整得多了。第一个展厅是介绍斯大林革命活动的；第二展厅介绍斯大林走上领导岗位和战前时期；第三展厅介绍卫国战争时期的斯大林；第四展厅展出的是斯大林逝世后为他所做的12个石膏面模之一；第五个也是最后一个展厅是礼品厅。

馆内按年代顺序陈列着有关斯大林生平的各种珍贵图片、史料和实物，包括斯大林在梯弗里斯神学院的青年时代，生前办公室的陈设：一张办公桌，桌上放着电话、台灯和办公用品；斯大林用过的时钟、收音机、烟灰缸、烟斗和其他摆件。那个坦克模型还在，放在玻璃罩内，只是说明词变了：说是坦克制造厂的设计师和工人们送给斯大林的，不再提朱可夫元帅。还有各种文字的斯大林著作。第三展厅增加了卫国战争的影视图片。第四展厅也叫追悼厅，巨型围栏中放置着斯大林死后的石膏脸模。第五展厅是礼品厅。

从博物馆出来，走过纪念碑，便是约瑟夫出生的小屋——斯大林故居。但这次已经不让参观者进入房间了，只能站在门外看。房间还是那个房间，但似乎也经过修缮。里面原来开裂的小木板床变成了大木床，桌椅板凳似乎还是原来的，但比1971年多了一个箱子。整个布局依然保持原样。

这次多了一个参观项目，就是停在展览楼门前右侧的装甲车厢。当年斯大林去雅尔塔和德黑兰开会，因为不喜欢坐飞机，便特制了一节专用客车车厢。车厢重80多吨，从外表看，与普通火车车厢毫无二致，实则安装了厚厚的装甲钢板，车窗玻璃也是防弹的。车厢内饰算不上豪华，但生活和工作设施应有尽有：会议室、斯大林私人包房（内有软床、办公桌、独立卫生间和浴缸）、淋浴室、秘书室、厨房、工作人员卫生间等。

据介绍，这节斯大林包厢是20世纪80年代北高加索铁路局捐赠给博物馆的，这就难怪我1971年参观时不曾见到它。

匆匆参观后，当天下午赶回第比利斯，住进一家家庭旅馆，简单、干净、舒适。冲了个淋浴后看看时间还早，一想不如赶紧上街转转，这样第二天一早就可以打道回府了。前面说过，第比利斯像重庆，是个山城，旅店在高处，出门后自然是由高往低走。这时才发现，两边的破旧房架子比比皆是，人们仨一伙五一堆地坐在石台上抽烟扯闲篇。一问，都是些下岗的工人，工厂倒闭了，拆废铁了，他们的饭碗也就没了。这时我才意识到，苏联解体后，几乎所有的原加盟共和国都在"地震"后的废墟上挣扎着。

来到第比利斯主要大街鲁斯塔维利，发现已经今非昔比，原来整齐干净的大街变得有点脏乱差，高雅的文化格调消失得无影无踪，文化名人广场变成了摆地摊卖破烂的跳蚤市场。出乎意外的是碰到几个围在一起卖画的摊位，吸引住了我的目光。上前仔细打量，都是油画，典型的俄罗斯传统油画风格。这样的油画我已经在莫斯科买过好几幅，不想再买。

有位画家似乎看出了我的心思，从后面拿出一幅现代派作品，一幅略显夸张的抽象派人物画，但一看就知道作者的功力不浅。果然，他拿出自己的工作证，是刚退休的格鲁吉亚美术家协会理事、教授。我问："您这么大的专业画家还用得着来摆地摊卖画吗？"他有点不好意思地说："没办法，再大的画家也得先喂饱肚子。像我这样的一级教授，一个月的退休金只有15美元，15美元啊！不卖画，我连支烟都抽不上啊！"说着，他掏出烟，给我点上一支，自己也点着一支。15美元，在欧美国家充其量也就是一个人的一顿快餐加可乐钱。但我知道，这就是当时刚独立的苏联国家的现实。我问他这幅画要多少钱？他说："就给中国朋友做个纪念吧。"我说："那可不行，您不要钱，我就不能要画。"他迟疑了一下："那您就给8个美元吧。"我掏出10美元一张的票子塞在他手里，示意他不要找了。他那感激的眼神一路都在我的脑海里忽隐忽现。

听说，如今的斯大林博物馆不仅是哥里的城市名片，还是与时俱进的商业化样板：不仅隔壁就是欧式"国际旅游宾馆"，附近还增加了旅游公司、礼品店、葡萄酒店。斯大林博物馆因为"经营有方"，是独联体国家名人博物馆中唯一盈利的博物馆，门票最贵，参观者最多。那间巨人出生的小土屋本来不值一文，但因和斯大林的名字连在一起，便成了哥里的摇钱树。

（写于2008年）

在苦难中挣扎的阿拉木图

阿拉木图（哈萨克斯坦前首都）

　　1998 年深秋，当我飞越天山来到中亚著名的"苹果城"阿拉木图时，我顽固地以为自己是在重返苏联。纵然苏联解体已经有 7 个年头，我的内心依然难以接受那座帝国大厦一夜间轰然倒塌的事实。

　　记得 1991 年的除夕之夜，时任常驻非洲记者的我正和同事们面对电视屏幕呼喊倒计时喜迎新年，突然接到苏联使馆一秘阿列克赛的电话。我向他恭贺新年，而他却哽咽着用俄语说："陈，对你们来说这是新年第一天，对我们来说这是'世界末日'。知道吗？从此时此刻起，苏联和苏共都已不复存在……"他说不下去了，电话里传来他低沉的啜泣声。稍停片刻，他显然在竭力控制自己的情绪，屏住呼吸告诉我，莫斯科刚刚给驻外使馆发来电报，不是恭贺新年，而是最后一次以苏联外交部名义发布的"死亡通知书"……

虽然圣诞节那天我就得知了戈尔巴乔夫在辞职书上签字的消息，但听了阿列克赛的话，我还是被震惊得发呆，木然站在那里任凭耳边响着忙音，没听到新年的钟声。

尽管20世纪70年代在莫斯科的6年没有给我留下什么值得留恋的印象，但我懂得那是一段无法超越意识形态和政治外交的历史。一个生长在"伟大友谊"年代，唱着"莫斯科——北京"颂歌，饱读俄苏文学大师作品并以俄语为工作语言的人，真正潜藏在心底的对第一个社会主义国家和第二个文化家园的认同感是难以被岁月磨灭的。所以，在阔别苏联15年之后，一个"想看看那里到底发生了什么"的愿望一直在驱赶着我。

或许是心想事成，或许是阴差阳错，我回来了，虽然不是莫斯科而是阿拉木图，但毕竟是苏联——如今称哈萨克斯坦了。而哈萨克斯坦在苏联的地位仅次于俄罗斯和乌克兰，是苏联第一大牧场，第二大粮仓，也是金矿和铜矿最多的地方，更有苏联航天基地——拜科努尔火箭发射场。阿拉木图不仅是世界最大内陆国的政治、经济和文化中心，而且是古代"丝绸之路"上的商旅重镇，加上欧亚混血美女如云，实在是一座风姿绰约、魅力无穷的"苹果城"。

可惜，这一切都化作了遥远的记忆，眼前的阿拉木图是一座在帝国大厦的废墟上挣扎了7年的城市。到达阿拉木图的第二天我就开车城里城外地转悠，想寻找失去的记忆。然而，记忆再也找不回来，眼前的一切让我目瞪口呆。

直观印象可以用"满目疮痍"来形容。开车走上大街就像闯入布满弹坑的战场，5米一小坑，10米一大坑，稍有不慎，不是前轮掉进坑里，就是哐当一声磕了"下巴"，左躲右闪地走"S"形，比立标杆练车技还难。车遭罪，人冒汗。据前任同事说，每年秋天都要给街道"打补丁"，但一到春天道路翻浆就像发面一样，路面不是凹陷就是凸起，汽车随时随地可能"趴窝"。

马路两旁的厂房已经变成"骷髅"，没了窗子、没了门。里面的机器早被拆作废铁变卖，电表和电线也都成了巴扎儿里的地摊货。一座大工厂的上千吨建筑钢架被来自新疆的"倒爷"用八九万美元换作废钢运回中国。一座有5层楼高锈迹斑斑的黄色吊车兀自矗立在废弃的建筑物前，装满砂石的斗车高悬在半空。我问身旁的同事："这么好的废钢为什么没有人拆卸啊？""嗨，想拆也得拆得了啊！这么高大的家伙，没有相应的技术和设备，谁也拆不了。"我心里想，也是。"可那装着砂石的斗车悬在半空，也太危险了，"我说。"老陈，"同事说，"你可不知道，当年大喇叭宣布苏联解体的那一刻，工人们当即就放下手里的活计，呼啦一下全都鸟兽散了！无论是修路的还是造桥的，丢下就跑了。更甭说那老吊了，当时处在什么状态就停留在什么状态，7年原样没动，也没人敢碰！见了它，你就明白什么叫'时间凝固，历史定格'喽！"

当晚躺在床上，这个"老吊"的影子一直在眼前挥之不去，我似乎开始理解苏联解体意味着什么，也大约可以想见，那一刻对苏联老百姓而言，完全是一种"爹死娘嫁人各人顾各人"的绝望心态。

整个阿拉木图，不，整个哈萨克斯坦，工厂、农庄全部报废，整个国民经济处于瘫痪状态。首都市内郊外见不到冒烟的工厂，70公里外的卡普恰盖原本是一片工业区，如今一幢幢蔚为壮观的高大厂房和巨大钢铁框架全都成了"立体废墟"。附近的前集体农庄只剩下断垣残壁，而从前漫山遍野是牛羊的景象只闪现在记忆中。没有马达轰鸣，没有建筑工地，也没有了生气。一年多来在阿拉木图见到的唯一"公共工程"大概就算给千疮百孔的街道旷日持久地"贴膏药"。

当年遍布苏联的列宁塑像、"光荣属于苏共"的标语等，早已成为往事云烟。面对一片破败景象，我终于不得不接受苏联永远消失了的现实。

整个国家似乎只靠昨天的惯性在生存。一个没有基础工业的国家，自然没有什么可靠的基础设施。现在的公共设施还是50年甚至70年前建造的，早已老旧不堪，加上年久失修，停水停电就成了家常便饭。电灯不亮可以用蜡烛代替，但供电中断，电脑、电话全部瘫痪，写稿发报就成了无法克服的难题。不停不断的只有无名烈士墓前的天然气"长明灯"，有的老太太干脆把铁锅架在"长明灯"上烧饭。

为什么苏联一解体，各共和国立马就"休克"？这让我想起了土库曼斯坦第一任总统尼亚佐夫接受我采访时说过的一段话。他说，苏联原有个规定：出于备战考虑，在距离苏联边界200公里的范围内，不得建设大型工业项目。根据这一条，从远东西伯利亚到哈萨克斯坦乃至土库曼斯坦，稍大一点的军用和民用工厂几乎一个都没有。所以，哈萨克斯坦有粮食，但没有粮食加工厂；有肉类，但没有肉类加工厂。生活日用品几乎全靠"兄弟国家"供给。如今"兄弟"没有了，吃的用的就什么都没有了。

每个共和国都没有独立的产业链条，也就没有独立的经济体系。比如生产一辆汽车，发动机可能在俄罗斯，车轴、车体可能在乌克兰，轮毂、轮胎可能在白俄罗斯，电瓶、灯具可能在立陶宛……哪一家都造不了一辆完整的汽车。过去靠分工协作，现在自顾不暇，哪里还顾得上别人。又如，土库曼斯坦盛产棉花，但纺织厂在俄罗斯，有棉花的不能织布，能织布的没有棉花，结果是两头缺衣少穿。生活用品奇缺的唯一好处就是为中国"倒爷"创造了赚钱的机会，不到8美元的简易手机能卖到二三十美元，一个电脑鼠标的胶垫儿就能卖8美元。至于粮油蔬菜等农产品几乎全靠从新疆进口，中哈边界一旦封关，阿拉木图的绿巴扎立即停业，"乌鲁木齐打个喷嚏，阿拉木图立刻感冒"。

哈萨克斯坦人喜欢悠闲，这大概是游牧民族的天性使然。散漫惯了，没有时间概念，也没有空间概念，一切行动都"慢三拍"，有句话说，在哈萨克斯坦办事"准时不正常，不准时才正常"，速度和效率就更谈不上。分社为了安装两部电话，足足跑了两个月。走进电信局，人不少，却找不到管事的人。而大凡管点事的人又官气十足，今天让你写申请，明天让你填表格。下次再去，让你干的还是同样的事，因为上次的申请和表格找不到了。哪怕一百家用户中只有一家没按时交电话费，就干脆将一百家的电话全部停掉，据说只有这样才能引起普遍重视。给人的感觉，这是一个没有管理，不讲管理的国家。这也难怪，原来大多数管理岗位都是俄罗斯人占着，如今散了伙，哈萨克斯坦人当家做主，俄罗斯人不受待见，便走的走、下岗的下岗。可让刚放下羊鞭子的人坐到管理位置上，着实有点难为他。于是便会碰上各种令人啼笑皆非的事：外交部不懂起码的外交常识和外交惯例，税务局向新华社索要营业执照，外国使馆被告知要纳税，警察不认识记者的入境签证，说你非法居留，要罚款。

也有重视"管理"的，那是交通警察。一次开车上街被交警连续拦截三四次是常事。明明没有违规，他说要例行检查。一旦把驾驶证拿到手，马上就说你违章驾驶。路旁限速标识是70迈，而你的速度是65迈，他说你超速，必须罚款，还问："最新规定是60迈，你怎么会不知道？"有一次我开车上街被交警拦截，查来查去终于发现我的公务车使用"委托书"是复印件，好像抓住了盗车贼，一定要罚款了事。我问罚多少，他说去交通检查站要罚100美元，就地交给他50美元就行。讨价还价的结果是30美元了事。事后我才知道，按规定最高罚款是6美元。一位当地朋友劝我慈悲为怀，不必介意，因为警察根本开不出工资，唯有靠罚款维持生活，每人每天的罚款指标是100美元，一半交公，一半归己。本国人穷，只能宰外国人。他还告诉我，想当警察需要花3000美元，买个硕士学位证书要5000美元，买官儿从1万到10万美元不等。腐败无孔不入，这是连官方都公开承认的现实。

新独立国家几乎都接受"市场经济的基础是私有化"的概念。结果是造就了一大批侵吞国家资产的暴发户——昨天的掌权者，今天的大老板。最近居然揭露出某地方官以个人名义将国有企业注册为美国公司的事。当官后的第一件事就是挖空心思化公为私。所以，在阿拉木图看不见施工项目，却看得见建造豪华别墅的工地上忙得热火朝天。

与此同时是大众贫困化。记者熟悉的哈通社是吃皇粮的官方机构，但工资通常要拖欠3~6个月。社长最怕的是外国同行请客，因为实在没有能力礼尚往来。官方公布的职工平均工资是125美元，实际只有25美元。

大学毕业只能拿到3000坚戈（20美元）的薪水，这是一件普通衬衣的价钱。大学教授的月薪理论上是150~250美元，实际得到的只够勉强养家糊口。老年退休金月平均也是3000坚戈，还要拖欠一年半载。街头乞丐越来越多，不仅有孩子和老人，也有青年男女。分社附近一条叫SAIN的大街路旁，每天傍晚排满了年轻妓女。60%~70%的失业率是犯罪率不断上升的主要根源。在阿拉木图，没有任何人敢于在晚间举家外出。

哈萨克斯坦实行自由市场经济和货币汇率自由浮动。但独立7年离市场经济还相距十万八千里。经济上的困难不必说，重要的是人们压根没有市场经济意识，"观念更新"还没有提上日程。政府千方百计吸引外资，而在老百姓包括中下层官员的眼里，外国投资者和商人统统是掠夺者和剥削者。"顾客是上帝"的口号在这里根本听不到。走进商店，只要你不主动同店主或售货员打招呼，她们是绝对不会理睬你的，任凭你转来转去，她只顾照镜子涂口红，或低头嗑瓜子。如果顾客挑挑拣拣，她会表现得很不耐烦。只看不买她不高兴，买多了她也不高兴，因为她只有那么几件东西，"你都买走了，我还卖什么？"货币兑换倒很方便，街头巷尾到处都有兑换点。问题是普通人收入微薄，吃饭尚且成问题，拿什么换美元？

150万人口的阿拉木图，几十年来还是那一家"中心百货商场"，今年夏天才算增加了一座有点现代风格的土耳其商厦。大小商店里一色舶来品，价格昂贵，平民百姓的真正去处只有露天自由市场——巴扎儿。巴扎儿上可谓应有尽有，就是没有真货，基本上被来自新疆和土耳其的山寨货所覆盖。但毕竟价格便宜，适合当地消费水平，故而从早到晚车水马龙、趋之若鹜。

重返阿拉木图，突出的感受是哈萨克斯坦人对中国人不甚友好。有次我把汽车停在院内空地上，只是离邻居的家门近了点，邻家的老头儿就气呼呼地出来质问我，为什么把车停在他家门前？我只好把车开到较远的地方。停在自家门前不就行了吗？不行，因为左邻右舍的孩子们不是掰坏后视镜，就是用刀子划痕。有时他们还会将垃圾和粪便倒在你的门前。

不管走到哪里，只要见你的穿着不俗或购买高档商品，就问你是日本人？韩国人？越南人？就是不问是不是中国人。我甚至怀疑他们明知你是中国人但就是不说。在他们眼里，中国人只配"穷酸相"。这让我困惑不解。

终于我忍不住向当地一位关系不错的报界朋友提出我的疑问。他说他理解我的困惑，并带着几分歉意说，虽然如今已是 20 世纪 90 年代，但哈萨克斯坦大多数人对中国人的印象还停留在 70 年代甚至 60 年代上。当年从边界流窜到哈萨克斯坦境内的新疆人大多衣衫不整，有的靠走街串巷捡破烂为生，给人的印象就是叫花子。十几年后踏破国门的不再是边民，而是"倒爷"。他们可能腰缠万贯，但不修边幅，不注意形象，给人的印象还是老样子。而哈萨克斯坦人讲究穿戴，喜欢以貌取人。加上 70 年代哈萨克人从小在课本里读到的就是中国"几十人吃一锅粥""一家人盖一床被子"等，普遍对中国人有蔑视心理。中国改革开放以来的巨大变化只有少数人知道，官方出于内政考虑不愿也不敢向国人介绍中国真相。所以多数哈萨克斯坦国民至今还以为中国比苏联当然也包括哈萨克斯坦落后 20 年。只有到过中国或者西欧，在欧洲市场上挑来挑去最终还是选购了"中国制造"的人才知道，他们如今有多么自大而又自卑。他们似乎很难接受

作者在哈萨克斯坦政府大厦前广场留影

被中国人超越的现实。多数人对周围世界尤其对伟大邻邦中国的蓬勃发展几乎毫无所知。

这时我才意识到自己的使命有多重，不仅要让中国人了解后苏联时代的中亚，更要让中亚人民了解改革开放后的中国。

此时此刻，我对一年来看到的一切不仅理解，而且深表同情。我明白了为什么直到苏联解体的最后一分钟哈萨克斯坦还不愿意独立，宣布独立完全是迫不得已，因为它知道，独立意味着一无所有，意味要像被遗弃的孤儿一样挣扎、自立、成长。而成长必然伴随着艰辛。"一切苦难都是苏联解体造成的"——这是官方报纸上一个令人心酸的标题，也是哈萨克斯坦人的愤怒控诉。

我知道，眼前的城市既不是昨天的阿拉木图，也不会是明天的阿拉木图。这是在经历苏联解体的灭顶之灾后痛苦挣扎中的阿拉木图。我不知道阵痛期有多长，但我相信摆脱阵痛是迟早的事。一个拥有丰富自然资源的国家，只要学会自力更生、艰苦奋斗，就定会有光明的未来。

不管怎么说，阿拉木图尽管苹果园已经荒芜，但自然环境依然优美。三面环山，夏天算不上炎热，冬天算不上严寒，而著名的麦迪奥高山滑雪场又为阿拉木图冷峻的冬季平添了几分热烈。因为没有了工业，便没有了工业污染；没有了建设，便没有了破坏。看似近在咫尺的山峦随着阳光投射角度的变化而不断变幻着凸凹明暗，绚丽的彩霞洒满青山，青山上白云缭绕的雪峰下是向城内狂奔的山涧溪水。

（写于 1999 年）

中亚古都撒马尔罕

建于 15—17 世纪的列基斯坦斯兰神学院（乌兹别克斯坦）

学生时代，历史课本经常提到的世界历史名城有开罗、北京、罗马、雅典、巴比伦……唯独没有撒马尔罕。1998 年我从非洲转任中亚后才知道，中亚名城撒马尔罕不仅与罗马、雅典和巴比伦同龄，而且就伊斯兰文化和名胜古迹而言，远比它们资格老。

关于这座古城，早在公元前 329 年被马其顿国王亚历山大征服之前，就有文字记载。中国史书所说的花剌子模国（Хорезм）的首都就是撒马尔罕。这个译名看起来有点滑稽的花剌子模国的首都后来又成为古索格德王国、帖木儿帝国的首都，1924—1930 年又变成了乌兹别克苏维埃共和国的首都，后来才迁都塔什干。

这座有 2500 多年历史的世界古城，在古阿拉伯文献中被称为"东方璀璨的明珠"。它不仅是中亚地区的重要政治、经济、科学、文化中心，而且还是古代"丝绸之路"的主要枢纽。它的文物古迹，诸如 11—15 世纪中亚最大的陵墓建筑群，建于 15 世纪的帖木儿家族陵墓，建于 15—17 世纪的"列基斯坦"伊斯兰神学院、比比·汉努姆大清真寺、兀鲁伯天文台等，都是在联合国教科文组织"世界文化和自然遗产"保护名录中榜上有名的。

无论作为记者还是求知者，都不能不对撒马尔罕心向往之。中亚虽然有 5 个国家，但不到撒马尔罕就不算真正到过中亚。于是，我们 5 家常驻中亚的中国新闻媒体记者集体策划了一次开车巡回采访，从驻地阿拉木图出发，巡访 5 国，最后到达主要目的地撒马尔罕。

真是"不看不知道，一看吓一跳"！撒马尔罕果然非同凡响：悠久的历史，灿烂的文化，古老的建筑，伊斯兰圣城……所有这些都是举目可见、伸手可感，无须刻意宣扬的。我们当然直奔市中心的列基斯坦广场——宏伟的中世纪建筑群是撒马尔罕的名片。

这座建于公元 15—17 世纪的建筑群由 3 座神学院组成：正面是提拉—卡里神学院，建于 1646—1660 年；右侧为希尔—达尔神学院，建于 1619—1636 年；左侧为兀鲁伯神学院，建于 1417—1420 年。3 座建筑雄伟壮观、大气磅礴，正门和穹顶都是用彩色陶瓷装饰的。3 座神学院虽然建于不同时代，但风格一致、布局协调、浑然一体，不愧是中世纪的建筑杰作。这些神学院都是中世纪培养穆斯林神职人员的学府，其中最有代表性的是兀鲁伯神学院。

1417 年帖木儿的孙子兀鲁伯，一位开明的统治者和天才学者、天文学家、哲学家和诗人，在列基斯坦广场建立了一所宗教学校。学校除设有神学课，还有数学、天文学、医学、哲学、阿拉伯语和波斯语等课程。据说兀鲁伯曾到神学院亲自授课。所以，兀鲁伯神学院是列基斯坦广场上的第一座纪念碑。希尔—达尔和提拉—卡里两座神学院是 17 世纪才出现的。3 座神学院都是培养伊斯兰神职人员的地方。我们参观时，曾见到学生们进进出出。

广场还包括 16 世纪建造的沙班尼德王朝陵墓。1978 年在这里建立了撒马尔罕历史文化博物馆，展出文物约 20 万件。

兀鲁伯国王的另一项杰出贡献是建造了兀鲁伯天文台。天文台建于 15 世纪 20 年代初，距离列基斯坦广场 5 公里的撒马尔罕东北郊区。这是一座三层圆形建筑，高 30 米，直径 46 米，据信是中世纪世界最大的天文台。内有用大理石制成的巨大天体测量仪——六分仪。六分仪安装在离地面 11 米深、2 米宽的坑道里，上部伸出地面。如今，坑道上面的塔楼已经辟为兀鲁伯天文台博物馆。

兀鲁伯利用大理石六分仪进行天体观测，不仅测出 1 年 365 天的时间长短与现代科学计算结果相差极微，还编制出 1018 颗恒星和行星的精确方位表，成为嗣后几百年间阿拉伯和欧洲学者的权威指南。可惜，兀鲁伯死后，他的天文台遭到宗教狂热分子的严重破坏，砖石也成了当地居民的建筑材料，直到 1908 年俄罗斯考古学家瓦西里·维亚特金发现了天文台的地基和地下设施，才得以部分重建。博物馆里保存着中世纪的手稿和星座图复制件，还有中世纪杰出科学家的肖像以及兀鲁伯时代使用的天文仪，殊为珍贵。所以，兀鲁伯天文台遗址不仅是乌兹别克斯坦重要的文化古迹，也是不可多得的宝贵世界文化遗产。

除列吉斯坦广场神学院和兀鲁伯天文台，进入联合国教科文组织世界文化遗产保护名录的文物古迹像撒马尔罕这么多的城市，世界罕见。所以，在接下来的几天里，我们马不停蹄地参观了古尔—艾米尔陵墓、比比·汉努姆清真寺、霍贾·达尼亚拉陵墓、阿利·布哈里建筑群、撒马尔罕历史博物馆等多处著名文化遗址。尽管走马观花，但对撒马尔罕文明古城的印象却深深嵌入脑海里。嵌在脑海里，却不愿藏在心里，所以，忍不住还要介绍几句。

撒马尔罕古城北部的沙希·津达建筑群是被联合国教科文组织列入

世界文化遗产名录的重点保护项目——一个由建于 11—19 世纪的 13 座陵墓和一座清真寺组成的建筑群，形成一个完整的内城，史称阿夫拉西阿卜城堡，今称撒马尔罕"老城"。这是中亚最杰出的建筑群，也是最具文化艺术价值的历史丰碑。

建筑群的形成和兴衰是中亚数百年复杂历史进程的真实写照。建筑群的肇始可追溯到 11 世纪中叶，那时撒马尔罕已经是中亚屈指可数的大城市了。它的核心建筑乃是一座陵墓，即先知穆罕默德的表弟库萨马·伊本·阿巴斯墓，建于 1334 年。库萨马在 11 世纪中叶到中亚传播伊斯兰教，不幸被拒绝接受伊斯兰教义的异教徒斩首。但传说被砍掉头颅的库萨马并没有死，而是遁入一口深井后转赴天堂。所以在沙希—津达的传说中库萨马被称作"永生之王"，而沙希—津达就是"永生之王"的意思。

在中亚穆斯林眼里，库萨马·伊本·阿巴斯之于伊斯兰教，就像基督 - 耶稣之于基督教一样，是死而复生的神。在伊斯兰教被定为当地汗国的国教后，库萨马遇难之地自然就成了伊斯兰圣地，并在 14 世纪建造了库萨马之墓。后来的汗王们将自己和家族成员的坟墓也建在这里，便形成了规模宏大的建筑群。

库萨马陵墓就在人口稠密的市区，阿夫拉西阿卜旧城围墙以北 70~80 米的地方。由于到库萨马陵墓顶礼膜拜的穆斯林越来越多，也出于宗教仪式的需要，便有了比比·汉努姆清真寺；出于对神职人员的需要，伊斯兰神学院也就应运而生。据说，建于 1399—1405 年的比比·汉努姆清真寺，是突厥埃米尔·帖木儿送给他漂亮妻子比比·汉努姆的礼物。它是礼拜五清真寺和神学院的综合体，建筑精美、结构简洁、装饰典雅，堪称中亚伊斯兰建筑艺术的经典之作。

地位仅次于安拉使者库萨马陵墓的当数丹尼尔墓。丹尼尔其实就是《圣经》四大先知之一但以理（Daniel），虽不是神，却是圣人，怎么会落户到伊斯兰圣地的呢？这是因为人们通常只知道但以理是基督教尊崇的圣人，却不知他也是伊斯兰教和犹太教尊崇的圣人。他是《圣经》四大先知中唯一同时受三教膜拜的偶像。他虽是犹太人，但更受穆斯林崇拜，不过伊斯兰教称他为丹尼尔，译名更为准确。

传说埃米尔·帖木儿从被他征服的以色列苏萨城带回了先知但以理的部分骨灰，骑马走到沙希—津达时，马踏喷泉——马蹄踩踏处突然从地下喷出泉水，兴奋之余，帖木儿当即命名喷泉为圣水泉，并下令就在圣水泉旁建造陵墓，存放丹尼尔的骨灰盒。而来自世界各地的朝圣者中，既有基督教（包括天主教）徒，又有伊斯兰教徒和犹太教徒，所以，丹尼尔是三教之尊。民间传说认为，丹尼尔的骨灰被葬在哪里，哪里就会得福。这大约就是帖木儿将他的部分骨灰运到撒马尔罕的原因。现在撒马尔罕的丹尼尔墓建于19世纪中叶，外观是一连串圆顶形建筑，坐北朝南，墓内石棺长达18米。

撒马尔罕的丹尼尔墓，显然不是唯一的但以理墓，据说伊拉克也有一座。但普遍认为以色列苏萨城的但以理墓才是正统。巧的是苏萨墓的建筑风格也是穆斯林清真寺风格，可见丹尼尔（但以理）在伊斯兰世界的权威之高、影响之大。

继库萨马和丹尼尔即神和先知的陵墓之后，最值得称道的应该就是古尔—艾米尔陵墓了。这是帖木儿及其后嗣的皇家陵园。陵墓中有9个象征性的石墓冢，真正盛放遗体的棺椁则深埋于地下。9座陵墓包括帖木儿、他的两个儿子、两个孙子（其中之一是兀鲁伯）、兀鲁伯的两个儿子、兀鲁伯的宗教老师以及1名尚未查明身世者。陵墓的造型非常壮观，色彩鲜艳，球形大圆顶，凸显浓厚的东方建筑特色，被视为世界著名的中亚建筑瑰宝。陵园始建于1403年，最初建的是因病猝死的帖木儿之孙穆罕默德·苏丹之墓，后来扩建成帖木儿家族墓群，其中最引人注目的是兀鲁伯为先祖帖木儿建造的墨绿色玉石棺。

公元1219年花拉子模帝国的新都和文化中心撒马尔罕被成吉思汗远征军攻陷，沙希—津达建筑群遭受灭顶之灾。直到公元13世纪拉巴特人重返撒马尔罕后，帖木儿帝国兴起，横扫波斯、印度、高加索、阿塞拜疆、蒙古，并发誓把撒马尔罕建成中亚之都，从而带来14世纪后期和整个15世纪中亚建筑史上最繁荣的时期，也是沙希—津达建筑群的鼎盛时期。

保存至今的清真寺和陵墓几乎都是那时兴建的。16世纪沙希—津达墓群开始走下坡路，由于年久失修，宏伟建筑接二连三倒塌，棺枢被埋入地下，到19世纪初几成一片废墟。直到沙俄和苏联时期，撒马尔罕才恢复生机，沙希—津达建筑群也才得以修复和重建。

除沙希—津达，撒马尔罕城内外的著名古墓群和古建筑群还有好几处。原因很简单，拥有2500年历史的撒马尔罕曾经是多个横跨欧亚大陆帝国的首都。从公元前6世纪起，西方和东方列强不断入侵，"你方唱罢我登场"，"城头变幻大王旗"：波斯帝国、马其顿帝国、奥斯曼帝国、希腊帝国、蒙古可汗、俄罗斯沙皇……波斯人、希腊人、土耳其人、蒙古人、俄罗斯人，多民族混居；琐罗亚斯德教、佛教、印度教、基督教、犹太教和伊斯兰教，多宗教并存。所以，毫不奇怪，古墓多、古寺多、古建筑多，从而造就了人类文明最古老的城市之一。

作者夫妇在撒马尔罕古城纪念馆前留影

撒马尔罕不仅是兵家必争之地，是欧亚文明的交汇之地，也是"丝绸之路"的主要驿站和交易中心：中国丝绸和瓷器，印度的兵器，阿拉伯和东南亚的香料、珠宝、首饰……更重要的是，"丝绸之路"促进了文化、历史、宗教、哲学等科学知识和新技术的传播，例如，公元751年伊斯兰世界的第一张纸在撒马尔罕问世，造纸技术就是中国工匠传授的。也正是从撒马尔罕，造纸技术传遍伊斯兰世界，而后传到欧洲。

1925年苏维埃乌兹别克斯坦政府建立，5年后迁都塔什干。面积120平方公里、人口53万的撒马尔罕变成乌兹别克斯坦第二大城市。但在中亚，没有哪座城市的历史和文化堪比撒马尔罕的辉煌。

我们一行七八个中国记者及夫人分乘5辆汽车连续几天在撒马尔罕呼啸而来、呼啸而去，自然动静不小。当地人以为来了中国官方代表团，不仅因为撒马尔罕是中亚历史名城，还因为它是卡里莫夫总统的故乡。当我们最后集体采访卡里莫夫，向他介绍对撒马尔罕的非凡印象时，这位一向不苟言笑的总统脸上绽放出骄傲的笑容。

（写于2003年）

布哈拉

——伊斯兰城市博物馆

布哈拉雅克城堡（乌兹别克斯坦）

　　这是阿凡提的故乡，"阿里巴巴与40大盗"故事的源头，张骞通西域的驿站，玄奘西天取经途中借宿的神秘禁城……一个由上千座清真寺、穆斯林古墓、伊斯兰经学院和各种宗教祭祀建筑构成的宏大城市博物馆——布哈拉。

　　中亚名城布哈拉是乌兹别克斯坦第五大城市，位于泽拉夫尚河三角洲，沙赫库德运河从这里穿城而过。这座有2500多年历史，人口约25

万的中亚古城，因为雄踞欧亚中轴，俯视南亚次大陆，自古就是兵家必争之地，也是"丝绸之路"的交通枢纽。波斯人、阿拉伯人、蒙古人、突厥人、俄国人，都曾是这块热土的征服者，亚历山大、成吉思汗、帖木儿、尼古拉二世，都曾是这块热土的主宰者。国名变了又变，皇帝换了又换，但最后的国号是布哈拉汗国，最后的皇帝是布哈拉·埃米尔。一句话，只有乌兹别克民族才是这方热土的真正主人。

从乌兹别克斯坦首都塔什干出发，穿过大漠荒原向西南行驶600公里，就到了历史上曾经盛极一时的中亚古城布哈拉。如果说撒马尔罕是中亚历史和东方文明的名片，那么布哈拉则是伊斯兰和阿拉伯文明的永恒纪念碑。

布哈拉是一个面积只有40平方千米的古城，也是承载伊斯兰古老历史和千年辉煌的圣城。它之所以被誉为伊斯兰文化的永恒纪念碑，因为这里聚集了太多的清真寺、宣礼塔和穆斯林古墓，加上浓郁的伊斯兰风情。

是泽拉夫尚河三角洲孕育了伊斯兰文明，哺育了古代"丝绸之路"上的三姊妹城：撒马尔汗、布哈拉、希瓦。乌兹别克斯坦的现代首都在塔什干，但历史根基和文明之魂在三姊妹城。布哈拉从一开始就笼罩在神秘的色彩之中。它最早属于乌兹别克斯坦和塔吉克斯坦交界地带一个叫"索格吉安娜"的国家，一个用美丽的女人名字命名的国家，简称"索格国"，别号"花园之国"，是古代波斯帝国的属地，后来被马其顿国王亚历山大征服，开始建设"雅克城堡"和城墙，便是现在的布哈拉内城或老城。

布哈拉还是古代"丝绸之路"上的商旅重镇，是东西南北60多个国家的商贾云集之地，自然远近闻名。商旅驿站、酒肆茶亭、澡堂子、清真寺、礼拜堂、伊斯兰学校等也就应运而生。帝王陵墓、皇家墓群以及著名神职人员的陵寝等建筑日益增多，一座城逐渐变成了一座露天博物馆。所以，走进布哈拉就走进了博物馆，满眼都是蓝色基调的伊斯兰建筑。

一寺一本书，一墓一部史，一塔一个童话——这便是布哈拉。对于参访者而言，布哈拉的建筑古迹就像卢浮宫的馆藏绘画一样，永远不会有被全部看完的时候。能将几个极具代表性的建筑遗址看个仔细、听个明白，就得花掉两三天的工夫，何况地上、地下的文物古迹数不清、道不尽。

但是，总有些文物古迹和文化景观是不可不看的，第一个就是雅克城堡。

雅克城堡（亦译阿尔克城堡）——一个面积只有 4.3 公顷，不到北京紫禁城 6% 的古城堡，是布哈拉不折不扣的城中之城，也曾经是布哈拉汗国强大与辉煌的象征。它位于布哈拉市中心，是布哈拉的肇始之地，所以又被称作布哈拉内城或老城。

据历史学家们考证，雅克城堡最早建于公元前 3—4 世纪。修筑城堡一为保护皇亲国戚的安全，二为保护城门前自然形成的商贸集市——列吉斯坦广场，一旦外敌来袭，可随时打开城门让集市上的商客进城避难。不过，纵然城堡有城墙保护，但总有挡不住强敌进攻的时候。所以，雅克城堡依然屡遭劫难，甚至灭顶之灾。公元 1220 年布哈拉被成吉思汗的蒙古铁骑几乎踏平，而雅克城堡却死里逃生，堪称奇迹。布哈拉整体大规模重建至少有两次，7 世纪一次，15 世纪又一次。跌倒了爬起来，再跌倒再爬起来，始有今日之不朽古城。

为此，修了内城（雅克城堡）修外城（布哈拉城墙），双重城墙，还要不断加高、加长、加固。内城面积也就 4 万平方米多点，但城墙高达 20 米。见到这座始建于公元前 4 世纪的古城墙和城门，作为中国人自然会联想到老北京内城的城墙和城门，想起西安或辽宁的兴城。虽然雅克城堡的城墙跟我们老北京的城墙远不在一个档次上，城门也和前门、德胜门无法媲美，但仍然令人肃然起敬。墙体是土坯砌成的，但墙面是砌砖的。墙高 11 米，宽 4 米，墙顶呈锯齿状，墙基和墙体足够牢固，称得上是中世纪的建筑奇观了。外城城墙建于 13 世纪，到 16 世纪布哈拉汗国鼎盛时期，外城城墙长达 12 公里，有 116 座瞭望塔和 11 座两侧带门楼的城门，虽然如今城墙只剩 4 公里，城门只剩两座，但往日的辉煌可见一斑。何况那还是双重城墙，可谓固若金汤，骑马射箭的外敌想要攻克，真的没那么容易。

经过反复重建，雅克城堡到 15 世纪初已经成为远近闻名的文化科学中心，造就了许多知名学者、哲学家、数学家和医生。与此同时，城堡的军事防御能力也大为增强。经过16世纪的扩建和加固，城堡已经成为拥有3000名重兵的堡垒，坚不可摧。这样的局面一直维持到20世纪20年代初，直到城堡东部在内战中被飞机大炮彻底摧毁。

内城雅克城堡的正门朝西，门外就是列吉斯坦广场（与撒马尔罕市中心广场同名）。传说雅克城堡是古代索格国国王布哈尔—胡达特·比顿下令建造的。这一点从他的姓氏上似乎可以得到印证。西里尔文布哈尔即是布哈拉，胡达特是"老爷"的意思，合起来就是布哈拉老爷即布哈拉国王之意，比顿才是他的本姓。他造了一座巨大的宫殿，还让人用铁板制作了一个建筑者名牌挂在宫殿门楣上。

雅克城堡在中国史书上称为禁城，禁城就是宫城。从南宋的颜延之到唐朝的陈羽，从清代的黄宗羲到新中国的大作家老舍，都曾在自己的诗文中把宫城称作禁城。想来，大概是因为高墙大院，城门紧闭，闲人免进的缘故吧。所以，现在不少中国观光客还沿袭前人的说法，将雅克宫城称作雅克禁城。不过笔者还是觉得宫城比禁城一目了然。

布哈拉自公元9世纪起，就逐渐形成了三重建筑风格各异的城市格局：内城（老城）雅克城堡、外城布哈拉新区和交易市场区大巴扎——大巴扎可是中亚国家的特色之一。虽然现存布哈拉古建筑遗址多属于16世纪，但也有不少更古老的建筑，如雅克城堡、萨玛尼德皇陵（10世纪）、卡扬宣礼塔（11世纪）、马高克—阿塔里清真寺（10—12世纪）、兀鲁伯神学院、夏宫等，这还不算在地下20米深处正在发掘中的古城遗址。

从建筑学角度评价雅克城堡恐怕颇有难度。它看上去似乎没什么非凡之处：一个不规则的长方形，向东延伸到布哈拉市区东部。给人印象最深的要算是高达20米的城墙，这让任何来犯者在决定攻城之前都不得不仔细掂量掂量。如果说有什么不寻常的地方，恐怕要首推城门的设计和建筑，不仅气势不凡，而且两侧分别矗立着两座高塔，既是瞭望塔，又是登城的旋梯，城防部队可以沿着塔内旋梯迅速爬上城墙，进入防御阵地。

雅克城堡的8个博物馆不能不看，许多展品让人大开眼界，如乔莫清真寺的"布哈拉文字"展。你可以亲眼看到令人惊讶的古文字书写工具、古文典籍，包括手写本《古兰经》。又如考古博物馆。这里有许多从地下 20 米深处挖掘出来的文物古迹。此外，自然博物馆、钱币展览部等，都能给你许多惊喜。

8 个博物馆藏品多达 8 万件，无论对研究者还是旅游者，都有强大的吸引力。看完博物馆再去看津丹监狱，则完全是另有一番滋味在心头：一个相当大的地牢，带栅栏的铁窗，埋犯人的大坑。地牢直径有 5 米，深 6.5 米，可容纳 40 名囚犯。

城堡里有帝王宫殿、达官贵人的官邸、手工作坊、金库、军械库、皇亲国戚的府邸及服装、地毯、兵器、珠宝等展厅。城堡西侧保留有库利尼什汗王御座、约玛大教堂、库什贝·博罗的宰相府、萨洛姆·洪迎宾馆和萨伊斯·洪马厩等。在城堡南侧有霍纳科清真寺和埃米尔澡堂遗址。霍纳科清真寺建于 18 世纪，是为纪念被埃米尔·纳斯鲁拉杀害作祭奠的 40 名女童而建造的。宫城东侧没有保存下来，它在 1920 年被布尔什维克的飞机大炮夷为平地。然而，最能表现宫城辉煌的也许不是城堡内的建筑遗址，而是城墙和城门。

高耸于布哈拉城市之上擎天柱似的高大圆柱体——卡扬宣礼塔是这座城市的标志性建筑。人们总是从几十公里外先看到塔，然后才能看到城市。宣礼塔（尖塔、圆塔）在伊斯兰文化兴起之前，在犹太语或阿拉伯语中的基本含义是灯塔或者烽火台，即塔顶有指示方向的火炬或灯光，典型例子是埃及亚历山大港附近 150 米高的法罗斯灯塔。伊斯兰文化兴起后，高塔才变成清真寺的配套建筑，称作宣礼塔。所以，宣礼塔的文化意义要远远超过它的宗教实用价值。

宣礼塔就是一名或多名伊斯兰神职人员爬上塔顶，召集穆斯林信众前来参加祈祷仪式的塔，而召集人就是宣礼员，阿拉伯语称之为穆安津。塔内有一座砖砌的旋转梯直通塔顶，共计 105 个台阶。塔顶的球形罩灯周围有 16 个拱形窗口，每星期五中午有 16 名穆安津从窗口内宣唱乃玛兹礼拜仪式即将开始。他们用浑厚和谐的嗓音一遍又一遍地唱道："至高无上的真主！我做证，真主是唯一的神！我做证，穆罕默德是真主的使者！去祈祷吧！去祈求救赎吧！至高无上的真主！Lia yilia yilia lia！"

随着清真寺和宣礼塔的不断增加，形形色色的塔式建筑越来越被接受和喜爱，中亚尤为盛行。于是便有了古老的城堡塔，顶天立地的佛塔，游牧民族的地标塔、里程塔，圆形或圆锥形的烽火台，基督教堂的钟楼，琐罗亚斯德教（祆教）的拜火塔，伊朗的亚兹德风塔……

所有这些塔式建筑的功能都是为了实用：或登高望远，或火光报信，或偶像崇拜，或鸣钟集结，或夜观天星。精神功能是象征天地合一，王权至上。在14—15世纪的中亚，高塔的数量远比宗教仪式需求的多。它已被当作国家或君主权威的象征，或者作为伊斯兰建筑群的必要组成部分。宣礼塔在伊斯兰东方的城市形象中扮演着重要角色，哪里有宣礼塔，哪里就有大清真寺、伊斯兰经学院和伊斯兰建筑群。

卡扬宣礼塔是中亚马维兰纳赫尔地区即阿姆河—锡尔河中间地区（以下简称河间地区）最典型的圆柱型塔式建筑，塔顶有拱窗罩灯。塔身下粗上细，下部直径9米，上部直径6米，塔高45.6米，相当于今天15层居民楼的高度。这么高的塔屹立千年固若金汤，原因就在于上窄下宽的锥形设计，加上下面有深达10米的地基。

塔壁的装饰极富表现力，从上到下嵌有14条烧砖拼图的环形腰带，每条腰带的图案各不相同，有对拼的，有菱形的，有等边三角形网格，也有星系网格。塔顶有一盏带有16个拱形窗口的圆形罩灯，紧靠向外突出状如钟乳石的飞檐。飞檐下是一块长条形蓝色名牌，上面的浮雕刻着"1127年竣工"的字样。在塔的中部还有一个名牌，上面刻着阿斯兰汗王的名字和建筑大师巴可的名字。1920年苏联内战期间，宣礼塔的塔身和塔顶遭到严重损坏，直到1923年才得以修复。在1976年大地震中，西侧飞檐被震脱落，1980年按照片修复。

卡扬宣礼塔位于雅克城堡卡扬大清真寺旁。宣礼塔的意思就是尖塔、高塔或瞭望塔。中国穆斯林也有称邦克楼、望月楼的，是专门用作宣礼或确认斋月起讫日期，观察新月的。宣礼塔通常是清真寺的配套建筑和标志。塔顶还有一座小桥通向毗邻的卡扬大清真寺房顶。这样，沿着清真寺砖砌的螺旋楼梯拾级而上，走过105级阶梯，就可以到达宣礼塔的圆形塔顶，俯瞰布哈拉全城。

　　卡扬大清真寺和撒马尔罕的比比哈努姆清真寺大体相当，墙面用类似马赛克的蓝色釉面砖装饰，看起来相当美观。卡扬大清真寺建于1514年，长127米，宽78米，占地总面积10400平方米，据说可以同时容纳12000人，那就比北京人民大会堂的容积还要大了。它的对面是神学院，一座3层建筑，内设114个小教室，据说这是因为《古兰经》共有114章之故。

　　一个有趣的传说试图解释，为什么卡扬宣礼塔没有被成吉思汗的蒙古远征军摧毁。据说当成吉思汗举头仰望塔顶时，头上的帽盔掉到了地上。就在这位大征服者俯身拾起帽盔时，瞬间得到神启，对这座高塔突发敬畏之心，身不由己地向宣礼塔深鞠一躬。这样，卡扬宣礼塔在成吉思汗的一念之间得到永生。这个传说当然是想表明，就是一代天骄成吉思汗也不得不在伊斯兰宣礼塔前低下高傲的头。

　　按照伊斯兰教规，无论人在哪里，只要听到穆安津的呼唤，就要立即停止一切活动，参加祷告。工匠离开作坊，集市停止营业，买卖双方一起奔向清真寺。所以，为了方便，到处建造清真寺。1833年仅布哈拉城就有300座清真寺。这些清真寺基本都是泥抹土墙，能容纳60人的方形土屋。

　　穆斯林视星期五为节日，所有的人都要参加朱玛祷告仪式，叫作过礼拜五。礼拜五中午在特定的清真寺里举行祈祷仪式，这样的清真寺在布哈拉有10座。其中最大最庄严的清真寺是卡扬大清真寺，它是传统朱玛清真寺的建筑典范。

　　走进入口，是一座老式长方形庭院，四面都有拱门。入口对面是清真寺主楼，巨大的拱门正对庭院入口。清真寺上面是两个用蓝色瓷砖镶嵌的圆顶。庭院周围环绕着拱形画廊，288个葱头式圆顶坐落在画廊的巨型立柱上，蔚为壮观。那成排的拱门、拱顶和圆顶从眼前向远处无限延伸的感觉，不仅神秘，而且神往。

　　主楼是一个十字大厅，西墙上有一个巨大的米哈拉布，即朝向麦加的壁龛。壁龛凹进墙内的弧形面和拱门、拱顶装饰得异常艳丽，那便是 16 世纪的马赛克吧。所以，说卡扬大清真寺是中亚建筑艺术的不朽纪念碑是实至名归的。

　　在列吉斯坦中心广场，卡扬宣礼塔脚下，是一组美轮美奂的建筑群——波伊—卡扬建筑群。这个建筑群由 3 个建于 12—16 世纪的建筑组成：宣礼塔、清真寺和伊斯兰经学院。其中资格最老的是宣礼塔。清真寺和经学院建于 16 世纪。据说，为了筹集建设资金，当时的统治者将 3000 人卖为奴隶。

　　波伊—卡扬的波斯文含义是"宣礼塔脚下"，所以波伊—卡扬建筑群就是"宣礼塔前建筑群"之意。它建于公元 12—13 世纪，是布哈拉的中央建筑群，人们习惯简称为卡扬建筑群。

　　公元 12 世纪卡拉哈尼德王朝的阿斯兰汗决定重建这座城市，并将主要建筑迁往新址，其中包括圆顶清真寺和宣礼塔。不料，或许因为设计缺陷，或许因为施工错误，宣礼塔刚建起来就倒塌了，还砸毁了新建清真寺的大部分。结果只好都推倒了重建。1121 年卡扬大清真寺建成，6 年后高塔也矗立了起来，这便是今天人们看到的卡扬宣礼塔。卡扬大清真寺在 15 世纪又经过重建，至今仍是卡扬建筑群的主体建筑。16 世纪又在卡扬大清真寺对面建造了一座伊斯兰经学院。所以，卡扬建筑群是由清真寺、宣礼塔和伊斯兰经学院组成的三位一体的纯伊斯兰风格建筑群。虽然建筑群的各个建筑主体建于不同时期、不同朝代，但建筑群整体的和谐完美，实在无懈可击。

　　阿拉伯宗教学校的全称应该是"阿拉伯埃米尔宗教学校"，至今仍然是伊斯兰宗教学校。这座学校是乌拜杜拉可汗为沙班尼德王朝的精神导师、布哈拉穆斯林领袖、也门阿拉伯酋长赛义德·阿卜杜拉·亚玛尼建造的。所以，可汗的陵寝、酋长的陵寝以及其他名人陵寝都保存在第二大厅里。第一大厅用作讲经堂和礼拜堂。

　　布哈拉可能是乌兹别克斯坦唯一能感受到古代氛围的城市。在这座有 2500 年历史的城市街道上，几乎每个时代的遗迹都能看到。童话般的布哈拉是乌兹别克斯坦全国穆斯林朝圣者的圣地。苏菲建筑群、最后一位埃米尔的宫殿、4 位神学家的墓葬群以及费祖拉·霍扎耶夫博物馆、多姿多彩的清真寺乃至神学家赛弗鼎·博哈吉陵墓——每处建筑都与神圣、崇高和辉煌这些字眼儿密不可分。

位于雅克城堡正门前面列吉斯坦广场上的波洛哈兹清真寺建于 18 世纪。传说列吉斯坦在阿拉伯语中的原意是"被沙子覆盖的地方"，原来这里曾经是池塘。"波洛哈兹"就是"被掩埋的池塘"之意。清真寺旁有一方水池，曾是国王做礼拜的地方。清真寺 20 根雕刻精美的木立柱令人赏心悦目。

列吉斯坦广场在阿拉伯人统治之前曾是布哈拉人的活动中心，12 世纪前是王公大臣的居住地，从 16 世纪开始增加了集市设施，大概是为了满足贵族们的生活需求吧。

波洛哈兹清真寺建于 1712 年，一种说法是埃米尔·沙穆拉德皇后下令建造的，另一种说法是埃米尔本人为参加公众祈祷建造的。很快这座清真寺就成为继卡扬大清真寺后的第二大清真寺——礼拜五朱玛清真寺。清真寺南北两侧是神学院。清真寺附近有一座小型宣礼塔，是模仿卡扬宣礼塔建造的。

这里还有一座被称作"地下清真寺"的马格基—阿托里清真寺，是 20 世纪 30 年代考古学家发现的大约建于公元 5 世纪的祆教（拜火教）神殿和一座佛教寺庙的遗址。现在的清真寺是 12 世纪在祆教神殿和印度佛寺的废墟上建造的。寺内有一个博物馆，里面有精美的布哈拉地毯和祈祷用的坐垫。

马格基—阿托里清真寺之所以被称作"地下清真寺"，是因为它的地基下沉了 6 米之多，几乎整个清真寺置于地下。这座清真寺可谓多灾多难，建了倒，倒了建，不知重建了多少次。保留到今天的样本是 1546 年的建筑，一个高约 5 米，有两个拱顶的大厅，装饰异常精美。

"津丹"地牢。"津丹"在波斯语中是"监狱""地牢"的意思。"津丹"地牢建于 18 世纪，位于沙赫里斯坦西北角，包括几间牢房、隔离室和一个地牢。地牢深 6.5 米，宽 5 米，酷似一个砖砌的地窖，囚犯只能被绑在绳子上从上面系下去。整个地牢只能容纳 40 名犯人，这意味当时布哈拉的犯罪率相当低。

在这座古老监狱的地面上有一座被称为"圣囚犯"的坟墓。看来，那些因为违反伊斯兰教规被打入地牢的囚犯，死后终于修成正果——被视为"圣人"了。

布哈拉卡扬建筑群名气最大，但规模最大的不是它而是霍贾—高库尚（16 世纪）建筑群。"霍贾—高库尚"这个名称有点怪，它在波斯语中的意思是"屠宰场"，因为原来这里是杀牛宰羊的地方和一个很大的集市，后来这里的建筑群就沿用了"屠宰场"的名称。若是在中国，这样的称呼肯定在避讳之列，但穆斯林显然并不在乎。

这座建筑群包括一所经学院、一座圆顶清真寺和一座宣礼塔，其高度仅次于卡扬宣礼塔。霍贾·卡扬经学院建于 1570 年，位于阿卜杜拉汗二世统治时期的一个十字路口。1598 年在经学院旁边建造了霍奇清真寺。建筑群是一位被尊称为霍贾·卡扬的酋长倡议建造的，所以他就成了整个建筑群的奠基人。

拱形市场。早在阿拉伯人到达中亚之前，中亚的集市贸易就相当发达。据说索格汗国一半人口从事商业。无论定居还是游牧民族都把集市当作交易场所。市场的活跃无疑带来了对交易场所和商旅住所的需求，所以，具有伊斯兰特色的拱形建筑——商铺、作坊、旅店和祈祷室等如雨后春笋般冒出地面。放眼望去，满目拱形建筑，这便有了拱形市场之说。随着时间的推移和需求的增长，较大的拱形商场也应运而生。一排排商铺构成的通道就像一条条街道。人们熙来攘往，叫卖声不绝于耳，从热气腾腾的烤馕到生鲜牛羊肉，从日常用品到金银珠宝，应有尽有、无所不有。在中亚，乌兹别克人的商业脑瓜比较灵光是尽人皆知的。

巴扎文化在中亚历史悠久，无论走到哪里，乌兹别克斯坦还是哈萨克斯坦，吉尔吉斯斯坦还是土库曼斯坦，大巴扎是不可错过的风景。

其实，布哈拉最受欢迎的景点也许不是雅克宫城，不是列吉斯坦广场，而是市中心的纳斯雷丁·霍加纪念碑，至少对喜欢这个人物的人如此。纳斯雷丁·霍加是何方神圣，这么受欢迎？这是个中国人比较陌生的名字。但如果我告诉你，纳斯雷丁·霍加就是阿凡提，你还会感到陌生吗？在中国，难道还有人不知道著名演员克里木扮演的那个倒骑毛驴，留着一撮小胡子，形象滑稽而语言幽默的阿凡提吗？

阿凡提可是国际名人。据说，西起非洲摩洛哥，东到中国新疆的广阔伊斯兰世界，都有他的足迹。但究竟历史上确有其人，还是民间虚构，众说不一。不过多数史学家倾向于认为，他是一位活跃在12—13世纪的真实人物，只是"国籍"尚待考证。因为，乌兹别克人说布哈拉是他的故乡，维吾尔族人说他出生在12世纪中国新疆的喀什，阿拉伯人说伊拉克的巴格达才是他的老家，而土耳其人断言他的出生地是土耳其西南的阿克谢海尔城，并在那里发现了他的陵墓，墓碑上写着："纳斯雷丁·霍加，土耳其人，生于1208年，卒于1284年。伊斯兰文化学者、经师、清真寺礼拜式主持。能言善辩，出口成章，善讲笑话。"据此，通常认为他是土耳其民间传说中的智者，一个见多识广，善于讲故事，语言幽默风趣的人。在西亚和阿拉伯，他多以纳斯雷丁著称，在中亚和中国新疆则多以阿凡提著称。阿凡提在维吾尔语中是"先生"的意思。

在布哈拉现存的170多座地上古建筑中，最著名的要算古老的萨玛尼德陵墓（亦译萨曼尼德皇陵，建于公元892—943年）。萨玛尼德皇家陵墓是布哈拉最古老的建筑杰作之一，位于布哈拉西北部的萨玛尼德公园里。美轮美奂的陵墓建于公元9—10世纪，是世界公认的建筑瑰宝。

公元9世纪后半叶，盘踞在中亚的萨玛尼德王朝脱离巴格达宣布独立，到伊斯梅尔·萨玛尼执政时期国力已经相当强盛，几乎整个中亚都臣服于萨玛尼德王朝。是他于公元892年下令开始建造皇陵。浩大的工程持续了整整半个世纪，直到公元943年才建成。据悉，陵墓内有3座陵寝，一座属于伊斯梅尔本人，另一座属于他的父亲艾哈迈德·伊本·阿萨德，第三座埋葬的当是他的儿子艾哈迈德·伊本·伊斯梅尔。可见，萨玛尼德陵墓既是萨玛尼德王朝鼎盛时期的见证物，又是萨玛尼德王朝的纪念碑。

萨玛尼德陵墓的结构造型是一个立方体，上面被半球形穹顶所覆盖。陵墓上部实际是一个带有成排拱形窗口的四边形画廊，周围四角还各有一个小型圆顶，圆顶下的 4 个圆形立柱牢固支撑着厚达 2 米的墓墙。四面墙体各有一个弧形拱门。正是这样坚固的围墙让萨玛尼德皇陵屹立千年而不朽。

立方体这种简洁而和谐的造型设计源于伊斯兰教义和更为古老的前伊斯兰文化。立方体被认为是稳固的象征，代表大地，圆形屋顶代表天穹。明摆着，这是天圆地方、天地合一的意思。显然，设计者认为只有这样的陵墓造型才是象征宇宙和谐的理想模式。

为了建筑这座"纪念碑"，布哈拉的建筑师和建筑工人把自己的聪明才智发挥到了极致，使每一平方厘米的外墙和内墙都达到完美的和谐统一。波斯人在这座建筑中首次使用了火烧砖，泥浆据说是用骆驼奶调制的，可见当时骆驼之多。当时的宗教性建筑是没有也不会使用彩砖或琉璃瓦之类的建筑材料的，陵墓内外墙壁布满了用刻花烧砖拼成的装饰图案，横竖有致，巧夺天工，令人赞叹不已。

传说自成吉思汗征服中亚时起，这座古墓就一直被埋在地下。原因是当地人担心这座美丽的皇陵会被凶悍的蒙古铁骑踏成废墟、夷为平地，所以不知用了多少沙土将陵墓彻头彻尾掩埋起来，以至萨玛尼德皇陵在地下沉睡数百年而无人知晓。直到 20 世纪被考古人员发现后，萨玛尼德陵墓才重见天日，并于 1934 年得以修复。

如今这座有镂空雕花底座的陵墓就在萨玛尼德公园里。公园里有水池，还有空中转轮车。是节日里群众集会的场所。

在萨玛尼德公园里，除了萨玛尼德皇家陵园，还有一座陵墓值得一提，那就是查什玛陵墓——约伯之泉。陵墓是一个大体呈不规则长方形的建筑，内有 4 个穿廊式墓室，每个墓室都建于不同时代。其中最古老的墓室不仅有双重圆顶，还有一个锥形圆顶。另 3 间墓室也有拱顶，但每个拱顶各不相同。陵墓建于公元 7 世纪，建造者是阿斯兰 – 沙赫，那个世界著名的卡扬宣礼塔就是他设计建造的。

不寻常的是，在最古老的墓室里有一个泉眼，至今还冒着清冽的泉水。传说这个泉眼与《圣经》人物约伯相关。说很久很久以前，布哈拉还没有冒出地面时，有一位《圣经》人物来到这一带，这个人就是圣人约伯。时值夏日炎炎似火烧，久旱无雨，许多人都被渴死了，活着的人把希望寄托在圣人约伯身上，向他求救。岂料约伯拿起手杖往地上戳了戳，便立刻有一股清泉从地下喷出。久渴逢甘泉的人们自然将约伯奉为神明，查什玛陵墓也就成了约伯之泉。故事的真伪当然无法考证，不过读过《圣经·约伯记》的我，当然知道并无关于"约伯之泉"的记载。但这至少再次证明，《圣经》和基督教是先于伊斯兰教传到中亚的。

到布哈拉不能不看夏宫，就像到圣彼得堡不能不看夏宫一样。布哈拉夏宫原名叫西托拉月宫（Sitorai Mokhi-Khosa Palace），是布哈拉汗国最后一位埃米尔·赛义德·阿里木罕专门为他的后妃们建造的避暑行宫，取名西托拉（Sitora），而 Mokhi-Khosa 在塔吉克语中的意思是"宛如月亮的星星"，所以，两段合起来我把它译成"西托拉月宫"，窃以为既符合埃米尔的原意，又符合中国文化传统。只是人们通常还是习惯称其为"夏宫"。

夏宫位于布哈拉北郊 4 公里处。选择在这个位置建造夏宫是有故事的。建夏宫是为了避暑，避暑当然要选择盛夏最凉快的地方。为此，穆斯林运用了最原始但也是最可靠的测试方法：宰了 4 只羊，将羊肉分别挂在布哈拉东南西北 4 个城门上，看哪里的羊肉风干得最慢。羊肉最后风干的地方显然是最凉快的地方，也就是该建夏宫的地方。只可惜，那时连个温度计都没有，白瞎了 4 只羊的小鲜肉。

这里最早的宫殿建于 19 世纪中期，是布哈拉汗国埃米尔·纳斯鲁罕下令建造的。可没过几十年，就被另一位埃米尔下令推倒了，并在原址上建造了一座更加辉煌、更加漂亮的宫殿——西托拉月宫，献给他的每一位后妃。遗憾的是，新建的夏宫也没坚持多久，到 20 世纪初又被最后一位埃米尔·赛义德·阿里木罕推倒了重建。不过名称没改，仍然叫西托拉月宫，直到今天。所以大多数文字资料都习惯把西托拉宫殿称作布哈拉汗国最后一位埃米尔的夏宫。

夏宫分为两个部分：旧宫叫阿卜杜·阿哈德汗宫，建于1892年，是传统的布哈拉建筑风格；新宫叫赛义德—阿里木汗宫，兼具欧洲和中亚风格，建于1917年。夏宫，尤其新宫的惊人之处在于欧洲建筑风格和东方建筑风格的巧妙结合。宫殿的主楼包括几个接待大厅和埃米尔的私人房间，其中居特殊地位的是白色大厅。这个大厅是由著名设计大师乌斯托·西林·穆拉多夫建造的，所以这里为他竖立了一座纪念碑。

白色大厅的墙壁是用白黏土和石膏的混合剂粉刷的，墙上挂满了各式各样的镜子，包括威尼斯镜、日本镜和嵌在各种各样镜框里的镜子，还有能放大40倍的哈哈镜。此外，宫殿里还有一间茶室、小型宣礼塔和宾馆，到处贴金镶银，尽显奢华。每个地方都有讲不完的故事和传说。还有一个游泳池，那是供埃米尔的妻妾们游泳的地方，而他则坐在亭台上欣赏"出水芙蓉"，向那个令他心旌摇曳的胴体掷下一朵鲜花，便是选中了当夜陪他颠鸾倒凤的幸运儿。

夏宫于1927年建立了装饰艺术博物馆，被联合国教科文组织列为世界遗产。博物馆的展品包括"夏宫的室内装饰""19世纪末—20世纪初的布哈拉男女服饰""19世纪末—20世纪初的布哈拉刺绣艺术和餐具"，以及19—20世纪的宫廷家具、布哈拉珠宝首饰、14—20世纪的俄罗斯、中国和日本的瓷器等。

夏宫周围是一个百花盛开的花园，有喷泉和亭台水榭。孔雀沿着花间小径悠然信步，而正门两侧的大理石狮子，还像100年前一样，微笑着迎接每一位前来观光的旅游者。

整个夏宫建筑群是按传统的布哈拉住宅格局建造的，即典型的三进式庭院：前院、中院和后院。一进大门是前院，是仆人和工匠住的地方；中院也叫外院，是男人居住的地方；后院也叫内院，是女眷住的地方。宫殿本身是单层建筑，形如倒置的英文字母"L"，旁边有一座礼拜寺。

庭院中间有喷泉。宫墙外面遍布泥塑浮雕,屋檐上满是彩色花瓶雕饰。

在王座大厅的华丽装饰中,首次运用了镜像背景下的泥雕技术。这项发明属于建筑大师乌斯托·锡林·穆拉多夫。所以后人在宫殿里为他立了一座纪念碑。

在夏宫的内室中,有一间被称作"夏屋"的茶室很引人注目,尤其是它那五颜六色的窗户十分别致。值得一提的是茶室里有很多中国和日本的青花瓷瓶。更神的是那只中国瓷碗据说是布哈拉·埃米尔的专用茶碗,因为它有测毒功能,如果有人在碗内下毒,茶碗就会立即变色。所以埃米尔每次用茶或用餐前,都要下人试过才行。宴会厅的墙壁是可以根据需要推拉变化的,可惜只有一套活动墙保留至今。荷兰壁炉只起装饰作用,而拱形穹顶倒是能在一定程度上有助于空气循环。

威尼斯镜子对影像没有丝毫扭曲,而日本多棱镜能同时反映 40 个影像。据说埃米尔每次纳了新妾都把她带到这面镜子前,告诉她镜子里有多少影像,她就有多少竞争者。

花园深处有座看似平常的房子,叫奥尔加公主宫。奥尔加公主是俄国沙皇帝尼古拉二世的妹妹,虽然为她建了行宫,但她一次也没来过,所以一直被当作客房使用。房子的空间从室内看要比从室外看宽敞,显然得益于精妙的装饰。据说仅仅为了修复墙上的壁画就耗费了 4250 公斤金箔。

夏宫于 1918 年最后建成。

(写于 2003 年)

希 瓦

——"我愿出一袋黄金，只求看一眼希瓦。"

希瓦——露天城市博物馆（乌兹别克斯坦）

在乌兹别克斯坦，像布哈拉一样的露天城市博物馆还有一处——希瓦。希瓦—布哈拉—撒马尔罕同为古代"丝绸之路"上的历史名城，但就古代遗址保存的完整性而言，希瓦是独一无二的。中亚有句老话说："我愿出一袋黄金，只求看一眼希瓦。"

一袋黄金咱出不起，但看一眼是必须的。我们不顾旅途劳顿，从布哈拉继续驱车 460 公里，穿过克孜勒库姆大漠荒烟，经过 6 个小时的颠簸，来到希瓦。穿过城西大拱门，从外城进入内城，再沿着两旁堆满了各色展卖工艺品的街道缓缓走进一条小巷，一座浑身上下布满蓝、青、绿三色釉砖的古老宣礼塔赫然矗立在眼前——这便是卡尔塔宣礼塔。它是希瓦的象征，一如卡扬宣礼塔是布哈拉的象征。

同为城市象征的两座宣礼塔，长相大相径庭：卡扬宣礼塔身高 45.6 米，上半身直径 6 米，下半身直径 9 米，是一座典型的圆锥形高塔。卡尔塔宣礼塔身高总共只有 29 米，埋在地下的地基部分就占去了 15 米，所以露出地面的塔身实际只有 14 米。卡扬宣礼塔高居布哈拉城之上，卡尔塔宣礼塔隐身希瓦古建筑群之中。前者从几十公里外就能看见，后者非到近前不能识。但塔的高低丝毫不影响它的崇高历史意义和文化价值。没有卡尔塔，希瓦便没有了坐标。

据考古专家说，卡尔塔的原设计高度远不是 29 米，而是 110 米。这就完全可以解释，为什么它的地基那么深，底座那么大。可惜，建到 29 米高时，建塔工程被迫中断了。中断原因据说是希瓦汗王穆罕默德·阿明于 1855 年遇刺身亡，国丧迫使工程暂停。

问题在于，工程暂停后就再没有启动，暂停工程成了下马工程。原因呢？传说是布哈拉汗国的汗王得知希瓦汗国要建造一座直插云霄的高塔，让布哈拉汗国情何以堪？于是，便悄悄找来那位建筑师，要他为布哈拉设计一座顶天立地的高塔——只能比希瓦的塔高，不能比希瓦的塔低。建筑师显然是个见钱眼开的主，便私下答应了。

想不到的是，策划于密室，谋定于王宫的事情也会走漏风声，传到希瓦可汗穆罕默德·阿明的耳朵里。得知建筑师吃里爬外，阿明气得两腮的胡须都炸开了，哇哇大叫要杀了这个背信弃义的家伙。那建筑师得知阴谋败露，大祸临头，一想干脆一不做二不休，脚底抹油，逃之夭夭了。当然是逃到布哈拉去建卡扬宣礼塔了。而被他撂挑子的希瓦宣礼塔工程因为找不到合适的建筑师，只好搁置在那里，变成了"烂尾工程"，直到今天。

这大概就是布哈拉的卡扬宣礼塔成为巨人，希瓦的卡尔塔宣礼塔成为"侏儒"的由来吧。至于这传说是历史真实还是历史乌龙，已经没有人去较真了。重要的是，完成不到设计高度三分之一的卡尔塔竟然成了希瓦无可取代的古代建筑纪念碑，而"卡尔塔"一词在乌兹别克语中原本就是"又粗又短"的意思。

希瓦的古建筑千姿百态，唯有卡尔塔宣礼塔最不寻常：不仅因为它长得"又粗又短"，更因为它承载着千年古国的历史和文化，它那独特的东方伊斯兰建筑风格和精美的壁饰——每一块釉砖，每一块瓷片都像1855年一样光鲜亮丽。

卡尔塔是独一无二的。

希瓦是一座有2500年历史的古城，是乌兹别克斯坦的第四大城市。不过它从前的名字不叫希瓦而叫黑瓦。这源于它不寻常的来历。

传说希瓦城堡的开山鼻祖是闪。闪是何人？读过《圣经》的人都知道，那是在地球被洪水淹没时受上帝之托，亲手打造方舟拯救人类的诺亚的长子。据《圣经》说，活了950岁的老寿星诺亚在500岁时生了3个儿子：闪、含和雅弗。地球洪水过后，闪躺在沙漠上睡着了，梦中看见300支燃烧的火炬照耀着一座方舟似的城堡。梦醒后，闪明白这是上帝赋予他的使命，遂遵照梦中神启，决定以"诺亚方舟"为蓝图，建造一座城堡，在城堡四周的城墙上设置300座烽火台。

传说在城堡施工过程中，发现一口水井，水质甘甜，沁人心脾。水井所在的地方叫黑瓦，于是人们便称水井为黑瓦。方舟城堡建成后，人们又称城堡为黑瓦，当然是指最早的城堡——被后人称作内城心脏的昆亚拱门古堡。待到后来有了内城和外城，黑瓦便由一座古堡变成了一座城市——希瓦。而那口水井——黑瓦井至今还在内城西北角墙外一座舒适的小院里由几位老人悉心照料着。毕竟，黑瓦井是希瓦古城的源头。

希瓦古城位于乌兹别克斯坦西南的花剌子模州，曾经是古代花剌子模国的首都。"花剌子模"这个译名从字面上看颇有点滑稽，比较接近原文发音的汉译应该是"哈（霍）列兹姆"。但既然"花剌子模"已经是中国史书上约定俗成的译名，也就没有必要坏了翻译界的规矩去纠正它。

花剌子模曾先后被蒙古帝国、帖木儿帝国和波斯帝国征服过。1512年花剌子模绿洲的居民起来造反，赶走了波斯总督，拥立乌兹别克王族的伊尔巴尔斯（1512—1525年在位）为可汗，建立独立国家，即希瓦汗国，定都乌尔根奇，16世纪末迁都希瓦城。

希瓦的发展更是一个内容丰富而有趣的故事：在2500年的发展史中，它经历了战争，经历了被征服，也经历了独立和繁荣。希瓦古城始建于公元10世纪，正值花剌子模强盛时期。自17世纪成为希瓦汗国首都后，一直是伊斯兰世界最大的宗教中心之一。

希瓦和布哈拉一样，也分内城和外城。内城叫伊羌—卡拉（ichan - kala），外城叫迪山—卡拉（deshan - kala）。内城亦称老城，建于1598年，四周筑有坚固的城墙，四面都有坚固的城门。内城是当代乌兹别克斯坦唯一一座保存完整的中世纪中亚沙赫里斯坦——一座活灵活现的阿拉伯童话城堡，城堡中的每一座建筑都是纪念碑式的建筑杰作，也是风格独具的景观。

有趣的是，在这座庞大的露天博物馆里不仅有人居住，而且不时从院子里传来说话声和烤羊肉洋葱的气味。一名3岁的男孩拉着他2岁的弟弟跑到街上，好奇地注视着一群中国记者。在这里可以沿着石子小路走上数小时，散步似的观看朱玛清真寺精美的雕梁画栋，直到伊羌—卡拉内城中心的昆亚拱门古堡，那里有非常宽敞的观景台。还可以沿着狭窄的旋转梯爬上塔顶，俯瞰古城希瓦的美丽全景和一望无尽的克孜库姆大漠荒原。

被称作内城核心的昆亚拱门古堡是城堡中的城堡，在中东和中亚的每座城市里几乎都能看到类似的建筑，那其实就是统治者为自己建造的深宫大院。这里，用今天的话说，有相当完备的基础设施，以保障舒适的宫廷生活、有效的公共服务以及可汗、王室、军队和政府娱乐消遣的一切条件。自18世纪末以来，这座古堡一直藏于双重锯齿高墙之内，围墙虽然是用黏土筑成的，但高10米、厚6米的城墙足以确保"城中之城"

无安全之虞。

　　尽管希瓦内城和外城的文物古迹跨越千年得以完整保存，但因年久失修，部分建筑还是有不同程度的损伤。2014年乌兹别克斯坦政府决定与中国合作，对希瓦古城进行全面维修，重点是修复城内的阿米尔·图拉经学院、哈桑·穆拉德库什别吉清真寺及周围环境。经过中乌两国专家几年的共同努力，重点修复项目已经完成，希瓦古城的历史风貌重新焕发出青春活力。

　　希瓦的文物古迹之多，恐怕难以数计。毫不夸张地说，希瓦本身就是一座由无数清真寺、陵园碑塔和经学院建筑群组成的城市：朱玛清真寺、阿塔·达尔沃扎经学院、穆罕默德·阿明汗经学院、阿拉库利哈纳经学院、马哈茂德陵墓、赛义德·阿拉丁陵墓、帕赫拉万·马赫穆达陵墓、塔什豪利宫、伊斯拉姆霍贾高塔、阿维斯塔博物馆……正所谓"有名三千六，无名无其数"，别说一一写成文字介绍，就是走马观花一一看遍都不可能。

　　历尽沧桑方显本色。在2020年突厥文化国际组织（TURKSOY）常务理事会第37次会议上，希瓦被定为突厥世界文化之都。

（写于2020年）

卢浮宫
——世界公民的最高艺术殿堂

卢浮宫

1850年的一天，一名18岁的青年画家走进卢浮宫，一头扎进绘画馆，在鲁本斯、委拉斯开兹、戈雅等美术大师的画作前不停地徘徊，间或驻足对着画面良久发呆。他右手插在左腋下，左手托着下颌，一副痴迷的样子，但在平静的外表下心潮澎湃。他迷醉在色彩和线条里，直到被闭馆的铃声惊醒。从此，他成了这座艺术殿堂无比虔诚的"朝觐者"和连续6年风雨不误的"访客"。

13年后即1863年，他的两幅被视为"离经叛道"的油画作品——《草地上的午餐》和《奥林匹亚》让法兰西画坛受到颠覆性冲击，而油画作者不仅遭到传统学院派的围剿和封杀，甚而被迫逃亡西班牙。与此同时，以左拉为首的进步作家和画家却为他喝彩，一批挑战传统的印象派青年画家将他奉为领袖。

这位青年画家就是后来的印象派鼻祖爱德华·马奈（Édouard Manet，1832—1883）。左拉那句"马奈将在卢浮宫占有一席之地"的预言奇迹般地应验了。

马奈的例子表明，未来永远属于那些敢于挑战传统和开拓新路的人。马奈的成功还表明，卢浮宫不愧是造就艺术大师的摇篮。有多少人手执画笔席地而坐，现场临摹大师作品，而他们之中又有多少人成为莫奈第二、莫奈第三，我们不得而知。但我们知道卢浮宫的参观者一年就有一千万。

从年轻时起，卢浮宫就是我遥远的梦。我无缘绘画，但喜欢艺术。无数文字告诉我，能走进卢浮宫的人"生而有幸，死而无憾"。但在半个世纪前，一个连国门都走不出去的人，想见卢浮宫无异于痴心妄想。直到新华社派我到非洲任常驻记者，往返经停巴黎，我才有机会两次走进这座心驰神往的艺术殿堂。可惜的是，每次都是行色匆匆、走马观花，根本顾不上静心欣赏、仔细品味。因此，至今想起卢浮宫依然是"雾里看花花非花，水中望月月非月"。

然而，纵然是惊鸿一瞥，却也终生难忘。

卢浮宫（Musée du Louvre）位于巴黎市中心的塞纳河北岸，建筑群整体呈"U"字形，占地面积198公顷，始建于1204年，在世界四大博物馆（另三家是俄罗斯艾米尔塔什博物馆、伦敦大英博物馆和纽约大都会艺术博物馆）中位居首席。它虽然曾是法国50位国王和王后居住过的宫阙，但倾倒世界却是因为它有全世界最丰富、最名贵的艺术宝藏。当我们谈到卢浮宫时，我们指的是1793年开放的卢浮宫艺术博物馆，而不是此前的法兰西皇宫。

毫无疑问，卢浮宫是欧洲古典主义建筑的代表作，雄伟壮丽，198个展览大厅富丽堂皇，四壁和顶棚都有精美的壁画和浮雕。

不过，通常让参观者眼前一亮的不是文艺复兴时期的古老建筑，而是占地面积 24 公顷的"金字塔"玻璃入口——著名美籍华人建筑设计大师贝聿铭的杰作。

说实话，1991 年当我第一次走近卢浮宫时，还以为走错了地方，古典艺术博物馆的入口竟然是一座现代风格的透明"金字塔"！经朋友解释，我才知道这锦上添花之作建成还不到两年。贝聿铭的过人之处恰恰在于成功地实现了现代艺术与古典艺术的完美结合。正是光怪陆离的玻璃"金字塔"将人们引入悠远的时空隧道。

卢浮宫"金字塔"玻璃入口是著名美籍华人建筑大师贝聿铭的杰作

玻璃金字塔高 21 米，底宽 34 米，4 个侧面由 673 块玻璃拼组而成，总面积约 1000 平方米，塔身总重量为 200 吨，其中玻璃净重 105 吨，金属支架重 95 吨，支架的负荷远超它自身的重量。这是卢浮宫 5 座玻璃"金字塔"中最大的一座，位于庭院中央，是博物馆的主入口。另有 3 座小型"金字塔"环绕在大"金字塔"周围，为地下设施提供采光，而第 5 座"金字塔"倒置在卢浮宫地下购物中心的天花板上。风格独特的设计很快让最初的叽叽喳喳销声匿迹，在密特朗总统出席 1989 年 3 月 29 日的落成典礼后，玻璃"金字塔"已然为巴黎增添了又一个地标式建筑。

玻璃"金字塔"不仅为巴黎增添了一道亮丽的风景，而且大大改善了卢浮宫博物馆的服务功能。有了"金字塔"，观众可以直接选择参观路线，不必像过去那样要穿过好几个不想看的展厅，绕行几百米才能到达目的展厅。有了"金字塔"，博物馆也有了足够的服务空间，如接待大厅、办公室、贮藏室及售票处、邮局、小卖部、更衣室、休息室等，从而更加突出了卢浮宫的博物馆地位。

卢浮宫堪称万有博物馆，其收藏覆盖的地理和时空跨度之大无与伦比：从西欧经希腊、埃及、中东到伊朗，从古希腊、古罗马到1848年。1848年以后的欧洲现代艺术则在奥赛艺术馆和蓬皮杜中心展出，亚洲艺术在吉梅特亚洲艺术博物馆展出，非洲、美国和大洋洲的艺术在布伦利海滨博物馆展出。

卢浮宫最初是一座由菲利普·奥古斯都国王在1190年建造的城堡——"大卢浮塔"城堡。建造这座城堡的主要目的是居高临下地监视塞纳河，以防外敌从河道入侵。1317年随着圣殿骑士团（耶路撒冷王国的精锐部队）的财产移交给马耳他骑士团，皇家金库也被转移到卢浮堡，查理五世乘机将卢浮堡变成皇家邸宅。

公元1528年弗朗索瓦一世下令拆除了老旧不堪的大卢浮塔，要求将城堡建成豪华的皇宫。这位国王是意大利画派的铁杆粉丝，不仅邀请著名画家为自己画像，还千方百计收购名家画作，其中就包括达·芬奇的名画、"全世界男人的梦中情人"——《蒙娜丽莎》。弗朗索瓦一世的儿子亨利二世虽然审美品位远不及其父，但还是沿袭了其父的嗜好，建造了300米的华丽长廊，并植树养花，甚至在长廊里骑马追捕狐狸。

后世皇帝又陆续在卢浮宫两翼增建了配楼。亨利四世还花了13年工夫建造了卢浮宫最壮观的部分——大画廊。路易十四登基后，又扩建了方形庭院，使卢浮宫的总面积扩大了4倍。但扩建后的卢浮城堡并不是路易十四心仪的皇宫，他看中的亲政大殿是凡尔赛宫。路易十四弃卢浮宫住凡尔赛宫可不是为了享乐，而是深谋远虑的政治操作。他要将王公贵族统统集中到凡尔赛宫，把他们从地方诸侯变成宫廷成员，以建立法国历史上第一个君主专制的中央集权王国——"朕即国家"。

路易十四可谓法国历史上的"千古一帝"，5 岁继位，24 岁亲政，在位 72 年又 110 天，是世界历史上坐皇帝宝座时间最长的人。是他把卢浮宫建成了正方形的庭院，并在庭院外修建了富丽堂皇的画廊；是他购买了欧洲各种艺术流派的绘画作品，包括卡什代、伦勃朗等人的画作。他一生迷恋艺术和建筑，以致把国库的银子花了个精光。

由于路易十四选择凡尔赛宫为皇宫，使卢浮城堡成了"烂尾工程"和"被遗忘的角落"。进入 18 世纪后要求将卢浮宫改建成博物馆的呼声越来越高，终于得到"圣上"的响应，从路易十五到拿破仑三世，博物馆的改建工程终于在 1852 年宣告完成。

拿破仑执政后，在卢浮宫外围增加了更多的建筑，并加固了宫殿的两翼，还在竞技场院内修建了拱门。拿破仑将从欧洲其他国家掠夺的数千吨艺术品运到巴黎，并将卢浮宫改名为拿破仑博物馆。对拿破仑来说，世界上所有的天才艺术作品都必须属于法国。这当然是德国人、意大利人、西班牙人和荷兰人所不能接受的。因此，在拿破仑兵败滑铁卢后，马上就有大约 5000 件艺术品被搬出卢浮宫，"物归原主"。不过，拿破仑三世对建设卢浮宫宏伟建筑群的贡献倒是不争的事实，据说他在 5 年内增加的建筑比之前 700 年还要多。

1793 年卢浮宫博物馆正式向公众开放时，正值法国大革命。1871 年 5 月卢浮宫被巴黎公社包围，而位于卢浮宫以西 250 米处的杜伊勒里宫被大火焚毁，幸存的卢浮宫得以保留至今。1989 年在庭院中央博物馆入口处增建了玻璃"金字塔"。

卢浮宫博物馆的垫底馆藏是 2500 幅油画，主要来自弗朗索瓦一世和路易十四的皇家收藏。而雕塑作品来自法国雕塑博物馆。拿破仑战争时期卢浮宫的馆藏增加了大量"战利品"——何谓"战利品"，你懂的——还有来自埃及和中东的考古文物。在整个 19 世纪和 20 世纪，卢浮宫又收到大量捐赠，其中包括埃德蒙·罗斯柴尔德（犹太复国运动的先驱、欧洲金融大亨和法国葡萄酒业大王）的遗赠。

藏品的来历各不相同。卢浮宫的镇馆之宝列奥纳多·达·芬奇的《乔康达夫人》（即《蒙娜丽莎》）和拉斐尔的《美丽的园丁》是弗朗索瓦一世的个人收藏。穆里洛的《小乞丐》是路易十六在 1782 年购买的。维米尔的《蕾丝》和杜雷拉的《自画像》是博物馆分别于 1870 年和 1922 年购买的。但更多藏品是作为拿破仑的"战利品"收入卢浮宫的。

博物馆最珍贵的雕塑作品《断臂维纳斯》据说是 1820 年法国驻土耳其大使发现和购买的。《胜利女神像》（《萨摩色雷斯尼凯像》）是法国驻土耳其安德里安堡的副领事查尔斯·查姆波伊斯于 1863 年在萨莫特拉基岛发现并购买的。

鉴于巴黎卢浮宫的客流量已经达到超饱和状态，法国政府于 2004 年决定在北加莱地区的兰斯镇一片废弃的矿场上建造卢浮宫卫星博物馆。这座能容纳约 600 件艺术品的卢浮宫分馆已于 2012 年 12 月向公众开放。

鲜为人知的是，在阿拉伯联合酋长国首都阿布扎比也有一座卢浮宫博物馆分馆。阿布扎比分馆的收藏来自法国博物馆：卢浮宫、蓬皮杜中心、奥赛博物馆、凡尔赛宫等。

2009 年 5 月卢浮宫阿布扎比分馆举办了首次展览，展出了前 19 次收购的藏品。2013 年举办的第二次展览展出了阿联酋政府收购的 130 件文物，其中包括此前不为人知的毕加索作品、塞浦路斯青铜时代的人形雕塑以及来自希腊、土耳其、日本和叙利亚的文物。

卢浮宫收藏着不同文明、不同文化和不同时代的艺术珍品计约 40 万件，但实际日常展出的还不到十分之一，百分之九十以上的文物存放在仓库里。出于安全考虑，不仅每个展厅连续开放的时间不能超过 3 个月，而且各个展厅的开放时间也各不相同。例如，6 个展馆同时开放的时间只有每周的周一和周三，其余 4 天轮流开放。又如，馆藏画作有 15000 件之多，而平时展出的仅有 2200 幅左右。因此，任何人都不要指望在一天之内看完所有的展品。就算你有足够的时间看完所有的展厅，你所看到的也只是整个馆藏的十分之一。

卢浮宫博物馆分如下 9 个展览馆：古代东方馆、古埃及馆、古希腊—埃特鲁里亚—罗马馆、伊斯兰艺术馆、雕塑馆、艺术品馆、绘画馆、格拉费卡（造型艺术）馆、卢浮宫历史馆。绘画馆的展品最多，占地面积也最大。各类展厅计有 198 个，其中最大的有 205 米长。

卢浮宫内

古代东方馆建于 1881 年，收藏了古代中东和两河流域国家的 10 万多件艺术品，涵盖了从新石器时代到伊斯兰扩张的漫长历史时期。该馆有 24 个展厅，展品 3500 件，分 3 个部分：两河流域艺术展、伊朗艺术展和东地中海艺术展（叙利亚、巴勒斯坦和塞浦路斯）。这个馆的前身是亚述馆，1881 年增添了大量苏美尔文明的文物后，改名古代东方馆。

这里的展品都有悠久的历史：公元前 2500 年的雕像，公元前 2270 年的石刻，公元前 2000 年的烧制泥像等。令人印象深刻的是公元前 8 世纪的"带翅膀的牛身人面像"，而每座巨像都是一段曲折的历史故事。但最珍贵、最令人震撼的当数在"东方古文博物馆"第四厅展出的《汉谟拉比法典》石碑。这是公元前 2000 年前的巴比伦法典，用楔形文字刻在一块黑色玄武岩上。玄武岩高 2.5 米，中部为 282 条法典全文，上部的人像是坐着的司法神向站着的汉谟拉比国王亲授法律。在整个卢浮宫博物馆的展品中，《汉谟拉比法典》的历史价值和文化价值比起前面所说的三大镇馆之宝来，丝毫也不逊色。所以，有人将《汉谟拉比法典》《断臂维纳斯》《胜利女神》《蒙娜丽莎》并称为四大镇馆之宝。

古埃及馆建于 1826 年，比古代东方馆还年长。展厅 23 个，展品 350 件，分埃及厅、专题展厅和综合展厅 3 部分。展出文物包括古代尼罗河西岸居民的服饰、装饰物、玩具、乐器等。这里还有古埃及神庙的断墙、基门、木乃伊和公元前 2600 年的人头雕像。

古希腊—埃特鲁里亚—罗马馆是卢浮宫建馆时的古希腊—古罗马部的直接继承者。该馆分 6 个部分：古代希腊、古典希腊、希腊化时代的希腊、埃特鲁里亚、古罗马和展出希腊陶瓷、黏土和青铜制品等珍贵文物的单独展厅。

这个馆的展品有 7000 件，其中占主导地位的是雕塑艺术品，包括石雕、铜塑和牙雕。而最受世人瞩目的两件不朽作品毫无疑问是《胜利女神》和《断臂维纳斯》。鉴于这是两件非同凡响的艺术珍品，一笔带过难免有不恭之嫌，所以多介绍几句不仅应该，而且值得。

《胜利女神像》亦称《萨莫色雷斯尼凯像》，稀世珍宝，是古希腊文化最杰出的代表作。雕像创作于公元前 3 世纪，1863 年发掘于萨莫色雷斯岛的神庙废墟时，已经是无头无臂，只剩一只翅膀的"残疾"女神，身高 3.28 米。虽然无首无臂，但站在石墩上，依然是挺胸展翅向世人宣告战争胜利的女神形象。她身躯略微前倾，仿佛在激情四射地一路小跑着报告胜利的喜讯；那覆盖在轻纱长衫下前挺的胸部让人看到的一定是昂首挺胸，伸出双臂拥抱胜利的姿态。看到她那富有动感的躯体，充满神韵的风姿，你会觉得这分明是体态完整、有血有肉、扇动翅膀的女神，而不是僵冷的石像。

奈姬是希腊神话中的胜利女神，传说是她协助宙斯战胜了提坦巨人，成为胜利的化身。她是提坦帕拉斯和斯堤克斯的女儿，罗马名字叫维多利亚。她长着一对天使的翅膀，身材健美，从天庭飘然而下，衣袂飞扬，头顶永远罩着胜利的光环。

《断臂维纳斯》是一尊无人不知、无人不晓的女神雕像，高204厘米，相传是古希腊雕塑家亚历山德罗斯于公元前150年到公元前50年间创作的。这座半裸全身维纳斯雕像，面目娟秀、体态优美、前胸丰满，衣衫滑落到髋部，充满质感的裙裾皱褶和充满动感的线条，尽显清纯少女的端庄妩媚。难怪雕塑大师罗丹赞叹："这简直就是鲜活的肌肉，抚摸一下是可以感觉到体温的！"雕像上下协调、左右匀称、局部细腻、整体完美的造型让观赏者几乎忘却了双臂的缺失，甚至怀疑加上两臂会不会有"画蛇添足"之虞？

在罗马神话中，维纳斯是集爱与美为一身的女神，对应于古希腊神话中的阿芙洛狄忒——希腊语的意思是"泡沫"，而阿芙洛狄忒就诞生于大海的泡沫，所以传说阿芙洛狄忒是从大海里升起的。既然是神，当然要去众神之山奥林匹斯山。于是，她在3位时光女神和3位美惠女神的陪伴下，腾云驾雾飞上奥林匹斯山。世人熟悉的爱神名字维纳斯其实是阿芙洛狄忒在罗马帝国时的别名。

作为青春偶像、爱与美的化身，美轮美奂的维纳斯雕像没有了双臂，毕竟是千古憾事。据说1820年2月在希腊爱琴海米洛岛上发掘的维纳斯雕像是完整无缺的，不仅有双臂，而且有造型：右臂下垂，手抚衣襟，左手向上伸过头，还握着一只苹果。

如此造型优美的两只纤手玉臂怎么连个断肢残指都没留下来呢？比较流行的说法是，当维纳斯雕像被发掘的消息传出后，正在米洛港停留的法国军舰舰长闻讯后立即赶赴现场，但因迟了一步，雕像已被一位希腊商人买走，准备运往君士坦丁堡。但牢记"世界上所有的天才艺术作品都必须属于法国"的拿破仑遗训的人，岂能坐视稀世珍宝落入他人之手？干脆，一不做二不休，抢吧！于是就像海盗一样把军舰开到海上拦截希腊商船。希腊人当然不肯相让，双方便打了起来。在你争我抢的混乱中，雕像的两支手臂被折断打碎，再不收手，雕像本身恐怕也保不住了。

据说最后是米洛岛地方当局出面"调停"，"调停者"宁愿得罪希腊商人也不会得罪法国军人，结果自然是希腊人舍物，法国人舍钱，失去双臂的维纳斯像就这样被请进了卢浮宫。

以上说法据说来自20世纪法国舰长杜蒙－居维尔的回忆录。类似的演绎版本还有好几个，情节大同小异。不过也有另一种让人匪夷所思却又似乎不无道理的说法：雕像完成后作者请几位艺术同行鉴赏品评。大家众口一词地称赞作品十分完美，而最吸引眼球的是手握金苹果的左臂。孰料作者闻听此言，毫不犹豫地当即挥刀斩断了两臂。众人大惊失色，因问何故？作者答曰："以局部美夺整体美非美也！吾宁愿废局部美而保整体美矣。"窃以为，从艺术家的眼光看，这也许不失为一个独具慧眼的超凡决定。

《断臂维纳斯》美在何处？美在裸露与含蓄的融合。从裸露且充满质感的面部到胸部再到腹部，整个上半身给人的感受是光彩照人、青春激荡。而下体和腿部被落臀的多重衣服皱褶所遮盖，突出了含蓄美。对此，俄国作家格·伊·乌斯宾斯基评价得十分到位，他说：雕塑家"把自己创造物遮住，就是为了不让观看者产生世俗的庸俗感和对女性美的邪念。半裸的躯体，半落的衣衫，既展露肉体美，又有所遮蔽和节制，让人们的注意力集中到人物的内在神韵，而不仅仅是肉体美。这的确是高明的艺术手法。"

维纳斯雕像的另一个动人之处是她那独有的"残缺美"。恰恰是残缺的双臂给人以广阔的想象空间，并试图用千万种想象弥补眼前的空白。显然，放飞想象比观看固化物象的审美享受不知要梦幻和精彩多少倍。

自1893年起卢浮宫就有一个伊斯兰艺术分部。1993年卢浮宫改组后，伊斯兰艺术的展览面积超过1000平方米，2003年成为独立的伊斯兰艺术馆，囊括从西班牙到印度，从伊斯兰文明源头到19世纪的丰富藏品。

卢浮宫最初展出的雕塑作品只有古代人物雕像，唯一的例外是米开朗基罗的雕塑作品。

1824年辟出5个大厅，展出从文艺复兴时期到18世纪的雕塑作品。

1850 年增加了中世纪雕像，1893 年正式设立了独立的雕塑馆。

雕塑馆设立于 1817 年，共有展厅 27 个，展品 1000 多件，多为表现宗教题材的作品，部分为表现人体和动物的作品。在这里可以看到着色糅金的木刻《基督受难头像》《十字架上的耶稣》《圣母与天使》，意大利的雕塑《圣母与孩童》，17 世纪的《童年时期的路易十四》，18 世纪的名人像《伏尔泰》，19 世纪的群塑《舞蹈》等，其中尤以 11 世纪到 15 世纪的意大利和西班牙展厅和 12 世纪到 16 世纪的北欧展厅最受青睐。

艺术品馆是卢浮宫博物馆藏品最丰富的展览馆之一，而且藏品还在不断增加。这里的艺术藏品既有世俗的，又有宗教的，珠宝、雕像、家具、挂毯，从中世纪到 19 世纪，应有尽有。

绘画馆收藏了从中世纪到 1848 年的大约 6000 幅油画，1848 年以后的美术作品已悉数转交给了后来建造的奥尔萨博物馆。卢浮宫绘画馆的收藏，无论数量还是质量都是世界其他艺术馆无法相比的。

绘画馆共有 35 个展厅，展出作品 2200 余件，占馆藏数量的三分之一多点，但已囊括了从 14 世纪到 19 世纪所有画派的代表作品，如富凯的《查理七世像》（15 世纪）、达·芬奇的《岩间圣母》（16 世纪）、拉斐尔的《美丽的园丁》（16 世纪）、勒南的《农家》（17 世纪）、里戈的《国王路易十四像》（18 世纪）、路易·达维德的《拿破仑一世在巴黎圣母院加冕大典》（19 世纪）、德拉克鲁瓦的《肖邦像》（19 世纪）、安格尔的《土耳其浴室》（19 世纪）等。

毫无疑问，2200 幅画中珍品的每一幅都值得认真欣赏，细细品味。但最杰出、最值得欣赏和品味的还是那幅达·芬奇的不朽之作《蒙娜丽莎》。完成于 1503 年的《蒙娜丽莎》，亦称《乔康达夫人》或《永恒的微笑》，展出于卢浮宫二楼中间的一个大厅里，镶嵌在墙壁内，罩着玻璃罩，显然是安装了特别保护机关的。

《蒙娜丽莎》是卢浮宫的头号镇馆之宝，不严加保护还真不行。1911 年 8 月 22 日《蒙娜丽莎》就被盗走过一次，无影无踪两年半。直到 1914 年初一位名叫文森佐·佩鲁贾的意大利人宣称，他有一幅祖传原版真迹《蒙娜丽莎》要出售。他大概以为《蒙娜丽莎》销声匿迹两年多，卢浮宫想必该把她忘了，就是没忘，也只能花高价回购，而他当初偷盗就是为了钱。机关算尽太聪明，反误了卿卿性命。一位收藏家闻讯后向警方告发了他。结果当然是佩鲁贾锒铛入狱。尽管这位盗贼谎称他偷画的动机是出于爱国，想让《蒙娜丽莎》回归意大利，但没有，也不可能有谁相信他的鬼话。意大利政府再怎么爱《蒙娜丽莎》，也不至于替一个窃贼销赃。倒是法方很给面子，为了让意大利人有机会见见他们的大美人《乔康达妇人》，同意让画作在意大利博物馆展出 6 个月，而后归还卢浮宫。

失而复得的《蒙娜丽莎》自然是卢浮宫要特别保护的对象。

《蒙娜丽莎》是达·芬奇的巅峰之作，不仅代表他个人的最高艺术成就，也被视为欧洲文艺复兴绘画史上不可逾越的高峰。作品的特点不在于表现一位贵妇人的雍容华贵，而在于表达人物的外在美与内在美的巧妙结合，在于表达精准与含蓄的完美结合，以及由此产生的出神入化的效果。站在《蒙娜丽莎》前，不论你从哪个角度看，她那温柔的目光总是微笑着注视着你，甚至似乎在向你眨眼睛。她的笑容也非比寻常，不同人或在不同时间观看，会有不同的感受：或温柔亲切，或娇嗔嘲讽……这便是为什么许多美术大师都把"蒙娜丽莎的微笑"称作"神秘的微笑"。"神秘"来自神韵，神韵来自技巧——无比高超的绘画技巧。

格拉费卡（造型艺术）馆的展品达 13.5 万件，分 3 个展厅：素描画厅、铜版画厅和埃德蒙·罗斯柴尔德捐赠品厅，其中展出有大约 4 万张邮票、3000 幅画和 500 本各种插图。

卢浮宫历史馆设在卢浮宫钟楼里，于 2016 年 7 月 6 日开始向公众开放。

如今，卢浮宫是名副其实的世界文化遗产收藏馆和保护馆，它的藏品来自世界，属于世界，也是唯一能给每一个世界公民最高艺术享受的世界。什么时候能让我把 198 个展厅的展品一一欣赏一遍呢，哪怕只占全部馆藏的十分之一？今生不行，还有来世。我期待着。

（写于 1992 年）

巴黎圣母院

2019 年 4 月 15 日下午，惊闻巴黎圣母院发生火灾，我的心骤然瑟缩起来。我无法想象一座有 800 年历史的古老教堂、哥特式建筑的历史纪念碑，在熊熊烈火中化为灰烬的情景。第二天新闻报道称，持续 14 个小时的大火已被扑灭，圣母院建筑遭受重创，驰名世界的玫瑰窗和哥特式尖塔化为灰烬……重创虽不是毁灭，依然让人难以接受！

最令人痛心的是尖塔在大火中熔断。尖塔熔断意味塔尖上的十字架灰飞烟灭，也意味十字架下端球体里封藏的耶稣受难荆冠连同耶稣受难十字架残片和唯一一根铁钉都已不复存在。这些基督教历史上最珍贵的圣物让大火吞噬，就是女娲也无力回天了。须知，耶稣受难荆冠对于基督教（天主教）的意义丝毫不亚于佛祖释迦牟尼的舍利子对于佛教的意义。

报道说，玫瑰窗也在大火中化作尘埃。如果是普通建筑物上的普通窗子，毁不足惜。但那可是驰名世界的玫瑰窗啊！那是巴黎圣母院的脸面，巴黎人的骄傲啊！他们在第二次世界大战中把玫瑰窗完整地拆下来，暗中保存，使其免遭德国法西斯盗抢。如今躲过战祸的玫瑰窗未能躲过火劫，巴黎人恐怕心都要碎了。

巴黎圣母院有 3 个呈扇状辐射的玫瑰花形玻璃圆窗，简称玫瑰窗。主殿翼部两端各有一个，上面布满了色彩斑斓的 13 世纪彩绘玻璃书。最大、最美、最著名的是北侧的中央玫瑰玻璃窗，它的直径达 9.5 米，建于1220—1225 年，堪称圣母大教堂整体建筑的画龙点睛之笔。

当我第一次走进巴黎圣母院，抬头仰望那扇巨大的彩色圆形玻璃窗时，我突然感到内心好像被什么东西猛烈撞击了一下，哇，太美啦，美得让人目眩心颤！阳光透过刻满五颜六色的玻璃图案，折射到大殿里，仿佛给墙壁和廊柱都染上了斑斓的色彩。大殿里显得无比祥和、宁静，幽暗中充满神秘感。而圆形玫瑰窗的多重放射形同心圆彩绘图像，让我感受到一种天国的温暖：中心是 16 位先知围绕着怀抱圣婴的圣母，第二圈是《圣经》记载的 32 位国王和耶稣的祖先，第三圈是 32 位主教和大祭司。

事实上所有彩色玻璃窗都是在 19 世纪教堂修复时安装的，所以其实很现代。只有中央玫瑰窗保留了一些中世纪的残片，但镶嵌得天衣无缝，完美无瑕。这样的稀世珍宝居然化作一缕青烟，实在让人无法接受。

不知为什么，巴黎圣母大教堂的设计师对玫瑰花情有独钟。不仅窗子是玫瑰花状，外墙壁饰也是玫瑰花状：教堂北南两侧面墙的雕饰都是巨大的玫瑰花造型，人称"欧洲玫瑰花之王"，直径达 13 米。光说 13 米，你可能觉得这就是一个数字，想象不出它的大小，但如果说那玫瑰花比 4 层楼还高还大，你还会觉得它是普通的玫瑰花造型么？

那么，南钟楼和卡西莫多敲过的大钟可好吗？稀世珍宝管风琴王、木刻圣经故事《天库》、圣路易长袍、滴水嘴兽和上百幅名贵油画安在否……

从我第一次见到巴黎圣母院起，它就是矗

巴黎圣母院　作者夫妇在巴黎圣母院前留影（1989）

立在我心中的圣殿，并在我的脑海里浮现出儿时随父母跪祷的那座小教堂——老家乡村小镇里的天主教堂。父母什么时候和为什么皈依天主教，我不得而知，也没问过，但他们星期天到教堂做礼拜，总是带上我。

给我留下深刻印象的不是念经和祈祷，而是教堂墙壁上的挂像——嵌在玻璃相框里尺寸很大的黑白照片。挂像上的人都是高鼻梁、深眼窝、长头发、满脸大胡子，身穿长袍却光着脚板儿，看着不像中国人，有点瘆得慌。三四岁的我没见过外国人，以为那墙上挂着的都是魔鬼，不敢正眼相看，但又忍不住侧眼偷看。

几十年后回想起来，那墙上的人物应该就是耶稣和他的 12 使徒吧。因此，天主教虽然与我无缘，但天主教堂却与童年的我有过割不断的情结。所以，一见到巴黎圣母院就像回到了儿时的天主教堂，尤其因为它那独具特色的哥特式建筑，挺拔向上、高耸入云，站在幽暗空蒙的大殿里向上仰望，仿佛真的看到了通往天庭的云梯。

巴黎圣母院的宏伟雄奇首先在于典型的哥特式建筑风格和独具匠心的建筑设计。从正面看，它是两座并联的矩形平顶双子大厦；从背面看，它是刺破青天的尖峰塔；从侧面看，它是庄严华丽的教堂；从空中看，它是以尖峰塔为交叉中心的平面十字架。

虽然其他圣物和文物因为不在顶层可能免遭劫难，但我还是不能不为它们的命运感到忧虑，因为在匆忙的抢救行动中难免会有失误发生，哪怕是微小的失误。

比如圣路易长袍——路易九世穿过的长袍。路易九世是法国卡佩王朝的第九位国王，因两次率军东侵，对基督教无比虔诚和执法公正等原因，被奉为中世纪法国乃至全欧洲君主的楷模。他给法国带来了稳定和繁荣，并为树立法国王室的权威居功至伟，所以后人将这位国王加虔诚的基督徒尊为圣人，称其为"圣路易"，而他的袍子也就理所当然地被视为圣物。

更让人担忧的是那架庞大的管风琴王和那套讲述圣经故事的木刻组画《天库》。

巴黎圣母大教堂里共有 3 架管风琴，其中最大的管风琴是中世纪留下的文物，而在法国大革命中毫发无损，更显弥足珍贵。这架管风琴王有 5 组键盘、109 个音栓和 8000 支音管，这么大的管风琴，我不知道在全世界是否绝无仅有，但我知道在法国没有第二架。演奏时加上大厅的共鸣，真是声如洪钟，空谷回音般的悠扬。

木刻圣经故事《天库》是巴黎圣母院的镇殿之宝，包括《耶稣降世显奇像圣母护婴卧马槽》《三博士朝圣》《最后的晚餐》在内的 9 幅木刻浮雕，人物造型生动逼真，雕工细腻，精美异常。《天库》从 13 世纪起就一直陈列在圣母院主祭坛周围，如果在火灾抢救过程中伤筋动骨，那就不是用法郎能弥补的损失了。

不知北边圆柱上那幅动人的《巴黎圣母像》是否安然无恙？教堂内所有的艺术品都完好吗？那组 76 幅高达 4 米的大型油画的命运又如何？那可都是法国艺术家们在 1630—1707 年间描述圣经故事的杰作啊！巴黎圣母院主教帕特里克·肖维在电视直播中说"我们成功地挽救了几幅画作，但是大型油画难以取下"，这是说大多数油画都化作灰烬了吗？那些石栏杆上由众多神怪精灵构成的虚幻世界也消失了吗？房顶上那些装饰漏水孔的滴水嘴兽、狮子头像、奇形怪状的野兽或真实动物石像也都化作尘埃了吗？请不要告诉我"Yes"吧！

巴黎圣母院（巴黎圣母大教堂）是巴黎市中心塞纳河西斯岛上一座神圣的天主教堂，享誉世界的哥特式艺术建筑，每年接待游客约 1300 万。它不仅是巴黎的地理中心，也是整个国家的地理中心，即法国所有地理距离的"零起点"。

但巴黎圣母院并不是这个位置上的第一座宗教建筑。早在古罗马时期这里就有朱庇特神庙，公元 500—571 年墨洛温加人统治高卢国时又在这里建造了圣马可大教堂。巴黎圣母大教堂自 1163 年罗马教皇亚历山大三世铺上第一块奠基石起到 1345 年建成，历时约 180 年。参与圣母院大教堂设计和建造的建筑设计师为数甚多，但贡献最大者非皮埃尔·德·蒙特勒伊和让·德·谢尔两人莫属。

在法国大革命中遭受重创的巴黎圣母院走向衰败。先被改为"理性教堂"，继而变成"造物主崇拜圣殿"，最后干脆被当成食品仓库。若不是维克多·雨果的小说《巴黎圣母院》拯救了它，很难说巴黎圣母大教堂能否屹立到今天。小说不仅让作者名扬天下，更重要的是唤醒了公众，使其对这座古建筑的非凡历史价值和美学价值有了全新的认识。

维克多·雨果在他的小说中对巴黎圣母院作了充满诗意的描述，并引起读者对破败不堪的圣母大教堂予以广泛关注。许多人发起募捐活动，希望拯救圣母大教堂。民众的关切终于唤起官方的重视，这才有了按照古代技术标准重建圣母院的决定。

这项艰巨的任务落在熟悉古代建筑艺术的建筑师维奥拉·勒·杜克的肩上。从 1844 年开始，工程持续了 25 年，修复了面墙和内饰，修复了被摧毁的雕塑画廊和滴水嘴兽……所有幸存的"地狱卫士"都回到了原来的位置。与此同时还在教堂之上增建了一座高达 95 米的尖塔。

在随后的年月里，巴黎人对这座宗教圣坛呵护有加，尤其因为它历经两次世界大战而毫发无损。20 世纪末又进行了一次修缮，对教堂内外进行了彻底清洗，面墙也恢复了原来的金色砂岩面貌。

雨果称巴黎圣母院是"石头的交响乐"，可谓一语中的，因为从外面看它确实是一座石头建筑，典型的哥特式风格加上顶层的钟楼和尖塔，一派顶天立地的雄姿，令人高山仰止、心驰神往。

巴黎圣母院坐东朝西，正面平顶双塔高约 69 米，被 3 条横向装饰带分为 3 层：底层有 3 座大门，均系描述《圣经》的桃形拱门。中间为正门，门楣两侧各有 7 座雕像作为支撑，中间是《最后的审判》浮雕。两边为侧门，右侧是圣安妮门，上有圣母和圣婴雕像，左侧是圣母门，上有圣母玛利亚加冕礼雕像和圣母星座图案。

桃形拱门上方是一排人物雕像——由《旧约》28 位国王雕像组成的人物画廊。画廊之上是中层，中间是一扇巨大的石棂窗，两侧各有一扇石窗。

上层是一排细长的雕花拱形石栏杆。设计师维拉奥·勒·杜克充分发挥了他的想象力，在石栏杆上塑造了一个由众多神魔精灵组成的引人入

巴黎圣母院中厅上方尖塔高 90 米，塔尖十字架下藏耶稣受难荆冠　作者夫妇留影（1989）

左右两侧是平顶塔楼。其中南塔楼里悬挂着一口大钟，就是《巴黎圣母院》男主人公卡西莫多敲打的那口重达 13 吨的大钟。在它的北面是有 387 级螺旋梯的北塔楼。

教堂主体结构平面呈十字形，长 128 米，宽 40 米，高 33 米。两翼较短，中轴较长，中庭上方是 90 米高的尖塔，塔尖是一个细长的十字架，十字架下藏着耶稣受难荆冠、耶稣受难十字架残片和一根铁钉。

胜的虚幻世界。

巴黎圣母大教堂的内部装饰是世界上独一无二的。前文说过，从空中俯瞰，圣母大教堂呈平躺的十字架形。从教堂内部看，内墙截面也呈十字架形，十字架中心是一组叙述《旧约》故事的雕塑群。有意思的是，这里没有承重墙，承重功能是由多棱石柱承担的。大量艺术壁雕被透过玫瑰窗的光线染上斑斓的色彩。在教堂的右半部分，可以欣赏到美轮美奂的雕塑、绘画和其他艺术作品。那是按传统每年 5 月 1 日献给圣母玛利亚的礼物。宏伟的中央吊灯更是令人叹为观止。

爬上 387 级螺旋阶梯，登上巴黎圣母大教堂的北塔楼，整个巴黎尽收眼底，就像在埃菲尔铁塔上鸟瞰巴黎一样。埃菲尔铁塔我是乘电梯上去的，所以没费什么劲，还在塔顶照了一张头戴拿破仑军帽的像。但上圣母大教堂北塔楼却是沿螺旋阶梯一级一级登上去的。虽然有点气喘吁吁，但好处是能近距离看到卡西莫多敲过的伊曼纽尔大钟和造型怪异的滴水嘴兽。

大教堂里有一个博物馆，通过解说，可以详细了解教堂的全部历史和许多不为人知的故事。所有展品都是圣母院几百年历史的见证。教堂前广场下还有个地库，保留着从古罗马时代开始的城市遗迹和各种各样的历史和宗教文物。

巴黎圣母院是神圣的教堂，是哥特式建筑艺术的标本，也是人文历史博物馆，因而也是人类的共同财富。因此，还未等法国政府正式做出决定，就有来自 56 个国家的 226 项设计方案问世，其中包括中国设计师的"巴黎心跳"。"从加拿大乡村到大都市上海，世界各地的设计师将他们的个性、愿望与灵魂融入设计之中。"可见，全世界人民都在翘首期盼，巴黎圣母院定将以更加雄伟辉煌的姿态重新展现在塞纳河畔。

（写于 2019 年）

罗马竞技场

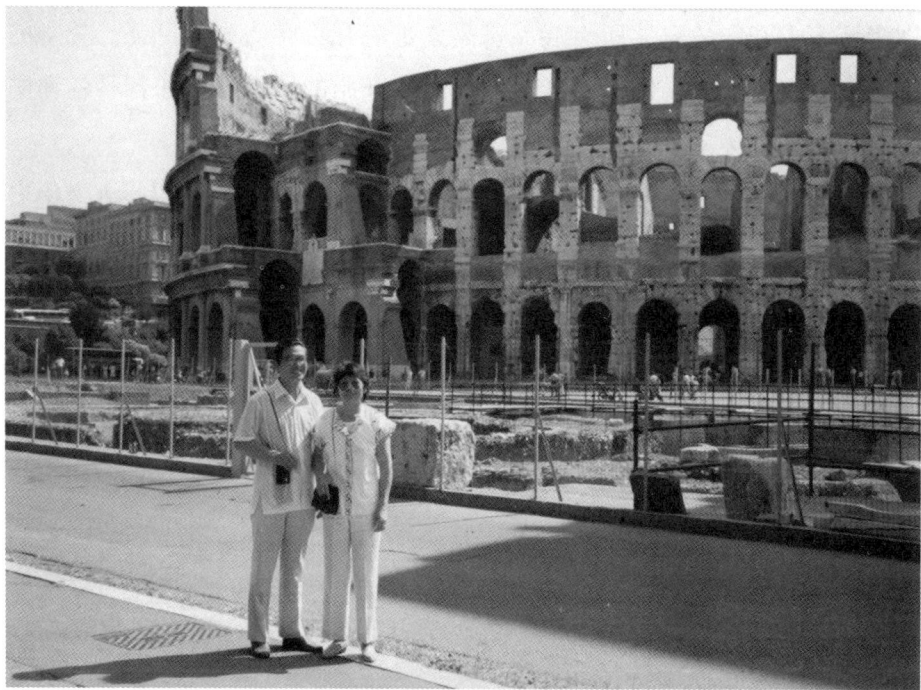

罗马竞技场外景　作者夫妇留影（1989）

　　儿提时看过一本小人书，叫《斯巴达克斯》，没记住什么，就觉得主人公是个了不起的大英雄，比秦朝揭竿起义的陈胜、吴广还厉害。年轻时看过一部好莱坞大片，也叫《斯巴达克斯》——对，就是由柯克·道格拉斯主演的那部《斯巴达克斯》，描写公元前73年古罗马加普亚角斗学校的奴隶在角斗士斯巴达克斯的领导下，奋起反抗罗马暴政的事迹。起义无疑遭到罗马贵族和奴隶主武装的残酷镇压。斯巴达克斯起义军三面受敌，终因寡不敌众，6万奴隶战死疆场，而斯巴达克斯与6000名战友一道被俘，并被活活钉在十字架上，只有他的妻子抱着刚出生的婴儿侥幸逃出罗马城。

虽然有资料说斯巴达克斯是和6万名战士一起战死的，但我宁愿相信他被俘后被钉在十字架上。把斯巴达克斯描写成耶稣式的人物，更符合时代背景，更有宗教色彩，更具悲剧性，更有艺术感染力。但斯巴达克斯是起义军领袖，是为自由而战的斗士，不是殉道者。在奴隶主和贵族眼里他是奴隶，在我眼里他是顶天立地的大英雄。连马克思都称赞他是"整个古代史中最辉煌的人物"。

也因为这部电影，我才知道罗马有座世界著名的角斗场或竞技场。可见，半个世纪前，罗马竞技场对绝大多数中国人还很陌生。如今不同了，出国旅游的人没有不去罗马看竞技场的。没出国的人也随处可见罗马竞技场的名字：在电影院、咖啡馆、购物中心、俱乐部，甚至鞋子的品牌……几乎在所有商业领域都能看到这个名字。

但本文要说的竞技场，是那个让数十万人和无辜猛兽死于非命的沙场，那个浸透了数千公升鲜血的沙场，那个连轮船都参与厮杀的竞技场，那个被数万观众声嘶力竭的叫喊声淹没了的竞技场。但没有竞技场，也就不会有这一切。所以，与其说罗马竞技场是观光景点，莫如说它是血染的历史纪念碑。

在古罗马，奴隶只被当作"会说话的动物"，奴隶主不仅可以自由买卖奴隶，而且把他当作动物一样来寻欢作乐。事实上，罗马竞技场就是罗马国王弗拉维父子为庆祝战争胜利而建造的。这便是为什么叫罗马角斗场也罢，罗马斗兽场也罢，克洛西姆竞技场也罢，原始名称只有一个——弗拉维圆形剧场！为什么叫剧场？就因为奴隶主们是把人杀人、人杀兽的血腥拼杀当作舞台剧来看的，虽然它与歌剧、舞剧、话剧、芭蕾从来就没有丝毫关系。所以，这座巨大的露天圆形剧场就是一个角斗场、屠杀场，擂台便是剧场中心的角斗台，其余地方，除了过道，都是观众席位。

弗拉维圆形剧场遗址位于罗马市中心的威尼斯广场南面，古罗马市场附近，是公元72—80年间10万名沦为奴隶的战俘和囚犯用8年时间建造的。发起者是罗马帝国皇帝弗拉维乌斯-提图斯·韦斯帕芗（Vespasian），名义上是为跟随他平息战乱的将士们庆功，其实是为自己完成统一霸业树立纪念碑。可惜韦斯帕芗没能活到剧场建成的那一天，工程是由他的儿子提图斯完成的。儿皇帝自然要用父皇——弗拉维王朝创立者的名号命名剧场，这便有了"弗拉维圆形剧场"。

毫无疑问，这是一座用奴隶们的血肉筑成的剧场，因为气势恢宏的设计和风格独特的造型闻名于世。当时欧洲剧场设计的主流风格是雅典柱式结构，所以弗拉维剧场4层围墙，每一层都有柱式装饰，由下而上依次是塔司干柱式、爱奥尼柱式、科林斯柱式和科林斯壁柱式。

古希腊和古罗马的剧场多为依山而建的半圆形，唯有弗拉维剧场是建在平地上的圆形。站在地上从任何角度看，剧场都是正圆形的，但如果从高处往下看，它其实是个椭圆形。所以，它的长轴是188米，短轴是156米，周长约524米，围墙高57米，占地面积约2万平方米。坐在最上面的观众席上往下看，剧场乃是一个有多条出入通道的庞大拱形建筑。

这是一座4层结构的露天剧场，整个外墙都是大理石贴面的。下面3层分别有由80个等距离圆形拱构成的80个入口，其中4个是专门为达官贵人设置的，另有160个出口。第四层以80个窗洞和壁柱作为装饰。第五层是多米提亚皇帝增建的，没有座位，相当于一个环形阳台，但也有80个小窗洞。

复杂的进出口系统可以保证全场在15分钟内坐满，5分钟内清空。

观众座席共有60排，后排高于前排，逐排向上。自下而上分5个区。第一区是皇帝、皇室人员及长老、祭司的贵宾席，第二区是奴隶主、贵族、骑士阶层的贵族席，第三区是富人席，第四区是普通市民席，第五区是妇女、穷人乃至奴隶的站席。第一区离"擂台"最近，但高出"擂台"3.6米，中层和上层的观众席位有6米差距。可见社会等级区分之严格。

值得一提的是，有些人是被禁止入场的，如演员、殡葬服务人员，还有以往参加过角斗的角斗士。

剧场中央的"擂台"也呈椭圆形，长轴 85.7 米，短轴 55.7 米，台基高度为 13 米，整个面积差不多相当于一个现代足球场。通常说"角斗场"或"竞技场"，本来指的是"擂台"，不是整个"剧场"。但在现代人的概念里，"弗拉维圆形剧场"似乎已是遥远的历史符号，几乎没有人再用这个过时的名字，而称"罗马竞技场"或"罗马角斗场"。它可以泛指"剧场"，也可以具体指"擂台"。"擂台"下面有供角斗士、动物和工人出入的通道和隧道。

令人匪夷所思的是，"擂台"上不仅有角斗士与角斗士搏斗、角斗士与动物搏斗的"陆战"，还有过小船、战舰齐上阵的"海战"。"海战"当然要在水里进行，办法就是先将竞技场铺满沙土和木板，周围围上防水墙，然后往竞技台上注水，水位达到能容纳军舰的高度。角斗士像海盗一样在舰艇上挥剑刺杀，场面更血腥，感官更刺激。公元 248 年举行罗马千年庆典时，就在角斗场变成的人工湖里上演了一场海战。

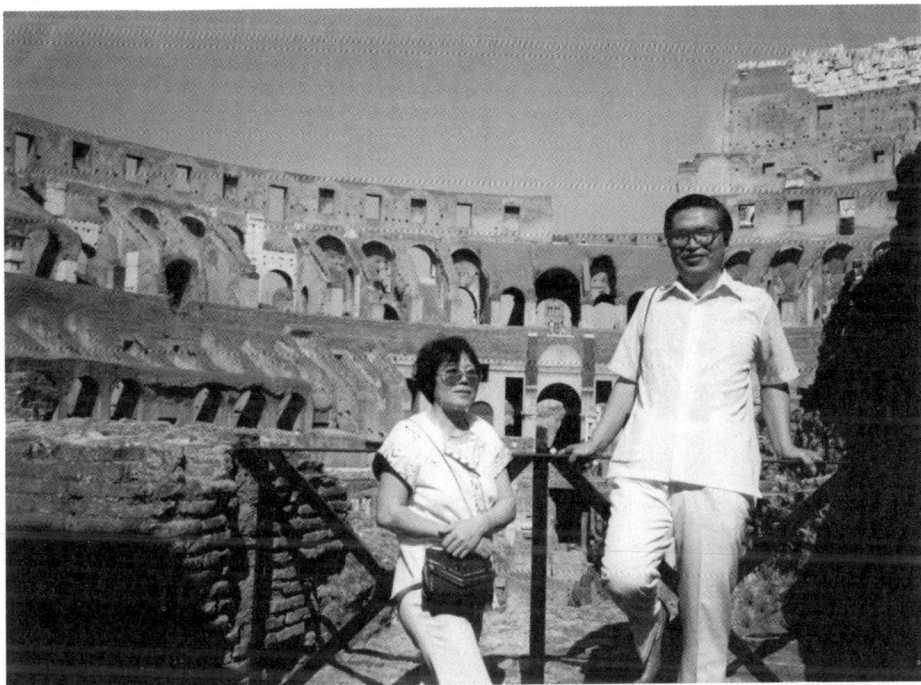

作者夫妇登上罗马竞技场（1989）

无论"陆战"还是"海战"，竞技场都是一个血腥厮杀、血流成河的娱乐场。这在一部名为《角斗士》的电影里都有逼真的再现。

"擂台"周围还有大量辅助性建筑，如一个有训练场地的角斗士学校，一个动物饲养棚，一个医务室，还有被杀死的角斗士和动物的停尸房等。

在最高座位之上，有一个罩在整个剧场上的帆布篷，用绳索固定在240根特制的立柱上，像一个巨大的遮阳伞，它也确实是专门为保护观众免受烈日或暴雨的伤害而设置的。虽然有资料显示"剧场"容量最多曾达87000人，但现代统计表明，"剧场"的总容量不可能超过5万人。

"弗拉维圆形剧场"的主墙都是由石灰华和天然混凝土砌成的。石块与石块之间用铁抓钩连接固定。据说光石灰华就用了10万立方米，铁抓钩用了300吨。

无论如何，就建筑艺术而言，罗马竞技场无疑是古罗马建筑艺术的杰出代表作，也是世界建筑史上的一大奇迹。

第一次提到罗马竞技场这个名字是在8世纪，但在所有当代旅游指南中它都被称作古罗马斗兽场，极少提到弗拉维大剧场。这是为什么呢？我想，这可能跟意大利人不愿提起尼禄及其恐怖时代有关。因为只要提起弗拉维剧场，就会联想到尼禄。事实上，韦斯帕芗在决定建造剧场时，确实也有让尼禄的名字在罗马帝国历史上彻底消失的政治考量。

统治罗马帝国14年的尼禄是世界史上臭名昭彰的暴君。古今中外为了夺取皇权，杀兄弟者有之，杀子者有之，弑父者亦有之，但亲手杀死生母者，好像只有尼禄。只此一端，其残暴程度可谓登峰造极了。虽然他最后受到割喉自尽的报应，但他的遗产"金宫"总给人以"尼禄阴魂不散"之感。他那占地120公顷的"金宫"可不是一般意义上的金碧辉煌，而是用真金装饰的宫殿。要想根除"尼禄恐惧症"，最好的办法就是不让人们再见到"尼禄金宫"。但直接拆除，又似乎有亵渎民脂民膏之嫌。于是，弗拉维·韦斯帕芗决定在"尼禄金宫"的地盘上建造一座雄伟壮丽的"剧场"，以转移人们对"尼禄金宫"的顾盼。

"剧场"选在"尼禄金宫"旁边人工湖的位置上，人工湖被土石填平后变成了"剧场"的建筑工地。韦斯帕芗的明智在于，他没有拆毁"尼禄金宫"，而是把它改造成了政府部门的办公楼。虽然后来遭遇火灾之劫，但"尼禄金宫"北侧 200 米的墙壁得以保留至今。

"剧场"到公元 80 年才建成。竣工时不仅举行了隆重的揭幕仪式，还宣布了百日庆典。对王公贵族奴隶主是庆典，对充当角斗士的奴隶则是玩命——杀人和被杀。据有关资料记载，仅在最初几天的角斗中，就有 2000 名角斗士和 9000 只动物惨遭杀戮。

公元 107 年图拉真国王下令举行了长达 123 天的"竞技比赛"，参加角逐的角斗士达 10000 名，动物 11000 只。虽然不是所有参与者都死在角斗场上，但能活下来的肯定是凤毛麟角。据估计，在竞技场存在的历史年代里，大约有 50 万人和 100 万头动物成为刀下鬼。

公元 248 年在"弗拉维圆形剧场"举行隆重的罗马千年庆典。直到公元 405 年，作为角斗场的剧场功能才被叫停，原因是已将天主教定为国教的罗马帝国皇帝霍诺里乌斯宣布人与人的角斗或人对兽的虐杀都违背天主教教义，应予禁止。从此，罗马竞技场的价值一落千丈。

罗马帝国崩溃后，火灾和战乱造成"圆形剧场"的不断坍塌和人为破坏，但决定性的破坏是 1349 年的大地震，南侧大部分墙体在地震中倒塌。直到 19 世纪才开始局部修复。较大的修复有 3 次，分别在 1806 年、1824 年和 1844 年。20 世纪末再次进行部分修复，但要想恢复 2000 前的面貌已经几乎没有可能。保留下来的只有北侧的外墙，80 个入口只剩下31 个。但所有留存至今的部分都是原始建筑。

尽管已是"断垣残壁"，罗马竞技场每年吸引的游客都在 400 万人次以上，不仅因为曾经的辉煌，而且因为历史的悲壮。站在罗马竞技场前，我仿佛听到了历史的回声：剑与剑的撞击声，人与人的厮杀声，人与兽的怒吼声，还有奴隶主的叫好声和贵妇人的惊叫声。透过"断垣残壁"，我仿佛看到了血染的角斗场和血写的罗马史。

罗马竞技场的历史价值和建筑艺术价值无论如何应该被永远珍视。罗马圆形大剧场的图案过去曾出现在罗马帝国的硬币上，如今出现在 2002

年的 5 欧元硬币上。罗马诗人马沙尔在公元 1 世纪就将"罗马剧场"列入世界七大奇迹，而在 20 多个世纪后，"罗马剧场"于 2007 年又被列入当代世界七大奇迹。更有意思的是，"弗拉维圆形剧场"的设计方案至今被用在各国体育场的建筑设计蓝图中。保护罗马竞技场遗址不仅是意大利人的责任，也是所有"地球村"村民的义务。

　　遗憾的是，面对古代文明遗址，我无法摆脱对现代不文明行为的羞耻感。2014 年 11 月有一名俄罗斯旅游者在罗马竞技场的墙砖上刻下一个字母"K"，被判处罚款 20000 欧元，缓期 4 个月执行。2015 年 3 月两名美国女游客在罗马竞技场的墙壁上刻下自己名字的第一个字母 J 和 N，字母长达 20 厘米，并拍照留念，被意大利警方拘捕。这让我想起八达岭长城上的刻字和涂鸦。

　　一个不懂得尊重历史的人是不会有未来的。

（写于 1993 年）

梵蒂冈博物馆

——文艺复兴时代的艺术殿堂

梵蒂冈博物馆

梵蒂冈走进我的心田，要感谢一个人，这个人就是罗马教皇约翰·保罗二世。

以往对梵蒂冈当然不是一无所知：意大利的国中之国，罗马城的城中之城，面积不过半平方公里的弹丸之地；人口还没有我老家的村民多；名副其实的世界第一迷你国。但"庙小神灵大"，又是罗马教廷所在地，又是罗马教皇的宫阙，又是全世界天主教信徒的朝圣地，又是罗马教皇治下的神权国家。

但这些对我似乎都不重要，重要的是有梵蒂冈博物馆——文艺复兴时代的艺术殿堂：米开朗基罗的《创世纪》穹顶画和拉斐尔的《雅典学院》壁画。

1989 年罗马教皇保罗二世访问博茨瓦纳。这对一个以天主教为国教的只有 100 万人口的非洲小国来说，是轰动全国的大事。对于我这个常驻南部非洲的中国记者，也是难得一遇的新闻大事。

罗马教皇抵达首都哈博罗内那天，真是万人空巷，欢迎场面之隆重热烈，未必绝后，但肯定空前：疯狂的舞蹈，尖厉的呼叫，虔诚的跪拜，激动的泪水……通常只能容纳 5000 人的体育场，仿佛装着整个国家。站在防弹玻璃罩后面向顶礼膜拜的信众挥手致意的教皇，仿佛就是想象中的上帝。

面对前所未见的狂热和虔诚，我的心里似乎也生出某种神圣感来。这不仅引发了我对罗马教皇的兴趣，也激活了我对罗马教廷的好奇心。事实上，在教皇到访之前，我已经阅读了一些关于他的背景资料，但那只是出于新闻报道的应急之需，与宗教信仰无关。

从背景资料中得知，约翰·保罗二世原名卡罗尔·约瑟夫·沃伊蒂瓦（Karol Józef Wojtyła），1920 年生于波兰。大学时读哲学，痴迷戏剧和文学，后专攻神学。24 岁获神父职称。战后到罗马教皇大学进修，回波兰后历任教区主教助理、副主教、主教、大主教。1962 年至 1965 年参加第二次梵蒂冈会议期间，在起草《神职宪章》和《信仰自由宣言》两个纲领性文件中发挥了重要作用。1978 年 10 月当选为罗马教皇，封号约翰·保罗二世，时年 58 岁。这个岁数对常人是行将退休的年龄，对罗马教皇却是 264 任中最年轻的一位。

从此，卡罗尔·约瑟夫·沃伊蒂瓦成为终身罗马教皇——罗马教廷的最高领袖、梵蒂冈城邦的国家元首。他是自 1523 年以来的第二位外籍教皇，第一位斯拉夫血统教皇，也是罗马教廷历史上最年轻的教皇和任职第二长的教皇（在位 28 年，仅次于在位 32 年的庇护九世教皇）。

约翰·保罗二世一生为宗教和解奔走，为世界和平祈祷。他是罗马教廷有史以来第一位主动与犹太教、基督教、东正教、伊斯兰教握手的教皇。他访问耶路撒冷，尊称"犹太人是我们的兄长"；他奔走于英国和阿根廷之间调节马尔维纳斯群岛危机，呼吁和平解决巴尔干危机，谴责海湾战争和武装侵略伊拉克，并为此荣获 2003 年诺贝尔和平奖；他为伽利略恢复名誉，承认并使用现代科学技术互联网；他倡议为特蕾莎修女封圣，他还亲自到监狱看望行刺过他的土耳其青年穆罕默德 · 阿里 · 阿加，并对他表示宽恕……毫无疑问，所有这些不仅需要有宗教领袖的胸怀，也需要有政治家的气魄。他是站在罗马教廷望远楼上，目光远远超越圣彼得广场，也超越宗教的圣徒。

为了世界的和解与和平，他不辞辛劳，风尘仆仆地走访了 130 个国家和地区的 1022 个城市，同 129 位国家元首举行 738 次会晤，104 次出访耗时 822 天行程 16.7 万公里。这对一个身强体壮的年轻人都是难以承受之重，何况是对一位遇刺后做过大手术，且患有帕金森病的老人。他死后被封为罗马天主教真福品圣人、"大约翰·保罗"（John Paul the Great），可谓实至名归。

可以说，是约翰·保罗二世的非凡魅力使我对神秘国度梵蒂冈产生神往。但在 20 世纪八九十年代，想亲眼看一看这个袖珍城邦国并非易事，须知那时出国旅游对普通中国人还是天上的月亮，对公职出国人员也只是可遇而不可求的机遇，全凭运气。

运气终于来了。

1990 年夏天我在南部非洲任满回国。按规定，从非洲回国可以在西欧两个地方转机：要么巴黎，要么罗马。我选择了后者，因为要看梵蒂冈。还有一个原因，驻罗马分社首席记者是我的老朋友，有他们夫妇关照，当然会诸事方便。

说来也巧，我和夫人到达罗马的第二天偏偏是个星期天，而且是一个月中的最后一个星期天。朋友说："你们太幸运了，按规定，只有每个月的最后一个星期日才是免费参观日，平时不仅开放时间短，中午 1 点就关门，还要花 20 美元买门票才行。不过嘛，就是得排大队。"

一听说免费，我们当然高兴得很，因为当时我一个月的国外工资也不过 200 美元，遂兴奋地说："没关系，排队是我们中国人的长项！"更幸运的是，在意大利留学并当记者多年的同事对梵蒂冈了如指掌，这样的义务导游是打着灯笼也找不到的。

最先到达的当然是圣彼得广场。广场对面和两侧呈圆弧形的高大上建筑具有鲜明的古典主义特色。广场显然因正面的圣彼得大教堂而得名，教堂和广场合起来形成完整的建筑艺术组合。听说建筑这座广场花了 11 年时间（1656—1667），可见设计者绝非寻常之士，一问才知道竟是名闻遐迩的建筑大师、巴洛克建筑风格的祖师爷贝尔尼尼。

圣彼得广场

广场周围由 4 排共 284 根多利安式圆柱形成柱廊，柱廊上面是 140 座圣人像。柱廊中央的那座巨大圆柱是公元 40 年从埃及运来的。多利安式圆柱是希腊建筑的典型特征，著名的雅典城帕提农神庙就是多利安式建筑的代表作。能让罗马和希腊两种建筑风格融为一体且珠帘合璧者，唯有建筑大师贝尔尼尼。

这座长 340 米，宽 240 米，可容纳 50 万人的广场，是罗马教廷举行盛大宗教活动的场所，也是信众聆听教皇晨祷和做弥撒的地方。对了，若不是"义务导游"提醒，我是不知道广场是位于梵蒂冈城东部的。站在广场中间往西看，正面就是巍峨的圣彼得大教堂的圆形穹顶和穹顶上高达 137 米的天主教十字架。

圣彼得广场中央的方尖碑高 26 米，重 320 吨。据说这方尖碑的石料还是公元 37 年从埃及运到罗马的，碑上没有任何文字和图案，但底座上卧有 4 只铜狮，顶端有十字架，左右两侧有喷泉。传说耶稣的大弟子彼得就是在这里被挂在倒十字架上的。这就更明白为什么叫圣彼得广场了。不用说，圣彼得广场是游客们最喜欢拍照的地方。

参观梵蒂冈博物馆（The Vatican Museum）前，为避免"瞎子摸象"，最好买一份导游图，了解一下梵蒂冈城的全貌。这个迷你城邦国的国土面积只有 0.439 平方公里，堪称世界之最。人口也是世界最少，2011 年底的官方数字是 594 人（即持有梵蒂冈护照的人），其中神职人员 278 人，包括 71 位主教和 51 名普通神职人员，其中有 1 名修女，其余 316 人为罗马教廷驻外代表，不住在梵蒂冈。此外还有瑞士警卫队队员 109 名，世俗内勤人员 55 名。另有 3100 名各类服务人员，他们住在罗马市区或郊外，早晨来上班，晚上下班各自回家。人口组成情况大致是：40% 意大利人，18% 瑞士人，其余 42% 来自其他国家。

说到这里，有人自然会问：梵蒂冈的卫队为什么由瑞士人组成？这当然是有故事的。20 世纪 70 年代前，梵蒂冈的武装力量由 4 支部队组成：贵族卫队、宫廷卫队、教皇宪兵队和瑞士卫队。1970 年教皇保罗六世实行精兵简政，撤销了荣誉队和侍卫队，将宪兵队改为治安警察，只保留了瑞士警卫队。警卫队队员必须是瑞士人、天主教徒，且身高不得低于 1.73 米。他们平时守卫教廷大门，遇有弥撒或其他大型活动时，在圣彼得广场维持秩序。

为什么是瑞士人？5个字，因为"勇敢和忠诚"。500年前，罗马帝国国王查理五世发动"罗马之劫"战役，当时负责保护罗马教皇的189名瑞士卫队成员中有147名英勇献身。"勇敢和忠诚"就成了瑞士卫队的荣誉品牌。瑞士卢森的"垂死之狮"石雕像，就是专门纪念为保卫路易十六而殉职的瑞士雇佣军的。石雕像上用拉丁文写着："向瑞士人的勇敢和忠贞致敬"，这无疑是对瑞士人的"勇敢和忠诚"的礼赞。1981年教皇约翰·保罗二世在圣保罗广场做弥撒时遇刺，身中两弹，生命垂危之际，也是瑞士卫队及时抢救并将土耳其刺客抓捕的。

需要提醒的是，按天主教教规，神职人员是不能结婚的，天主教的修女虽然不在神职人员之列，但也不能结婚。所以，梵蒂冈的常住居民基本都是男性神职人员和宗教社团成员，虽然梵蒂冈有修道院，但修女只有1名。而外交人员和工作人员则住在城墙之外。

梵蒂冈护照No.1永远属于现任罗马教皇。梵蒂冈公民身份不能继承，也不能因在梵蒂冈出生而拥有，只能通过服务于罗马教廷，服务终止，则公民身份随之废除。所以，在梵蒂冈结婚的大有人在，但在梵蒂冈生孩子的一个也没有——梵蒂冈是世界唯一生育率为零的国家。

在梵蒂冈，虽然意大利语和法语都可以作为官方语言使用，但主要官方语言是拉丁语，教皇签署文告一定用拉丁文。尽管拉丁美洲国家的语言都属于拉丁语系，但当今世界把拉丁语定为国语的国家只有梵蒂冈，而教皇拉丁学院是拉丁语坚定的继承者、捍卫者和传播者。

梵蒂冈的历史差不多是美国历史的10倍，可以追溯到2000年前。梵蒂冈国名来自它所在的梵蒂冈山。1929年罗马教廷和墨索里尼政府签订了《拉特兰条约》，首次使用了"梵蒂冈"这个名字，确立了现代城市国家的地位。1964年梵蒂冈成为联合国常驻观察员。

梵蒂冈被意大利四面包围，边界总长3.2公里。《拉特兰条约》赋予梵蒂冈一定的域外领地：如几个圆柱大厅、教廷和主教办公室、冈多夫城堡等，但边界与围墙基本一致。在圣彼得大教堂前，边界则是椭圆形广场边缘的白石线。梵蒂冈是城市，又是国家，所以叫城市国家或城邦国家。

但这不是一个普通的城市国家，而是罗马教廷和罗马教皇治下的国家，是天主教世界的中心，9亿天主教徒仰望的圣殿。梵蒂冈是政教合一的神权国家，最高统治者是罗马教皇。

罗马教皇三位一体的身份是世俗君主、天主教教会教宗和最高掌权者、梵蒂冈城市国家的国家元首。

罗马教廷与世界174个国家建立了外交关系。梵蒂冈还与欧盟和巴勒斯坦解放组织保持外交关系，是15个国际组织的成员，包括世卫组织、世贸组织、联合国教科文组织、欧安组织和粮农组织。

麻雀虽小五脏俱全。梵蒂冈实行非商业型计划经济体制，使用欧元，有自己的银行，虽然对外名称是"宗教事务研究所"；有自己的太阳能发电站和直升机停机坪；有852米长的铁路支线，也有火车站；有广播电视中心，也有用47种语言播放节目的广播电台；有图书馆和报纸，也有互联网。

尤其值得一提的是，它还有自己的武装部队——瑞士卫队。这支卫队自1506年成立以来，一直服务于罗马教廷。我们在梵蒂冈博物馆入口两侧看到的头戴黑色毛皮高帽子的卫兵，就属于瑞士卫队。

圣彼得大教堂是罗马教廷所在地和中心教堂，是世界各地天主教徒朝圣的地方。这座长方形的教堂是目前世界上最大的天主教教堂，总面积2.3万平方米，主体建筑高45.4米，长211米，最多可容纳6万人同时祈祷。教堂建筑具有鲜明的文艺复兴时代古典主义风格，主要特征是罗马式圆顶穹窿和希腊式石柱与横梁。

登上教堂正中的穹顶可以眺望罗马全城；在穹顶下的环形平台上，教堂内部一览无余：米开朗基罗的《大卫》雕像、《创世纪》穹顶画以及拉斐尔的壁画《雅典学院》等。

梵蒂冈宫面对圣彼得广场，自公元14世纪以来一直是教皇的宅邸。梵蒂冈宫的总建筑师是拉斐尔的叔父布拉曼特，宫内富丽堂皇的壁画是由拉斐尔绘制的。

梵蒂冈宫内有礼拜堂、大厅、宫室等，是世界天主教的中枢。宫内有举世闻名的西斯廷小教堂，以往是教皇的私人经堂。西斯廷教堂之所以闻名遐迩，盖因艺术大师米开朗基罗的惊世之作《创世纪》和《末日审判》。穹顶画《创世纪》面积300平方米，由9幅中心画面组成，描绘上帝创造世界的过程。《末日审判》位于正面墙壁上，表现世界末日即将来临的阴郁和绝望，基督把万民召集到面前，分辨善恶，其实是艺术家借基督的眼睛，表达自己的爱憎。

西斯廷小教堂长40.5米，宽13.3米，高20.7米，是公认的意大利文艺复兴时期建筑杰作。

青铜华盖是巴洛克风格建筑的鼻祖乔凡洛伦佐·贝尔尼尼（Gianlorenzo Bernini，1598—1680）的杰出创作，足有5层楼高，由4根螺旋形铜柱支撑。前面的半圆形栏杆上有99盏长明灯，下方是教宗祭坛和圣彼得陵墓。据说青铜华盖的建造历时9年，用了6200公斤铜。

教宗祭坛的4个角上有4个高45米的壁柱，每个柱脚下都有一座巨大的雕像屹立在4块大理石上，他们是隆吉诺、艾丽娜、维罗尼卡和安德列阿四大圣人，也都是大雕塑家贝尔尼尼的杰作。祭坛上是圣彼得宝座，宝座上方的彩色玻璃上有一只鸽子在天使的伴随下向下飞翔，而青铜华盖顶部也有一只鸽子。

遗憾的是，我竟没注意这两只鸽子是不是和《圣经》描述的一样。记得《旧约·创世纪》说，上帝对亚当和夏娃的后代彻底绝望，认为他们腐化堕落，罪孽深重。"人作孽不可活"，根本不能指望他们"洗心革面、重新做人"，只能用一场洪水让他们从地球上消失。但仁慈的上帝岂能忍心把他亲手创造的人类彻底灭绝？必须保留最优秀的基因重新繁衍新人类。于是派出几位天使下凡微服私访，寻找堪当繁衍人类重任的种子选手。想必当时地球人也没有多少，天使们经过考核终于选定了诺亚（Noah）。上帝的眼光何等犀利，第一眼就相中了。

据《圣经》记载，诺亚活了950岁，500岁时生了3个儿子：闪、含和雅弗。诺亚教子有方,把3个儿子都培养成了博士级人才。所以,上帝认为诺亚就是他要找的"义人",便把他一家保留了下来。

上帝对诺亚说,七天之后人类将有灭顶之灾,要他用歌斐木造一艘长300肘、宽50肘、高30肘的大船。船舱分上中下三层,上边要有透光的窗户,旁边要有进出的舱门。诺亚带领他的儿子们很快(大约120天吧)按上帝的旨意造好了大船,上帝赐名为"诺亚方舟"。

这时,上帝对诺亚说,他要让洪水淹没大地,"凡地上有血肉、有气息的生物无一不死"。上帝还说:"我要与你立约,你同你的妻子、儿子、儿媳都要上方舟。凡洁净的畜类,你要带七公七母;不洁净的畜类,你要带一公一母;空中的飞鸟也要带七公七母。这些都可以留种,将来在陆地上生殖繁衍。"诺亚当然唯唯称是。

就在诺亚600岁生日那天,海底喷泉全部打开,巨大的水柱直射蓝天;天上的窗口也全部敞开,滂沱大雨洒向人间,日夜不停地下了整整40昼夜。迅猛上涨的洪水淹没了山谷,淹没了盆地,淹没了高原,淹没了高山,连喜马拉雅山峰都在水面之下15肘。

野生动物死了,家畜家禽死了,飞鸟死了,昆虫死了。只有诺亚方舟上的人和动物活了下来。方舟承载着上帝的希望,漂泊在无边无际的汪洋大海上,最后停靠在亚拉腊山脚。过了几十天,诺亚放出一只乌鸦去探听消息,但乌鸦一去不返。又过了几十天,诺亚把一只鸽子放出去。由于遍地是水,没有落脚之处,鸽子只好飞回方舟。诺亚明白依然洪水滔天。7天后诺亚又把鸽子放出去,黄昏时分鸽子飞回来,嘴里衔着一支鲜嫩的橄榄枝。智慧过人的诺亚自然明白洪水开始消退,陆地开始现身。

又过了7日,诺亚再次把鸽子放出去,鸽子再也没有回来。诺亚在船上登高远望,果然看见了远方草木葱茏的山坡和鲜花盛开的河谷。洪水消退了,大地恢复了原貌,天上出现了彩虹。诺亚一家将方舟里的飞禽走兽包括植物种子全部放回大地,从而完成了与上帝的立约。

根据这个故事,后人把诺亚方舟比作避难所,把鸽子和橄榄枝当作和平与安宁的象征。

但也有另一种说法。说把鸽子作为世界和平的象征始于毕加索。话说1940年德国法西斯占领了法国首都巴黎。心情郁闷的毕加索正在画室里抽烟，突然邻居米什老人闯进来，双手捧着一只鲜血淋漓的鸽子，向毕加索倾诉一个悲戚的故事。原来是老人的孙子养了一群鸽子，平时用竹竿挑着白布条作为给鸽子的信号。当他得知父亲在保卫巴黎的战斗中牺牲时，幼小的心灵燃起了仇恨的怒火。他想白布条可能被误认为向敌人投降，便将白布条换成了红布条。不料红布条被德国鬼子发现，惨无人道的法西斯匪徒竟把他从楼上抛下，摔死在街头，还用刺刀把鸽笼里的鸽子全部刺死。

讲到这里，痛不欲生的老人对毕加索说："先生，我请求您给我画一只鸽子，纪念我那惨遭法西斯杀害的孙子，好吗？"满怀悲愤的毕加索二话没说，操起画笔一挥而就，一只展翅飞翔的鸽子诞生了。这便是世人称颂的"和平鸽"。1950年11月，为纪念在华沙召开的世界和平大会，毕加索又挥笔画了一只嘴衔橄榄枝的飞鸽，被著名的智利诗人聂鲁达称颂为"和平鸽"。从此，鸽子便成了世界公认的和平象征。

我想，从诺亚方舟到梵蒂冈教堂，再到毕加索的画笔，千百年来人心是相通的——渴望和平与安宁。梵蒂冈教堂里的鸽子（可惜我已经没有机会去核实了）不管嘴上叼没叼着橄榄枝，它都应该也一定是和平的象征吧。

不好意思，关于鸽子的一闪念变成文字一大段。还是继续参观吧。

窃以为，最值得一看的当数梵蒂冈博物馆。这座艺术圣殿始建于公元5世纪末，九曲回廊般的博物馆总面积达55000万平方米，展示空间长达6000米，展厅和画廊多达54个，汇集了无数古希腊、古罗马、古埃及、中世纪以及文艺复兴以来的艺术珍品，而米开朗基罗的《创世纪》和《最后的审判》，拉斐尔的《雅典学院》，无疑是梵蒂冈博物馆的镇馆之宝。

陈列馆和艺术长廊包括八角庭院、动物雕塑馆、缪斯厅、圆形大厅、马车厅、烛台陈列廊、壁毯陈列廊厅、地图陈列廊、圣母怀胎廊厅、拉斐尔画室、博尔戈大火厅、西斯廷教堂、梵蒂冈图书馆和画廊等。举世无双的艺术瑰宝使梵蒂冈博物馆毫无争议地成为世界上最大、最辉煌的壁画博物馆。

梵蒂冈博物馆位于圣彼得大教堂北面。博物馆藏品都是历任罗马教皇收集的，其中大多是古典艺术大师的作品，包括文艺复兴时期的作品。这座包括西斯廷教堂及米开朗基罗的穹顶画和拉斐尔的壁画的博物馆，是朱利叶斯二世教皇于 16 世纪初创办的。在 54 个画廊或展厅中，首屈一指的当然是西斯廷教堂。著名的螺旋式楼梯建造于 1932 年。

西斯廷教堂是梵蒂冈博物馆的灵魂，因为它和米开朗基罗的名字联在一起。它本是一座位于教皇宫殿里的天主教小教堂，但因为有了米开朗基罗的《创世纪》和《最后的审判》，小教堂便变成了超越宗教的艺术圣殿。

教堂是教宗西斯都四世倡议建造的。"西斯廷"源于教宗之名"西斯都"。教堂始建于 1445 年，1481 年竣工。教堂长 40.25 米，宽 13.41 米，高 20.73 米。长方形的西斯廷教堂两侧共有 12 幅壁画：左侧 6 幅描绘摩西的生平，右侧 6 幅描绘耶稣的生平；正面墙壁上是《最后的审判》，穹顶则是世界闻名的《创世纪》。

梵蒂冈博物馆的收藏史始于 1506 年 1 月 14 日，即有人在圣母玛利亚主教堂附近的埃斯奎林葡萄园发现《拉奥孔和他的儿子们》大理石雕塑的那一天。教皇朱利叶斯二世得知这一发现后，立即派建筑师朱利亚诺·达·桑加洛和雕塑家米开朗基罗·布纳罗蒂前往察看。桑加洛证实这件雕塑作品是原创，米开朗基罗建议立即向葡萄园主购买。一个月后朱利叶斯二世已经将雕塑安置在梵蒂冈望远楼的一个特制壁龛里供人欣赏。

罗马教皇西斯都四世的侄子朱利叶斯二世于 1506 年谕旨米开朗基罗绘制教堂穹顶画。米开朗基罗从 1508 年画到 1512 年，用 4 年半时间完成了《创世纪》，从脚手架到穹顶画的设计与创作均由他一人完成。《创世纪》是根据《圣经·旧约》里"创世纪"的故事绘制的，全图由 9 幅画组成，面积达 300 平方米。其场面之宏大，气势之恢宏，人物之众多，都是举世无双的。所以，它是米开朗基罗最具代表性的作品。由于绘画过程中长时间向上仰视，画家的颈椎已经僵直，以致无法正常直立和行走，看书读信都要把它们放置在头顶上仰视才行。可见，真正的艺术家是将艺术置于生命之上的。

壁画《最后的审判》是米开朗基罗花了 6 年（1536—1542）时间的呕心沥血之作。画面在充满绝望的阴沉背景上，表现在世界末日来临之际，耶稣把万民召集到面前，分辨善恶的情景，借以表达艺术家的爱恨情仇。这幅画高 20 米，宽 10 米，是世界上构图最复杂，视觉冲击力最强，面积最大的壁画，更是世界艺术史上独一无二的瑰宝。

米开朗基罗·博纳罗蒂（Michelangelo di Lodovico Buonarroti Simoni，1475—1564）的名字如雷贯耳，他的作品与日月同辉。作为意大利文艺复兴时期杰出的画家、雕塑家、建筑师和诗人，他的绘画无与伦比，他的雕塑动人心魄，他的建筑设计气势恢宏，他是站在文艺复兴时期艺术顶峰的人。他与拉斐尔和达·芬奇被并称为文艺复兴"后三杰"。

米开朗基罗生于佛罗伦萨，13 岁进入画家多梅尼科·吉兰达伊奥（Ghirlandaio）的工作室，开始他终身从事的神圣事业。23 岁为圣彼得教堂创作《哀悼基督》雕像，一举成名。

1505 年应罗马教皇朱利叶斯二世之邀，为教皇在圣彼得教堂内设计和建造陵墓。怎奈"木秀于林风必摧之"，教皇的艺术总监出于妒忌，唆使教皇让米开朗基罗去西斯廷教堂画穹顶画。居心叵测的艺术总监明白，那是常人不可承受之重。然而，米开朗基罗不是常人，他以超凡的智慧和超人的毅力，用 10 年时间先后完成了世界上最宏伟的穹顶画《创世纪》和壁画《最后的审判》。之后，历尽磨难的米开朗基罗设计了教皇陵墓，创作《摩西》《被缚的奴隶》和《垂死的奴隶》等著名艺术作品。如果不是遭到嫉妒和陷害，米开朗基罗也许不会那么早登上艺术的"喜马拉雅山"，"是金子就一定闪光"。

介绍了米开朗基罗，就不能不介绍拉斐尔。在梵蒂冈博物馆中与米开朗基罗并肩媲美的艺术大师是拉斐尔，尽管艺术藏品中也有"文艺复兴画坛三杰"中的另一位大师达·芬奇的作品。主要原因是这里有拉斐尔的著名大型湿壁画《雅典学院》。

拉斐尔（1483—1520），原名拉法埃洛·圣乔奥，是"三杰"中最年轻的一位。他出生于意大利的宫廷画师家庭，先随父作画，后在佛罗伦萨形成自己独树一帜的艺术风格。代表作品有《雅典学院》《西斯廷圣母》《美丽的女园丁》《椅中圣母》等。

《雅典学院》（作于1510—1511年）是以古希腊哲学家柏拉图所建的雅典学院为题目，以古代七种自由艺术——语法、修辞、逻辑、数学、几何、音乐、天文为基础，表现人类对智慧和真理追求的大型壁画。

壁画的主题思想就是对希腊精神的崇拜和对生活理想的追求。全画以高大的拱门为背景，不同时代、不同地域和不同学派的著名学者聚集一堂，自由讨论，百家争鸣。

1508年拉斐尔从佛罗伦萨来罗马，接受教皇朱利叶斯二世赋予的使命，为教皇宫殿绘制壁画，历经10年才完成，其中以总题目为"教会政府的成立和巩固"的4组壁画最为出色。4组壁画分别在4个展厅，亦称"拉斐尔厅"。第一展厅的4幅壁画的题目分别为"神学"（《圣体的争论》）、"诗学"（《帕纳索斯山》）、"哲学"（《雅典学院》）和"法学"（《三大德性》），其中以《雅典学院》著称的"哲学"是4幅壁画中最杰出的一幅。

《雅典学院》（画幅2.794米×6.172米）以柏拉图和亚里士多德为中心，画了50多位大学者，不仅高度显示了拉斐尔的肖像画才能，而且极大发挥了他所擅长的空间结构技巧。而完成这样天才画作的拉斐尔时年只有26岁。

在拉斐尔厅还可以看到《希略多拉斯的放逐》和《波塞纳的神奇弥撒》等作品，而在拉斐尔回廊里则有取材于旧约圣经的组画《拉斐尔的圣经》。

在皮纳科特卡画廊（The Vatican Pinacoteca）还可欣赏到拉斐尔的《基督变容图》《福利尼奥的圣母》《耶稣的复活》《玛丽的加冕礼》以及达·芬奇的《圣杰罗姆》、卡拉瓦乔的《基督入棺》、佩鲁吉诺的《圣母圣子及其使者》、菲利皮诺·利皮的《圣母加冕》和斯蒂法涅斯基·乔托的三联画。

皮奥—克莱门蒂诺博物馆、基拉蒙蒂博物馆、伊特鲁西亚博物馆和埃及博物馆都是收藏雕塑作品的博物馆，如《克尼多斯的维纳斯》《沉睡的阿莉亚多尼》《观景楼的阿波罗》《拉奥孔》《望远楼的躯干雕像》等艺术珍品。

伊突卢斯科美术馆则以收藏公元前4世纪以前的老古董为主，如公元前7世纪的伊突利亚青铜像"特迪的战神"、公元前5世纪的赤土造"飞马"、公元前4世纪的"黑色双耳壶"等。

艾略多罗展厅作品的特色是表现神意和神迹，如《希略多拉斯的放逐》描绘耶路撒冷遭掠夺的景象，《波塞纳的神奇弥撒》表现色彩，拉斐尔画廊描绘的是圣经故事，其中最著名的画作是《波尔哥的火灾》。

地图廊里有意大利各地全图计40幅，是教皇格雷戈里十三世指派伊格纳齐奥·丹蒂（Ignazio Danti）用3年时间绘于墙上的，总长120米。

梵蒂冈图书馆建于1475年，藏有6万卷古代手抄本，10万卷图书原稿，10万张地图、印画及大量书信、法典等文献，是世界上最珍贵的图书馆。令人称奇的是，馆内还保存着1612—1659年绘制的"中国地图"手工临摹本。

梵蒂冈机密档案室是世界十大神秘禁地之一。据说，仅档案架就排了84000米长，参考目录就有35000卷。

历史博物馆1973年才正式开放，收藏有汽车、家具、照片、文件以及其他实物，主要介绍几百年来历任罗马教皇的生平和生活。

梵蒂冈在罗马台伯河西岸，有许多古罗马建筑与生活遗迹。从公元4世纪起，罗马城主教乘西罗马帝国衰亡的机会，开始掠地夺城。6世纪获得罗马城的实际统治权，自称"教皇"，并建造圣彼得大教堂和梵蒂冈宫。1377年梵蒂冈宫成为教皇的主要住所。15世纪建造了梵蒂冈图书馆和西斯廷礼拜堂、梵蒂冈城墙，16—17世纪初重建的圣彼得大教堂是意大利文艺复兴时期规模最宏大的建筑。

意大利王国于 1870 年 9 月占领了罗马，同年收复教皇占据的领地，取缔教皇国，教皇的世俗权力被剥夺，并被迫退居梵蒂冈宫，实际处于被囚禁状态，直至 1929 年，史称"梵蒂冈囚禁"时期。

1929 年教皇代表加斯帕里与墨索里尼签订《拉特兰条约》，确认梵蒂冈城国为主权独立的国家。

不言而喻，梵蒂冈城（Vatican City）的建筑充满浓厚的宗教色彩。全城以圣彼得大教堂为中心，东边是圣彼得广场，北边和南边分别是天主教教廷办公楼和庞大的博物馆，西边是园林绿化地。领土包括圣彼得广场、圣彼得大教堂、宗座宫、梵蒂冈博物馆和教宗避暑离宫冈道尔夫堡等。国土大致呈三角形，除位于城东南的圣彼得广场外，三面都有城墙环绕，东西长 1045 米，南北宽 805 米。

梵蒂冈——神秘的宗教圣地，辉煌的艺术之都，迷人的神话之国。

（写于 1993 年）

难忘温哥华

——从蒸汽钟到"天车"

　　温哥华的著名旅游景点有 25 个，但令我情有独钟的只有一个，那就是坐落在市中心盖斯区的蒸汽钟（Steam Clock）。顾名思义，蒸汽钟就是靠蒸汽气能驱动机械发条的时钟，从外形上看，跟我们中国的落地大钟没什么大区别，只是个头大点罢了。但世上物以稀为贵，温哥华蒸汽钟乃当今世界之唯一，故有"天下第一蒸汽钟"之美名，且免费供人参观，所以参观者趋之若鹜。

　　蒸汽钟毫无疑问是温哥华的名片，更是国内外旅游者的宠儿。每天从早到晚都有行人驻足在它的周围，或举起相机拍照，或指手画脚、评头论足。古典式双层城市旅游观光车则接二连三地送来成群结队的游客，观赏它喷云吐雾，聆听它管风琴般的风吟笛鸣。

　　温哥华蒸汽钟位于盖斯区（Gastown）的坎比街（Cambie Street）与华特街（Water Street）交会的街角上。蒸汽钟从头顶吐出含有细微水珠的蒸汽像白色的烟雾当街缭绕，为盛夏增添一丝凉意，为深冬增添一抹暖色。

　　盖斯区的前身是盖斯镇。这小镇可不容小觑，它是温哥华的摇篮，温哥华是坐在这个摇篮里长大的。盖斯区原本是个由 2 条横街和 3 条直街构成的一个三角形小镇，其实比一个海滨渔村大不了多少，只因 1867 年来了一位绰号叫杰克·盖西（Jack Gassy）的英国人，才有了第一家小酒馆和后来的温哥华第一家酒店。1887 年加拿大太平洋铁路从这里经过，盖斯镇便成了通往加东地区的交通枢纽，商旅云集，客栈、酒店、商铺应运而生，小镇日渐兴隆。至今蒸汽钟所在的街道还是温哥华市区最繁华的街道之一，尤以出售旅游纪念品的特色商铺居多，其中包括一家华人珠宝店和一家加拿大蓝宝石首饰店，也是我陪同妻子经常光顾的地方。

1971 年 BC 省（即不列颠哥伦比亚的英文缩写，不知哪位最早登陆温哥华的香港同胞给了它一个发音蹩脚但用字文雅的译名——卑诗省）政府将盖斯区划为文化保护区，原来的盖斯镇便成了温哥华资格最老的一个区，即盖斯区。这里一直保留着传统风貌，鹅卵石街道，维多利亚式建筑，露天酒吧、遮阳伞咖啡座……颇有几分古典和浪漫。

有人把 Gastown 译成瓦斯区或者煤气区，大概因为 Gastown 一词是由 Gas 和 Town 合成的缘故。Gas 固然有瓦斯或煤气的意思，但这里指的是蒸汽，既不是地下藏瓦斯，也不是地上产煤气，而是这里有一套用蒸汽供热、供暖的地下管道系统，与瓦斯或煤气毫不相干。所以，窃以为，还是按专名的标准翻译规则，译成盖斯区为好。

还有一种说法，说盖斯来自杰克·戴敦（Jack Deighton）的绰号杰克·盖西（Jack Gassy）中的 Gassy，因为 Gassy 的发音和 Gas 非常相近。不过，当地华人根据自己的广东或闽南英语发音加上中国式简化，却给了他一个很中国的名字——贾大顿。北美早期中国移民或劳工几乎都来自福建、广东和香港。所以许多英文地名或人名按照他们的方言发音翻译成中文后，往往让今天的中国人哭笑不得。如将 British Columbia（不列颠哥伦比亚）的简称 BC 省译成"卑诗"省，将温哥华的华人居住区 Richmond（里士满）译成"列治文"，把 Montreal（蒙特利尔）译成"蒙特娄"或"满地可"……温哥华的中文报刊至今沿用这些广东乡音译名，很让我蒙头转向了一阵子。

仅仅因为发音相近，人名就变成了地名，这让我难以苟同，而且和蒸汽失去了联系，更和蒸汽钟没有了关系。不过可以肯定，杰克·盖西和盖斯镇的历史渊源是不容置疑的。

杰克·盖西即贾大顿 1830 年生于英国，1870 年远渡重洋到旧金山（今圣弗朗西斯科）淘金，后来辗转到不列颠哥伦比亚当过汽船船长。此人

的一大特长就是特能忽悠，善于侃大山。据说维多利亚时代的英文词"To
Gas"就是"能说会道"，"能忽悠"的意思。因为这个，贾大顿不仅远
近闻名，而且颇有人缘，还得了一个发音与盖斯（Gas）相近的绰号盖西
（Gassy），其实就是"大忽悠""大侃家"的意思，与瓦斯或煤气半毛
钱关系都没有。

　　1867年贾大顿带着印度妻子和一大桶苏格兰威士忌来到不列颠哥伦
比亚。甫到盖斯镇，他就宣称要建一座木屋，开一间酒吧沙龙，并宣布
请每一位帮助他建酒吧的人免费品尝威士忌。估计那时候当地土著人还
没见过更没尝过威士忌，所以志愿者趋之若鹜，只用24小时就把一间木
结构酒吧建成了，也把一桶威士忌喝光了。而这个酒吧就扩展成了后来
温哥华市的第一家酒店。1874年贾大顿迁居新威斯敏斯特区，后来得了重病，45岁就英年早逝了。

　　另一种说法是，由于贾大顿的酒吧招徕八方来客，推动了盖斯镇的商业发展，他本人的影响力也与日俱增，所以，盖斯镇居民就推举他当了镇长。1886年4月6日太平洋铁路正式通车，温哥华正式建市，贾大顿又被推举为第一任温哥华市长。也是他提出建议，为

温哥华蒸汽钟（位于盖斯区坎比街和华特街交叉口）

了纪念 1792 年登陆加拿大的第一位探险者、英国海军军官乔治·温哥华（George Vancouver），将新城市命名为温哥华，而后人又为了纪念贾大顿，将他开设酒吧的地方命名为盖斯镇。如此说来，Gas 和 Gassy 可能还真有点关系，但与瓦斯或煤气还是不沾边儿。

按照第一个版本，这位贾大顿 1874 年就去世了，身份是威士忌酒吧老板。按照第二个版本，他不仅当过盖斯镇的镇长，还当过温哥华的首任市长，那可就不是"大忽悠"那么普通的人物了。

不管哪个说法符合历史真实，1970 年在温哥华的枫叶广场（Maple Tree Square）上竖起一尊贾大顿的雕像倒是真的。有趣的是，雕像不是站在基座上，而是站在威士忌酒桶上，形象有点像某个喜剧演员，看起来更像威士忌推销员。如此说来，至少到 1970 年贾大顿在温哥华人的心目中还是那个请大家帮助建酒吧喝威士忌的可爱的"大忽悠"，而不是镇长和市长。不过，只有区区 200 年历史的温哥华就对自己的身世说不清、道不明，未免让人感到困惑。

温哥华位于加拿大不列颠哥伦比亚省南端，三面环山，一面临海。虽然地处高纬度，但因南有太平洋季风，北有落基山脉天然屏障，终年气候温和湿润，夏季气温多在 25 摄氏度以下，阳光灿烂，林荫草坪，落花满街，景色迷人；冬季气温很少到零下，只因雨雪偏多，略显寒冷，但温哥华人习惯于穿戴帽子的防寒服，很少有人带雨伞。即使落雪天，上穿棉服、下穿短裤的男士也并不鲜见。

温哥华是地球上最宜居的城市之一。

还是回头谈温哥华蒸汽钟吧。据介绍，大钟高 2 米，重 2 吨，四周都有钟盘，钟盘以下的钟体是全透明的，透过玻璃，从外面可以清晰地看见内部机械部件的运转情况。钟顶有一大四小 5 个汽笛，每隔 15 分钟，汽笛就会喷出蒸汽，并发出悦耳的笛声，酷似教堂里的管风琴声。

温哥华蒸汽钟是雷蒙德·桑德斯于 1977 年设计制造的。这是他设计的第一座蒸汽钟。其后在日本的大田、美国的新泽西州和印第安纳州、伦敦的切尔西农贸市场、澳大利亚的墨尔本都出现过蒸汽钟，也都自称是百年古董，却没有一件能保存下来，要么自我报废，要么被人为毁坏。不过，我倒是知道在俄罗斯的克拉斯诺亚尔斯克市的"情人广场"上有一座沙漏蒸汽钟，虽然不是真正意义上的蒸汽钟，但也是每隔15分钟沙漏在蒸汽的推动下翻转一次，伴随着笛声。沙漏蒸汽钟虽然不能和温哥华蒸汽钟并肩媲美，却也是世界上独一无二的落地时钟。

温哥华蒸汽钟的设计和建造其实是出于废气利用兼为市容遮丑。当初在华特街有3个蒸汽管道出口，昼夜向外排放蒸汽废气。一年四季当街喷云吐雾，不仅不雅观，而且也是对热能的浪费。是聪明的雷蒙德·桑德斯想出了一个两全其美的方案，既能巧妙利用蒸汽，又能起到美化市容的作用。这个方案就是设计一座大型蒸汽钟，立在街头，将原来面向大街的出气孔封死，从地下铺设一条管道，将多余的蒸汽引到统一出口，作为蒸汽钟的机械动能。所以，尽管英格兰工程师约翰·英肖在1854年就建造了一座蒸汽钟，用来吸引顾客光顾他的酒馆，但那座蒸汽钟只是一个指针不能准确指示时间的样子货，所以桑德斯不得不重新发明蒸汽钟。因此，世界只承认1977年由桑德斯和他的锁匠伙伴建造的温哥华蒸汽钟才是真正意义上的世界第一蒸汽钟。

对于像我这样人生地不熟的临时外来客来说，温哥华蒸汽钟不光是旅游景点，还是真正意义上的地标。为什么这么说呢？因为盖斯区是温哥华最古老和最繁华的地区，却也是最容易迷路的地区。城区地处海滨，地势高低不平，站在街头往往望不到街尾。地面上高楼林立，加上多阴雨天，经常见不到太阳，辨不清东南西北。更要命的是三岔口、裤裆街较多，加上英文街名一时很难记住，要想询问某条街，通常要能说出两条街的交叉路口才行。别说外来客，就是本地人也很少有谁能说清楚。所以，迷路时，我的唯一救命稻草就是寻找蒸汽钟，因为知华特街者寡，知蒸汽钟者众。每次迷路，我就一路询问去看蒸汽钟怎么走，蒸汽钟成了我的城区坐标和行路原点。找到这个原点，就能找到加拿大广场，找到地铁站，找到回家的路。

当然，温哥华真正的地标不是蒸汽钟，而是"加拿大广场"，亦称

"五帆广场"。地平线上，天际线下，数不清的摩天大楼为温哥华赢得了"玻璃之城"的美名。但温哥华的地标式建筑只有一个，那就是加拿大广场（Canada Place）。请注意，这里的英文是 Place，而不是 Square 或 Plaza， 因为它是一座庞大的综合性建筑群。这个建筑群是为 1986 年温哥华世界博览会设计建造的，时逢温哥华建市 100 周年完工。

整座建筑群酷似一艘扬起风帆的远洋巨轮，驶向浩瀚的太平洋。建筑群最令人惊艳和充满诗情画意的神来之笔是顶部五组高达 30 米的白帆——用玻璃纤维制作的白色风帆在蓝天白云的衬托下，观之令人神往。

当地人习惯称加拿大广场为"五帆广场"，广场两侧是邮轮码头，数十层高的巨型邮轮与广场白帆相映成趣，为温哥华平添了一道独特的风景线。站在观景平台上，遥望对面的海湾和青葱碧绿的远山，眺望被森林覆盖的史丹利公园和车水马龙的温哥华城区，真的有种"酒不醉人人自醉"的感觉。

加拿大广场建筑群包括温哥华会议中心、世贸总部、泛太平洋宾馆、邮轮码头和一个有 770 个车位的停车场。当然还有咖啡厅、商店和商务办公楼等。宾馆似乎不缺客人，但会议中心好像利用率不高，所以经常沦为展销各种尾货的大卖场。价格虽然不贵，但能让我们大陆中国人看上眼的东西几乎没有。

沿步道漫游，从东到西，从北到南，可以看到由彩色瓷砖和玻璃划分的 13 个区域，据说那是代表加拿大的 10 省 3 区。

如果乘高架轻轨电车（Skytrain——华人俗称天车）到达海滨站（Waterfront）走出地面，就是罗布森商业街和五帆广场。从这里步行到华特街的蒸汽钟所在地，也就穿过两三个街区，十几分钟的样子。所以，几次去温哥华，这条路已经走得很熟了。

去史丹利公园（Stanley Park）也是从海滨地铁站出来后，向北直下海滨栈道。据说这条栈道有 9 公里长，但走走停停、悠哉游哉，似乎并不觉得有那么远。

温哥华史丹利公园　作者在公园喷泉留影

　　史丹利公园的知名度很高，是世界著名的城市公园之一。因为地处海湾，给人的感觉像是到了温哥华的郊区或边缘，其实它就在温哥华市区商业圈内，距离市中心也就 10 分钟的车程。它的总面积为 6070 亩，几乎占据了温哥华市北部的整个半岛，北濒巴拉德湾，西临英格兰湾，是北美最大的城市公园。

　　公园以加拿大第六任总督弗雷德里克·阿瑟·史丹利的名字命名。史丹利的全身雕像就在公园入口处。但史丹利公园不是人为设计，而是自然天成的，所以它是一座天然森林公园，很少人工雕琢的痕迹。公园里有许多自行车道和步行道，总长度约达 250 公里，是当地人早上跑步、骑自行车、周末野餐的好地方。海滨栈道上有不少餐厅和咖啡馆，还有很多游船码头。海湾里停满了大大小小的游艇和游船。海湾上空不断有小型旅游飞机在盘旋，票价是 100 加元。海滨栈道虽然不算宽阔，但练习长跑的人不少，骑自行车的人也很多，而且有专门的自行车道。整个公园被以红杉等针叶树为主的原始森林所覆盖，人工景观和游乐设施很少，因此，公园美在天然、美在自然。

值得称道的是公园北端横跨海湾的狮门大桥。它是连接温哥华市中心及北岸市区（北温市、北温区和西温区）的交通枢纽，也是温哥华的地标性建筑之一，桥名来自北岸群山中的双狮峰。狮门大桥是一座悬索桥，全长 1517.3 米，加上北岸的引桥总长 1823 米。主桥跨度为 472 米，桥塔高度为 111 米，海平面高度为 61 米。大桥有 3 车道，中间车道是机动车道，可以根据上下班行车流量调整方向，变为同向 2 车道。由于车行道和人行道比较狭窄，2000 年开始对桥面进行改造，将车行道宽度由 3 米扩展到 3.6 米，人行道宽度由 1.2 米扩展到 2.7 米。

狮门大桥建于 1937 年 4 月—1938 年 11 月，但正式通车仪式是在 1939 年 5 月 29 日举行的，由正在加拿大访问的大英帝国国王乔治六世和王后伊丽莎白·鲍斯·莱昂主持。我猜想，师门大桥的命名或许与这位王后的姓氏也有关系，莱昂就是狮子啊。温哥华狮门大桥和旧金山金门大桥虽有异曲同工之妙，但出自不同设计师之手。有人说两桥的设计师为同一人，恐怕是以讹传讹。

史丹利公园东部有几根形状不一的原住民木雕图腾柱，是印第安文化的象征。公园内有海滩、湖泊和儿童游乐场。从公园里可以远眺温哥华金融街森林般的高楼大厦及海湾、狮门桥、格罗斯山等 360 度美景，也可以深入森林欣赏水塘残荷，到海边露天浴场晒太阳。如果有兴趣，可以让坐地摆摊儿的画师为你画张素描像，也可以到露天画廊买你喜欢的油画。

夏季，公园入口处是一片花海，五颜六色的玫瑰花争奇斗艳、蔚为壮观。入口附近的温哥华水族馆是北美第三大水族馆，内有 8000 多种海洋生物，尤以白鲸和食人鲸著称。这个水族馆有 4 个展馆：西北太平洋馆、太平洋热带馆、亚玛逊馆和加拿大北极馆。

温哥华值得一看的景点着实不少，如格劳斯山、范杜森植物园和伊丽莎白女王公园、BC 省体育馆、圣罗莎大教堂、俄耳甫斯剧院、温哥华美术馆、温哥华博物馆和各种各样的主题博物馆，其中包括"科学世界"

博物馆、人类学博物馆、海洋博物馆等。尤其令人印象深刻的是枝繁叶茂的公共图书馆网络，市有市图书馆，区有区图书馆，社区有社区图书馆，学校有学校图书馆，总数不下 200 家。毫无疑问，庞大的图书馆体系是加拿大的文化橱窗。

然而，在我看来，如果时间不允许，这些景点也许都可以忽略不看，但温哥华岛（Vancouver Island）和岛上的卡皮拉诺吊桥公园（Capilano Suspension Bridge）却不容错过。

温哥华岛位于太平洋沿岸，是北美大陆西海岸最大的岛屿。岛上气象万千、变幻莫测，每隔一英里，气候和植被都会不同。这个长 460 公里，宽 50—80 公里，面积达 31285 平方公里的岛屿，拥有 317.5 万公顷的海滩、湖泊、溪流、高山和河谷，岛内沟壑纵横、森林茂密，有好几座山峰高于 2100 公尺。它不仅以特色自然景观和独特的居民生活方式闻名，而且一石一木、一堂一舍都各具风貌。岛上人口 75 万，其中半数住在首府——该岛南端的维多利亚市。

温哥华岛的原住居民撒利希人、努特卡人和夸扣特尔人，都是上千年的岛民了。1774 年西班牙船队首先发现这个岛屿，但它最终却被大英帝国所控制。1843 年哈得逊湾公司在温哥华岛南端建立了第一个定居点，也就是后来的维多利亚市。1848 年温哥华岛正式成为英国殖民地，詹姆斯·道格拉斯任第一任总督。1866 年温哥华岛与大陆本土合并为不列颠哥伦比亚殖民地。1871 年不列颠哥伦比亚加入加拿大联邦。

温哥华岛被中部的山脉分为东西两部分，岛上的最高点是位于岛中央的海拔 2200 米的戈登辛德峰。温哥华岛年平均气温在 20 摄氏度左右，冬季平均气温在 2~4 摄氏度，西部海岸线在 5 摄氏度以上，中部山区在 -10 摄氏度左右。而夏季中部山区在 10 摄氏度以下。所以，温哥华岛是个气候宜人，四季如春的地方，许多人退休后都到这里来养老。

位于温哥华岛南端的维多利亚市是 BC 省省会，人口占岛民总数的一半。因其气候温和、阴雨天少、四季阳光灿烂、环境优美而被喻为人间天堂。

维多利亚以精致闻名，深受欧洲文明的影响，不论建筑、文化还是生活习俗都很"英国"。因此，尤其对讲英语的加拿大人而言，维多利亚就是他们的故国家园。

岛上有座别开生面的皇家伦敦蜡像馆（Royal London Wax Museum），里边陈列着许多英国皇室成员的蜡像，包括黛安娜、查尔斯王子，还有历届美国总统和很多世界名人。蜡像馆面积不大，但楼下别有洞天。那里有许多电影明星、童话人物和妖魔鬼怪，还有惨不忍睹的中世纪酷刑场面。

岛内的魁达洛古堡（Craigarroch Castle）、水晶花园（Crystal Garden）、蝴蝶花园（Butterfly Gardens）、维多利亚大学（University of Victoria）都是值得一看的地方。出人意料的是竟然也有一条唐人街（China Town），自然少不了中餐馆。

不过这个岛的地标不是建筑物，而是一棵参天大树——西海岸高耸入云的塞特金云杉，高达95米。当然，很少有人跋山涉水专门造访一棵大树，但对喜欢探险的徒步旅行者来说，西海岸风景如画的小路是非常有诱惑力的，虽然要过桥爬梯子跋山涉水75公里，但"长征"后的喜悦和巨大成就感令人陶醉。

温哥华市和温哥华岛隔海相望，虽然远不如台湾海峡那么宽，但汽车是飞不过去的，必须乘渡轮才能过海。2012年我们第一次到温哥华时，女儿、女婿和亲家公亲家母一定要陪我们登温哥华岛到维多利亚看看，我们当然欣然同意。

游温哥华岛通常从卡皮拉诺吊桥公园（Capilano Suspension Bridge）开始，不过公园入口处高大的印第安人图腾柱给人的第一印象相当深刻。吊桥已经由1889年初建时的亚麻绳索木板桥变成钢丝索木板桥了，但两侧的护网仍然是绳索的。长达137米的吊桥下是70米深的卡皮拉诺河谷，河谷被茂密的原始森林所覆盖，所以从上往下看只见森林不见流水。吊桥距森林虽然只有70米，但游人却有脚下万丈深渊之感。因此，走在晃晃悠悠的吊桥上，不是每个人都敢正眼往下看的，我的老伴儿和亲家母就只敢往前看，往下瞥一眼都不敢，还要一只手拉住侧面的护栏绳索才行。

卡皮拉诺吊桥公园　印第安人图腾

我因为到过喀麦隆首都雅温得附近的吊桥，所以觉得走在卡皮拉诺吊桥上就像走平地一样，没什么恐惧感。雅温得吊桥是看起来年久失修的绳索桥，脚下铺板之间的缝隙有宽有窄，因为害怕一脚踩空，你就必须得低头看着桥板，也就不可避免地会从缝隙中看到被热带雨林覆盖的万丈深渊，即使没有恐高症，也难免战战兢兢、心率加快、浑身冒汗，尤其因为吊桥窄，窄得只能通过一个人，脚下又晃悠得厉害，两只手不敢离开两侧护网的绳索。走这样的吊桥，那才是对心脏和神经的考验。

卡皮拉诺吊桥和公园都不是国营的，它的主人是一个叫南希·斯蒂巴特的女人。虽然世界各地不同结构的吊桥不少，但卡皮拉诺吊桥还是独一无二的。

卡皮拉诺吊桥公园的吊桥

　　维多利亚的唐人街和温哥华的中国城当然不能相比，虽然英文名称都是 China Town。China Town 是温哥华高架轻轨电车的大站之一，地势很高，所以出站后要走下一个很高很陡的阶梯才是喷泉广场和酒吧餐馆。绕过著名的华人连锁超市《大统华》，走过一个街区，就会看到一座横跨马路的三屏牌楼，琉璃瓦顶，中间高、两侧低，是我们走遍天涯海角都十分熟悉的中国牌楼。走进牌楼就仿佛走进了几十年前的中国南方小镇，满目中文牌匾：三联书店、北京药房、书画装裱、土产杂货、工艺美术、服装鞋帽、华侨中心、中国旅行社……当然，还有中国餐馆。一路下去，横穿三四道街，走得两腿发软。说它是仅次于旧金山的北美第二大唐人街，当然是不错的。

　　令我没想到的是，走着走着，马路右侧突然出现一片空场，赫然屹立着一座黑色大理石孙中山半身雕像，碑座上有中英文刻字的"孙逸仙先生"及生卒年份，落款是中国海外文化协会和中国对外友好协会，1993 年赠送的。雕像背后正对着一轮古香古色的月亮门，上书"中山公园"四个大字，据说那是宋庆龄先生亲笔题写的匾额。那月亮门及其两侧的白墙黛瓦让我一下子想起姑苏古城的畅园。

温哥华中山公园

跨进月亮门，眼前一亮，果然是一座微缩版苏州园林：翘角亭、石拱桥、亭台楼阁、水榭回廊、小桥流水、假山池塘，疏密有致，曲径通幽。"岁寒三友""十二生肖""中国结"，无不体现中国传统文化的古典风貌。

这座公园建于1985年3月—1986年4月，设计师是中国著名园林专家韦业祖，大部分建筑材料来自中国，包括太湖石、鹅卵石、琉璃瓦、花格窗等木制工艺品。公园面积虽然不大，但集中体现了苏州园林特色和中国文化传统风格，是中国境外绝无仅有的中国古典花园，也是温哥华唐人街闹中取静的好去处。

温哥华值得一看的地方当然很多，但我更感兴趣的是它的"空中列车"和"海上巴士"。所谓"空中列车"译自英文的Skytrain，其实就是我们所说的高架轨道车，进入市中心区后转入地下，"天铁"就变成了地铁。当地华人干脆直接称其为"天车"。"海上巴士"（Seabus）并不是巴士，而是大型渡轮，加拿大人把渡轮称为"海上巴士"，大概因为他们觉得那不过就是行走在海上的公共汽车之故吧。

"天车"是大温哥华区最便捷的交通工具，也是目前全球最长的无人驾驶高架轻轨电车。整个温哥华"天车"系统由3条线路构成：博览会线（Expo Line）、千禧年线（Millennium Line）和加拿大线（Canada Line）。3条线路合起来全长68.7公里，计57站，每天客运量在20万人以上。

温哥华"天车"系统是为迎接1986年温哥华建市100周年并举办世博会而修建的。第一条线路博览会线始建于1980年，1985年底完工，1986年1月3日正式通车。这条线路最初是为世博会服务的，所以只从海滨站（Waterfront）到新西敏站（New Westminster）。1989年伸延到哥伦比亚站（Columbia），1990年第二次延伸到素里市（Surey）的斯哥特站（Scott Road）站，1994年第三次延伸到素里市的乔治王站（King George），2016年又增加了从哥伦比亚站到生产路大学站（Production Way-University）的支线。

第二条线路千禧年线是2002年开始运营的，始于温哥华社区学院克拉克站（VCC-Clark），经本拿比（Bonabi）与博览会线并轨，终于高贵林镇的道格拉斯站（Lafarge Lake-Douglas）。

第三条线路加拿大线的始发站也是海滨站（Waterfront），沿地下轨道向南在海滨大道站（Marine Drive）驶出地面，然后分成两条支线，一条支线前往华人聚居的列治文（Richmond），另一条支线通往温哥华国际机场（YVR Airport）。这条线路是2005年末开建，2010年加拿大冬奥会前通车的。这条线沿途16站，其中9站位于市区，4站位于鲁鲁岛，3站位于海岛（Sea Island），所以有别于另两条线路的高架轻轨。

我之所以不厌其烦地介绍温哥华的"天车"和地铁，因为它不仅为我们出行提供了最便捷的交通工具，而且极大地丰富了我们在温哥华的生活。温哥华的公交网虽然也很发达，但倒来倒去，路线又不熟，总不如乘"天车"方便快捷。我们几乎每年都去温哥华住上三五个月，得益于女儿家就在乔治王"天车"站旁，又是始发站和终点站，拿上女儿为我们买的康百世老年优惠月票（Compass Card），想上哪儿，抬腿就走；想逛哪儿，到站就下。所以，我们几乎跑遍了大温哥华所有"天车"能到达的地方。有些地方连当地居民都不曾去过，甚至根本不知道。

乘"天车"还有一个好处，就是可以沿途观景：河流、码头、桥梁、货船、大型商城、卫星小镇，还有蓝天、白云、远山、近林、草坪、足球场……

"天车"每三五分钟就有一趟，除个别路段上下班高峰时段有点拥挤外，平时没有找不到空座的时候。即使人多，中青年人宁肯站着也不会坐到老年人座位上。如果老年人座位已经被占满，也一定会有人站起来给我们让座。

温哥华是座跨海城市，所以海上巴士（Seabus）是不可或缺的交通工具。前面说过，去温哥华岛或维多利亚市虽然可选择不同路线，但中间都要换乘摆渡才行，或者下公共汽车换乘渡轮，或者乘公交车直接上摆渡，总之必须乘海上巴士过海。

问题在于，加拿大就是个"车轮上的国家"，乘轮渡过了海，还是得换乘汽车，要么是公共汽车，要么自己开车。对旅游观光者来说，比较起来，哪种途径都不如自己开车最方便也最经济实惠。何况，温哥华市的两个码头都不在市区，维多利亚那边的码头距市区则有30多公里。所以，多数人选择自己驾车到码头直接开上摆渡，再从摆渡直接开上公路，逍遥自在。自然，这也是女婿选择自驾带我们去维多利亚的理由。

从家里开车到达轮渡码头后，要经过自动收费站，每个收费口上方都有一个电子显示屏。

渡轮票价是人、车分开算的。交费后，进入指定的车道排队等候接驳。这时也可以锁上车门，到候船大厅喝杯咖啡。听到广播通知后，便可开车进入摆渡船舱车道，依次停好后，人就可以到客舱休息了。客舱很宽敞，有足够的座位，也有餐厅、咖啡厅、自动饮水机和自动售货机等设施。

从温哥华码头（措瓦森）到维多利亚码头（斯沃茨），大约一个半小时的航程，中间经过乔治亚海峡。一路上碧海蓝天、风光旖旎，远看雪山一线，近看翠岛连珠，一路诗情画意、景色迷人，未登温哥华岛先自醉了三分。

去近处的北温哥华也要乘轮渡。我和老伴儿有时想到温北看看，便乘"天车"到地铁总站海滨站（Waterfront），从那里搭乘海上巴士，只需13分钟就到达北岸码头 Lonsdale Quay。上岸后可以面向温哥华市区拍照，逛一家4层楼商厦，买点小纪念品，品尝当地特色小吃，也可以爬上高坡到海岸大街走走，如有兴趣，还可以乘公交车四处逛逛。

这里的海上巴士能乘400人左右，平日每15分钟就有一趟，周六每30分钟有一趟，十分方便。需要提醒的是：康百世卡是一张海上巴士、陆上巴士和"天车"及不同区段通用的联票，只要一卡在手，走遍温哥华都不发愁。所以，温哥华方便快捷的陆、海、空立体交通网是这座城市的一大特色。

（写于 2015 年）

"铁马冰河入梦来"

——加拿大冰川纪行

加拿大哥伦比亚冰川

从初到加拿大至今一晃就是 10 年。这个领土面积居世界第二的"千湖之国",值得称道的山川美景实在不少,但最令我痴迷的还是哥伦比亚冰原和横贯东西的太平洋铁路。

2012 年 7 月,我和老伴儿赴温哥华参加女儿的婚礼,也是第一次会亲家。女婿一家都是美国人,他的父亲弗雷德和母亲乔伊斯都是基督教职业牧师，20世纪七八十年代曾在中国台湾传教多年，所以他和妹妹的小学和中学时代基本是在台湾度过的。他们一家人都会说中国话，也比较熟悉中国文化，这就更加拉近了我们两家的距离。

牧师姓戴维斯，简化后正好是中国的戴姓，所以，中国教友都称他戴牧师，而他的妻子也就顺理成章地被称为戴师母。弗雷德身高体胖，乔伊斯小鸟依人，但都是那种温文尔雅、谦恭礼让的人，与教友们相处得十分融洽。

对戴维斯夫妇来说，儿子大婚，又从大洋彼岸来了中国亲家，自然要热情款待，极尽地主之谊。所以尽管教务繁忙，还是陪我们游览了史丹利公园、温哥华岛和卡皮拉诺吊桥公园等。没想到的是，他们还事先为我们安排了千里之外的哥伦比亚冰原（Columbia Ice Field）之行。

原来，早在我们赴加拿大之前，他们教会就安排好了一次长途旅游活动——游落基山脉，览哥伦比亚冰原。出游时间正好是我们到达温哥华的第五天，所以我们就作为特邀嘉宾加入了旅游团。牧师夫妇与我们同行。

我们一行50多人乘坐一辆旅游大巴从温哥华出发。车上除牧师夫妇和司机外都是中国人。司机是法国人，块头很大，体重少说也有150公斤，但动作还算灵活，并能听懂中国话。一问方知是教会秘书方女士的丈夫。

方女士是这次活动的组织者、带队兼导游。她看上去在45岁上下，台湾人。听说她还是这个华人教会的发起人之一，也是戴牧师和戴师母的得力助手。此人快人快语、精明能干，整天张张罗罗，教会的大事小情，几乎都由她操办，所以大家又称她为教会管家，平时都叫她"方老师"。

大巴刚上路，方老师就向全车乘客介绍两位来自中国大陆的"嘉宾"，也就公开宣布了我们和戴牧师一家的儿女亲家关系。"有朋自远方来，不亦乐乎"，热烈的掌声和贺喜声让我们顿生"宾至如归"之感。

早上6点从温哥华出发，沿1号公路往东走，很快就进入了巍峨的群山、茂密的森林。仰望高山上的悬瀑飞泉，倾听河谷里的流水欢歌，看着连绵不断向后闪去的原始森林，一种回归大自然的亲近感油然而生。

大约行驶150公里，走出弗雷德谷地，眼前豁然开朗——希望镇（Hope）

到了。小镇位于不列颠哥伦比亚省（英文简称BC省，当地华人称"卑诗省"）的弗雷德河和高贵哈拉河的交汇处，群山环抱，云雾缭绕，静谧而祥和。

哥伦比亚冰原

据说这个小镇的居民总共不过4000人，却曾经是淘金者的乐园。100多年前他们的祖辈心怀黄金梦，从旧金山来到这里，这里便成了他们圆梦的"希望之乡"。而今，这个曾被淘金热搅动得沸腾的小镇，已然复归平静，遥远的过去似乎已经淡出人们的记忆，希望镇不过就是个悄无声息的居民点，如果不是那部轰动世界的好莱坞电影《第一滴血》（First Blood）重新惊醒了这个山间小镇的话。

1982年导演特德·科特切夫选择在希望镇拍摄《第一滴血》的外景，人们在记住了好莱坞明星西尔维斯特·史泰龙的同时，也记住了希望镇。据说，后来包括《007》在内的好几部电影也都选择在这里拍摄外景。这样，这个几乎被遗忘的角落就又名声大噪起来，成了加拿大落基山脉旅游线路上不可忽视的景点。可惜，我们当时对这部电影竟一无所知，有关希望镇的故事都是听方老师介绍的。

我们的旅游大巴就停在希望镇的小博物馆前，那里有小镇历史的图文介绍，还有高贵哈拉公路通车的纪念碑。从博物馆前能看到不远处的街心公园和公园里的儿童游乐场。其实在这里停车还有一个更重要的原因，那就是颠簸了两个小时后，大家要下车"方便方便"。虽说旅游有个约定俗成的规则叫"上车睡觉、下车撒尿"，但在加拿大，即使深山老林，也是不可以随便停车撒尿的。

15 分钟后，我们告别希望镇，向北驶往甘露镇（Kamloops）。方老师警告说，前面这段路要翻山越岭，上下坡度较大，希望大家打起精神，系好安全带，坐稳扶好。显然，她不是头一次陪司机丈夫走这条路，对路况相当熟悉。

甘露镇亦称灰熊镇。把 Kamloops 音译成甘露，音似名美，充分显示了中国人的智慧。Kamloops 源自印第安语，是河流交汇处的意思，甘露镇正是南北汤姆森河交汇的地方。但甘露镇对中国人的吸引力不在于它是 BC 省的交通枢纽，而在于它是"花旗参之乡"。方老师介绍说，这里属于半沙漠干燥型气候，非常适合花旗参生长，所以台湾人来这里种植花旗参，还建了花旗参加工厂。据说这里的花旗参质量要比美国的好，就是价格有点贵，比温哥华市场价格还要高好几倍。所以，方老师只作介绍，不建议大家购买。

花旗参可以不买，午饭不能不吃。午饭后，我们坐上大巴继续在落基山脉里穿行。落基山脉亦译洛矶山脉（The Rocky Mountains），都是英文 Rocky 一词的音译。它沿着北美大陆西海岸即太平洋沿岸，由南向北——南起美国的新墨西哥州，北到加拿大的西北边陲育空领地（Yukon Territory）——纵贯 4800 公里，蜿蜒起伏有如一条巨蟒，通常被誉为北美大陆的脊梁。育空是加拿大 3 大行政区之一，约十分之一的面积在北极圈内，是北美唯 有公路进入北极圈的地区。

贯穿美国和加拿大的落基山脉虽属同一山系，但在加拿大境内的落基山和在美国境内的落基山，从形成到景观迥然不同。

加拿大境内的落基山脉（Canadian Rockies）绵延 1600 公里，其中

1500 公里构成不列颠哥伦比亚省和阿尔伯塔省的漫长分界线，宽约 160 公里，占地总面积达 18 万平方公里。地质构造丰富，地貌种类多元，森林、草原、湖泊、河流、温泉、瀑布、雪山、冰川、峡谷、冰原无所不包，一年四季气象万千。著名的国家公园就有 5 座：班夫国家公园（Banff）、贾斯珀国家公园（Jasper）、库特尼国家公园（Kootenay）、幽鹤国家公园（Yoho）和沃特顿湖国家公园（Waterton）。

加拿大落基山脉重峦叠嶂，蔚为壮观，很有山外青山天外天的气势。据说超过 3350 米的高峰就有 50 座，其中最高的罗布森峰（Robson）海拔达 3954 米。总的来说，加拿大落基山脉的平均海拔高度要比美国境内的落基山脉高，降水量更丰沛，森林、湖泊、冰川也更多。它不仅蕴藏着丰富的矿藏资源，还是北美的众河之源，几乎所有河流的源头都在冰雪之巅。

望着"神龙见首不见尾"的山峦和密不透风的原始森林，我的心被强烈震撼，不，不光是震撼，还有羡慕，甚至嫉妒：一两个小时只见森林莽原不见人影，只见高山大川不见村落，如此广袤富饶的大地，怎能叫人不惊叹！当我乘国际列车经过远东和西伯利亚时，我明白了什么叫广袤；当我乘车驶入加拿大的崇山峻岭时，我明白了什么叫富饶。这山，这水，这森林和森林里横躺竖卧无人问津的木材，简直让我激动得不能自己。

下一站是夕卡摩小镇（Sicamous）。但方老师说，小镇不是我们的目标，我们的目标是"最后一根钉"（Last Spike）。不过她又补充说，这个小镇是荷兰人聚集的地方，养牛业比较发达，尤其一家荷兰人牧场制作的冰激凌堪称一绝，不可不尝。

果然，到达小镇后，大巴径直开到冰激凌店门前停下。大家呼地一下排起长队。火炬状冰激凌，3.5 加元一支，每人 2 支。那种沁人心脾的甜美，让我想起了"除却巫山不是云"的诗句，10 年后的今天依然回味无穷。

享受完冰激凌，"最后一根钉"也到了。这是一个对中国人有特殊意义的地方。与其说为了观看"最后一根钉"，莫如说为了凭吊为"最后一根钉"而献身的千万中国同胞。

下车时，我向四处望了望，发现周围山势陡峭，路面崎岖不平。正好有一列火车从远处的隧道口钻出来，车厢多达上百节，蜿蜒曲折，活像一条在山峦间爬行的长蛇。我问这是什么地方，方老师说这就是落基山麓的老鹰山口（Eagle Pass），是横贯加拿大东西的太平洋铁路最险峻的地段，隧道多、陡坡多。我想：难怪招那么多华工来卖苦力，也难怪那么多华工客死他乡。

"最后一根钉"纪念碑是1985年为纪念太平洋铁路建成100周年建造的，是一座用不规则大型石块堆砌起来的道钉造型，高4~5米，底座呈四边形。纪念碑看起来很一般，不过仔细端详后发现，石头大小不同，质地颜色也不同，有大理石也有玉石。再看底座上的名牌才知道，原来是13块不同材质和颜色的石头代表加拿大的13个省。

"最后一根钉"

纪念碑前有个两脚支架撑起的木牌上用英文写着"最后一根钉"。纪念碑铁丝网围栏外面有两条铁轨，其中一根枕木上有个箭头指向一根闪亮的金色道钉——"最后一根钉"。方老师说，我们看到的这根道钉已经是仿制品了，原来的黄金道钉早已不知所踪。不远处有一节红漆车厢停在轨道上，一看就知道那是假古董。

1885年11月7日9时30分，时任筑路总工程师的史密斯公爵，身穿礼服，头戴礼帽，在众人簇拥下，将一颗金质道钉穿入铁轨钉入枕木。这"最后一根钉"标志着太平洋铁路的正式竣工。然而，出席竣工仪式的人群里却没有一个铁路建设者——中国人，既没有华工代表，也没有大清帝国的官员，就像眼前的纪念碑一样，丝毫看不出"最后一根钉"和中国劳工有什么关系。

"红漆车厢"

140年前，当不列颠哥伦比亚面临加盟美国还是并入加拿大的抉择时，加拿大人选择了修建一条横跨北美大陆东西的铁路大动脉，以维系加拿大的统一。如果说筹款难，那么比筹款更难的是寻找劳工。据说在当时BC省的大约35000名居民中，没有一个人愿意充当苦力。最后，招募者把目光转向了从大洋彼岸到旧金山淘金的中国劳工。

从 1880 年到 1887 年间，先后招募的华工有 25000 人，其中至少 4000 人死于劳累和疾病。尤其穿越 BC 省弗雷德河谷，从穆迪港到老鹰口的 615 公里路段，是地地道道的夺命路段。在悬崖陡壁上开山破石，在深山峡谷中开凿隧道，超级危险加上超负荷劳动，每 1 公里铁路就要吞噬 4~6 名华工的生命。就是在这样极端危险的条件下，他们开凿的隧道多达 15 条，其中最长的一条有 580 米。须知，那可是没有什么风钻、挖掘机之类机械的时代啊。这 615 公里长的路段是 15000 名劳工（其中 9000 名华工）用了 7 年时间才修通的。

加拿大太平洋铁路（Canadian Pacific Railway）全长 4667 公里，东起大西洋西岸的蒙特利尔，西至太平洋东岸的温哥华，是横跨加拿大的交通大动脉，是加拿大的立国之基。可以毫不夸张地说，没有华工便没有太平洋铁路，这是加拿大首任总理麦克唐纳（Sir John A. MacDonald）亲口承认的："没有中国工人，就没有铁路。"而没有太平洋铁路便不会有 BC 省的加盟，不会有加拿大的统一，也不会有横跨两洋的加拿大版图。

然而，华工用血肉之躯筑成的太平洋铁路，并没有换来加拿大统治者的感恩，相反，他们恩将仇报。为了赶走华人移民，他们向华人强行征收歧视性的人头税，从 50 加元一直增加到 500 加元。更有甚者，他们还通过议会出台了专门针对华人的排华法案，直至 2006 年 6 月 22 日加拿大总理才在舆论重压下为这段不光彩的历史向华人社会公开道歉。而这时，距开始向华工征收人头税的时间已经过去了 121 年，距开始实施排华法案的时间也已经过去了 83 年。据说，只有 30 位深受其害的华侨老人等到了这一天。究其原因，说加拿大人良心发现恐怕有点假，说中国已经强大到任何人都不得不掂量掂量才是真。

这段华工血泪史我是几年前从书本上知道的，倒没有用方老师介绍。没想到的是，我会有朝一日和妻子一道在这里凭吊我们的死难同胞。

方老师喊大家上车。我们继续前行。傍晚 6 时许，我们抵达黄金镇（Golden）。早晨 6 点从温哥华出发到现在，表盘上的时针整整转了一圈。人困马乏，我们入住普雷斯提山庄度假村（Prestige Mountainside Resort）。

饭后总要到外面散散步，观观景。一看，黄金镇也在群山包围中。据说周围有 6 座国家公园。小镇上有许多旅馆、快餐店和加油站，周边还有漂流水道、滑雪场、登山等旅游设施。不过，一天颠簸 12 小时 720 公里后，已经没有了再玩的精神头，连看电视的兴趣都没有，赶紧冲个淋浴，倒头便睡。

这才是开头第一天，前面还要奔波劳顿 3 天，而且肯定一天比一天更累。一般来说，由温哥华旅行社组团的冰川之行通常往返要 7 天，至少 5 天，而我们只有 4 天。在这么短的时间里要往返跑 2000 公里，别说走马观花，跑马观花恐怕还得加上废寝忘食才行。不过，团体旅游大都如此：累并快乐着。

第二天我们的行程从翡翠湖（Emerald Lake）开始。一听这名字就眼前一亮，不是一般的绿宝石，而是绿宝石中的精品祖母绿啊！称翡翠湖自然是实至名归。

站在高处一看，那湖光山色，活脱儿的一颗嵌在青山碧草中的祖母绿。据说这种明丽的翡翠色来自冰川雨雪夹带的微颗粒，亦称悬浮粉尘，粉尘是绿色的，显然来自风化了的绿色山石。融雪和雨水夹着绿色粉尘流进湖里，将湖水染成绿色，就成了翡翠湖。

翡翠湖在 BC 省东部的幽鹤国家公园境内。公园面积 1313 平方公里，是临近四大国家公园中最小的一个，而翡翠湖又是幽鹤国家公园 61 座湖泊中最小的一个。有人说因为幽鹤公园山高崖陡，飞溅的瀑布就像展翅飞翔的仙鹤，故名幽鹤。我倒觉得这恐怕是某个中国人望文生义的结果，因为加拿大虽然是双语国家，但那是英语和法语，不讲中文也不用汉字，何来幽鹤？幽鹤又是一种什么鹤？将与鹤毫无关系的英文 Yoho 译成幽鹤，分明是中国人的智慧，谐音而形意，与瀑布无关。但加拿大能有几人懂得汉字的奥妙呢？

离开翡翠湖，沿冰原大道继续往北向上走，很快就到了弓湖（Bow）。

弓湖是距瓦普塔冰川最近的高山湖，海拔 1920 米，面积 3.21 平方公里，最深处达 50 米，是瓦普塔冰川和乌鸦爪冰川融水汇流的地方，溢满后再从弓湖泻入弓河。据说弓湖沿岸生长的一种冷杉非常适宜制作弓，弓湖便由此得名。

弓湖三面环山，陡峭的岩壁凸显出蓝湖的幽静和深邃，湖蓝色的粼粼波光映着雪山白云，清澈碧透的湖水在阳光照耀下，忽而深蓝，忽而淡绿，忽而金光闪烁，那感觉只能用如梦如幻四个字来形容。听说弓湖沿岸有高山，有草地，有冰川，有瀑布，还有著名的尼姆蒂佳小木屋（Num-Ti-Jah Lodge），如果能转上一圈一定会有登仙之感吧。不过方老师说周长有 6 公里，徒步走一圈少说也得 4 个小时，我们只能满足于一饱眼福罢了。前面的哥伦比亚冰原（Columbia Ice Field）才是我们的主要目标。

上大巴后，大家都穿上了事先准备好的棉衣、棉袜和防滑鞋，戴好了事先准备的棉帽子和太阳镜。我们还特地带了一个空瓶子，准备装些无污染的冰河雪水，据说喝了对养颜美容有奇效——不过是听听而已。虽然是 7 月盛夏，我们却必须在几分钟内换上过冬的行头。到达冰原附近，汽车不能再往前走了，我们换乘雪地车，爬上乌鸦爪冰河（Crow Foot Glassier）。

我们在冰河上小心翼翼地往前走了有百八十米，想起了读书时在冰封的嫩江溜冰的情景。冰河很宽，两边也没什么悬崖陡壁，所以视野相当开阔。但顺着河道往上看，景观可就不一样了：越远越高，直上天际，只见宽阔的冰河乘着长风，从冰山上飞来，从山口中走来。这情景不知为什么让我想起了"帝子乘风下翠微"的诗句来。方老师说，那远处、高处、天际处便是乌鸦爪冰川的上游。

我问为什么叫乌鸦爪，她摇了摇头，但迟疑一下后，若有所思地说，也许和加拿大历史上第一个印第安人部落酋长克劳福特的名字有关。据说克劳福特是位骁勇善战、智慧过人的部族领袖，人称"民族之父"。我虽然不知道克劳福特的故事，但我知道克劳福特就是英文乌鸦爪的音译，所以觉得方老师的解释挺靠谱，同时也很佩服她对加拿大历史的了解。

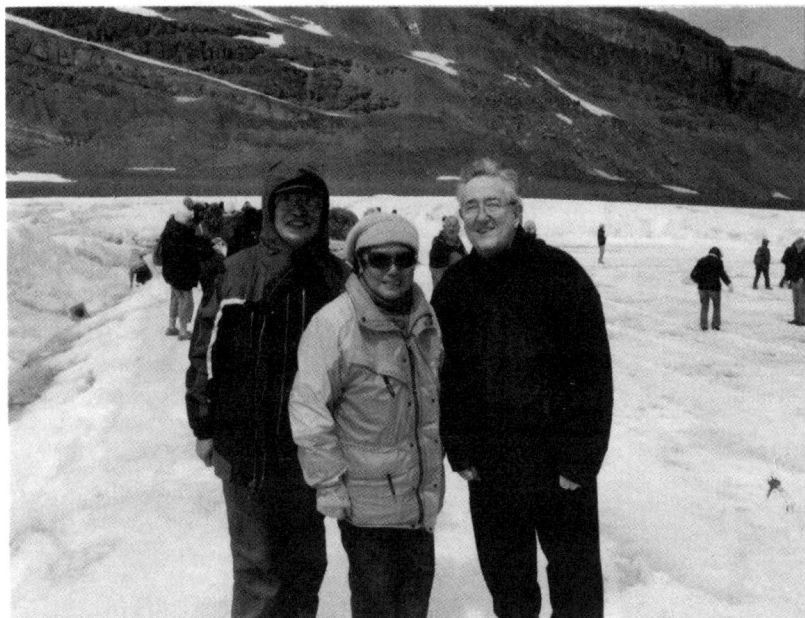

在冰原上（左一为作者）

　　当然，乌鸦爪冰川也好，亚瑟巴士卡冰河也罢，都属于哥伦比亚冰原，所以我们理所当然地以为来到并见到了哥伦比亚冰原。其实，我们见到的仅是哥伦比亚冰原的一角，而哥伦比亚冰原也只是北美四大冰原之一，虽然位居四大冰原 [哥伦比亚冰原（Columbia Ice Field）、朱诺冰原（Juneau Icefield）、瓦帕塔冰原（The Wapata Ice Field）和米尔恩冰架（Milne Ice Shelf）] 之首。

　　哥伦比亚冰原位于不列颠哥伦比亚省和阿尔伯塔省边界的贾斯珀国家公园内，在落基山脉的大陆分水岭上。它形成于公元前 238 万年到 126 万年之间，被认为是世界上形成最早、面积最大的冰原，长约 54 公里，宽约 4.8 公里，总面积达 325 平方公里，冰层厚度在 100~300 米之间，最厚达 365 米，呈条纹状从落基山脉延伸到海岸。纵然它是世界第一大冰原，但在 1898 年之前人类却对它一无所知，直到这一年被登山探险家发现。哥伦比亚冰原以奇异的自然风光、数百条飞山瀑布和数千个大小翡翠湖让人心驰神往。

　　朱诺冰原位于不列颠哥伦比亚省和阿拉斯加的交界处，有大型冰河谷40处，小型冰河谷100处，所以是观看冰河谷的最佳旅游点，不过要乘直升机才能到达。

　　瓦帕塔冰原位于不列颠哥伦比亚省和阿尔伯塔省大陆分水岭上的瓦普提克山区，一年四季登山和滑雪爱好者络绎不绝。这里有许多湖泊和河流让旅游者流连忘返。据说，瓦帕塔冰原还是科学家研究地质构造板块的好地方。

　　米尔恩冰架原本是埃尔斯米尔冰架（The Ellesmere Ice Shelf）的一部分，甚至是"一个碎片"，位于加拿大努纳武特省的巴芬岛上。由于全球气候变暖，埃尔斯米尔冰架早已化为冰水融入北冰洋，只留下"一个碎片"——米尔恩冰架。不过这个"碎片"的面积就有290平方公里，中央厚度达100米，在1986年的北冰洋冰架排名榜上名列第二。

　　所以，米尔恩冰架被视为加拿大的最后一个北极冰架。不幸的是，这最后一个冰架也正面临解体。有报道说，2020年7月的最后两天，米尔恩冰架的面积锐减40%，大约80平方公里的面积脱离冰架，这相当于一座城市。报道还说，剩下的大约111平方公里也几乎全部塌陷到北冰洋。渥太华大学冰川学专家卢克·科普兰（Luke Copland）叹曰："米尔恩冰架曾是现存最大、最完整的冰架，如今它已基本上完全解体了。"

　　我想，再过10年，米尔恩冰架或许已经是历史书上的记载，而人类将为此付出沉重的代价。

　　哥伦比亚冰原有名有姓的冰川至少有如下10座：

　　1. 乌鸦爪冰川（Crow Foot Glassier）——位于阿尔伯塔省班夫国家公园境内的露易丝湖西北32公里处，就在乌鸦爪山的东北坡上。冰川流出的水注入弓湖和弓河。从前它与瓦帕塔冰原相连，但从20世纪80年代起，由于气候变暖，冰川面积逐渐缩小，如今只有1.5平方公里，早已不是探险者发现时的那座冰川了。

　　2. 阿塔巴斯卡冰川（Atabasca Glacier）——位于阿尔伯塔省贾斯珀国家公园境内，目前以每年5米的速度后退，125年来已经缩小了一半，面积只剩 6 平方公里，长 6 公里，但仍然是旅游者数量最多的冰川之一。由于潜在的冰裂较多，如果没有良好的装备，可能会有风险。

3. 萨斯喀彻温冰川（Saskatchewan Glacier）——位于班夫国家公园境内，是哥伦比亚冰原上最大的冰川，长 13 公里，面积 30 平方公里。从 1893 年到 1953 年它以每年 55 米的速度向后退缩了 1364 米，而它是萨斯喀彻温省北部的主要水源。

4. 哈巴德冰川（Hubbard Glacier）—— 一座海拔只有 120 米的树状山谷冰川，目前仍在扩展中。这座已有 400 年历史的冰川从育空省的洛岗山一直延伸到阿拉斯加海岸，宽度冬季达 15 公里，夏季也有 9 公里。2002 年夏季由于连降大雨，冰川被冲开一个缺口形成了堰塞湖。

5. 卡斯卡乌什冰川（Cascausch Glacier）——是位于加拿大西北规模庞大的冰川。过去 100 年它后退了 1.5 公里，并导致一条河流被截流，几近干涸；另一条河流水量剧增，乃至泛滥。专家们认为，这是过去几千年没有过的现象。

6. 沃德·亨特冰架（Ward Hunt Ice Shelf）——位于加拿大北极地区，是现存的北极 5 大冰架中规模最大的一个，已有 4000 年的历史。冰架面积约 443 平方公里，厚度 40 米。由于全球气候变暖，这座冰架正在迅速缩小，并且科学家还在 2002 年发现了多条裂痕，其中最长的冰裂带长达 18 公里。事实上，整个冰架已经断裂成 3 部分，未来几年很可能分崩离析。科学家们还发现，附近的彼得森冰架（Petersen Ice Shelf）的面积在过去 3 年里失去了三分之一。而距北极 800 公里、面积达 66 平方公里的艾尔斯冰架（Ailes）已经彻底消失。北极冰架的消失将改变加拿大的版图。

7. 魔爪冰川（Devils Paw ）亦称 93 号边界高峰——位于不列颠哥伦比亚省阿拉斯加朱诺冰原东北部，是朱诺冰原的最高峰，海拔 2593 米以上，其特点是万丈冰峰拔地而起，犹如利剑直刺云天，雄奇之状叹为观止。西北坡长达 4.8 公里，毗邻土尔西夸湖和土尔西夸冰川，东南坡长达 11.3 公里，坡底是风景如画的艾达公路的起点。

8. 赫克托尔冰川（Hector Glacier）——位于班夫国家公园的班夫山北

坡，长 3 公里，以加拿大博物学家詹姆斯·赫克托尔的名字命名。1938 年冰川的大部分面积发生断裂，整个冰川谷地被冰块填满，冰层厚达 60 米。

9. 秃鹰冰川（Vulture Glacier）——位于班夫国家公园的露易丝湖附近。冰川沿大陆断层延伸，面积为 4.9 平方公里，但规模一直在缩小（美国蒙大拿州格拉舍国家公园里有一座同名冰川）。

10. 弓状冰川（Bow glacier）——位于贾斯帕和班夫两大国家公园交界处，距露易丝湖约 37 公里，是同名湖泊和同名河流的水源保障。通往冰川有一条步道，即使带孩子的游客也能徒步走到。自 1850 年以来，弓状冰川一直处于收缩状态。从 1850 年到 1953 年后退了大约 1100 米，从而形成了弓湖。

加拿大的冰川有什么独特之处吗？有。如果你以为冰川没有生命，那就大错特错了。冰川可以生长、爬行、咆哮、呻吟，甚至歌唱。加拿大北极区有让冰川持续生长的完美条件。这在很大程度上是大西洋季风穿过巴芬低压山谷造成的。冰川的形态千姿百态，取决于地形地貌，因此，加拿大冰川还可以是冰河，是冰湖，是冰架，抑或悬冰架。在温暖的夏季，往往会有 10 层楼房般巨大的冰山从冰川上断裂后跌入大海，大批旅游者曾在埃尔斯米尔岛附近亲眼看见过巨大的浮游冰山。

冰川是雪的固化。积雪在重力作用下，经过千年、万年、百万年，形成厚厚的冰层，覆盖了山坡，人称冰川，填充了山谷，人称冰河。所以，说是要看乌鸦爪冰川，实际是走在乌鸦爪冰河上。但这一走，看似地理跨越，其实是千百万年的时空跨越，是从没有过的体验，从没体验过的刺激，从没经历过的昂奋。有人问："你经常去加拿大，印象最深刻的是什么？"我毫不犹豫地回答："落基山脉，哥伦比亚冰原！"冰清雪白，天地一体，那种神圣感不是一个美字能表达的。

傍晚时分我们来到班夫镇（Banff Town），下榻皇家山庄酒店。

班夫小镇是我们在绵延千里的落基山脉中见到的最大居民点，也是班夫国家公园的主要商业和文化中心，其特点是洁净加宁静。

班夫镇酒店

1884 年加拿大太平洋铁路第 29 支线修到这一站时，它还只是个无名的小山村。是 3 名筑路工人改变了山村的历史。他们在这里发现了地下温泉并决定进行商业开发，从而给山村带来了活力。而铁路公司总裁乔治·斯蒂芬为了纪念自己的家乡苏格兰班夫郡，把这一站命名为班夫站。于是，便有了班夫村和后来的班夫镇。这不仅刺激了小山村的商业振兴，而且促成了加拿大第一个国家公园——班夫国家公园的建立和扩展。

班夫小镇据说常驻居民还不到 8000 人。事实上，班夫镇也就是一条街，挤满了酒吧、餐厅、商铺和旅馆。商店里除了具有地方特色的旅游纪念品外，主要商品是登山、滑雪工具和设备。

听说这里的养牛业很发达，在这里尽可以享受美味牛扒、优质牛奶和各种奶制品。所以，住进皇家山庄酒店后，晚饭时我和妻子没有吃酒店的自助餐，而是到街上找了一家窗明几净的餐馆，品尝班夫的黑椒牛排、冰酒和甜美的冰激凌。

小镇一直往南延伸到弓河桥，不远处就是弓河瀑布。小镇不仅远近都是著名国家公园，而且四周群山环绕，峦德尔山、喀斯喀特山、诺奎山、硫磺山等，其中最高的喀斯喀特山海拔将近3000米。

班夫镇成为世界名镇，要感谢"班夫山乡电影节"（Banff Mountain Film Festival）。1976年，班夫策划了这个电影节，一举成为世界各地户外运动爱好者、极限运动爱好者、探险家和环保主义者的嘉年华。从此，"班夫山乡电影节"迅速走向世界，班夫户外运动纪录片巡演风靡欧亚非几十个国家，并于2011年进入中国各大城市电影院。

第三天我们离开班夫镇踏上归途。从班夫镇经露易丝湖、罗杰斯山口、三峡谷到维农镇，行程460公里。印象最深的是露易丝湖。

露易丝湖是座冰川湖，也在班夫国家公园内。这个湖是以英国维多利亚女王的第四个女儿、加拿大总督约翰·坎贝尔·洛恩侯爵的夫人露易丝公主（1848—1939）的名字命名的。发现这座湖的是铁路工程师汤姆·威尔逊。1882年的一天，他突然听到远处传来惊天动地的响声，印第安向导告诉他，那是高山雪崩的咆哮声。还说，那山下有座美丽的湖，湖里有许多小鱼儿，所以人们叫它"小鱼湖"。

雪山和"小鱼湖"勾起了汤姆·威尔逊的好奇心。第二天到那里一看，他惊呆了：高耸入云的3座高峰和悬崖峭壁，环抱着一泓翡翠般美艳的湖水，宁静的湖面上泛着粼粼波光，峭壁上是白雪皑皑的山巅。这如画如诗的美景令他窒息。据说，汤姆·威尔逊甚至想用自己妻子的名字给"小鱼湖"命名，但当他得知总督大人要用自己夫人的名字命名时，他只好把自己的荒唐念头偷偷掐死。

自古以来，巍峨的雪山就一直忠实地守护着露易丝湖，虽然在1882年之前，它的名字也叫翡翠湖。如今，湖边有许多旅馆、露营地和旅游设施，高尔夫球场、网球场、狗拉雪橇、滑雪、溜冰、登山、乘独木舟、漂流、骑马、骑自行车，一年四季，应有尽有。为了到山坡上的一家酒店用晚餐，我们搭乘了缆车。饭后，来到水果之乡维农镇。

第四天早饭后到果园各自买了些水果，然后继续踏上归途。途中经过奥卡那根湖，我们下车欣赏风光秀丽的湖光山色，很想一睹传说中的湖怪 Ogopogo 的芳容。可惜它的架子太大，等了半个小时也不肯出面接见，我们只好悻悻然离去。颠簸 475 公里后，于中午返抵温哥华。

中途下车"方便"时，我无意中走上路旁山坡，举目四望，满眼都是一望无际的落基山脉和浩瀚无边的原始森林，耳边仿佛立即响起一曲大自然的赞歌，而心里对如此富饶的大地有种近乎嫉妒的羡慕。然而，当我把目光集中在眼前的一棵松树干上定睛一看时，我心中突然一颤：树干上密密麻麻的尽是红褐色甲虫，就像生了疥疮的皮肤，目不忍睹。往两边看，两边的树干也都爬满了一样的甲虫。再往后看，往远处看，所有的松树干都被甲虫侵蚀得体无完肤。原来，一片山林都是站着的死木头，没有一棵活树。我大惑不解，心情也立即由羡慕转为痛惜。

上车后一问方老师才知道，加拿大落基山原始森林沦为松甲虫重灾区已经多年了，最初政府曾试图用飞机喷洒杀虫剂，但因受灾森林面积太大，空中喷洒药物只不过情同下毛毛雨，对松甲虫根本构不成致命威胁，而且费用之高，是国家财政无法承受之重，所以后来干脆"火攻"，每年都要放火烧毁大片森林。她说："人家的森林火灾都是高温自燃或者电闪雷击造成的，我们加拿大的森林火灾基本都是人为制造的。反正加拿大森林多得很，烧掉了重长，几年又起来了。"停了一下，她又说："所以，你说的原始森林，早已不在了。现在基本都是再生林。"

回到温哥华后，我上网一查才知道，由于全球气候变暖，北美和加拿大的松甲虫繁殖迅速，而松甲虫排出的二氧化碳远远超出森林吸收二氧化碳的速度和能力，所以松甲虫泛滥成灾，打破了森林的生态平衡，成为森林第一杀手。截至 2006 年底，被松甲虫毁坏的加拿大西部森林面积已经达到 12.8 万平方公里，包括班夫国家公园的大片森林。

松甲虫在松树皮下产卵，并以松树皮为食，所以每棵大树都被它们钻得千疮百孔。松甲虫一旦钻入树木，树木就会在 1 年内死亡。树木死亡后，松甲虫释放的大量二氧化碳就会进入大气，让活着的树木来吸收。然而，活着的树木对二氧化碳的吸收能力已经远远跟不上松甲虫排放的能力。

而大量二氧化碳造成的温室效应反过来又加速松甲虫的繁殖和生长，也就加速了森林的死亡。这是一个恶性循环。

更糟糕的是，人为火灾虽然烧死了树木也烧死了寄居在树木身上的松甲虫，但森林火灾的发生地却又是活着的松甲虫梦寐以求的栖息场所，据说它们身上的感官器对火源的感觉分外敏感，会从四面八方迅速飞赴火灾现场，尤其雌性松甲虫，最喜欢把卵产到被烧焦的树干上。

加拿大的松甲虫灾害被视为森林"癌症"。我原本只知道加拿大是个森林资源无比丰富的国家，却不知道加拿大森林也患上了"癌症"。所以我想，自然资源的保护有时比拥有更重要。面对有限的地球资源，人类的使命是爱护和保护，而不是过度开发和利用。

尽管落基山脉被清一色的松树森林所覆盖，但加拿大是枫树之国，枫叶才是加拿大的名片。加拿大东临大西洋，西抵太平洋，北濒北冰洋，南面与美国接壤，海岸线长达 33807 公里。国土面积 998.4670 平方公里，仅次于俄罗斯，居世界第二位，其中陆地面积 909.3507 平方公里，内水面积 891163 平方公里，东西最长为 9000 公里，南北最宽为 4000 公里。加拿大是名副其实的地大物博国家。

（写于 2014 年）

敦巴顿橡树园

敦巴顿橡胶园——中、苏、美、英四国代表签署《联合国宪章》

在美国首都华盛顿西北的乔治城，有一座美丽的英式园林博物馆，这就是名闻遐迩的敦巴顿橡树园（Dumbarton Oaks Gardens）。敦巴顿橡树园虽然面积不算大，地理位置也不那么显赫，但名声却非同凡响，因为这是 1944 年中、苏、美、英 4 国协商建立战后最重要的国际组织——联合国的地方。划时代的《联合国宪章》就是在这里诞生的。

1944 年 8 月 21 日至 10 月 7 日，中、苏、美、英 4 国领导人在敦巴顿橡树园举行会议。经过充分协商，通过了关于建立普遍性国际组织——

联合国的议案。议案确定了联合国的宗旨和原则，规定了联合国大会、安全理事会、秘书处等主要机构的组织和职权，以及关于维护国际和平与安全和关于国际经济与社会合作的各项安排。中国在第二阶段会议上除同意前一阶段的议案外，还补充了3点重要建议：一、在和平解决争端上，国际组织应适当考虑正义和国际法原则；二、大会应承担国际法的编纂与发展的任务；三、经济和社会理事会应扩大到教育和其他文化合作领域。中国的建议先后得到美、英、苏的赞同。这一议案成为1945年旧金山会议拟订《联合国宪章》的基础。

就冲这一条，大凡到了华盛顿的中国人都会想方设法抽时间到敦巴顿橡树园一游。

敦巴顿橡树园始建于1920年，它的主人是布利斯夫妇。布利斯当过33年外交官，他和妻子各自继承了万贯家产，是典型的美国富二代。他们在1920年买下了这块"橡树林中的橡树园"，本打算作为他们在华盛顿的养老寓所。于是聘请了著名的园林设计师，开始大兴土木，翻修改造、新建、扩建，不亦乐乎。1933年布利斯退休后，他们夫妇在这里住过一阵子。但像所有退休老人一样，他们的理想生活是云游天下，而不是"归园田居"。但如果长期无人居住，任其荒芜，又何必当初？终于1940年11月做出一个明智而富有远见的决定：将整个园林及其丰厚的收藏一并赠给布利斯的母校哈佛大学。

捐赠前，布利斯夫妇对园内的旧建筑进行了改造，又新建了两幢楼房，专门收藏人约10万册书籍和许多珍贵艺术品。尤其是建造了拜占庭文化中心，专门收藏与拜占庭文化即公元326—1453年东罗马帝国文化有关的文物和典籍。他们还建造了哥伦布发现新大陆之前的美洲文化中心。中心是1963年才完成的一座现代建筑，由8个圆厅围成一个圆圈，中间是棕榈树和小水池。8个圆厅都是玻璃建筑，每个厅内陈列一个时期的文化展品，有反映公元600—900年中美洲马亚文化的花盆、碗和墓碑，有反映公元30—900年秘鲁奥马文化的玉雕和石刻，有反映哥伦比亚印加文化的鸟类羽毛织成的地毯，等等。

敦巴顿橡树园是古典式英国园林庭院，庭院中有巧夺天工的雕刻装饰，有布满绿苔的铭刻和喷泉。由篱笆树墙围城的 13 座花园中最令人赏心悦目的是玫瑰园。橡树园正式对外开放始于 1963 年。

从入口往右走，是一座仿 18 世纪建筑艺术形式的花园图书馆。图书馆四壁上悬挂着各种花卉名画，玻璃陈列柜中陈列着 2400 部园艺史方面的书籍，其中大部分是绝版本，还有 9100 本与花草树木有关的历史资料。而更为珍贵的则是一些历史图片，有 1860 年留下的酷似牡丹花的郁金香，有 17 世纪的玫瑰。仅研究这些珍贵图片的文章就汇集了好几十本。关于园艺研究，敦巴顿图书馆是肯花本钱的。它每年都要拨出 25 笔奖学金，从世界各地聘请园艺史、拜占庭文化和美洲文化的研究人才；还要举办专题学术报告会，讨论各个时期、各个地区的园林设计艺术。

走出图书馆就是花园。花园占地 6 公顷，层次分明、设计巧妙，可谓一步一景。这里有大型雕花石块，有矮墙围成的花坛、花圃等。放眼望去，遍地一片迎春花，令人心旷神怡。园内有几棵高大的橡树，敦巴顿橡树园便因此而得名。

从圆形文化中心往前走，是一座古典式建筑的音乐厅。音乐厅地上铺的是 18 世纪的法国漆花地板，屋顶有 16 世纪的美洲雕花艺术，还有西班牙、意大利和法国的古老家具。很多著名音乐家都在这里举行过音乐会。出生在俄国、后来移居美国的斯特拉文斯基的降 E 调协奏曲，就是 1938 年应布利斯夫妇的请求，为庆祝他们结婚 30 周年而创作的，因此亦有《敦巴顿橡树园协奏曲》之称。现在，这座音乐厅仍然是每年定期举行演奏会和学术报告会的地方。

布利斯夫妇分别在 1962 年和 1965 年去世。他们身后留下了一大笔基金，20 年来培养了不少人才，出版了上千本研究著作。因此，敦巴顿橡树园不仅是陈列历史珍品的博物馆，也是一座培养人才的学校。

（原载《长江日报》1984-07-22，晨曦）

大漠深处"伊甸园"

——探访非洲丛林人

布什曼猎手

　　在人类社会已经发展到试管婴儿诞生和乘坐宇宙飞船遨游太空的今天，未必有多少人知道在西南非洲卡拉哈里大沙漠中有一批过着半原始、半野人生活的现代人——布什曼（丛林人）。

　　在塞茨瓦纳语中的布什曼（Bushiman）一词源于班图语，意思是"来自无人居住地区的人"。这个词在西南非洲霍屯督语中的许多方言里都是"人"的意思，但流传最广的还是"丛林人"。据说，从博茨瓦纳延伸到津巴布韦、从纳米比亚延伸到安哥拉的数百平方公里的土地上，散居着大约 5 万丛林人。他们之中大多数人的生活方式跟邻近地区的其他土著民族已经没有太大区别。有小村落，有牛群和羊群，有农具，男穿衣裤、女穿裙，有的甚至穿上了来自美国西部的牛仔服。真正过着野外狩猎和采集生活的人大约只有 3000 人，大多流动在卡拉哈里大沙漠的丛林和草原中。

卡拉哈里这个在外部世界听起来犹如千古之谜的大沙漠，覆盖着博茨瓦纳共和国 4/5 的领土，遍布枯干的荒草和长满芒刺的低矮灌木。这里不仅顽强生活着 300 种野生动物，而且顽强生活着数以 10 万计的不同种族和部族的居民，其中最有代表性的野生土著人就是布什曼。

去年圣诞节，我和妻子及一位助手怀着极大的兴趣和神秘感，乘坐《大羚羊》旅行社的越野吉普，前往心仪已久的布什曼村采访。

最近的布什曼村位于首都哈博罗内西北大约 200 公里处。从旭日东升到烈日当头，在尘土飞扬，令人口干舌燥的沙土路上颠簸了足足有 5 个小时。穿过杳无人烟的荒野，绕过一个又一个牧群，越野车终于在一棵大树前停下。

十来个孩子和三四名妇女正趴在树下乘凉。他们对远来的汽车和"城里人"似乎已经司空见惯，既不向客人挥手，也没有起来和客人"Hello"的意思，仿佛不过是来了几只羊。只有几个年幼孩子的黑眼珠儿滴溜溜直打转，透出几分惊疑：以往来的都是高鼻梁、深眼窝的白人，今天来的却是相貌和肤色都跟他们没多大差别的人。

其实这也是我的疑惑。我原以为布什曼是体魄健硕、头发卷曲、皮肤黝黑的黑人，何况整年生活在"赤日炎炎似火烧"的沙漠里。如今一见才知道，他们的皮肤是棕黄色的，身材并不如想象的那么高大，甚至可以说有些矮小，相貌和骨骼特征更接近蒙古人，让我顿时联想起曾在俄罗斯北部见到的布里亚特蒙古人，但卷曲的短发和凸翘的臀部，以及喜欢赤条条趴在沙土地上"烙"肚皮的习惯，又表明他们分明是非洲土著居民的一族。

向四周打量了一下，我突然明白，这便是我们要造访的布什曼村了。

可村庄在哪儿？前后左右都是草木稀疏的旷野，只在右前方不远处有 3
个草棚，跟我国东北夏季西瓜和香瓜地里看瓜人的窝棚有点类似，但远
比不上瓜窝棚那么严实。瓜窝棚是不透风、不漏雨，供看瓜人白天休息
夜里睡觉的，而布什曼居住的"房子"老远就能看出是用曲曲弯弯的小
树干和干树枝搭建的圆顶栅栏，栅栏的立杆之间有巴掌宽的距离，既不
能遮风，也不能挡雨。

狩猎中的丛林人——布什曼

　　3 个草棚周围是同样用灌木树干和树枝围成的稀稀落落的篱笆，里面
大概就算是院子了。院内有几个年纪大点的人在打量刚从车上下来的陌
生客。转身向左看，在稍远处的荒草丛里还有几个草棚，几个光屁股的
孩子在向这边奔跑。

　　导游说，丛林人最盼望有游客来，因为这不仅会给他们带来节日般的
热闹，还有旅行社给他们带来的净水和盐巴。他们已经习惯于旅行社每
次都带见面礼来，否则他们会大失所望。果然，没过几分钟，提着塑料
桶来取水和盐巴的人就已经排成队了。

据导游介绍，这个小村子共有 6 户人家，男女老幼合起来大约 30 人，分两处居住。在博茨瓦纳，只有这 6 户布什曼过既狩猎又定居的生活，其余 2500—2700 布什曼都在大漠深处过流动狩猎和采集生活，旅游者很难到达他们出没的地方。所以，这个小村子便成了旅游者唯一能到达的观光旅游点。时间一长，他们似乎也明白了开展"旅游业"的好处，不仅能得到旅行社的净水和盐巴，还能收到游客的礼物，尤其是糖果和可口可乐。钱是不要的，钱对他们没有意义。他们也知道游客想看什么，所以准备了一整套表演节目。他们的土著语言没有人能听得懂，但他们之中显然有人能听懂和领会一点英语，这对以肢体表演为主的他们来说已经足够了。

走进遍地黄沙和红土的庭院，得以近距离观察布什曼居住的草棚：高约 2 米，地面直径接近 3 米，下宽上窄，棚顶呈伞状，中间有根粗一点的立柱，撑住伞形棚顶。棚顶胡乱铺着干草，既不编织，也不捆扎，也就起个遮阳的作用。如遇大风，任凭被刮跑就是了。四周围栏都是歪歪扭扭的灌木枝干，稀稀落落，空隙大得除了小孩不能钻进钻出，什么都挡不住。

棚内地面光秃秃，没有任何什物，任凭东南西北风，任凭雨水流成河。棚屋中间有个用木棍高高支起的木架，上面堆放着羚羊皮、豺狗皮等杂物，挂着装有弓箭等打猎用具的皮囊，还有风干得又硬又黑的生肉干儿。这个木架，据说就是床，天一黑，大人、小孩就都上床睡觉。

外面一位妇女在生火做饭。做饭对布什曼是稀罕事，据说除了这个定居旅游点，大漠深处的布什曼是不做饭的，也没有做饭的工具。他们大多时候吃生食，想吃熟的，用火烤就是了。那做饭的妇女腰间围一张兽皮，背上驮着个孩子，两只乳房长长地吊在胸前，就像两只干瘪的皮囊。饭锅很别致，很有点像我国寺庙里的三脚香炉。一问导游，方知是茨瓦纳乡下人通用的烧饭工具。她用一把长柄木勺在锅里搅拌着，看不清锅里煮的是什么，绿糊糊、黏糊糊，像是菜粥。旁边的树上挂着各种生熟兽皮。

不愧是旅游点的丛林人，他们对游客的心理似乎已经很熟悉，所以不等导游打招呼，就已经主动按既定程序开始表演了。

第一个节目是表演拉弓射箭。这是布什曼赖以生存的看家本领。男孩子从会跑起，就开始练习拉弓射箭了。四脚蛇、地鼠、兔子、蜘蛛都是他们的箭靶子。他们整天光着屁股跑来跑去、射来射去，到十来岁就能成为箭不虚发的射手。再大一点，还要练习投掷长矛，而且要远、准、狠。这是射杀角马、大羚羊、野猪等大型野生动物的必备本领。

布什曼部落长

眼前这位表演的猎手，个子不高，看上去不到 40 岁。但要问他到底多大年龄，他自己也说不出来，因为丛林人其实是没有什么时空概念的。他们只知日出日落、白天黑夜，哪里知道什么日月年华呢？同样，他们只知道追踪野兽、寻找水源，至于跑了多少路，向南跑还是向北跑，他们不知道也无须知道。别看他没有虎背熊腰，但四肢灵活、筋骨强健。丛林人整天要和野兽赛跑，大肚子、肥屁股是要送命的。你看他棕黄色的脸上棱角分明，活像一座铜像。浑身上下一丝不挂，如果不算吊在髀间的那小块"遮羞皮子"的话。只见两手搭弓，跨出马步，右手轻轻一拉，便开了个满弓。

我见那弓条很细，弓弦长不过一尺半，做工又很粗糙，心想这不过是表演用的小孩玩具，岂能是打猎的弓箭？一时兴起，接过弓箭意欲一试。不试则已，一试可出了大洋相：我使出浑身力气，那弓弦就是纹丝不动。按说我也算有把子力气，万万没想到竟是这个结果。同行的小伙子也忍不住要一试身手，可他憋得满脸通红也没能拉动弓弦。我不能不对平生见到的第一位真正猎手伸出大拇指，而他正咧着嘴冲我们笑。

第二个节目是表演猎套的制作和使用。一个前胸和两臂肌肉隆起的年轻小伙子坐在篱笆棚子里搓麻绳。材料是剑麻，成片的剑麻在非洲草原上随处可见。他在用刀具刮剑麻，一层一层、一点一点地把剑麻刮成白色的纤维。不过他手里的刀可不是铁的，而是木头的。他用左手把丝线般柔软的纤维放在腿上，再用右手手掌在腿上搓捻，很快就捻出一条结结实实的麻绳来。麻绳是用来做捕捉狐狸、兔子和小羚羊的猎套的。

接下来该表演如何下套儿了。通常猎套都下在草木比较稠密的地方。绳子的一端拴在树干上，中间做个活套儿，连同另一端藏在草丛里或者埋在沙土下。上套最多的是没有经验的小羚羊和粗心的兔子。当猎手发现被套住的羚羊或兔子时，便用圆头木棒猛击其头部，只听"叽"的或"吱"的一声，猎物便气绝身亡了，很少需要击打第二下。看上去有点残酷，可这就是丛林规则。

激动人心的是第三项表演——钻木取火。小时候就见到过火柴盒上印着燧人氏的像，大人说那是发明钻木取火的老祖宗。因为好奇，也曾用筷子和草絮试过好几次，但累得手疼、背酸、满头大汗也钻不出个火星来。心想是大人糊弄小孩儿，没影的事。但钻木取火的神秘感却一直扎根到心里。如今得见燧人氏真传，自然有种穿越时空的激动。

只见一位老者从容地坐在地上，从皮囊中取出两根一尺多长，指头般粗细的小木棍。一根中间有个烧黑了的小窝窝，另一根上粗下细，底端像削尖的铅笔。他先把中间有小窝窝的木棍横放在地面上，用双脚踩住两端，再将另一根木棍的尖端插在窝窝上，并随手抓一点甘草放在一旁备用。

这时他用两只粗大手掌夹住立木，以常人根本达不到的高频率迅速搓动，不到 30 秒，就见横木的黑窝里生出烟来。他赶紧抓一把干草放在生烟的小窝窝上，再用双手把横杆和干草捧到嘴边用力吹，只吹两三口，那烟就顷刻变成火苗燃烧起来。

于是，我眼前仿佛呈现出燧人氏钻木取火那远古的一幕。但我还是抑制不住与生俱来的好奇心，摩拳擦掌意欲一试。"燧人氏"看出了我的心思，便示意坐在他的位置上。因为刚看过表演，按程序照做就是。想不到钻得满头大汗，连烟影都看不见，哪里会有吹火的机会？试了第二遍还是不行，只好认输。原因很简单，我们常人的双手根本就没有那样的力度和速度。

一万年前旧石器时代燧人氏钻木取火的伟大创举，把人类带入一个新时代。恩格斯说，摩擦生火第一次使人类支配了一种自然力，从而最终把人和动物分开。正是火苗突起的那一瞬让我感受到一种难以名状升华，在我脑海里顿然浮现出普罗米修斯盗取天火到人间的那幅著名的油画。但，盗天火不过是神话，而钻木取火才是真正照亮人类的灵光！

傍晚，我们在一处似曾有人住过的空地上安营扎寨。旅行社的陪同人员竖起活动帐篷，燃起篝火。黑人司机此刻充当炊事员在篝火前架起铁箅烤炉，开始烤牛肉。驻在附近的丛林人差不多都跑到这里来凑热闹，有的还用石子在地上或石板上下起五子棋来。篝火越烧越旺，夜幕越垂越低。很快，周围变得漆黑，黑得看不出2米以外的任何目标。若不是有这么多人在场，真担心会从什么方向突然蹿出一只鬣狗或豹子来。

吃饱了喷香流油的烤牛肉，喝足了超淡型易拉罐啤酒，我便坐到哔哔啵啵燃烧

钻木取火

得有点烤脸的篝火旁，同导游聊起天来。导游是来自南非约翰内斯堡的白人，看上去 50 岁左右。谈起布什曼的历史和习俗，他滔滔不绝、神采飞扬。

关于布什曼的传说，听起来玄乎得很。有人甚至说，他们可以连续几个月不喝一滴水，比骆驼还耐干旱。但导游说，其实布什曼跟我们常人一样需要同样多的水，大多数人一天需要喝 2 公升水，何况他们的排汗量要比我们一般人多得多。虽然在卡拉哈里大沙漠上找不到地表水，但并不是没有能够提供水分的东西。

他们靠的是地下水源。地下水源不是地下的暗河、暗流或暗泉，而是能够渗出水分或者能够吸收和积聚水分的根茎植物。布什曼对自己的生存环境了如指掌，他们知道在什么地方能找到水。只要发现有水分渗出地表的地方，他们就知道那下面一定有存水的硬土层，他们会一直往深处挖，不达目的绝不罢休。挖到深处潮湿渗水的地方，他们会塞上一把草，在草把中间插上一根芦苇管儿，然后用嘴使劲吸，准能吸出水来。我们姑且称之为"吸管井"好了。每发现一处，他们都会挖一个"吸管井"，然后严密地掩蔽起来，外人根本察觉不出来。这样的"吸管井"究竟有多少，除了他们自己，谁也不知道。

不过，布什曼最常用的水源是第二种——植物的根、茎、叶。最方便的当然是野生西瓜。但野生西瓜数量十分有限，比较多的还是球状根茎植物。有些植物的根茎硕大无比，含水量非常大。据说有一种植物的根茎重达 260 公斤，含水量达 100 公斤。

次日上午表演继续进行。这第四个节目就是表演"找水"。3 名布什曼男人带我们走进荒野。走着走着，发现一种小叶细蔓植物，极不引人注意，可他们一眼就能在乱草丛中认出它来。一位布什曼蹲下身子，顺着茎蔓用手往地下挖。因为是沙土，比较好挖，但更主要的是他的手劲大、动作快，所以也就三五分钟，他的整个右臂就伸到了坑里，掏出一个又像大萝卜又像南瓜的块茎来。这就是水源。

取水的方法很简单。先用木刀把根茎快速刮成碎末，再用手抓一团碎末对着嘴攥压，挤出的水就直接流进嘴里。如果碰到大一点的块茎，挤出的水足够一个人饮用一天的。大人好说，婴儿要喝水怎么办呢？何况布什曼一没有杯，二没有勺，更没有带奶嘴的瓶子。所以，母亲给婴儿喂水的方法就很独特。她用左手拖住婴儿的头，右手攥着一小团块茎碎末，拇指向下伸出，对准婴儿的嘴，其余四指和手掌轻轻挤压，挤出的水就顺着拇指流进婴儿嘴里。如果这类含水量大的根茎挖得多，母亲还会用刮成的碎末给婴儿擦身洗澡。

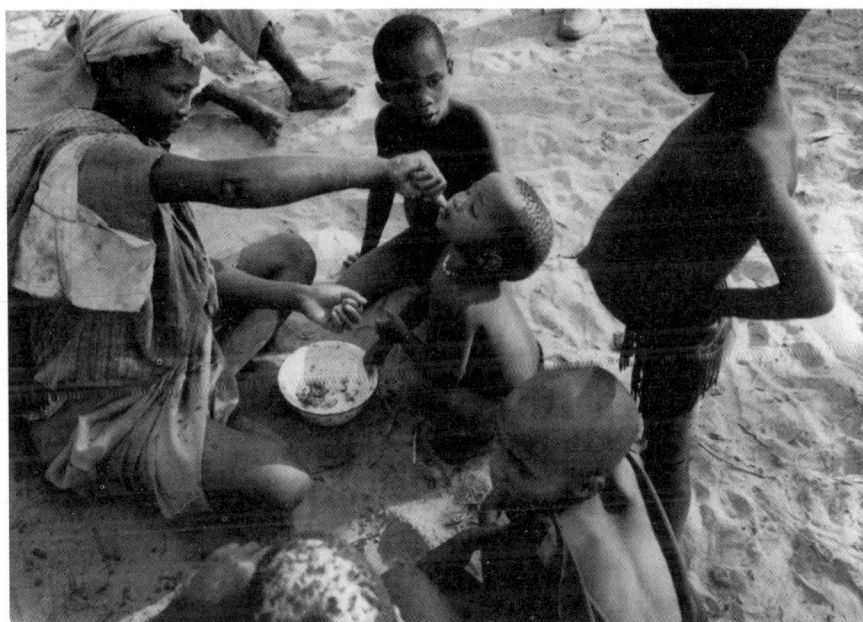

母亲将植物根茎刮成碎末挤出水分用拇指滴入婴儿口中

但沙漠中的水源——不论直接还是间接的——毕竟有限。如遇久旱无雨，所有的水源都会枯竭。这时，布什曼的唯一水源就是野生动物——动物血了。他们不仅喝动物血，甚至连野牛、野羊胃里的草都用来挤水喝。这样的生活对我们来说不可思议，对布什曼来说习以为常。这就叫适者生存。如遇上天赐雨，那无疑就是布什曼的节日了。雨中淋浴，酣畅淋漓。他们会拿出皮囊、鸵鸟蛋壳、瓜壳等所有能盛水的器具，储存尽可能多的雨水。

毫无疑问，布什曼的主要活动是狩猎。虽然也有一人单独狩猎的例子，但通常都是两人以上。狩猎的经验是神话般的，仅凭动物的足迹，他们不但能判断出动物数量的多少、行动方向、行走速度和距离，而且能识别动物是公是母，母的是否怀了孕。

如果白天发现动物群，他们通常不会急于惊动它们，而是耐心地等待天黑。随着夜幕降临，猎手们会悄悄接近目标，小心仔细地观察，尽量选择受到攻击时可能跑得不太快的目标，如肥胖的、怀胎的或者新入群的。

狩猎时两名猎手会一前一后拉开距离，压低姿势迅速奔跑，不时蹲伏下来，前边的给后边的发信号。在距离猎物不超过20米时，他们才会发箭。当然，他们并不知道20米的距离是多少，但经验告诉他们这是射杀猎物的最佳射程。进入有效射程后，他们会不约而同地瞄准同一个猎物，对准腹部连续放箭。受惊的兽群会拼命狂奔猛跑，猎手们则穷追不舍。

但也有追不上的时候。实在追不上，他们也不着急，干脆就地过夜，待次日天明后再循着受伤动物的足迹和血迹继续追赶。他们知道，受伤的动物不会跑得太远，因为箭头上有毒，毒性一发作，受伤的猎物就倒在地上不能再走了。找到猎物后，他们会用长矛把它刺死，熟练地挖掉被箭头射中的有毒部分，迅速剥皮，开膛破肚，并取出内脏用火烧掉。

有食同吃，有肉同享，这是布什曼的金科玉律，不变的共产主义法则。没有人挑肥拣瘦，更没有人会想到争抢。分肉仪式由最年长的老者和猎手共同主持。一般来说，每家可以分到一大份，每人可以分到一小份，而猎手可以多分到几份。如果他使用的弓箭是借的，那么借主也应分得比别人多。这叫多劳多得，论功行赏。

涂在箭头上的毒汁通常取自某些有毒的幼虫。取毒时猎人将幼虫放在指肚上轻轻揉捻，直到毒液流出来，然后把毒液涂抹在大约十公分长的箭头部分。有时也从某些毒性很强的植物身上取毒汁，但这样的植物只有经验丰富的猎手才能识别出来。

不管大羚羊还是野猪，也不管长颈鹿还是角马，只要被布什曼猎手发现在单独活动，那就很难有逃生的希望。我们这次还有幸借助望远镜观看猎手捕杀角马的动人场景。角马是一种体形如马头上却长着一对角的大型野生动物，初次见到多数人会误认为是野牛。角马通常都是几百几千头聚集在一起，在草原上觅食。如遇狮子、豹子等天敌来袭，它们则疯狂地奔逃，场面惨烈而壮观。

三五名手持长矛的布什曼猎手正悄悄从周围逼近一头角马，进入10米距离后，他们不约而同地把长矛拼力掷向角马的两肋。几支投枪飞过来，几乎同时刺入角马的肉体，再健壮的角马也忍受不了剧痛，根本动弹不得，只有站在原地浑身打战的份儿。而猎手们则迅速跑上前去，继续用长矛刺了拔，拔了再刺，直至那可怜的猎物扑通一声栽倒在地，气绝身亡。那场景和几头狮子捕食一头角马没什么区别。不同的也许是，狮子只为了生存，人类除了维持生存外，还要改造自然、创造历史。

布什曼对自然环境的适应能力无与伦比。他们能吃熟食，但更喜欢吃生食。对猎杀的动物，他们更习惯用骨制或铁制的刀把肉一块一块地割下来直接放进嘴里生吃，吃得很香，尽管滴着血，男女老幼概莫能外。一时吃不了剩下的肉，或串起来晒成肉丁儿，或深埋地卜贮存起来。至于兽皮，他们把它铺在地上，用木刀把内表的筋肉一层层刮掉，直到毛皮被刮得又薄又软，用来当褥子或者遮体的围裙。

每逢打猎丰收或者天降大雨，布什曼都要欢天喜地、载歌载舞地庆祝一番。但他们的唱其实就是哼，算是哼唱吧。曲调平直、单调，也听不出什么词来。比较常见的舞是"传球舞"。大家围成一圈，节奏鲜明地边跳边唱。随着节奏，前边的人转体180度，把手中的"球"（野生瓜果之类的球状物）投给后边的人，后边的人再传给后边的人，如此循环往复。舞蹈最大的特点是双脚用力跺地，跺出很强的节奏。

除了程式固定的"传球舞"，就是尽情发挥的即兴舞了。鉴于布什曼的独特体形，女人跳舞时上体尽量往前倾，让屁股高高撅起，剧烈地扭动，垂在胸前的两个乳房则像皮囊似的悠过来荡过去，颇有诱惑力。据说这实际上是一种模仿动物的舞蹈。男人只顾随心所欲地翻筋斗折把式，尽兴施展本领和释放体能，没有什么固定跳法。年纪大跳不动的则坐在一旁"伴奏"——一手拿草把有节奏地拍打另一只手，也有个别弹拨乐器的。乐器是一根弓一条弦，用牙齿牢牢咬住一端，用左手托住另一端，再用右手手指拨动琴弦，发出永远是一个声音的音调。当然，音调并不重要，节奏才是一切。

又唱又跳是布什曼的天性，他们确实称得上是天生的乐天派。但了解布什曼习俗的人知道，他们唱，他们跳，很少是为了单纯的娱乐，多半是宗教信仰的表达方式。

一位妇女——自然是跟所有布什曼一样赤身裸体的妇女——坐在焰火旁。坐在附近的人群里有人带头边唱边拍掌击节，其余的人立即跟着唱和。随着唱和击节速度逐渐加快，越来越多的人进入如醉如痴的状态，很快，就一个个开始摇头晃脑、挥臂耸肩，仿佛发狂一般。突然，一名男子站起来，急速而有节奏地两脚轮流跺地，拼命地狂跳，越跳越快，两脚跺地的速度堪比跳绳世界大赛。他浑身震颤，两腿跳得飞快，没过几分钟就支撑不住，扑通一声倒在地上。

然而，这仅仅是序幕。只见他双手抱住双腿，围着那女人和焰火转圈地滚动。这时，其他男人纷纷加入，效仿的人越来越多，叫喊声也越来越大。女人们则唱着单调的调子，围着焰火跳过来跳过去。渐渐地，女人围成一圈在内，男人围成一圈在外，女人不时用臀部拱撞男人的下体遮帘。突然，会有人进入痴迷状态，汗如雨下，围着一个唱歌的女人上下左右不停地挥舞臂膀，过不了几十秒钟，就精疲力竭地倒在地上，不省人事。据说，这是"阴魂附体"的缘故。

导游说，布什曼每次如痴如狂地跳唱，最终就是要达到必须有一名或几名男人"阴魂附体"的结果。他们认为这是死而复生的标志。

我似乎明白了，原来布什曼唱歌跳舞的仪式其实是一种宗教仪式，是在心理和精神层面上追求再生。只有跳到疯狂乃至失去知觉时，才意味着自己与神灵的结合。他们之所以围着焰火又跳又唱，因为焰火象征着神灵。

布什曼的体征特点是身材矮小，臀部硕大而突出。这是千百年来对大自然和生存环境不断适应的结果。当他们作为游猎部落开始出现在南部非洲草原上时，他们已经改进了狩猎方法，以轻便的弓箭代替了石器。他们一代又一代在灌木丛中蹑手蹑脚地寻找猎物和水源，身材短小比身躯高大当然优越得多。臀部凸起显然是脂肪存积的结果，而猎人身上唯一允许积存脂肪的地方也只有臀部。

凸臀是布什曼和霍屯督人的共同特点，也是非洲妇女普遍的体征。专家认为，这个特征主要形成于从青春期到绝经期的妇女，肥突的臀部对哺乳期婴幼儿尤其有益。肥厚的臀部脂肪能满足母亲自身和哺乳婴儿的长期消耗，所以，人们经常可以看到，即使正在从事繁重劳动的妇女也怀里揣一个、背上驮一个，丝毫不觉得吃力。大多数妇女一旦进入绝经期，身体就会逐渐消瘦，臀部也会慢慢变小。

卡拉哈里沙漠上的布什曼至今过着传统的群居生活。若干个有血亲关系的家庭组成一个宗族部落，每个部落占有一块领地，在这块领地上从事狩猎、采集等一切活动都必然会得到邻近部落的认可和尊重。部落内没有明确的社会体制，但老年人总会因为经验和智慧受到尊敬，最年长的人往往被公认为部落领袖。通婚必须是跨部落的，所以许多部落间都有联姻关系。如果有谁不想在本部落继续待下去，他可以毫不受阻拦地加入任何欢迎他的部落。

布什曼分布较多的地方是博茨瓦纳中部和北部的昆宁、茨瓦纳沼泽和曹迪洛丘陵地等。在宽格瓦以西和堪萨斯以南也有小股布什曼从事游猎和采集，但大多数布什曼已经被黑人同化，过着游牧生活。只有恩格瓦托以西和卡拉哈里沙漠纵深地区的布什曼才继承了真正的传统生活方式：裸体、群居、狩猎、采集、与野生动物相依为命。

走进卡拉哈里大沙漠深处的布什曼"伊甸园"，我顿悟似的明白了，什么是自由天堂。

（原载《羊城晚报》1993 年 9 月 22 日—28 日）

奥卡万戈

——动物天堂

奥卡万戈三角洲

今年（1991）圣诞节前夕，乘驻在国放假的机会，我决定和妻子一道去奥卡万戈三角洲旅行采访，感受一下南部非洲大自然和野生动物世界的魅力。

本想自己开车去，怎奈到旅行社一打听才知道，我对奥卡万戈三角洲实在无知得可以，竟不知开车去是不可能的，因为那里全是沼泽湿地，根本没有路。唯一的途径是乘直升机到马翁或奥拉帕，这两处都有小型机场，但只能起降直升机和小型飞机，客机是绝对不行的。然后在那里换乘 4 座小飞机前往旅游者营地。马翁和奥拉帕不在一条线上，马翁远一些，奥拉帕近一些。我们选择到奥拉帕转机。

"大羚羊"旅行社为我们订好了机票和旅馆。

我们登上旅行社的直升机飞往奥拉帕。我们一行 6 人，多一个也坐不下，因为机上只有 8 个座位，包括驾驶员和导游两个座位。直升机已经相当陈旧，螺旋桨噼里啪啦的噪声吵得我们根本无法说话。也好，因为飞得不高，干脆闭上嘴巴看窗外的风景。

奥拉帕位于博茨瓦纳中东部卡拉哈里沙漠的东部边缘上，距首都哈博罗内的直线距离是 385 公里。这是座小镇，但镇小名气大，因为它是博茨瓦纳第一个钻石矿开采基地，自然也是博茨瓦纳的钱袋子。1967 年在这里发现了一个大型钻石矿田，面积约 112 公顷。1971 年开始开采。经营者是博茨瓦纳政府和南非德比尔公司的合伙公司，总部设在哈博罗内。哈博罗内唯一一座大楼就是钻石大楼。我曾到那里参观过钻石加工流程。

钻石基地没有特殊允许当然是不能参观的，我们的日程表里也没有这一项。所以，我们的直升机在离奥拉帕小镇很远的地方——说是机场，其实是一块篮球场大小的平坦草地——降落后，直接换乘 4 座小飞机。除了驾驶员，只能容纳 3 位乘客。我们 6 人分乘两架小飞机。而陪同我们的旅行社导游把我们送到这里就算完成了使命，自己打道回府了。

上飞机时我才发现，与我们同行的是一位英国老太太。看样子，老太太已是耄耋之年，又干又瘦，脊背向前弯曲几近 90 度，手里拄着根拐杖。这让我和妻感到吃惊：这样的年龄，这样的身体，还敢一个人从欧洲跑到非洲，跑到野生动物世界来过圣诞节和新年？她的子女也敢放心，旅行社也敢接待？但最后结论还是赞叹、羡慕。驾驶员一只手像提小鸡似的将老太太提上飞机，我们也随后登上飞机。

起飞后小飞机飞得很低，估计也就 30 多米高的样子，地上的一草一木、一池一潭都看得清清楚楚。驾驶员说，我们已经进入三角洲了。

从空中俯瞰，奥卡万戈与身后的荒原形成鲜明的对照：无边的绿洲，无垠的沼泽，九曲十八弯的河流，千回百转的水系，星罗棋布的湖沼，同地表龟裂、尘土飞扬的沙漠相比，完全是另一个世界。这个世界的主人不是人类，而是野生动物、鸟类和千奇百怪的热带植物。我手上的书里说，在总面积超过 100 万公顷的沙漠绿洲里，各类野生动物数百万只，植物上千种，鸟类 450 多种，鱼类 80 种，光蜻蜓就有 99 种。

据说奥卡万戈三角洲是世界最大的内陆三角洲，总面积达 15000 平方公里，雨季可达 22000 平方公里。但面积大并不是奥卡万戈的独特之处。都说水流千转归大海，而奥卡万戈却是条永远找不到大海的河。它用数不尽的支流、泻湖、池沼和水塘织就了蜘蛛网似的水系迷宫，却因为没有出海口而迷失在卡拉哈里大漠中。没有人知道它的终点在哪儿——"神龙见首不见尾"。

简单地说，奥卡万戈三角洲就是奥卡万卡河流入卡拉哈里大沙漠内陆盆地形成的三角形沼泽地，所以奥卡万戈三角洲也叫奥卡万戈沼泽地。但这沼泽地的由来却很有故事。奥卡万戈河发源于安哥拉的比耶高原，向东南流经纳米比亚的卡普里维纳区，进入博茨瓦纳西北的卡拉哈里大沙漠。由于地势相对平缓，河水呈扇形漫延开来，在"烈日炎炎似火烧"的沙漠中东转西转后，90% 以上的河水变成了蒸汽，留下大大小小难以数计的泻湖和溪流，形成一个巨大的三角洲。

但几百万年前却是另一番景象。那时奥卡万戈河是从安哥拉高原奔流直下南部非洲的内海——马卡迪卡迪湖（Makgadikadi）的。而马卡迪卡迪湖和与之相连的沼泽湖泊覆盖了卡拉哈里沙漠的大部分地区。后来在地壳运动的造山和断层作用下，马卡迪卡迪湖上升变成沼泽，奥卡万戈河被迎头阻断，不得不掉头，千回百转进入卡拉哈里大沙漠，从而形成了独特的自然现象——一条找不到大海的河流被迫流窜并消失在大漠中。

如今的马卡迪卡迪盐沼想必就是几百万年前的马卡迪卡迪湖吧。这是世界最大的盐沼之一，也是卡拉哈里大沙漠的内陆盆地，地势东高西低，东西长 160 公里，宽 48~80 公里，占博茨瓦纳全国面积的一半以上。盐沼是奥卡万戈三角洲的一部分。

　　每年 3 月末雨季伊始，三角洲连天暴雨，河水泛滥，河流穿过上游狭窄的山间走廊，洪泄般径直冲下宽约 15 公里的平原地带，冲破苇芦荡，穿过灌木林，回转于小岛间，旱季干涸的池塘和水渠瞬间淹没在一片汪洋里。被棕榈树和纸莎草覆盖的沼泽自然是百鸟乐园、动物天堂。

　　在三角洲的中心地带，有一片面积约为 3700 平方公里的国家自然保护区，叫莫里密野生动物保护区，亦称莫里密国家公园，占三角洲总面积的 20% 左右。这座公园的特点是面积大，野生动物多。因此成为旅游胜地，一年四季游客如云。莫里密是奥卡万戈三角洲的两大国家公园之一，另一个是乔贝公园。当地人说：南有莫里密，北有乔贝，就是两大野生动物园或旅游区的意思。我们的目的地是莫里密公园的奥库逯营区（Okuti）。

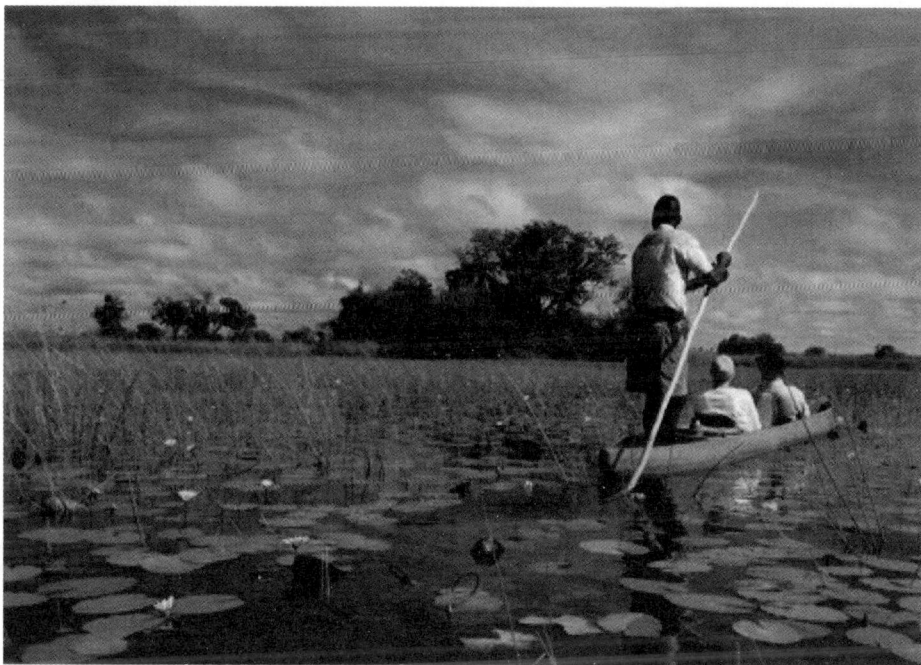

独木舟

　　大约飞行了 30 分钟，准备降落。突然，我们身子剧烈晃动了一下，驾驶员向左猛打方向盘。我发现机头前掠过一只大鸟，顿时吓出一身冷汗。

再一看，驾驶员也在擦额头上的冷汗，无可奈何地摇着头。我转头一看，面色煞白的妻张口结舌说不出话来。唯有坐在副驾驶位置上的英国老太太似乎毫无反应，也许压根就没来得及反应。乖乖，客人还没落地，大鸟就起飞迎接了，只是这欢迎的方式实在吓死人。

我们下了小飞机，进入奥库邊营地。营地很小，只有六七个帐篷。但这里的帐篷看上去要比我们去过的乔贝公园的茅草棚好得多。这是高架帐篷，即由若干立木或树干支撑起一个圆木平台，平台上是用金属框架支撑的帆布遮阳——遮雨篷，下面是供人居住的帆布帐篷屋。相邻帐篷屋之间有悬空的木板桥相连。这样的高架屋在非洲被称为"树顶屋"，因为帐篷的平台事实上是搭建在树干上的。真正的"树顶屋"大多都有三五十米高，但这里的"树顶屋"显然不高，距地面也就两三米的样子，主要是防涝防潮吧。

游览活动主要就是两项：一是乘车寻踪野生动物，领略洲陆风情；二是泛舟游湖，水中探秘。午饭时导游通知说，下午乘车出去看野生动物。但因中午太热，要到下午 4 点才能出发，出去早了也看不到什么动物，因为它们一没有遮阳帽，二没有遮阳伞，比人还怕晒怕热。

上"树顶屋"需要爬一段木板阶梯，台阶踏板宽窄不齐，缝隙很大，两侧只有扶手没有护栏，还有点左右晃悠，走在上面需要格外小心。正常人问题不大，我担心的是那位英国老太太。正在杞人忧天之际，发现一个膀大腰圆的黑人小伙子提着一个篮子踏上阶梯，坐在篮子里面的就是那位英国老太太。老太太之所以敢来，显然也是事先做好了功课的。

午休到 4 点钟，我们分乘两辆敞篷越野吉普，顺着干河床上石路，颠一簸地驶向业已干涸的沼泽地和灌木丛生的草原。

最先看到的是一对羚羊，导游说那是黑斑羚。黑斑羚个头不大，但健壮而敏捷。虽然看到我们的汽车后投来警惕的目光，耳朵也竖了起来，但看来并不害怕，也没有躲避的意思。名字叫黑斑羚，但毛色其实是黄棕色的，只因屁股两侧各有一道黑色的皮毛，才被称为黑斑羚。不过那两道黑斑加上屁股上的白道儿合起来很像英文的 M，便不免让人想起麦当劳的招牌来。往远处一看，这样的黑斑羚有一大片。我想，这两只羚羊若是出来偷情，破了"色戒"，万一碰上狮子，那代价可就太大了。

为爱情付出生命代价的动物多得很。没过5分钟，果然看到了悲催的一幕：泥洼里一只硕大的河马头骨仰望着天空，似乎在呼唤失去的爱情。导游说，河马通常是没有天敌的，除了病死老死，基本都是雄性为争夺配偶厮杀搏斗丧命的。当然，雄性狮子、羚羊、野鹿等为爱情和传宗接代不惜牺牲也是天经地义的。

走着走着，草丛中窜出一群珍珠鸡，有大有小，大概是一家人吧。非洲人对野生动物的保护意识非常强，非洲国家保护野生动物的执法力度也非常大，因为非洲大陆本来就是人与动物相互依存的大陆。还能看到窜来窜去的土拨鼠。至于蚂蚁山，几乎遍地都是。

导游开始让大家注意路边的狮子脚印。前面几乎没有灌木丛，一片开阔的荒原。经验告诉他，今天下午肯定能看到狮子。日落时分，果然见到一雄一雌两头狮子正在啃噬一头巨大的角马尸体，尸体还在流血，显然猎杀就是刚刚发生的事。说来也怪，狮子啃噬角马的血腥场面本来应该令人厌恶，但我们就像中了催眠术似的坐在车上呆看，而且屏住呼吸，不敢说话，生怕干扰两头狮子的会餐兴致。停了足足有半个小时，眼看两头狮子的肚子撑得鼓鼓的，懒洋洋地舔着舌头爬在棕榈树下睡觉为止。至于汽车和汽车上的人，它们似乎不屑一顾，根本目中无人。

穿过一片丛林，进入一片开阔地，突然发现十来头狮子就在右前方几米远的地方。我们立刻紧张而兴奋起来。看来，经验没有欺骗导游，他带领我们来这片开阔地，就是奔这群狮子来的。狮子有大有小，大的躺在地上似睡非睡，小的在它们父母身上爬上爬下，活像淘气的孩子。导游低声说："这应该算是一个大家族了。我们今天很幸运能碰上它们。"尽管看上去狮子们似乎没有什么敌意，但距离只有三五米，而车上连护栏都没有，我们的身体都是暴露在外的，谁能担保那狮子不会发飙冲过来呢？

狮群

这时我想到了"叶公好龙"的话。人啊，就是这样，没见到"龙"时满心好奇，做梦都想见到，可一旦见到了，又心惊肉跳，害怕得很。总之，在狮群面前，车上的人都有点六神无主，心里打鼓。导游倒是了解游客的心理，悄声安抚道："在狮子的眼里，人和汽车是一体的，只要你不站起来，也别探出身子，不打破狮子的视觉图像，就不会有事！"话虽这么说，导游的经验也值得信赖，但我禁不住心里发问："你又不是狮子，你怎么知道它的眼睛分不清人和汽车呢？难道狮子都是老花眼？"当然，我只是这么一想，不会跟导游较真。只消注视一下那雄狮的冷漠目光，就明白导游的话不过是编造的安慰之词。不过有一点倒是真的：只要人类不招惹狮子，狮子就不会轻易攻击人类。

对下午的出游，大家的满意度是一个字——值！野餐中的狮子情侣，休憩中的狮子家族，让我们饱享眼福。

晚上是篝火和烧烤。我和妻背朝篝火仰望天上的星星和月亮，真正体验到什么是别有洞天！天穹那样高邈而又深邃，银河中的星星就像无数水花在闪烁跳跃，而溜溜圆的月亮就挂在头上，似乎伸手可及。

第二天早饭后，我们又分乘两辆四轮驱动吉普车，前往一个小岛去泛舟。舟是独木舟，当地土著人称其为莫科罗（Mokoro）。莫科罗是把粗大的整个树干掏空制成的，大点的有 6 米长，小点的也有 3 米长。游客乘坐的通常都是小舟，一名撑竿或划桨的船工，两名游客。

虽然是旱季，小岛的三面被水包围，一片泽国。两侧长满芦苇的水道，是泛舟的好地方。水道九曲十八弯，不熟悉情况的人是不敢当撑篙导游的。最可怕的是遇上河马或鳄鱼，除了绕道或调头，没有别的出路。坐在独木舟上，优哉游哉地欣赏茵茵绿草，观看野生荷花，还有盘在纸莎草上的绿色小蛇，站在水草上的蓝色翠鸟，金鸡独立的苍鹭，荷叶上的蜻蜓……人世间的一切烦恼都烟消云散了。同野生动物栖息的丛林世界相比，这是另一个世界，宁静而温馨，和谐而安详的水鸟世界。

下了独木舟，又上了快艇。快艇穿梭在绿色水道间，浑身一阵清爽。可惜妻有点不适应，没跑出多远，就叫停了。纵然万般留恋，但下午还是得按原定计划踏上返程的路。虽然在奥库逿营地只停留了 24 小时，但莫里密自然保护区留给我们的记忆却胜过一个世纪。

第二次去奥卡万戈三角洲，不是为了观看野生动物，而是为了采访一个人。这个人在三角洲的首府——马翁。马翁是博茨瓦纳北部的一个小镇，面积大约 80 平方公里，1988 年人口不到 4 万，在博茨瓦纳的城镇排行榜中位列第五。小镇建于 1915 年，是巴塔万族群的都城，也是博茨瓦纳西北区的行政中心。

从地图上可以看出，马翁在博茨瓦纳地理上处于最佳位置：往南，卡拉哈里沙漠在这里结束；往北，奥卡万戈三角洲从这里开始。马翁在沙漠和绿洲的交界处，一侧是大漠旷野放眼无际，一侧是鸟兽泽国一望无边。所以，马翁从前是冒险家的乐园，如今是旅游者的乐都。不过，在探索自然奥妙和享受自然乐趣的同时，也要忍受旱季的炎热和暴晒，雨季的困顿和烦恼。

20 世纪 80 年代初，中国曾派出一个水稻种植专家组到博茨瓦纳，帮助其发展水稻种植业。博茨瓦纳是南部非洲内陆国家，国土面积 58 万平方公里，当时人口约 150 万。虽然农村人口占 30% 以上，但真正从事农业生产的人并不多，农业产值只占全国 GDP 的 2%。国土面积虽然很大，但可耕地面积不超过 15%，而种植面积只占可耕面积的 5%，可谓少之又少。所以，博茨瓦纳的粮食自给率极低，基本全靠进口。如果能利用奥卡万戈三角洲的水资源，发展水稻种植业，不仅对博茨瓦纳是开天辟地的创举，对整个非洲都将具有划时代意义。

想做非洲"第一个吃螃蟹的人"，博茨瓦纳政府第一个想到的是请中国农业专家考察在马翁种植水稻的可行性。对非洲兄弟中国当然有求必应，于是在 1978 年派出了以林子业为组长的中国农业专家组赴博茨瓦纳，并很快在博乐河畔建立了水稻种植实验农场。但整个农场除了名字和沼泽地，几乎一无所有，一切都要白手起家，自己动手。中国专家组带领当地百姓，全靠愚公移山精神，"革命加拼命"，圩田造地，修渠筑坝，育苗插秧，终于一举成功，第一年就获得亩产 800 斤的好成绩。第二茬、第三茬，也都不负众望。

为此，1981 年 10 月在马翁国营农场举办了第一届非洲粮食节，联合国粮农组织、教科文组织、非统组织、几十个非洲国家代表云集马翁，同声高唱歌曲《楚列扎！》歌词大意是说："你们不远万里来到非洲，你们是老师，我们是学生，你们的丰功伟绩，我们将铭记在心。"

这是对中国水稻专家在最高奖赏。他们热泪盈眶，他们知道荣誉属于祖国，牺牲属于自己。他们付出的艰辛，只有天知地知自己知。林组长从国内带来的一把镰刀从 1 尺磨成 5 寸，是真正铁的见证。说是专家，但一切都要亲力亲为，从挖渠造田到插秧收割，外加一日三餐。

当博茨瓦纳人第一次看到产于自己国土上的大米时，举国同声欢呼"普拉！"在茨瓦纳语中，"普拉"是雨，是钱（货币名称），也是"万岁"。

这段中国水稻专家组在马翁成功种植水稻的故事，老孙从早饭讲到午饭，足足为我们讲述了半天。中国专家组一年半前就撤走了，留下老孙一个人处理善后工作，本以为一两个月就能处理完，结果因种种原因一直拖到现在。

马翁人庆祝水稻种植成功

　　由于马翁和哈博罗内不通长途电话，分社一直以为中国专家组还在，我们到马翁后才知道只剩老孙一个人了。这位湖北汉子全身皮肤都变成了棕红色，跟当地人几无区别，主要区别在于不会当地语言，所以一个人的日子是可想而知的。因为离得远，一年半时间也没见到过中国同胞，所以见到我们俩就像见到久别重逢的亲人，说不完的话，唠不完的嗑。

　　老孙想带我们去看野生动物，我谢绝了，因为他一离开，别的不说，两条狗就没人照看。何况我们去过莫里密，也到过乔贝。不过他提议带我们去拜访当地的族长，我同意了。当地土著人有自己的一套礼仪规范，如见客人要着装，以长裤、长裙为佳。客人见到族长，要先脱帽，等候他先打招呼，否则会被视为失礼。因为族长不太会说英语，我们在他的院里也就逗留了10分钟。出来经过路边地摊时，见有人卖毛毛虫（Mopane），妻有点浑身起鸡皮疙瘩的感觉。其实卖这种虫子的在哈博罗内也有，类似蝉蛹，黑黑的。我们连蝉蛹都不敢吃，更不用说非洲毛毛虫了。

第三天我们就返程了。老孙对我们千里迢迢来看他，感激得不知说什么好，分手时，壮年汉子的眼圈都红了。没想到，他送一只大龟壳给我。那是他花了一晚上时间为我们准备的：先用开水煮，内外清理干净，晾干后还涂了一层清漆。这是老孙能送给我的唯一礼物，也是我保存至今的礼物。我们告别了老孙，也告别了奥卡万戈。

（写于 1991 年）

乔贝河

——永远流淌在心中的河

乔贝河落日

　　乔贝公园是博茨瓦纳第一座国家公园，也是非洲最著名的野生动物保护区之一。保护区建于 1920 年，最初是贝专纳殖民者的狩猎区，1931 年定为自然保护区，1967 年辟为国家公园。

　　乔贝国家公园位于博茨瓦纳北部与纳米比亚、赞比亚和津巴布韦 3 国交界处，横跨赞比西河支流乔贝河两岸，总面积为 10566 平方公里。这是博茨瓦纳最美丽的地方，多姿多彩的自然风光，千奇百怪的野生动物和千姿百态的鸟类，令人目不暇接、啧啧称奇。这么大的野生动物园想在几天内跑个遍，根本不可能。所以，为了方便旅游者参观，整个公园被划分为4个区：乔贝河东区、乔贝河西区、萨乌啼区和诺哈察阿区。公园里的所有飞禽走兽在各个分区都能看到，旅游者只要住在其中的一个分区里就能大饱眼福。

南半球和北半球的季节正相反。所以，在南部非洲参观野生动物园的最佳时间是冬天，确切地说，是旱季，即5月到10月的半年里。因为干旱，水源减少，草木枯萎，野生动物的数量虽然没有雨季多，但活动范围受水源限制，出没时容易被发现；从11月到次年4月是雨季，水源充足，湿地增多，草木茂盛，虽然动物和鸟类繁多，但因大多被茂密的树木和水草遮挡，加上道路泥泞，看到野生动物出没和聚集的机会反而不多。当然，12月到4月又是斑马、羚羊、角马等大规模迁徙的季节，要想亲眼见到千军万马过激流、抢险滩的壮观景象，那就只能在雨季乘坐专业交通工具到固定地点才行。

雨季洪泛区被森林包围，森林的基本树种叫"莫帕内"，样子很像北半球的橡树。比起低矮的灌木来，大象、长颈鹿等高大的动物似乎更喜欢莫帕内的树叶。河沼附近的草场上比较多见的是水牛、斑马、羚羊和牛羚，也经常可以看到剑齿虎、疣猪、瞪羚和跳羚。公园里食肉动物主要是狮子、豹子和成群的鬣狗。乔贝河是真正的水鸟天堂，而在温暖的浅滩上，可以近距离观察河马和鳄鱼。

我们选择去乔贝采访的时间是中国春节假期，时值旱季，道路好走，视野开阔。从首都哈博罗内到乔贝公园大约有1000公里，我和妻子决定自己开车。自己开车当然要冒一点风险，当年博茨瓦纳虽然有不错的国道，但还没有正规高速公路。国道两侧没有护栏，如果高速行驶的汽车偶遇兔子、羚羊之类横穿马路的突发情况，危险是不言自明的。再说一路人烟稀少，两三百公里内见不到人烟是常事，万一发生什么意外，前不着村后不着店，又没有"大哥大"，别说和使馆，就是和地方当局联系都是难事。不过那时年富力强，对自己的驾车技术又过分自信，所以对危险的一面几乎想都没想。

到达弗朗西斯敦时已经中午 12 点半了，430 公里跑了 4 个半小时，正好到了午饭时间，该找个餐馆吃点喝点，顺便休息一下，也好让汽车散散热。见路旁有家小餐馆，门前还有棵大树，觉得不错，我就把车停在树荫下，招呼妻下车，走进餐馆，一看还算干净。老板是土耳其人，见我们进来，赶紧上前打招呼，让座。我问有什么招牌菜，他说土耳其烤鸡和清蒸鱼都不错。我们也没看菜单，直接点了清蒸鱼、面包和可口可乐。

弗朗西斯敦是博茨瓦纳第二大城市，10 万多人口，如果跟中国比，还赶不上一个小县城。但这里曾是博茨瓦纳的前首都，现在的东北区中心，虽然没什么高楼大厦，但 Metro 和 Seflana 超级市场的规模之大、货品之全，与法国和意大利相比毫不逊色，而在当时的上海和北京还根本没有这样规模的超级市场。我来博茨瓦纳的头一年曾几次开车专程到这里采购，超市空间之大、货物之多和消费者购买力之强都令我咋舌。

午饭后，我们直奔塞罗韦。塞罗韦距弗朗西斯敦 260 公里，最多用不了 3 个小时。但这段路我们跑得并不快，是想观察一下地形地貌和干旱情况。据报道，博茨瓦纳遭遇 10 年不遇的大旱，加上蝗虫肆虐，农场几乎颗粒无收，野生动物渴死饿死的不少，草木枯黄。

这种情况被沿途景象所印证。公路两侧一片荒凉，许多灌木已经枯死，只剩下发黑的干枝。几只羚羊用后腿支撑着瘦骨嶙峋的躯体直立起来，用舌头舔食"牙签树"上稀稀落落的绿叶，根本不理会"牙签"会不会扎舌头、刺嘴巴。远方低洼处的榕树和芭蕉树，虽然外层叶子已经枯黄，但排列整齐，坐在车里竟有点像是检阅仪仗队的满足感。总算看到在有三四户人家的居住点旁有个小水塘，但水塘已经被一层绿藻所覆盖。一看便知，这是附近儿户人家的唯一水源，人和驴同饮一池水。发绿的水当然谈不上干净卫生，但他们别无选择。唯一的指望就是下雨，让从天而降的甘露替换绿藻水。可旱季里老天不下雨，只能等到雨季。在茨瓦纳语里降雨是"Pula"（普拉），欢呼是"Pula"，货币也是"Pula"，

可见 "Pula" 有多么重要。我们说"春雨贵如油"，他们说"春雨贵如钱"，钱能买油，但买不来雨。

塞罗韦在博茨瓦纳算是中等城市，但在我们眼里顶多算个小镇。不过"庙小神灵大"，因为它是博茨瓦纳独立后第一任总统卡玛的故乡。卡玛是部落酋长的儿子，年轻时留学英国，后从事争取民族独立，反对英国殖民主义的斗争。在伦敦与一位英国姑娘经历了一段刻骨铭心的苦恋。英国姑娘历尽艰辛，冲破传统种族观念的束缚，甚至甘冒与父母绝交的风险，义无反顾地跟随卡玛来到博茨瓦纳，成为该国第一夫人。那是另一个故事了。

过了塞罗韦，我加快了速度，因为虽然不是高速公路，但道路非常平坦，笔直向前直达天际，视野开阔得能看清 5 公里内路面上的气浪和路旁的一草一木，加上干旱得沿途几乎见不到任何野生动物，所以我放胆开到时速 160~170 公里，不到下午 6 点就赶到了乔贝公园。

公园的入口老远就能看见，但只有门楣没有大门，显然是象征性的，两侧没有围栏，没有铁丝网，也没有人看守。来者如入无人之境，直奔事先联系好的宿营地。宿营地的简陋程度出乎意料。虽然归一家英国旅游公司经营，墙上也挂着英文"旅馆"字样的牌子，但看起来不过就是用粗细不等的不规则原木搭成的木墙，棚顶铺着茅草，但墙壁的缝隙很大，蜥蜴之类的小动物可以自由进出。下雨时雨水倒不至于直接降到屋里，但外面下大雨里面下小雨是不可避免的。好在这是旱季，没有雨。但屋里蚊帐不可或缺，否则住上一夜非被蚊子吸干血不可。地面是沙土地，但打扫得很干净。

落日时分服务人员开始烧烤。烤鱼、烤肉是黑人的拿手活。牛羊肉都很新鲜，据说是从不远处的维多利亚瀑布旅馆食堂运来的，可口可乐等饮料也是从那里运来的，因为乔贝旅行社和维多利亚瀑布旅行社归同一家英国旅游公司管理。至于鱼，直接取自乔贝河，鲜嫩非常。总之，第一天晚上享受了一顿难得的美味晚餐。

晚餐还没结束，服务人员就燃起了篝火。篝火的功能可是多方面的。

别看白天热得大汗淋漓，太阳一落，天很快就凉了下来。日夜温差很大，白天可以热到 35 摄氏度以上，晚上气温可以降到 15 摄氏度以下。所以，篝火的第一个功能是取暖。第二个功能是驱蚊子，只有烟熏火燎，才能击退蚊子的围攻。第三个功能是向狮子、鬣狗发出警告信号，因为它们不怕人，但怕火，有了火，便不敢靠近。第四个功能可能最重要，就是照明。野生动物园里虽然天上繁星似锦，但地上却黑得伸手不见五指，站在暗处的黑人如果不发出动静，你可能撞在他身上还以为是撞上了树干。围着篝火，喝着饮料，大家有说有笑，驱散了一天的疲劳。游客只有十几个，国籍不同、人种不同、文化不同，但一旦走进乔贝，似乎突然明白了一个共同的道理：这是别人的世界——这个世界的主人不是人类，而是动物。人类是来做客的，对主人必须要有敬畏之心。

在围着篝火聊天这段时间里，大家心照不宣地轮流去卫生间和淋浴房。都知道茅屋里没有室内厕所和淋浴，连窗户都没有。院子里的公共卫生间和淋浴房不过就是在几棵大树间搭建的板棚。内部设施差强人意，但没有热水。大约 10 点钟，大家纷纷走进斯巴达式的茅屋，开始体验野生世界的甜梦。

吹灭蜡烛，钻进蚊帐，躺在床上，才发现透过木板墙的缝隙不仅能看到在天上眨眼的星星，而且能听到青蛙、蚊虫、疣猪、鬣狗和狮子的多声部合唱。青蛙声整齐，节奏感强，听起来悦耳、响亮；蚊虫在耳边嗡嗡不停，很是讨厌，好在隔着蚊帐；疣猪哼哼地在拱什么，但听声音离营地比较远，不会来偷袭帐篷；但鬣狗们的悄声细语和狮子们的粗声粗气听起来就让人瘆得慌。虽然知道外面有篝火，也有服务人员在值夜巡逻，但心理上的恐惧难以克制，尤其女人。扭头看看身边的太太，从头到脚蒙得严严实实，仿佛这样就能抵御狮子的进攻似的。我安慰她说："你不用怕，如果安全不保，旅游公司还敢招徕游客？""道理谁不懂？"妻说，"怕的是万一，万一狮子饿疯了，几个黑人能挡住它们？""你这是自己吓唬自己，没有什么万一。放心睡你的觉，明天还得出去逛呢！""就算狮子不会来，钻进一只蜥蜴还不吓死人？""蜥蜴对人不感兴趣，它感兴趣的是蚊虫。所以它只会爬墙，不会上床，何况还有蚊帐挡着，你不用怕。"说话间，妻子已经捂得浑身是汗。第二天早晨她说："你倒好，呼呼睡了一夜，我可能连两个小时都没睡上。"

早饭后，大家分乘两辆敞篷越野车，沿着凸凹不平的土路，探访野生动物世界。

一只雄性旋角羚羊在树丛中怡然自得地散步。导游介绍说，雄性旋角羚羊的平均体长在195~245公分，体重达190~270公斤。和那些身材苗条的黑斑羚相比，雄性旋角羚羊堪称羚羊家族中的"巨无霸"，动物世界的"美男子"。它们的后背和两侧各有几道白色条纹，仿佛是挂在灰褐色皮毛外面的流苏，别有一番风采。雄性旋角羚羊最吸引眼球的就是两只长达1米的螺旋形长角，这不仅凸显了它那威武的雄姿，而且给了它强大的自卫武器。

一只长颈鹿高扬着头颅，迈着优雅的步子，走向一棵大树，舔舐高枝上的树叶。一条看上去与世无争的鳄鱼在河滩上晒太阳。一只仙鹤在距离鳄鱼不远的地方捕食小鱼，丝毫不理会近在咫尺的鳄鱼。一只扇动着两只淡红色大耳朵的大象，若无其事地站在我们的汽车旁，一边用灵活的鼻子从地上拔草并送进嘴里，一边警惕地观察汽车的动静。导游警告大家尽量不要正对着大象照相，绝对不可以用闪光灯，因为闪光灯会激怒大象。这让我想起一件惨痛事件：两年前几个中国人在野外围观一头大象时，其中一人因为用闪光灯拍照，被愤怒的大象用长牙当场戳死。

乔贝的主要财富就是大象。这里的大象不是一群，而是成千上万，据说有6万头之多，是非洲大象最密集的地方。当然，在旱季，即使在乔贝野生动物园，见到成群的大象也并不容易。大象的嗅觉、听觉、视觉、触觉都很敏感，记忆力也很强。所以，大象是最聪明的动物之一。大象因为长着两个又粗又长的牙，常常成为偷猎者的牺牲品。这是人类的耻辱。博茨瓦纳有严格的野生动物保护法，绝对禁止偷猎行为，但总有以身试法的贪婪者，大象被猎杀的事件几乎每年都有发生。这让我想起一位叫约瑟夫·瓦格纳的捷克动物学家在他的一本书中描写的场面："1972

年，我和妻子在亚可河边看到一头年轻的小象在用带叶的树枝喂它的妈妈，因为没有了长牙的妈妈又被猎豹咬断了鼻子，不能吸水也不能进食，躺在地上奄奄一息了。"

乔贝河畔大象群

最令人兴奋的是一头花豹趴在一棵大树的横向树干上睡大觉，听到汽车声只是微微睁开眼睛看了看，然后似乎根本不屑一顾地闭上眼睛继续做它的美梦。身后挂在树枝上的羚羊肉还在滴血，显然它是在饱食之后才睡觉的。这时我才知道，豹子是能上树并且在树上吃饭睡觉的。我和妻交头接耳："原来狮子不能上树，但豹子是能上树的。""可不是咋的，在国内从没见过豹子上树，我还以为猫科动物中只有猫才能上树呢！""看来猫只对狮子留一手，教谁上树都可以，就是不教它。""唉，不对，老虎也不会上树！""哦，你不说我倒忘了，估计老虎和狮子一样，自以为强大，不把猫师傅放在眼里，所以都没学到上树这招。"

遗憾的是，这天上午没见到狮子，不知是不是因为我和妻说了狮子的坏话。

波光粼粼乔贝河

下午游乔贝河。乔贝河是赞比西河的支流，但远不像赞比西河那样水流湍急、惊涛拍岸。平静而又舒缓的乔贝河是泛舟的好地方。多数人选择乘游艇，喜欢享受速度和刺激，我和妻子却选择了乘坐独木舟。独木舟是用大直径整根原木抛槽制作的，没有拼接，更没有铆钉。一名划桨的舵手带着两名游客乘坐一个独木舟，不拥挤也不宽松。悠哉游哉地在水面上荡来荡去，远看落日红霞，近看粼粼波光，碧水映蓝天，芦荡迎晚风，好不惬意！

两岸水草丰盛，无边的沼泽连接无际的原始森林，那自然是百兽的乐园、百鸟的天堂。左侧河岸上，横躺竖卧的鳄鱼一动不动，似乘凉，似打盹。右前方远处的岸边一群石头似的东西露出水面，还不时向上喷出水柱来。我们想一定是大象潜卧在水里吧。导游说，不，那是河马。那一片"石头"是河马的大脑袋。我们正想往那里靠近，近距离看看河马，却被眼前突然出现的一幕惊呆了。

　　不知什么时候左岸来了一群大象，越积越多，足有 100 多只，排着队，陆续下水，显然是要游到对岸去。目睹上百头大象列队横渡乔贝河，不是每个人都能碰到的幸运！连划桨的导游都惊叫起来："哈哈，我们太幸运了！这在旱季简直就是奇迹！"独木舟停了下来，我们眼看着一个个庞大的身躯在水中走不上几米就潜入水下，水面只露出皮管状的鼻头，酷似一列潜水艇缓缓驶向对岸。这是令人窒息的时刻，也是终生难忘的时刻。上午没见到狮群的遗憾一扫而光！那些乘冲锋艇兜风的游客听说后，后悔不迭，有个意大利女孩甚至后悔得哭出声来。

　　仅此一端，就不虚此行。乔贝河成了永远流淌在我们心田的记忆。第二天一早，我们心满意足地驱车前往赞比亚和津巴布韦交界处的维多利亚瀑布。

（写于 1990 年）

非洲奇观维多利亚瀑布

维多利亚瀑布"雾雨咆哮"

一

躺在床上辗转反侧，虽然半夜子时已过，却依然毫无睡意，大脑荧屏上竟字幕般叠印出北宋相爷曾公亮的诗句来："枕中云气千峰，床底松声万壑……"

复活节下午4时，我和妻子告别博茨瓦纳北部名闻遐迩的乔贝野生动物保护区，驱车向博茨瓦纳—赞比亚边界疾驰。黄昏时分通过卡宗古拉边境站，浩瀚的赞比西河就横在眼前了。我们下车等待从对岸开来的摆渡。赞比西河沿博赞边界由西向东舒缓地流淌着，满江落霞在水中荡漾，泛着粼粼波光，金辉四射，映得水天通红、浑然一色。

在大江边陶醉了约半个小时后，我们开车上了从对岸驶来的平板渡船，一如从张家港驾车登上轮渡横越长江那样，横渡波澜不惊的赞比西河。上岸后，我们沿着宽阔平坦的高速公路，直奔维多利亚瀑布。途经利温斯敦小镇时，在路旁的一家书铺里选购了两本介绍瀑布的小册子。

到达"MOSI-OA-TUNYA"（科洛洛土著语："雾雨咆哮"之意）旅馆时，天已经全黑了。服务员极为热情地帮助我们登记，提包裹领我们到房间。房间是一个月前就预订好了的，由于观光者甚众，想临时赶到这家离瀑布最近的旅馆下榻是断无可能的。这里的黑人服务员一个个穿着讲究、彬彬有礼、笑容可掬，一看便知受过良好的职业训练。

洗漱之后，服务员把我们引进餐厅。餐厅和酒吧相连，虽然位置不算少，但还是显得有些拥挤。旅游者几乎全是来自欧洲和南非的白人，晚间大部分都到酒吧饮酒聊天。餐厅和酒吧的装饰风格颇具我国江南特色，古朴大方，清新雅致，竹桌竹椅，纤尘不染，亚麻台布和餐巾没有一丝皱褶，全都经过消毒、洗浆、熨烫。当我们满意地品尝了盛在小竹篮子里的童子鸡和非洲著名的肯尼亚咖啡时，已近半夜12点了。

二

曾公亮的诗句依然在我脑海里盘桓着，虽然我知道，即使打开窗子也放不进大江来，因为赞比西河和维多利亚瀑布分明在500米以外的地方，隔着花园和树林，还有月色朦胧的夜。可是，纵然天明弹指可待，却有漫漫长夜无尽时之感。那流水和雾雨的咆哮声恰似"八月涛声吼地来"，夜越静，涛声越大，越想入梦，越睡不着。

"何不乘兴一游，看看月夜下的瀑布是什么样子？"妻子欣然同意我的提议，遂双双跳下床，穿好衣服走出宾馆。首先映入眼帘的是悬在半空的一轮明月。那分明是嵌在青纱夜幔上的一盏冰灯，玲珑剔透，刻着山石嶙峋的浮雕。它幅射的青辉淅淅沥沥地在灯光里飘洒，宛如淡淡的雾。便是儿时在北大荒草原上见到的那轮明月，虽然也这般冰洁如玉，但却高邈神奇得心不可攀。而这一轮仿佛就摆在眼前，似球形灯罩中的玉石盆景，只消一伸手就能触摸得到。

不知为什么，我蓦地想到了"外国的月亮比中国的圆"这句话。如果完全撇开具有政治色彩的意识形态含义，我宁肯相信这句话说得并不错。真的，没有哪儿的月亮比这儿的圆、比这儿的亮、比这儿的大。不是么？只有到了这里，才感知什么是真正的无污染，什么是回归大自然。李太白诗云"月色醉远客"，一个"醉"字甚是了得，万般感受，妙不可言。

从对皓月的陶醉中醒转，我才像两耳突然打开闸门似的听到"雾雨咆哮"声——维多利亚瀑布似乎就在脚下轰鸣着。循着滚雷般的流水声，我们朝瀑布方向走去。走着，走着，当我们蓦然回首，不见了宾馆广场上夜色中摇曳的灯光时，两条腿突然酥软得不能挪动，眼前仿佛被一堵黑乎乎无形的高墙挡住了去路。"这大概就是传说中的鬼打墙吧，"我想。月夜的空旷和惊涛骇浪的吼声，对人的震慑力比起夜过坟场的恐惧来，不知大多少倍。当我们抬头望见低空相伴的明月，两腿才恢复了活力。不过，妻再也不同意往前走了。

我们站在原地定睛朝瀑布方向看去，突然被一种奇异的景象惊呆了：一弯七彩长虹低低挂在树梢，在依稀可见的水雾中随风悠荡着。"天哪，月虹！"我激动得浑身战栗起来。若不是事先在书中看过介绍，我定然会以为这是幻觉。但我不曾对享受这样的眼福抱过什么奢望，因为书上说得明白，这样的机遇对旅游观光者来说几乎等于零。想必上帝是偏爱没有奢望的人的，让我们第一次就碰见了这样的奇观。月亮下的彩虹自然不像太阳下的彩虹那样光艳，但它七彩朦胧，淡入淡出，柔和清丽，更富于虚幻感和神秘感。

顺着一片洒满月光的林子的树梢，我们痴呆呆地望着这人间奇景，除了月光幻化中的彩虹，仿佛一切都不存在，几分钟前还如雷贯耳的瀑布声，此刻已寂然无声，周围一片沉静，静得可以相互听到嘘嘘的呼吸和怦怦的心跳。就这样，伴着草地上一双似乎凝固的身影，我们兀立在那里凝望着，十分钟，二十分钟，三十分钟……足有一个小时吧，而留在我们记忆中的却只是一瞬——永恒的瞬间。

终于，我们再次抬头仰望，发现在冰洁如玉的皓月背后，在高邈的黛蓝色夜空的深处，繁星似锦，只要目力所及，必有闪烁的星光，苍穹无际，星海无涯。月儿越近，星儿越远，天穹也就越高、越深。这便是非洲的夜空了，没有身临其境的人，是断不会有这般感受的。我们踏着奔腾的大江突然跌落深渊的空谷回音，怀着无限眷恋和满足，返回宾馆。

瀑布彩虹

三

赞比西河的源头在中南部非洲深远的腹地，向东流入宽阔平坦的谷地，除个别地段水流湍急外，平缓而舒展。赞比西河信步徜徉在广袤的荒漠上，无忧无虑，自由自在，却万万没有料到一失足跌落幽深的裂谷，拥挤着钻入九曲回肠般的峡谷回廊，涛涛大川顿时神秘地消失在转瞬即逝的溪流中。然而，就在大川跌落深谷的地方，拉开了一幅宽阔得一眼望不到尽头的水幕，这便是被誉为世界奇观的维多利亚瀑布。当地土著民族科洛洛人把它叫作"咆哮如雷的雾雨"。科洛洛人大约在1838年从南方迁徙到这里。1855年欧洲探险家大卫·利温斯敦发现了这座瀑布，遂用英国女王的名字给它命了名，从此维多利亚瀑布的名字便一直延续到今天。

赞比西河发源于赞比亚西北部姆维尼龙嘎县的卡雷尼山，位于安哥拉、赞比亚和扎伊尔三国交界处附近。那原本是从树根下钻出的一股清泉，蜿蜒寻索行进中汇集了无数涓涓细流，形成莽然大川，开始朝向印度洋2700公里之遥的长途跋涉。它先是西进安哥拉，然后调头南下，经乔尔维吉谷地重返赞比亚，而后大体沿东南方向进入被厚厚的沙土层所覆盖的赞比亚西部平原。在这里，赞比西河横越宽阔的贝洛采泛区，踏上多石的崎岖之路，勇往直前。它冲过恩戈尼耶瀑布，穿越一道道曲折的峡谷，一路披荆斩棘，终于进入卡普里维沼泽地，汇入乔贝河，再转向东，直奔维多利亚瀑布。

正是在这里，赞比西河成了赞比亚和津巴布韦两国的500公里界河。这条河突然落入大裂谷后，有如深潭困龙，咆哮着横冲直撞，穿过一道又一道幽谷深壑，峰回路转，疯狂奔突着钻进狭窄并一天天变深的巴托卡咽谷，尔后泻入较为宽阔的戈维姆比谷地，在距维多利亚瀑布大约100公里的地方，被一座人工大坝拦腰截住，高峡出平湖，这便是卡里巴湖。在湖的下游，因卡夫耶和卢阿格韦两河的汇入，其声势大振，浩浩荡荡地开进莫桑比克，经过卡勃拉巴萨河谷和拦河大坝的闸门，奔腾入海，凯旋般地投入印度洋的怀抱。真个是"千岩万壑不辞劳，远看方知出处高。溪涧岂能留得住，终归大海作波涛"。从维多利亚瀑布到印度洋入海口凡1500公里整。

赞比西河突然跌入大裂谷，形成维多利亚瀑布

四

睡朦胧，醒也朦胧，脑屏上依然是谜样的月夜，谜样的月虹。

只是当我们走出门外，看见鲜花开满枝头的树木和绿茵浮光的草坪时，脑海中的月色才被温柔的朝阳轻轻拂去，真个是"晓来庭院半残红，惟有游丝千丈袅晴空"。

这里没有明显的春、夏、秋、冬四季之分，只有雨季和旱季之别。四月的复活节正值雨季之末、旱季之初，气温略低，早中晚温差也比较大，所以清晨会感到有点凉意，如果你没有穿外衣的话。但最低也不下15摄氏度。

吃过早点，我们提上相机匆匆向瀑布走去。未过小树林，便看见蒸腾的水雾弥漫半空，在微风中旋转、飘散。走过树林，只见眼前迷迷茫茫望不到尽头的大裂谷被罩在滚滚浓雾和水汽中，水雾由下向上腾跃、穿梭、翻滚，仿佛是地球张大着嘴巴在喷云吐雾。

阳光在水雾中折射出一条条带状、弧形、半圆形、圆形的彩虹，赤橙黄绿青蓝紫，随着水雾的旋动变幻着形状和位置，宛如纵横交错的霓虹灯，但比霓虹灯更柔和、更虚幻、更自然，也更富神秘感。从不同方向、不同角度，你可以看到不同的搭配与组合，圆中有弧，弧上套环，有的挂在垂直方向，有的悬在水平方向，在阳光下摇曳着、闪烁着。你仿佛置身在瑶池，看嫦娥手持彩带翩翩起舞；或置身卡拉 OK 歌舞厅，欣赏那不停变幻着的色彩和灯光。我和妻互相看了看，发现彩虹就悬在我们头上，披在身上，踩在脚下。我们完全被彩虹包围、缠绕，仿佛自己也化作彩虹了。

忽而，你发现在状如白絮的水雾中有一串重叠的光环，随着水雾的旋动而变幻着色调和光泽，时而射出金辉，时而放出红晕，酷似画面上耶稣或佛祖头上的光环，难怪我们把它称作"佛光"。那是水气折射的太阳。望着成串的淡彩日晕，你不能不油然想起后羿箭射九日的故事。

"瀑布在哪儿？"妻终于发问。瀑布和整个大裂谷一起被罩在水雾中，10 米开外根本看不清。为了靠近谷岸，我们必须支起雨伞，否则会被水雾淋得透湿。站在深谷的岸边，我们透过细雨浓雾向对岸望去，朦朦胧胧地看见巨大的水帘滚动着从岸边折下，垂到看不清的无底深渊，发出雷鸣般的吼声。在水雾随着风势倾斜或下沉的当儿，但见沿裂谷陡壁垂直奔泻而下的瀑布，在雾气中时隐时现，在光耀下忽而闪出金黄色，忽而泛出殷红色，那一定是河水从上游带来了黄沙和红土之故。

尽管挂着"危险"的警告牌，为了看得真切些，我抑制不住自己，顺着裂谷最东端陡峭的土台阶，一步一爬地下到十几米深处。护栏前虽然依然水汽蒸腾，但比站在上面看得清楚多了。右侧高高的谷壁上，望不到边沿的水帘不停地向下滚动着，宛如永恒转动的传送带上刚刚织就的透明轻纱。直至接近谷底，看似轻轻飘落的水帘竟以雷霆万钧之力重重地砸下去，冲出一个个巨大的漩涡，掀起一朵朵珠光四射的浪花，而后蛟龙似的横冲直撞着狂奔而去。

沿着大裂谷左岸从东向西走，要经过一道横跨峡谷的步行铁桥，才能到达叫"刀刃峰"的岬角上。步行桥宽约1米，长50~60米，两侧有护栏。但要过这座桥，没有雨衣或雨伞，那就非成落汤鸡不可。尽管艳阳高照、蓝天如洗，但在这座桥上却是雨丝如帘，从深谷里升腾到半空的水雾已化作浓云密雨，遮天蔽日地泼向游人。撑着雨伞匆匆跑过桥，还是被淋得半湿。

我们来到从西南两面被裂谷包围的"刀刃峰"岩岬上。晴天里顺着裂谷方向看，你会见到它像刀刃似的从侧面切入裂谷。不过此刻站在与"刀刃峰"连接的谷岸上，别说脚下的"刀刃峰"，就连北面相对的主瀑布和西面相对的"绝命崖"也通通罩在雨雾中。

这里地势比较高，风也比较大。风拌着水汽扑在脸上。从近处和远处的峡谷里，浓密的云雾宛如一团团青烟，翻滚着冒出地面，又一缕缕从谷口飘浮过来，在草地上盘旋嬉戏，在腿间环绕流转。令人惊叹的是，别看人们膝下浮云缭绕，身上披着彩虹，而头上则是丽日当空。望着那低回的云气中随风飘动的少女们的裙裾，我想，传说中的众仙瑶池相会也不外乎就是这个样了吧。

我们在岛上徜徉，欣赏着烟雨莽苍苍，梦幻般幽深的裂谷，不见幽谷真面目，但闻深壑流水声，心里的谜越发神秘起来，而对瀑布的印象似明非明、似黯非黯，反变得迷茫了。

五

原来，四月虽然是雨季之末、旱季之初，但却是一年中瀑布水位最高、水雾也最大的时候。在瀑布地区，一年的平均降水量为76毫米，但实际上都集中在11~次年3月这5个月中。其他月份基本不降雨，因此，维多利亚瀑布水量变化的季节性极强。又因为瀑布的流量大小并不取决于当地的降雨量，而是决定于大河上游的流量变化，因此在雨季高峰和瀑布流量之间有大约一个月的明显时间差。

雨季通常从10月末开始，河水流量逐渐增加，到了12月初，水位迅速上升，在 3~4 月达到高峰。高峰期瀑布的流量是旱季的 30 倍，平均每分钟达 55 万立方米。据有关资料记载，1958 年 3 月曾创下每分钟流量 70 万立方米的纪录。这时因为水里夹带着过多的沉积土，瀑布已呈金黄色或暗红色。水雾大得如雨似烟，遮天蔽日，遮蔽了大裂谷，也遮蔽了瀑布本身，一切都被罩在飞旋着的雾雨中。这正是我们现在所看到的景象。

雨季是一年中最热的季节，如果连续几周不下雨的话，有时气温会高达 52 摄氏度，但这比起 10 月雨季到来之前的燥热天气来，还是要让人好受一些。3~4 月雨季过后，气温开始下降。到了 6~7 月，有时还会见到霜冻。这同我们所在的北半球正好相反。

复活节前后是一年中天气比较凉爽，也比较舒适的时候。但对前来维多利亚瀑布"朝圣"的人们来说，却难免会有几分失望，毕竟未识"庐山真面目"。但这不正是这一世界奇观的朦胧美、含蓄美么？我想。

据书上记载，维多利亚瀑布水量最丰时幅宽 1708 米，高 108 米。就水的流量而论，居世界第 7 位，但就水帘的辐面大小而论，居世界第 1 位，因此维多利亚瀑布有世界第 1 大水帘之称。它的特点不是从高山垂到地面，而是从地面垂到地下。因此当你站在平地上时，瀑布在你脚下的深谷里。由于大裂谷两岸的垂直高度相同而又彼此相距不远，如果你不站到水帘对岸的边缘上俯瞰，你只能看到河水从对岸折下去时的横断面，而根本见不到全貌。但即使你能下到谷里，在水雾弥漫的四月也是枉然，充其量只能勉强看清眼前的很小范围。及至第二天上午我们见到的不过是头一天景色的复现，我们才不无遗憾的意识到，不来第 2 次甚至第 3 次，是不可能见到维多利亚瀑布的全部风采的。笔者有幸在不同季节里到过维多利亚瀑布三次，当足以令人称羡吧。

六

在我们下榻的"雾雨咆哮"旅馆附近 200 米处的民间手工艺品市场，乃游人必到之处。可以说，这里是非洲、至少是南部非洲民间艺术的荟萃之地。一排极其简陋的砖砌的棚子，正面没有门窗，中间没有隔墙，从一端到另一端是贯通着的，仅仅起避雨和遮阳的作用罢了。50米长的棚子容积自然有限，所以前面的空地上也一摊一摊地堆放着各种各样的工艺品。

粗略浏览一下，发现大抵可分两类，一类是木雕，一类是石雕。木雕以黑木和红木为主，石雕以绿色孔雀石和黑色大理石为主。木雕大多是人像、脸谱、动物和鼓等，石雕大多是人像、动物和手镯、项链。铜制品虽然也是赞比亚风格独具的特产，但不知为什么这里很少。

我们第一感兴趣的是孔雀石项链和手镯，因为来瀑布之前就接受了朋友们一个很长的订单，这任务是一定要完成的，否则回去后交不了账。赞比亚是铜矿之国，自然盛产孔雀石。由于孔雀石色泽鲜艳，质地精良，被列入半宝石之列，所以孔雀石首饰备受女士青睐。而赞比亚孔雀石尤其质量好，价格便宜，所以几乎在南部非洲各国市场上都可以见到。不过价格最便宜之处大概要属维多利亚瀑布这个地方了。

卖主都是个体手工艺人。同所有自由市场一样，价格是自由浮动的。听有经验的朋友说，到这里买东西，出价不能高于要价的百分之三十，经过砍价，实际上只出要价的五分之一就能成交。时间也很重要，通常总是上午价格较高，下午尤其傍晚价格要低。我们自然依经验行事。

一条孔雀石项链8~10美元，一付铜圈外嵌孔雀石面手镯大约5美元，耳坠1美元有时能买两对儿。不过对我本人来说，最有吸引力的还是用孔雀石雕刻的狮子、大象、犀牛、象棋、烟灰缸和半身人像。尽管这些东西最低在20美元，我还是乐意解囊。

赞比亚的黑木雕堪称非洲一绝。无论人头像还是成串的脸谱，以一个艺术外行人的眼光看，我最喜欢它们的古朴和夸张，造型的生动和线条的粗犷给人一种毫无雕饰的，"野性"的自然美，虽不比欧洲的雕塑那般细腻，但看起来更有活力，更富生命力。

非洲黑木雕所表现出的形象思维，通常不是作者个性的体现，而是作者所在部族整体观念的体现。这是因为他们的创作与宗教信仰有着极深的渊源。非洲的传统木雕和石雕与欧洲的雕塑不同，不是依据人体解剖，尽可能真实地表现人的肌肤、骨骼和气质，而主要是表现某种宗教理念，某种超自然力，或者某种形式的灵魂寄托，因此，不求真实求夸张，不求细腻求粗犷，不求典雅求稚拙，不求浮华求古朴。但夸张并非随心所欲，外形变而神韵不变。

雕刻用的木料据说有十数种之多，质地坚硬的有铁木、红木、乌木等，硬木通常被用来雕刻人像，而质地较软的木料用作雕刻动物或脸谱。赞比亚、坦桑尼亚等地盛产乌木，因而那里的乌木雕也远近闻名。乌木其实外皮发白，质地异常坚硬、沉重，一个高一尺、直径三寸的木雕就有2公斤重。为了防止干裂，首先要经过烘干。雕成后，用细沙纸或其他代用品打磨抛光，再涂一层黑色。从前是碳灰加棕榈油，如果染红色就用动物血。如今大多涂黑鞋油，然后用布反复摩擦，木雕就变得色调均匀，光泽可鉴了。雕像通常用独根木，所以头像或身像均呈直立状态，很少有弯身屈臂等动作表现。一般来说，非洲黑人木雕的面部表情都比较严肃，不哭不笑，但绝不呆板。

由于赞比亚是铜的国度，铜版画和铜制工艺美术品随处可见。在首都卢萨卡商品最丰富的商店是传统工艺美术品店，而其中又以铜制品为最多。铜版画都是用模具压制的。人物类大多表现他们日常生活中的饮食起居和劳动、狩猎。动物类则以表现狮子、大象、花鹿、羚羊居多。浮雕式的铜版画立体感极强，造型优美，栩栩如生。其中釉彩铜画不仅具有很高的欣赏价值，而且有很大的收藏价值。另外还有电度铜制餐具、酒具、烟具、锣鼓、落地灯、落地烟灰筒，甚至桌椅等人型工艺品。进了这样的商店，如同进入金璧辉煌的博物馆，令人眼花缭乱、目不暇接。

由于禁止偷猎大象，象牙制品近年来不多了。商店里出售的固然质量上乘，做工精细，但价格昂贵，而且不准携带出境，所以很少有人问津。但如果运气好，在瀑布附近的这个工艺品自由市场上还可能碰见象牙项链、手镯、小型人头雕像等。这些小件象牙制品虽然也在禁止之列，但当年还不那么严格，如今是断然不许买卖了。

七

　　时间过得真快，转眼到了圣诞节。据说这是观看维多利亚瀑布全貌的最佳时节。虽然这时已是雨季，但如前文所述，由于赞比西河上、下游在季节转换和流量变化之间有大约一个月的时间差，11月底到12月初是瀑布水位最低的时候，这个时候瀑布的流量一般不超过每分钟2万立方米，水量小，水雾也小，这时瀑布的地质地貌也可以看得最清楚。可水流太小看起来也并不过瘾。因此，圣诞节和新年假期就成了人们到瀑布"朝圣"的黄金时期。

　　早晨，我们驱车从博茨瓦纳首都哈博罗内出发，沿着平坦笔直的公路，风驰电掣般向北驶去。从哈博罗内到北部边界小镇卡桑尼全程1000公里整。要争取晚6时闭关前出境，平均时速不能低于100公里。由于至少需留出2个小时的中途休息时间，实际有效行车时间最多只有8个小时。前200公里车辆较多，车速只能控制在80~120公里。

　　过了博茨瓦纳中部城市弗朗西斯敦，汽车便成了脱缰野马，无拘无束地飞驰。不过你必需须臾不能放松对前方路面的注意，因为高速行驶的车辆撞死野兔、飞鸟，狗、驴、牛、羊的事屡见不鲜。一路上不时会见到横尸路面、血肉模糊的狗、兔，也有仰卧路边、被撞得头缩进脖子里的小轿车。这一切都提醒你的眼睛和神经必须随时处于高度戒备状态。如果遇上横穿公路的羊群、牛群，甚至数十上百的大象群，你就必须表现出足够的耐心才行，千万不要鸣喇叭，更不能试图穿行，惹怒了大象就意味车毁人亡。好在博茨瓦纳的公路非常好，在南部非洲各国中仅次于南非。加上地广人稀，天晴日朗，视野非常开阔，这对开车的司机来说是至关重要的。

　　速度表指针对着180公里/时。耳边是车轮飞速磨擦路面的喳喳声和热风扑在车身上的呼啸声。博茨瓦纳虽然大部分国土被沙漠覆盖，但雨季中热带植物也还是相当茂盛的。

　　坐在车里向公路两旁望去，广漠无垠的旷野直达天际，前方远处的公路面上热气蒸腾，路伸得越远显得越高，一直通上遥远的蓝天。两三米高的仙人掌类植物像是列队接受检阅的绿色大军，在公路两旁疾速向后掠过。路旁院庭里高大的木瓜树上挂着成串泛出金黄色的硕大果实，令人馋涎欲滴。被我们称作热带观赏植物的棕榈树托着巨大的叶冠，酷似撑伞遮阳的武士，警惕地守卫着灌木丛生的草原。间或有大片大片的高粱和玉米在一夜阵雨后的艳阳下喘着粗气。护路铁丝网以外不远的地方，不时可以看到觅草的羊群和牛群、赶着驴车的黑孩子、头顶干树枝的少女、一副悠然自得昂首款款度步的鸵鸟、时而俯冲低飞盘旋的雄鹰……啊，这迷人的田园诗般的非洲大地啊！

下午 4 时许，我们到达北方边城卡桑尼小憩。著名的乔贝野生动物园的入口就在这里，不过这不是我们此行的目标。一个小时后，我们又一次从卡宗古拉边关渡过赞比西河，沿着上次的路线，我们在夜色幽冥中第二次来到"雾雨咆哮"旅馆。

八

露天自助餐厅正灯火辉煌。西装笔挺、白领上打着黑蝴蝶结的黑人男服务生和头顶白巾帽、腰系白围裙的黑人女服务生，面带微笑，操着熟练但明显带有地方口音的英语，殷勤地为每一位游客带路、让座。他们手托装满各种酒和饮料的金属盘，不停地在餐桌间穿梭忙碌着，绝没有站在一旁观望或被动等待雇客招呼的。

乐队演奏着独具非洲风格的摇滚乐。随着铿锵鲜明的节奏，你会身不由己地手舞足蹈，最低也要晃头踏足。三位头带披肩假发的黑人歌手，分别挎着吉他、萨克斯管和长鼓，如醉如痴地自伴自唱，有民间歌曲，也有流行音乐。他们演唱时的动作很大、很快，也很剧烈。唱到忘情时，他们会醉如烂泥，躺在地上口吐白沫。但他们并未失去知觉，依然节奏鲜明地唱着、弹奏着。看来，这是他们在现代演唱中有意继承了部落祭祀歌舞的传统。

自助餐是欧式的，但其丰盛的程度却远超欧洲，也远超我们的想象。这里不妨让我领你沿着摆放菜肴的台案走一圈，介绍一下。

烤肉台上放着一尺见方热气腾腾的牛肉、整鸡和大块猪肉，外焦里嫩。铁制的台案下面生着火，因此上面的肉食永远都是热的。你得用餐巾纸把手垫上后再拿大盘子，否则会烫手。端起经过消毒和加热的盘子，你的第一个反应是对卫生放心。站在台案后边穿洁白大褂的服务员马上会指着烤肉和烤鸡，请你挑选。你可以指选其中任何一种，也可以每样都要一片或两片，并不限量。你还可以选择你看好的任何部位，有经验的人会多选外面的脆皮，服务员非但不会嫌你刁钻，反而称赞你是内行。

接下去是炒菜部。台案上摆放着十数种各类肉片、肉丝，各种切好洗净的蔬菜，包括绿豆芽菜，任你拣选放在盘子里，然后你可以在一长排调料盘中选择酱油、橄榄油、辣油、蒜汁、姜汁、盐、胡椒、芥末，加在菜里，交给服务员。他（她）会在一两分钟内为你在铁板上炒好，给你一盘自选的炒菜。

往下是煎鱼部，有两三种现成的鱼片供你挑选，当场煎炸，立等可取。

再往下是热菜部。五六种滚烫的热菜，牛羊猪鸡，荤素甜辣，任客自取。

再往下是冷菜部。西红柿、白菜、生菜、沙拉土豆、鸡蛋、洋葱和其他叫不出名字的菜蔬、调味品，应有尽有。

如果你喜欢吃香肠、奶酪、黄油、酱肉之类，也专放有一台，各取所需，悉听尊便。

再往下是甜食，各种冰激凌、罐头、甜点心。最后还有水果，香蕉、橘子、苹果、桃子、菠萝、芒果、西瓜……嗨，只怕你的胃被填得没有空隙了。

上述这些食品，任选一种都可以让你吃个够，每样吃一口只怕尝不全。这样丰盛的自助餐一次多少钱？ 1990 年的价格是 13 美元，当然，酒水除外。在这里吃一顿自助餐，你非但丝毫没有被宰的感觉；相反，会暗自产生"店家赚钱吗"的疑问来，虽然明知这担心是多余的。

在维多利亚瀑布旅馆里还可以吃到非洲野味餐：鸵鸟、珍珠鸡、鹿、羚羊、斑马、野猪、河马甚至猴脑，都可以吃到。这当然就比较贵。碰巧有位朋友请客，才让我们享到一次口福。不过，不享也罢，这些肉对我们东方人来说烧制得都比较硬，最难以接受的是过强的腥膻味儿。

九

早晨，当我们睡眼惺忪地走出户外，夺目的阳光霎时把迷蒙的脑海照得通亮，洒满了心田。南半球的圣诞节，正是骄阳似火时。中午最热时分气温高达 50 摄氏度，不涂防晒油的裸露皮肤用不了一个小时就要被灼伤、脱落。可当你背朝太阳，仰望蓝天的时候，没有一丝云彩，没有一丝纤尘，你的心胸会豁然开朗，仿佛装得下整个宇宙，你好像经受了一次大自然的洗礼，整个灵魂都被净化了，你仿佛真的领悟到"天人合一""大道自然"的真谛了。不过这会儿还来不及多想，当务之急是一睹维多利亚瀑布的"庐山真面目"。

维多利亚瀑布虽然大部分在赞比亚境内，但要在津巴布韦一侧即对岸才能看清全貌。上次因为走得匆忙，没来得及办理津巴布韦的签证，又兼雾雨大如烟，除迷人的月虹和彩虹，几乎再没见到什么。这次自应径直进入津境把瀑布看个够。

从"雾雨咆哮"旅馆开车出发，大约 20 分钟即可出赞比亚边境站进入赞津边界中间地带。中国援建的著名坦赞铁路从卢萨卡由北向南一直通到这里与赞津铁路接轨。铁路和公路并行从峡谷间穿过。过了峡谷便是大铁桥。桥下，从维多利亚瀑布泻下的赞比西河水跨过赞津边界，在与大桥方向垂直交叉的深谷里，奔腾流过。

据有关资料介绍，这座跨越 60 米宽大峡谷、连接津赞两国的铁路大桥建于 1905 年，距谷底水面整整 100 米。桥头有荷枪实弹的士兵守卫，东端是赞比亚士兵，西端是津巴布韦士兵。桥上当然是不准行人停留的。但显然也会有例外，这次赞比亚士兵就应我的请求，破例允许我们在大桥上停留了 10 几分钟，完全是出于他们对中国的友好感情。

在桥上凭栏北望，像困兽一样在维多利亚大裂谷中疯狂咆哮和奔跑的赞比西河，从"绝命崖"和"刀刃峰"之间的狭窄出口横冲直撞地窜出来，在上百米深的峡谷里流过桥下。波澜壮阔，如万马奔腾，如滚雷震天。

这条铁路进入津巴布韦境内后，似乎有意往北拐了个半圆，以方便游客到达各个旅馆，然后调头向南通往布拉瓦约，从那里通向博茨瓦纳首都哈博罗内，再转向南非的马福京等地。所以，乘火车到维多利亚瀑布旅游不失为一条佳径，既安全又省钱，往返票价只相当于飞机票价的三分之一。火车上的服务相当好，卫生也相当好。不仅有舒适的包厢，高水平的西餐，还有可供随时享用的淋浴，这对在热带地区旅游的人来说实在太重要了。

走过铁路桥没有多远，便是津巴布韦瀑布公园的入口处。路旁停车场上大车小辆停了许多，卖食品饮料的小贩起劲地叫卖着。门票很便宜，只要 5 个津元，不到 2 个美元。进园后你首先可以参观一座不大的自然博物馆，主要是有关瀑布的一些自然标本。往里顺左边的路走，可以看到与真人等身的利温斯敦大理石雕像。

十

在一片树丛前，有座一米高、下宽上窄的方锥体石雕台座，上面平放着一块厚约半尺的方形石板，石板上站着大卫·利温斯敦，一副风尘仆仆、长途跋涉中的探险家形象。他右脚略微在前，全身重量都在左腿上。脚上穿的是厚重的半腰皮鞋，下身穿着紧腿裤，上身穿着长袖衬衫，衣领和袖口都敞开着，衣襟随意搭在裤腰外面。右手自然下垂，左手卡在胯上。头上戴着帽子，两只大帽耳垂到肩上，看起来很像日本关东军冬天戴的布帽，但利温斯敦戴这样的帽子显然不是为了防寒，而是为了防晒。他两眼直视前方，好像刚走到瀑布边停下来，观察赞比西河水如何在眼前折下万丈深渊。

利温斯敦这位伟大的探险家因第一个发现维多利亚瀑布而名闻世界。他 1813 年 3 月 19 日生于苏格兰一个贫农家庭，为了念书，10 岁就开始在棉花作坊打工。他在格拉斯哥大学和查伦红十字医院学习神学和医学后，于 1838 年加入伦敦传教士会社，并于 1840 年获博士学位。

到南非传教的强烈愿望使他漂洋过海来到开普角，又从那里到达库鲁曼，参加了罗伯特·莫法特的传教站。后者曾在伦敦见到过利温斯敦，并对他前往非洲发挥了决定性的影响。他在库鲁曼住到 1845 年，并同莫法特的女儿玛丽小姐结为伉俪。

在经过与同事和朋友们的长期争论后，利温斯敦终于 1849 年和妻子一道离开库鲁曼，打算在恩加米湖畔建立一个传教站，但没能找到合适的地点，便转移到科洛本。1851 年利温斯敦参加了到马可洛洛地区的探险队，来到乔贝河，不久便见到了赞比西河。在回到开普敦逗留了一些时日后，利温斯敦开始了寻找西海岸和大西洋的长途跋涉。1852 年他再次来到乔贝河。他试图在那里建立传教站，但又未能如愿，而后决定寻找西海岸。1854 年他终于到达大西洋海岸。1855 年 9 月他又经过将近 12 个月的长途跋涉，重返乔贝河附近的利尼亚蒂。

为了寻找通往东海岸的出口，他于 1855 年 11 月乘船离开利尼亚蒂，沿赞比西河顺流南下，在卡来岛登岸，然后沿河的北岸步行绕过陡峭的峡谷。关于瀑布他早已听说过，有关"雾雨咆哮"的传说一直吸引着他。利温斯敦决定从卡来岛乘船调查这一传说的真伪，遂乘独木舟下行，于 11 月 16 日到达一个小岛的北端，这便是后来的"利温斯敦岛"。正是在这个小岛上，他惊讶地发现了瀑布和大裂谷。他在事后追记突然发现维多利亚瀑布的印象时写道："就像看见展翅飞翔的美丽天使般令我目瞪口呆。"

虽然在这么多年里利温斯敦回过英格兰两次，但要在非洲传教的念头始终未变，所以每次回到英格兰后，他又重新返回非洲。1682 年非洲黄热病无情地夺走了他妻子的生命。利温斯敦含泪把娇妻埋葬于树泮加村的赞比西河旁，怀着思念、惆怅和希望，重新踏上探险征途。

1869 年利温斯敦一度完全失去了同外界的联系，人们都为他的安危担忧。他不止一次染上过虐疾，每次都以非凡的意志战胜了病魔和死神。

而这一次他也患上了致命的黄热病，他终于被压倒了，再也没能起来。1873 年 5 月 1 日在邦维乌鲁湖滨的伊拉拉酢村与世长辞。他的忠实的追随者把他的心脏取出，葬于酋长的牛棚里。这是当地人对他们的尊崇者的最高缅怀方式。他的遗体被涂上防腐香料后，装进棺木。人们把他的棂柩足足抬了 2413 公里，运到坦桑尼亚的达累斯萨拉姆港，再从那里船运到英格兰，在伦敦的威特敏斯特教堂举行国葬。

谷底看瀑布　旱季可沿索道下到瀑布深处

十一

维多利亚瀑布自然保护区总面积为 61650 公顷，其中赞比亚方面占地仅 1650 公顷，津巴布韦方面占地达 60000 公顷，可见瀑布自然保护区的绝大部分都在津巴布韦境内。

大概因为这里较早被辟为国家公园的缘故，不仅路修得平坦整齐，还有供游人小憩的木亭，在每个便于总览瀑布的观景点都安装了护栏，比赞比亚方面要显得安全多了。站在岸边向对面望去，整个瀑布的宽阔幅面和大裂谷的纵深切面尽收眼底。但对想摄影留念的游人来说，却并不太方便，因为瀑布在人的斜下方，取景框内只能看见瀑布的上部边缘部分，显不出它本来的磅礴气势，未免令人遗憾。但你切勿失望，理想的摄影点还是能找到的。

从利温斯敦雕像处往回走几十米向东拐，便是通往公园深处与大裂谷并行的雨林和游览人行道。一到雨林边，你立即就会发现有明显变化，草木越来越多，植被越来越厚。在雨林起点和利温斯敦雕像之间，有一条通向谷底的通道，叫"铁索梯道"，即两侧有铁索，几乎垂直向下的旋转阶梯，向下或向上都与爬梯子差不多，身体不好或有晕眩毛病的人最好不要冒这个险。梯道很窄，两个人勉强可以贴身而过。汗流浃背地往下爬了总有几十米吧，你来到一个不大的人工平台，这就是1号观景点。

从平台往下看，距深谷中的水面还有四五十米，不过看起来好像并没有那么深。平台上装有铁护栏，凭栏向左前方仰望，便是好像直接从天上垂落下来的巨大水幔，不时有飞溅的水花从几十米外飞到你的脸上，给你带来一丝凉意。望着那透明的、玻璃丝绸般抖动的水幔，你会感到一阵阵难以言喻的激越和兴奋。但当你两眼离开瀑布，扫视整个峡谷，你仿佛置身在深不可测的天井里，头上只有一小块蓝天。"初惊河汉落，半洒云天里。"云天那样遥远，那样高不可攀。你会顿然觉得自己是那般渺小、无助，似乎站在地狱的门口而恨不能飞上天堂。你多么想变作一条蛟龙，即使一条鲤鱼也罢，顺着那水帘攀上蓝天啊！

你再往下看，湍急的水流像受惊的怪兽，喷吐着水雾和水花，搅动着波澜和漩涡，怒吼着从远处迎面向你扑来，待冲到你脚下坚硬的岩壁上，才受伤似的翻滚而去，咆哮着冲出右边那个唯一狭窄的谷口。对一般游客来说，这里是可以得到最有刺激性感受的地方，也是摄影留念的最佳方位，从这里你可以拍摄到最大幅面的流动瀑布。

左上方那道溅珠飞玑的瀑布带叫"魔鬼戏水"，在整个维多利亚瀑布的五大水幔中，它是离你最近也是最低的，大概因为这处谷岸上的岩石结构相对疏松的缘故。"魔鬼戏水"东边有块凸出的大岩石，上面与岩石相连的是"水幔岛"。再往东可见到主水幔即主瀑布的一部分和"利温斯敦岛"上的树木。"利温斯敦岛"差不多正好在整个瀑布横切线上的中间位置。从主瀑布起越往东谷底越深，水流越大。在主水幔的对岸即大裂谷的南岸，热带雨林一直通向"绝命崖"，不过站在1号观景点是看不到的。

沿铁索梯道爬上来，见第一个路口往左（东）拐，你就进入热带雨林了。立即会有巨大的伞形树冠和稠密的树叶为你遮阳，你会嗅到草木的幽香。往前是密密麻麻的攀缘植物，盘根错节，藤蔓环绕，其中引人注目的是非洲倒捻子树和金合欢树。整个雨林里随处都可见到形形色色的蔓生植物，有的还开着红色或黄色的小花，坠着一串串红色的野果。有时你会被从脚前爬过的与绿草同色的小蛇吓一跳，而有时你根本分不清那是蛇还是蛇藤。

在2号观景点向大裂谷对岸俯瞰，不仅可以看见从"魔鬼戏水"到主水幔的宽阔水帘，还能看到"水幔岛"上的嶙峋怪石和利温斯敦岛上的树木，以及由远而近的汩汩江水突然跌落深谷的情景。透过水帘可以看见深红或棕黄色的谷壁，但看不见谷壁的下半部，更看不见谷底下的流水，因为裂谷太深，而往深处的视线被脚下的谷岸挡住了。从护栏到裂谷边缘只有一米远，但跨过护栏就意味着死亡。

这里有一棵大树非同寻常。旅游指南上称此树为"窒息无花果树"，大约是狂风把一些蔓生类树籽偶然吹进了这株无花果树的树洞里，树籽借它的养分生根发芽。寄居的树根穿过原树的根部直达土壤层，牢牢地扎下深根，互相盘绕在一起，纠缠不清。日久天长，这些根上又长出新的枝蔓来，牢牢地攀附在无花果树身上。藤蔓再衍生藤蔓，像无数条蛇死死缠绕着那株大树，吸它的血，直至把它的血全部吸干，使它窒息而死。这大概就是那树名字的来历了。

第3号观景点在一个往外悬突的大岩石岬上。岩岬的端部罩在雨雾之中，如同接受淋浴的冲洗。对岸"魔鬼戏水"一带有很多蜻蜓，特别在12月，蜻蜓成群结队地在谷口上空盘旋，像一片遮天蔽日的云。

这里最常见的鸟是黑眼睛夜鹰，体部一般呈灰色或褐色，头部和颈部一抹黑色，而尾巴的下半部则呈浅黄色。还有一种鸟比较少见，叫皇冠鸟。顾名思义，它头上长着浅绿色的羽冠，颈部和胸部也是淡绿色，背部和尾部呈深蓝色，而眼睛周围居然有红、白、黑三色环绕。它那大且长的尾巴在阳光下闪着深蓝色的金属光泽，使皇冠鸟显得仪态端庄、雍容华贵。据说它的羽毛里真的含有铜色素，因为这一带确有铜矿床存在。望着这样美轮美奂的鸟儿，你禁不住要对大自然的造化神工喟然兴叹。

从3号观景点往前看，你会发现路旁的泥土上有各种不同的动物脚印，细心而有经验的游客会认出野牛、水牛、狒狒、河马、豹子、猩猩等的足印。在热带雨林里栖居着大批动物，不过在人行道上除偶然能看到小狒狒外，其他动物绝难见到。

这一带还有各种美丽的蝴蝶，蓝的、黄的、黑的……扇动着碗口大的翅膀，翩翩起舞，翻飞嬉戏。即使你有扑捉一只的欲望，你也没有动手的勇气。爱美的人是不忍心损伤美的。

从游览线主路向左拐，跨过一座小木桥，就到了4号观景点。那里有一株与众不同的树，叫好望角无花果树。这树的确比较独特，主干从下到上光秃秃，几乎没有枝杈。而就在光秃秃的主干上结出一簇簇硕大的果实。在主干顶端又直接生出几片很大的扇形叶子来。因此这株无花果树看上去极其干净利落，简单得像工笔素描。它的果实是犀鸟的美食，犀鸟就出没在附近的雨林里。这种鸟体形较大，长硕和长尾都是黑色的，但翅膀的羽毛则黑白相间，嘴很长，眼睛周围有一圈红肉，它通常住在树洞或岩洞里。

过小木桥返回主路，路旁长满了花朵，姹紫嫣红，令人赏心悦目。见到岔路再向左拐，是5号观景点。从这里往对岸望去，可以很清楚地看到主瀑布和"水幔岛"，以及"水幔岛"上看起来十分坚硬的灌木，那些几乎没有叶子的小树长在岩石缝隙里，有的干脆是横向长出来的，足见生命力的顽强。

6 号观景点是欣赏"魔鬼戏水"的最佳位置，也可看见瀑布上边的利温斯敦雕像。

观看主瀑布的最佳位置是 7 号观景点。从这个观景点右边的角落向下看，能够见到谷底的流水。由于裂谷太深太陡，能从岸上直视谷底的位置可谓绝无仅有。这个景点附近的雨林格外茂密，树大根深，落叶和植被异常丰厚。据说这里是打猎的好地方，猫鼠科的小动物相当多，但偷猎是绝对禁止的。右前方不远处立着一块路标，指示通向大路和停车场，如果你不想继续游览，可从此处打道回府。不过除少数例外，绝大多数人游兴正浓。

7 号观景点位于峭壁的边缘，与对岸因利温斯敦岛而形成的马蹄形瀑布相对。在岛的前面有个很大的水潭，经常有大象和河马出没。旱季结束时，这一带水位极低，几乎看不到瀑布，但却可以见到许多小鸟站在岩石上从水面啄食。

8 号观景点在一片窜出的岩架上，表面异常光滑，因此断不可接近边缘去冒险。从这里可以俯瞰对面水线最高的一处瀑布，叫"彩虹瀑布"，顾名思义，这是随时都能见到彩虹的地方。你看，那巨弧般的七彩长虹倒挂在深谷，背后是在光耀下不断眨动千万只金眼的水幔，下面，从裂谷的深处，不断升起缕缕青烟般的水雾，丝丝袅袅，缠绵悱恻，唤起游人不尽的情思。你多想飞身跨上长虹，察看在天宫无限深处的神秘窑洞里，太上老君炼丹的情景，否则那化作水雾的轻烟从何处源源而来呢？那无边的水帘也分明是天宫的窗幔吧。

这眼前脚下幻景般的真实和真真切切的幻景把你托上仙境了。此景应是天上有，不知何时落人间。不过，此时的彩虹固然明艳，却没有了复活节期间看到的那般万千变化。如果说那时给人的是朦胧美，此时给人的当然是明丽的美了。

据说"彩虹瀑布"的水幔从上到下达 108 米，与"绝命崖"相对。但"绝命崖"前的裂谷绝不止 108 米深，据说单是谷底的水深就达 240 多米。

如此说来，大裂谷最深处从上到下当不少于 350 米才对。

从 8 号观景点沿裂谷边缘向前走，可直接到达"绝命崖"。那里寸草不生，全是裸露的岩石。单这名称就告诉你，千万别试图靠近谷边。但你可以爬上大岩石，直接俯瞰谷底。

"绝命崖"在东西向大裂谷的南出口拐角处，与赞比亚方面的"刀刃峰"相对，形成与大裂谷垂直的"咽谷"。从前文提到过的津赞大桥上向北眺望，可以看见落入大裂谷后的赞比西河正是从这条"咽谷"中奔涌而出，开山劈地，惊涛裂岸，其状恰似"水从天上落，路向石中分"。

从"绝命崖"往下看，可见到大裂谷里有两道水相对而流，一道从西端的"魔鬼戏水"方向，经主瀑布和"彩虹瀑布"向东流，另一道从"东瀑布"向西流，两道水头在"绝命崖"前相遇并同时南转汇入"咽谷"。两道急流迎头相撞时所形成的巨大漩涡和漩流如同翻江倒海，对谷底的巨大压力是可以想象的。日久天长，这谷底的岩石层自然被冲击成锅底形状，而那激荡翻腾的漩流，自然让人联想到沸腾的开水，因此在"绝命崖"和"刀刃峰"之间的这个会合口便被称作"沸腾的巨釜潭"了。俯瞰"巨釜潭"，真有"百川沸腾，山冢崒崩"之感。从瀑布下来的两道急流在巨釜中相会后，翻腾旋转着汇入狭窄的"咽谷"，在上百米深的峡谷中横穿津赞大桥，经七墺八谷，最终注入卡里巴湖。

还有一处景观值得一提，即在与"绝命崖"相对的瀑布水线上，有个状如扶手椅的水潭，故名曰"扶手椅潭"。上游来的河水折入裂谷后先落入"扶手椅"，再从那里落下谷底。这"扶手椅潭"在雨季水大时不易被发现，但在旱季水少时可以看得很清楚，倒也别有一番意趣。绝壁悬崖之上何以会有"扶手椅"？那定然是神仙或天使沐浴的地方吧，我想。

"绝命崖"对岸属于赞比亚，真个是咫尺天崖，游人只能从这里退回到主路，踏上返程。当然，如果你有赞比亚的入境签证，你应原路返回，出园后再出关，走过那座铁路桥，就进入了赞比亚境内，可直奔"雾雨咆哮"旅馆了。

十二

如果我们把从第 1 观景点到第 8 观景点所看到的瀑布连贯起来，便可得出对维多利亚瀑布的总的印象来。1708 米宽、108 米深的维多利亚瀑布由 5 部分组成，也可以说是 5 幅水帘，每一幅都有单独的名称。水大时各水帘之间看不出界限，形成巨幅完整水幔。水小时水帘就相互拉开了距离。

从津巴布韦一端由西往东依次是：最西部分叫作"魔鬼戏水"，由"水幔岛"与其他部分隔开。这里的水位比其他部分要低约 10 米，因此水量总是比别处大，形成一条深水线，越来越多的河水倾斜到这一边。但因这道水帘落在谷底坚硬的巨大盘石上，床基高于其他部分，所以这个瀑布带的高度只有 62 米，在 1 号观景点看得最清楚。在"水幔岛"以东便是 830 米宽的主瀑布，主瀑布即使在水位最低时也保持相当多的水量。由于数百年来水汽蒸腾的滋润，所以对岸的雨林异常茂盛。主瀑布以东以利温斯敦岛为界，该岛稍微突出于瀑布的一般水平线。1855 年大卫·利温斯敦乘坐独木舟沿江下行，正是在这里发现了大瀑布。如今到达这个小岛已几乎不可能。但不难想象当年那位探险家在咆哮的大水包围中，兀自立于陡峭的大裂谷岸边，第一次发现偌大裂谷、偌大瀑布那惊讶与狂喜的情景。

利温斯敦岛以东被称作"彩虹瀑布"，从赞比亚的"刀刃峰"和津巴布韦的"绝命崖"上都很容易看到。这里的水量相对较小，所以水雾不大，很容易看到重叠的太阳，那便是我们所说的"佛光"了，还有纵横交错的彩虹，如前文描述的那样。"彩虹瀑布"以东是"东瀑布"，当河水下降时，几乎没有多少水从这里下泻，所以此处的地理断面结构最易看清。

除水位最低的一段时间外，当水雾升得很高时，在利温斯敦—卢萨卡公路上，30 里开外便可看到。在通往布拉瓦约公路上的同样距离也可以看到。尤其早晨气温较低时看得更加清晰。在多水季节水雾升得最高时，在五六十公里外也能看得到。不过如今这样的机会和地点已很难找到了。

维多利亚瀑布以下的赞比西河，经过"咽谷"南下。但因为水道呈连续的之字形东西横向反复回转，结果形成七处大裂谷式的地貌，如果有水从上面流下的话，每一处都堪与维多利亚瀑布相媲美。观空中摄影，令人联想到土地佬前额上刀刻般的皱纹。赞比西河在七墚八谷间蛇行，直至卡里巴湖。每道峡谷都看似回廊般狭窄，最窄的只有 20 米，而最宽的两岸竟有 2000 米之遥，可见河谷之深、河水之大，而水深究竟几许，迄今无确切数据。

十三

据考证，3 万年前的维多利亚瀑布并不在现在的位置，而是在 8 千米远的下游，当时至少有 7 道相互分隔的瀑布。有人预料，3 千年后维多利亚瀑布可能向上游移位 3 千米，而每向上游移位一次，瀑布的高度就要减少一些，数万年之后很可能不复存在，就像数万年前不曾有过一样。

物换星移，天崩地裂，自然的魔力把赞比西河推出地面，又把它从地面推下百丈深渊，让它在九曲回肠般的峡谷中疯也似的东突西奔，克服多少障碍和挫折，历尽多少磨难和艰险，才最终投入大海的怀抱，仿佛这涓涓细流汇成的江河来到古老的非洲大陆仅仅是为了经受炼狱般的考验，并在磨难中显示它生命的辉煌。

赞比西河是非洲第 4 大河，而维多利亚瀑布却是非洲第 1 大瀑布，就水的流量它占世界第 7 位，但就水帘的宽度则居世界之首——将近 2000 米宽的水帘是当今世界独一无二的。这大约就是为什么人们像朝圣似的从天南地北云集到这里的原因了。不见金字塔，不敢言到过阿拉伯；不见维多利亚瀑布，不能言到过非洲。

几年过去了，赞比西河依然在我的脑海中倾泻，维多利亚瀑布依然在我的心田上流淌。"江山留胜迹，我辈复登临。"魂牵梦绕的维多利亚瀑布啊，何日能让我"复登临"，再睹你那迷人的风姿呢？我期待着。

（写于 1996 年）

纳库鲁

——火烈鸟的永久家园

纳库鲁湖——火烈鸟的天堂

每当我想起电影《走出非洲》（*Out of Africa*）里那童话般的一幕，我就会情不自禁地心潮荡漾：凯伦和丹尼斯乘坐直升机在明镜似的湖面上掠过，红霞似的火烈鸟惊鸿竞飞，一层层铺向蓝天……

说来惭愧，尽管火烈鸟是有 3000 万年历史的古老物种，可我认识它却是在《走出非洲》。它们本来在中国就有，但或因我没到过它们的栖息地，或因孤陋寡闻，竟不知世上有如此惊艳的鸟类。做梦也没想到，有朝一日我会"走进非洲",且离卡伦·布里克森的非洲故居这么近,离火烈鸟家园纳库鲁湖也这么近。

这是我第二次任常驻非洲记者,地点是新华社非洲总分社所在地内罗毕。虽然来了半年有余,但因工作繁忙,一直抽不出时间出去转转,也就无缘一睹火烈鸟的风采。今天是1996年12月29日,一年之中的最后一个星期日,加上从圣诞节到新年这段时间是节假日,事情比较少,总算可以和同事们出去看看"高墙外的世界"。

"高墙"指的是总分社大院围墙。从到内罗毕的第一天起,我就开始张罗总分社建围墙的事。原因很简单,作为总分社新任社长,不能不把30来号人的安全放在第一位。总分社大院周围原来只有"绿墙",是用藤蔓植物栽种的围墙,虽然也很密实,但挡狗可以,挡人不行,挡小偷和暴徒更不行。随着驻在国安全形势日益恶化,建围墙的任务便鬼使神差地落到了我的头上。从修筑砖石围墙到安装电网电动大门,整整花了半年时间。2.2米高的围墙立起来后,被当地人戏称为"中国长城"。所以,今天集体出游,对我个人来说,就是第一次外出看"高墙外的世界"。

大约不到20分钟,走了十七八公里的样子,开车的小吴回头大声说:"社长,凯伦故居到了。"我应声往右前方望去,看到一座面积不小的红色砖房,知道这便是我看过《走出非洲》后一直念兹在兹的卡伦·布里克森故居博物馆了。我开始兴奋起来,车一停,赶紧跳了下来。

这是一座典型的英式花园住宅,没有围墙,没有护栏,就那么直接与草坪、树木和原野融为一体,视野之内看不到其他建筑,也看不到其他人家,真有种"万绿丛中一点红"的感觉。这是一幢砖瓦结构的平房,这样的房子普通非洲人是绝对没有的,何况这座房子虽然几经易手和翻修,但也有上百年的历史了。

底层房间很多,我没有细数,总有十来间吧。屋檐是白色的,屋檐下是开放式走廊。走廊前是一排剪修得十分整齐,像高脚杯似的绿色植物造型。房顶上前排左右各有一个三角形小阁楼,后排的菱形阁楼正中有两扇小窗子,窗框和一层房檐一样,也是白色的。屋后左边和右边都有高耸入云的榕树，稍远便是森林和草原。

这是一幅不在画布上的风景画，画名叫"Karen Blixen Coffee Garden&Cottages"（卡伦·布里克森咖啡园故居）。咖啡园已经没有了，故居也是为了拍电影才修复的，所以才有了"卡伦·布里克森故居博物馆"。

博物馆内保存着这位挪威女作家的私人物品、照片、图书、书柜等。客厅很大，地上铺着头部完整的雄狮皮和斑马皮，墙上挂着动物和鸟类标本、长筒猎枪。如今是不准猎杀野生动物了，但半个世纪前还没有禁猎法，而卡伦的丈夫又是个狂热的猎手。客厅中间挂着煤油灯，兽皮地铺上放着咖啡桌，当年卡伦和丹尼斯夫妇招待客人喝咖啡时一定是席地而坐的。

那架老旧的咖啡烘干机恐怕是见证卡伦·布里克森曾经是内罗毕郊外恩贡山咖啡园主人的唯一遗物了。这位丹麦女郎将17年的青春岁月献给肯尼亚咖啡事业的经历似乎没有引起人们的太多关注，但一部《走出非洲》的自传体小说和一部根据同名小说改编的电影却将她推上世界荣誉殿堂。《走出非洲》成了已走进、要走进和未走进非洲的所有人共同寻梦的出发点。

关于卡伦和她的《走出非洲》，可说的话实在太多，但那是另一个故事。不过，我要对她说声谢谢，因为是她无意中让我和火烈鸟结缘的。

继续驱车向西北行驶大约150公里，纳库鲁湖（Nakuru）蓦地闯进视野。坐在副驾驶座位上的我，老远就望见无边无际的粉锦红霞覆盖着水面，火烧云似的鲜艳夺目。如果不是事先知道湖里挤满了火烈鸟，我可能真以为那是彤云落水或地火燃烧。这是我有生以来第一次见到这么多火烈鸟，多得铺天盖地。虽然我是同事们中的年长者，但也兴奋得跟着大家欢呼起来。

站在干裂的土地上观看百米之外的火烈鸟，一种难以名状的神秘感悄悄爬上心头：造物主怎么会造出如此美丽神奇的尤物来？仙鹤的长腿，天鹅的长颈，鱼鹰的长喙……最不可思议的是个个身穿玫瑰色的"霓裳羽衣"，静若桃花，动若飞霞，而数十万只展翅飞翔的火烈鸟分明就是烧红了半边天的火焰。

听说纳库鲁湖的火烈鸟少则数万，多则数十万，繁殖期最多时可达200万，就是说，全世界三分之一的火烈鸟都积聚到这里，那是何等壮观的景象啊！火烈鸟数量的多少和水量大小成正比。所以，纳库鲁湖的面积也是随降雨量的多少而变化的。干旱时面积可小到5平方公里，雨季时面积可大到50平方公里。20世纪50年代末因百年不遇的干旱，纳库鲁湖干涸得几乎变成了盐碱地。为了拯救450多种鸟类和无数野生动物的家园，肯尼亚政府于1960年将纳库鲁湖及其周围的湿地、沼泽、草原和森林，方圆近200平方公里的范围划为鸟类自然保护区，又于1968年正式定名为肯尼亚国家公园。从此，纳库鲁湖不仅是肯尼亚的重要旅游景点，也是世界著名的野生鸟类自然保护区，尤其是火烈鸟栖息的天堂。

纳库鲁湖在东非大裂谷和火山带上，海拔1753~2073米。湖水盐碱度较高，水中多红色浮游生物，包括小虾、小蟹。据3年前来肯尼亚的小王说，火烈鸟的羽毛之所以是红色的，盖因它们吃了太多有红色色素的水中生物，久而久之，自己的羽毛也就被染红了。我问："为什么吃了大量虾蟹的沿海渔民皮肤却不变红呢？"他一时语塞，支吾着说："大概……还是因为吃得不够多吧！"我学着相声大师马三立的津腔说："我是'逗你玩'，其实你说得大抵不错。"

红色确实不是火烈鸟的本色，而是来自摄取的水藻和浮游生物。喜欢群居的火烈鸟通常栖息在温带和热带盐湖沼泽，涉行于浅滩之上，以小虾、小蟹、蛤蜊、昆虫、浮游生物和藻类为食。它们啄食时将头部浸于水下，嘴巴倒转，将食物吮入口中，排除渣滓和多余的水分后，徐徐吞下。据荷兰动物学家弗朗西斯科·布达教授和他的实验小组研究，火烈鸟、三文鱼、虾、蟹等呈鲜红色的原因，是它们的身体里富含虾青素。虾青素并不是它们本身合成的，而是长期摄食藻类和浮游生物的结果。火烈鸟就是通过啄食小虾、小蟹、各种藻类和浮游生物摄取大量虾青素的，使原本洁白的羽毛透出鲜艳的红色。

火烈鸟的英文是Flamingo，亦称红鹳或火鹳，身高约80~160厘米，体重 2.5~3.5 千克，体态匀称，看上去最像鹤。体羽白中透出玫瑰色，覆羽深红色，所以无论站在水里还是飞在天上，给人看到的都是鲜艳的红色。

此刻湖中的火烈鸟虽然没有百万，但几十万总是有的。在显得拥挤的湖面上，成群成片的火烈鸟已经引不起你的兴趣，你的注意力会落在湖边浅滩上千姿百态的个体上，从而获得童话般的视觉享受：有的在聚精会神地啄食品鲜，有的吃饱喝足后怡然自得地散步，有的双双展翅翩翩起舞，有的在表达令人动容的"挽颈之恋"……

正在湖边玩耍的小黑孩儿见我们要背对火烈鸟拍照，赶紧下水哄鸟，让它们展翅低飞。摄影记者小李赶紧挽起裤腿进入水中拍照。一个小女孩拿着一束火烈鸟羽毛示意让我买，50 先令一支。我当然知道这里的一草一木都不能拿走，但我不想让女孩失望，给了她 50 先令，随后将一支羽灵递给了身边的女记者小徐。其实，湖边水里有很多失落的羽毛，但没有人敢下水去捡，都知道那是违法的。当然，本地孩子捡几支换钱，也不会有人过问。

纳库鲁自然保护区不光是鸟类的天堂，也是斑马、角马、河马、大象、鸵鸟、羚羊、疣猪、狒狒、白头鹰、长颈鹿甚至罕见的白犀牛和黑犀牛的乐园，自然也是狮子、豹子和鬣狗们的欢乐谷。不过眼前看到的只有乌泱乌泱的火烈鸟。

火烈鸟又名红鹳，属于涉禽类。涉禽是生活在沼泽湖泊浅水区或岸边的鸟类，最主要特征就是"三长"——嘴长、颈长、腿长。它们的日常生活是涉水觅食，而不是游泳，虽然它们的游泳技术并不差。休息时的惯常姿势是"金鸡独立"。涉禽至少有 200 多种，大多分布在湿地或沿海。火烈鸟分布最广的地区是巴哈马群岛、西印度群岛、墨西哥的尤卡坦半岛、南美洲北部和加拉帕戈斯群岛。

火烈鸟崇尚"集体主义"，喜欢群居，成千上万不算多，十万百万不罕见。在面积不到 1.4 平方公里的巴哈马岛上，就有 5 万~10 万只加勒比海红鹳。火烈鸟不是严格意义上的候鸟，但如果生存环境恶化或食物链中断，它们也只能另寻出路。迁徙一般在夜晚进行，可能因为夜里天敌较少，相对安全，没有日晒，不必飞得太高，节省体能。而白天为了躲避猛禽的攻击，就得飞得越高越快越好。飞行中的火烈鸟像大雁一样鸣叫，强大的和声震天动地。从地面向高空仰望，但见无数条长颈竞相浮动，无数条细腿向后平伸，无数只翅膀竞相扇动，而这一切都在阳光下泛着红光，如彩云飘游，似红河流淌。这样流动的美，只能见于蓝天之上。

红鹳有大小之分。大红鹳主要分布在地中海沿岸、东印度西北部、西印度群岛和非洲，而加勒比海红鹳、智利红鹳、安第斯红鹳和秘鲁红鹳均在南美洲。小红鹳多分布于波斯湾、印度西北部和非洲东部，其中最迷人的"火烈鸟天堂"当数肯尼亚的纳古鲁湖。

火烈鸟的风姿虽然酷似仙鹤，且同属大型涉禽，但却是两种不同的鸟类。火烈鸟是红鹳科红鹳属的一种，因全身呈艳红色而得名。火烈鸟虽然会飞，但起飞前需要有一段狂奔的助跑，就像飞机起飞前在跑道上滑行助飞一样。而鹤是可以垂直起落，无须助跑，直上云天的。鹤在中国文化中的崇高地位更是火烈鸟无法相比的，鹤是神仙的"坐骑"，可与神仙同寿，所以被称作仙鹤，而火烈鸟充其量是美丽的观赏鸟。不过火烈鸟也是长寿鸟。据报道，2013年1月30日于澳大利亚阿德莱德动物园（Adelaide Zoo）辞世的一只火烈鸟就活了83岁，算得上是火烈鸟中的老寿星了。

火烈鸟历史悠久，中国的《山海经·西山经》早有记载："有鸟焉，其状如鹤，一足，赤文青质而白喙，名曰毕方，其鸣自叫也，见则其邑有讹火。"翻译成现代汉语，大意是说，有一种鸟长得像鹤，习惯一只脚独立。青色的羽翼透出红色的纹理，长喙泛白。大鸟的名字叫毕方，源自鸣叫的声音近乎"毕方"的发音。"毕方"现可能预示野火烧城。虽然古人对"毕方"的解释不同，有说是"火兽"，有说是"火鸟"，但我总觉得羽红且喜欢"金鸡独立"的更像是火烈鸟。"其状如鹤"也说明像鹤不是鹤，而最像鹤的当然也是火烈鸟。

火烈鸟因纳库鲁湖而云集肯尼亚，纳库鲁湖因火烈鸟而名扬天下。火烈鸟和纳库鲁湖相互成就了对方。纳库鲁湖还有一个神奇之处也许不被外人所知，那就是湖里有许多热泉，咕嘟咕嘟地不断冒气泡。一位女同事告诉大家，那热泉的水温高达七八十摄氏度，煮熟鸡蛋是没问题的。今天她特意带来一网兜鸡蛋，让小王放在咕嘟咕嘟冒泡的地方。大家转悠了半小时回来后，鸡蛋果然都煮熟了。午餐时，一人一个。我担心那些热泉会不会伤到火烈鸟。小王说："它们可没那么傻，别说火烈鸟，就是小鱼、小虾也都躲得远远的。"

人们喜爱火烈鸟是因为美艳高贵，人们尊重火烈鸟是因为品格高尚。火烈鸟一生只有一个伴侣，风雨同舟，从一而终。火烈鸟不仅情操高尚，而且有一颗不灭的灵魂，像凤凰一样，为求涅槃，投身火海，浴火重生。这就使生命拥有了宗教般的哲学意义。这也是为什么我在非洲时给自己起了个英文名字叫 Flamingo，我希望能用火烈鸟的美丽、纯洁和高尚净化自己的灵魂。

什么时候还能重见纳库鲁湖上的"似锦红霞"呢？

（写于 1997 年）

东非大裂谷

——地球最长的伤疤

东非大裂谷——地球最长的伤疤

　　东非大裂谷对我而言，去非洲前是神话，到非洲后是奇迹。这奇迹也许只有中国的长城能与之媲美，所以，这是从人造卫星上看地球时，最醒目的两大奇观。区别在于，长城是人造奇观，大裂谷是地造奇观。

　　来肯尼亚工作半年多，大裂谷虽然近在咫尺，但对我还是谜，因为工作忙，实在抽不出时间游山玩水。大裂谷在我的想象里，不是两山间的深谷，便是地表断裂后的深壑；不是万丈深渊，便是百丈悬崖。以至于终于来到距内罗毕西北 150 公里的纳库鲁湖观火烈鸟时，我还在问："大裂谷在哪儿？"同事们哈哈大笑："你现在就站在大裂谷里啊！"

原来，一个人站在平地上是看不出大裂谷真面目的，充其量也就是感觉置身低洼地或者干涸的河床里，甚至是在平原上，真个是"不识庐山真面目，只缘身在此山中"。此刻我虽然站在湖畔，也不过是井中之蛙，看到的只是井口大的一片天。大裂谷全长 7500 公里，宽 20~200 公里，即使坐在飞机上，看到的也只能是视角之内的一段，要想看到大裂谷全貌，恐怕只有坐上人造飞船才行。

事实上，大裂谷不光是鸟类和野生动物的栖息地，更是人类居住和活动的场所，因为只有在低洼的裂谷里才能找到湿地和水源，才能有森林和草原，才能种植和狩猎。光秃秃的山岭和红土裸露的丘陵不会引起普通人的兴趣。所以，要想见野生动物和荒野人家，只能下裂谷，不能上火山。内罗毕附近开阔的裂谷里，不仅有牛群羊群，还有展出石器和陶器的"文化中心"和挂着"地狱之门"匾额的古人类遗骨博物馆。乘车或徒步走在裂谷里，除了觉得地势比两侧的公路低得多外，并不会有视野狭窄的感觉。

从天上看，它是地球"最长的伤疤"，从地上看，它是湖泊沼泽，高山盆地；是鸟类的天堂，野生动物的乐园；是亚当、夏娃的伊甸园，更是人类从远古到今天不变的家园。构成这道"伤疤"的有火山群，有谷地，有湖泊——非洲大陆的 30 多座湖泊都集中在裂谷带上，这里汇集了整个非洲的几乎全部动物和植物物种。所以，无论你在塞伦盖蒂还是马赛马拉，在坦葛尼喀湖还是维多利亚湖，在肯尼亚山还是乞力马扎罗山，在阿法尔谷地还是埃塞俄比亚高原，在百米深的谷底还是在 5963 米高的乞力马扎罗雪峰，其实你都在东非大裂谷上。

大裂谷穿越中东和非洲 19 个国家：约旦、以色列、巴勒斯坦、埃及、沙特、也门、苏丹、厄立特里亚、吉布提、埃塞俄比亚、肯尼亚、乌干达、卢旺达、布隆迪、刚果（金）、赞比亚、马拉维、莫桑比克和津巴布韦，其中非洲国家 14 个，而 8 个在我的职务管辖范围内，所以我去过，采访过，但我一直不知道，我从未走出过东非大裂谷，就像孙悟空从未跳出过如来佛的手心。

从卫星图片上看，有人说东非大裂谷像工艺粗糙的"大弹弓"，有人说像不规则的三角形。如果我们把它看成一个随意延伸的不规则三角形，那么这个三角形的三个角分别在北端的红海，西北端的苏丹约旦河，南端的莫桑比克入海口。它的基本走向是从红海起，横穿埃塞俄比亚北部，经非洲东部纵深地区，一直延伸到莫桑比克。

大裂谷位于非洲东部，南起赞比西河下游谷地，向北经希雷河谷至马拉维湖，再向北分为东西两个支系。为了纪念发现东非大裂谷的著名英国探险家和地质学家约翰·沃尔特·格雷戈里（1864—1932），从红海到尼亚斯湖的东支裂谷被命名为格雷戈里裂谷，而较短的西支裂谷被命名为艾尔伯丁裂谷。

东支裂谷是主裂谷，沿维多利亚湖东侧，向北穿越坦桑尼亚中部的埃亚西湖、纳特龙湖，经肯尼亚北部的图尔卡纳湖及埃塞俄比亚高原中部的阿巴亚湖、兹怀湖，持续向北直抵红海，再由红海向西北方向延伸到约旦谷地，全长 5800 公里。

东支裂谷的宽度从 30 公里到 200 公里不等，谷底大多比较平坦，但也不乏两侧是悬崖陡壁的地段，从崖顶到谷底的落差少则 200 米，多则 2000 米。

西支裂谷比较短，大致沿维多利亚湖西侧由南向北穿过坦噶尼喀湖、基伍湖、爱德华湖、艾尔伯特湖等湖沼链条，直达苏丹境内的白尼罗河，向北逐渐消失，全长 1700 多公里。

如此说来，大裂谷东支和西支合起来总长度达 7500 公里之遥，是地球上最长的不连续大裂谷。

东非大裂谷两侧的高原上有众多火山，既有死火山，又有活火山，如乞力马扎罗山、肯尼亚山、尼拉贡戈火山等，谷底则是串珠般的湖泊约 30 多个。这些湖泊大多狭长水深，其中坦噶尼喀湖南北长达 670 公里，东西宽 40~80 公里，是世界上最狭长的湖泊，平均水深达 1130 米，是仅次于贝加尔湖的世界第二大深水湖。

所以，当我站在比坦葛尼喀湖小得多的纳库鲁湖畔时，并不觉得自己站在裂谷里，目之所及汪洋一片，望不到断崖，看不到深谷，只有漫天飞舞的"惊鸿"，满湖如霞似锦的火烈鸟。

其实，在肯尼亚境内，大裂谷的轮廓还是相当清晰的，只是站在平地上看不出来罢了。只有登高望远，或者乘飞机俯瞰，才知道大裂谷纵贯南北，将肯尼亚大地劈为两半，与横穿全国的赤道十字交叉。因为这个缘故，肯尼亚还得了个"东非十字架"的雅号。当然，这十字的一竖是可见的，一横是不可见的。鸟瞰大裂谷，有起伏的山峦和断壁悬崖，也有谷底平川和森林草原，还有沼泽湖泊碧水连天，更有海拔5199米的非洲第二高峰肯尼亚山。

肯尼亚在东非平原上，也是非洲地势最高的地区。因为地势高，虽然在赤道线上，气温并不高，冬暖夏凉，夏天穿T恤衫不觉热，冬天穿牛仔服不觉冷。那种认为赤道国家热死人的概念，来自理论而非实践。殊不知，内罗毕和北京相比，夏天凉如秋，冬天暖如春。雨量也很充沛，所以山清水秀、鸟语花香，且有茶叶、咖啡等特产。肯尼亚的茶园景色迷人，肯尼亚红茶闻名世界。

位于肯尼亚的东支裂谷部分，是整个东非大裂谷较深的部分，其中最深处在内罗毕以北地区。这段裂谷因为远离海洋，形成的湖泊比较浅，但含矿物质和盐碱度较高，如马加迪湖、埃尔门泰塔湖、巴林哥湖、柏哥利亚湖和纳库鲁湖的碱性都相当高。

东非大裂谷的火山不少，湖泊更多，可以说是个链条状的天然水系。前文说过，非洲大大小小30多座湖泊集中在裂谷带上，说它是非洲的肺，因为湖泊湿地的确能改善大地的呼吸，净化生态环境；说它是非洲的肾也不为过，"肾水"充盈则狮吼鸟鸣，"肾水"不足则鸟飞兽散。因为有了裂谷水系，才有肥沃的土地、茂盛的植被、鸟类的天堂，野生动物的乐园和趋之如鹜的旅游者。

西支裂谷高山居多，如维龙加山、米通巴山、鲁文佐里山等，但也有世界最深的淡水湖之一坦葛尼喀湖（深 1470 米）和世界第二大淡水湖维多利亚湖。

东非大裂谷囊括了非洲所有的动植物物种。为了保护这些物种，沿线建立了多个世界著名的自然保护区，如刚果乌隆加国家公园、乌干达鲁文佐里国家公园和卢旺达国家火山公园等，其中塞伦盖蒂生态系统是地球上最古老、保存最完好的生态系统，而占据这个生态系统百分之八十面积的是人人耳熟能详的坦桑尼亚塞伦盖蒂国家公园、恩戈罗恩戈罗保护区和肯尼亚的马赛马拉自然保护区。

无论去过还是没去过，中国人对塞伦盖蒂和马赛马拉都不陌生，因为中国的央视节目《动物世界》通过赵忠祥抑扬顿挫的画外音，对这两个自然保护区介绍得可谓淋漓尽致、家喻户晓了。尤其那些非洲野生动物大迁徙的场面，惊心动魄而又令人痴迷。每年 7 月有 150 万~200 万头角马和斑马、30 万只汤姆森瞪羚和 3 万只格兰特瞪羚为了从坦桑尼亚迁徙到肯尼亚，要突破鳄鱼封锁线，横渡马拉河，历尽千辛万苦到达重生之地，前赴后继创造生命奇迹的过程，实在悲壮而震撼。那是动物奇观，更是生命礼赞：野性的呼唤，雄狮怒吼，羚羊飞奔，霞起霞落，流水淙鸣，草木低吟，鹰击长空，鱼翔浅底……

广袤的草原是大裂谷的重要组成部分和美不胜收的

赤道（距内罗毕大约 100 公里处）　作者脚踏南北两半球

景观，其典型代表是马塞马拉和塞伦盖蒂两个国家公园，它们虽然分属肯尼亚和坦桑尼亚，但却是天然连在一起的。塞伦盖蒂生态系统自古就是马赛人的家园，在马赛马拉能见到他们，在塞伦盖蒂也能见到他们。总面积达 2600 平方公里的塞伦盖蒂生态系统看似离我们很远，其实与我们休戚相关，因为一旦它遭到破坏，殃及的就不光是动物世界，而是全体地球人。

东非大裂谷对地球而言，它是永远无法愈合的"裂痕"；对人类而言，它是多姿多彩的生态系统。大裂谷的形成对非洲地理、气候、生态、环境乃至整个人类文明史的影响之大是无法估量的。一个没有乞力马扎罗山和科尼亚山，没有塞伦盖蒂和马赛马拉草原，没有坦葛尼喀湖和维多利亚湖，没有阿法尔谷地和埃塞俄比亚高原的非洲是不可想象的。人类对地球母亲除了敬畏和保护，别无选择。

地质学家认为，东非大裂谷的形成是非洲和阿拉伯地球板块剧烈运动和碰撞的结果，是 3500 万年前非洲板块运动形成的纵贯东非的世界最大断裂带。断裂带有深深的陷落，也有高高的凸起，塌陷的地方形成沟壑，上升的地方形成火山，积水的盆地形成湖沼湿地，无水的地段形成森林草原，而最北端被海水灌满了的深壑和谷地便成了红海。

位于埃塞俄比亚境内世界著名的阿法尔谷地，就是地壳持续运动形成的海沟，垂直深度达 150 米，谷地边缘有多个高耸的火山口，其中就有 2005 年喷发的达巴胡活火山口（高 1442 米）。而火山爆发前的剧烈地震造成地壳断裂，形成了著名的"达巴胡断裂带"。

湖泊的形成分两种类型，一类叫断层湖，即地壳断裂形成的湖泊，通常为带状深水湖，如坦葛尼喀湖；另一类叫构造湖，是地壳运动造成地面下沉形成的盆地，积水后成为湖泊，通常湖阔水浅，如维多利亚湖。

裂谷带上既有死火山，又有活火山。其中最高的乞力马扎罗山和肯尼亚山是死火山，而恩戈罗恩戈罗火山、卡里辛比火山、尼拉贡戈火山、梅鲁火山、埃尔贡山、尔塔阿雷火山等都在活火山之列。著名的伦盖火山的火山口直径达 17~21 公里，深达 610 米，总面积约为 265 平方公里，而尔塔阿雷火山则是世界最低，唯一一座位于海平面之下的火山。

东非大裂谷的非凡贡献在于，它可能是人类文明最早的发祥地，地球人类最早的家园。

20 世纪 50—70 年代考古学家曾在东非大裂谷发现了 200 万年前和 290 万年前的人类头骨。令人震惊的是 1975 年在坦桑尼亚和肯尼亚交界处挖掘出 350 万年前的人类遗骨和足迹化石。更有研究人员认为，阿法尔遗址的南方古猿遗骸是人类祖先最早的遗骸，距今有 400 万年。这意味早在 400 万年前东非大裂谷就出现了人类祖先直立行走的足迹。所以，当我们说人类起源于非洲时，我们其实指的是东非大裂谷。

"人类非洲起源说"从 20 世纪 80 年代得到一系列人类 DNA 研究的强有力支持，即生活在世界各地的现代人类的祖先自 100 万 -200 万年前成为直立人后，从非洲扩散到世界其他大陆，分别演化为现代非洲人、亚洲人、欧洲人和大洋洲人。无论如何，科学家们对"非洲是人类摇篮"的结论已经没有争议。

东非大裂谷不仅意味火山运动，还意味几百万年后它可能将非洲大陆一分为二。科学家们预测，几百万年后索马里板块将从非洲大陆板块分离出去，或者东部非洲将沿大裂谷同非洲大陆分离，形成独立的岛屿并向阿拉伯半岛漂移。当这个岛屿与阿拉伯半岛相撞时，东非将形成山脉，红海将延长 3 倍。科学家们甚至断言，这一过程会在 300 万 -400 万年后发生。

福兮祸兮，天意难违。但愿我们之中有人能穿越时空隧道，成为几百万年后验证这些预言的见证人。

写于 1990 年

马赛马拉

——见一次，记一生

狮群

　　世间事物，有的司空见惯而熟视无睹，有的千载难逢，却"看一眼，记一生"。世界著名野生动物保护区马赛马拉就属于后者。

　　1989 年夏季，内罗毕总分社组织大家分批到马赛马拉参观采访，我和妻子在最后一批里。

　　去马赛马拉怎么也得住两个晚上，一是路途比较远，往返跑路就得一天工夫；二是如果时间太短，来去匆匆，可能什么"奇观"都看不到，岂不白跑一趟？既然去一趟，怎么也得能收获两篇稿子，拍到几个值钱的镜头才是。

马赛马拉如雷贯耳，我当然知道。在非洲野生动物园中，它虽然不是最大的，却是最著名的。电影《走出非洲》的外景——一望无际的草原，万马奔腾的旷野——就是在马赛马拉拍摄的。

被卡伦·布里克森（《走出非洲》作者）称作马赛人"宁静家园"的大草原，已经今非昔比了，现在是旅游者趋之若鹜的国家级自然保护区。肯尼亚的国土面积只相当于中国的四川省，但大大小小的野生动物园多达 60 个，其中 26 个是国家级野生动物保护区，马赛马拉是 N0.1。

马赛马拉自然保护区其实是坦桑尼亚塞伦盖蒂国家公园的向北延伸。这两个国家公园属于同一个生态系统，大体分三个部分：一是两河流域（塔莱克河和马拉河及其分支）；二是丛林区，包括一片一片的金合欢树林；三是广阔的草原，总面积达 4000 平方公里，其中 2500 平方公里在坦桑尼亚境内，1500 平方公里在肯尼亚境内，中间隔着一条界河——马拉河。数以百万计的野生动物在这个统一的生态体系中繁衍生息、往来迁徙，不知中间有国界，只知中间横着天堑马拉河。铺天盖地的角马、斑马和羚羊在大迁徙中向死而生的悲壮场面就发生在马拉河上。

据资料介绍，仅角马就有 130 万头，瞪羚 50 万只，斑马 20 万匹，羚羊 2.7 万只，旋角羚羊 1.8 万只。狮子、豹子的数量虽然有限，但比起其他野生动物园来，还是多的。但猎豹和黑犀牛却有濒临灭绝的危险。除了数量巨大的各类野生动物，马赛马拉还有 460 种鸟类，其中许多鸟都是世上稀有的珍奇。

从内罗毕到马赛马拉 267 公里，沥青公路，开车不紧不慢有 4 个小时足够了。为了避开太阳暴晒的中午，我们一行 8 人乘两辆车早晨 6 点钟出发，10 点钟准时到达与马赛村毗邻的宿营地，入住事先预订好的木屋旅馆。

木屋旅馆在一片开阔的高地上，没有院落，只有一间间独立的小木屋。木屋是用直径 20~30 厘米的原木搭建的。墙壁由不规则的树干树枝建成，缝隙较大，近乎栅栏，肯定是白天透光、夜里透风，鬣狗、疣猪是钻不进来，但爬墙虎和小昆虫是畅行无阻的，苍蝇、蚊子那就更不用说了。睡觉时防止蚊虫叮咬的唯一防护设施就是质地厚实的蚊帐。

木屋的顶棚不错，厚厚的茅草圆顶颇显非洲特色。室内虽然没有铺地板或地毯，但沙土地异常干净。木板床虽然有点硬，但床垫比较厚，床单、被套洁白如雪。

餐厅设施简陋，但异常干净。欧式自助餐，相当丰盛。还有个不错的酒吧，从荷兰啤酒到苏格兰威士忌，应有尽有。毕竟，这是著名旅游景点。

午饭后稍事休息。大约下午 3 点，导游带领 20 名左右新来的客人参观马赛村。

马赛村草屋

这个马赛村是马赛部落的一部分，马赛马拉的名称就是马赛部落和马拉河的组合。马赛人是这片草原的土著人，也是最早的主人，理应受到尊重和保护。所以，政府规定马赛马拉公园 20% 的收入用于支助马赛人。

马赛人的身材与一般草原游牧民族不太一样。通常以狩猎为生的土著人长得都比较矮小，动作灵敏。但马赛人个个都像电线杆子，又细又高。这和我采访过的博茨瓦纳布什曼人形成鲜明反差。科学家的解释是，布什曼人矮小灵活的身材是世代适应狩猎生活的结果。那么同样是世代过着狩猎生活的马赛人却为什么长得细高呢？

我把这个疑问提给导游，又黑又壮的导游两手一摊说："你这个问题很有意思，这是个只有上帝才能回答的问题。我从来没将马赛人和布什曼人联系在一起过——是啊，为什么呢？"他呵呵地笑。

马赛人似乎知道客人要来，所以早就身穿大红大绿的单色长衫等候在院子里。他们喜欢色彩鲜艳的传统服饰。

同中国人相反，马赛人男的一概留长发，女的却只留短发或干脆剃光头。院子里男多女少，据说是因为马赛人实行一夫多妻制。他们待人很热情，也很友好，很愿意向游客展示自己的民俗文化和手工艺品。工艺品多半是兽骨和石雕，造型简单、质朴、夸张，却颇具神韵，尤其是动物造型——没有人比他们更能抓住每种野生动物的特征。

马赛人个子细高，喜欢穿大红大绿

导游说，他们的生活方式与几百年前并无太大差别。他们的祖先原本生活在尼罗河上游，是游牧生活方式和野生动物资源将他们吸引到肯尼亚。

马赛人院落的围栏是用带刺的树干树枝建成的，目的是阻止野兽入侵。他们住的是茅草屋，墙壁也是用灌木的干枝搭建的，但外表抹了一层牛粪充当墙皮。导游说别看房子建得简陋，住个七八年不成问题。

夜幕低垂，天地间一片漆黑，如果不是营地服务员燃起哗哗剥剥的篝火，黑得真的是伸手不见五指。夜空中银河在静静流淌，银河中的繁星像水花一样闪烁，高邈悠远得目不可及。旷野上似乎万籁俱寂，但侧耳谛听，不仅有蛙叫蝉鸣，还有疣猪的哼哼喘气声。如果向黑暗的草丛中仔细观察，还能发现一道道绿光在闪射。妻以为那是萤火虫，导游说那是鬣狗的眼睛。于是，妻由瘆得慌顷刻变成吓得慌——有点毛骨悚然。导游却没事似的说："不用担心，他们不敢进营地，只是想在周围找点吃的罢了。夜里有篝火，有执勤保安，你们尽管安心睡觉好了！"

妻听导游这么说，心里略微踏实了点儿，但躺在床上还是睡不着，也不敢关灯，生怕黑灯瞎火中窜进鬣狗来。墙上的缝隙在微风中沙沙作响，似乎有什么四脚蛇之类爬进爬出，如果是蛇，那就更糟了，但服务生言之凿凿说没有蛇。忽然看到头顶墙壁上有只小蜥蜴，吓得她赶紧把头藏在我的胳膊肘里。这时我才发现她已经吓得满头大汗，于是笑道：

"看把你吓成这样，一只小蜥蜴怕什么？正好替我们捉蚊子！"

第二天起床时我问妻睡得怎么样？她一脸无奈地说："别提了，屋子里是蚊子的嗡嗡声，蚊帐里是你呼呼的鼾声，加上外面不时传来的各种可疑动静，吓得我只顾蒙头冒汗，哪里还睡得着觉？估计快到天亮时才眯了一会儿。"

我"嗨"了一声说："这怎么行？今天晚上吃片安眠药吧。"

旱季想看到野生动物，尤其狮子、豹子之类的猛兽，必须得躲过上午10点到下午3点这段最热的时间，因为任何动物都不会暴露在灼热的阳光下，可躲在草丛里就很难被发现。

所以清晨6点钟大家就分乘4辆敞篷吉普车向草原和丛林进发。

我们这辆车上加导游和司机一共6人。大型敞篷吉普车是游览非洲野生动物园的最佳交通工具，开小轿车进野生动物园是十分冒险的，通常会被阻止。

摄影记者小李和我都全副武装，身上穿着有十几个口袋的摄影背心，颈上挂着配有长短镜头的佳能相机，而两位女士的手上则是傻瓜机和望远镜。

开车后，导游开始介绍马赛马拉概况。他说，马赛马拉自然保护区早在 1948 年就建立了，最初面积只有 520 平方公里，1961 年开始逐步扩大，直到目前的 1510 平方公里。每年雨季保护区的角马、斑马、大羚羊等迁徙动物多达 200 万，不过迁徙动物远不是全部，还有大量草原"定居"动物，如长颈鹿、大象、黑犀牛、非洲水牛、狮子、豹子、鬣狗、羚羊等。每种动物又分好多属，例如羚羊就有什么大羚羊、旋角羚羊、水羚羊，什么黑斑羚、瞪羚、跳羚、迷你羚，等等。马拉河里当然还有鳄鱼、河马。他说，通常人们把大象、犀牛、狮子、豹子和水牛称为"野生动物五列强"。他说，想一次看全几十种野生动物是不可能的，能看全"五列强"都很难，尤其是犀牛。

"我们今天上午的目标是什么？"我问。

坐在副驾驶位置上的黑人导游侧过身子说："主要目标是狮子——一个 5 口之家的狮子群，如果运气好的话。运气不好，就只能看看羚羊、大象啦！"

"能看到羚羊、大象也不错，"小李低声说，"不过，相信导游能让我们看到狮群，他们对什么动物什么时间在什么地方熟悉得很。"

羚羊不用找，一路上几乎隔几分钟就能见到一群，少则十只八只，多则几十上百。它们虽然听到汽车声警惕地竖起耳朵仰起头，但看一眼似乎并不介意，继续低头吃草或跑跑跳跳。

在一片几乎干涸的池塘旁有几头大象，滚得浑身是泥，有的用长鼻子摘树叶，有的用长鼻子吸地上的干土，再将干土喷到自己或同伴身上。它们根本不把汽车和游客放在眼里，完全形同陌路。不过导游还是提醒说：拍照可以，但绝不能用闪光灯，强光刺激会使大象激怒，对人发起攻击。

突然，导游手里的报话机哗啦哗啦地响了："前方见到狮群，前方见到狮群！"前车导游在向后车导游通报信息。大家一听，立即兴奋起来，不约而同地开始检查相机。

不到一刻钟，4辆吉普全都集聚到狮子群旁。一头母狮和三个幼崽趴在距离吉普车不到3米的草地上在闭目养神，从它们身边刚被啃过的骨头看，它们显然刚刚享受过一顿羚羊美餐，吃饱喝足后趴在那里打盹儿，对前来造访的客人视而不见，既不表示欢迎，也不表示反感，甚至可能在想：这些两条腿的动物真是吃饱了撑的，大热天不在家里待着，跑到这荒郊野外来干什么，难道就为了看我们？

狮子们究竟是不是这么想的，我不知道，小李也不知道。我们只知道，凶猛的狮子原来这么温柔可爱，尤其3只肚子滚圆的小狮子，一会儿跳到母亲身上，一会儿爬到母亲怀里，而母狮似乎很享受、很惬意。这母子情深，其乐融融的场面令人感动。

两位女士却无论如何驱散不了恐惧心理。

小李爱人神色紧张地说："唉呀妈呀，这车一点遮挡都没有，太吓人啦！"

"离这么近，万一那狮子野性发作可怎么办？根本来不及躲！"妻也觉得头皮发麻。

我却在想：如果没有人类介入、干扰甚至破坏它们的生活，这该是多么温馨祥和的世界啊！

我之所以这么想，是因为在哈博罗内的一家旅游商店，见过完整的雄狮标本和完整的斑马皮，完整的雄鹰标本和完整的羚羊皮。一具头部完整、皮毛完整的雄狮皮售价1500美元，只为富人炫耀自家客厅的气魄！更不要说为了象牙和犀牛角，多少大象和犀牛惨遭猎杀。

就这样，4辆车，20几个人，在蓝天阳光下，同近在咫尺的母子4狮共度了一个多小时的美好时光。唯一的遗憾是没见到这家的男主人——雄狮。临走时，我问导游：

"为什么不见雄狮？"

导游说："今天不巧，雄狮不在。我想明天应该能看到。"

"雄狮是不是有外遇了？"小李开玩笑。

导游和司机同时哈哈大笑，开心地说："一定！""没错！"

下午3时，4辆吉普再次出发。

导游说，下午的主要目标是寻找豹子，不管猎豹还是花豹。

妻听后，对我说："我以为天下豹子都一样呢，怎么还分猎豹和花豹，你知道怎么识别吗？"

"哎呀，"我为难地嘿嘿一笑，"你这个问题太专业，我还真没研究过，我只知道猎豹英文叫Cheenah，花豹英文叫Leopard！"

"废话，你这不等于没说吗？"

"哎，别急嘛，稍安勿躁，我正要问导游呢，"我把这个问题甩给了导游。

黑人小伙子一听，兴头来了，得意地说："这个问题真是太好啦，很专业，也很有趣！猎豹和花豹虽然都是豹，但两者的区别其实还是明显的。在狮、虎、豹里面，只有非洲花豹会上树，所以对旅游者来说，识别花豹还是猎豹的最简单、最有效、最直观的方法，就是看它是不是在树上。如果它趴在树上，那就肯定是花豹——这正是我们一会儿要看的。猎豹和狮子一样，不会上树。当然，这只是它们行为方式上的一个区别，毕竟，花豹不是鸟，多数时间也是在地上，这时要区别花豹还是猎豹，对你们恐怕就难了些，但对我们不是问题，"说着，他还诡秘地挤了挤眼睛。接着，他详细介绍了花豹和猎豹的区别。应该承认，不仅专业，而且很有知识量。

根据他的介绍，花豹和猎豹的区别还真不少。

区别一：花纹不同。花豹身上的花纹呈花瓣状，看起来分布比较稀疏，颜色较浅；猎豹身上的花斑近似墨点，黑色实心，排列密集而有规则。

区别二：面相不同。猎豹的脸看起来是"哭丧相"，眼角中挂着"泪痕"；花豹眼角没有"泪痕"，目光比较犀利，头也比猎豹大。

区别三：体形不同。猎豹体形纤细，身轻腿长，脊椎柔软灵活，像一条大弹簧，奔跑起来快如飞箭，是草原上无与伦比的短跑冠军；相比猎豹，花豹可就是重量级运动员了，体格健壮，肌肉发达，看起来比较"富态"。

区别四：速度不同。猎豹是世界上陆地奔跑速度最快的动物，时速可达 115 公里；而花豹的奔跑时速也就 80 公里。

区别五：就是前面说过的，花豹会上树，猎豹不会。这说明，在同一个老师猫面前，花豹比较乖巧，会讨好，所以学到了上树的本领。由于身怀绝技，花豹通常都把捕获的猎物挂到树上，想吃就吃，不必担心被抢；不想吃就挂在树上保存，既不易腐烂，又不易被偷吃。

此外，据说猎豹比较重视生活规律，日出而作，日落而息。而花豹喜欢昼伏夜出，白天躺在树上睡大觉，夜里四处捕猎。猎豹有种独步天下无敌手的傲慢，不屑与花豹、狮子为伍；花豹崇尚丛林法则，恃强凌弱。其实，论实力，猎豹还真不是花豹的对手。

就在导游手舞足蹈地为 4 位中国游客作"科普辅导"时，汽车突然悄悄停住了。司机往路边大约 30 米远的一颗大树上一指，大家不约而同地"哇"了一声：果然，一只豹子——不用说，都知道那是花豹无疑——躺在一根横向树杈上睡着懒觉，旁边挂着浑身血渍但没有了内脏的羚羊。

我和妻都是头一次见到躺在树上睡得安详的豹子，实在觉得新鲜和神奇，仿佛一下子感受到了大自然的温柔。

妻非但不觉得那豹子有什么可怕，反而对那优美的睡姿产生了宛如睡美人的幻觉。这一刻，溟濛之中，她似乎有种真的回到了大自然的怀抱，置身"伊甸园"的感觉。她并未意识到，她真的爱上了非洲。

告别梦中的花豹，来到一片有几株金合欢树的草原。突然，从两棵树后面昂首阔步走出两只长颈鹿，就像演员优雅地走上舞台，从容地表演用舌头采摘树叶。导游兴奋地说："你们真是太幸运了，遇上了马赛长颈鹿！"

他解释道，马赛长颈鹿是个专有名词，特指马赛亚种长颈鹿，是马赛马拉独有的品种，世界任何其他地方都见不到，所以十分珍贵。他让大家仔细看它们身上的斑纹，是枫叶状的，所以也叫枫叶斑纹长颈鹿。还有一种网状斑纹的，也属于马赛亚种长颈鹿。

"这两种斑纹的马赛长颈鹿数量都少得很，你们今天能见到，真是眼福不浅，幸运得很！"导游赞叹道。

"还是托你的福，"小李乘机恭维，"没有导游，我们哪里见得到这么珍稀的动物！"

导游听了果然得意地笑了："您说得没错，没有我指点迷津，你们就是见到它们，也只当是普通长颈鹿……"

大家一阵笑。

回营地的路上，还见到了鸵鸟、鹳鸟、秃鹫和秘书鸟。这秘书鸟一词我觉得很有趣，也很困惑：鸟还有秘书？倒要讨个明白，便问导游何为秘书鸟？

这导游还真不是胸无点墨之辈，问不倒。他解释说，秘书鸟就是蛇鹫。蛇鹫怎么成了秘书呢？这和它头上长着 20 支黑色冠羽有关。他说："你们都知道从前当文书的，耳朵后边总夹着一支羽笔吗？蛇鹫头上的冠羽就让人联想起 19 世纪的欧洲文书，所以不知什么人就给蛇鹫起了这么一个雅号——秘书鸟。"

小李恍然大悟道："噢，我说呐，蛇鹫和秘书八竿子打不着，怎么弄到一块啦，原来如此！英文的文书和秘书是一个词，按理翻译成文书鸟可能更合适。"

我说："叫文书鸟也未必准确，普希金用羽笔写诗，彼得大帝用于羽笔签署诏书，他们既不是文书，更不是秘书！"

导游和司机听了哈哈大笑。

这一天收获颇丰，上午见到了狮群，下午见到了花豹和长颈鹿，可谓心满意足。这天夜里，妻对蚊子的嗡嗡声和我的鼾声似乎也失去了兴趣，一觉睡到大天亮。

第三天的目的地是马拉河。

从宿营地到马拉河大约 150 公里，距离不算远，最多 2 个小时的车程。但因为只有土路，行驶速度本来就快不了，又要边走边看野生动物和沿途风景，走走停停，停停走走，走到马拉河整整花了 5 个小时。

途中耽搁时间最多的地方是昨天造访过的"狮子家园"。说来也怪，草原上的狮子都是行无定踪,居无定所,既无人工围栏,何来"狮子家园"?但导游说,这里就是这个5口之家的定居点,今天见不到,明天准能见到。

因为昨天只见到了母狮和3个幼崽,雄狮可能外出偷情,没见着,大家未免遗憾,导游心有不甘。所以今天特意绕了个弯儿,专程来看这家的男主人——雄狮。

果不出导游所料,老远就看见一头英武的雄狮举头张望。显然是听到了汽车动静,警惕"敌情"。谁知见是几辆眼熟的汽车和见惯了的看客,反倒放心地趴到地上,作不予理睬状。

雄狮和母狮都对来人不屑一顾,眯着眼睛,趴在地上一动不动。有时爬起来,抬头看看,抻抻懒腰,又倒在地上,仿佛天塌地陷都与它们无关。但那雄狮不管躺着、坐着还是站着,看起来都是一副王者形象,高傲而又威风八面,硕大的头颅,健壮的四肢,尖利的爪子……怎么看都与温柔二字挂不上钩,但导游却说:"狮子其实是很温柔的大猫。"

大家又坐在车上近距离地观赏了四五十分钟,悄声耳语,按动快门,享受这一家5口的天伦之乐,终于一步三回头地与它们惜别,齐声感谢导游的英明,让他们弥补了昨天没见到雄狮的缺憾。

导游并没有因为听了赞扬的话而忘记自己的本职工作,开始边走边介绍马拉河。

马拉河全长395公里,流域面积13500平方公里,其中60%在肯尼亚境内,40%在坦桑尼亚境内。马拉河发源于肯尼亚多雨的山区,沿肯尼亚和坦桑尼亚边界流向非洲第一大湖维多利亚湖。他特意提醒我们注意,是"流向",不是"流入"。他说,许多资料上都说马拉河最后流入了维多利亚湖,其实不然,它流到半路就消失在沙漠里了,没有走到维多利亚湖。"也许100年前是流入湖里的,但现在不是,"他说。

马拉河的霸主是鳄鱼,但"黑老大"河马也不是好惹的主,连鳄鱼都得礼让三分。平时河上一片平静,斑马、羚羊在岸边吃草,鸟儿在树上飞来飞去,大自然一派祥和景象。然而马拉河可不是"静静的顿河",每年4~5月,坦桑尼亚北部的塞伦盖蒂大草原进入旱季,水草开始枯竭,数以百万计的食草动物面临饥荒威胁，只好寻着雨水的踪迹，一路向北。忍饥挨饿熬到 6 月，草枯水竭，生命岌岌可危，出路只有一条——继续北上，横渡马拉河，进军水草丰盛的马赛马拉。所以，塞伦盖蒂的角马、斑马和大羚羊通常从 7 月初就开始浩浩荡荡地北上了。

但北上的路并不平坦。它们不仅要长途跋涉 3000 千公里，而且前有豺狼堵截，后有狮豹追杀，更有夺命的"地狱之门"马拉河横在路上。雨季不仅浪高水急，泥沙俱下，而且岸陡坡滑，险象环生。但更凶险的还不是天堑危途，而是藏在水下的天敌鳄鱼和河马。马拉河的鳄鱼长达 6 米，长满利齿的嘴巴就有 1 米长，想从鳄鱼嘴巴里逃生的希望几乎为零。

每年 7 月到 10 月，马赛马拉游客如云，因为在这段时间里，有超过 200 万只大型食草动物南北大迁徙。往返迁徙的必经之路是凶险的马拉河。于是，我们便能看到央视《动物世界》里那些惊心动魄的画面：千军万马争先恐后扑进马拉河，不怕鳄鱼，不怕河马，向着守候在对岸的狮群、豹群和鬣狗群冲去，前赴后继，勇往直前，以少数牺牲换取多数的胜利。

据说每年在大迁徙中丧生的角马、斑马和羚羊多达 30%，但新的生命总比死去的多。所以不论食草动物还是食肉动物都能得以繁衍生息，代代相传传，而动物天堂的童话才能永远叙述下去。

千百年来，上百万草原生灵仿佛如约而至，历尽千辛万苦，不怕流血牺牲，以气吞山河之势实现一年一度的南北大迁徙。这是我们星球上野生动物惊天动地的壮举，也是令人类费解的大自然之谜。

不过，我们来得不是时候，看不到动物大迁徙的盛况。但导游说，无论如何，马拉河及河中的鳄鱼、河马，马拉河两岸的风光，神秘的金合欢树林，各种野生动物和鸟类，都是值得一看的，也是难得的视觉和精神享受。

导游说的不错：不是油画胜似油画。马拉河和马赛马拉，见到一次，牢记一生。

（写于 1998 年）

塞舌尔

——天堂的模板

塞舌尔岛风光

"天堂是照我们塞舌尔复制的！"——这是我踏上塞舌尔这片热土后听到最多的一句话，一句从高官到百姓都充满骄傲的话。不知上帝认不认可，但见到这风景如画的岛国，我想不信都不行，难道天堂还能比塞舌尔更美吗？

说来真是幸运。非洲 56 个国家，因为工作关系，我到过半数以上。

风景优美的地方可以说比比皆是，但只有到塞舌尔，才知道天堂是什么样，因为"天堂是照塞舌尔复制的"。没有什么语言能描述塞舌尔的美，而一个美字远不能道出塞舌尔的本色。是塞舌尔让我豁然开悟：天堂本来就在大地上，没有大地哪儿来的天堂！

那是 1997 年 5 月，时逢国务院总理李鹏访问塞舌尔，我和非洲总分社一位摄影记者从内罗毕提前赶到维多利亚，采访时任塞舌尔副总统的米歇尔先生，并对这个群岛的 3 个主要岛屿做了采访和报道。

塞舌尔全国共有大小岛屿 115 个，位于距非洲东海岸大约 1600 公里的印度洋里，周围环海，是地道的群岛国家。尽管岛屿很多，有人居住的只有 30 个，总共 9.2 万人，其中绝大多数聚集在 3 个大岛上，其余都是无人居住的小岛，看起来其实就是露出海面的大石头或珊瑚礁。可它们却是世界上最古老的海洋岛屿，有 7.5 亿年的历史了。

群岛的海洋面积计约 140 万平方公里，但陆地面积合起来只有 455 平方公里，同我国河北省武清县的面积一样大。但就是这样一个海岛小国，国家公园、海洋公园和自然保护区的面积就占国土面积的 50% 以上，足见塞舌尔政府对生态环境保护的高度重视。

走下飞机旋梯放眼望去，脑海里第一时间闪出的就是《滕王阁序》中的两句诗："落霞与孤鹜齐飞，秋水共长天一色。"因为是傍晚，晚霞烧红了半边天，沧海蓝天共一色，海鸥在低空盘旋，虽微风热浪不似秋水那般怡人，但眼前的景色实在是太诗意了。

塞方接待人员告诉我们，5 月是塞舌尔天气最好的时候，旱季之后，雨季之前，是大海最平静的时候，平静得像是睡着了一样。海风很小，雨水很少，即使下雨，也是昙花一现，雨过天晴，所以，无论去海滨沙滩游泳还是享受日光浴，无论入海潜水还是冲浪，都不会有安全之虞。5 月还是各种鸟类远渡重洋，从天南地北齐聚库津岛和鸟岛的时候，所以也是观鸟赏鱼的最佳时机。

我不敢说塞舌尔是我们星球上的最后一片净土、唯一尚未被人类文明污染的"伊甸园"，但我敢说，塞舌尔绝对是世界上最美丽、最安详、最远离尘嚣的地方。说天堂是照它建造的，我信。

第二天走出旅馆，我发现绿色草坪上铺满了旅馆刚洗过的洁白床单。我的第一反应是：洗得干干净净的床单怎么能晾在草地上？草地上没有尘土吗？一问才知道，当地人世世代代都是这么晾晒衣物的，从来用不着晾衣绳、晾衣架之类的东西，旅馆也不例外。他们甚至不知灰尘为何物。草地上不仅干净得纤尘不染，而且有充足的阳光，没有什么微生物能在超强的紫外线照射下死里逃生。

风光旖旎的海岛，万绿如洗的大自然，美丽神奇的鸟类和动物，金色的阳光，白色的沙滩，空蒙的海天一色，蓝天下碧海间，只有人与自然的和谐，绿叶与海风的絮语……

虽然到塞舌尔旅游度假的费用远比夏威夷高，但渴望远离尘嚣和享受自然的人们还是趋之若鹜，不光是那些为了到"天堂"寻找安宁和愉悦的人，还有许多热爱海洋的人，因为群岛周围有很多美不胜收的潜水网站，更有冲浪者们的最爱——滚滚的海浪。还有飞驰的游艇，浮游在海上的渔船。没有人能对这梦幻般的异国风情不一见倾心。维多利业的印度寺庙，马埃岛的博瓦隆海滩，拉狄格岛的晚霞和日落——一切都太迷人了。

塞舌尔群岛是撒落在非洲大陆以东、马达加斯加以北、赤道以南印度洋上的一把翡翠。群岛中最著名和最大的岛屿叫马埃岛，比它小些的有普拉斯林岛、拉迪格岛、德罗什岛、西麓埃岛、圣安妮岛、伯德岛、丹尼斯岛等。从地质特征上划分，一类是花岗岩岛，另一类是珊瑚岛。属于花岗岩岛的有 42 个，基本分布在马埃岛附近 50~70 公里的海域内。大多数居民都居住在这些海岛上从事经济活动。花岗岩岛上有森林、蕨类植物、稀有棕榈树和兰草类植物。其余 73 个小岛均属珊瑚岛，露出海面的只是 4~8 米高的珊瑚礁。这些贫瘠的小岛上除了椰子树，什么都没有。

塞舌尔群岛的得天独厚之处是从来没有飓风和海啸的威胁，"天堂的模板"是地球上最安全的福地，而且无论雨季还是旱季气温都没有明显变化。12 月到次年 4 月是雨季，但通常都是暴雨和阵雨，正好起降温作用。1 月降雨量最大，多数发生在马埃岛和西麓埃岛的山区。与此同时，随着西北季风的到来，岛上气温升到 30 摄氏度以上。旱季从 6 月开始，持续到 10 月。旱季并不意味没有雨，只是雨水明显减少，湿度明显降低。平均气温保持在 25 摄氏度以上。有风，但已经是东南风——热风。在这段时间，大海有些不平静，不过超过 6 级的强风很少见。7 月和 8 月是一年中气候最干燥的月份。

塞舌尔群岛大多被热带森林所覆盖，而植物和动物基本都是地方性的。许多国家公园和保护区是由联合国教科文组织出资保护的。但即使是非保护区也并不意味毫无禁忌。许多禁忌可能令人觉得不可思议，但无视和忽视是绝对危险的。例如在马埃岛禁止钓鱼和采集贝壳、珊瑚。库津岛和鸟岛是在国际鸟类保护委员会精心保护之下的，没有导游陪同是不允许登岛的。岛上荒凉的海滩一直是海龟产卵的地方，所以，即使无人居住的海岛也不可私自造访。

有的岛整个都在国家公园范围内，例如第二大岛普拉斯林，它的中心就是联合国教科文组织的世界遗产保护区瓦莱德玛。这是数十种本土动植物的家园：黑鹦鹉、夜莺、五彩斑斓的皇鸠属鸟类——世界上最稀有的鸟类之一。在这里，有凸显异国风情的可可棕榈树、海胡桃树和状如女人屁股的海椰子——名为德默尔可可雌性棕榈树的果实。

火烈鸟和几十种其他鸟类在环形珊瑚礁上筑巢，而海龟、鳐鱼、鲨鱼及其他形形色色的鱼类在珊瑚礁间游弋。2000 多只海龟在阿尔达布拉海滩产卵。在 34 平方公里的滨海湖里，有鸟类、海龟和旱龟、数以百万计的鱼类生活和繁衍。阿尔达布拉岛是塞舌尔群岛中最偏远、最不欢迎人类的岛屿。在银白的海滩上唯一能看到的痕迹是鸟和龟的足迹。

首都维多利亚是全国唯一一个传统意义上的城市。它位于马埃岛上，城市的中心是一个市场街和很长的码头街，集中了该国的名胜古迹，从伦敦大本钟的缩小版到圣保罗大教堂。岛上除了首都，还有莫恩—塞切卢瓦国家公园，美丽的海滩多达 70 处。大安斯海滩是冲浪爱好者的天堂，安斯—福班海滩和安斯—罗亚尔海滩是潜水者的乐园。

普拉斯林岛上有神秘的森林，也是唯一生长海椰子的地方。拉迪格岛是任何人都会一见钟情的地方，岛上的景色变化莫测，早晨是粉红色，晚上太阳下山时会变成火红色。椰子湾的沙滩也是粉红色。岛上有面包树，更有世界罕见的巨大海龟。距离马埃岛约 20 公里的西麓埃岛一片翠绿，就像一块没有切割的翡翠石。"伊甸园"我没去过，我想，大概也就是这个样子吧：没有路，没有车，甚至没有现代文明的痕迹。在这个岛上只能步行，可以骑自行车，如果你能把它扛到岛上的话。

这个岛的名片是一片巨大的，对旅游者和科考专家都是谜一样的热带森林。岛上秩序的维护者是唯一一个小村子的居民，村子里有唯一一家五星级酒店希尔顿酒店。值得参观的景点要算多巴诺夫家族墓穴、海龟农场和种植园的老房子。

海龟农场

我们就在这里参观了海龟农场。不仅参观，还骑在海龟背上转了一圈。这让我想起张抗抗小说里那个父亲给女儿讲的骑海龟漂洋过海的故事。海龟足有圆桌那么大，直径没有 1 米也有 80 公分。这么大的海龟我是第一次见到。农场主人很热情，并自我介绍说，他是意大利人，在岛上生活 40 多年了。他不仅是养龟专业户，还是一位动植物学家，写了一本很厚的关于塞舌尔群岛动植物的书。书是用道林纸印制的，很厚重。他签名送给我一本，估计没有第二个中国人得到过他的书。他告诉我，他饲养的海龟还不是最大的，德罗什岛上的海龟更大，那是世界上屈指可数的拥有巨型海龟的小岛之一。

塞舌尔潜水是最有诱惑力的旅游项目，即使从未想过要潜入海洋深处的人也不忍放过这千载难逢的机会。在非洲，通常都是乘船看海底世界，例如在肯尼亚的港口城市蒙巴沙就能乘船看海下五颜六色的非洲鱼，虽然身临其境，但隔着玻璃从旁观赏和直接潜入深海与鱼共舞是两种完全不同的感受。尤其海水纯净得能见度达 30 米，海底世界尽收眼底，忽而钻石般闪闪发光的大鱼从面前掠过，忽而蝠鲼、海龟甚至大白鲨在你面前飘过，你觉得自己也变成了它们之中的一员。这时，只有这时，你才真正感受到什么是"天人合一"。

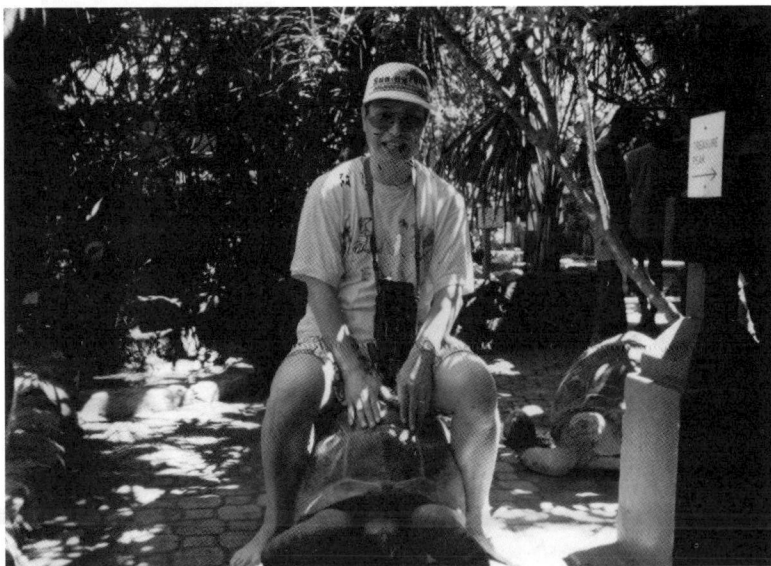

作者骑在乌背上

当一些人体验深海探险时，另一些人则在拼命驯服冲浪板。据说马埃岛和普拉斯林岛都是最适合玩冲浪的地方。深海垂钓是钓鱼爱好者做梦都会笑出声的快乐。在这里钓到的可不是鲈鱼一类的大路货，而是奇异的金枪鱼、梭鱼、虎鲨和马科鲨鱼。哪种鱼在中国都身价上万，更不用说这里的深海鱼体重超过 400 公斤的并不罕见。

这里有个船形餐厅每天晚上宾客满座。自助餐价格是每人 450 卢比。首屈一指的美食是鱼，各种各样的鱼。这是大款和美食家的天堂——尤其是对那些喜欢吃鱼的人。我当然也喜欢吃鱼，但只能看一眼就是了。至于每顿饭 800 卢比以上的豪华饭店，我们就权当没看见好了。须知街边小吃——一盘章鱼沙拉或烤鱼——也要 75~100 卢比。所以，我们的最佳选择是当地人的小咖啡馆和印度人的比萨店。

塞舌尔是一个多民族国家。他们的祖先或者是非洲和马尔加什的奴隶，或者是法国移民、英国殖民者、亚洲移民。他们的共同历史只有 250 年。塞舌尔人的身份认同体现在音乐、语言、民间传说和民间传统中。生活方式更接近西方，但保留了当地的独特文化。

塞舌尔人喜欢聚会和跳舞。博瓦隆海滩每星期三日落后都有舞会，周日晚上 6 点也有。

他们喜欢在海滩上、篝火旁跳传统舞蹈，也同样喜欢现代夜总会。

塞舌尔有 3 种官方语言：英语、法语和克里奥尔语，许多人 3 种语言说得都很好。虽然在商界法语也很通行，但大多数人更喜欢使用英语，而在他们之间则说克里奥尔语。克里奥尔语起源于法语。

（写于 1997 年）

第二编

国际随笔

国际述评：深刻变化中的世界

【新华社北京1994年12月31日电】历史刻上了新的年轮——1994年，世界又经历了复杂而深刻的变化。

剧烈震荡虽已过去，尘埃尚未落定，世界在结构性调整中开始形成新的平衡。多极化趋势在发展，经济因素的作用在增长，和平与发展的大潮在推进。国际关系，特别是大国关系的调整进入新阶段。

在这个既相互依存又相互制约的世界上，霸权主义和强权政治依然存在，局部动乱和战争此伏彼起，天下并不太平。然而，"无情江水不西流"，缓和仍是世界格局发展的主导趋势。

过去一年的新变化和新特点大体可概括如下。

一、大国调整战略关系

大国政策及相互战略关系的变化牵动着整个世界格局的演变。作为唯一超级大国，美国确定"参与和扩展"战略，谋求"全球领导地位"，但欲望和能力的巨大反差，使它不得不"从理想主义转向现实主义"，东拉日本作"互补领导"，西拉德国作"领导伙伴"，与之"分享责任和义务"。

在欧洲，长达半个世纪的"美英特殊关系"被"美德特殊关系"所取代，法德轴心向波恩倾斜。美欧争夺欧洲主导权的斗争方兴未艾。在亚洲，日本试图"摆脱美国，回归亚洲"，美日同盟面临挑战。可见，西方大国既是合作伙伴，又是竞争对手。

美俄关系发生重大转变，美国对俄战略的侧重点由推动内部政治经济"民主化"转为外部防范和遏制。

二、俄罗斯极力重振大国地位

俄罗斯民族主义和大国意识复归，它明白地告诉世界：不能小看俄罗斯，它仍是世界大国。它以同时面向西方和东方的"双头鹰"对外政策取代了"单面向西"。对美欧大国，政治上不再曲意逢迎，而要求平起平坐；经济上不再一味求援，而要求平等合作；外交上独立自主，不仅敢于说"不"，而且在安理会行使了冷战结束以来的首次否决权；战略上宣布独联体是俄罗斯的"特殊利益范围"，明确反对北约向东扩展。在波黑问题上同美国唱反调，在中东积极介入阿以和谈和海湾事务，在亚洲同中国确立了面向 21 世纪的稳定的友好合作关系。

三、日、德争作政治大国

这一年，日本和德国双双提出争作联合国安理会常任理事国，图圆政治大国梦。日本凭借强大的经济实力，在贸易争端上顶住美国的高压，敢于说"不"。日本自卫队开始到海外参加维和行动。日本内阁尽管一变再变，但确立政治大国体制的方针和目标始终不变。

统一后的德国最终摆脱了第二次世界大战的历史重荷。它同美国建立"特殊关系"，又同法英共建欧洲防务；它争作东西欧桥梁，执欧洲联合之牛耳，同时制定"新亚洲政策"，力图向东发展。所有这一切，都贯穿着要作政治大国的追求。

四、发展经济是席卷全球的时代大潮

当前经济形势普遍好转，西方发达国家的经济相继复苏或由复苏进入强劲扩张期。中、东欧各国的经济程度不同地转入恢复和发展阶段。拉美和非洲经济均有增长，前景看好。亚洲经济继续高速发展，举世瞩目。中国经济持续、快速、健康发展。

国际经济集团化和一体化的趋势加速发展。囊括全球的乌拉圭回合最后文件和建立世界贸易组织的协定已经签署，欧洲经济区条约和北美自由贸易协定同时生效，亚太经合组织确定了 2020 年以前实现贸易和投资自由化的目标，全美洲就西半球经济一体化和自由贸易区达成协议，南部非洲发展共同体和东南非共同市场先后建成，独联体国家实现经济联盟……发展经济已成世界大势，时代大潮。

五、总体缓和，局部动荡

当南非和中东实现历史性和解的时候，索马里和卢旺达发生了部族仇杀；当第二次海湾危机和也门内战宣告平息时，车臣枪声却愈演愈烈。从安哥拉到莫桑比克，从萨尔瓦多、危地马拉到墨西哥、哥伦比亚，和平进程令人鼓舞，而大国插手则使和平解决波黑问题的前景令人担忧。这一切说明，饱受战乱之苦的人们渴望早日实现和平，但大国干预又总是使矛盾更加复杂化，无助于冲突的解决；维和行动虽然有益，但作用有限；只有谈判和政治解决才能化干戈为玉帛。欧安会上的激烈对抗和"冷和平"之风不断吹来，说明已经取得的和平还很脆弱。

面对国际关系的深刻变化，中国坚持独立自主的和平外交政策，同世界各国发展友好合作关系，是促进地区和世界和平、稳定与发展的重要因素。

（本文获当年《人民日报》全国新闻二等奖，收入《新华社优秀新闻汇编》，作者晨曦系陈启民笔名）

和平与发展

——时代的呼唤

历史将永远铭记 1995 年。在纪念世界反法西斯战争胜利和联合国成立 50 周年的日子里，185 个国家的政治领袖共同发表《宣言》，重申和平意志，高扬"和平、发展、民主、正义"的旗帜。

这一年，和平的脚步声令人鼓舞。以巴达成关于巴勒斯坦自治的第二阶段协议，即使遭遇拉宾被刺的打击，中东和平进程仍然冲破重峦叠嶂向前推进；和平协议的签署标志波黑人民终于渡过战争苦海，踏上和平的彼岸；卢旺达、喀麦隆、利比里亚、车臣的硝烟正在散去，阿富汗、斯里兰卡的枪声日渐稀疏。纵然和平还很脆弱，但脆弱的和平更让人精心呵护和倍加珍惜。

世界处在新旧格局的转变期，我们时代的特征规定了和平与发展的主题。那么，1995 年的世界形势为我们提示的时代特征是什么呢？

一、多极化趋势和大国制衡

两极格局的瓦解并没有造就一极世界，与"冷战胜利者"的愿望相反，世界在走向多极化。美国无疑是当今世界的唯一超级大国，但它的影响力显然越来越受到国际力量对比变化和国内因素的制约。它很想"领导世界"，却再也不能主宰世界。

与此同时，日本和德国已成为当今世界位居前列的经济大国，并朝着政治大国的目标迅跑。法国宣称愿作全欧洲的核保护伞，并重新靠拢北约，从而表明它是多么不甘寂寞地在争夺欧洲的主导权。俄罗斯经过几年的动荡和迷茫，又以大国姿态重返国际舞台，连傲慢的美国也不得不在诸如北约东扩和波黑问题上照顾它的情绪。中国经济的迅速崛起和独立自主的和平外交赢得广泛的赞誉和尊重。

世界总体局势是否稳定，首先取决于大国关系。在向多极化演变的过程中，"一超多强"既有利益一致和相互合作的一面，又有利益冲突和相互牵制的一面。这种既相互合作又相互制约的大国制衡关系，是有利于世界和平与稳定的政治基出。

二、国际经济发展区域化和一体化

在这个经济上自立与开放，稳定与变革，依存与制约，发展与竞争对立统一、双向并进的时代，资金流通和生产经营、国际贸易和市场竞争、科技合作和信息传播等因素，使得区域化和一体化成为不可拒的历史潮流。一个个区域的、次区域的、跨区域的经济组织如雨后春笋，逢勃兴起，儿乎涵盖了所有国家。

就发展水平和成熟程度而言，欧、亚、美大经济区三足鼎立的局面已初具轮廓。国际经济的多中心和多元化发展是世界多极化的经济基础，也是推动地区乃至全球协调合作、稳定、发展的积极因素。

三、经济优先与综合国力竞争

两大军事集团对抗的终结，使大国军事冲突的危险降到了最低点。优先发展经济，加强综合国力的竞争成为大国发展战略的核心。

20世纪90年代初席卷西方的经济衰退，日本泡沫经济的破火，西欧的高失业率，美国的高赤字和高债务，都使他们把经济安全提到国家安全的战略高度。

四、新兴工业国家的异军突起和中国的迅速发展

从"四小龙"到一批新兴发展中国家的崛起，特别是中国经济的持续高速发展，为世界经济的振兴注入了巨大的活力。尽管在那些种族、民族矛盾尖锐，宗教、文化背景复杂的地方不时冒出热点，但上百个发展中国家的共同愿望是和平、稳定、生存、发展。作为群体，他们既是世界经济发展的推动力，又是反对霸权主义和强权政治的主力军。

五、人类的共同问题需要共同解决

今天，一连串被称作"世界瘟疫"的现代社会公害，再也不是不发达国家的专利。暴力犯罪、贩毒吸毒、贪污行贿、黑社会、艾滋病在发达国家的肆虐程度一点也不比别处逊色。而像环境污染、生态失衡、贫穷失业、妇女、儿童、难民等一系列超越国界的问题，亟待国际社会共同解决。

1995 年是过去半个世纪的欣慰纪念，它把战争与回忆留给昨天，把和平与发展带给明天。

（《羊城晚报》1995 年 12 月，晨曦）

强权政治的活标本

一位大使，未曾上任先开口，要求修改驻在国的宪法，因为他不喜欢。你说这事奇也不奇？当今之世也只有用"民主含金量"达 24K 的美国价值观才能培养出这样的高级外交人，新老殖民主义者都只有望其项背的份儿。令人佩服！

上月一家西方通讯社自华盛顿报道，美国新任驻保加利亚大使蒙哥马利先生语出惊人，他说："我们不喜欢保加利亚宪法"，"我们要求保加利亚修改宪法"，"我要为修改保加利亚宪法而工作"。可谓目标明确，任务具体。

说他不知深浅，口出狂言，似乎也不合情理。按说他也算一位资深外交官了，先后数次在美国驻保使馆任职，从秘书到参赞，不会不知道该说什么，不该说什么。不过，他脑子恐怕真的有点毛病。他曾两次"几乎被驱逐出境"，因为他总喜欢干一些与外交官身份不大相符的事，诸如参与驻在国学生罢课之类。因此，如果他患有把自己的大使头衔自我升格为"总督"的癔症，倒也不奇怪。

不用病理检查也能确诊，其病根是"强权思想"，而这思想又源于美国的强权政治。美国国务院一位"不愿透露姓名"的官员不是说，"蒙哥马利的话代表了国务院的观点吗"？难怪这位大使在说那番话时用的是"我们"而不是"我"。

美国新任大使的言论自然在保加利亚全国上下引起大哗。保社会党领导人说："保加利亚宪法是保加利亚人制定的，我们知道如何管理自己的国家。"保民族激进党发表声明说，蒙氏的话"是对一个主权国家内政的粗暴干涉，也是对国际法准则的严重侵犯"。连总统热列夫也不能不站出来表态，说"保加利亚是个独立自主的国家"，修改宪法"是保加利亚人民的主权"。

怎奈患有癔症的人不知脸皮薄厚，更不记得昨天说过什么。当他抵达索菲亚机场时，竟能大言不惭地高调唱"美保友谊"，甚至毫不脸红地称保加利亚是他的"第二祖国"。哦，对啦：既然到了"祖国"，岂不就可以主人的身份"为修改保加利亚宪法而工作"了吗？妙哉，妙哉！

（原载《福建日报》1993–12–02，晨曦）

参议员的悔恨

　　瓦尔特·阿马尼尼是意大利米兰市的参议员。与平日一样，他驾着殷红色的"宝马"牌小轿车，悠哉游哉地前往米兰市区上班。听到汽车电话的呼叫声，瓦尔特·阿马尼尼漫不经心地伸手摘下听筒。

　　"早晨好，参议员先生！办公室有人等您，"一位老同事的声音。"他们既不愿意通报姓名，又不想留言给您，说一定要等您来，"同事补充道。

　　阿马尼尼迟疑地放下话筒。

　　来者是秘密警察。阿马尼尼一见便知，一定是索贿的事东窗事发了，他像泄了气的皮球一样瘫坐在椅子里。

　　米兰·圣维托监狱，这不是阿马尼尼经常驱车驶过而不屑一顾的地方么？"我从未想过被关在里面会是什么样子，"他说，"这不是我的世界。不过有时我感到路过这里像绕过地狱一样。"

　　他发现自己真的堕入了地狱。胸前被挂上了犯人号牌，拍了照，还留下了指纹。当他被带进牢房时，迎接他的是同案犯们魔鬼般的狂笑。

　　第一个夜晚是在一间6平方米的囚室里同一名杀人犯一道度过的。3天后他被转入单人牢房。"我发现他们给我的任何东西都不能作为武器，盘子和叉子都是塑料的，床单薄得像一张纸，根本不能充当用来上吊的带子，出操的地方虽然是露天地，但周围是铁栏杆，还有警犬虎视眈眈地盯着你。真是上天无路，入地无门。"

　　阿马尼尼对他以社会党的名义向商界敲诈勒索12.5万美元的事实供认不讳。"我从未想过那是非法的"，"我多么想回到过去的生活啊！"

　　他在无法摆脱的噩梦里渴望着不可能的美梦。

（《人民日报》1993-02-12，晨曦）

莫将李鬼当李魁

——《美国对中东安全战略》读后

这些年，凭着一双拳头和几分霸气闯荡江湖的山姆大叔"不如意事常八九"，唯独在中东算得上"春风得意马蹄疾"，颇有些天马行空、独来独往的味道。毕竟，自从把老对手伊万打下冷战擂台之后，就再也无须事事先要和另一个超级大国"过着儿"了。公允地说，历尽坎坷的中东和平进程这两年屡有突破，与美国的奔波操劳确实不无干系，其功不可没也。若美国真心诚意为他人作嫁衣裳，岂非功德无量！惜乎美国断没有普度众生的菩萨心肠。它的所作所为往高了说，充其量也不过是"主观为自己、客观为别人"罢了。如果把它看作缔造中东和平的安琪儿，那可就像《水浒传》中的误将李鬼当李魁了。这是不是"狗咬吕洞宾，不识好人心"么？非也。

只消浏览一下今年5月美国国防部发表的《美国对中东安全战略》报告，就不难看出那白纸黑字下的真意来。那报告分明写道："很早以前美国就同中东有着重要的利害关系，其中包括贸易、航海自由和美国公民及其财产的安全。"进而还提出了判断是否影响美国重要利益的三条标准：一、是否威胁美国及其主要盟国的生存；二、是否威胁到美国的关键经济利益；三、是否构成核威胁危险。

中东离美国万里之遥，缘何通篇谈的都是美国利益，却无只字谈到阿拉伯利益？坦率则坦率矣，败露了心机却怨不得别人。

美国自称在中东的"关键利益"是什么？归结起来主要有这么三条：第一条是"确保获得波斯湾的石油"；第二条是保障美国在那里的"航

行自由"；第三条是在中东力促建立符合"公认标准"也即美国标准的"政治制度"。看来，美国在中东想要的不只石油和"自由"，还要"扩大世界上自由市场民主国家组成的自由社会"，如果什么地方没有或够不上称为这样的"自由社会"，美国会千方百计造出这样的"社会"来，如同它现在在西方世界以外的地方正做的那样。据说这才"是美国全球国家安全战略的核心"。

我猜想，当初安拉派天使吉卜利勒向穆罕默德转达"神启"，要他先到中东传授《古兰经》，一定是出于对这块风水宝地的偏爱：既处在地球的中心位置，又藏着沧海般的石油。否则，还真不好解释，为什么仅海湾石油藏量就占全世界已探明石油储量的三分之二，而在其他地区的石油资源日渐枯竭的时候，海湾的石油却奔流不息？为什么中东不仅地处欧、亚、非三大陆地之间，而且地处大西洋、印度洋、地中海三大海洋之间？更得天独厚的是那里竟有五大海上交通枢纽：直布罗陀海峡、西西里海峡、苏伊士运河、曼德海峡和霍尔木兹海峡。主要空中运输线也都从这里穿过。难怪《圣经》记录着中东自古多争战的历史，难怪它至今让强人们色眯眯地眼红。

美国地下不是也藏着几百亿吨的石油吗？那可不一样。屁股底下的东西早晚都是自己的，别人抢不去。可别人脚下的东西不抢就变不成自己的，连老鼠都知道偷别人的油养肥自己。所以美国历来大部分石油靠进口，而其中百分之七十以上来自海湾。如报告所说，在石油资源日益减少的今天，"美国及其主要经济伙伴越来越多地依赖波斯湾的石油"了。于是乎，美国在中东的"首要国家安全利益"就成了"确保获得波斯湾的石油"。地处交通要冲的中东，其战略地位的重要性自然是怎么估计也不会过高的。所以五角大楼说，"它对美国能否在全世界进行贸易和投放军事力量起着重要作用"，因而必要时美国会不惜"使用武力来保持这些海上交通要道的畅通无阻"。

可见，美国是为了获得石油和交通自由，才对中东的和平与稳定表示关心的。道理很简单，没有和平与稳定，哪来的石油与"自由"？

不用说，美国对中东各国的政策也是为这一目标服务的。亲疏拉打，全看对美国的战略利益是否有利。美国倚重以色列，为的是制衡其他阿拉伯国家，包括巴勒斯坦，所以美国无论如何要"坚决致力于确保以色列质量上的军事优势"。美国同埃及建立"战略伙伴关系"，那是着眼于"确保美国继续使用苏伊士运河和埃及其他设施的战略地位"。而对伊拉克和伊朗实行毫不含糊的"双重遏制"，那是为了让它们"得不到先进的国防技术和武器"，防止它们进行"政治和军事冒险"。同样，当它说"准备在必要情况下以武力对付危及我们利益的激进主义暴力活动"时，关键词还是"我们利益"。

国防部的报告还说，美国对中东的基本战略方针是"接触、前沿部署和快速反应"，"美国中东战略的核心部分是保持和加强通过军事力量保护我们利益的能力"。说得再明白不过。为了把中东变成美国的"永久血库"，美国需要中东有和平与稳定，即使不为别人，也得为自己。一旦它感到有谁威胁到输血管的安全，它会毫不犹豫地像猫一样扑向老鼠，即使意味着战争。

（《人民日报》1995-08-21，晨曦）

哦，捉弄人的吊线苹果

灯下阅报，忽觉心血来潮，顿有所悟：世间最难吃到口的苹果并不长在树上，而是挂在线上，尤以线的另一端被人捏在指间，玩弄于股掌者为甚。

不知是何缘故，看到有关山姆大叔援助伊万的报道，我想到了那悬在头上被人拖来拖去的吊线苹果。

且说西方七国集团为了鼓励俄罗斯径直往西走，2年吊下2只苹果，诨名"一揽子援俄计划"：1992年240亿美元，1993年430亿美元。萧萧落木下能倾囊相助，何等江湖义气、菩萨心肠。美国最是仗义，去年克林顿在温哥华初会叶利钦就口赠16亿美元厚礼，焉不令人感戴！

这些承诺果能兑现而又无附加条件，当然是雪中送炭。可惜头一个苹果只啃到一点皮，后一个苹果尚高高挂在线上悠来荡去。

据专家们测算，冲掉延期旧债，去掉到期贷款利息，虽然尚未到位但算得上新贷款的至今不过200亿美元，且其中商业信贷占40%。例如，有笔为期15年的9亿美元商业贷款，规定俄罗斯必须用来购买美国小麦。买就买吧，却还指定75%的小麦要由美国船运，而运费又比别人高出70%~100%。如此这般，9亿美元差不多全被美国人赚了回去，留给俄国人的则是贷款加利息的债务。难怪人称这是"猫玩老鼠"的把戏。

奥妙还不在于商业上的诡诈，"无商不奸"嘛。妙谛在于不仅要吸你的血，还要摄你的魂。俄罗斯《真理报》道出了真谛："高利贷债主认为，除了得到一笔高额利息的债款期票，还要得到债务人的灵魂。"此话怎讲？

先说政治上。钱是我借给你的，你就得给我个"顾问"当当。"顾问"

什么？内政外交无所不包，诸如谁人该执"改革"之权柄？谁人该加封入阁？如何处置"邻里"关系，孰家该让、孰家该争？都在"顾问"之列。若问这是否有干涉主权之嫌？答：非也。卑职既有"顾问"之衔，就应尽"顾问"之职，说什么主权，分什么彼此，岂不显得见外？

再说经济上。钱俺借给您，可不能由着您随意支配。商业信贷部分是专门用于俄美贸易的，自然是专款专用。其余贷款亦需专款专用，诸如哪些用于推动私有化啦，哪些用于"军转民"啦，哪些用于销毁核武器啦，一笔一笔，都要定约在先，不得擅动。

每笔贷款何时划拨？一次给多少？那得看你是否"达标"：物价指数多少？通货膨胀率几何？改革的速度、私有化的程度，均需达到美国及其盟友确定的标准才行。这就是常言所说的"不见兔子不撒鹰"嘛。

"对外贸易上也只好请伊万老弟受点委屈，自我约束啦，"山姆大叔嬉着脸如是说。就说那铀吧，50%的国际市场是我的，老弟你何苦挤进去凑热闹？不过我也不能不讲哥儿们义气，不如我再帮你一把：20年内你给我500吨铀，我出120亿美元，生产归你、市场归我，岂不两全其美！至于商业性宇航发射，你就割爱了吧，我把腰包里的钱都掏给了你，你还好意思抢我的生意么？

半推半就，交易就算做成了。可美国对俄国的贸易限制却迄未放松。据悉美国对俄贸易的歧视性法律条款举凡300余条。为消除这些障碍，俄方急如星火，美方稳如泰山。最近放出风说，问题可望解决，但少说也得10年。天呐，10年后老叶在哪儿？科济列夫又在哪儿？

歧视、控制不说，援助不给也罢，却还要动辄恐吓一番。美国参议院情报委员会主席德坎奇尼就说："我们正向俄罗斯人提供20多亿美元，我认为要他们在这件事上让步并不过分。如果他们不同意，我们就要重新考虑同这个国家的关系。"苹果的吊线拽在他的手里，让不让你啃，什么时候让你啃，全由他操纵，你能奈何？

俄罗斯《真理报》终于忍无可忍，怒斥西方援助"纯粹是侮辱性的"。军方的《红星报》也按捺不住怒火，说西方援助完全是"装装样子"而已。

连身为外长的科济列夫也由苦笑而忿忿然："我们从温哥华会晤时就期待援助，可援助在哪儿？"

记得当年戈尔巴乔夫眼前也曾晃动过吊线苹果。时移世易，戈氏不知今何处？通货膨胀如此厉害，退休金是否够花？今年，美国前总统尼克松访问莫斯科引起叶利钦猜疑，因为他未打招呼就会见了反对派。难道吊线苹果要移到别人嘴边去不成？

个人荣辱事小，国家兴衰事大。戈氏的背后是苏联，叶氏的背后是俄罗斯。如今，西方又在说：在俄罗斯解体成一块块碎片之前，它仍然是巨大的地缘政治力量。这是什么意思？这分明是在暗示光肢解苏联还不够，还要肢解俄罗斯才行。

善良的人们，警惕好看不好吃的吊线苹果啊！

（《瞭望》1994 年第 16 期，晨曦）

"叶公"的尴尬

　　高鼻梁、蓝眼睛的"欧罗巴""美利坚"先生们昨天还恨不能借铁扇公主的芭蕉扇大煽特煽民族主义情绪，今天就犹如门前失火一般，大声惊呼"不得了，不能让民族主义瘟疫在欧洲蔓延啊！"

　　想当初他们登上柏林墙头拼命挥舞"民主大旗"为民族主义招魂的情景，至今还历历在目。他们巴不得墙东的同胞像潮水一样冲垮柏林墙奔向墙西。

　　为了鼓动波罗的海"三剑客"爱沙尼亚、拉脱维亚和立陶宛早一天脱离苏联，从第二次世界大战结束起一天也没停止过煽动民族主义情绪，为此还专门设立一个"自由欧洲电台"，没日没夜地播放民族主义"招魂曲"。

　　如今可倒好，别说苏联15个加盟共和国都作了鸟兽散，连俄罗斯联邦境内的16个自治共和国和5个自治州，甚至一个只有千八百人的"自治村"也揭竿而起，想尝尝"民族主义"生活的滋味。如此这般，乌克兰冒出一个克里米亚共和国，格鲁吉亚多了一个南奥塞梯共和国，本来就不大的摩尔多瓦又生出个什么德涅斯特左岸共和国和一个名为加告兹的共和国，而塔吉克斯坦的3个州中居然有2个宣布不再受中央政府管辖。

　　民族主义简直所向披靡，攻入南斯拉夫，南斯拉夫一分为五，攻入捷克斯洛伐克，捷克斯洛伐克一分为二，把大半个欧洲冲得七零八落。

　　按理说，欧罗巴、美利坚如愿以偿，应该眉开眼笑、兴高采烈才是。事实相反，他们被洪水猛兽般的民族主义吓破了胆，大惊失色地呼喊"不能让民族主义瘟疫在欧洲蔓延"。好家伙，千呼万唤的"民族主义"好不容易来到眼前，却发现比"瘟疫"还可怕。原来，他们都是"好龙"的"叶公"。

"叶公"们一个劲儿地鼓噪民族主义，却没想到，大凡想自立山头的人，哪个都不是省油的灯，不是闹离婚，就是闹分家。分必争，争必吵，吵必乱，乱必战。这只消看看解体后的苏联众山头之间剪不断、理还乱的关系就明白了。据说有争议的领土就有 200 处之多，随时可能爆发冲突的危机点有 180 个，流失在民间的武器多达 3000 万件。可谓遍地火药桶，随时炸开花。难怪昨天挑起纳卡冲突，今天爆发波黑战争，明天发生奥塞梯火拼，战报频传，遭殃的当然是老百姓。

南斯拉夫的局面更糟糕。3 个月来波黑战争越演越烈，死者 7500，伤者 30000，还有 130 万人沦为难民。素有火药桶之称的巴尔干真的爆炸了。一向温和的捷克和斯洛伐克也反目成仇，互道"拜拜"。

东家邻居分崩离析，吵作一团，本是西家梦寐以求的事。及至东家失火，西家才意识到大事不好。地球这么小，世界这么拥挤，焉有东家失火西家不被火烧的道理？这时，原来煽风点火最卖力的人才迫不及待地想要灭火，又是经济制裁，又是军事干预，又是外交穿梭，忙得不亦乐乎。本来是想用民族主义对付共产主义，结果却引火烧身，唯恐避之不及。只能说"活该"！

（原载 1992 年 7 月 28 日《福建日报》）

掬尽三江水　难洗一面羞

　　一个幽灵在欧洲上空游荡——腐败的幽灵。有人说，1994年是腐败之风席卷欧洲大陆之年。听起来似有夸张之嫌，其实不然。

　　因腐败丑闻中途落马甚或锒铛入狱的官员当以千计。欧洲文明的复兴之地意大利自1990年起就一直领先，震惊世界的米兰丑闻竟因卷入的人数之众被录入《吉尼斯世界纪录大全》。天民党前领袖安德烈奥蒂因勾结黑手党受到法庭审判，这位连任7届总理的"不倒翁"将以20年的牢狱之灾给自己50年的政治生涯画上句号。社会党党首、1983—1986年任总理的克拉克早在去年就锒铛入狱，被判监禁5年又6个月。全国最大的富翁贝卢斯科尼亦被控以权谋私，指使其私人金融投资公司向税务警察行贿，在拼力招架了几个回合之后终于败下阵来，不得不辞去总理职务。

　　在英国，一向以"铁女人"著称的前首相撒切尔夫人，也被指控在其任内处理一项军火交易中弄权，让她的儿子巧取数百万美元。而现政府财政部的几名高官又都因为"不正当使用公共资金"被迫辞职，弄得保守党和梅杰首相狼狈不堪、威信大跌。

　　在法国，巴拉迪尔总理的内阁也因被控政治腐败而损兵折将，至少有3位部长黯然辞职，社会党也因之声名狼藉。

　　在西班牙，工人社会党领袖、内阁首相冈萨雷斯也遇到了类似的麻烦，在为其内弟谋职一事上，他的"公正立场"受到质疑。国民警卫队和西班牙银行一向以廉洁著称，可恰恰是这两个机构的首脑被宣布犯有贪污罪，国民近卫队队长罗尔丹迄今潜逃在外。

　　德国的情况似乎好些，但议会还是通过了一项对犯有受贿罪的议员将处以 5 年监禁和罚款的法令，权当未雨绸缪。

至于欧洲以外的西方大国日本和美国，腐败之风毫不逊色。日本一年内三易内阁，自民党丢掉了几十年的执政地位，其败相堪称惨不忍睹。美国报界对政界人物涉嫌腐败的披露更不是什么新闻，就连现任总统也一直麻烦缠身。去年辞职的 11 名政府官员几乎都是直接或间接的腐败病毒感染者。

以往有人幸灾乐祸地议论某些不发达国家的贪污腐败现象时，言之凿凿地说，原因就在于那里没有西方的民主和自由市场经济。如今发达国家腐败之风劲吹，是不是应该归功于西方民主和自由市场经济呢？

答案你懂的。

（原载 1995 年 1 月 3 日《羊城晚报》）

7+1 ≠ 8

　　7 加 1 真有不等于 8 的时候。西方 7 国首脑会议前夕，布什漫不经心地抛出一句让人心里痒痒的话：可以吸收俄国入伙，变 7 国集团为 8 国集团嘛。叶利钦听了很是受用，喜滋滋地说：就是嘛，如今都是一家人了，变 7 为 8 此其时也。

　　不能说这是老叶自作多情，他在华盛顿振臂高呼"埋葬共产主义"，就是在"滴血盟誓"。他早就把自己当成"七结义"后理所当然的老八了。

　　可惜他的忠诚一时半会还不能得到各位西方老大的认可。他们毕竟忘不了他身上的"红色胎记"，而"脱胎换骨"岂是一夜夺权那么容易的事？所以觉得必须要做进一步资格审查才行。再说，他们对老叶的能力和地位是否靠得住还不太放心，想当"八爷"恐怕还得花点时间好好考验考验。至于考验到什么时候才算够格，大约总得到"西方民主"和市场经济在俄国落地生根、"不可逆转"的时候吧。

　　不妨说，老叶大抵被看成是个新投上门来的远房亲戚和破落户，帮还是要帮一把的，但一不能白帮，二不能帮成永远塞不满的无底洞。就拿业已谈论了好几个月的 240 亿美元援助来说吧，尽管一再说给，给，但眼下仍然是一碗吃不到嘴里的肉，求告半天，才答应先给一小半（10 亿美元），另一大半给不给，什么时候给，要由巴黎俱乐部"视情况"而定。什么情况？据说是指俄国宏观经济调整情况。吓！谁能预料情况到底会怎么样？而七兄弟中的大财主日本，要价更高：不归还"北方四岛"，要我掏腰包，没门儿！

　　说到从苏联继承下来的 707 美元旧债，老叶非但不赖账，还拿出一股子硬汉子气：一、"现在还不起"；二、暂缓两年；三、若两年后还不起，愿以家产（石油、矿产等自然资源）抵债。七兄弟无可奈何，只好答应"暂缓"，不然又能怎样？总不能把人家逼到狗急跳墙的地步吧。别忘了，新来的远亲穷是穷，可人家即使光着屁股身上也挂着核弹哪！

　　不管怎么说，七兄弟觉得有句"掏心窝子的话"还得跟老叶说清楚："援助是为了自助。"这话说到家了，警告也罢，教训也罢，意思很清楚：别想赖在我们哥们身上，归根结底还得靠自己。说白了，不是一家人，不进一家门。7 + 1 ≠ 8。

（原载《羊城晚报》）

美国"期中考"断想

美国民主党在中期选举中全线败北，局内人震惊，局外人愕然。要论民主党执政两年来的内外政绩，虽不能说"斐斐素华，离离朱实"，却怎么也不至于输得这样惨。其故何哉？不禁让人生发出一小串断想来。

断想一：老百姓最讲实际，美国人亦不例外。虽然近年美国经济形势有所好转，失业率有所下降，但比起官方的统计数字来，老百姓宁愿相信自己的感觉。他们没有感受到生活水平的提高，相反，看到的是犯罪率的上升、凶杀案的增多、学费陡增、家庭破碎、传统价值观丢失、生活安全感下降，自然气不打一处来。于是乎，手中的选票便成了他们发泄不满、表达怨气的一张牌。

断想二：执政者的许诺越多，老百姓的期望值就越高，到了许诺不能兑现的时候，期望就变成了失望，逆反心理就会更强。这便应了老子的名言——"轻诺必寡信，多易必多难。"想当初克林顿总统信誓旦旦话"改革"，一时间群情振奋。然时至今日，人们看到的无非还是党派政治的老一套，不见新政与新举，但闻议会吵闹声，且从政者贪赃枉法、营私舞弊的事层出不穷，老百姓焉有不大失所望之理？

例如，政府曾许诺面向中产阶级减税，但实际情况相反，为弥补政府赤字，纳税人的负担有增无减，如何不对政府失望？共和党正好钻了这个空子，高呼减税口号。手持选票的老百姓听着顺耳，心想何不给他们一个机会？

断想三："攘外"未必能安内，外交上的得分并没有让民主党的威信在老百姓心目中升值。按理说，克林顿政府近半年来定海地、闯海湾、下中东、走朝鲜，可谓成绩斐然。他的声望本应该看涨才是，怎么反倒下降了呢？解释只能有一个：外交扩张从来不是美国选民的主要选项，因为这跟他们的切身利益毫不相干。其实，这个民意早在两年前的大选中就表达得十分清楚了。海湾战争中美国大获全胜，前总统布什的威望被认为达到了顶峰，竞选中稳操胜券几乎没有悬念。可结果呢？共和党败北。同样是局内人震惊，局外人愕然。可见，民主党想在中期选举中靠外交得分的愿望落空，一点儿也不奇怪。

（原载 1994 年 11 月 17 日《羊城晚报》）

美国患上"汽油饥渴症"

洛杉矶平坦的街道上扬起一串清脆的马蹄声。邮递员正乘坐平顶敞篷4轮马车走街串巷，把信件分发到千家万户。形形色色象征现代物质文明的小轿车却因"汽油饥渴"趴在停车场上动弹不得。为了抢购汽油，人们不得不自带汉堡和比萨到加油站去，就着汽油味儿边吃边排队。就这样，每天都有成千上万的人手提油桶，加入加油站前的长蛇阵接受耐心的考验。

美国最近患了"汽油饥渴症"。油荒首先发生在全国消耗汽油最多的加利福尼亚州，继而像风暴一样迅速席卷全国各地，令美国公众惶恐不安。《华盛顿邮报》5月15日写道："美国突然陷入惴惴不安的境地，这个国家正在为汽油而寝食难安"，"数以千计的汽车所有者排成长龙，把整桶整桶的汽油抢购一空"。

美联社报道说，"由于汽油供应短缺，加油站周末被迫停业，本来应该拉着家人外出游玩的日子，人们不得不从早到晚闷在家里"。"在第一个实行石油配给计划的加利福尼亚州，洛杉矶地区90%的加油站都关门大吉。""星期日，得克萨斯州80%~90%的加油站也都停止营业"。在堪萨斯州、伊利诺斯州、印第安纳州、佐治亚州、马萨诸塞州，在纽约、哥伦比亚，都有半数以上的加油站停止营业。在与墨西哥毗邻的地区，每天都有大约2万辆汽车越过边境，到墨西哥寻找汽油。美国能源部每天接到大约500份电报，有询问情况的，有表示不满的，一份电报写道："我们急得要疯了，再也无法忍受下去了！"

本来，通货膨胀已经把美国弄得疲惫不堪，如今又被石油恐慌搞得焦头烂额。5月15日福特总统无可奈何地说："能源问题是我所遇到的和平时期对美国的最严重威胁。"他甚至说："看到这些问题像癌症一样日益恶化，不断削弱我们国家的力量，真是令人伤心。"

不久前，美国政府提出过两项能源计划，包括实行石油配给，取消石油价格控制，以及对石油公司征收"暴利税"等措施。然而时至今日还看不出情况有任何好转的迹象。最近白宫发言人还提醒人们，"不要对今年夏天的燃料和汽油供应状况过分乐观"。

美国石油年消费量大约为9亿吨，其中一半靠进口。近来波斯湾和中东局势的动荡以及国际石油价格上涨，更让美国雪上加霜。资本家和投机商倒是可以利用危机火中取栗，但那些起早贪黑到加油站去排队的普通人就该倒霉了。

（原载 1979 年 5 月 25 日《人民日报》，本文略有改动）

民主南非之路不可阻挡

　　南非的和平民主进程又一次面临严重挑战。种族主义制度正在垂死挣扎，疯狂反扑。4月10日枪杀南非共总书记、非国大武装力量参谋长克里斯·哈尼的血腥暴行，正在把这个多灾多难的国家再次推向种族冲突的边缘，爆炸性的局势一触即发。

　　越来越多手执长矛和大刀的黑人群众冲上街头，涌入广场，示威抗议，集会声讨。一部分黑人青年正在由愤怒而仇恨，而报复。白人和黑人都在暴力冲突中流血和死亡。而白人警察的橡皮子弹和催泪瓦斯更像是在火上浇油。整个世界都在为南非捏一把汗：被严重激怒的情绪会转化为大规模的种族冲突吗？

　　那，正是阴谋策划者们所希望的。

　　执行暗杀的凶手是白人新纳粹组织"阿非利加抵抗运动"的成员。抵抗什么？抵抗民主、平等、和平与进步的新南非的到来，抵抗人类历史上最后残存的种族隔离制度的彻底灭亡。自3年前南非和平民主进程一开始，一小撮逆历史潮流而动的极端反动分子就在拼命抵抗，由宣扬"种族隔离制度不能取消，而要加强"，到成立什么"布尔运动""白狼组织"，直至诉诸暴力和恐怖活动。在他们的暗杀名单上，不仅有黑人领袖，也有主张民主改革的白人政治家。

　　哈尼被暗杀前就曾两次遇刺而幸免于难，因此他说，"我平生与死为伴，我要见到一个自由的新南非，即使付出生命的代价"。

　　暗杀哈尼的时机显然是精心选择的。它正好发生在多党会议进入制宪谈判的实质性阶段，历尽波折的和平民主进程行将取得突破性进展的关键时刻。4月1日，中断了10个月的多党谈判会议打破僵局，在选举制宪机构、起草过渡宪法、确定国体和组成民族团结政府等一系列重大问题上达成妥协和共识，并期待着4月中旬的会议予以批准。普遍认为南非首次"一人一票"的多种族大选可望年内举行，一个和平民主的新南非希望在即。

　　暗杀的对象更是精心选择的。哈尼是种族隔离制度不共戴天的敌人，是坚定不移的民主斗士。他是非国大武装力量和地下斗争的直接领导者，又是有坚定信念和坚强意志的共产党人。由于他年富力强而又在广大黑人群众中享有很高的威望，普遍认为他很有可能成为曼德拉的继承人。更重要的一点是，激进的黑人青年一代一直把他视为英雄和崇拜者。正因为哈尼在青年中有广泛的影响力和感召力，他便成了克服偏激情绪难以替代的稳定因素。这一点正是暗杀阴谋的策划者们想要利用来达到相反效果的。除掉哈尼，更容易使好斗的黑人青年激怒、报复、失去控制，更利于煽起黑白仇恨和对抗，更利于制造大乱甚至内战，从而使南非的民主进程即使不完全夭折，也要大大受挫和推迟。

　　暗杀哈尼的目的十分清楚，就是要煽动种族仇恨，挑起种族冲突，破坏多党谈判，阻止和平民主进程，妄图让万恶的种族主义制度苟延残喘下去。

　　与反动派的愿望相反，卑鄙的暗杀行径除了公开暴露他们的阴险嘴脸外，只能使为争取民主自由新南非的人们变得更加清醒、警惕和坚强。曼德拉在对黑人同胞的愤慨表示理解和支持的同时，清醒地呼吁他们保持理智和克制、纪律和自尊。他指出，如果因为愤怒而对白人采取过激的报复行动，那就正好上了敌人的当。德克勒克总统也当即指出，暗杀哈尼显然是旨在阻挠和破坏南非的和平民主进程。南非共全国主席斯洛沃、非国大总书记拉马福萨等都对情绪激动的黑人说，哈尼为和平民主新南非而死，偏离这一目标就是背离哈尼为之奋斗一生的事业。在最后的日子里，哈尼的心里只有民主与和平。

　　非国大正在因势利导，为了对极右白人势力表示抗议并让黑人群众公开宣泄他们的愤怒，正在组织有秩序的和平示威。据宣布，原定 4 月中旬的多党制宪谈判会议推迟一周继续举行。这表明，敌人的恐怖阴谋只能干扰而无法阻止和平民主进程。哈尼及其千百万同胞用血肉筑成的民主南非之路不可阻挡。

（《瞭望》1993 年第 17 期，晨曦）

第三编

记者与编辑

我的驻外记者生涯
——与厦大新闻系学生一席谈

作者和厦大学生在一起

　　我这一生，一路走来，可以说一步想不到，步步想不到：想不到能上中学，想不到能上大学，想不到学外语，想不到当记者，更想不到退休后当大学教授。父辈的想法是能读几年小学，会写信算账，不做睁眼瞎就算是造化了。这是"生在旧社会，长在红旗下"的一代人的典型经历。

　　记得上大学的第一天，我给长我20岁的大姐写信，问：像我们这样的家庭出身，在新中国成立前有没有上大学的可能？大姐的回答斩钉截铁四个字——"绝无可能"。仅此四字就让我抱定终身矢志跟随共产党，"虽九死其犹未悔"。所以，这一生除感恩父母生身，要感恩的只有党。都说穷孩子只能"靠读书改变命运"，但我知道，没有新中国，我就没有读书上大学的机会，也就谈不上"改变命运"——"顺着垄沟找豆包"的命运。很长一段时间我以为今天的成就是个人奋斗的结果，人到中年才明白，没有新中国，没有党和人民的培养，根本就没有个人奋斗的土壤，哪里还有资格论成败？

我生在东北农村，自幼家境贫寒，春天拾粪，夏天除草，秋天赶磕子，冬天捡煤核。上小学买不起书本，上中学交不起学费，上大学拿不起伙食费。一路走来，全靠政府资助，不是免学费，就是发助学金。十年寒窗苦加上书店站读，生吞活剥古今中外文学名著，才识得圣贤书，攒了点为人民服务的知识底子。

1960年考入黑龙江大学外语系。我在高考志愿表上填的志愿是清一色的中文系，压根没有外语。可不知为什么偏偏被外语系录取，而且是在中苏交恶背景下极不被看好的俄语专业。为了端正专业思想和学习态度，我在内心里很是挣扎了一阵子，最后似乎总算想明白了："祖国需要就是自己的志愿。"学习成绩也从"名落孙山"追到"名列前茅"。

1964年大学毕业前，毕业生最关心的当然是毕业分配。那时没有自由择业这一说，毕业后干什么用不着自己操心，但不操心不等于不关心。要说没有心仪的目标，那是假话，谁不想得到一个条件好、有前途的工作呢？对学外语的人来说，最高期望就是北京的"外"字部门：外交部、外贸部、对外文委、对外联络部等。但期望只藏在心里，没有人挂在嘴上，因为嘴上的口号是"到农村去，到边疆去，到祖国最需要的地方去"。但绝不是空喊口号，真要被分配到农村或边疆去，也会义无反顾地"打起背包就出发"，因为"服从祖国召唤"是不容讨价还价的。

分配方案公布，一看我的名字在新华社名下，与"外"字无缘，心里顿时凉了半截。新华社？是公社吗？不就是农村吗？心想这也太惨了，凭我的学习成绩和家庭出身怎么会落到这个地步呢？我的情绪一落千丈，就差没哇的一声哭出来。是班里年龄最大的一位同学及时指点迷津，才使我脱离苦海，转悲为喜。那时我们学生只听广播不看报，也没有报，所以读书读到大学毕业还不知新华社为何物。不光我不知道，家人和同在大学的女朋友咋一听说我被分配到了新华社，也以为是到人民公社当知青。

作者在厦大授课

　　能进国家通讯社，党中央耳目喉舌机关工作，岂止是幸运，简直是幸福！心里想的只有"好好学习，天天向上"，绝不辜负组织的信任和党的培养。但问题在于，对新闻工作不仅毫无准备，而且一无所知。

　　先是在对外部俄文组当翻译。学俄文的做俄文翻译，学以致用，专业对口，夫复何求？基本业务是中译俄。坐到打字机前，见到办公桌上的新闻稿，才体会到"书到用时方知少"。大学4年，全优成绩毕业，只表明我学过俄语而已，根本不意味能胜任工作，一切须从头开始，万里长征还没迈出第一步。

　　我意识到前路艰辛，开始日夜苦读，废寝忘食地钻研俄语，提高俄译汉水平。别人不愿意上大夜班，我却乐此不疲，因为这样可以挤出更多的学习时间。如果上白班，我也要学习到深夜两点以后才肯睡觉。每天我要把数十米长的塔斯社电传稿从头读到尾，摘录大量积极词汇和句子。

"文革"开始后"反修"文章多起来，我便潜心研读《联共（布）党史简明教程》《斯大林论社会主义问题》《政治经济学》等俄文原版书籍，据说它们都是经语言大师斯大林亲手修订的"经典著作""俄文范本"，其中有关马列主义与修正主义论战的语言文字是"不可超越的高峰"。

更有甚者，业务压力大，政治"亚历山大"，"文革"期间不仅"反修"文章多，"两报一刊"的重头文章更多，哪篇都要发，哪篇都要译。因为我当时被推选为勤务组长，主管业务，重要文章的翻译定稿工作都必须参加。虽然同俄文专家一道工作是最佳学习机会，但"政治把关"不仅责任大，压力大，而且要求"站在阶级斗争的高度"审视每一句话，每一个单词。然而，"政治把关"岂能离开业务水平？所以，为了不致被"可能不突出政治的俄语专家"带进阴沟里，我也得"急用先学"，哪怕现买现卖。

1966年春组织决定派我去苏联留学。笔试、口试通过后，新华社人事局很有人情味地让我回家探亲，然后出国。没想到，待我探亲回来后，风云突变，"文化大革命"爆发，赴苏留学的事石沉大海。直到1969年3月珍宝岛武装冲突后，中苏关系跌入谷底。而我在一片"打倒苏修社会帝国主义"的口号声中，被派到莫斯科分社任常驻记者，从此开始了我的驻外记者生涯。

由于当时中苏关系恶化到冰点，登上北京—莫斯科国际列车时，大有"风萧萧兮易水寒，壮士一去兮不回还"的悲壮感。一去就是6年。6年间经历了苏共24大、赫鲁晓夫去世、尼克松访苏、"9·13"等重大事件，经历了中苏关系从战争边缘到基本正常化起伏跌宕的演变过程，也加深了对苏联的感性认识和理性认识。但漫长的6年基本是坐"冷板凳"。坐"冷板凳"是指被驻在国冷落，几无外出采访机会，并不是无事可做。相反，6年间从未在半夜1点前睡过觉，从未休过周末和节假日。看不完的报纸，发不完的参考报道，写不完的国际内参，做不完的研究课题。驻在头号敌对国家，承担头号压力——从业务压力到政治压力，从精神压力到体能压力，真正意义的"革命加拼命"。记得苏共 24 大期间，我一个人一个月内发稿 10 万字，这还不算每天开车外出"跑关系，捞情况"，包括甩掉"尾巴"，与克格勃周旋。

1975 年从苏联回国后，转到国际部。先在苏欧组当编辑，后到新成立的调研评论组。先后以晨曦、郭萍、季伦等多个笔名写了大量国际述评、国际随笔和国际杂文，散见于中央大报和地方晚报。1976 年到 1986 年是我写作精力最旺盛的十年，也是个人新闻生涯鼎盛的十年。但在政治气氛令人窒息的情况下，不甘寂寞的我除了在工作上确保"不授人以柄"，不得不在业余时间把精力投入"地下翻译"。那时连出版社都没有，翻译绝不是为了出版，只为不虚度年华，不苟且偷生。后来译著得以出版，实在是歪打正着，"无心插柳柳成荫"。进入改革开放时期，如鱼得水，无论新闻写作还是文学翻译，都进入高产阶段，一时业内小有名气。

1986 年新闻界开始评定专业技术职称，我有幸获得正高职称。十年"成名"也付出了透支健康的巨大代价，大病一场，住院十月。这时我才悟出"名利本是身外物，唯有健康属自己"的道理。所以我主动放弃可能升迁的机会，远赴南部非洲，开始第二轮驻外记者生活。工作语言则由俄语转为英语。

因为当年南非白人政权同中国台湾保持外交关系，分社设在邻国博茨瓦纳首都哈博罗内。虽然报道范围包括南部非洲五国，其实 90% 的报道量在南非。20 世纪 80 年代后半期和 90 年代初南非人民反对白人种族隔离制度的斗争处于白热化阶段，而南非又是经济和军事上的非洲头号强国。当我第一次踏上南非的土地，美丽的自然风光、现代化的城市建设、繁荣有序的市场令我震惊，与其他非洲国家相比是天壤之别。我不能不对南非白人政府的行政和经济管理能力表示赞叹，但种族主义和种族隔离制度无论如何在政治上是反动的，逆历史潮流的。从马克思主义观点看，南非的斗争是反对种族隔离和种族压迫的阶级斗争，不是反对外来殖民主义的民族解放运动。斗争的性质决定斗争的目标和矛盾的复杂性。

我经历了释放曼德拉从舆论造势到走出监狱大门的全部过程，也是近距离见到曼德拉的第一位中国记者。他的传奇经历和人格魅力令人震撼和感动，我在报道中将他比作为南非黑人解放历经磨难的耶稣并不过分。

遗憾的是，对南非的报道不仅受到当时政治关系、环境条件的限制，还受到技术手段的制约。分社发稿只能靠从当地电信局租用的电传机，速度慢不说，还只能发英文，不能发中文。发中文稿要译成四个数字一组的电码才行，而译电码的时间是写稿的好几倍，根本无时效可言。至于我夫人照着电码本一个字一个字地把汉字译成数字电码长达两年半的辛苦，分社外无人知道。为了安装传真机提高发稿时效，我不得不一而再、再而三地向总社审批部门解释什么是传真机、它与电传机有什么区别、为什么传真机比电传机发稿既速度快又省钱（传真机发一页中文稿仅需40秒，电传机发一页中文电码需要10分钟，而国际长途电讯的单位价格是一样的——9美元/1分钟），而不是相反。这是20世纪90年代初的事情，今天听起来是不是不可思议？

让我深受刺激的还不只是电传发稿。曼德拉走出罗本岛监狱后访问博茨瓦纳，在哈博罗内体育场发表演说，几十名外国记者现场采访，包括我。南非记者和西方记者个个手持笔记本电脑和卫星线路传输机，当场写稿当场发稿，而我连普通手机都没有，电话传稿都谈不上，只能等散会后回分社凭记录发稿。什么时效、竞争，想都不要想。当时我对西方记者技术装备的那份羡慕和无奈，只有衣衫褴褛的穷孩子眼巴巴看着富人家的孩子吃糖葫芦时的心情可以相比。真是哭的心情都有。所以，驻外记者光有"一不怕苦，二不怕死"精神是抢不到新闻彩头的，必须有现代化的技术装备。可那时我们国家穷，国家通讯社更穷啊！

1989年到非洲总分社开会的最后一天，我急性肾炎发作，发烧便血。为了不惊动参加会议的社领导和众多记者，我谎称患了感冒，强挺着于当晚乘飞机到哈拉雷转机。但落地后病情加重，走不了了。哈拉雷分社记者见状，毫不犹豫地将我送到中国医疗队安排住院。驻津巴布韦中国医疗队来自湖南省，既有西医又有中医。他们立即为我输血输液，迅速控制住了病情，转危为安。病情稳定后转为中医治疗，医师为我开了中药方，但在非洲岂能买到中草药？只好电告总社外事局从国内采购。总社领导听说后高度重视，外事局通过最近直达航班将30服中药及时寄到哈拉雷。总社还电告我夫人立即飞往哈拉雷照顾我。一个月后，我回到分社恢复工作。

回想起来，我要感谢的人实在太多，尤其要感谢非洲兄弟，因为输入我体内的大量血浆是黑人兄弟捐献给联合国卫生组织血库的，所以，我身上流着黑人的血。但归根到底，我要感谢湖南医疗队，感谢新华社，感谢祖国，感谢党。

1986年第三次出国任非洲总分社社长兼首席记者，地点是肯尼亚首都内罗毕。总分社实际是新华社在非洲的地区编辑部，审发二十多个非洲英语国家的分社来搞。总分社家大业大，人多事杂，社长的责任不仅要抓业务，还要抓人事管理、行政管理、总分社建设、发展用户、涉外事务等方方面面的工作。但当务之急是总分社20多人的安全保证。

当时内罗毕治安情况极其恶劣，刑事案件频发，加上总分社驻地偏僻，周围没有街灯，一到晚上，漆黑一片。总分社连院墙都没有，只有绿色藤蔓植物和灌木勾连的围栏，挡动物尚可，挡人根本不行，所以发生过多起被盗事件。由于刑事犯罪日趋严重，总分社有些同事夜里不敢踏实睡觉，影响白天工作，还有个别人整天闹着装护栏、安铁门。安全问题已经到了影响正常工作的地步。在这种情况下，我权衡再三，觉得必须暂缓抓业务，集中精力保安全。我给总社打报告，申请筑围墙、安装电网和电动铁门的经费。获得总社批准后，我赶紧找施工单位，白天黑夜抓"基建"。一晃半年过去，高达2.2米的红砖围墙和红漆电动大门赫然矗立起来，当地人称其为"中国长城"。有了"中国长城"，同事们总算可以安心吃饭，放心睡觉了，但个别人私欲膨胀，蝇营狗苟的事也冒出来了。那是另一个话题了。

墙内安全了，墙外依旧不安全，首当其冲的还是我，因外其他人晚上可以不外出，我不能不外出参加必要的外事活动。1987年盛夏一个让人汗流浃背的晚上，我参加一个外事活动后搭乘中国公司的汽车回总分社。时间并不算晚，但8点钟天黑得已经伸手不见五指，全靠汽车大灯照明。公司小伙子把我送到总分社大门前，就在我下车准备按门铃的一刹那，一辆黑色轿车开着刺眼的大灯"喳"的一声停在面前，车里窜出两个黑色彪形大汉，两支手枪，一支对准我，另一支指向汽车里的小伙子。我被示意坐回副驾驶座位，坐在方向盘后面的小伙子被示意坐到后排，一名黑人用手枪对着他，另一名手持匕首的黑人用手腕从后面卡住我的脖子，第三名黑人不知什么时候已经坐在驾驶位置上，他扭转方向盘，"嗖"的一声就把汽车开进了夜的"黑洞"，另一辆汽车尾随其后。这时我才发现，劫匪一共是4个人。我们被劫持了。

汽车在漆黑的夜里狂奔。"此生休亦，"我想。但难道就这样不明不白地送命不成？人到死时反倒不怕死了——这便是"人不畏死，奈何以死惧之"的意思吧，出奇的冷静挽救了我。我问"为什么绑架我"，答称"因为你是日本大老板"。于是，我明白他们是冲着钱来的，但我身上真的没带钱，小伙子身上钱也不多。我以非常友好的语言向他们解释了我们的身份和工作性质，答应给他们身上所有值钱的东西：现金、手表、皮带，还有汽车。在荒郊野外疯狂奔跑了大约半个小时，汽车突然刹住，只听背后一个低沉的声音："Get out。"我顺从地推门下车，下意识地等待枪响。但枪没有响，身后跟下来的是公司的小伙子。我拉起小伙子的手拼命奔跑，两辆汽车则向相反的方向拼命奔跑。我们深一脚浅一脚地在荒野中跑跑停停、停停跑跑了将近2个小时，总算在无边的黑夜里发现了灯光——鬼使神差地跑到了内罗毕火车站。

说起来像是在讲别人的故事，但驻外记者必须随时准备面对生死考验可不是说说而已，即使在和平时期的和平环境。

两次常驻非洲让我热恋上了非洲这片热土：从维多利亚瀑布到乞力马扎罗山，从乔贝野生动物保护区到纳库鲁火烈鸟天堂，从奥卡万戈三角洲到马赛马拉野生动物园，从非洲大裂谷到塞舌尔绿岛风光，从大漠"伊

甸园"到俾格米原始部落家园……人与自然"天人合一"，人与动物"和
谐共生"，重返自然，远离尘嚣，返璞归真，净化灵魂——所有美好的
体验都令人感动。在这里，感受人力的有限，也感受自然力的无限，感
受生命的脆弱，更感受生命力的顽强。虽然我走遍欧美，见过无数繁华，
但真正让我魂牵梦绕的还是非洲：它一尘不染的大自然，它纯净的蓝天
白云，它在热带雨林和仙人掌覆盖下的红土地以及能跑善猎、能歌善舞
的大地之子——黑皮肤的"亚当"和"夏娃"。巴黎、罗马看一次足矣，
非洲的地貌和野生世界却百看不厌。负面印象当然不是没有，但只要想
起这是世界最后一片净土，我就对它只有爱和期待。

作者夫妇在厦门大学校园

　　第四次出国是 1988 年 8 月任中亚分社社长兼首席记者，地址在哈萨
克斯坦前首都阿拉木图，主管中亚五国报道。于是，我又从英语地区回
到俄语地区。与 20 世纪 70 年代相比，这里已是另一个世界。苏联已经
不复存在，苏联加盟共和国已然成为独立国家。而在帝国废墟上被迫独
立的中亚国家，不过是改了门面勉强支撑的旧体制构架，国民经济只剩
下被私有化掏空了的躯壳。

中亚国家虽是中国的近邻，对中国的地缘战略地位无比重要，但当时我们对中亚的状况似乎并不了解。与此同时，新独立的中亚国家对改革开放的中国几乎一无所知，他们对中国的印象还停留在赫鲁晓夫时代。我意识到记者的使命和桥梁作用。

总社领导给我下达的四大任务是：一要把整个中亚地区管起来；二要加强调研和内参报道；三要开拓新闻落地；四要培养年轻记者。可以无愧地说，这四大任务我都完成得不错。5 年内我走遍了中亚五国，全面报道了中亚政治、经济、外交和相互关系等情况，真实反映了中亚各国的困窘和潜力，以及它们在俄、中、美三大力量制约下的战略取向。这无疑对中国—中亚关系的定位和发展，对上海合作组织的形成提供了有价值的资讯。

为了让中亚了解中国改革开放后的巨大变化和成就，我克服重重阻力，策划并组织数批中亚记者到中国参观采访，他们回国后撰写的中国见闻和系列报道，使中亚人民对中国的观念发生了颠覆性的变化。我还带领分社同事为近 60 家中亚新闻媒体和政府机构安装了直接抄收新华社新闻的卫星线路接收装置，使中国声音在中亚发挥出划时代的影响力。在完成大量日常公开和内参报道任务的同时，我还在哈萨克斯坦出版了用俄文撰写的《中亚政治进程和地区安全》一书，受到哈萨克斯坦学者的高度评价，并被哈萨克斯坦国立大学聘为特邀教授。

在我 40 年的新闻生涯中，国内、国外差不多各占一半。无论作为国际新闻编辑还是作为驻外记者，我都尽力做最好的自己。不敢说没有遗憾，但敢说无愧党和人民的培养；不敢说有多少成就，但敢说"不因虚度年华而悔恨"。无论国内国外，无论天南地北，无论面对诱惑还是死亡，忠于祖国忠于党永远是我的生命之光。

（注：2005—2010 年厦门大学新闻传播学院聘请我为新闻学教授。为此，我突击编写了《国际新闻教程》一书）

愿将此身化红烛　甘为他人作嫁衣

——谈怎样做国际新闻编辑

执新闻牛耳的不是记者，而是编辑。编辑是导演，记者是演员；编辑是指挥员，记者是战士；编辑是老师，记者是学生。说"大记者、小编辑"，这是外行话，本末倒置了。

没有一个人可以不经过编辑部实习而直接出国做驻外记者。即使偶有例外，也无非两种情况：要么已经是有经验的记者；要么是出国后无法胜任工作的挂名记者。

中国很少有专职驻外记者，即使一生有一半时间常驻国外，也还有一半时间在国内编辑部做编辑。所以，中国的国际新闻工作者基本上都是集编辑、记者于一身，出国是记者，回国是编辑。

优秀的文学编辑成就作家，优秀的新闻编辑成就记者。

一、国际新闻编辑应具备的基本素质

做人有做人的素质，做编辑有做编辑的素质。素质是什么？《辞海·缩印本·1989年版》的解释是："人或事物在某些方面的本来特点和原有基础"，如人的解剖生理特点。这显然是指人的先天素质。后天拥有的素质相当于传统意义上"修养"。《辞海·缩印本·1989年版》对"修养"的解释是：第一，指在政治、思想、道德质量和知识技能等方面经过长期锻炼和培养而达到的一定水平。如：政治修养；文学修养。第二，特指逐渐养成的在待人处事方面的正确态度。

那么，国际新闻编辑的修养是什么？

我以为，首先是做人，其次才是做编辑。一个好的国际新闻编辑首先是一个各个方面都有高度修养的人：政治修养、道德修养、知识修养、业务修养。

1. 政治修养

政治修养至少应该包括马克思主义理论修养和外交政策修养两个方面。虽然新闻编辑中不乏高度理论修养的理论家（如《人民日报》《光明日报》），我们不可能要求每个新闻编辑都成为理论家，所以，我们只强调学习和掌握马克思主义基本理论。马克思主义基本理论的掌握和运用是国际新闻编辑的必修课。

新闻价值观是新闻编辑和新闻记者世界观的具体体现，有什么样的世界观就有什么样的新闻价值观。所以，新闻编辑的新闻价值观是受世界观直接支配的。

马克思主义基本理论是我们观察、分析、判断国际形势和国际关系的指南。辩证唯物主义是我们认识世界、解释世界和描述世界的根本方法。

理论学习应从学生时代开始，开卷有益，受用无穷。我从高中就开始阅读黑格尔、艾思奇，阅读马克思、列宁关于哲学、政治经济学的著作、毛泽东的《矛盾论》《实践论》等。虽然理解力有限，未必能完全读懂，但有了"ABC"常识，对以后的理论学习和提高肯定是大有裨益的。

不要以为研究马克思理论是我们中国人的专利，相反，马克思的《资本论》读者在西方比在中国多。《资本论》在国外书店里随处可见，但在中国似乎已经下架。作为国际新闻编辑也好，记者也好，不了解马克思主义"ABC"是很难避免在德国、英国、美国同行面前遭遇尴尬的，因为他们对马克思著作的了解有时比我们还多。

外交政策修养对国际新闻编辑和记者不仅具有理论意义，更具有实践意义。可以说，不熟悉本国外交政策和方针是没有资格当国际新闻编辑和记者的。国际新闻既要体现外交政策，又要服务于本国外交。

国际新闻编辑在编辑稿件、撰写文章时，脑子里外交方针、外交政策那根弦无时无刻不在起作用。从主题思想到遣词造句无不渗入外交政策考虑，体现外交政策的界限要清、深浅要适度、分寸要恰到好处、立场要鲜明、态度要不卑不亢、效果要积极。

国际新闻编辑不仅要了解国家总的外交政策方针，还要熟悉和贯彻对不同国家的外交方针、在不同国际问题上的外交政策。

我们在国际新闻报道中，整体上要体现和贯彻"独立自主的和平外交方针"。但对待美国、对待俄国、对待德国、对待日本、对待非洲、对待邻国，各有不同的外交政策和策略，此国和彼国、此时和彼时区别很大、政策性很强，有时甚至极为敏感和微妙。

在不同国际热点和国际问题上，我们也有不同的外交方针和策略，而且随着事态发展而不断调整和变化。这些整体和局部、全面和定向的外交方针、国际政策，国际新闻编辑都要熟悉，都要掌握，都要在编辑业务中切实执行和贯彻。

光了解整体方针不了解局部政策不行，光了解全面方针不了解单向政策也不行。所以，国际新闻编辑对国家外交政策的理解和掌握不仅不亚于外交官员，而且应比他们更全面、更深刻、更具体才好。

国际新闻编辑当然不能光熟悉国际形势和外交政策，国内形势和国内政策也必须熟悉。因为鉴别国际新闻的新闻价值，一个基本要素是新闻效果和新闻影响力。效果和影响必须有利于国家经济发展，有利于国家政治建设，有利于精神文明提高，有利于社会和谐安定。如果你组织或者编发了内容和效果与此相反的稿件，造成负面影响，不仅违反国家政策，而且可能触犯新闻法规。

所以，国际新闻编辑必须对各个时期、各个对象、各种问题的报道方针、报道思想了如指掌，吃深吃透，并在编辑业务实践中自觉贯彻执行。这方面的教训是很多的。

2. 道德修养

做人要讲人品，做编辑要讲"编德"。编辑首先是人，其次才是编辑，所以"编德"既包括做人的道德品行，又包括做编辑的职业操守。"编德"等于编辑的人品＋职业操守之和。两者不是半斤八两的关系，人品决定"编德"。

中华全国新闻工作者协会1991年通过、1994年修订的《中国新闻工作者职业道德准则》为中国新闻工作者确定了普遍遵行的道德规范，共有八条：一、全心全意为人民服务；二、以社会效益为最高准则；三、遵守法律和纪律；四、维护新闻的真实性；五、坚持客观公正的原则；六、保持廉洁奉公的作风；七、发扬团结协作的精神；八、增进同各国新闻界的友谊合作。这八条准则想必是用不着解释的。

我想，新闻编辑道德修养的认识基础是新闻编辑的职业定位。明确了自己的定位就明确了自己的工作性质、职责和任务，也就明确了自己应该做什么和怎样做得更好。

这就是说，新闻编辑必须清醒认识到，在整个新闻采编链条上，编辑处于加工环节，也是最后完成环节，是"专为他人作嫁衣"的。职业定位和工作性质决定了编辑（包括新闻编辑）的位置在二线、在后方、在幕后，是二线支持，是后方服务，是幕后指挥，但注定不是出头露面的角色，只能做无名英雄。报道策划、组织稿件、修改稿件的是编辑；起死回生、点石成金的是编辑；慧眼识真、沙里淘金的是编辑；发现人才扶植人才的是编辑，但名利双收的不是编辑。

一条新闻、一篇文章，编辑、加工、润色得再好，读者评价再高，社会效益再大，对编辑来说，都是理所当然的、应该的。这就是编辑的职责和义务，这就是编辑的追求和享受。

编辑好比导演，记者好比演员。演员在前台接受掌声和鲜花，导演只在幕后偷着乐。所以，有明星演员，没有明星导演。出名的是记者，默默无闻的是编辑，天经地义。但是，导演造就明星，文学编辑培养名作家，新闻编辑扶植名记者的例子不胜枚举，却没听说过相反的例子。

新闻编辑直接加工、完善的是新闻稿件，间接加工、完善的是新闻记者。优秀新闻编辑加工出优秀新闻作品，造就出优秀新闻记者，而不求回报。这正是新闻编辑的劳动结晶、心灵归宿、职业骄傲。

因此，做编辑就要有一颗平常心，淡泊名利、甘于寂寞、甘于默默无闻、甘于为他人作嫁衣、甘于做无名英雄的精神。同时还要有自我牺牲精神、自觉服务精神、真诚为他精神、伯乐精神、人梯精神……这是一种崇高的精神境界！

谈到"编德"职业操守的一面，必须强调编辑业务实践中"新闻面前人人平等""对稿不对人""稿件面前人人平等"等原则。

国际新闻编辑利用职权和工作方便搞"有偿新闻"的还不多见，但不按新闻原则处理记者来稿，而凭个人好恶、关系好坏、利害大小编发稿件的编辑并不鲜见。"厚此薄彼"的编辑有之，"因人而异"的编辑有之，利用职权以稿整人的编辑亦有之。更有以增加编辑署名为发稿条件者。所有这些不正之风都从反面证明了提高新闻编辑道德修养的必要性和迫切性。

3. 知识修养

知识修养无非是说"才高八斗，学富五车"，但说来容易做来难。知识是海洋，是宇宙，是微观，是宏观，是无限；超越历史，超越时间，超越空间。正因为知识修养是没有上限的，所以需要每个人倾其一生不断攀登。

知识修养虽然没有顶点，但还是有相对高度的。一种文明有一种文明的高度，一个时代有一个时代的高度，一门科学有一门科学的高度，一种职业有一种职业的高度，一个人也有一个人能达到的高度。高度是相对的，也是有限的，因而也是经过艰苦努力可以达到的。

就个人实践经验，我以为国际新闻编辑的知识修养重点在三个方面：一是理论知识修养；二是科学知识修养；三是专业知识修养。

关于理论知识修养在国际新闻编辑的"政治修养"一节中已经讲过，

这里不再重复。谈到科学知识，无论社会科学知识还是自然科学知识，对于国际新闻编辑来说当然是知识越多越好，学问越大越好。但真正做到博大精深，古今中外毕竟不多。

对大多数国际新闻编辑而言，比较实事求是的要求是抓住两头：基础科学知识和前沿科学知识。不求精通，但求了解。听内行人说能听出门道，听外行人说能辨别真伪。

如今科学发展日新月异，新科学、新技术、新经济、新思想不断出现，要求新闻编辑都了解得又深又透是不现实的。但新闻的使命就是迅速传播各种最新信息，如果新闻编辑对新闻信息看不懂、道不明，闭着眼睛编发稿件，那是非常危险的。

编辑自己看不懂的东西想让普通读者看懂，至少是不负责任的。新华社曾经编发过"小球要撞大球"的荒谬新闻，差点引起社会混乱，就因为责任编辑缺乏起码科学常识，错收错发。所以，新闻编辑必须随时充电，对一切科学领域的新现象、新知识、新信息都要有所了解，至少要达到对自己亲手编发的新闻能保证准确无误，敢于负责。

专业知识对于国际新闻编辑而言，主要指新闻传播学知识、新闻编辑学知识和新闻编辑技能等，但国际知识、外交知识甚至涉外社交礼仪知识也都应该是国际新闻编辑知识修养和知识结构中不可或缺的重要组成部分。

这些知识对于国内新闻编辑也许并不是必须，但对国际新闻编辑就必不可少。这里不妨举个例子：有一次某中央大报国际版编辑向我约稿，我写了一篇题为"斯大林故乡行"的新闻散记，介绍哥里斯大林纪念馆和格鲁吉亚人民爱戴和怀念斯大林事例的采访手记。文章发表后我发现有两处细节改动：一处是将"我亲眼看到司机的钱夹里放着斯大林身穿大元帅服的照片"一句中"司机的钱夹"改成"少女的钱包"。另一处是将斯大林童年居住的"鞋匠的小木屋"改成"木匠的小木屋"。

后一处改动完全违背新闻真实和历史真实。斯大林是鞋匠的儿子，不是木匠的儿子，这是不可动摇的史事，编辑有什么理由改变一个重要历史人物的"家庭出身"？难道木匠比鞋匠高贵，所以木匠的儿子也一定比鞋匠的儿子伟大？这个改动除了说明编辑有违新闻真实原则外，还与她对斯大林是鞋匠儿子这一历史事实毫无所知有关。

至于前一个改动就更加荒谬和随心所欲。原因除了编风缺乏严谨外，还有编辑对国外生活、对外国人习惯缺乏常识。这个改动至少引发两个问题：第一，将新闻真实变为谎言，对记者缺乏起码的尊重；第二，记者是如何看到"少女的钱包"的？记者看到司机的钱夹毫不奇怪，因为他奉命作记者采访导游，几天下来已经同记者混得很熟，几乎无话不谈，而且到处吃饭喝水要掏腰包，主动让记者看他保存的斯大林照片可以说是顺理成章的事。而"少女的钱包"就难免大受质疑：作为一个大男人，记者在什么情况下能看到"少女的钱包"呢？再说，外国少女没有随身携带钱包的习惯，即使有钱包，也要放在挎包或手袋里，买东西付款时，一般不会将钱包从手袋或挎包里掏出来在众目睽睽下亮相，所以不大可能让别人看到她的钱包，更不大可能让别人看清钱包里夹着的照片。如果记者"一不留神"看到了，那一定是偷看。偷看显然是不道德的。这是其一。其二，外国少女也没有在钱包里放照片的习惯，或许母亲带有子女的照片、少女带有恋人的照片，但那也不会放在小小的钱包里。至于少女钱包里夹着斯大林照片，那简直不可思议。记者写的是斯大林逝世整整 20 年后的事，即使年龄最大的 20 岁少女也对斯大林毫无印象，何以会对一个不相识的老爷爷如此情有独钟，如此热爱，有如此大的政治热情？

我问那位编辑为什么要这样改？答曰"合理想象"。至今我也不明白为什么一定要把男司机"合理想象"成少女。新闻不是文学，不允许虚构，也不允许"合理想象"。

从知识结构上看，新闻编辑，尤其国际新闻编辑，首先要是"杂家"，其次才是"专家"。专家打引号，因为只是相对而言，新闻编辑不大可能成为真正意义的经济专家、技术专家、金融专家、军事专家等。除少数专业编辑，绝大多数新闻编辑是"外行中的内行，内行中的外行"。

看起来新闻编辑每天面对的都是新闻稿，其实面对的是色彩斑斓、光怪陆离的知识世界，天上人间、陆地海洋、精神物质、宏观微观、古今中外、各行各业，无所不包、无所不有。一句话，编辑眼睛看的是新闻稿，脑子里装的是整个知识世界。

职业本身要求新闻编辑必须成为"杂家"，但同时还要是"杂家"里的"专家"，你总有自己的重点业务分工、重点调研和报道方向、重点知识领域。在你的重点领域，你同其他编辑相比，你就应该是专家，是权威。所以，国际新闻编辑中有美国问题专家、俄罗斯问题专家、中东问题专家、非洲问题专家，等等。

他们的权威性也是不容置疑的。但随着科技、经济、政治、文化全球化的迅速发展和全球信息交流的需要，新闻事业越来越需要具有某方面专业知识的专业编辑和专业记者，如经济编辑和记者、科技编辑和记者、体育编辑和记者等。但目前还只能限于比较重要的行业领域，即使将来新闻报道的重点行业领域可能不断增加，恐怕任何新闻媒体也不大可能设置包罗万象的行业编辑和记者，如有体育编辑和体育记者，但没有必要设置足球编辑和足球记者、跳高编辑和跳高记者。分工太细既无必要，也行不通。所以，即使当专业新闻编辑也还是离不开"杂学"。

4. 业务修养

国际新闻编辑的业务修养实际上与政治修养、道德修养、知识修养密不可分，没有这三方面的修养作为基础和铺垫，谈不上业务修养，也谈不上国际新闻编辑。新闻编辑的业务修养本身就包括政治素质和业务素质两个方面。这里说的业务修养实际是指业务素质而言。

前面讲过，国际新闻编辑从知识结构上看，应该是"杂家"，从业务技能上看，应该是"通才"。"通才"的含义是熟练编发各种题材的新闻稿件，熟练编发各种体裁的新闻作品。

也就是说，作为国际新闻编辑既要能从容处理政治外交、经济科技、文化体育等各种题材的新闻稿件，又要能从容处理消息综述、通讯特写、述评评论等各种体裁的新闻稿件。

编辑部的规矩是当班编辑要将当班来稿处理干净，尽量不给下班编辑留作业。因此，你不能只编发政治外交新闻而将其他题材的稿件留给别人，也不能只编发消息综述而将其他体裁的稿件留给别人。能否干净利落地编发全部当班来稿是对编辑业务素质的严峻考验。

同一篇记者来稿，一位编辑编发得又快又好，另一位编辑编发得又慢又差。差别就在编辑水平。编辑水平是个综合指标，是编辑综合素质的体现。

编稿速度快可不是一天两天能练就的。拿到来稿，第一步要从头至尾快速浏览，并几乎同时判定来稿的新闻价值和重要程度，即在分秒之间确定来稿的处理级别：是否可以编发，立即编发还是暂缓编发，发通稿还是发专稿；在分秒之间评估来稿可能需要编辑加工的程度：是否需要改动，改动的大小多少，从而确定轻重缓急，优先编发，暂缓编发，还是留综待处。

这种对来稿新闻价值和编辑价值瞬间鉴别和判定的功力是区分编辑业务水平的重要标志。它要求新闻编辑反应快、思维快、笔头快、动作快，快得自然，快得本能。快的程度就是编辑业务的熟练程度。

然而，熟练还不是反映业务水平的全部。有的新闻编辑看起来出手很快，但作风不细，甚至缺乏责任心，快是快了，但总有这样或那样的不尽人意之处，甚至图快是为了省事，那就不仅是业务水平不高，而且是思想水平不高的问题了。

所以光看编发速度的快慢还不行，更要看编辑质量的高低。有人只改动几个字就能让原稿生辉，提高档次；有人改得面目全非可能还不如原稿。稿件编辑质量是对编辑业务修养的最终检验。

但注重编辑质量又不能忽视编辑时效，你花在编辑上的工夫再大，稿件修改得再好，但影响了时效，丧失了新闻价值，无论如何也不能认为你的业务水平高。所以新闻编辑的业务修养和业务技能要同时体现为速度和质量。业务修养是由业务素质决定的，所以有必要结合新闻实践专门介绍一下国际新闻编辑应该具备的基本业务素质。

关于国际新闻编辑的业务素质和职能，我想强调以下几点。

（1）新闻敏感。闻敏感对新闻编辑同对新闻记者一样最重要。新闻敏感是驻外记者的灵魂，是驻外记者政治素质和业务素质的集中体现。这个结论同样适合国际新闻编辑。

对于新闻编辑来说，新闻敏感的主要表现是什么？我以为是以下四点：

第一，及时抓住新闻线索和新闻动态。国际新闻编辑是站在喜马拉雅山峰俯瞰全球的人，是长有千里眼、顺风耳的人，是眼观六路、耳听八方的人，是"秀才不出门便知天下事"的人，每时每刻都将世界风云尽收眼底。哪里山崩海啸，哪里枪声大作，哪里出现海市蜃楼，哪里飞来天外来客？

你不仅应该无所不知、无所不觉，还要比普通大众先知先觉。你不仅要早看参考、晚看小报，还要随时浏览世界各大通讯社的网络新闻，跟踪 CNN、BBC 的全天候报道。最关键的是要及时抓住最新国际新闻动态和最新国际新闻线索，前者上报直至国家领导，后者下达直至驻外记者。

第二，新闻鉴别力。新闻鉴别力表现在两个层面上：一个是迅速鉴别新闻与非新闻的能力。对世界各地、天上人间发生的一切，哪些是新闻，哪些不是新闻，哪些是旧闻，要有当机立断的能力。决不能把非新闻当新闻，更不能把旧闻当新闻。另一个是迅速鉴别主要新闻和次要新闻的能力。同一时间会有不同新闻从四面八方传来。编辑在处理这些新闻时必须分别轻重缓急、主次先后。这就要求你必须有瞬间辨别一般、次要、重要、主要和最主要新闻的能力。最主要的新闻总是时效性最强的新闻。你必须恪守"时效优先"的新闻编辑原则。

第三，迅速抓住新闻要害的能力。拿到记者来稿，粗粗浏览之际就能抓住"新闻眼"，即新闻的要害是什么、核心在哪里。你可能要修改导语，使新闻重点更突出；你可能要另拟标题，使新闻主题更醒目。

一般说来，国际编辑在收到驻外记者来稿后，至少要阅读三遍才能出手。第一遍是从头至尾快速浏览，迅速鉴定其新闻价值，决定稿件取舍和内容增删（如要否添加背景资料等），找出"新闻眼"。总之，对稿件如何处理做到心中有数。第二遍是内容增删和文字加工、修改、润色，重点在导语，同时核对各种专名（人名及身份、地名、组织名称，包括外文原名和中文译名），最后确定标题。第三遍是通读校阅，在确认每个字、每个标点符号都准确无误后方可送审。其中第二遍是编辑程序的主体，花费的时间也最多。虽然按岗位责任和文责自负的原则编辑可以不对新闻事实真实性和准确性负责，但编辑有义务在产生疑问或自觉没有把握的情况下向记者提出质询或核实，决不可放过任何疑点。毕竟你要对从自己手中发出去的每一篇稿件负编辑责任。

第四，新闻价值判断力。这一条特别重要，所以需要稍微展开来谈一谈。因为新闻价值判断力是编辑新闻敏感和整个业务水平的最高体现。

一条驻外记者来稿或一条外电摆在你面前，有没有新闻价值、价值大小，你总要掂量一番，有时是颇费斟酌的。新闻价值判断是对编辑水平和新闻敏感的严峻考验。

常常有这样的例子：某驻外记者发回一条新闻，对驻在国而言可能是当天最重要的新闻，但同编辑部收到的来自世界各国的新闻相比较，显得分量太轻，甚至根本算不上新闻。于是，编辑面临两难处境："枪毙"吧，得罪驻外记者；不"枪毙"吧，明知是滥竽充数，有违编辑职守。与其说是业务考验，毋宁说是道德考验。"守门员"如果守不住球门，无论如何算不得好守门员。

也有另外一种情形：某驻外记者发回一条例如科技消息，其中某项技术发明甚至仅仅一个资料就具有世界意义，对国内有关部门也有重大价值。可以说是一条重要科技消息，而来稿偏偏落在一个相当缺乏国际科技知识的值班编辑手里，后者又偏偏胆大妄为，将来稿"打入冷宫"。若干天后才被追查出来。

可见，新闻价值判断力不仅取决于编辑的新闻敏感、政策水平、业务能力，还取决于知识结构、知识修养。这就要求新闻编辑要练就一副火眼金睛，才能慧眼识真。

构成新闻价值的主要要素有哪些？

第一，真实性。我们说，新闻真实等同于历史真实。真实是新闻价值的基础和第一要素。没有真实就没有新闻。真实性是新闻与文学的根本区别，前者必须真实，后者可以虚构。只要有虚构，就不是新闻。新闻真实是具体的，也是抽象的，但必须是揭示事物本质的抽象。所谓新闻"五大要素"（5W+H）WHAT、WHEN、WHERE、WHO、WHY 和 HOW，"前4W+H"显示可视形象，是要绝对真实准确的，而最后一个"W"揭示的是具体新闻事实的抽象本质。无中生有、捕风捉影、夸大其词、添枝加叶、歪曲事实等都是新闻真实的大敌，必须坚决杜绝。可惜，现实生活中不真实的新闻、虚假新闻经常出现。恪守新闻真实性是新闻职业道德的底线。

第二，新鲜性。新鲜是新闻的基本属性。新闻必须是对"最新发生的事情的报道"，所以新闻要突出一个"新"字。新鲜性是新闻价值的基本要素。旧闻是没有新闻价值的。新闻的新鲜性包括报道内容新和报道手法新。内容新当然就是事实新、素材新。报道手法新是指报道视角、题材选择、体裁运用等新颖、独特。

第三，时效性。时效是新闻的生命。时效性包括实时性和适时性。所谓实时性就是报道速度快，快到什么程度？快到从新闻事实发生到新闻报道发生之间的时间差最小，最接近于零时差。这主要是针对突发性事件或突进性事件的报道。而对于渐进性事件发展过程或者事实早已发生但因各种原因一直没有公开报道的事件，或者因为新发展、新转折，或者因为发现了新由头、新角度，从而赋予事件或进程以某种新闻价值适时加以报道，这就是适时性。适时报道也适用于预告性新闻。

第四，重要性。新闻的重要性是构成新闻价值的主要因素之一。重要性既包括新闻事实的重要，也包括新闻传播效果的重要，如政治影响、社会反响、积极或消极作用等。毋庸置疑，内容越重要，效果越好，新闻价值就越高。

第五，显著性。这是指新闻涉及的人物、事件、地点、日期等的显著性，如名人明星、重大历史或突发事件、有特殊意义的地点和纪念日等，其显著性与新闻价值成正比。

第六，接近性。接近性亦称贴近性，指新闻内容与受众的接近程度。接近性包括时空接近和心理接近。在时间和空间上与自己越接近的新闻事实，受众兴趣越大；新闻事实与受众利益联系越紧、心理冲击越大，新闻价值越高。同样是大地震，发生在大洋洲、非洲和发生在南亚、中亚邻国，中国受众的关注程度和反应程度显然不会一样。

第七，趣味性。新闻能引起读者兴趣才具有新闻价值。通常，受众对报道内容和写作手法越感兴趣的新闻，其新闻价值越高。这里指的当然是健康的兴趣，而非低级趣味。

第八，受众欲望。受众欲望是来自受众方面的趣味性，是指受众对已发生或未发生、已披露或未披露事件感兴趣的程度。受众欲望也是决定新闻价值的因素之一。一般说来，受众越渴望知道的东西，其新闻价值越大。这种情况下，新闻报道是根据受众愿望和需求做出的。如某村发生禽流感，养鸡者不知其故，社会关注、政府关注、国内关注、国外关注，都亟欲了解禽流感发生的原因和克服办法。记者根据受众要求和社会需要采写了一系列关于"禽流感"的报道，既具有知识性，又具有新闻性，知识性越强，新闻价值越大。是受众欲望引来的新闻知识性，是新闻的知识性体现了新闻价值。受众欲望带来新闻报道，新闻报道体现新闻价值，而新闻价值又往往体现为高度的社会价值、政治价值和经济价值。

（2）全面把关。新闻编辑的首要职责是把关，但不是某些新闻教科书所说比喻的"守门员"。"守门员"的职责是只守不放，守是尽职，放是失职。应该做到"一夫当关，万夫莫开"。而新闻编辑虽然有"守"的职能，但主要职能是"放"，像海关一样，该放行的必须放行，不该放行的决不能放行。

国际新闻编辑至少要把住三关：政治关、事实关、文字关。

国际新闻的政治关是什么？是国家和人民的最高利益。凡不符合最高利益的新闻应一律拒之门外。新闻内容在政治上必须无害、无毒、无副作用。内容反动的、反华的、色情的，显然不能放行。

其次，政治观点要符合我国的政治外交路线，不能与中央唱反调、与报道精神背道而驰。如我们说"和平与发展是当代世界的主旋律"，而宣扬"战争与恐怖是当前世界主流"的来稿就不能采用，不管这种观点来自何处，出自何人。

最后，符合我国外交政策，有利国家关系发展。相反，违反外交政策、不利于国家关系发展的新闻报道就必须坚决堵截和"枪毙"。如干涉别国内外政策，卷入别国内部政治斗争，暴露友好国家领导人隐私等内容的新闻就不能用。有时来稿虽然不违背外交政策，但可能不符合外交上的临时策略考虑或时机不合适等，也要作扣发或不发处理。

政治上虽无不妥，但可能在国内引起负面影响的国际新闻也要慎用或不用。如"小球撞大球"的报道可能在国内引起精神恐慌，有关国外恐怖活动的报道内容不宜过细等。违背国内法律、宗教和民族政策的新闻不能用。如不能宣传一夫多妻制，不能批评宗教习俗，不能宣扬民族歧视等。任何新闻都要为社会和谐、安定团结的大局服务。总之，新闻编辑的脑子里要随时绷紧"政治弦"，有强烈的新闻导向意识，既熟悉国际政治，又熟悉报道方针，才能把好国际新闻的政治关。

至于编辑要把好事实关和文字关，这是不难理解，也不难做到的。

（3）报道策划。报道策划是新闻编辑的重要工作之一。有的新闻教科书称"新闻策划"，容易引起误会，"新闻还能策划？"所以，我以为还是称"报道策划"比较妥帖。报道策划"即编辑部门通过主动、有创意的谋划，围绕一定主题目标进行有计划、有组织的报道。谋划的内容包括选题、选角度、选时机、设计报道进程、发稿计划等方面"（邝云妙主编：《当代新闻编辑学》，暨南大学出版社2000年版，第243页）。笔者认为其中的"主动"应改成"积极"，因为突发性新闻事件的报道策划是遭遇性的，不可能做到"主动"。

就国际新闻报道而言，报道策划按创意方式，可以分为动态报道策划、专题报道策划和纪念性报道策划；按新闻时效，可以分为被动型报道策划和主动型报道策划。事实上，除重大突发性事件的报道策划是被动型策划外，其他报道策划均属主动型。但无论哪种策划，重点都应放在抓时机、抓选题、抓组稿上。

动态报道策划（《当代新闻编辑学》称"追踪新闻策划"）主要包括两种：一种是指对无法预测的重大突发性新闻事件的报道策划；另一种是指虽然可以看出某些先兆，但不能预测准确发生时间的重大新闻事件的报道策划。

由于前者的突发性、不可预测性，报道策划是遭遇性的，因而是被动型的。典型例子是 1999 年底的"9·11"事件。而后者往往是报道策划的重点，因为这类事件通常都是国际社会预料可能发生，因而极为关注的重大国际事件，如 1999 年 3 月的科索沃战争和 2003 年 3 月的伊拉克战争。由于这是有迹象、有先兆、可预测的事件，不管最终是否发生，都应主动积极做好报道策划，未雨绸缪。

伊拉克战争是 2003 年 3 月 20 日爆发的，但新华社在 2002 年 9 月即提前 7 个月就开始了报道策划和部署，成立了报道领导小组，国际部、参编部、摄影部等相关部门也都做好了报道计划和人员配备，如提前聘请伊拉克报道员、向美国国防部申请新华社记者登地中海航空母舰"小鹰号"的记者证等。事实证明，这次报道竞争中新华社之所以能以 10 秒领先世界各大新闻媒体，起关键作用的是伊拉克籍报道员贾迈勒，而起保证作用的是事先周密的报道策划和报道安排。

专题报道策划比较多，主要是靠编辑部的主动性、计划性和前瞻性。专题确定的依据一是报道需要，二是形势需要，三是国内需要。

报道需要实际是读者需要。例如"9·11"事件发生后，国际反恐成为国际政治生活中普遍关注的话题。此前人们虽然对个别恐怖事件时有所闻，但国际社会从没受到过"9·11"这样强烈的视觉和心理冲击，从而对恐怖主义的认识产生质的飞跃。

这时新闻媒体面临两大任务：一是进一步揭露国际恐怖主义的危害及其反人类本质；二是动员国际社会建立最广泛的反恐联盟，与国际恐怖主义展开积极有效的斗争。

报道策划必然提上日程。纵向上，不仅要揭露本·拉登及 "基地"组织的恐怖活动和阴谋计划，还要介绍和分析国际恐怖主义产生的历史及发展趋势，让各国人民做好与国际恐怖主义作长期斗争的精神准备和组织准备。横向上，一方面要揭露恐怖主义在世界各地的组织网络，另一方面又要严格区分国际恐怖组织与伊斯兰教的界限，以便更有效地建立国际反恐联合阵线，打击各种恐怖主义势力。这样的报道策划不仅主题明确，而且涵盖面广，组稿空间大，持续时间长。

形势需要实际是政治需要。"9·11"事件后，随着国际反恐形势的日益严峻，世界各大政治力量的分化组合、力量消长都在发生微妙变化。一方面国际反恐联盟迅速形成，另一方面"单边主义"和强权政治迅速膨胀。反恐旗帜下的政治斗争错综复杂。这是一种变化中的新形势。这种形势要求负责任的新闻媒体根据形势的发展变化不断调整报道策划，调整报道重点。既不能作形势的"尾巴"，也不能作舆论的"尾巴"，要最大限度地发挥新闻导向作用，引领国际舆论，推动国际形势向有利于和平与人民的方向发展。

国内需要就是围绕国内经济建设中心和安定团结大局，根据不同时期、不同重点、不同需要确定不同专题报道策划。国际新闻编辑部始终要有"为中心服务""为大局服务"的意识，不断进行各种专题报道策划，如市场经济、环境保护、廉政反腐、法制建设等各个领域、各个方面的专题报道，介绍各国大量正反两方面经验，为国内经济、政治建设提供直接有效的服务。这样的专题报道策划选题可大可小、范围可宽可窄，是国际编辑大有可为之处。

笔者以为，报道策划的重要内容之一是协调新闻构成。协调新闻构成是提高整体报道水平和实现"立体化"报道的重要手段，是编辑部的主要责任之一。例如，一次战役性报道下来，如果从头至尾只有动态消息，就会显得整个报道单一化、平面化，没有层次、没有深度、没有立体感，原因是新闻构成不丰富、不完整。如果有大量的动态新闻，再加上比例适当的通讯、新闻特写、新闻分析和新闻述评，整个报道就显得协调、完整，因而成功。一次报道这样，一个阶段、一个时期、一个地区、整个国际新闻报道都有个新闻构成协调平衡、报道"立体化"的问题。这对于一个新闻编辑室、一个新闻编辑部、一家新闻通讯社来说，既是整体水平的标志，又是整体水平的体现。

（4）组织指挥。国际新闻编辑，无论有没有发稿权，都有组织稿件、指挥报道的责任。有直接发稿权的总编辑室、部门值班编辑室，更是报道的直接组织者和指挥者，所以许多新闻媒体都把值班编辑室称为发稿中心，因为它确实是组织中心、指挥中心、日常报道"司令部"。

新华社国际新闻编辑的组织指挥职能通常分为三个等级或层次执行：基层、中层和高层，即编辑室、国际部发稿中心、总编室。

基层编辑室除经济、科技等专业性编辑室外是按地区划分的，所以落实到编辑人头上的责任也是按地区和国家划分的，如欧美编辑室有的侧重美国和加拿大，有的侧重欧洲；欧亚编辑室有的侧重俄罗斯，有的侧重中亚，有的侧重东欧；中东非洲编辑室有的侧重中东，有的侧重非洲；拉美编辑室有的侧重南部拉美，有的侧重北部拉美；亚太编辑室有的侧重东北亚和东亚，有的侧重东南亚，有的侧重澳洲和南太平洋地区。

总之，编辑的主管对象与所掌握的语种和他所常驻的国家和地区相对应。当然国际部发稿中心多由资深高级编辑组成，他们的业务分工虽然也各有侧重，但责任范围是要打破地区界限的。

遇有重大新闻事件发生，首当其冲的是基层值班编辑。不管新闻信息来自何处，首先要立即向部门发稿中心报告。与此同时，如果新闻信息来自外电，还要及时向新闻事件发生国常驻记者通报情况并要求发回报道。

其次是向与新闻事件发生地关系密切的本地区常驻记者通报情况并组织报道，而部门发稿中心的主管编辑在向总编室及时报告的同时，还要组织和协调跨地区报道和与新闻事件相关的外围报道。各个层次的编辑部都要根据新闻事件分量的轻重、影响大小分别就相关记者跟踪采访报道、配合报道、前后方人力组织、人员调配等各项工作提出建议，并通常在三级编辑会议上制定出报道策划和具体部署的初步方案。随着事件的发展变化，各级编辑部要及时调整报道计划和人力安排，分阶段发出报道指示。

（5）计划与总结。制订报道计划和及时做报道总结是责任编辑的重要业务工作之一。报道计划有临时性的，如突发新闻事件的跟踪报道；有阶段性的，如战役性报道、专题报道、纪念性报道、年终报道等；有长期性的，如半年、年度甚至跨年度报道计划。

无论哪类报道计划，主管编辑和编辑部都要按时写出检查和总结落实情况和执行结果的书面报告。没有总结的报道计划是有头无尾的计划，也是编辑失职的表现。一次国家领导人出访报道、一次国际会议报道、一次国际体育赛事报道，都要事先有报道计划，事后有报道总结。尽管这类动态报道总结往往是由参与采访报道的记者组执笔完成的，但实际是在履行编辑部的职责。

（6）报道讲评。报道讲评和稿件讲评是新闻编辑工作的重要内容，可惜至今尚未引起新闻媒体的足够重视。新华社国际部曾经提倡过这项工作，但终因这是一项"软性"工作而得不到坚持。驻外编辑部虽然有定期业务通报制度，但因受到思想理念和实际条件的制约，往往流于形式，难以充分发挥"通报"的作用。按理，这项工作应得到国际新闻编辑部的"制度化"保障。

这项工作的好处至少有三：第一，有利于加强新闻编辑的工作责任感；第二，及时总结和发现新闻报道的成功与不足；第三，有利于提高记者和编辑的业务水平。

如果有定期报道讲评制度，责任编辑自然会重视讲评时要"言之有物""言之有据"，在日常工作中既会特别关注每篇记者来稿的质量，又会关注整体报道的好坏和阶段性倾向，通过讲评，好的得到及时鼓励和发扬，问题或消极倾向得到及时纠正。这对不断改进和完善国际报道有百利而无一害。

讲评不仅是编辑的自我提高过程，尤其有利于提高记者的报道水平和写作水平。讲评的范围其实很广，从报道策划到政策把握，从稿件写法到遣词造句，都能使年轻编辑和记者从中受益。这与优秀文学编辑能够培养出优秀作家的道理是一样的。

（7）联系记者。保持与驻外记者的经常性联系是编辑日常工作必不可少的内容。属于日常业务、稿件处理、事实核对等急务，要随时通过电话或电报与驻外记者联系。属于阶段性业务交流，包括对记者一个阶段工作的褒贬评价，可以通过业务信的方式沟通。这就要求编辑要对自己分工联系的记者的报道情况、来稿质量和稿件处理情况等了如指掌。

及时同记者沟通，可以避免记者和编辑之间产生不必要的误会或矛盾。有人说记者和编辑是"永恒的矛盾"，不是"人对人的矛盾"，而是"岗位对岗位的矛盾"。这种说法是有一定道理的，也是经验之谈。很有说服力的解释是：当你做驻外记者时对某编辑的意见，几乎同这位编辑和你换位后的意见完全一样。唯其如此，更需沟通。

（8）编辑和写作能力。作为国际新闻编辑，熟悉编辑业务无疑是应尽的本分。就新闻业务的整体水平而言，编辑应该高于记者，一般来讲也确实高于记者。编辑的业务权限更大于记者，再有资历的大记者也没有权利对哪怕资历很浅的小编辑发号施令，相反，再小的编辑也可以对大记者发出报道指示，原因很简单，任何编辑都不是以个人名义，而是以编辑部名义发出报道指示的。"大记者、小编辑"之说是没有道理的。大编辑的学识修养和文字功力往往是要让大记者望其项背的。

目前我国的国际新闻编辑几乎没有"终身制"的。除极个别情况外，绝大多数都要轮换做驻外记者，因此都是"采编合一"的复合型人才。这就要求国际新闻编辑既是编辑，又是记者；既能编稿，又能写稿。

有些重大国际问题的述评和评论通常要编辑来写。这既有对国际问题综合研究水平的考虑，又有驻外记者时间缺乏的考虑，也有保护驻外记者的考虑。如果让某驻外记者写一篇骂（批评）驻在国的评论，那就等于要他永远离开那个国家。

二、怎样当国际新闻编辑

这个问题首先涉及编辑的修养：道德修养、职业修养、学识修养。编辑修养是编辑应具备的一切素质中最基本也是最主要的素质。因此，要想做一名合格的新闻编辑，必须从编辑修养谈起。

这就又回到做编辑和做人的关系问题：做人是第一位的，做编辑是第二位的，做人的品格决定做编辑的品格。做国际新闻编辑和做驻外记者一样，需要具备良好的政治素质和业务素质，何况实际上国际新闻编辑和驻外记者常常是同一个人扮演的两种角色。

就政治思想而言，实际工作对国际新闻编辑的要求应该比对驻外记者的要求更高、更广。如果一名驻外记者的政治思想水平比较低，其错误报道或错误观点还有编辑把关；如果他的政治立场有问题，充其量是"离职出走"。可是一个握有发稿大权的编辑可以为错误报道和错误观点开绿灯，可以让它们上报纸版面、上广播、上电视，让错误观点占领舆论阵地，广为流传。孰重孰轻显而易见。

所以，毛泽东提倡"政治家办报"。就新闻的政治属性而言，每个编辑都应该是政治家。

但就怎样做国际新闻编辑这个话题，我特别想强调编辑修养。编辑修养是编辑的修身之本、立业之基。

首先是道德修养。自觉要求自己有甘做蜡烛的精神境界，燃烧自己，照亮别人，做无名英雄。说做人的最高境界是"无欲无求"，那是指不该有之欲望，不适当之要求。既然选择了新闻编辑为终身事业，就是选择了一种人生、一种人格。新闻编辑就是一种默默无闻的事业，一种专门为他人作嫁衣的人生，一种淡泊名利的人格。

编辑是什么？是服务：为记者服务，为读者服务。新闻编辑以自己的诚实劳动，替记者加工初级产品，为读者加工精神食粮。编辑以"变废为宝"为快事，以"点石成金"为己任，以作嫁衣为乐事，以成就他人为光荣。无名是编辑，出名是记者。不过，这不是绝对的。实际上古今中外"名编"

可能多于"名记"。

其次是对记者劳动的尊重与宽容。驻外记者发回的报道不都尽如人意，有的甚至令人失望。尤其有些初出茅庐的年轻记者，基本功不过关，但又大多"自我感觉良好"，发回的稿件要么选题不当，要么新闻要素不全。有的看似不能用，有的可用可不用，不加工是废品，加工可能变成品。扔进废纸篓还是提笔修改，常系于一念。

这时最需要的就是对记者的宽容和对记者劳动的尊重。最好能换位思考，设身处地替记者着想，理解＋谅解。要分析某篇来稿没有写好的原因是什么：主观原因还是客观原因？如果是主观原因，那么是责任心问题还是水平问题？不管哪类问题，都应从关心和爱护的角度出发，与记者沟通。如果是客观原因，多半是可以理解、可以原谅的，如时间实在太仓促，分社数据资料不全，甚至工具书不够等。

最忌一见到不满意的稿件就心里不耐烦，有的编辑甚至一见到某记者的稿件就反感，宁肯"一刀砍死"，不肯"刀下留情"。编辑是医生，对待"问题稿件"也要"救死扶伤"，凡能"抢救"的稿件，应一律尽力"抢救"。一般原则应该是，对于可用可不用的来稿要尽量编辑加工使其被采用。

最后是对社会、对读者的责任感。新闻编辑对稿件的取舍，不能凭一己之好，首要的是遵循新闻规律，尊重社会和读者需要。如果单纯从编辑责任角度看，某些新闻稿件写得不好或不够好、没有新闻价值或新闻价值不大，都可以"枪毙"了事；但如果从社会责任角度看，就不能这样简单处理。

上面说尊重记者和记者劳动，那只是一个方面。还有另一方面，就是要尊重读者。尊重读者就是心里时刻装着读者，尽量向读者提供更新、更快、更多的新闻信息。心里有读者，你就会尽心尽力"抢救"每一篇稿件，加工好每一篇稿件。

更不能沽名钓誉、窃取别人的劳动成果，如署名。

所以，新闻编辑的道德修养天然地涵盖着职业修养，职业修养是编辑人格的集中体现。体现在什么地方？在我看来，就体现在如何使用手中的"笔权"：稿件的取舍权、文章的修改权和发稿权。不是有"有偿新闻"吗？不是存在形形色色的"新闻交易"现象吗？不是有关系稿、人情稿、广告稿之类的见诸报端吗？有的新闻编辑甚至只要看到与其有个人恩怨的记者来稿一律"挥动板斧砍杀之"。生活中，不讲职业道德的记者有之，编辑亦有之。

新闻编辑应遵循的最高法则是新闻规律。离开新闻规律就谈不上什么新闻道德或职业道德。既然新闻编辑的职业道德集中体现在如何运用手中的"笔权"，这就要求新闻编辑必须牢牢树立正确的笔权观。新闻编辑的笔，一端要向记者负责，另一端要向读者负责，同时要向社会和国家负责。

要想做到，要能做到"三负责"，新闻编辑不仅应该全面提高自己的政治修养、道德修养、职业修养，还必须加强自己的知识修养。但我常想，做一个合格的、高水平的新闻编辑的确不是件容易的事。新闻编辑既应是一个德才兼备的人，又应是一个知识和能力的综合载体。

一般来说，新闻编辑，尤其是在领导岗位上的新闻编辑，综合素质只能比记者高，不能比记者低。你的政治和政策水平、对中央精神的领会、对报道思想的把握、对国际形势的了解，都应该高于、广于驻外记者；你拥有稿件的生杀予夺大权，你的新闻敏感要更强、文字水平要更高、知识面要更广。

由于新闻编辑业务要接触各个领域、各个方面的知识及其最新发展和最新成果，所以新闻编辑的知识面实际上应该是无限的，当然是相对的无限。而知识只能一点一滴地积累。所以国际新闻业务要求国际新闻编辑成为知识渊博的杂家。至少你要知道碰到新知识领域的新问题向谁去求教。为了一个专业名词术语要向许多专业单位和学者打电话咨询的情况是经常发生的。最重要的一点是，对任何自己没有搞懂、没有弄清的信息都决不能放行。

作为国际新闻编辑，每天都要同来自世界各地的新闻稿件打交道，全部精力都花在编辑业务上，即把好"三关"（政治关、事实关、文字关）。事实上，花费时间最多的是文字关，即稿件的修改、加工、润色。这是新闻编辑日常最基本的工作，也是初学者最关心、最感兴趣的话题。因此，我想基于自己 20 多年纯新闻编辑工作的经验，谈一谈有关新闻稿件编辑的一些具体问题。

1.画龙与点睛。一般来说，驻外记者发回来的都是成品稿。所谓成品稿，是指稍加整理即可编发的稿件。尤其是曾经在国内编辑部做过多年编辑的、经验丰富的驻外记者的来稿，除了有些明显的"匆忙痕迹"外，是无须做文字加工的。这里说的整理主要是技术性的，如电头时间是否要改动，电尾是否有记者附言，计算机传输中有否变字、错字等。当然，专名的核对还是必不可少的。

总之，驻外记者发回的是画得完整的"龙"，但其中有的可能没有来得及"点睛"，有的虽然点了"睛"，但位置可能不够准确，"眼珠"可能不够明亮。这时最需要的是编辑的"点睛"功夫。

"点睛"就是要迅速找出"新闻眼"，点在标题和导语中。编辑的重点尤其要放在标题上，因为再有经验的记者由于时间紧迫、出稿仓促，多半来不及在标题上仔细琢磨，有的甚至干脆将标题空在那里，明摆着是让编辑"填空"。所以，通常是记者"画龙"，编辑"点睛"。当然，既然是"点睛"，就不是画蛇添足，更不是狗尾续貂。

2.点铁成金（一说点石成金）。原本是说古代方士有所谓"还丹一粒，点铁成金"之术，后来比喻将别人的辞章略加改窜，顿然改观。关键是要牢记，功夫在"略加改窜，顿然改观"上。

真正的编辑高手往往只动几个字，甚至一个字，就可以让原文生辉，提高原作的档次。大家都知道"推敲"的典故：当年贾岛赴京，驴背得句云"鸟宿池边树，僧敲月下门"，先想到推字，后想到敲字，犹豫难决。后来还是韩愈帮助他锁定了敲字。一字之差，大异其趣。

所以，编辑在改稿时，改动不在多，而在精。我在改稿时只坚持两条：一是去掉原稿中的"匆忙痕迹"，二是只改非改不可的字句。

即使对年轻记者的来稿处理，我也尽量坚持这两条。第一，你不可能每次都替他重写；第二，不要设想给记者一个样板，让他一次性提高到某种水平，水平的提高不是靠一两篇稿子，而是记者"悟性"积累的渐进过程；第三，改得越少，越能引起记者的重视，也越有助于年轻记者树立自信。

如果来稿质量太差怎么办？我的做法是：打电话告诉他重写、怎么写？并认真负责到底。这样做的效果，不仅有利于记者提高写作水平，还使他感到采用的稿件仍然是他自己写的，他越有成就感，也就越对编辑的提携心存感激。

3.加工而非再造。新闻编辑既不是新闻产品的生产者，也不是新闻产品的回炉再造者，而是新闻产品的加工者，并且只是加工者。

在新闻产品的流水线上，编辑所处的位置就是加工环节，主要任务就是对产品进行加工，不是制造或再造。有的新闻学著作认为编辑的工作是再创造。我不否认新闻编辑付出的劳动经常是再创造性劳动，但我不认为新闻编辑应该承担再创造的义务。

有些新闻报道甚至是很有分量的采访报道，因为记者的政治水平或业务水平所限没有写出应该达到的水平或者没有达到预期效果，这时在资深编辑的策划和指导下，推翻了重写，乃至重新采访重新写。编辑不仅策划指导，还亲自参与写作。但不管你参与写作的程度有多深，我仍然认为编辑只是参与了再创造，付出了再创造性劳动，却不能说编辑的职责由此变成了再创造。这犹如许多文学编辑造就了作家，帮助作者策划、修改、再创作，但只要最后出版的作品没有他的署名，他就不是小说的作者，他只是出版社的编辑。

如果编辑与记者一同重新采访，重新写作，即使最后不参与署名，你也事实上做了一回记者，而不仅是编辑。如果你没有参与采访，只参与写作，那也是替代记者完成了记者而不是编辑的工作。

新闻编辑的定位既然在加工环节，所付出的一切劳动就只能是加工性劳动。那么，如果不是选题不当或观点错误，你就没有权力将记者的来稿废弃，自己重起炉灶。我觉得，一个成功的编辑，应该严格把握自己的定位。可惜，很多新闻编辑常常有意无意地忽略这一点。

4.尊重个性，保护风格。常言道："文如其人。"大凡成熟的记者都不同程度形成了个人的写作风格，文风中透着鲜明的个性。这与作家的风格很相似：鲁迅的风格决不同于郭沫若，贾平凹的风格也决不同于王朔。有人写文章喜欢文笔犀利、锋芒毕露，有人则喜欢娓娓道来、含蓄婉约。有人善写消息，有人善写通讯，有人善写述评。可以说，没有个性便没有风格，没有风格便没有记者，尤其没有优秀记者。

新闻编辑必须善于尊重记者的个性，保护记者的风格。将不同记者的来稿都"编辑"成没有了自己个性和特色，一律统一到编辑的自我风格上，这是蹩脚的编辑。

好的编辑应该帮助记者形成自己的风格。这就要求编辑在实际工作中，通过稿件了解记者的水平、特点、个性、长处和短处，包括其语言风格、遣词造句习惯、写作技能等。对不同层次、不同风格的记者要区别对待，帮助其发扬长处，克服短处。

同时编辑要有自知之明，了解哪些记者水平高于自己，哪些记者水平与自己相当，哪些记者水平低于自己。这样才能在编辑稿件时做到心中有准绳，下笔有分寸。

编辑水平的高低不在对记者稿件改动的多少，而在改动得好坏。依我之见，新闻编辑对新闻稿件的改动越少越好，要改就是非改不可。这么说，是不是"小编辑"就不能改动"大记者"的稿子呢？当然不是。事实上每天都在改，每天都可能发生编辑同记者的摩擦。但化解矛盾的主导权在编辑手里。

对于资深如彭迪的高级记者的稿件，应该开放"绿色通道"。可不可以、能不能够做必要的改动呢？可以，也能够。

第一是消除"匆忙痕迹"。驻外记者每天各种事务缠身，疲于奔命。真正用在报道和写作上的时间不会超过工作时间的三分之一，能集中两个小时写稿就谢天谢地了。加上要抢时效，四平八稳、边喝茶边写稿的机会是奢侈的幻想，所以写稿总是难免匆忙。匆忙容易出现的问题一是"笔误"，尤其使用计算机后，五笔输入法容易造成字形"笔误"，拼音输入法容易造成同音字"笔误"。二是为了省时图快而不适当地使用简称，如将戈尔巴乔夫简称戈氏，将巴布亚新几内亚简称巴国，有时甚至是故意留给编辑的"填空"。三也是为抢时间出现一些明知故犯的错误，尤其手写时，经常用些不规范的简化字，如用左上角部分代替餐字，用尸字下加一横代替展字，用弗字代替费字等。还有时因为不熟悉规范的译名方法，将外国的人名、地名和组织名称的英文专名照录稿内等。四是匆忙中缺乏对语言的推敲，难免出现少许修辞和标点符号方面的疏忽，如的、地、得不分，断句不当等。所有这些"匆忙痕迹"是很容易察觉、很容易抹掉的。

第二是改非改不可、动非动不行。水平再高的记者，也有"打盹"的时候。常言道，四条腿的马还有失前蹄的时候，何况两条腿的人乎！错别字要改正，专有名词要核对。有的稿件从记者所处的局部看没有问题，但从全局看可能不合时宜；记者写稿时的观点是正确的，但发到编辑部后可能因形势或政策突变不符合最新报道精神，或要扣发，或需改写，这个关就是编辑必须要把住的。

即使是一般记者的来稿，编辑动笔修改的字数或篇幅比例通常也以不超过原稿的十分之一为宜。只要不是见习记者的稿件，就不要改成"大花脸"。如果要改，除个别情况外（如时效不允许），都应对记者说明原因，提出具体改写建议，让作者自己重写。动辄另起炉灶、越俎代庖，我以为是编风编德所不容。

编辑在尊重和保护记者写作风格的同时，特别要注意维护记者的语言风格。改动后的文字一定要与原稿的整体行文风格一致，与上下文严丝合缝、水乳交融。如果让人一眼就能看出编辑修改的痕迹，那就不能说是成功的编辑。例如，在流畅的新闻语言中突然出现一两句半文不白、拽拽呼呼的文字，你就会觉得那是铁锅上的锔子，衣服上的补丁。还真有这样一位编辑朋友，很喜欢改别人的稿子而又不顾及原稿的风格，总给人画虎不成类乎犬的感觉。十次有九次我都要将他改动的文字划掉，将原文恢复。

还有一点就是照顾每个人的修辞习惯。一句话可以这样说，也可以那样说，都合乎语言规范，都不影响意思表达。为什么你非要改成自己习惯的表达方式呢？倘若记者问你改动的理由，你能做出令人信服的回答吗？为编为文要学会宽容，什么都凭一己之好，只用一把尺子衡量一切，那不是编辑，而是编辑匠，笔杆独裁。

5. 作风严谨，一丝不苟。这是当编辑的本分。新闻编辑不仅要对自己经手编辑的稿件有高度责任感，还要有良好的编辑作风，有板有眼、有规有矩。就连使用编辑符号这样的事，都一丝不苟、十分讲究，字迹清晰、卷面整洁。一是编辑符号要用得规范准确，二是要圈点勾画疏而不乱。如果你编辑过的稿件除自己之外别人看不懂、理不清，那就只有对不起：重新抄写。

如今编辑电脑化了，似乎没有卷面问题。电脑编辑虽然好处多多，但也有很大弊端。最大的弊端是上级编辑看到的只是下级编辑处理的结果，而看不到下级编辑的编辑过程，即具体改动情况。终审编辑要想了解记者原稿在整个编辑流程中的变化，不仅要调阅原稿，还要调阅层层编辑稿。如果稿件篇幅比较长，要想看清各个编辑稿之间以及各个编辑稿与原稿之间的差别与改动的文字，就不是件容易的事了。

所以，要想成为一名优秀编辑，必须要有优秀的编德和良好的编风，两者缺哪个都不行。

（节选自陈启民著《国际新闻教程》，天马出版公司 2007 年版）

关于新闻述评写作之我见

　　许多国家通讯社和政府机关报都设有国际评论员、政治观察家的专业职称，我国一直没有。间或有过临时性的集体"评论班子"，使用集体笔名，但成员具专职评论员资格。国际新闻评论，包括新闻分析和新闻述评，都是根据实际需要和业务分工，由记者和编辑撰写。由于新闻述评或新闻评论政治性强、影响力大，导向作用强，对作者的政治和业务素质要求都比较高，所以写作者通常都是经验丰富、资质深、文笔好的"高手"。

　　国际新闻写作须遵循从简到繁、从易到难的循序渐进原则。这样说，并不意味写好动态新闻是件简单容易的事。但同所有其他新闻体裁相比，消息毕竟是最基本的，因而是新闻写作的基础。

　　新闻学将评论和消息、通讯并列为三大新闻体裁。但我始终认为，驻外记者的看家本领还是写好新闻，尤其是动态新闻。写通讯和评论是厚积薄发、水到渠成的事。

　　动态消息、综合报道、新闻综述、新闻分析、新闻述评、新闻评论——这是一个螺旋式上升的阶梯。但上阶梯总得从第一个台阶开始，一级一级地上，不能跳更不能飞。但现实生活中不少年轻朋友往往容易心浮气躁、好高骛远，总想一夜成名，结果是欲速不达。这样的例子应该说不算少。由于新闻业务基础没打好，基本功不扎实，把握全局的能力和分析问题的深度都不够，虽然天天都想写出一鸣惊人的文章，但一辈子也没出过彩。

　　国际新闻述评和国际新闻评论虽然同属一族，但两者的区别还是明显的。前者重在运用事实说明观点，后者重在针对事实阐明观点。

一、关于新闻述评的定位

新闻述评属于新闻评论范畴，其内容和结构界于新闻综述与新闻评论之间，故兼有新闻与评论的特点：一边叙述新闻事实，一边对新闻事实发表议论，即通常所说的夹叙夹议。但叙和议不是半斤八两，叙是躯干，议是大脑。新闻述评，形述实评，其形在述，其意在评。没有评，就成了新闻综述。但评在述中，评寓于述。就篇幅结构来讲，述为主，评为辅。就内容实质来讲，述为虚，评为实，"虚多实少"。

有的新闻学专著说"重心在评"，那应是就内容而言，不是指篇幅。就篇幅结构而言，我赞成"七分述三分评"。以评带述（以观点带材料），以述托评（材料托出观点），述到其位，评在其中。

新闻述评主要是用事实说话，适当点评，点到为止，不必展开议论，浓缩的事实本身就具有评论功能，正所谓"事实胜于雄辩"，"此处无声胜有声"。虽然也有评多述少的例子，但我终觉那不大适合国际新闻述评。如果述的部分单薄、材料不足、事实不够，而评论一大堆，让人感到评论缺乏依据，读起来理不直气不壮，那就是述得不到位，评得不得体，就是失败。

但新闻述评中的述，不是对事实或事件的简单描述或对已有报道内容的简单复述，而是在大量综合研究、深入分析的基础上对事实或事件的高度概括，并得出相应结论。这种高度概括和分析能力充分反映记者或编辑的调研功底和政治水平。可以说，重大题材的新闻述评是记者或编辑把握事态发展、驾驭国际局势能力的集中体现。

由于作者必须对所述内容烂熟于心、对所评论据成竹在胸，所以"述"要用最凝练的新闻语言、经过提炼的事实素材、概括性的叙述方式和逻辑严密的思维方法，恪守"真实、客观、公正、全面"的原则，首尾贯通，主题鲜明，述得有据，评得有理。

新闻述评中虽然有评，但评不是凭空发挥或"合理推断"，而是必须立足新闻事实，并通过对大量事实高度概括的逻辑叙述表达某种观点或意向。

评的手法必须客观，作者应避免赤膊上阵以第一人称说话，可以适当用"人们有理由认为""国际舆论认为"或"此间观察家认为"，而不要说"我认为"或"记者认为"，尽管谁都知道是"笔者认为"。有时作者从头至尾没有说一句公开挑明自己观点的话，但不等于作者没有明确的观点。观点和看法是事先就有了的，写述评就是为了表达观点。但方法是：以观点带动事实，以事实说明观点。换句话说，新闻述评就是用客观手法，借事实的嘴，说自己想说的话。

二、关于新闻述评的特点

第一，题材比较重大。国际新闻述评与国际新闻评论不一样，首先是对象。新闻评论的对象可大可小，大到世界局势，小到凡人逸事，宏观、微观均在评论之列。至于配合新闻报道的时事短评，容量更是有限，题材要小些，角度要窄些，篇幅要短些，往往是一事一评、就事论事。

新闻述评就要讲究题材和分量，不是大事小情都可以拿来述评一番的。够述的对象才能评，够评的对象未必有内容可述。所以新闻述评的题材大多是国际社会普遍关注、关系世界大局、地区局势最新发展和变化的，涉及一个国家特别是大国整体形势阶段性发展的，至少是某国政治、经济、军事等某个领域最新变化的题目，当然首先是世界或地区热点问题。

诸如中东局势的最新发展、北约空袭前南地区、美国发动伊拉克战争、欧洲局势的演变、美俄关系的变化、普京的大国战略、非洲面临的挑战、中亚"三股势力"破坏地区稳定、世界经济发展的主要趋势、国际贸易面临的主要问题等，都是事实本身和影响力比较大的选题。像"巴黎剧院发生火灾""孟加拉国发生沉船事故"之类的孤立事件，就用不着又述又评，除非背后隐藏着迷人的故事。如果针对题材比较小，但有一定新闻价值并受到广泛关注的新闻事件，写一篇"新闻分析"可能更合适。

第二，新闻性比较强。顾名思义，国际新闻述评是对国际新闻进行述评。新闻性是第一位的。如果今天某报纸发表一篇关于伊拉克局势的国际新闻述评，没有人会感到奇怪，但如果突然冒出一篇关于越战的述评，读者就会怀疑总编辑是不是脑袋进水了？

不管评述的对象是什么，一定要内容新、素材新、观点新。即使时间跨度和材料容量很大的题材（如苏联解体、战后国际格局演变等），也要选择最新的素材论述最新的观点。"炒冷饭"是吊不起读者胃口的。新闻述评一定要突出新闻性。

第三，概括性比较强。重大题材的新闻述评往往时空跨度大、内容涵盖面宽、素材来源广、文章结构比较复杂，不仅要求作者有较高的驾驭形势、驾驭材料、驾驭文字的能力，更要有较强的消化材料、提炼观点、综合归纳、分析和概括的能力。

通常公开发表的新闻述评以不超过1500字为宜。要在有限的容量内述得全面，述得透彻，述得有条有理、有根有据，要的就是概括的功夫。

第四，手法必须客观。述评，述评，以述见评。一般作者不会站出来直接发表评论，更不会大段发表议论。所述内容应完全由观点统率，每一句、每一段无不解读作者要表达的观点。

述评的全部素材都来自调研成果，来自对事实的概括和提炼，无一字杜撰，无一句虚构，禁得起推敲，禁得起审查，不怕任何人挑剔和质疑。述得有据、述得客观，评得有理、评得中肯。

三、关于国际新闻述评的意义

国际新闻述评在整个国际新闻报道中的地位举足轻重，其作用是怎么评价也不会过高的。它在许多方面拥有纯新闻评论本身不具备的优势。

第一，述评题材广，凡重大题材均可述评。而评论的题材相对要少。事实上，国际新闻述评在数量上远比国际新闻评论多得多。

第二，选题自由度大，受国际政治和外交关系制约小。而评论就要敏感得多，所以选题需小心谨慎。

第三，跨度大而完整性强。由于述评覆盖面宽，时空跨度大，囊括的内容广，无论涉及某个方面、某个领域、某个阶段、某个时期、某个问题、某个事件，都能给读者一个较为完整的交代，让读者有较为客观公正的看法。

第四，知识性、可读性强。一篇关于苏联经济形势的新闻述评，至少应该让即使对苏联情况所知甚少的读者，也能对苏联解体这样重大历史性事件的背景和原因有个大致了解。许多读者对国际问题和国际形势的了解，都是靠读新闻述评不断积累的。所以，国际新闻述评应该成为一般读者了解国际形势，获取国际知识的重要来源。

由于新闻述评有述有评，有事实有观点，深入浅出，可读性强，且原始数据大多是长期调研的成果，因此无论对普通读者还是专业读者都有一定的吸引力。

第五，撰写国际新闻述评最能锻炼和提高从事国际新闻报道的记者、编辑的调研水平、综合分析能力、语言概括能力和新闻写作能力，也是培养记者、编辑形成工作扎实、作风踏实等良好素质的有效手段。

从国际新闻写作的角度，如果问我十八般武艺中最基本、最重要、最能表现功力的是什么？我会毫不犹豫地回答：一、动态新闻，二、新闻述评。

四、关于国际新闻述评写作要领

这里想就个人经验体会，谈几点写作国际新闻述评需要注意的问题，也可以算作写作要领。但只是个人管见，可能是狭隘经验主义，未必对所有人都适用。

（一）选题要准

选择你熟悉的题材，避开你生疏的领域。这叫扬长避短。

从事国际新闻报道工作的人都有自己的业务分工范围和主管方向，谁也不能包打天下。驻外记者的业务主管范围当然是他所驻在的国家和地区，如美国与联合国、俄罗斯与"独联体"、法国与西欧、以色列与中东、日本与东南亚、瑞士与裁军谈判等。编辑室有比较明确的主管范围，类似外交部的地区司。各个编辑也有对口的主管国家和地区，因为编辑和记者是定期轮换的，尤其小语种国家和地区，就那么三两个人，定向定点，进进出出，一辈子。

写国际新闻述评和评论自然要与你的业务范围和研究重点联系在一起，所以一定要选择你熟悉的题材，这样才能写起来底气足、把握大、材料熟、观点明。千万不要写你不熟悉的题材，即使题材再大、再容易扬名，也要顶住诱惑，不冒风险。

新华社越来越重视对外报道，所以以英语为主要工作语言的记者地区跨度越来越大。好处是接触面广，新闻视野开阔。但对不同国家和地区情况的了解相对肤浅，调研的深度和广度有限，不利于成长为某个地区、某个领域的国际问题专家。当然，这样的机动记者十分需要，他们应该在动态新闻报道方面多施展才华，也要知道自己能够写作新闻述评和评论的重点在哪里。

（二）想好想透再写

千万不要匆忙动笔。选准题材，理清思路，想好结构，组织好材料……总之要打好腹稿，甚至达到自己可以默念出来的程度，那就是你该动笔之时。

经验告诉我，尤其在写遵命文章时，对命题论点模模糊糊，观点不明确，思路不清楚，材料现抓，主题现想，下笔不知落何处，不下笔时间严相逼，不得已而"硬写"，结果没有满意的，交卷充其量是应景之作。

相反，反复斟酌，准备充分，深思熟虑的结果，必然瓜熟蒂落，笔下生辉。如果是茶饭不思，怦然心动，灵感催生，夺笔疾书，一气呵成的作品，定然不是精品，也是佳作。

（三）开头最重要

万事开头难，写文章也不例外。列夫·托尔斯泰写《复活》的开头写了七遍，一遍一个样，遍遍不满意。大文豪尚如此，况我辈乎？

写文章最是落笔难，难在开头。有一个满意的开头，写起来就能如行云流水，酣畅淋漓，仿佛文章不是想出来的，也不是写出来的，而是从笔端流出来的。心情别提有多爽了。你的感觉是，开头顺，接下来都顺，一顺到底。如果开头不顺，节节不顺，文章难产。写一句不满意，一张稿纸撕掉。重写一句，还是不满意，一张稿纸又撕掉。扔了大半纸篓还没写出满意开头的例子我是经历过多次的。摇头叹气，心烦气躁。有时仅仅因为第一个字写得不顺眼就会气呼呼地撕掉整张稿纸，实在罪过。现在有了计算机，真是功德无量，不知节省多少纸张。

开头写不好的原因，我琢磨主要有两个：

一个是没有进入状态，找不到感觉，气功用语叫没有"入境"。写文章需要"入境"，不能抄起笔来就写。所谓"入境"，就是进入写作状态。首先要静下心来，心不静则神不宁，神不宁则文思不动（不能启动灵感），更谈不上"泉涌"。有的人坐下来，先心平气静地点上一支烟，就是为了让精神集中，"入境"。

"入境"也包括无欲无求无杂念。是不是说得有点玄了？非也。无欲就是不要还没动笔，就想写出个"金娃娃"来，一鸣惊人。心存奢望，你就会脱离实际，过高估计自己的水平和能力，老想"语不惊人死不休"。如果你有这样的水平，那就用不着刻意去想；如果你没达到这样的水平，想也没用，越想越急，越急越烦，越烦越想不出词儿来。

无求不是没有要求，而是不要"苛求"。要实事求是，根据自己的水平和能力，根据对材料和观点的把握，尽量写得让自己满意就好。

写文章也要有自知之明，量力而行，量材（料）而用，不要贪大求全，贪大求全的结果常常是大而不全、大而无当。不要将只够作小文章的选题和材料摆出做大文章的架势。文章大小全凭选题和内容的需要，不是可以随意压短或拉长的弹簧。记住：先画好一花一草才能画出"满园春色"。

能做到无欲无求，自然就能做到心无杂念。不要想交卷后能不能顺利通过，不要想会不会被改成大花脸，不要想会不会被退回来重写。重写就重写，重写一次多一次练习机会有何不好？年轻人不要太把面子当回事。"只有没面子才能有面子"，今天没面子明天才能有面子。往小说，这是写作提高的必然过程。往大说，这就是人生成长的路。

心无杂念才能全身心地投入写作，才能最大最好地发挥出自己的水平。

当驻外记者或国际新闻编辑，要练"瞬间入境"的功夫。能在安静的书斋雅室里写作的机会毕竟不多，倒是身在闹市、人声鼎沸、电话频响甚至枪声大作的时候更多一些。在这种情况下写稿而又不能出差错，就要有"瞬间入境"的功夫，就像脑袋里安装了开关一样，往计算机前一坐，打雷听不见，地震无感觉。

开头写不好的第二个原因是对自己要写的述评或评论事先没有通盘考虑好就匆忙动笔。不是"文章在一起，消息在导语"吗？为什么开头起不好，导语写不好？关键是主题思想不明确，对整体结构布局事先没有设计好，心中无数，下笔无着。

第一句或第一段往往是文章的龙头，"牵一发而动全身"。特别是评论性文章，开宗明义，是最想说的话，也是最重要或者最有概括性的话。

为什么你把最想说的话放在开头？因为你事先已经知道后面还有好多话要说，怎么说。换言之，只有你事先对文章的整体结构和布局设计好了，甚至"一砖一瓦"放在何处你都已经了然于胸，你当然知道哪块砖最好，哪块瓦最重要，要把它们放在前头，才能压住阵脚，体现主题。

别人如何我不知道，反正我个人有这样的体验：拿起笔来迟迟落不下去，不是对主题思想朦朦胧胧，就是对全盘布局心中无数。解脱办法只有一个：丢下笔，想好了再写。有时干脆找同事一起讨论，你一言、我一语，理清思路，寻找主题，"一不留神"，忽然谁的一句话令你茅塞顿开，你的心情顿时开朗，眼睛一亮，直奔写字台。

八千里路云和月 | 驻外记者随想曲

（四）标题需用心

世间有无题歌、无题诗、无题画，但还没见过无题文章。文章的标题就像店铺的招牌，昭示自我，招徕顾客。好的标题让人赏心悦目，充满诱惑，想不看都不行。

我这里不想强调标题对文章的重要性（那是尽人皆知的），而是想强调写文章要重视标题。搞国际新闻报道，任务多、时间紧，能及时赶写出评论或述评已属不易，标题好赖，就看大脑皮层第一反射了。更有偷懒者，信手"安"上一个，让编辑部去想更好的吧。

无可指责，但可商榷。"自己开店铺，请人写招牌"的情况虽然常见，但如自己能写岂不更好。给文章命题有时比给孩子起名还难，给孩子起名起码可以查字典，给文章命题无典可查。

关于标题制作，这里想补充点个人作文定题的一点经验，因为我确实有过这样的经验：一是写评论或述评前没有想好题目，文章迟迟不能动笔；二是文章完成后，迟迟想不出满意的标题，没法交卷。实践告诉我，文章标题可以"前定"，也可以"后定"。

什么情况下"前定"？一种情况是"遵命作文"，事先定好了题目，不能改动。这是"命题作文"，作好作不好都得作。这种情况不多。另一种情况是事先自己想好了题目，对文章的主题思想、主要观点、结构布局都十分清楚，成竹在胸，所差就是个"一吐为快"，落实到文字的问题。这种情况下写作，主旨明确，思路清晰，不会偏题跑题。

什么情况下"后定"？不是事先心里没谱，也不是主题不明，而是对写前定下的题目不满意或感到不理想，想找一个满意理想的标题又一下子找不到，或者来不及，只好想个大体八九不离十的题目先放在那里，权当"准标题"，待文章写完了再推敲标题。

有时候搜尽枯肠也想不出一个好题目，又没有时间苦等，那就干脆先作"无题文章"，写完后再定题目。但对写什么、怎么写还是心知肚明的。"无题"是无标题，不是无主题。

说来也怪，标题往往就产生在你写完最后一个字的瞬间。有时在你的

·408

文章将要结尾时，你会觉得随着"孩子"的出生，名字也起出来了。你会如释重负般，甚至迫不及待地在文章的前面加上一个满意的标题。因此，如果你在动笔前没有理想的标题，不要为此浪费时间和情绪，文章诞生后，总会有理想的标题出现。

"标题怎样才算最好？"套用一句眼下时髦的话回答："没有最好，只有较好。"就是在你能够想到的题目中选择一个最令你满意的。我没有像广告中说"只有更好"，因为那是同你已经确定的标题相比，可能或一定还会找到更好的，所以你的选择只能说比较好。

《实用新闻写作》一书为新闻和新闻评论的标题框定了四条标准：

——准确，即准确概括消息或评论的内涵。

——凝练，即简单明了地传达消息或评论的内涵。恩格斯说："标题愈简单，愈不费解，便愈好。"

——生动，即"像漂亮的眼睛一样能勾人"。

——鲜明，即鲜明的导向性（不是所有标题都需要态度鲜明）。

这四条标准无可挑剔，但总觉得这是理论家的总结，不是实践者的体验。事实上，记者和编辑在琢磨标题时，很少有意识地权衡这四条标准。以我个人的体验，选择确定标题的主要考虑是以下各点：

——切题，紧扣主题。离题万里无论如何算不上好标题。

——新颖，不落俗套。尽量不用别人用过的标题，不捡被人用滥了的"大路货"。

——有神韵，浓缩着思想和意境。这条比较难，唯其难而愈显其贵。

——有节奏感，即诗律乐感。看起来赏心悦目，读起来朗朗上口。这条不容易，也不算难。有文学功底的记者编辑占优势。

——有特色，即个人风格。"文如其人"，标题也不例外。鲁迅文章的标题风格与郭沫若绝不一样，看《人民日报》的某些评论标题，即使没有署名也知道出自毛泽东的手笔。为什么？因为鲁迅、毛泽东的文章都有鲜明的个人风格，并为广大读者所熟悉。

选择标题须避免"泛化"倾向。常常看到有人一时找不到紧扣主题的标题，便拿来流水线生产的"预制件"，"放之四海而皆准"。说它不切题，但也不离题，说它扣题，但又不紧。用之不可心，弃之不可惜。一顶帽子，张三戴不大，李四戴不小。

这是"泛化"倾向，懒汉营生，如"××刍议"，"××之我见"，写新人当政便"任重道远"，写新政权便"机遇和挑战并存"，写形势便"复杂多变"，写斗争便"道路曲折，前途光明"。选这样的标题不大费心思，不用费脑子，但没有个性，就等于没有自我、没有特色。没有特色的标题，同没有特色的文章一样，没有吸引力。

五、关于国际新闻评论

国际新闻评论不同于新闻述评，它总是以某种事实或事件为由头，借题发挥，发表言论，表明态度，阐明观点。

《实用新闻写作》一书说：新闻评论是新闻媒体的旗帜，大写着新闻媒体的世界观和价值取向。它是新闻媒体解释世界、评判事物、申明观点、表达态度的最主要形式，是新闻媒体意志的集中体现（康文久主编：《实用新闻写作》，新华出版社 2002 年第 2 版，第 436 页）。这无疑是正确的。

美国报业大王普利策说："我的《纽约世界报》虽然有巨大篇幅，有许多栏目，但是我最关心的是社论版。我采用种种栏目吸引读者读社论。"（见《美国新闻史》第 16 章）。另一位美国报业巨子、曾任《曼彻斯特卫报》主编 50 年之久的斯科特也说，"社论是表达报纸行为的基本手段"，"是报纸存在的基本理由"。我国著名政论家胡乔木说："评论是报纸的灵魂"，"没有评论就不算是报纸"。

我们党及其领导人毛泽东、刘少奇、周恩来等都十分重视社论和评论工作。毛泽东明确指出："精心写作社论是一项极重要任务……第一书记挂帅，动手修改一些最重要的社论，是必要的。"（1958 年 1 月 12 日"给刘建勋、韦国清的信"，见《毛泽东新闻工作文选》，第 202 页）。他们还身体力行，亲自为新华社、《人民日报》撰写、修改大量社论和评论。

（一）新闻评论的特点

新闻评论有新闻性、说理性、针对性、政治（政策）性、（观点）鲜明性五大特点。这些特点不难理解，但这里要强调的是新闻性。

新闻性是新闻评论区别于其他政论文的主要标志。新闻评论毕竟属于新闻家族，它所评论的对象不是一般历史、政治、经济、军事、文化，而是与新闻相联系的新形势、新变化、新动向、新事件、新人物、新鲜事、新风尚等，总之，与"新"有关。因此，新闻评论要求很强的时效性，并有引导舆论的作用。

没有时效性的评论不是新闻评论。往往遇有国际重大事件或突发事件发生时，为了抓住时机、先声夺人或引导舆论、以正视听，在收到驻外记者新闻报道的同时，编辑部就会要求前方记者同时配发短评。如果一线记者来不及写，编辑部会当即指定某主管编辑连夜赶写。

短评，顾名思义，要短，短小精悍。短评要新，新鲜独到。短评要活，生动活泼。

因为短评通常都是配合新闻报道而发表的，对新闻报道有相当大的依附性，不能离开报道的事实和内容另发议论。短到什么程度？一般以不超过500字为宜。短评的目标要集中，论点要鲜明，语言要精练，行文要流畅。写作时要凝思聚神，一气呵成。要想好了再写，写起来一笔贯到底，切记不要写起来再想或边写边想。

——短。新闻短评的论题要具体，角度宜小不宜大。抓住一件事、选好一个角度、集中一个主题、阐明一个观点，这就足够了。千万不要贪大求全，"穿靴戴帽"，要开门见山，直入主题。力戒空话、套话，或半文不白地臭拽。尽量不用自造的简称，如"巴"：巴基斯坦、巴勒斯坦、巴布亚新几内亚、巴拉圭、巴西，到底是哪个"巴"？文字稿至少第一次出现时要用全称。而广播电视稿压根儿就不该用简称，听众有时听了半天也没搞清是哪个"巴"。

——新。题目新，新颖有吸引力；见解新，新鲜独到。

——活。生动活泼，可读性强。语言活，文字活，文风活。

（二）国际新闻评论的任务

同其他论说文一样，新闻评论的构成也有三要素：论点、论据、论证。一般论说文的特点和写作方法我这里不必重复。

国际新闻评论的主要任务是什么？似乎还没有人专门研究过。我的粗浅看法是：

第一，运用辩证唯物主义和历史唯物主义的方法，对国际局势的最新发展和国际关系的最新变化做出实事求是的判断，并引导国际社会对这些新发展和新变化有比较清醒和一致的认识，从而掌握驾驭世界全局的主动权。美国、俄国、中国的国际新闻评论莫不以此为要，施加国际影响。

如战后世界格局的变化、战争与和平力量的转化、核武器与世界力量平衡、两大阵营和两极世界、"一超多强"和多级化趋势、世界经济全球化和区域经济一体化、和平与发展是当今世界的主旋律等。

第二，通过对国际局势和国际事务的分析评论，宣扬本国对外政策主张，为本国外交战略服务。

国际新闻评论是新闻为外交服务的集中体现。尽管西方极力宣扬新闻独立和中立，但新闻的政治性决定国际新闻评论（乃至整个新闻报道）不能超越国家外交政策的底线而乱发议论。美国在惩罚那些"危害国家利益"的记者和新闻媒体方面比任何国家都毫不手软。

一篇新闻评论甚至一篇新闻报道可以化敌为友，也可以化友为敌。因此，就重大国际问题发表新闻评论的主要新闻媒体常常被视为官方立场的代表是毫不奇怪的。我国公开宣称新闻媒体是党和国家的"耳目喉舌"，只不过是在特定历史阶段强化新闻的政治性而公开道出了新闻媒体的本质功能而已。

第三，新闻评论常常是国际关系变化和外交行动的先导。

美苏关系的变化，美俄关系的发展；中美关系、中日关系、中欧关系的变化和发展，几乎每一步，每个关键时刻都有国际新闻评论在充当舆论先导和舆论推动的角色。这也是我们强调舆论导向作用的重要原因之一。

第四，配合国际斗争和外交斗争，揭露和批驳帝国主义、霸权主义、强权政治等言行和表现，声援世界各国人民的正义斗争，替"第三世界"伸张正义。

配合外交斗争的新闻评论永远需要，但必须尊重国际规则和新闻规律，发挥国际新闻的政治作用和外交作用而不是将新闻政治化和外交化。

第五，向国际社会说明真相、澄清误解、驳斥谣言。

通过国际新闻评论对国际社会不了解、不清楚的真相加以说明和披露，如西藏真相、新疆真相、边界冲突真相等；对国际社会存在的误会、疑问加以解释和澄清，如中国对第三世界的政策、"中国威胁论"等；对造谣诬蔑、恶意诽谤、肆意攻击等加以驳斥和反击，如"人权"问题、"疆独"问题及类似"银河号"问题等。

这类新闻评论常带有论战性质。如 20 世纪 80 年代初期新华社驻美国记者彭迪同美国乔治敦大学战略国际中心主任雷·克莱因和《华尔街日报》等就台湾问题的反复交锋。论战性新闻评论政治敏感度高，要求记者有很高的政治水平和写作技巧。没有编辑部授意或同意，记者不能擅作主张，参与火药味很浓的论战。

在为通讯社、报纸撰写社论和评论方面，毛泽东堪称典范。他在 1949 年为新华社写的《丢掉幻想，准备斗争》以及其他关于美国国务院白皮书、艾奇逊信件的评论乃是国际新闻评论的经典之作。

（三）如何学写国际新闻评论

这同"如何写国际新闻"一样，是个永远得不到完美答案的问题。虽然不是无规律可循，虽然不是无技巧可言，但仁者见仁，智者见智，"各家有各家的高招"。就我个人而言，除需全面提高自己的政治素质和业务素质外，想从实践角度强调三点：一靠学习，二靠实践，三靠总结。

先说学习。读书看报，必须善于学习，作有心人。初入国际新闻大门，对一切都感到陌生和新鲜，尤其对于学外语出身的人来说，没有接受过系统的新闻学教育，也没有经过哪怕短期的新闻实习，新闻 ABC 全靠从实践中摸索、体会、了解、掌握。先天不足只有后天弥补。弥补的办法就是努力学习，学习，再学习。

最初免不了"临摹"。20世纪60年代可不像现在这样，从计算机里就能调阅国内国外全部新闻稿。那时每天能看到的一是《参考资料》，二是头一天的英文或俄文油印新闻稿。我的办法是，将新闻稿中和《参考资料》中自己喜欢并认为写得好的不同体裁、不同题材、不同写法的新闻稿剪辑下来，分门别类装订成册，作为案头样本，以备"临摹"之用。

但工作起来，时间紧迫，自己编写稿件的速度本来就慢，哪还容你慢腾腾地翻找样本？所以你要对自己的样本很熟才行，这就得常翻常看，或贴上标签，便于查找。翻不是一般的翻，看不是一般的看。要研究什么样的新闻，人家是怎么写的，标题怎么写，导语怎么写，主题各个段落怎么写，怎么过渡，怎么衔接？同样题材的新闻有几种写法，各种写法的特点是什么？开头是照葫芦画瓢，慢慢也可以灵活变通，有点自己的特色了。

写新闻述评和评论是几年后的事。当初连想都不敢想，认为那离自己还远，是老编辑、老记者的事。但总有一天自己也要成为老编辑、老记者，你不写让谁写？所以，我又认真研读别人的文章，特别是《参考资料》上的文章。

看老同志的文章从中琢磨"中国特色"，如选题立论的依据和角度、见解新在何处、材料是否典型、主题是否鲜明、论证是否恰当有力、遣词造句各有什么特点，尤其要从字里行间体会作者的政治或政策考虑：为什么这样说而不那样说，为什么用这样的提法而不用那样的提法？

读《参考资料》是学习"洋特色"。我看参考不是当资料读，不光是了解内容，而且研究形式，不光了解人家写了什么，而且研究人家怎么写。有时读李普曼、左尔扎、布热津斯基、欧文、茹可夫、马耶夫斯基等人的国际新闻评论会读得入迷，从头至尾反复研究文章的结构特点、逻辑特点、语言特点和独到见解。通常人家的思想比较活跃，思路比较开阔，文字比较潇洒，语言比较轻松幽默，行文流畅而富节奏感。这些特点我都注意在自己的写作中学习运用。

如果说新闻同行比较认同我的新闻作品"文笔比较活""文章比较有文采"的话，那么我要告诉你这个秘密，我的第一位老师是《参考资料》。

总之，这是向书本学，从"临摹"向"写生"过渡。

其次是向别人学，向有经验的老编辑、老记者学。学习的方式不外两种：一是勤送多改，二是勤问多听。

初学者的作文总要交给老师修改。修改的学问很大，看你是否用心领会。年轻时别人说我比较傲，我辩称"那是傲骨，不是傲气"。傲气倒是有一点的，但在学习上我从来不傲。一个肯学习上进的人，学习态度是不会傲慢的。

我的方法是：一看人家怎么写，二看人家怎么改。不管作者你认不认识、熟不熟悉，别人写的国际新闻评论我都认真阅读，注意发现别人的长处和特点，并且边读边想，如果让我写同一个题目，我会怎样写，什么地方会比人家差，什么地方会比人家好。这样，才会从新闻写作的角度有真收获。

至于自己的文章，别说初学写作，就是老把式，也不要怕别人修改。有的人比较护短，"自己的文章好，别人的婆娘好"。这实在是想不开。谁敢说他的文章就一字不能动？就是"爱发少年狂"的"老夫"苏东坡也没这么说过。便是大诗人郭沫若还自解嘲说："郭老不算老，诗多好的少。"说某人的文章"加一字多，减一字少"，那不过是出于对作者的尊敬和赞誉，哪里真的认为一字不能动呢。

自己的作文光不怕别人改不行，还要主动争取让别人多改。不要以为你不怕改别人就愿意给你改，也不要以为老字辈的就应该给小字辈的改作文。一个是人家要多花很多时间，二个是改稿可能有意无意得罪人。那是要有"甘为他人作嫁衣"精神的。所以小字辈要先学会理解和尊重老字辈。

再说，人家总不能问："小×，稿子写好了没有？写好了让我来给你修改修改？"所以，你要主动，主动送，主动说"麻烦您费心修改"

这类的话。

话是这个话，理是这个理。真正做到"虚怀若谷""不耻下问"也不是件容易的事。那是一种很高的修养、很高的境界、很成熟的表现。实际上，越是年轻需要别人帮助改稿时，越有一种不情愿让别人修改自己稿子的心理。不是行动上"不情愿"，是心理上"不情愿"。

心理障碍来自何处？来自我以前讲过的——做不到"无欲无求无杂念"。杂念是什么？是"会不会通不过，打回来重写？""会不会改个大花脸，让我面子难看？""会不会认为我水平低，没有培养前途？"

想得很多，想得很累，想得毫无意义。其实，你写得越多，越说明你勤奋；送得越多，越说明你好学；被改得越多，越说明对你看好，越了解你的进步。试想，一位好老师从来不会拒绝为学生修改作业或作文，恰恰相反，正是在改作业、改作文、判卷子过程中了解并发现人才的。同样，记者和编辑的才能正是在新闻写作实践中被了解、被发现的。

记得有过这样的情形：不知为什么，我将"只少"错当"至少"并在自己的稿件中一再重复使用，虽经多次纠正未引起注意。一次一位老字辈在审稿时好像自言自语："真怪，改了多少次还是'只少'！"她并不晓得我当时就坐在身后，但我却知道这是在说我。我听了心里一动："可不是改了多次嘛，怎么我就没注意呢？"一为自己的粗心懊悔，二为老字辈的敬业心感动。从那以后我告诫自己：送审后的稿子不仅要看，而且要认真地看，一字不漏地看。不仅注重大处，还要注意细节。我至今感激那位老字辈的不经意牢骚，她让我一辈子不再重犯类似错误。

我举这个例子是想说，光愿意让人修改还不够，还要尊重别人的劳动，珍视为你修改的每一个字。

有没有改得不如原稿，甚至改错的地方呢？当然有。改错的地方自然要提出来改正。至于改得可能不如原稿好的地方，最好的办法就是不介意。我认为，十处改动，有五处比原稿好，就是好。有一处比原稿好，也是好。能用就好。归根到底，最终和最大受益者不是为你修改作文的老师，而是你自己。"不要太将自己的稿子当回事"，生闷气，闹别扭，甚至出言不敬，都是跳不出自我的迂腐。

以上是说勤送多改的好处。再说勤问多听的好处。上面那个例子也是听来的好处。

记者或编辑写稿，尤其是写新闻评论或新闻述评，需要多方面的知识积累和知识修养。对一个领域、一个国家、一个地区乃至世界全局了解的深浅，全靠你下的功夫多少。即使你的知识再丰富，经验再多，你也不可能"万事通"。你总有不了解的领域、不熟悉的国家、不明白的问题、不知道的答案。

有的同事在同一个国家或地区常驻十几年、几十年，研究一个国家或地区几十年甚至一辈子，确实算得上专家，但像"战胜了德国法西斯、能与美国平起平坐的超级大国、有七八十年建设成就的世界第一个社会主义国家苏联怎么就一夜之间分崩离析了呢？""几十年的东欧社会主义国家怎么就像多米诺骨牌一样稀里哗啦一下子就都垮掉了呢？"这样的问题，无论东方还是西方，至今没有人拿出全面深刻的、令人信服的答案。现有文章或专著基本都是对既成事实的解释，而不是从源头到结局的分析。

我说这些是想表明，要把大千世界上的哪件事解释清楚、论述明白都不容易。即使你是某方面的国际问题专家，光靠个人智慧也常觉力不从心。在这种情况下，你就要多问多听多请教，靠集体智慧补充个人智慧之不足。办法可以是自由聊天，可以是集体讨论。事实上新华社国际部各个编辑室就是这么做的。

从材料到观点，从结构到布局，都会从集体探讨中找到最佳方案。有些国际新闻述评或评论本身就是集体智慧的结晶。我曾以"郭萍""季伦"等笔名执笔过多篇国际评论和述评，因为那是当年的"国际评论组"集体讨论的。作为执笔者，你就要多问、多听，并将你自己预料在写作中可能出现的问题和疑点一一提出来，讨论解决。这样，你才能集中大家的智慧，顺利执笔完成写作。就是我以"晨曦"的笔名发表在《人民日报》上的文章，也不完全是我个人的独创，不是经过同事修改，就是经过领导审阅的。

大凡在写题材比较大、要求交稿不太急的稿件之前，无论在国外还是国内，我都会找几位有研究的同事详细商讨，总是受益良多。他们或提出新观点，或提供新材料，或印证你自己的想法，都为你写好一篇评论或述评添砖加瓦，增强信心。

再说实践。文章是一字一句写出来的，不是看出来的。这是最简单不过的真理，可惜只适合勤奋上进的人。对于懒汉，说多了白费气力，听多了白费时间。

评价记者、编辑的成功与否，虽然不能仅以其新闻作品的数量多少论英雄，但一生写出多少有分量的报道、多少有影响的文章，毕竟是重要标志。

新闻和文学两者都是人类的精神食粮，新闻好比一日三餐，文学好比生猛海鲜。哪个对人类更实际、更重要？不言自明。君不见如今许多企业家的书橱里摆满了专供展示的精装"四大名著"之类，而每天真正看的还不是电视新闻和网络信息？

我的意思是，一旦选择了新闻事业，就要准备义无反顾地为这个事业献身。可能中途会改变主意、改变方向，但在这之前你还是要死心塌地地"爬格子"。有了这个大前提上的共识，我们才好切磋怎么做好驻外记者、怎么写好新闻和评论的问题。

在我看来，提高新闻写作水平的最佳途径就是实践，实践，再实践。不是一般地实践，而是勤学苦练地实践。前面已经讲过"勤学"，现在该讲"苦练"。

如何苦练？

一练"坐功"，就是坐得住板凳。如果像小孩子学钢琴那样，没弹上三分钟就借故上厕所开溜，不是做文章的料。

二练"静功"，平心静气，精神集中。心里老长草的人也不是做文章的料。

三练"苦功"，夏练三伏，冬练三九。挑灯夜战，不知疲倦。

四练"持功"，坚持不懈，坚持到底。反复写，不停地写。不怕失败，不怕稿子被"枪毙"。得写什么写什么，小题目不拒，大题目不怕。说得通俗点儿：只要能坐得住椅子，静得下心来，肯吃苦熬夜，执着地一篇一篇写下去，再年轻的媳妇也有熬成婆的那天。做什么事都是"一回生，两回熟，三回得自由"。区别只是各人灵气不同，"出道"有快有慢、有早有迟。

这是我个人的体会，也是长期观察的经验。多少新闻写作稚嫩的青年经过锲而不舍地努力，几年工夫变成"多产作家""笔杆子""台柱子"。除其他因素外，重要的一条就是敢于实践，坚持实践，直至成功。

三靠总结。总结成功的经验，总结失败的教训。人生要善于总结，不善总结的人不会进步得快。新闻写作也一样。上面说"十年媳妇熬成婆"，那是时兴早生早育、娶童养媳的封建时代，如今提倡晚生晚育，多为独生子女，"熬成婆"要等多少年啊。所以，光靠"苦练"一条道跑到黑不行，要走快捷方式，辟蹊径。

我的快捷方式、蹊径就是认真总结正反两方面的经验。每写一篇稿子要总结，每隔一段时间要总结，每过一个时期要总结。总之，经常总结，尤其注重反面经验，如为什么那一篇稿子被"枪毙"了？为什么那一段被删去了？为什么那一句被改动了？

过去条条框框比较多，文风也比较僵化。我是个不太遵守清规戒律的人，尤其在文风上，总想冲破"新华体"的束缚，搞点"自由化"。但冲破"新华体"并不容易，也不简单。那是要冒犯传统，冒犯权威的。我深知正面突破很难，于是想出了侧面迂回的战术：在继续用"新华体"为新华社写稿的同时，用散文化笔法给报纸写国际新闻综述、新闻述评。

几篇之后，新华社国际部有了反响："这样的稿子为什么我们自己不能发，流到外面去了？"我窃喜，开始把散文化笔法注入"新华体"。

一篇篇试探,一步步总结。前一篇小剂量注入,通过了,后一篇加大剂量,如此这般,直至被完全接受。

当然,个人探索没有"大气候"的变化是行不通的。"大气候"来自穆青1982年的"散文化"号召。从此,文风改革蔚然成风。

(原载《国际新闻写作》,中国传媒大学出版社2007年版,略有删节)

第四编

人物·翻译

南观墨人及其书法

一个佛字让我们结缘，一个寿字让我们忘年。佛字养心，寿字养身。情深意笃，尽在不言。

他性格内敛、不苟言笑，一脸忠厚、一身质朴，低调做人、高调做事。他是南观墨人石聚智。

陇原赤子、中国当代著名书法大家石聚智为何自号南观墨人？本想当面问他，但每次见面话题很多，这个问题竟忘了问。于是，只好自己猜度。"墨人" 好解，当是书法家的自谦之词。"南观" 呢？想必是出自王羲之所书之《草诀百韵歌》罢。歌曰"作南观两甫，求鼎见棘林"。"南观"便成了"墨人"决心师法书圣，写尽三江水的励志符号。

石聚智迷上书法，要感谢他的高中老师宋远景。宋老师写得一手漂亮的楷书，即使用粉笔写在黑板上，也放射着书法的光彩，横撇竖捺每一笔都吸引着石聚智的目光，在这位 17 岁中学生的心田里埋下神秘的种子——书法艺术的种子。这颗种子在他的心里逐渐生根、发芽，直至开花、结果。即便是动荡的岁月也未能让他放下手中的毛笔，丢开王羲之、王献之、柳公权和褚遂良等书法大师的碑帖。废寝忘食痴迷于读帖、临帖、心练和笔练的石聚智对窗外"造反""打倒"之类的呐喊声充耳不闻。

不过，石聚智毕竟不是不食人间烟火的圣贤，生活把他从书斋无情地推向社会，并鬼使神差地将其变成商海的弄潮儿。不知商海深几许的他，凭着闯劲和干劲，从文秘、财会等一路小跑，直奔集团公司总裁的宝座。

岂料，不习水性的石聚智呛了几口后很快被海潮抛回岸边。常言道，无奸不商。一个一无城府二无心计，只讲厚道不加设防的人只有上当受骗的份儿。几年下来好不容易打下的家底，外被扒光、内被掏空，除了手中的大哥大什么都没剩下。名噪一时的集团公司董事长一夜间成了无业游民。从此石聚智开始了噩梦般的日子。

外人的冷嘲热讽可以不介意，亲友的白眼着实令人心痛。常言说男儿有泪不轻弹，万念俱灰的石聚智则是欲哭无泪……他甚至想到要不要告别红尘，遁入空门。寝不安席，食不甘味，终于大病一场。痛定思痛，为了让自己沉下心来深刻反思，石聚智又提起了阔别3年的毛笔，在墨香中寻求心灵的安宁，在纸砚中寻找迷失的自我。

但是，此时的石聚智穷困潦倒，囊中羞涩得连买纸买墨的钱都没有。没有笔，就将海绵整形后和木棍绑在一起制成"羊毫"巨笔。没有纸和墨，就用地当纸以水代墨，蘸水写地书。没有书案，他就把外面的水泥平台画成田字方格，权当师帖的水写布。就这样，日复一日，年复一年，笔耕不止。别人还以为受了严重刺激的石聚智精神失常了。"嗟呼，燕雀安知鸿鹄之志哉？"他自解嘲地想。

天道酬勤。勤奋刻苦的精神与坚韧不拔的意志一旦结合，就会产生核聚变般的能量，使他在书法道路上一往无前，勇猛精进。终于有一天，石聚智仿佛冥冥之中得到天启，心中忽然打开了一扇天窗，眼前一亮，发现文房四宝不再是消磨时间的工具，而是磨砺意志的法宝；不再是自我逃避的港湾，而是通往艺术圣殿的天路。原来，书法才是自己的安身立命之所，才是苦苦追寻的精神家园。他似乎完成了精神蜕变，由形而下走到形而上。他豁然开朗，哦，"天生我材必有用"，南观墨人从此生！

重新振作起来的石聚智全身心地投入砚湖墨海，驾着妙不可言的线条艺术风帆驶向理想的彼岸。

《赤壁赋》《兰亭序》《心经》，既是书帖瑰宝，又是启智华章。他一遍一遍地看，一遍一遍地揣摩，一遍一遍地默念，一遍一遍地感悟，真是到了废寝忘食的地步。"月出于东山之上，徘徊于斗牛之间"，正是他挥汗临帖如醉如痴的时候。"浩浩乎如凭虚御风，而不知其所止；飘飘乎如遗世独立，羽化而登仙。"《赤壁赋》让他陶醉得浩浩乎，飘飘乎，哪里还分得清白天黑夜呢？同样，《兰亭序》让他"仰观宇宙之大，俯察品类之盛"，大千世界，叹为观止，哪里还顾得上吃饭睡觉呢？

默诵和书写《心经》的过程则是心灵净化的过程。他在一遍又一遍抄写"观自在菩萨，行深般若波罗蜜多时，照见五蕴皆空，度一切苦厄"。他在写这段话的每一个字、每一笔时，都在体悟人生的价值，思考人生的意义。这让他明白了只有色受想行识"五蕴皆空"，才能超越尘世苦厄的道理。而"色不异空，空不异色；色即是空，空即是色"的佛语更让他对人生有了参禅悟道的认识，对宇宙有了明心见性的理解。可以说，是书写和感悟《心经》将他最终引入佛门。

说来也奇。一日做梦，梦见了自家的祖坟。但见一鹤发童颜、长髯飘胸的老翁送给他一块石头，石头上浮现一尊佛像。佛像双肩各呈现两个字。醒来越想越神奇，心眼越看越真切。他顿时醒悟，白须翁把刻有佛像的石头送给他，分明是指引石姓的他皈依佛门，并明示他传承、弘扬、发展中国传统书法。

清风止水，皓月禅心。他真的开始诵经打坐了。心中有佛，笔下自然有佛。每次习练书法，都会情不自禁地写起佛字来。万千汉字，偏对佛字情有独钟。一日一位并非书家的米姓朋友对他说："你就好好练这个佛字吧，把佛字练好你这辈子就成功了。"

说者无心，听者有意。石聚智不仅专心写佛，而且潜心学佛，阅读佛经，书写经文。在读经中感悟，在书经中修心。所以他才有了这样的体验："写字时必须心无杂念，有杂念就写不好。"话虽简单，却道出了书法艺术的最高境界：用笔写的是汉字，用心写的是书法。有道是："达摩西来一字无，全凭心意用功夫，要在纸上求佛法，笔尖蘸干洞庭湖。"几年来，仅一佛字，石聚智就写了上千幅。他的字不仅是潇洒的墨迹，自由的线条，更是情的寄托、意的写照、志的追求。所以，才能达到出神入化的地步。

佛门弟子眼中的佛字不再是凝固的方块字，而是灵动的象形符号。字由心生。因为心中有佛，加上笔艺精湛，意到气到，气到笔到，所以他的佛字神采飞扬，充溢灵气和动感。他看到，那分明是一位虔诚的信徒在躬身事佛，"弓身苦作蛹，两腿曲中涉"，而最后挺拔苍劲的一笔化作参天大树，顶天立地，落地生根。常人写佛字是五笔，而石聚智写佛字是三笔，因为从运气和转腕的节奏来说，那确是三笔一气呵成。

因为虔诚，因为敬重，南观墨人决不允许自己随意挥毫，信手书写佛字。对他来说，写佛即是请佛，请佛即是拜佛。所以，这是件庄严而神圣的事，要有严格的程序才行。于是，石聚智尊奉佛法，选择初一、十五这两个日子，寅时伊始，沐浴更衣，焚香拜佛，坐禅诵经，直至卯时才开始准备笔墨纸砚，继之以恭敬之心、感恩之心、纯净之心和宁静之心，屏住呼吸，聚全身气血于笔端，力透纸背地将一个神采飞扬的佛字中堂一气呵成。佛字上加盖"佛光普照"之大印，并为永登清凉寺嘉样丹昊尼玛寺主德活佛供奉加持百日，开光后传赠弟子石聚智。佛字中堂配有一副对联：上联曰"佛法中天"，下联曰"禅心如雪"。字字笔笔都流露出书家对佛陀哲学思想的深刻感悟：正而不邪，觉而不迷，净而不染。他书写的《心经》长卷和"厚德载物""心清闻妙香"等条幅都是他"禅心如雪"情怀的写照。

而他的龙字、寿字等都无不张扬着粗放、遒劲、流畅、灵动的书法风格，也无不显示出二王的神韵，遂良的风骨。

石聚智说，书法和歌星表演不一样，后者追求热烈的气氛，前者需要恬淡宁静的气场。有次在中国台湾的书法笔会上，200人屏息凝目，鸦雀无声。让他感受到一种前所未遇的天地相接、人神共筑的气场，仿佛有股宇宙之气醍醐灌顶般进入身体，让他进入一种通体升华，似我非我、有我无我的状态。正是在这种状态下，醉眼蒙眬中走出一尊顶天立地的佛来。石聚智感到，那佛字不是他手执毛笔写出来的，而是巨大的气场磁力牵动着毛笔画在宣纸上的。

可以说，一个佛字确立了南观墨人在我国书法界的地位。所以，他的佛字中堂不仅台湾佛光寺收藏，兰州市永登清凉寺收藏，甘肃省永昌金山寺净空法师经堂收藏并悬挂，更被国内外成百上千有佛缘的人所珍藏。

成名后的石聚智自然变成新闻媒体的"狩猎"对象，中央电视台、甘肃省电视台、兰州市电视台以及本省和外省的大报小报记者趋之若鹜。但石聚智面对记者的摄像机和照相机时似乎总是一副无动于衷的面孔。面对大报小报的追捧，他也总是淡然处之。不苟言笑、不善辞令的他总是说"没什么可说的"，即使说一点，也总是不得要领。殊不知，佛家弟子是以谦卑为训的。

谦卑之上是慈悲。石聚智没有正式职业，没有固定经济收入，也就谈不上有钱，他唯一的财富就是字，就是书法。凭着这唯一的资本，他热心参与公益和慈善事业。他不喜欢出头露面，但却经常出现在公益或慈善机构组织的笔会上，参加现场义卖活动，为大西北贫困山区的孤寡老幼筹集善款。

他还热心于两岸文化交流，并获得"海峡两岸文化交流大使"的美称。他得到的荣誉称号很多，但最珍视的还是"中华优秀书法家"的称号，因为这才是本真的他。

石聚智在扎扎实实练好基本功的基础上，专攻行草。他说，一个人不大可能行草隶篆样样精尖，只有专才能精。他喜欢行草跟他的性格爱好有关，更与他对行草的认知有关。他认为从社会意义上看，行草比较受大众欢迎，接地气，有人缘。从书法艺术角度讲，行草书中有画，画中有书，是书画的完美结合。它纵横飘逸，神采飞扬，刚柔并济，雅俗共赏。既不像楷隶那样束手束脚，又不像狂草那样放浪形骸，所以无论风流雅士还是市井草民都喜欢。

2013年石聚智创建的"书香阁"正式挂牌。"书香阁"不仅受到广大书法爱好者的关注，而且得到甘肃省兰州市各级领导的支持。南观墨人已经成为甘肃省的一张文化名片。但草根出身的石聚智对功名利禄无所萦怀。他心中只有佛法和书法。

书法之于石聚智是理想更是信仰，是追求更是圆梦，是物质更是精神，是生活更是生命。

（原载 2015 年 7 月 5 日《兰州日报》）

作家·战士

1991 年诺贝尔文学奖获得者、南非女作家内丁·戈迪默（1923—2014）

　　她在接受缪斯的呼唤提起纤笔写春秋的同时，就以战士的姿态投身反种族主义斗争的洪流。她的每一部作品都直刺南非现实的痛点，直接或间接地揭示种族主义罪恶，深刻地反映生活在种族隔离制度下的黑人和白人的内心痛苦，以及他们为种族歧视制度所付出的沉重代价。她不仅善于描写畸形社会的心理变态和人性扭曲，而且敢于正面歌颂反种族主义的正义斗争以及为此英勇献身的黑人战士。她史诗般壮丽的作品荣获1991 年诺贝尔文学奖。

　　她就是南非白人女作家内丁·戈迪默。

戈迪默 1923 年 11 月 20 日出生于南非约翰内斯堡附近的金矿小镇斯普林斯，先后就读于教会学校和著名的威特沃特斯兰大学。父亲伊赛多是立陶宛人，犹太移民，钟表匠；母亲来自英格兰，也是犹太裔。

戈迪默的童年梦是当一名芭蕾舞明星，但因有先天性心率过速的毛病，母亲说什么也不允许她从事大量消耗体力的职业。于是，9 岁的戈迪默一脚踏进文学园地，迷上了小说里的动人情节和鲜活人物。她爱上了文学，并开始勤奋笔耕。11 岁时母亲干脆让她离开学校在家自修和写作。15 岁时她在《论坛》杂志上发表了第一篇短篇小说，以少年作家一举成名。1949 年，27 岁的戈迪默出版了第一部短篇小说集《面对面》，到 1953 年发表第一部长篇小说《说谎的日子》时，她已经是知名作家了，评论界称"南非文坛升起一颗明亮的星"。

迄今为止，戈迪默已经有 10 部长篇小说和 10 部短篇小说集问世，此外她还创作和编写了 3 部评论文集《黑人解释者》《基本姿态》和《今日南非创作》。

她的丈夫卡西雷是南非罗斯班克的艺术品商。他们有一儿一女。戈迪默自称是"白皮肤的非洲人"。她每天写作 4 小时。当她获悉被授予诺贝尔文学奖时，她正在纽约讲学。"这真是太突然、太令人激动了！"她说，她获得这项文学奖的提名已经 15 年了，她早已"放弃了希望"，"真是不期然而然"——用一句传统的中国诗句就是"无心插柳柳成荫"吧。

戈迪默是荣获诺贝尔文学奖的第一位南非作家。跟其他名人一样，她既有热诚的崇拜者，也有卖力的贬损者。对来自南非文苑的非难和来自南非官方的中伤，她早已不屑一顾。她虽然不曾被投入监狱，但她的 10 部长篇作品和 200 篇短篇小说却在不同时期几乎无一例外地被检查机关列入禁书清单。就连被诺贝尔文学奖评奖委员会誉为旷世杰作的《市民的女儿》等三部小说，也只是在不久前才被划出禁书之列。惯常的责难是说她的作品基调晦涩，缺乏幽默感。其实，笔锋犀利、主题鲜明才是她作品的真正特色。1988 年她在《每周邮报》上发表的短篇小说《郊区生活的神仙故事》，描写一个白人家庭在房舍周围安装了应有尽有的安全设施，以防来自"第三世界"的袭击。结果，这家的小儿子却因无意中爬进搅拌机而被活活搅死。可见种族隔离并不能给白人带来安全。

她的良知不允许她把南非描绘成玫瑰园，相反，锋芒所向总是那个令人不寒而栗的种族隔离制度。她出生在斯普林斯金矿区，从小目睹黑人矿工的悲惨遭遇。一颗小女孩稚嫩的心，自幼燃起对种族压迫仇恨的火焰。她直面生活，情思泉涌，笔端流出的尽是对黑人劳苦大众的同情。正因为如此，1991 年 8 月她第 4 次荣获美国黑人艺术委员会颁发的文学奖。

获奖作品名叫《我儿子的故事》，描写一个叫桑凡的黑人男子和他的白人女同事、一位反种族主义活动积极分子的爱情故事。诺贝尔委员会刻意强调授奖给戈迪默不是出于政治考虑，说"她参与政治，但从不让政治浸染其作品"。她本人也声明"我不是政治作家"，"但南非的现实生活太充满政治，以致一个普通人的肖像也摆脱不了政治尺码"。戈迪默 1988 年在一次出庭做证时，公开说曼德拉和坦博是她的领袖，她支持非洲人国民大会的武装力量"民族之矛"。

她是南非左派政治力量的宠儿，在反种族隔离斗争中一直很活跃。她是以黑人为主体的南非作家大会的发起者、资助人和公共事务书记，是反书刊检查行动小组委员会成员，是南非大学生全国联合会的公开赞助人，是非国大的成员，还是约翰内斯堡举行的新国家作家大会指导委员会的成员。

她是国际文坛上的活跃人物，在黑人读者中尤其享有崇高的威望。她以自己的作品使国际社会了解种族主义南非所发生的一切。多年流亡国外的非国大成员及其他反种族主义者如饥似渴地争阅她的作品，并从中了解到南非的现实。非国大在祝贺她获奖时说："戈迪默正是通过她的作品，同争取民主南非的斗争融为一体，是她表达了我国人民争取自由与和平的深情厚望。"非国大还高度评价对这位卓越的南非作家的奖赏，认为这是世界对所有坚持真理、尊严和自由的南非人的崇高礼赞。

她把 1991 年 8 月第 4 次获得的美国黑人艺术委员会文学奖的 1 万兰特奖金，分赠给了南非作家大会和非国大文化部。当她被问及对巨额的诺贝尔文学奖奖金将如何派用场时，她不假思索地说，将用于鼓励和帮助南非作家，"尤其是黑人作家"。"她要与献身反种族主义斗争事业的南非作家们分享荣誉"。

（原载《瞭望》1991 年第 43 期，晨曦，写于哈博罗内）

温妮的浮与沉

温妮·曼德拉（1936—2018）

　　短短三周，温妮·曼德拉经历了被解职—被复职—再被解职的戏剧性政治浮沉，令局外人着实有点云遮雾罩之感。尽管她三年前就已和曼德拉分居，但温妮的名字出现多少次，曼德拉的名字就跟着重复多少次。她依然是曼德拉的合法妻子，却不是总统夫人。一年前，当曼德拉宣誓就任新南非第一任总统时，站在他身边的不是温妮，而是他们的女儿。

3 月 27 日，当曼德拉总统第一次宣布解除温妮的艺术—文化—科技部副部长职务时，他的表情严肃而凝重，他没有忘记称她为同志，他特别强调她在反种族主义斗争中所做的贡献。他显然想到——尽管他没有说出——她是曾与他共同患难的妻子，她曾以无私和炽烈的爱一次又一次抚平他心中滴血的创伤，她在他 27 年的漫长铁窗生涯中始终是他的感情寄托和精神支柱，最后又是她在 1990 年 4 月 11 日那个历史性的日子挽着他的臂膀走出监狱的大门。他在自己的回忆录中不止一次怀着深沉的爱谈到他对妻子的感激和骄傲。

可以想见，他做出这样的决定是出于怎样的无奈，他甚至带有几分伤感地说："我做出这一决定是经过深思熟虑的……我在使用我的权力时非常、非常的谨慎。"

但是，事情涉及的远不是他和温妮的个人恩怨，作为总统，他不能也没有权力不把民族团结政府的利益，也即国家的利益放在一切的首位。

现年 61 岁的温妮很早就成为南非政治舞台上的一颗明星，她有过辉煌的过去，她和丈夫一道，为反对南非种族隔离制度做过不疲倦的斗争，是南非妇女和青年运动的积极参加者和杰出领导者之一。作为黑人领袖曼德拉的妻子、助手和战友，她头上闪耀着与众不同的政治光环。

1958 年，有着一双明如秋水般美丽大眼睛的温妮成为反种族主义斗士曼德拉的妻子。她倾心他的理想，投身他的事业。不料，厄运很快降临到她的头上。1963 年，曼德拉被白人种族主义当局投入牢门，终身监禁。这足以击碎一个幸福家庭的打击却没能击碎温妮对丈夫坚贞的爱和忠诚，她独自承担起抚养一双女儿的重荷，她那柔弱的肩膀承受起接踵而来的屈辱、迫害、拘留、监禁……直至死亡的威胁。

痛苦锤炼了她的意志，磨难使她变得坚强。丈夫的信任和期待，非国大的爱护和培养，使她迅速成长为反种族主义斗争的杰出战士，她的声望与日俱增，纵然她显得过分偏执和激烈，甚至暴露出政治上的不成熟性，但是，她的执着，她的热情，她的胆量，她的献身精神，总会让人想到"有缺点的战士毕竟是战士，完美的苍蝇还是苍蝇"这句富有哲理的话。

严酷的斗争和与众不同的身份也总能唤起对她的同情和原谅。

或许，正是这些促成了她性格中消极的一面，并日益顽强地得到表现。特别是进入20世纪80年代以来，她变得越来越自信而固执，偏颇而激进，急近功而少远虑，重斗争而轻妥协，不善团结乃至我行我素。她经常发表一些与非国大原则立场相左的言论，采取一些与非国大政策不符的过激行动，使非国大陷于被动，迫使非国大领导乃至曼德拉本人不得不一次又一次地为她解围和挽回影响。

当她涉嫌卷入一桩谋杀案时，正是出狱不久的曼德拉亲自陪伴她走上法庭。由于她言论的偏激、行动的欠谨慎和作风的缺乏民主，她在非国大内外所惹的麻烦实在太多，这终于使她在1992年5月丢掉了妇女联盟主席等非国大内的一切职位。这对她不能不说是一大挫折。然而，温妮毕竟练就了战士的性格，遇险不惊，遇挫不馁，她暂时收拢锋芒而埋头致力于改善黑人居住区的生活。这使她赢得了普通黑人群众，特别是黑人青年的广泛爱戴，很快她重返政治舞台的中心，并在1993年再度当选非国大妇女联盟主席，在1994年5月南非民族团结政府成立时，她又被曼德拉总统任命为艺术—文化—科技部副部长。

可惜，温妮的刚愎自用和独裁作风有增无减，致使1995年2月妇联执委会的11名成员因难以与其共事而集体辞职。与此同时，身为非国大中央执委会和内阁成员的温妮不断放松对自己的约束，无视非国大和政府的纪律，一意孤行，我行我素。她不满曼德拉政府的务实政策，抨击它过分热衷于民族和解，从而给白人右翼攻击非国大提供了口实；责备它对迅速改善黑人的经济地位漠不关心，从而使不少黑人把本来不切实际的幻想和要求化作对政府的抱怨和压力；她不顾总统的警告和副总统的劝阻，擅自出国访问；她通过公开披露为接待英国女王访问耗费了多少开支，有意无意地起了煽动黑人群众对政府不满情绪的作用；她还多次卷入贪污受贿和腐败丑闻，乃至遭到警方的查抄和立案调查，尽管有时她可能是无辜的。

正是温妮自己把她同曼德拉和非国大的政治分歧从隐蔽变为公开，从内部变为外部，从而迫使曼德拉除断然行使总统权力外，别无选择。非国大在支持总统决定的声明中说，不管一个人有怎样的经历、威望和特权，她（他）都必须遵守非国大的纪律。在饱受 27 年的离别之苦后，曼德拉不得不于 1992 年 4 月 13 日宣布同温妮分居。这个决定显然出于政治原因，但长期的政见分歧不可能不影响到夫妻感情，在 4 月 15 日南非共前总书记哈尼碑的揭幕仪式上，他们已经形同陌路。难怪，政治家总是把政治放在第一位。

不过可以相信，失去副部长职务不会是温妮政治生涯的结束，桀骜不驯的温妮也不会甘于寂寞。她还是议员，还是非国大决策机构的成员，还是非国大的妇联主席，还是为数众多的黑人激进派的代表人物，她的影响和能量都不容低估。不管是沉是浮，温妮都是南非政治地平线上的一颗明星。

但是，如果离开曼德拉，这颗星将不再明亮；如果离开非国大，这颗星将不再发光。

（原载《解放军报》1995-04-20，《羊城晚报》1995-04-19，晨曦）

"我们博茨瓦纳的医生"

——记福建省援外医生许月容

　　贝尼塔·科诺茜由丈夫陪同，手持一束盛开的鲜花来到许医生的寓所。这对新婚燕尔的年轻伉俪，特意选择复活节星期天这个耶稣获得永生的吉祥日子，来向赐福给他们的中国医生表示感谢。

　　"杜麦拉！"许医生操茨瓦纳语一边问候"你们好"，一边赶紧迎上前去接过那紫的、蓝的、粉红的和白色的矢车菊花，张大鼻孔吸着醉人的芳香。

　　望着那卷曲的短发，黑黝黝的皮肤，雪白的牙齿，尤其那张洋溢着幸福的脸，许医生怎么也不敢相信，这竟是半年前来找她求医的那个嘴歪眼斜的黑姑娘。

　　23 岁的科诺茜是本地一家公司的打字员。一年前，正当她和现在的丈夫热恋时，一定是引起了赫拉的妒忌吧，使她一夜之间由一个美丽的少女变成丑陋的姑娘：左边的嘴角突然抬高了好多，左脸的肌肉也因之歪曲，左眼倾斜小了好多，而双唇再也不能正常闭合。

　　这突如其来的打击使科诺茜难以自已。她大哭大闹，诅咒命运为什么对她如此残酷。一个乐观活泼的少女从此心灰意冷，郁郁寡欢。她四处求医，毫无效果。半年过去了，嘴还是那么歪，眼还是那么斜。

　　真是天无绝人之路，听说本地来了一位中国女医生，颇有神通，一根针能治百病。科诺茜怀着试一试的心情找到了许月容医生。经过几次治疗，奇迹出现了，嘴不歪、眼不斜了，恢复了失去半年的青春美貌。

　　1986 年 3 月，许月容医生随中国福建省援外医疗组来到博茨瓦纳，被分配到南部城镇洛巴策的阿斯朗医院工作。

对于这块古老大陆的黑皮肤人民来说，针灸、拔罐，闻所未闻，见所未见。何况这位操纵神秘银针的医生居然是位女性，他们压根儿就不相信那么多男医生治不好的病，一个不用药的女医生能治好。不过，在病痛的折磨下，总有几个胆大好奇的人不惜冒险一试。

有敢试的就好。对许医生来说，第一件最重要的事就是需要病人给她机会，以便让她用那根富于弹性的针驱除他们眼中透出的逼人的疑虑。

一位急性腰扭伤患者—— 一次见效；

一位哮喘病患者——两次见效；

一位遗尿症患者——三次见效；

而对于那些关节痛、腰腿痛、肩周炎、坐骨神经痛、头痛等患者来说，可以说针到病除。

针灸神效被神话般地传开，求医者挤破门窗。他们来自周围地区，也来自邻国南非、津巴布韦。有普通平民，也有高官巨富。所有就诊者对针灸的神奇疗效，无不拍案称奇、赞不绝口。

两年来，许医生接治病患者28000人次，总治愈率达95%。

说来容易，做来难。对年过半百的许医生来说，困难首先在于说话。没有跟患者的语言交流，就谈不上行医治病。在博茨瓦纳当医生，至少要懂两种语言：英语和茨瓦纳语。对许医生来说，别说对茨瓦纳语一窍不通，对英语充其量也就是"洋泾浜"程度，何况非洲黑人讲英语，大多跟福建人讲普通话差不多。

着急、苦恼都没有用，只有先攻语言关，一字一字地学，一句一句地练。从能说一个单词加若干手势，到能说几个单词加一个手势，至少花去了一百个不眠之夜。她总是一边走路一边口中念念有词，了解情况的人知道她在刻苦学习语言，不了解情况的人以为她得了"失语症"。

生活在荒漠和丛林中的人们根本没有讲卫生的客观条件，酷热缺水的环境注定使他们浑身散发出臭汗味，医院护士都觉得无法忍受，轻者呵斥，重者赶走。许医生则对护士说："请不要对我的病人无礼。他们需要的是关心和治疗，不是厌恶。"她亲自为患者解衣服、脱袜子，在他们散发浓烈汗臭味的黑皮肤上扎针、拔罐，病人感动，护士们也为之动容。

许医生想到的不仅仅是医德，还有中国医生的形象，中国的形象！

1988年7月13日，由阿斯朗医院院长侯赛因先生签署的一份鉴定书写道：作为针灸专家的许月容以其工作证明，"她值得医院当局和社会公众表示满意"，"她在针灸和其他方面表现了高超的技术"，"她在短期内学会了茨瓦纳语并能用之与患者交谈，表明她有强烈的事业进取心"，并因此"被患者称为'我们博茨瓦纳的医生'"。

（原载1989年1月28日《福建日报》）

获中旅杯友好往来征文一等奖，见征文选集《我们播种友谊》，海峡文艺出版社1990年版。

"日记即我"

——托翁《日记》译后感

死去的列夫·托尔斯泰离我们越远，活着的列夫·托尔斯泰离我们越近。不仅因为他给我们留下了诸如《战争与和平》《安娜·卡列尼娜》《复活》等传世经典，还因为他留下一部约合 120 万字的日记，从而为后人了解和研究这位百科全书式的文学泰斗的生平和创作，提供了十分珍贵的资料。

《日记》既是他生平活动的有机组成部分，又是他文学遗产不可分割的一部分。

1985 年我和《中国戏剧》杂志社的蔡时济老先生着手合译《托尔斯泰日记》。因为此前我们合译过《托尔斯泰夫人日记》和《列夫·托尔斯泰长女回忆录》，承接《托尔斯泰日记》的翻译任务似乎是顺理成章的事，至于对这么大部头《日记》的翻译难度，耗费生命的长短，经济效益的多少等，连想都没想，唯一的想法就是把托翁遗产转交给中国文库，让关心和热爱托尔斯泰的人了解他一生的所见所闻所思所想。

蔡先生当年已是八十高龄，比我年长一倍，所以我理应称他"蔡老"。但他却一直拿我当"小老弟"相待。他那具有大家闺秀风范、和蔼可亲的老伴儿也让他们年龄甚至比我还大的儿子叫我"叔叔"。仅此一端，足见蔡家不愧是有高度传统文化修养的书香门第。可惜的是，我只译了《日记》开头的大约 20 万字，便被派赴非洲当常驻记者，把余下的 100 万字悉数甩给了蔡老。蔡老壮心不已，显然把翻译托翁日记当成了自己的"最后事业"，日夜笔耕不辍，"事业"完成了，他的心血也耗尽了，《托尔斯泰日记》成了他的"天鹅绝唱"。这越发引起我对托翁日记的怀恋。尤其当我去雅斯纳亚·波良纳拜谒了他那谦卑得不能再谦卑的绿草土坟后，我对他的崇敬顷刻化作崇拜。

《日记》真实地记录了托翁一生执着的思想追求，他对个人和社会的深刻思考，他在道德伦理方面的探索，他的生活经历和心路历程。托翁写日记，除个别间断外，坚持了一生，从1847年18岁上大学起，直到1910年82岁谢世为止。

《日记》的突出特点是真实、坦白。"日记即我"恰恰是它的巨大价值所在。如果说托翁青年时代的日记是追求自我修养和文学修养的话，那么自1855年起，更多的是从新的世界观出发对现实的思考，从而奠定了他的哲学和宗教道德学说的基础。

《日记》和托翁的全部遗产一样，反映了作家精神世界的复杂性、生活经历的悲剧性和世界观的矛盾性。无论作品还是书信，都不如《日记》那样真实地揭示了作家多方面的个性，他的欢乐和痛苦，他的精神悲剧和家庭悲剧。

《日记》告诉我们，青年托尔斯泰在爱情上是不幸的，他同阿尔仙耶娃的罗曼史表明，他对幸福的追求虽然热切，但却徒劳，不得不一再吞下失望的苦果。只有1862年和索菲娅的婚姻才给他带来前所未有的安宁和幸福，也给他带来文学创作辉煌的20年。《战争与和平》《安娜·卡列尼娜》的相继问世，不仅使他在国内外赢得巨大声誉，而且使他醉心于家道中兴。然而，在一个充满虚伪和不平的社会上，个人温饱的小天地岂能令他心安理得？无论盖世英名还是天伦之乐都不能熄灭他对罪恶现实的愤懑之火，也无法消解他内心的苦闷。

19世纪80年代之交，托尔斯泰经历了急剧的思想转变，开始了他人生的第二阶段。在长达30年的写作生涯中，个人生活变得复杂而富有戏剧性。他跟家庭，尤其跟妻子和儿子的分歧日益加深。精神和家庭的悲剧缓慢而不可抗拒地演进，使他饱受精神磨难，终于在82岁高龄，在一个漆黑的深秋之夜，从雅斯纳亚·波良纳悄悄离家出走，去追寻新的生活。

不料，他这一走竟成了与人生的永诀。

　　《日记》明确告诉我们，托尔斯泰的精神悲剧在于他的宗法制农民信仰跟他所处的现实环境无法调和。"由于在饥寒交迫的人们中间，我们却过着富足有余的生活，这种不平等现象使我越来越感受到几乎是肉体上的痛苦，而我又无法消除这种不平等。我生活的可悲隐衷即在于此。"——这是他 1907 年 6 月 10 日日记中的话。这让我油然想起杜甫的诗句："安得广厦千万间，大庇天下寒士俱欢颜！风雨不动安如山。呜呼！何时眼前突兀见此屋，吾庐独破受冻死亦足！"瞧，托翁和他的中国文学前辈的心是相通的，情怀也是一样的。

　　耐心阅读和品味托翁日记，不仅可以窥探托翁的全部生活、创作、爱情、家庭和友谊的内幕，而且能直接感受一个博大而又悲悯的灵魂，从而使自己的灵魂得到净化和升华。

（写于 1985 年）

父女情深深似海

——《托尔斯泰长女回忆录》译后感

　　我不知道世界上还有没有另一部子女回忆录，能像《托尔斯泰长女回忆录》这样，令人对心心相印的父女情深，对父爱如山和一个女儿对父亲精神世界的深刻理解如此感动。

　　19 世纪俄罗斯文学泰斗列夫·托尔斯泰说过："我以为，一个人能够写出的最重要和最有益于他人的东西，就是真实地叙述他所经历过，思考过，感觉过的东西。"他认为，回忆录的最高准则是真与信。

　　塔吉亚娜·里沃芙娜·托尔斯泰娅 – 苏浩金娜忠实地履行了父亲的遗训。她以惊人的毅力，以从父亲身上继承的巨大文学才华，尤其以饱蘸赤子之爱的笔触，为我们真实、生动地再现了托尔斯泰的日常生活，他的创作活动和社会活动，让我们不仅看到和听到了他的音容笑貌，而且对他的思想、信仰、欢乐、痛苦，他的复杂性格和精神世界，有了详细的了解和深刻的理解。她力排众议，对父亲最后出走的原因作出了客观、冷静、深刻的分析和解释。她的分析无疑最具权威性，最令人信服。诚如苏联"托学"专家希夫曼所说，"在作家的家庭成员中，恐怕除谢·里·托尔斯泰（作家长子）外，没有任何人的回忆录能够达到如我们在她的回忆录中所看到的那种真实、深刻和历史客观程度"。曾经做过托尔斯泰秘书的布尔加科夫说："唯独她善于把握分寸，能够真诚而顺利地找到在心灵上接近父亲和母亲的途径，即使在双亲反目时，她也能做到这一点。"

　　和许多关于托尔斯泰的回忆录相比，塔吉亚娜·里沃芙娜回忆录的最大特点是朴实无华，毫无雕琢痕迹。在她的笔下，托尔斯泰全然不是超凡脱俗的苦行僧，而是积极乐观、热爱生活的尘世凡人。他不仅是一位深刻的思想家和天才作家，而且是和任何类型的人都能谈得来的和蔼可亲的"老大爷"。他喜欢打猎、滑雪，下起棋来像孩子一样天真，他常给孩子们讲故事，跟他们一道捉迷藏，有时随心所欲地哼着"即兴"小调，扮作山羊参加家庭化装舞会……有时一两天不说话，有时说起来滔滔不绝，有时老泪纵横，有时捧腹大笑。总之，他有人的血肉之躯，有人的七情六欲。他不是神，也不是半神。他是我们根本意识不到时空距离，非常熟悉和亲切的人。

我以为，《回忆录》的最大长处就在这里。

塔吉亚娜·里沃芙娜在父母身边生活了 35 年，结婚比较晚。这就使她有可能长期直接观察和参与父亲的日常生活、文学创作和社会活动。塔吉亚娜·里沃芙娜亲眼看见了《黑暗势力》《克莱采奏鸣曲》《关于饥荒的通信》《复活》《谢尔基神父》和《哈吉穆拉特》等一系列作品的写作过程。她还反复多次替父亲抄写这些作品的手稿。父亲不仅让她抄写手稿和答复来信，而且经常向她介绍自己的创作计划和写作构思。在父亲的影响、支持和鼓励下，塔吉亚娜·里沃芙娜进莫斯科艺术学校学习绘画，参与《媒介》出版社工作，在大饥荒年代随父亲到农村参加救济灾民活动，为解救莫罗勘教徒子女，在彼得堡上下奔走斡旋。

在托尔斯泰的家庭成员中，塔吉亚娜·里沃芙娜是受父亲思想观点影响最深的人。事实上也只有她遵照父亲的遗愿放弃财产，把土地分给农民。《回忆录》自始至终渗透了她对父亲深沉的爱。她满怀感激之情地写道："我身上一切好的东西都来源于他"，"他总是提醒我，什么是好，什么是坏"。她在晚年一往情深地说："如果我没有颓唐，如果我努力做一个有道德的诚实人的话，这主要归功于他。倘若没有他的爱，我早就堕入绝望的深渊了，自然比现在糟糕一千倍。"可见，她在精神和思想上都是最接近父亲的人。如果说作家晚年在许多重大问题上难以和妻子找到共同语言，那么他和大女儿则无话不说、无所不谈。

塔吉亚娜·里沃芙娜在《回忆录》中亲切回忆她的艺术启蒙老师克拉姆斯柯依，回忆同著名画家列宾的个人友谊时，对老画家盖伊的描述栩栩如生，尤其对屠格涅夫和托尔斯泰两位巨人之间关系的戏剧性演变，提供了外人不了解也不可能了解的细节。她的介绍和她母亲在《日记》中的介绍，正好互为补充、互为印证。

《回忆录》中"关于我父亲的死及其出走原因"一节，具有特殊重要意义。它以感情真挚、翔实可靠、态度客观等特点在所有涉及托尔斯泰的文献资料中独占鳌头。我们知道，关于托尔斯泰的家庭悲剧及其弃家出走的原因，几十年来苏联内外议论纷纷，莫衷一是，成了一桩"斩不断，理还乱"的公案。

关于托尔斯泰弃家出走的动机，许多回忆录，包括托翁其他子女回忆录的解释都是偏颇或错误的。一些人归结为托翁的宗教观，说他临死前"屈服了""忏悔了"，想从死亡中寻求解脱。他们还将家庭不和当作导火线，而罪魁祸首要么是作家妻子索菲娅·安德烈耶芙娜，要么是作家的朋友切尔特科夫。

托尔斯泰的家庭悲剧是什么？为什么他要在48年的家庭生活之后，以82岁高龄在漆黑的十月之夜悄悄离家出走？塔吉亚娜·里沃芙娜的回答是令人信服的。托尔斯泰的悲剧在于，他在经过深刻的思想转变后，认为自己必须放弃自己的生活方式，放弃自己的财产，而他的家人没有遵从他的意志。他宣称："我再也不能过奢侈闲散的生活了。我不能在自己认为对孩子有害的环境中去培养他们。我不能继续拥有房产和庄园。我所迈出的每一步对我都是难以忍受的折磨……要么我走，要么我们改变生活方式，把财产分掉，像农民一样，过自食其力的生活。"这一点还可以从作家夫人的《日记》中得到印证。她写道："他为人民所遭受的不幸和不义而痛苦，为人民的贫困而痛苦，为被桎梏在监牢中的人们而痛苦，为人民的愤恨、沮丧而痛苦——所有这一切都强烈作用于他那颗敏感的心，使他的生命受到煎熬。"她坦率地承认，对丈夫所确立的道德准则"不能不表示由衷的赞许，但我不认为这些准则有可能在生活中付诸实施"，"我们是分开过的，我和孩子们在一起，他和他的思想在一起"，"他……大声嚷道，他最强烈的愿望就是离开这个家"。

与家庭悲剧不可分的精神悲剧在于，托尔斯泰的个人生活条件跟他宣扬的平民化思想明显矛盾，为此他不仅受到敌人的攻击，也受到朋友的责难。更可悲的是，他在晚年看到，在他所虔信的宗教道德和现实生活之间横着一条不可逾越的鸿沟，而现实生活处处跟他作对。他终于感受到他一向坚持的"勿以暴力抗恶"和"道德自我完善"的幻灭。他在临终前一年曾在日记中写道："我主要错在相信当前在布满断头台和绞刑架的俄国仁爱会起作用。"各种矛盾激化的结果，使他无法再忍受下去，他要离开家，到民间去，到广阔的农民世界去，以便安安静静地写作。不料半路上患了重感冒，并转为肺炎。病魔终于夺去了他的生命。是这位女儿赶到阿斯塔波沃车站小镇，一直守候到父亲停止呼吸。

塔吉亚娜·里沃芙娜的全部余生都献给了父亲，致力于宣传他的作品。父亲去世后不久，她又失去了丈夫，膝下只有一个 8 岁女儿。十月革命后，她同母亲一道，全力以赴整理和保存托尔斯泰的文学遗产。1923 年她开始任莫斯科托尔斯泰博物馆馆长。1925 年她携女儿出国，旅居西欧多年，发表了大量有关托尔斯泰的演讲。1930 年她的独生女同一位意大利律师结婚，并定居罗马。塔吉亚娜·里沃芙娜也随女儿住在罗马，直到 1950 年去世。

托尔斯泰的思想和著作是浩瀚无边的海洋，即使是作家女儿，也不可能对他的生活在广度、深度和复杂程度上都研究得精深辟透。作为父亲的志同道合者，她对他的宗教道德观、哲学观，连同全部弱点和矛盾性几乎一并接受了下来。尽管如此，她的《回忆录》无疑给我们提供了一把打开托尔斯泰精神世界大门的钥匙。由于作者的思想、胆识和才华都非同凡响，《回忆录》尤其给人以巨大的精神和美学享受。

（写于 1985 年）

从个人实践看俄语教学和人才培养

——在第九届全国高校俄语翻译理论与翻译教学研讨会上的主旨讲演

作者（左4）在第九届全国高校俄语翻译理论与翻译教学研讨会上作主旨演讲（2018年11月11日于黑龙江大学俄语学院）

翻译就是将一种语言准确、流畅、生动地转换成另一种语言的过程。关键在准确、流畅和生动，即通常所说的信、达、雅。要想做到信、达、雅，就必须要求翻译家拥有相应的知识结构（包括各行各业的专业知识）、逻辑思维和形象思维能力、语言文字的驾驭和表达能力，以便较好地完成不同语言文字转换的再创造过程。所以，说翻译是语言的艺术性再创造是并不为过的。

之所以这样说，因为翻译不是语言文字的复制，不是词义的机械搬运——那是机器人。不断完善的机器人即使能做到信和达，也不大可能做到雅，除非有朝一日拥有人的大脑与人的思维能力和感情色彩。所以，翻译家不是切换语言文字的机器，而是用一种语言文字再现另一种语言文字的语言文字艺术家。唯其因为翻译，尤其文学翻译是艺术的再现和再现的艺术，所以艺无止境，只有更好，没有最好。

大凡专业学外语的人，恐怕一生都要和翻译结缘，不管是直接还是间接，口译还是笔译，专职还是兼职。就我本人而言，有时是专职，有时是兼职，有时是口译，有时是笔译，有时是俄译中，有时是中译俄。

如果说这一生我在新闻岗位上为党和国家做了些有益的工作，可以用"不求尽如人意，但求无愧我心"来聊以自慰的话，我首先要感谢我的母校和我的恩师们。没有老师的无私奉献，就没有学生的成长和未来；没有老师的辛勤耕耘，就不会有满园桃李芬芳。

不用到我这个年龄，学生们就会明白，为什么前人说"一日为师终身为父"。到了我这个年龄，我要对老师说："如果有来生，我还愿做你们的学生。"我们对老师要永怀感恩之心。

我是1964年黑大俄语系毕业后被分配到新华社工作的。当时新华社有两个俄文翻译室，一个在参编部，工作是俄译中；一个在对外部，工作是中译俄。我被分配到对外部从事中译俄翻译工作。

当我第一次坐在打字机前要着手翻译一篇中文新闻稿时，我的脑海里顿时一片空白。我这个各科成绩全优的俄语系毕业生突然发现，连"据塔斯社报道"这最简单的三个俄文词都不知道如何安排，因为在学校里没学过 TACC 这个名词。这让我意识到，废寝忘食四年换得的一纸文凭除了证明你学过俄语外，什么都不是。文凭离水平相距十万八千里。

从那一刻起，我认真地看老同志改过的每一篇稿子，拼命地阅读塔斯社电讯稿，背单词、做笔记。"文革"期间我担任主管业务的组长，白天工作，晚间苦读《联共（布）党史简明教程》、斯大林的《论列宁主义问题》、列宁的《论无产阶级革命与叛徒考茨基》等俄文原著直到后半夜三点。

不到两年，我走过了从翻译、改稿、定稿到发稿的全部流程。这中间经常翻译一些大块头理论文章，我是年轻干部中唯一参加专家级定稿班子的人，也是其中俄文水平最低的人。我只能像"倒爷"那样现买现卖。当然，我向李莎、何长谦、杨韫玉等专家所学甚丰。

新华社俄文圈的人都知道我俄文比较好，但没有人知道我为此掉了多少斤肉，耗了多少心血。我想说的是，要想当一名合格翻译是需要拼命的。

1969年珍宝岛事件后，我出任新华社驻莫斯科记者。初到莫斯科，第一次听俄罗斯人说话，再次突然发现，自己的耳朵和舌头都不管用。为了迅速提高俄语听力和口语水平，只要有时间，我就守在收音机和电视机旁专注训练听力，或者关在办公室里大声朗读报刊文章。我念报的声音和语调和苏联播音员相比，几乎可以以假乱真（这是大使翻译说的）。一位莫斯科大学新闻系教授说："陈，如果隔墙看不到你本人，真以为是俄罗斯人在说话。"我心想，我这算什么，我的黑大老师讲起俄语来比俄罗斯人还标准。

驻苏使馆看电影史诗《解放》《这里的黎明静悄悄》，要我充当同声传译，我才知道，同声传译是难度最高的口语翻译。难就难在耳、口、脑同时高度紧张，不容缓气。在银幕对话和翻译间必然有一个时间差，而在这个转瞬即逝的时间差内，嘴要翻译前一句，耳要听后一句，而脑袋既要记住前面的话，又要记住后面的话，不能偷吃，不能放过，所有的神经都绷得紧紧的。

1975年回国，"四人帮"当政，精神苦闷，为逃避现实，一头扎进业余文学翻译，没有功利目的，只为不虚度年华。文学翻译成了我的精神家园，"十年一觉扬州梦"，想不到中国译协发给我一个"资深翻译家"的证书。

后来去非洲工作8年。再后来去中亚工作5年。

在当驻外记者的20年里，外语是不可或缺的工具。事实上，听广播、看电视、读报刊、写报道，都伴随着一个翻译过程，只不过有时是"心译"，有时是笔译。你可能觉得是张口就说，提笔就写，其实都离不开那只"看不见的手"——翻译。

我最后一次充当口译是 2013 年，我已经 73 岁了，随一个学者访问团访问俄罗斯，我是成员兼翻译。7 天会议双方翻译都由我一个人承担。我很高兴黑大给我的坚实基础使我有足够底气接受并圆满完成任务。但是到了 75 岁，我发现我再也无法承担口语翻译的任务了，因为已经开始张口忘词。

总之，只要是以外语为工作语言的人，不管直接还是间接，注定要和翻译相伴一生。俄语伴随和成就了我的一生，饮水思源，每当我想到黑大俄语系，想到老师的慈祥笑脸，我的心里充满了感恩。

首先我想强调，黑大之所以培养出众多的俄语人才，至少有两点值得骄傲，一是基础扎实，二是口语胜人一筹。据我所知，我们黑大俄语系的毕业生，在俄语实践中从不会遇到俄语语法、词法、句法方面的困惑，不管在哪个工作单位，同行中俄语口语最好、发音最纯正的永远有黑大俄语系的毕业生。

记得在工作中碰到过这样一个情况，好像是一个以 ь 结尾的专有名词，在变格时不知应该按阳性名词还是按阴性名词来对待，新同志、老同志莫衷一是。我朦胧记得在张会森老师教过的《俄语语法概论》中有过交代。我便翻箱倒柜找出这本教科书，终于在一个脚注中找到了答案。这个时候就看出了黑大俄语教学的基础之牢固。

因此，我认为基础扎实和口语见长是黑大俄语系安身立命之本和竞争优势，也是黑大俄语系毕业生走遍天下无所惧的保障，务必发扬光大。

根据我在国内国外工作的经验和体会，我想对黑大的俄语教学和翻译培养谈几点希望和建议。需要声明的是，自从 1964 年毕业，我对黑大的俄语教学情况一无所知。我的体会和建议都是针对 50 年前而言的。所以，要么可能是无的放矢，要么歪打正着。

一、黑大俄语系的教学目标应该明确锁定在培养高级翻译人才。

我想，俄语既然是一门专业，它的目标就应该是培养专业的俄语翻译。不是说所有的毕业生都要从事专业翻译工作，事实上也不可能，但那是进入社会后的角色转换，跟学校的培养目标无关。

我为什么强调要目标明确？因为这涉及教学配置和课程安排。

举例说，听说写读译（双向）哪一项最重要？我以为听力最重要。听不懂，什么都白扯。哪怕你口语差一点，哪怕你不能保证语法的正确和发音的准确，甚至根本张不开嘴，你还可以借助肢体语言来沟通。我在非洲工作时，一位中国公司的炊事员上街采购，基本就靠手势。进了肉店，比画臀部，表示要后臀尖、比画肋骨，表示要排骨。

但如果对方的话你压根听不懂，你就成了聋子和哑巴。我在中亚工作时，我的一位老同事，30 年第一次出国，根本张不开嘴，不管对方说什么，她都回答两个字：Да，Да。人家背后称她"哒哒女士"。她是俄文干部，却不得不让另一位年轻同事帮她翻译。她不懂俄语吗？当然不是。但她听不懂，就无法交流。

所以我以为，第一位的任务是在训练听力上下功夫。比如，多一点俄语复述训练，多看原版电影、视频，多看俄语电视、多听俄语广播，多一些诸如当导游或口语翻译的实习等。至少我觉得，我们当年在这方面下的功夫不够。我强调听力的重要性，当然不是排斥其他。

发音重不重要？当然重要。要想当高翻，发音不纯正是说不过去的。但同听力相比，发音就是次要的。因为俄罗斯人不会在发音上挑剔外国人。俄罗斯人的发音也不都是标准的莫斯科音。同样，印度人的发音、非洲人的发音，也不是标准的英语。你能说他们的英语不好吗？在外语发音上，其实中国人是学得最好的。当年黑大俄语系老师在训练俄语发音上是一丝不苟，下了大力气的。到了苏联我才想到，"嗨，当年王超尘老师本来是可以省一点力气的"。

这里我还想到一件小事，就是我们的老师在读中国的专有名词时，比如人名地名，不要学洋腔，中文四声怎么读就怎么念。每当我在北京乘地铁时，一听播音员报站，我就浑身起鸡皮疙瘩。为什么要自以为是地把"焦化厂"站说成"嚼花长"、把王府井说成"王夫净"。我的美国女婿听了感到奇怪，说这不是假洋鬼子误导真洋鬼子吗？

为了这一目标，可不可以考虑开设高级翻译班？可不可以设置文学翻译专业？当然这涉及人才市场和社会认知度，实际做起来可能有难度。但这并不表明没有社会需求。比如文学翻译，据说严重青黄不接，翻译数量严重不足，翻译质量严重下降。这在强调改革开放、文化自信和文化中兴的今天，实在令人忧虑。

二、俄语教学要体现时代特征。

我有时想，我们刚参加工作时为什么觉得在学校学到的东西跟眼前的工作实践似乎隔着一道鸿沟？因为教学内容和当前社会实践有些脱节甚至断裂。我们突然发现，人人耳熟能详的政治语言和天天震耳欲聋的政治口号乃是这个时代的"最强音"，也是当代最积极的词汇，可我们学了俄语却不知道用俄语该怎么说。

作者在演讲

　　我们比较熟悉 19 世界俄国作家和诗人的语言，但我们不熟悉列宁、斯大林关于阶级斗争的语言，不熟悉他们和政治对手论战的语言，让我们从 "Если жизнь тебя обманет"（假如生活欺骗了你）（普希金）这样的语境一下子跳到 "马克思主义的道理千头万绪就是一句话——造反有理" 这样的语境，我们真的手足无措。

　　假如我们学过一点列宁的著作，学过一点《联共党史》和 "九评"，我们在跨越书斋和社会、书本和实践之间的鸿沟时，是否胆子就会大一些，跨越也会相对容易一些呢？至少不至于那样蒙头转向吧？

　　一个时代有一个时代的语言。现在是信息时代、网络时代、量子时代和改革开放时代，如果我们的俄语教学还停留在普希金和高尔基时代，刚出校门的学子们必然会陷入与现实难以对接的困惑。所以说，在学习传统语言文字的同时，当代前沿科学和技术词汇也必须学一些。

作者在演讲中

再说，汉语词汇库在不断增加新词汇，俄语词汇库也在不断增加新词汇。前两年我去俄罗斯，发现路旁一个指示牌上写着 Паркин，我好一会儿没反应过来。是公园吧，后面又多两个字母；是街道名称吧，又不对。琢磨了半天才恍然大悟，是英文停车场（Parking）一词的音译。自己原有的不用，偏用舶来品，你有什么办法？这只是个微不足道的例子。

我想说的是，俄语教学要体现时代特征，与时俱进，尽量多一点新语言、新词汇。当然，古典文学要有一定的比例，但信息、网络、相对论、量子理论以及改革开放等方面的教材也应占一定比例。本科教学安排不上，研究生教学总可以加上。

三、外语教学不能忽视中文。

要想培养出高端翻译人才，母语支撑不可或缺。

我在厦门大学常对学生们讲，一个学中文的人优势常常在外文上显现出来，学外文的人的优势常常在中文上显现出来。这是我的个人体会。

我在新华社相当长一段时间作为新华社国际评论员在《人民日报》上几乎独占鳌头，我翻译的文字能得到多家大出版社的认叮并被认为有点文采，主要归功于我的中文底子比较好。我在中学是文学青年，读过比较多的古今中外文学名著。所以，我报考大学的志愿是清一色的中文系，却不知为什么被黑大俄语系"劫持"。

我想，同为学中文或外文的同学，虽然天分有别，成绩有高有低，但总的差距不会太大。真正拉开距离是在参加工作后的日常实践上。通常，学外语的外语好的人不算少，但中文好的就不算多，所以中文好的在实际工作中的比较优势很快就能显露出来。

翻译尤其文学翻译，水平高低主要取决于两条：一条是对外文的理解力，即是不是真正能吃透外文原意。一条是中文表达能力或文字功底。但并不是每个能吃透外文原意的人都能用中文完美地表达出来。两个人的译文一对比，中文功底立见高下。真正好的译文，不仅能做到信、达、雅，而且能做到文心相通，字字传神。简而言之，就是在你准确解读俄文原意的前提下，能琢磨出用汉语准确表达相同意思的最佳方案，你的译文一定是最好的。

所以，在翻译的时候，要能钻进去，还要能跳出来。翻译是融会贯通的重组，不是词义的逐个拼接。初搞翻译的人可能都有这样的体会，俄文说"Жена моего брата"，你就译成"我兄弟的妻子"，但中国人必须区分是"嫂子"还是"弟妹"才行。同样，Племяница是外甥女，但也可能是侄女。翻译者必须根据人物关系弄清她是外甥女还是侄女，否则就可能犯"六亲不认"的错误。

我的体会是，要找出最佳翻译方案，如果是俄译中，功夫在中文；如果是中译俄，功夫在俄文。一句译文可以是清汤寡水的大白话，也可以是神采飞扬的抒情诗，当然，要符合不同人物、不同身份、不同语境的不同语体。

傅雷先生每天给自己的翻译定额只有区区二三百字。为什么？因为一句话可能有十个翻译方案，他必须从中选择一个最好的，有时为了一字一句真是旬月踟蹰。所以他的译作都是上乘之作。而我们现今的翻译大多是"快餐"。一本新书拿来，唯恐被别人抢先，十个人合译一本，连上下文都顾不上看，不是望文生义，就是断章取义，还要"一气呵成"。快是快矣，可质量呢？错误百出，害己害人。

如今大多数年青翻译过不了母语关。中文成了中国人的短板。没有傅雷的时代是我们时代的悲哀。所以我希望大学外语系能开设翻译课，设置文学翻译专业。

不是每个外文好的人都能当翻译，更不用说当好翻译。记得当年我们俄语系低年级曾有两名在苏联长大的女同学，俄语口语好得很，满天的星斗如数家珍，而我们别说俄文，连中文都叫不出来。可她们中文不行，不知道满天星斗用中文怎么说，所以当不了翻译。另一个例子更近，是我的女儿，她在欧美留学工作15年，英语比普通美国人还好，但回国后做不了翻译工作，因为她长期不与中国人接触，不说中国话，脱离中文环境，虽然说一口流利的英语，但不知用中文如何表达，所以在国内很难找到合适的工作岗位。好不容易被一个外企老板看中，和外国老板沟通不是问题，但和中国同事沟通却成了问题，因为在特定语境下，同事们议论什么，潜台词是什么，话外音是什么，她全听不懂。最后还是选择了出国。

用我们新华社流行的说法就是，一名好的驻外记者必须同时具备两把刷子：一把外文，一把中文，缺了哪一把都不行。

我知道，一个人的中文底子主要是在中学阶段打下的，除非上大学中文系。让外语系给学生补中文课，可能有难度，但不能没办法。比如，为外语系学生开设中文选修课可不可以？增加中文阅读课或汉语讲座行不行？起码要帮助同学们补一补汉语修辞课，"地、的、得"三个字的用法都分不清，怎么能当好翻译？

顺便说一句，让大学生尤其文科学生搞所谓创业、谋生财之道，让他们把积累知识、增强智慧的大好青春年华花在谋求出路，为孔方兄奔波效劳上，这哪里是误人子弟那么简单，这是害人误国啊！要让学生懂得，一个人要想有所为，必有所不为的道理。时间是个常数，如果整天把时间用在跑关系、找门路、上网、看微信，那就是在挥霍生命。

（写于 2018 年）

孝德宣言

天地玄黄，宇宙洪荒。

经天纬地，正道沧桑。

德为人本，孝为德纲。

人生伊始，基因孝藏。

孝经孝典，自古华章。

以孝立人，德馨无量。

以孝治家，家和业旺。

以孝兴国，国运隆昌。

家国情怀，天道昭彰。

孝心联盟，义举共襄。

一孝父母，亲恩浩荡。

二孝人民，山高水长。

三孝祖国，强国兴邦。

四孝地球，五洲同康。

孝行天下，一瓣心香。

天下行孝，天人共享。

（注：2012年国家发改委秘书局吴红同志发起成立社会公益性组织孝德联合会，邀我出任会长并嘱撰写孝德宣言，经著名教育演说家李燕杰先生首肯后正式发表。）